U0139455

МИХАИЛ ШОЛОХОВ

经/典/译/林

ТИХИЙ ДОН

静静的顿河

（中）

[苏联] 米哈依尔·肖洛霍夫 著

力冈 译

译林出版社

图书在版编目（CIP）数据

静静的顿河 ／（苏）肖洛霍夫著；力冈译 . —南京：
译林出版社，2020.5（2021.6重印）
（经典译林）
ISBN 978-7-5447-7751-3

I .①静… II .①肖… ②力… III .①长篇小说 – 苏
联 IV.①I512.45

中国版本图书馆 CIP 数据核字（2019）第 078869 号

"Тихий Дон" М. А. Шолохова
На титуле и обложке Произведения Издательство обязуется
проставить оповещение об авторском праве.
本作品中文出版权由尤里·帕夫洛维奇·马诺欣授权，由译林出版社出版。
著作权合同登记号　图字：10-2015-105 号

静静的顿河 [苏联] 肖洛霍夫／著　力　冈／译

责任编辑　冯一兵
责任印制　颜　亮

原文出版　Издательство «Молодая гвардия», 1980г.
出版发行　译林出版社
地　　址　南京市湖南路 1 号 A 楼
邮　　箱　yilin@yilin.com
网　　址　www.yilin.com
市场热线　025-86633278
排　　版　南京展望文化发展有限公司
印　　刷　南京爱德印刷有限公司
开　　本　880 毫米 × 1230 毫米　1/32
印　　张　46.625
插　　页　12
版　　次　2020 年 5 月第 1 版
印　　次　2021 年 6 月第 5 次印刷
书　　号　ISBN 978-7-5447-7751-3
定　　价　128.00 元

卷　五

一

一九一七年深秋,哥萨克们陆续从前方回家来了。苍老了的贺里散福和跟他一起在五十二团当兵的哥萨克一同回来了。炮兵托米林·伊万和"马掌"亚可夫、依旧是光脸蛋子的安尼凯回来了,他们纯粹是退伍回来的;紧跟着回来的是马尔丁·沙米尔、伊万·阿列克塞耶维奇、查哈尔·柯洛列夫和高得出格的鲍尔晓夫;十二月里,米佳·柯尔叔诺夫突然出现了,又过了一个星期,十二团的哥萨克回来了一大帮,其中有米沙·柯晒沃依、普罗霍尔·泽柯夫、卡叔林老汉的儿子安得列·卡叔林、叶皮番·马克萨耶夫、叶戈皮·西尼林。

有点像加尔梅克人的菲多特·包多甫斯柯夫行军中掉了队,就骑着一匹从奥地利军官手里夺来的非常漂亮的黄骠马,直接从沃罗涅日回家来了,后来他夸马夸了很久,说是全亏了这匹马跑得快,才从已经闹起革命的沃罗涅日省的一个个村子里跑了过来,才从一支支赤卫队的鼻子底下逃脱了。

在他之后,梅尔库洛夫、彼特罗·麦列霍夫和尼古拉·柯晒沃依也从卡敏车站上回来了,他们是从布尔什维克化了的第二十七团里跑出来的。他们给村子里带回一个消息,说是目前在第二后备团当差的格里高力·麦列霍夫已经投靠了布尔什维克,留在卡敏镇上了。一向不务正业的偷马贼马克西姆·戈里亚兹诺夫也在那里的二十七团里干起来了,他所以喜欢布尔什维克,是因为对天下大乱感到新鲜,能够无拘无束地过日子,据说他弄到一匹马,那马丑得惊人,可是腿脚也快得惊人;据说他那匹马有一道银白色的毛穿过整个脊背,就像一条天生的背带,那马个头儿不高,但是身子很长,毛简直跟牛毛一样红。大家都不怎么谈格里高力的事,都不愿意谈他,因为都知道他已经和村里的人分道扬镳,至于今后还能不能重新走到一块儿,那很难说。

许多哥萨克回到家里,是主人,也是久盼的客人,这些人家就欢天喜地。这种欢乐尤其尖利无情地挑动了那些丧失亲人的人已经受惯了的隐痛。有很多哥萨克不在了,他们死在加里西亚、布柯维纳、东普鲁士、罗马尼亚和喀尔巴阡山区的土地上,横尸田野,在大炮的哀悼声中烂掉,如今一座座高大的合葬坟已经长满荒草,任凭雨打,任凭雪花覆盖。不戴头巾的娇妻不管多少次跑到胡同口,手搭凉棚张望,心上人再也回不来啦!肿胀失神的眼睛不管淌多少眼泪,都冲不掉思念亲人的苦!在生日和忌日里不管怎样失声痛哭,东风也无法把她们的哭声送往加里西亚和东普鲁士,无法送到一座座合葬坟塌陷的坟头上!……

青草会掩没坟墓,时间会掩没痛苦。清风已经舔净出征人的脚印,时间也会舔净那些没有回来、而且永远也不会回来的人留下的痕迹,因为人的一生是短促的,我们每个人能践踏的青草都不多……

可是现在,普罗霍夫·沙米尔的老婆眼看着去世的丈夫的二哥马尔丁·沙米尔回到家里,跟自己的怀孕的老婆亲亲热热,哄着孩子玩儿,并且给孩子们带回礼物,她就拿头在硬邦邦的地上乱撞,拿牙齿啃黄土地。这娘们儿拿头撞着地,全身抽搐着在地上到处爬,孩子们就像羊群一样在旁边挤成一堆,用吓得瞪圆了的眼睛望着妈妈,大声哭号着。

好娘们儿呀,任凭你把仅有的一件小褂领子扯烂吧!任凭你撕扯因为生活艰难、没有欢乐而变得稀稀拉拉的头发,任凭你咬你那已经咬得出血的嘴唇,任凭你捶折到处是老茧的手臂,任凭你在空房门口的土地上撞头吧!反正你的房子里没有男主人啦,你再也见不到丈夫啦,你的孩子们再也见不到爹啦;你记住,再也没有谁来疼你和你的孩子们啦;你干活儿劳累,生活贫苦,再也没有谁来管啦;夜里你累得倒下来,再也没有谁把你的头搂到怀里,再也没有谁像他以前那样对你说:"别发愁,阿妮西卡!咱们的日子会好起来的!"今后永远不会有人爱你啦,因为干活、贫穷、孩子已经把你榨干,使你变呆啦;你那些光屁股的不懂事的孩子永远不会有爹啦;你要自己耕地和耙地,自己累得气喘吁吁地把一大抱一大抱的小麦从割麦机上往下卸,又用叉子叉起来往大车上装,就会觉得肚子下面有什么东西直翻腾,于是你就抱住头抽搐起来,血从下面直往外流。

阿列克塞·别士尼亚克的老妈妈一面翻弄儿子的旧衣服,一面哭,滴着痛苦的、已经不多的眼泪,闻着,但只有米沙·柯晒沃依带回来的最后一件衬衣的褶缝里还保留着她儿子的汗味,于是老人家就把头俯到这件衬衣上,摇晃着身子,用哭诉的腔调念叨着,眼泪一滴一滴地落在印着号码的肮脏的棉布衬衣上。

马内次柯夫、阿丰卡·奥捷洛夫、叶甫兰琪·加里宁、李霍维多夫、叶尔玛柯夫和另外一些哥萨克的家里也只剩了孤儿寡妇。

只是司捷潘·阿司塔霍夫没有谁来哭，因为家里已经没有人了。他的房子空空的，门窗钉得死死的，不少地方已经坏了，即使在夏季里，也显得阴森森的。阿克西妮亚住在亚戈德庄上，村子里仍然很少听到她的消息，她也没有到村子里来过，看样子，她不想念这个村子。

顿河上游各乡的哥萨克，都一个乡一个村的结成伙儿，纷纷回家来了。到十二月里，维奥申乡各村在前方的人，几乎全部回到了家里。

白天和黑夜都有人骑马从鞑靼村里经过，人数从十几个到四十多个不等，成群成伙地朝顿河左岸走去。

"老总们，从哪儿来？"老头子们走出门来，问道。

"从黑河上。"

"从吉莫夫纳亚。"

"从杜布洛夫卡。"

"从列舍托夫斯柯依。"

"我们是杜达廖夫乡的。"

"我们是郭洛霍夫乡的。"

"我们是阿里莫夫乡的。"过路的人纷纷回答。

"怎么，打仗打够啦？"老头子们带着挖苦的语气问道。

有些哥萨克很忠厚、很老实，就笑着回答说：

"够啦，老大爷！我们打仗打够啦。"

"受罪受够啦，现在回家啦。"

那些愣头愣脑、脾气不好的，就张口骂人，说：

"你给我滚，老家伙，把尾巴收起来吧！"

"你问这干什么？你想干什么？"

"你们这些老家伙少管闲事！"

冬天就要结束的时候，诺沃契尔卡斯克附近已经出现了内战的苗头，但是在顿河上游的乡村里，依然十分平静。只是在一些人家里时常发生隐秘的、有时也暴露到外面来的家庭纠纷：老头子们和前方归来的人闹意见。

关于顿河军区首府附近的战事，大家只是听到一些传闻；大家模模糊糊地判断着政治形势，等候着事态发展，听着消息。

在一月以前，鞑靼村里的日子过得很太平。前方回来的哥萨克们，都躺在老婆身边睡大头觉，吃得胖胖的，并没有觉察到新的灾难和困苦已经等候在家门口,这新来的还要超过他们在过去的战争中所遭受到的。

麦列霍夫·格里高力因为立了战功,于一九一七年一月升为少尉,担任第二后备团的一个排的排长。

九月里,他害过一场肺炎之后,得到了休假的机会;在家里住了一个半月,身体复原了,经过区医务委员会检查以后,又回到了团里。十月革命以后,他担任了连长的职务。他的思想转变就在这时候,他的转变是受了周围发生的一些事件的影响,特别是由于认识了同团的一位军官——叶菲姆·伊兹瓦林中尉。

格里高力回到团里第一天就认识了伊兹瓦林,后来就常常因公或者在公事以外的场合碰到他,于是不知不觉就受到他的影响。

叶菲姆·伊兹瓦林是宫陀洛夫乡一个富裕哥萨克的儿子,在诺沃契尔卡斯克士官学校受的教育,毕业后就被派到前方第十顿河哥萨克团,在那个团里干了将近一年,如他自己所说的,得到了"挂在胸前的一颗军官十字章和钻进体面的地方和不体面的地方的十四块手榴弹片",后来为了服完自己的为期不长的兵役,才来到第二后备团。

伊兹瓦林是一个极有才能的人,无疑他有非凡的天资,他的学识远远超过了一般哥萨克军官所达到的水平,他是一个狂热地主张自治的哥萨克。二月革命使他振奋起来,使他有了施展才能的机会,他联络了不少主张独立自治的哥萨克,进行了十分有力的宣传,呼吁顿河军区完全独立自治,呼吁在顿河上建立沙皇奴役哥萨克以前的原来那种制度。他十分熟悉历史,朝气勃勃,头脑清楚、冷静;他把顿河家乡未来的自由生活描绘得非常美妙动人:到那时候将要由执政团来掌权,到那时候顿河军区内连一个俄罗斯人都不会有,哥萨克要在自己的边境上设置边防哨,跟乌克兰和大俄罗斯平等往来,平等地进行通商贸易,不需要低声下气。伊兹瓦林把头脑简单的哥萨克们和见识甚少的军官们说得晕晕乎乎的。格里高力也受到了他的影响。起初他们也激烈地争论过,但是半文盲的格里高力与自己的论敌相比,就等于手无寸铁,所以伊兹瓦林几句话就驳得他张口结舌。他们一般都是在军营的某一个角落里进行争论,而旁听的人总是赞同伊兹瓦林的见解。伊兹瓦林绘声绘色地描绘未来独立自由生活的情景,有许多话给哥萨克们的印象非常深刻,特别触动了下游富裕哥萨克们的最隐秘、最要紧的心思。

"咱们除了小麦,什么都没有,如果不要俄罗斯,咱们怎么过日子呢?"格里高力问。

伊兹瓦林就很耐心地解释:

"我不是说,就让一个顿河区单独存在 ,与外面完全隔绝起来。咱们要用联邦的方式,也就是联合的方式,和库班的哥萨克、捷列克的哥萨克以及高加索的山民共同生活。高加索的矿藏很丰富,咱们到那里什么都能弄得到。"

"煤炭呢?"

"顿涅茨盆地就在咱们眼底下。"

"可是顿涅茨盆地是俄罗斯的呀!"

"这地方属于谁,究竟在谁的领土上——这还是个有争议的问题。不过即使顿涅茨盆地划归俄罗斯的话,咱们的损失也不大。咱们的联邦不是靠工业立国。就性质来说,咱们是农业地区,既然这样,为解决咱们不多的工业上的用煤问题,咱们可以到俄罗斯去买。而且不光是煤,还有许多别的东西也要到俄罗斯去买,比如木材、钢铁工业产品以及其他等等,咱们可以拿上等的小麦和石油去交换。"

"咱们脱离俄罗斯究竟有什么好处?"

"那是明摆着的。首先可以摆脱政治上的监督,恢复被俄罗斯沙皇废除了的那些制度,把所有的外来户都赶出去。用十年时间,靠国外进口机器,使咱们的经济发展起来,咱们可以富强十倍。这块土地是咱们的,是咱们祖祖辈辈的血泡透了的,是咱们祖祖辈辈的尸骨养肥了的,可是咱们叫俄罗斯征服了以后,四百年来一直在维护俄罗斯的利益,没有想过自己的事。咱们有好几个出海口。咱们可以建立起强大的、能征善战的军队,到那时候,不仅是乌克兰,就连俄罗斯也不敢侵犯我们!"

中等个头儿,体格匀称、肩膀宽阔的伊兹瓦林是一个典型的哥萨克:头发弯弯的、黄黄的,像没有成熟的燕麦;脸色褐中透黄,只是两腮晒黑了,黑印子边儿一直齐到白色的眉毛。他说话用的是一种很高、很习惯的男高音,说话时爱忽上忽下地动弹左眉毛,而且不知为什么总是很特别地抽动他那不大的鹰钩鼻子;这就使人觉得,他好像总是在闻什么。矫健的步伐,举止中和褐色眼睛那开朗的目光中流露出来的坚定神情,使他显得与团里其余的军官迥然不同。哥萨克们都十分尊敬他,也许比对团长还要尊敬些。

伊兹瓦林和格里高力谈了不少,格里高力觉得,不久以前还很坚硬的土地又在脚下动摇起来,他的心情又和在莫斯科司涅基列夫眼科医院里遇见贾兰沙时差不多。

十月革命以后不久,他和伊兹瓦林谈过下述的一番话。

格里高力心里矛盾重重,小心翼翼地问起布尔什维克的情况:

"叶菲姆·伊兹内奇,你说说,依你看,布尔什维克的主张对呢,还是不对?"

伊兹瓦林的左眉毛弯成了三角形,带着好笑的神情皱了皱鼻子,嘿嘿了两声,说:

"他们的主张吗?嘿嘿……你呀,老弟,就好像是刚刚生下来的小孩子……布尔什维克有他们自己的纲领、自己的目的和打算。布尔什维克就他们自己的出发点来说,他们的主张是有道理的,可是咱们有咱们的出发点。你可知道,布尔什维克的党叫什么名字吗?不知道吗?唉,你怎么不知道呀?叫俄国社会民主工人党。明白了吗?工人——党啊!现在他们又笼络农民,又笼络哥萨克,可是他们的根本是工人阶级啊。他们要解放工人阶级,要对农民实行新的、也许是更厉害的奴役。人世间就不可能有大家都平等的事情。布尔什维克要是胜利了,工人会过得好,别的人就不会好。要是恢复帝制,地主他们这一类人就会过得好,其余的人就不会好。所以咱们既不要布尔什维克,又不要帝制。咱们搞咱们的,首先要摆脱一切指手画脚管咱们的人——不论是克伦斯基,还是科尔尼洛夫,还是列宁。咱们过咱们的日子,不要这些人能行。天啊,就是朋友够戗;至于敌人,倒是好对付。"

"可是,大多数哥萨克都拥护布尔什维克呀……你知道吗?"

"格里沙老弟,你要明白,这里面有一个主要的原因:哥萨克、农民和布尔什维克现在是同路的。你知道为什么吗?"

"为什么?"

"因为……"伊兹瓦林张大了鼻孔,扭了扭鼻子,笑道:"因为布尔什维克主张和平,主张立即实现和平,哥萨克对打仗也讨厌透啦!"

他叭地朝自己那紧绷绷的黑脖子上一拍,把惊愕得竖起来的左眉毛渐渐放

"所以哥萨克们都带上了布尔什维克气味，而且和布尔什维克步调一致了。不过，哼，等战争一结束，等布尔什维克来夺哥萨克的土地，哥萨克和布尔什维克就要各走各的啦！这是必然的，在历史进程上是不可避免的。今天的哥萨克生活方式和社会主义——布尔什维克革命的最后目的——之间有一道不可逾越的深沟……"

"我是说……"格里高力低声嘟哝道，"我一点都不明白……这些事我实在弄不清楚……就好像大风雪中在草原上迷了路……"

"你这样是不行的！现实会逼着你去弄清楚，而且不仅逼着你弄清楚，还要逼着你朝某一方面走。"

这次谈话是在十月下旬。可是十一月里格里高力无意中遇到了在顿河革命历史上起过不小作用的另一个哥萨克——格里高力遇到了菲道尔·波得捷尔柯夫，于是经过短短的动摇之后，以前领悟到的道理又在他心里占了上风。

这一天，从中午就下起毛毛细雨。傍晚时候天晴了，于是格里高力决定上同乡、二十八团的准尉德洛兹陀夫的住处去。一刻钟之后，他就在垫子上擦着靴子，敲德洛兹陀夫的房门了。屋子里摆着两盆很不旺盛的橡皮树和一些破旧的家具，屋里除了主人以外，还有一个结实、健壮、戴着御林军炮兵司务长肩章的哥萨克，背朝着窗户，坐在一张军官用的行军床上。他弓着脊背，两条穿着黑呢裤子的腿叉得宽宽的，两只宽宽的、长满红毛的手掌放在同样宽宽的、圆滚滚的膝盖上。军便服在两肋上绷得紧紧的，在胳肢窝里皱了起来，在宽阔的、鼓鼓的胸膛上几乎要绷裂开来。听到推门声，他扭了扭血色红润的短脖子，冷冷地打量了一下格里高力，就把瞳人射出的冷光藏到微微肿胀的眼皮底下，藏到窄窄的眼窝里。

"你们认识认识吧。格里沙，这位差不多是咱们的邻居，霍派尔河口乡的，波得捷尔柯夫。"

格里高力和波得捷尔柯夫互相握了握手，都没有说话。格里高力一面坐下去，一面对主人笑着说：

"我把地板都踩脏啦，你不骂吧？"

"不骂，没事儿。女房东会擦的……你要喝茶吗？"

主人个儿小小的，灵活得像泥鳅一样，他用熏得黄黄的手指甲碰了碰火壶，遗憾地说：

"只好喝凉的啦。"

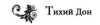

"我不想喝,别麻烦啦。"

格里高力请波得捷尔柯夫抽纸烟。波得捷尔柯夫用又粗又红的手指头抓了半天,想从那紧紧挤成白白的一排里抓出一根;他不好意思地红着脸,懊恼地说:

"怎么都抓不起来……该死的烟卷儿!"

他终于把一根烟卷儿拨到烟盒盖上,这才抬起笑得眯缝起来、因而显得更小的眼睛,看了看格里高力。格里高力很喜欢他的随随便便,就问道:

"您是哪一个村子的?"

"我是克鲁托夫村的。"波得捷尔柯夫很高兴地说起话来,"我是在那儿长大的,可是近几年我住在克里诺夫河口村。克鲁托夫村您知道吗?大概,你听说过吧?这个村子差不多和叶兰乡搭界。你知道普列沙柯夫村吧?哦,这个村子过去就是马特维耶夫村,紧挨着就是我们乡的裘柯夫诺夫村,再过去就是我们的两个村子了;有上克鲁托夫村和下克鲁托夫村,我就是那里人。"

整个谈话的时间里,他对格里高力一会儿称"您",一会儿称"你",说话十分随便,有一次甚至毫不见外地用沉甸甸的大手拍了拍格里高力的肩膀。在他那刮得光光的、有几颗麻子的大脸上,用心卷过的小胡子闪闪有光,蘸了水的头发梳得平平的,到了小小的耳朵旁边蓬松起来,左边微微卷起,有点像发卷儿。如果不是一个很大的翘鼻子和那两只眼睛的话,他的样子是很招人喜欢的。乍一看,那眼睛一点也没有什么特别的地方,但是仔细看去,格里高力就觉得那眼睛凌厉逼人。两只像榴霰弹一样的小眼睛,在窄窄的眼缝里放着光,就像是从碉堡枪眼里发射出来似的,沉甸甸、火辣辣地逼视着,使对面来的目光不敢正视。

格里高力怀着好奇心打量了他一会儿,发现了一个特点:波得捷尔柯夫几乎不眨动眼睛——他在说话的时候,用他那令人不快的目光盯住对方,一面说,一面转悠着眼珠,可是那晒得黄黄的短睫毛一直垂着,动都不动。只是偶尔垂一垂肿胀的眼皮,但是马上就又抬了起来,又拿榴霰弹一样的眼睛瞄着,扫视着周围的一切。

"伙计们,太有意思啦!"格里高力对着主人和波得捷尔柯夫说。"等战争一结束,咱们的情形就大不一样啦。乌克兰要由拉达①来掌权,咱们要由军人联合会来掌权。"

"是卡列金将军掌权。"波得捷尔柯夫小声纠正他的说法。

---

① 拉达,是一九一七——九一九年乌克兰反革命组织的中央机关。

"反正是一样。有什么差别呢?"

"的确没有什么差别。"波得捷尔柯夫说。

"咱们现在对俄罗斯太低声下气啦。"格里高力继续转述伊兹瓦林的话,想试探德洛兹陀夫和这位御林军炮兵出身的壮汉对这个问题的态度。"要有自己的政府,自己的制度。要把南蛮子从哥萨克的土地上赶出去,咱们要划定边界,不准别人进来!咱们要像古时候咱们的祖先那样过日子。我想,革命对咱们是有利的。德洛兹陀夫,你以为怎样?"

德洛兹陀夫一脸都是笑,身子不住地转悠起来。

"当然,会好一点的!过去庄稼佬把咱们的权全夺去啦,跟着他们就没有好日子过。派来的长官都是他妈的德国佬:什么封·达乌别啦,还有什么封·格拉布别啦,都是这样一些家伙!土地都叫这些军官老爷分掉啦……现在咱们就可以喘口气啦。"

"俄罗斯容许这样吗?"波得捷尔柯夫没有对着谁,小声问道。

"想必会容许的。"格里高力说。

"如果那样,情况还是不会改变……换汤不换药。"

"怎么会这样呢?"

"就是这样。"波得捷尔柯夫更灵活地转悠着霰弹一样的眼睛,用沉甸甸的目光正着格里高力。"各种各样的长官还是要欺压劳动人民,你还是要在各种各样的老爷面前低声下气,他们还是要打你的耳刮子。哼……好日子哩……那是给你往脖子上拴块石头,还要把你从山崖上推下去!"

格里高力站了起来。在狭小的屋子里踱来踱去,几次碰到波得捷尔柯夫那大劈开的两个膝盖,后来在他面前站下来,问道:

"那么怎么办呢?"

"要彻底。"

"怎样算彻底?"

"既然已经开了犁,就要犁完最后一垄。既然打倒了沙皇和反革命,就应当继续奋斗,让政权转到人民手里。至于你说的那些——是神话,是哄小孩子的。古时候是沙皇压迫咱们,现在不是沙皇,那也是另外一些人要骑在咱们头上,甚至更要毒辣些!……"

"波得捷尔柯夫,依你看,究竟该怎么办呢?"

他那难得抬起的榴霰弹一般的眼睛又到处张望起来,好像要在斗室里寻找可以驰骋目力的地方。

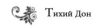

"咱们要的是人民政权……选举出来的政权。要是躲到将军的手掌底下，那就是又要打仗，我们可是打够啦。要是在全世界到处都建立起人民政权，没有人压迫人，没有人逼着人上战场去送死，那就好啦！如果不是这样，那又算什么呢?！一条破裤子，你就是把它翻过来，窟窿还是那么多。"波得捷尔柯夫用手叭地在膝盖上一拍，愤恨地冷笑了一下，露出一嘴密密实实的细牙。"咱们决不能搞古代那一套，要不然又要套上枷锁，那枷锁比沙皇的枷锁更要沉重。"

"那么，谁来管咱们呢?"

"自己管自己！"波得捷尔柯夫兴奋起来。"咱们掌好自己的政权——这就是出路。只要稍微松一松咱们身上的绳索，咱们就能把卡列金一伙儿打翻！"

格里高力在蒙着一层水汽的窗前站了下来，对着大街、对着一群正在玩一种动脑筋的游戏的孩子、对着对面房屋的湿漉漉的屋顶、对着花圃里一棵光秃秃的黑杨的灰白色树枝看了老半天，也没有听见德洛兹陀夫和波得捷尔柯夫在争论什么;他苦苦地思索、考虑，想把混乱的思想理出个头绪，得出一个结论。

他站了有十来分钟，一声不响地在窗玻璃上画着自己姓名的头一个字母。窗外，一座小屋屋顶的上方，是渐渐沉落的无精打采的初冬时候的夕阳。夕阳就好像竖着放在铁锈色的屋脊上，湿漉漉、红通通的，眼看着就要从屋顶上滚下来，也许滚到那边去，也许滚到这边来。雨水打湿的树叶从公园那边沙沙地滚了过来，越来越强劲的风从乌克兰、从卢干斯克方向吹来，在镇上发起威来。

 三

诺沃契尔卡斯克成了逃避布尔什维克革命的各种亡命徒的集合中心。许多高级将领，已经垮掉的俄国军队原来的主宰者，都纷纷来到顿河下游，希望得到反动的顿河人的支持，妄想依靠这块根据地，对苏维埃俄罗斯发动和展开进攻。

十一月二日,阿列克塞耶夫将军在骑兵上尉沙普龙陪同下来到诺沃契尔卡斯克。他和卡列金交换过意见以后,便着手组织志愿军。从北方逃来的军官、士官生、敢死队员、学生、步兵中的顽固分子、哥萨克中死心塌地的反革命分子,以及不过是寻求惊险刺激和厚禄、能捞到克伦斯基票子也心满意足的一些人——便是未来的志愿军的骨干。

十一月下旬,邓尼金、鲁科姆斯基、马尔科夫、爱耳迭里等将军都来到了。这时候,阿列克塞耶夫手下已经有一千多条枪了。

十二月六日,科尔尼洛夫来到诺沃契尔卡斯克,他是在路上离开自己的帖金人卫队,化装来到顿河地区的。

这时候,卡列金已经把原来罗马尼亚和奥德前线上几乎全部的哥萨克团都撤到顿河上,布置在诺沃契尔卡斯克—契尔特柯沃—罗斯托夫—齐霍列茨克铁路沿线地区。但是哥萨克们打了三年仗,已经厌倦了,从前方回来,都带有革命情绪,不愿意和布尔什维克打仗。各团剩下的人数差不多只有正常人数的三分之一。现有人数最多的几个团——第二十七团、第四十四团和第二后备团——都驻扎在卡敏镇上。御林军阿塔曼团和御林军哥萨克团以前就从彼得格勒调到了这里。从前方调回来的第五十八、第五十二、第四十三、第二十八、第十二、第二十九、第三十五、第十、第三十九、第三十三、第八和第十四团,以及第六、第三十二、第二十八、第十二和第十三炮兵连,都驻扎在契尔特柯沃、米列洛沃、里哈亚、格鲁博克和兹维列沃等乡镇以及矿区。由霍派尔河河口乡和大熊河河口乡等地哥萨克编成的几个团开到菲洛诺沃、乌留平斯克和谢布里亚柯沃等几个车站,在那里驻扎了几天,后来就解散了。

哥萨克们都巴不得回到自己的家园,已经没有什么力量能够阻挡这种自发的回家潮流了。顿河的哥萨克团只有第一、第四和第十四团到过彼得格勒,而且这几个团在那里呆的时间也不长。

卡列金打算把几个特别靠不住的团加以改编,或者用最坚定的部队加以包围,使这几个团与外界隔绝。

十一月底,卡列金第一次试图调动前线的部队去进攻革命的罗斯托夫,哥萨克们开到阿克萨伊斯克,便拒绝进攻,又开了回来。

广泛搜罗散兵游勇的办法,倒是收到了一定的效果:这时候阿列克塞耶夫已经组成了几个坚强的志愿军营,十一月二十七日,卡列金已经能够利用他的兵力作战了。

十二月二日,志愿军攻占罗斯托夫。志愿军组织的中心于是随着科尔尼洛夫转移到罗斯托夫。卡列金一个人留了下来。他把许多哥萨克部队调往本军区的边境,向察里津和萨拉托夫省的边界推动,但是要执行重大、紧迫任务,却只能使用一些军官游击队;虚弱的、一天天垮下去的军政府只能依靠他们了。

为了镇压顿涅茨的矿工,把新征集的部队派了去。柴尔涅曹夫大尉在马凯耶夫区活动,哥萨克第五十八团的正规部队也驻扎在那里。谢米列托夫和格列科夫支队以及各种各样的义勇队也都匆匆忙忙地在诺沃契尔卡斯克成立起来;在北方的霍派尔地区,还由军官和游击队组成了一支队伍,号称"斯捷潘·拉辛支队"。但是赤卫队的几个纵队已经从三面逼近了顿河军区。在哈尔科夫和沃罗涅日正在集结军队,准备进攻。顿河上空笼罩起乌云,越来越浓,越来越黑。头几场战斗的炮声,已经由乌克兰方面来的风传送过来。

四

一朵朵白中带黄的行云,就像一只只挺胸翘头的木船,从诺沃契尔卡斯克的上空静静地飘过。在白云上面的高空里,就在闪闪发光的教堂圆顶正上方,一动不动地高挂着一片灰色的、像卷毛羊羔皮一般的乌云,乌云有一条波浪式的长尾巴低低地垂着,在克里维扬镇的上空放射着红光。

不太明亮的太阳渐渐升了上来,但是将军府的一面面窗子经阳光一照,反射出刺目的亮光。一座座房子的铁顶闪闪发光,叶尔玛克的铜像上,还保留着昨天的雨的潮湿,铜像的一只手向北伸着,举着西伯利亚王冠。

一排哥萨克步兵,正顺着下斜的克列欣街往上走。他们那步枪上的刺刀被阳光照得亮闪闪的。偶尔有稀疏的行人和轧轧响的马车走过,哥萨克们的清晰而轻微的脚步声也没有搅动早晨的清静。

这一天早晨,伊里亚·彭楚克乘火车从莫斯科来到诺沃契尔卡斯克。他最后一个走出车厢。他时不时地拉拉旧夹大衣的衣襟,觉得穿上便衣很不得劲儿,很不习惯。

站台上,一名宪兵和两位年轻姑娘走来走去,两位姑娘不知为什么在笑着。彭楚克腋下夹着一个廉价的、破旧的手提箱,朝城里走去。一直走到城边的街头上,几乎都没有遇到人。半个钟头之后,彭楚克便斜穿过城市,在一座快要倒塌的小房子前面停下来。这座很久没有修缮的小房子显得十分寒伧。处处可以看到年久失修的痕迹。就因为年久失修,屋顶塌陷下去,墙也歪斜了,护窗板摇摇晃晃地耷拉着,窗户也像瘫了一样歪斜着。彭楚克推开院子门,朝房子和狭小的院子激动地打量了一眼,便匆匆地朝台阶走去。

狭小的过道里,一个装满各种破烂儿的大柜子占了一半的地方。因为太黑,彭楚克的膝盖碰到柜子角上,也没有觉得疼,就一把推开屋门。低矮的小堂屋里一个人也没有。他走进另一间屋子,也没有看到一个人,就在门口站住了。他一闻到这房子里所特有的那种异常熟悉的气味,心就怦怦跳了起来。他一眼就看清了所有的陈设:挂在正屋堂前的粗重的圣像框子,一张床,一张小桌,桌子上头挂的一面斑斑驳驳的旧镜子,几张相片,几把破旧的维也纳式椅子,一架缝纫机,炕边还放着一个很久没有用、颜色发了乌的火壶。彭楚克的心忽然猛烈地跳动起来,就像在窒息时那样,用嘴吸着气,转过身去,扔下手提箱,朝厨房里打量了一遍,上过绿漆的大肚子炉子还是显得那样亲切,一只老花猫正从浅蓝色的印花布窗帘后面探出头来张望;猫的眼睛里流露着懂事的、差不多和人一样的好奇神情,可以看出来,来这里的人是很少的。桌子上乱七八糟地放着没有洗的碗碟,旁边的凳子上放一团毛线,一只未织成的套袜的四个角上还穿着亮闪闪的织针。

八年来,这里什么都没有改变,好像彭楚克昨天才离开这里似的。他跑到台阶上。从院子尽头上的棚子的门里走出来一个老得和劳累得弯腰驼背的老奶奶。"妈妈! ……当真是吗? ……是她吗? ……"彭楚克哆嗦着嘴唇,迎着她跑过去。他扯下头上的帽子,攥在手里。

"您要找谁? 您找谁?"老奶奶拿手遮在失去光泽的眉毛上,一动不动,惊愕地问道。

"妈妈! ……"彭楚克低沉地喊道。"你怎么,认不出我啦? ……"

他跌跌撞撞地朝她走着,看见母亲听到他的叫声,就好像被撞了一下,身子摇晃了两下,看样子,她是想跑过来,但是没有劲跑,于是她一冲一冲地朝前走来,好像是顶着风走。彭楚克一把抱住就要摔倒的母亲,亲她那皱皱巴巴的瘦脸,亲她那因为惊骇和狂喜而模糊了的眼睛,他的眼睛也不由自主地一个劲儿眨巴起来。

"我的伊里亚!……伊留沙!……乖孩子!我都认不出啦……天啊,你是从哪儿来的呀?……"老人家小声嘟哝着,试着直起身子,用两条发软的腿站住。

他们走进房里。经过几分钟的深深激动之后,彭楚克这才又感觉到穿着别人的大衣十分难受——大衣太瘦,把两边胳肢窝勒得紧紧的,一行一动都感到别扭。他轻松地把大衣脱掉,坐到桌子跟前。

"真没想到还能看到你活着回来!……有多少年没见面啦!我的好孩子呀!我怎么能认出你呀,你长得这么高,都老啦!"

"哦,你日子过得怎么样,妈妈?"彭楚克笑着问道。

她东一句西一句地说着话儿,忙活起来:生火做饭,往火壶里添炭,一面在泪汪汪的脸上抹着眼泪和炭灰,一遍又一遍地跑到儿子跟前,摸摸他的手,身子哆哆嗦嗦地靠到他的肩上。她烧热了水,亲自给他洗了头,从柜子底下找出旧得发了黄的干净衬衣,又伺候儿子吃饭,后来一直坐到半夜,眼睛就没有离开儿子,问长问短,唉声叹气地直点头。

彭楚克躺下睡觉的时候,附近的钟楼上已经敲了两点。他很快就睡熟了,而且他在入睡的时候,已经忘记了现实:他觉得他还是职业学校的顽皮小学生,跑累了,就躺下,美美地睡了起来,他担心妈妈会从厨房里跑来,推开门,很严厉地问他:"伊留沙,功课做好了吗?"他就这样带着紧张而愉快的笑容睡了。

在天亮以前,妈妈来看过他好几回,给他披披被子,垫垫枕头,亲亲他那耷拉着一绺淡褐色头发的大额头,又轻轻地走开。

过了一天,彭楚克又走了。这天早晨,有一位身穿步兵大衣、头戴新军帽的同志来找他,小声对他说了些什么,彭楚克就忙活起来,匆匆地收拾手提箱,把母亲给他洗过的衬衣放进去,又难得地皱着眉头,把那件大衣穿起来。他匆匆忙忙地和母亲道别,答应过一个月再回来。

"你上哪儿去呀,伊留沙?"

"上罗斯托夫,妈妈,上罗斯托夫。很快就要回来……你……妈妈,你别难过!"他安慰老人家说。

她匆匆忙忙地摘下自己贴身挂的一个小十字架,一面亲着儿子,为他画着十字,一面把十字架挂到他的脖子上。她把十字架的线带往儿子的领子里披,手指头直哆嗦,彭楚克感觉出她的手冰冷。

"挂上吧,伊留沙。这是圣徒尼古拉·米尔里吉斯基十字架。大慈大悲的圣徒啊，保佑、拯救我的孩子吧，你要给我的孩子除灾除难……我只有这一个孩子呀……"她把红红的眼睛紧紧贴到十字架上，小声嘟哝着。

她一次又一次地紧紧搂抱儿子，十分激动，嘴唇角哆嗦着，痛苦地耷拉了下来。一滴又一滴的热泪，就像春雨一样，滴在彭楚克的毛茸茸的手上。彭楚克把母亲的胳膊从自己的脖子上掰开，便皱着眉头跑到了台阶上。

罗斯托夫车站上熙熙攘攘，非常热闹。地上扔的烟卷头和葵花籽壳能没到踝子骨。当地驻军的士兵在车站广场上出卖公家的制服、烟丝以及偷来的一些东西。这里的人有各种民族的，这在大多数南方滨海城市是常见的。人群慢慢移动着，喧闹着。

"阿司——司——司莫洛夫的烟卷儿，阿司莫洛夫的烟卷儿零卖啦！"卖纸烟的孩子吆喝着。

"贱卖啦，先生……"一个形迹可疑的东方人，很神秘地对着彭楚克的耳朵小声说，并且朝着自己的大衣那鼓鼓的大襟挤了挤眼睛。

"炒葵花籽儿！葵花籽儿！"许多娘们儿和年轻姑娘在车站进口处吱吱哇哇乱叫。

六个黑海水兵在人群里穿过，一面走，一面哈哈笑着，高声说着话儿。他们都穿着水兵制服，戴着水兵帽，纽扣闪着金光，肥大的裤脚扫着尘土。人们都恭恭敬敬地给他们让路。

彭楚克走着，慢慢地在人群里钻着。

"金的?! 见他妈的鬼！你这是做火壶的那种金子……怎么，难道我看不出来吗?"一个瘦弱的电报兵冷笑说。

那个卖东西的人摇晃着一条来路不明的、沉甸甸的金链子，十分气忿地大声对他说。

"你看出什么？……是金子！是赤金，不瞒你说，这是从一个调解法官那里弄来的……哼，不识货，去你的吧！你根本没眼力……这样的东西你都不要?"

"轮船不开啦……简直是胡闹！"旁边有人说。

"为什么不开?"

"这是报上登的……"

"快，弄到这儿来！"

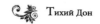

"我们赞成五号①。不然就是不行……"

"玉米粥！香喷喷的玉米粥！请尝吧！"

"兵车司令答应啦,他说明天就开车。"

彭楚克找到了党委会的楼房,顺着楼梯上了二楼。一个手持上了刺刀的日本式步枪的工人赤卫队员拦住他,问道:

"同志,您找谁?"

"我要找阿布拉姆逊同志。他在这里吗?"

"左面第三间屋子。"

一个大鼻子、头发黑中夹白、个头儿不高的人,将左手的手指头插在西服上衣的衣襟里,有板有眼地挥动着右手,正在严肃地对一个上了些年纪的铁路工作人员说话。

"这样不行！这可不是组织！用这样的方式去宣传,你们会得到相反的效果！"

从那个铁路工作人员脸上那窘急而抱愧的表情可以看出来,他很想说几句话,解释解释,但是黑头发的人没有让他开口;他显然非常激动,不愿意听对方的话,也不愿看他的眼睛,只顾喊叫:

"您要立即撤销米特琴柯的工作！对你们这里的情形,我们不能熟视无睹。维尔霍茨基要受革命法庭的制裁！把他逮捕了吗？是吗？……我坚决主张把他枪毙！"他声色俱厉地把话说完了,这才朝着彭楚克转过气红了的脸;还没有完全平静下来,就生硬地问道:"您有什么事?"

"您是阿布拉姆逊吗?"

"是的。"

彭楚克把证件和彼得格勒一位负责同志写的介绍信递给他,便在一旁的窗台上坐了下来。

阿布拉姆逊仔细地看完了信,皱着眉头笑了笑(他因为自己刚才大声喊叫,觉得很不好意思),很客气地说:

"请稍微等一下,咱们马上来谈谈。"

他把满脸是汗的铁路工作人员打发走以后,自己也走了出去,过了一小会儿,他领进来一位大个子、脸刮得光光的军人,那人的下巴上有一道刀砍的青伤

---

① "五号",参加立宪会议选举的布尔什维克候选人名单的号数。——作者注

疤,很有正规军军官的风度。

"这是我们革命军事委员会的委员。你们认识认识吧。这位同志……对不起,我忘记您贵姓啦。"

"我姓彭楚克。"

"……彭楚克同志……您好像当过机枪手吧?"

"是的。"

"这正是我们最需要的!"那位军人笑了。

他那整个的一条伤疤,从耳朵边直到下巴,都因为这一笑变成了粉红色。

"您能不能在尽可能短的时间内,从工人赤卫队中挑选一些人,给我们组织一支机枪队?"阿布拉姆逊问道。

"我尽力去做。问题就在于时间。"

"那么,您需要多少时间?一个星期?两个星期?三个星期?"那个军人朝彭楚克探着身子,带着期待的神气很憨厚地笑着,问道。

"只要几天就行。"

"那好极啦。"

阿布拉姆逊擦了擦额头,带着十分激动的语气说:

"城防部队士气太差,实际上已失去战斗力。彭楚克同志,我们这里也和所有的地方一样,就指望工人啦。水兵是好的,可是步兵……所以,您想必明白,我们就希望自己有一支机枪队。"他扯了扯弯成卷儿的青色大胡子,很关心地问道:"您的吃住还没有安排吧?好,我们就来安排。您今天吃饭了没有?哦,当然没有啦!"

"同志,你究竟挨过多少饿,才一眼看出肚子饿不饿来?你吃过多少苦,担过多少惊,才过早地出现了白发?"彭楚克望着阿布拉姆逊那右边一块耀眼白斑的头发,心里又热和又感动地想道。他跟着领路的人往阿布拉姆逊的住处去的时候,还一直在想着他:"这小伙子真不错,这才像个布尔什维克!他有火气就发,可是同时又保持着一片好心和人情味。他毫不客气地提出对怠工的维尔霍茨基判处死刑,可是同时又很会爱护同志,关心同志。"

他带着阿布拉姆逊给他的和蔼可亲的印象,来到塔干罗格街头上阿布拉姆逊的住处,在堆满了书的小屋子里休息了一会儿,吃过饭,把阿布拉姆逊写的字条给女房东看了,就在床上躺了下来,睡着了,不记得是怎样睡着的。

五

四天以来,彭楚克从早到晚和党委会派来的一些工人在一起,教他们学机枪技术。工人一共有十六个。他们的职业、年龄,甚至民族都不相同。有两个搬运工人,一个是波尔塔瓦的乌克兰人贺维雷契柯,一个是入了俄罗斯籍的希腊人米哈里季;一个姓司捷潘诺夫的排字工人;八个钢铁工人;一个姓捷林柯夫的巴拉莫诺夫矿的采矿工人;一个姓盖沃尔克扬茨的亚美尼亚人,是个十分瘦弱的面包匠;一个入了俄罗斯籍的德国人姚干尼·列宾得尔,是一个老钳工;两个机车修理厂的工人;而带着第十七封介绍信来的却是一个女的,她穿着一件步兵棉制服,穿着一双很不合脚的大靴子。

彭楚克从她手里接过封着口的信,没有明白她的来意,就问道:

"您回去的时候,可以到司令部去一下吗?"

她笑了笑,很不好意思地理着头巾下披散出来的很大的一绺头发,怯生生地说:

"我是到您这儿来……"她压制着一时的窘急心情,顿了一顿,说:"当机枪手的。"

彭楚克的脸涨得通红。

"他们这是怎么回事,疯了吗?怎么,我这儿是妇女大队?……请您原谅,您干这种事很不合适:这是一种重活儿,需要有男子汉的气力……这怎么行呢?……您不行,我不能收留您!"

他皱着眉头,拆开信封,把介绍信匆匆看了一遍,只见介绍信上简单地写着,介绍党员安娜·波古德柯同志前来听他的指挥,他又把附在介绍信里的阿布拉姆逊的亲笔信看了几遍。

亲爱的彭楚克同志：

我们把安娜·波古德柯这个好同志派给您。我们答应她的热情、坚决的要求，把她派给您，希望您把她训练成一个能征惯战的机枪手。我很了解这个姑娘。我热诚地把她推荐给您，请您注意一个问题：她是一个很可贵的工作人员，但是性子急躁，有一股狂热劲儿（因为她还年轻呀），您要防止她做冒失的事，要爱护她。

毫无疑问，那八名钢铁工人是您的队伍的骨干，是核心；其中应特别看重包高伏依同志，这是一位十分干练、对革命十分忠诚的同志。您的机枪队，从成员上来说，是国际性的，这很好：一定会有较强的战斗力。

请加快训练吧。有消息说，好像卡列金正准备向我们进攻呢。顺致同志的敬礼！

斯·阿布拉姆逊

彭楚克对着站在面前的姑娘看了看。这是在莫斯科街上一幢楼房的地下室里，就是在这里进行训练的。微弱的光线给她的脸涂上一层阴影，使脸的轮廓显得很模糊。

"好吧，有什么办法呢？"他很不热情地说。"如果您自己愿意……阿布拉姆逊又这样要求……您就留下来吧。"

* * *

大家密密层层地围着张大了嘴的"马克辛"机枪，一齐伸着头，后面的人靠在前面的人的背上，用如饥似渴的好奇目光注视着彭楚克怎样用他的一双巧手得心应手地把机枪拆散开来。彭楚克又用准确、有意放慢的动作把机枪装起来，一面讲解着各种零件的构造和作用，教授使用方法，告诉大家怎样瞄准，讲解在弹道上的射程误差和子弹的最远射程。讲授作战时怎样安置机枪，才能避免敌人炮火的轰击；他躺在涂了保护色条纹的护板下面，讲解怎样选择好地势，怎样安置子弹箱。

大家学起来都很顺当，就是面包匠盖沃尔克扬茨不行。他怎么都学不会：拆卸的规则彭楚克不管教他多少次，他怎么都记不住，老是弄不清，手忙脚乱，很不好意思地嘟哝着：

"怎么不行啊？唉，我……搞错啦……这玩意儿应该往这儿安。还是不行！……"他失望地叫道。"为什么呀？"

"还要问'为什么'呢！"黑脸膛的、额头和两腮上有许多火药炸出的青点子的包高伏依学着他的腔调说。"因为你是个糊涂虫，所以才不行。你好好瞧着！"他很有把握地把一个零件安到本来的地方，做个样子给他看。"我从小就喜欢军事工作，"他在一片哄笑声中，用手指头指了指自己脸上的青色伤瘢，"我做大炮，大炮炸啦，所以我才倒了霉。不过，我现在就可以露一手啦。"

他的确比大家更顺利、更快地学会了装卸和使用机枪。不行的只有盖沃尔克扬茨一个人。常常可以听见他那带哭腔的、懊丧的声音：

"又不对！为什么呀？我真不明白！"

"笨驴，笨——驴！这么笨的，一个省只能找到一个！"脾气很坏的希腊人米哈里季生气地说。

"真是一个少有的糊涂蛋！"一向沉静的列宾得尔也附和说。

"这可不像你做面包！"贺维雷契柯鼻子哼哼着说。大家都毫无恶意地笑了。

只有司捷潘诺夫红着脸，生气地说：

"应该教教自己的同志，不应该龇牙咧嘴的！"

又高又大、胳膊粗壮、上了年纪的机车厂工人克鲁托果洛夫支持他的意见，瞪大了眼睛，摇晃着铁锤一般的拳头，粗声粗气地说：

"你们只顾笑，动都不动，对事情毫无益处！彭楚克同志，你叫这些活怪物安静点儿，或者叫他们滚蛋！革命正受着威胁，可是他们只顾笑话人！"

安娜·波古德柯学得十分带劲儿。她老是缠着彭楚克问这问那，扯着他那难看的夹大衣袖子，时时刻刻不离开机枪。

"如果散热筒里的水冻住，那怎么办？如果遇到大风，误差是不是也大些？那又该怎么办，彭楚克同志？"她问了一个问题，又是一个问题，并且带着期待的神情用两只黑黑的大眼睛看着彭楚克，那眼睛里闪着晃动不定的、暖人的亮光。

她在场的时候，不知为什么他总感到很拘谨；他好像要为这种拘谨对她进行报复，所以对她要求特别严格，样子显得格外冷淡，但是，每天早晨七点整，她瑟瑟缩缩地把两手插在草绿色棉袄的袖筒里，刷刷地拖着两只肥大的步兵靴子，准时走进地下室的时候，他就感到有点激动，有一种很不平常的心情。她的个头儿稍微比他矮一点儿，她的体格也像所有健壮的、一向从事体力劳动的姑娘们那样丰满，背也许稍微有点驼，而且，如果不是那一双有神的大眼睛使她显得光彩照人的话，也许她算不上多么漂亮。

四天的工夫,他都没有看清楚她的面貌。地下室里光线昏暗,而且不好意思、也没有闲工夫仔细去看她的脸。第五天傍晚时候,他们一同走了出来。她在前面走;她走上台阶的最后一级,朝他转过脸来,问一个问题,于是彭楚克借着夕阳的光辉看了看她的脸,心里不禁哎呀了一声。她用习惯的姿势理着头发,微微仰起头,斜着眼睛朝他看着,等候着回答。但是彭楚克没有听清她问的问题;他带着一种甜得醉心的感觉慢慢往上走着。她的两个被夕阳照成了粉红色的鼻孔,因为使劲儿(她没有解下头巾,所以整理头发很不得劲儿)微微抖动着。嘴的线条显得很刚强,同时却又像小孩子一样柔和。微微翘起的小嘴唇上有一层细细的黑茸毛,使不很光滑的白皮肤显得更白。

彭楚克好像被打了一下似的,低下头去,用感慨和开玩笑的口吻说:

"安娜·波古德柯……第二号机枪手,你很漂亮,不知道谁有福气消受啊!"

"胡说!"她很自信地说,并且笑了笑。"彭楚克同志,你胡说! ……我是问:咱们什么时候去打靶?"

她这一笑,显得更单纯、更亲切、更容易接近了。彭楚克挨着她站住;他呆呆地望着大街的尽头,太阳还呆在那里,向整个寰宇投射着红红的霞光。他小声回答说:

"打靶吗? 明天去。现在你上哪儿去? 你住在哪儿?"

她说她住在城郊一条胡同里。他们一同走去。走到十字街口,包高伏依追上了他们。

"喂,彭楚克! 明天咱们怎么集合?"

彭楚克一面走,一面告诉他,在清静林外面集合,让克鲁托果洛夫和贺维雷契柯用马车把机枪拉了去,上午八点钟集合。包高伏依同他们一起走了两条街,就分手了。彭楚克和安娜·波古德柯一声不响地走了几分钟。她斜着瞟了他一眼,问道:

"您是哥萨克吗?"

"是的。"

"以前是军官吧?"

"哼,我算什么军官!"

"您是哪儿人?"

"诺沃契尔卡斯克人。"

"到罗斯托夫很久了吗?"

"才来几天。"

"以前在哪儿？"

"在彼得格勒。"

"哪一年入党的？"

"一九一三年。"

"您的家在哪儿？"

"在诺沃契尔卡斯克。"他急急忙忙回答过，就带着请求的神气伸出一只手来。"等一等，让我来问问你吧：你是罗斯托夫人吗？"

"不是的，我是叶卡捷琳诺斯拉夫人，但是这两年住在这儿。"

"现在我再问问……你是乌克兰人吗？"

她踌躇了一下，随后很果断地回答说：

"不是。"

"是犹太人吗？"

"是的。怎么啦？难道从我的口音可以听出来吗？"

"不是的。"

"那你从哪儿看出我是犹太人？"

他一面缩小步子，尽量和她走齐，一面回答说：

"从耳朵，从耳朵的样子和眼睛可以看出来。不过你身上保留的民族特征是很少的……"他想了想，又补充说："你来到我们这儿，这很好。"

"为什么？"她问道。

"你可知道：大家对犹太人有一种看法，我知道有许多工人就是这样想的，我自己就是工人嘛，"他顺便提了提，"认为犹太人只会支使别人，自己见了危险却不肯上。这种看法是错误的，你现在就是用最好的办法驳斥这种错误的看法。你念过书吗？"

"念过，我是去年中学毕业的。您受过什么教育？我这样问，因为从您的言谈上可以看出，您不是工人出身。"

"我是读过很多书。"

他们慢慢走着。她故意绕着路走，简单地讲了讲自己的身世以后，又向他问起科尔尼洛夫的叛乱、彼得格勒工人的情形和十月革命等问题。

沿河街上传来闷声闷气的步枪声，接着就是断断续续的机枪声打破了寂静。安娜不肯放过机会，问道：

"这是什么型号的？"

"路易斯。"

"子弹带打到哪一部分啦?"

彭楚克没有回答,观赏着停泊在岸边的一艘扫雷艇上射出的一道橙黄色的、像挂了一层绿霜似的探照灯光,那灯光像一条长长的胳膊,一直伸向落日映红了的傍晚时候的天空。

他们在行人稀少的城市里走了三个多钟头,最后在安娜住的房子的大门口分手。

彭楚克回来的路上,心里暖烘烘的,模模糊糊有一种十分满意的感觉。"真是一个好同志,一个聪明姑娘!我和她谈得很投机,所以心里感到很温暖。这些日子我太不近人情了,人和人友好交往还是必要的,要不然干巴巴、冷冰冰的,就像士兵吃的面包干一样,那样可不好……"他这样想着,欺骗着自己,而且自己也知道自己在欺骗自己。

阿布拉姆逊刚刚开完革命军事委员会会议回来,向他问起训练机枪手的情况,又顺便问到安娜·波古德柯:

"她怎么样?如果她不合适的话,我们可以派她去做别的工作,调换调换。"

"不用,你说的什么话!"彭楚克吓了一跳。"她是一个很能干的姑娘。"

他觉得有一种几乎压抑不住的愿望,很想谈一谈她,他拿出很大的劲儿压了压,才忍住了。

 六

十一月二十五日中午,卡列金的军队从诺沃契尔卡斯克集结到罗斯托夫城下。开始进攻了。阿列克塞耶夫的军官队,排成稀稀拉拉的散兵线,沿着铁路线,贴着路基的两边向前推进。右翼是身穿灰衣的士官生,队伍稍微密集些。左翼是波波夫将军的志愿军部队,正在通过一道红土深沟。远远看去,就好像一些

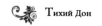

小小的灰球儿往沟里直蹦；又一个个爬了上来，整了整队形，停了一会儿，又往前进。

布置在纳希契凡区边缘上的赤卫队队伍里，显出慌张和忙乱的样子。很多工人都是头一次拿起枪，觉得很害怕，爬来爬去，弄得黑大衣上沾满秋天的泥泞；有些人伸着头，望着远处变小了的一个个白军的身影。

彭楚克跪在阵地上的机枪旁边，用望远镜观察着。昨天他脱掉不合身的夹大衣，换上了军大衣，觉得穿着军大衣又习惯、又舒服。

很多人没有等到下命令就开枪了。都忍受不了紧张的寂静状态。第一枪刚刚响过，彭楚克就站了起来，又骂，又吆喝："别——打！……"

零乱的步枪声吞没了他的喊声，彭楚克再无他法，只好让机枪火力跟上；他在一片枪声中拼命提高嗓门儿，对包高伏依下了命令："开火！"包高伏依把微微含笑然而带有土色的脸贴到枪机上，把手指头放在后座的把手上。熟悉的机枪连射声震动着彭楚克的耳鼓。他朝着敌人卧倒的散兵线凝神望了一会儿，判断机枪的命中率，然后他跳起来，顺着阵地朝其余的几挺机枪跑去。

"开火！"

"来啦！……哈哈哈哈！"贺维雷契柯把又害怕又高兴的脸转过来朝着他，响亮地回答说。

中间过去第三挺机枪旁边是几个不十分稳当的小伙子。彭楚克朝他们跑去。他一面跑，一面弯着身子用望远镜看了看：透过蒙了一层水汽的镜头，看到许多灰色的人影纷纷在晃动。那边打过来一排整齐、一致的齐射。彭楚克卧倒下来，他趴在地上，就看出第三挺机枪的瞄准不对头。

"放低点儿！妈的！……"他拐来拐去地顺着阵地爬着，一面吆喝着。

子弹在他头顶上发出一阵阵催命的啸声。阿列克塞耶夫的部队就像演习时那样，枪打得很准。

在一挺翘得太高的机枪旁边，直挺挺地趴着几个机枪手：瞄准手希腊人米哈里季瞄得高高的，不住气地扫射着，拼命在浪费子弹；吓得脸色发了青的司捷潘诺夫在他旁边咕咕哒哒地不知叫什么；他们后面是一个铁路工人，是克鲁托果洛夫的朋友，他把头扎到地里，像乌龟一样拱起脊背，两腿大叉着，笔直地撑在地上。

彭楚克推开米哈里季，眯缝着眼睛瞄了半天，等机枪一张嘴，像抽筋一样在他手底下哒哒地响了起来，马上就见效了：一伙跑着往前冲的士官生纷纷从一座土丘上退了回去，光秃秃的黄土坡上还丢下一具尸体。

彭楚克回到自己的机枪跟前。包高伏依脸色煞白,脸上的火药伤斑显得更青了,他侧着身子躺着,骂着娘,绑扎着受伤的腿肚子。

"开枪呀,妈的!"趴在旁边的一个火红头发的赤卫队员,用四肢撑起身子,叫喊道。"开枪啊! 你没看见他们攻上来了吗?"

军官队的散兵线,正顺着路基大模大样地跑了过来。

列宾得尔换下了包高伏依。他不慌不忙、巧妙地扫射着,注意节省子弹。

盖沃尔克扬茨像兔子蹦跳似的从左翼跑来,每有子弹从他头上飞过,他就卧倒一下,他哎呀哎呀地叫着跑到彭楚克面前:

"不行啊! ……打不出去啦! ……"

彭楚克几乎毫不隐蔽地贴着弯弯曲曲的卧倒的散兵线跑了过去。

还离得很远他就看到:安娜正跪在机枪旁边,撩着一绺披散下来的头发,用手搭个棚,望着敌军的队伍。

"卧倒! ……"彭楚克为她担心,脸都吓得发青,血直往上涌,吆喝道,"卧倒,对你说呢! ……"

她朝他看了看,依旧那样跪着。骂娘的话冲到彭楚克的嘴边,差点儿就骂出来。他跑到她跟前,使劲把她按在地上。

克鲁托果洛夫在护板后面哼哧着。

"卡住啦! 打不出去啦!"他哆嗦着,小声对彭楚克说,一面拿眼睛寻找盖沃尔克扬茨,一面打着呛叫喊着:"他跑啦,该死的东西! 这个活宝贝跑啦……他哼哼得叫人心烦死啦! ……简直叫人没法子干! ……"

盖沃尔克扬茨像条水蛇一样,曲曲弯弯地爬了过来。他那毛刷子一样的黑胡子上都粘了干泥巴。克鲁托果洛夫扭过汗漉漉的牛脖子,对着他看了一小会儿,就大叫起来,叫声盖过了隆隆的枪声:

"你把子弹带放到哪儿去啦? ……饭桶! ……彭楚克! 彭楚克! 你叫他滚吧,我可不要他! ……"

彭楚克连忙过去修理机枪。一颗子弹十分猛烈地打在护板上,他急忙抽回手,就像被烫了一下似的。

彭楚克把机枪修好以后,就亲自扫射起来。直打得大模大样地往前冲的阿列克塞耶夫的部队卧倒下去,而且用眼睛寻找着掩蔽物,向后爬去。

敌人的队伍越来越近了。从望远镜里可以看到,志愿军的队伍往前冲着,步枪的皮带套在肩上,很少卧倒。他们的火力更加猛烈了。在赤卫队的阵地上,已经有三个人的步枪和子弹被别的同志拿走了——死者不需要武器了……安娜和趴在克鲁托果洛夫的机枪跟前的彭楚克，眼看着阵地上一个年纪轻轻的赤卫队员被一颗子弹打死。他挣扎了半天，哼哼着，拿裹着绑腿的两腿在地上乱蹬，到最后用摊开的两条胳膊撑了一下身子，哼哧了一声，最后吐了一口气，就脸朝下趴倒了。彭楚克从一旁看着安娜。姑娘那睁得老大的大眼睛里闪烁着恐怖的亮光。她直愣愣地望着阵亡的小伙子那两条裹着破旧的步兵绑腿的长腿，没有听见克鲁托果洛夫正对着她喊叫：

"子弹带！……子弹带！……拿来！……姑娘，把子弹带拿来！"

卡列金的队伍用深入的侧翼包抄逼得赤卫队从阵地上败退下来。纳希契凡郊区的街道上到处晃动着败退的赤卫队的黑大衣和军大衣。右面尽边上一挺机枪落到了白军手里。一个士官生用枪口抵着打死了希腊人米哈里季，敌人又像演习时捅稻草人那样，用刺刀捅死了二号机枪手；这一挺机枪的机枪手只有排字工人司捷潘诺夫保全了性命。

直到扫雷艇上飞来一阵阵的炮弹，退却才停止下来。

"散开！……跟我冲！……"和彭楚克很熟识的一位革命军事委员会的委员冲到前面，呼喊道。

排成散兵线的赤卫队又动了起来，参差不齐地向前冲去。彭楚克和克鲁托果洛夫、安娜、盖沃尔克扬茨紧靠在一起。从他们旁边走过去三个人，几乎是肩膀挨着肩膀往前走。其中有一个抽着烟，第二个一面走一面用枪栓敲着膝盖，第三个在聚精会神地打量他那弄脏了的大衣前襟。这个人的脸上和胡子尖上流露着抱歉的笑容——他好像不是去拼命，而是从朋友家的宴会上回家，正瞧着弄脏了的大衣，猜度他那很厉害的老婆会怎样处治他。

"他们就在那儿！"克鲁托果洛夫指着远处的篱笆和在篱笆外面蠕动着的灰色人影。

"把机枪架起来！"彭楚克像熊一样转悠着机枪扫射起来。

猛烈的机枪声震得安娜捂起耳朵。她蹲下去，看到篱笆外面的人不动了，但是过了一会儿，那边就很有规律地打来一阵阵的齐射，子弹纷纷从头上飞过，在灰暗的天幕上钻着看不见的窟窿。

一阵又一阵的齐射声就像冬冬的鼓声，像蛇一样的机枪子弹带咔啦咔啦地响着，很快地缩短。单发的步枪声叭叭地响着，又响亮又清脆。黑海水兵们从扫雷艇上打来的炮弹，从人们头上飞过，发出呜呜的吼声，跟子弹的尖啸声混成一片。安娜看到：有一个赤卫队员，大大的个子，戴着羊羔皮帽，留着英国式的小胡子，见每一颗炮弹飞过，都不由自主地鞠躬欢迎和欢送，一面喊叫着：

"打吧,谢苗,加劲儿打吧,谢苗! 照他们多打几炮!"

打出的炮弹真的越来越密了。水兵们经过试射以后,展开了联合炮击。好几堆慢慢后退的卡列金的队伍被密集的榴霰弹硝烟遮盖住。一颗杀伤力很大的炮弹在退却的敌人群中爆炸开来。爆炸的褐色烟柱一升起,敌人立刻七零八落,那烟柱在弹坑上方慢慢下降,渐渐消散。安娜扔掉望远镜,哎呀一声,用肮脏的双手捂起吓红了的眼睛——她在望远镜里十分真切地看到了爆炸的旋风和许多人的死。她的喉咙里酸酸的,哆嗦得气都透不过来。

"怎么啦?"彭楚克探过身子,高声问道。

她咬紧了牙,她那一双大大的眼睛已经模糊了。

"我受不了……"

"勇敢一点! 你……安娜,听见吗? 听见吗? ……这样可不行! ……别——这样! ……"他的兄长式的呼喊声撞击着她的耳朵。

在右翼,在一片不大的高地的要冲处,敌人的步兵正往一条山沟里集结。彭楚克发现了这一情况,就带着机枪跑到一块更方便的地方,对准高地和山沟扫射起来。

哒哒哒哒哒哒! ……哒哒哒哒哒哒! ——只听见机枪不很均匀地、断断续续地扫射着。

在二十来步远处,有人怒冲冲地、声嘶力竭地喊叫着:

"担架! ……没有担架吗? ……担架! ……"

"瞄——准……"一个在前方当过兵的排长拉长声音叫喊道。"十八……全排,开枪!"

快到黄昏时候,雪花纷纷扬扬,飘落到寒冷的大地上。过了一个钟头,又湿又黏的雪就覆盖了田野和一具具的死尸,那横七竖八的死尸就像许多黑土块,在打仗的队伍进攻和退却时经过的地方到处都有。

快到黄昏时候,卡列金的部队退走了。

在被新雪映照得白茫茫的这个夜晚,彭楚克一直担任机枪哨。克鲁托果洛夫不知从哪里弄来一件阔气的马衣,将马衣蒙在头上,吃着一块水漉漉的瘦肉,一面吐着,小声骂着。盖沃尔克扬茨也在这里,他躲在旁边一户人家的大门洞里,用烟卷烤着冻得抽筋的发青的手指头;彭楚克坐在一个锌制的子弹箱上,把冻得直哆嗦的安娜裹在军大衣里,有时把她的两只紧紧捂着眼睛的手拿开,亲亲这两只手,嘴里非常费劲儿地说着一些很不习惯的温柔话儿。

"哎,怎么能这样呀? ……你一向很刚强嘛……安妮亚,你听着,要好好控制

自己！……安妮亚！……好妹妹……好朋友！……这种事你会习惯的……你很要强，你要是不离开队伍，那你以后会不同的。对死人可不能这样看……根本不要理睬！别去胡思乱想，要善于控制。你瞧：虽然你说得很好，可是你还是有女性的弱点。”

安娜没有做声。她的两只手散发着秋天泥土的气息和女人的温暖气息。

纷纷飞舞的雪花像一层不透明的柔和的薄膜，遮住了天空。旁边的院落、附近的田野、隐去的城市，都沉醉在睡乡中。

七

在罗斯托夫城外和城里一共打了六天。

在街道上，在十字路口，都进行过战斗。赤卫队两次从车站退出来，又两次把车站上的敌人赶走。在六天的战斗中，双方都没有留下一个俘虏。

十一月二十六日傍晚时候，彭楚克和安娜从货车站旁边经过，看到两个赤卫队员正在枪毙一个被俘虏的军官；彭楚克故意带点强硬语气对转过脸去的安娜说：

“这太好啦！应该枪毙他们，要毫不留情地消灭他们！他们对我们是不会留情的，我们也不用留情，一点也用不着可怜他们。去他妈的！把这些妖孽们从地球上清除掉！总而言之，既然是关系到革命命运的问题，就不能感情用事。这些工人干得对！”

到第三天，他生病了。他勉强支撑了一天一夜，觉得非常恶心，越来越难受，浑身一点力气都没有，脑袋嗡嗡直响，沉甸甸的，抬都抬不起来。

十二月二日拂晓，零零落落的赤卫队的队伍从城里撤了出来。彭楚克由安娜和克鲁托果洛夫搀扶着，跟在一辆拉着机枪和伤员的大车后面走着。他十分吃力地拖着软弱无力的身子，就像在梦里一样迈动着两条生铁似的不听使唤的腿，不时地碰到安娜那仿佛很远的、带有召唤和惊慌神情的目光，听着她那好像从很远处传来的话。

"上车吧，伊里亚。听见没有？你明白我的话吗，伊留沙？请你上车吧，你是病人呀！"

可是彭楚克没有听明白她的话，也不明白自己害了伤寒病，已经病得很厉害了。说话的声音又陌生，又出奇地熟悉，只在外面什么地方响着，却进不了脑子；安娜那两只焦灼和惊慌的黑眼睛也好像在很远的地方忽闪着；克鲁托果洛夫的大胡子一股劲儿摇晃着，转着圈圈儿。

彭楚克抱住头，两只宽大的手掌紧紧贴在烧得通红的脸上。他觉得，好像他的眼睛里正在往外渗血，整个没有边际的、飘摇不定的世界就好像被一层看不见的幕和他隔离开来，又好像竖了起来，好像要从脚下跑走。他的迷迷糊糊的头脑幻想出各种各样千奇百怪的形象。他常常站下来，拼命挣上一阵，不让克鲁托果洛夫把他往车上推。

"不行，等一等！你是什么人？……安娜在哪儿？……给我几块土坷垃……你把这些家伙消灭掉，听我的命令，用机枪扫射！直接瞄准！……等一等！好热呀！……"他沙哑地叫着，手拼命从安娜手里往外抽。

他们硬把他推上了大车。有一会儿工夫他还感到有一股各种各样气味掺合起来的刺鼻气味，怀着害怕的心情想使自己的头脑清醒清醒，一再地使自己镇定，但是镇定不下来。觉得头顶上黑沉沉、空洞洞，一点声音都没有。只有在高高的天上，有一小块白中带蓝的东西放射着夺目的亮光，再就是一些弯弯曲曲的东西和一些圈圈儿交错地闪来闪去，就像是红色的闪电。

八

　　麦秸染黄了的一条条冰锥从屋檐上纷纷地往下掉,摔在地上发出玻璃的响声。温暖的天气使村子里增添了一个个的水洼和一片片的光地;还没有脱毛的牛在大街上走来走去,拿鼻子到处闻。麻雀像春天里那样叽叽喳叫着,在院子里的柴禾堆里找食儿。马尔丁·沙米尔正在广场上追赶从家里跑出来的吃得饱饱的枣红马。那马直挺挺地撅着像一捆麻似的尾巴,迎风摆动着乱蓬蓬的鬃毛,尥着蹶子,把蹄子上的一团团水雪摔得老远,在广场上兜了几个圈子,在教堂的围墙边停下来,闻了闻墙上的砖;等主人走到跟前,它用那淡紫色的眼睛斜着看了看主人手里的笼头,又把身子挺了挺,就狂跑起来。

　　一月想讨大地的欢喜,送来不少阴霾而温暖的日子。哥萨克们望着顿河,预料今年会过早地发大水。这一天,米伦·格里高力耶维奇在后院里站了很久,望着积雪很厚的草甸子,望着顿河上那青灰色的冰面,心里想道:"瞧吧,今年又要像去年那样发大水啦。瞧那雪,那雪有多厚啊!恐怕土地都叫雪压得吃不消,连气都喘不过来啦!"

　　米佳只穿着一件绿色军便服,在打扫牛栏。他的后脑勺上怪模怪样地扣着一顶白色皮帽。汗漉漉的、笔直的头发奔拉到额头上。米佳用带有牛粪气味的肮脏的手背撩着头发。牛栏门口有一堆冻结的牛粪块,有一只毛茸茸的山羊正在上面乱踩。有几只绵羊挤在篱笆脚下。一只长得比母羊还高的羊羔想要吃奶,母羊用头牴它,不叫它吃。旁边有一只盘角的黑毛阉羊正在桩子上蹭痒痒。

　　门上涂了黄泥的一座仓房旁边,躺着一条长嘴巴、黄眉毛的公狗,正在晒太阳。仓房檐下的墙上挂着鱼网;格里沙加爷爷挂着拐杖,望着鱼网,显然他是在想,春天就要到了,鱼网该修补修补了。

米伦·格里高力耶维奇来到场院上,用当家人的眼睛打量着几个干草垛,正要用耙子搂一搂被羊拉乱了的谷草,这时候他却听到外面人的说话声。他便扔下耙子,朝院子里走去。

米佳叉开一条腿,正在卷烟卷,把情人给他绣的一个很漂亮的烟荷包夹在两个手指头中间。在他旁边的是贺里散福和伊万·阿列克塞耶维奇。贺里散福从浅蓝色的阿塔曼团制帽里面掏出一片油污的卷烟纸。伊万·阿列克塞耶维奇靠在院子的篱笆门上,敞着军大衣,正在自己的军装棉裤口袋里摸索。他那刮得光光的、下巴上有一个黑黑的小深洞的脸上,流露出遗憾的表情,看样子,他忘记什么东西了。

"夜里睡得好啊,米伦·格里高力耶维奇!"贺里散福问候道。

"托福托福,老总们!"

"来一块儿抽抽烟吧。"

"不用啦,我刚才抽过。"

米伦·格里高力耶维奇和两个人握过手,摘下他那红顶的三耳皮帽,把竖立起来的白头发拢平了,笑了笑,说:

"阿塔曼团的弟兄们,到舍下有何贵干?"

贺里散福从头到脚把他打量了一遍,没有马上回答。他先伸着像牛那样粗糙的大舌头,往卷烟纸上抹了老半天的唾沫,等到把烟卷好了,这才瓮声瓮气地说:

"来找米佳,有点小事儿。"

格里沙加爷爷从旁边走过,他用手提着鱼网的圈圈儿。伊万·阿列克塞耶维奇和贺里散福都摘下帽子向他问好。格里沙加爷爷把鱼网送到台阶跟前,又走了回来。

"你们怎么啦,老总们,干什么在家里蹲着呀? 躲在老娘们儿怀里焐身子吗?"格里沙加爷爷对哥萨克们说。

"要不然又干什么呢?"贺里散福问道。

"贺里斯托什卡[①],你算了吧! 你真不知道吗?"

"老天爷在上,我不知道!"贺里散福起誓说。"天地良心,爷爷,我不知道!"

"前两天从沃罗涅日来了一个人,是个买卖人,是谢尔盖·普拉托诺维奇·

---

① 贺里斯托什卡是贺里散福的小称。

莫霍夫的朋友,也许是他的亲戚——我不大清楚。那人说,柴尔特柯沃驻着他们布尔什维克的军队。俄罗斯要和咱们打仗啦,你们就躲在家里吗?还有你,米佳,坏小子,听见吗?你怎么不做声?你们在想什么?"

"我们什么也不想。"伊万·阿列克塞耶维奇笑着说。

"你们什么也不想,那才糟呢!"格里沙加爷爷发急地说。"他们会像逮鹧鸪一样把你们逮起来!庄稼佬把你们都抓起来,把你们活活折腾死……"

米伦·格里高力耶维奇矜持地笑着;贺里散福用手摩弄着脸,弄得很久没刮的硬扎扎的大胡子沙沙地响;伊万·阿列克塞耶维奇抽着烟,看着米佳,米佳那像猫一样竖着的瞳人亮闪闪的,使人看不出,他的一双绿眼睛是在笑,还是气汹汹地在冒火。

伊万·阿列克塞耶维奇和贺里散福又说了一小会儿话以后,便说要走,把米佳叫到了便门口。

"昨天你为什么不去开会?"伊万·阿列克塞耶维奇正色问道。

"没有工夫。"

"上麦列霍夫家去就有工夫吗?"

米佳头一低,把皮帽子扣到前额上,暗暗地发着狠,说:

"不去就是不去。咱们有什么好谈的?"

"全村上过前方的人都到啦。彼特罗·麦列霍夫没有到。告诉你……大家决定,村里派代表上卡敏镇去。一月十日那儿要开军人代表大会。大家抽了签,抽签的结果,是咱们三个人去,就是我、贺里散福和你。"

"我不去。"米佳决绝地说。

"为什么?"贺里散福沉下脸,抓住他的军便服扣子。"你不合群吗?不合你的意吗?"

"他跟彼特罗·麦列霍夫走呢……"伊万·阿列克塞耶维奇的脸煞白煞白的,他拉了拉贺里散福的大衣袖子,说。"好啦,咱们走吧。看样子,这是咱们没办法的事……你是不去啦,米佳?"

"不去……我说'不去',就是不去。"

"再见吧!"贺里散福歪着脑袋说。

"一路平安!"

米佳的眼睛看着一边,把一只滚烫的手伸给他,便朝房里走去。

"坏蛋!"伊万·阿列克塞耶维奇低低地说了一声,并且一连抖动了几下鼻孔。"坏蛋!"他望着越走越远的米佳那宽阔的脊背,又比较响亮地说了一遍。

他们在回家的路上顺便跑了几家,告诉一些弟兄们,说柯尔叔诺夫不肯去参加军人代表大会,明天只有他们两个去了。

一月八日,天蒙蒙亮,贺里散福和伊万·阿列克塞耶维奇便出发了。"马掌"亚可夫自愿赶着爬犁送他们去。一对好马拉着爬犁很快地出了村庄,爬上山冈。因为天气暖和,路上的雪已经化了不少。走到雪已经化尽的地方,滑木就陷进泥里,爬犁一冲一冲地向前进,两匹马使足了劲儿拉,把缰绳拉得像弦一样直。

两个人都跟在爬犁后面走。清晨是寒冷的,"马掌"的脸冻得通红,他的靴子踩得路上的薄冰咯吱咯吱直响。他的一张脸像火一样红,只有那块椭圆形的伤疤发着死尸一般的青色。

贺里散福贴着路边,踏着已经落实的颗粒状的积雪往山上走,他气喘吁吁,呼吸十分吃力,因为一九一六年他在杜布诺附近呼吸过德国人的毒瓦斯。

山冈上的风很大,也冷些。三个人都不说话。伊万·阿列克塞耶维奇用皮袄领子裹住脸。远处的一座小树林子越来越近了。大路穿过树林,向山冈脊上伸去。风在树林里哗啦哗啦地响着,就像小河里的流水。在一棵棵老橡树的树干上,铁锈色的鱼鳞状树皮闪着黄中带绿的金光。远处有一只喳喳叫的喜鹊。喜鹊歪着尾巴从大路上方飞过。那鸟儿乘着风势,歪斜着身子,忽闪着亮闪闪的翅膀,迅速地飞着。

出了村子就没有说过话的"马掌",回头朝着伊万·阿列克塞耶维奇,一个字一个字地(大概,这两句话他在脑子里早就想好了)说道:

"你们到会上多出出劲,让大家不要打仗。没有人愿意打仗。"

"那是当然,"贺里散福答应说,一面十分羡慕地看着喜鹊自由自在地在飞,并且在脑子里拿鸟儿的无牵无挂的幸福生活跟人的生活做着比较。

一月十日傍晚时候,他们来到卡敏镇上。一群一群的哥萨克从各条街道上朝这座大镇的中心走去。熙熙攘攘,非常热闹。伊万·阿列克塞耶维奇和贺里散福找到格里高力·麦列霍夫的住处,一问,他却不在家。女房东是一个白眉毛的胖大女人,她说她的这位房客开大会去了。

"大会在哪儿开?"贺里散福问道。

"大概在州公署里,也许是在邮局里。"女房东说着,就冷冷地把门关上,差一点碰着贺里散福的鼻子。

大会开得正热闹。一个有很多窗户的大屋子里挤满了代表。楼梯上,走廊上,旁边的屋子里,都有很多人。

"跟我走。"贺里散福用胳膊肘朝两边推着,朝前走去。

他身后出现一条窄窄的缝儿,伊万·阿列克塞耶维奇迅速地朝缝儿里钻去。快到开会的屋子门口,有一个哥萨克,从口音上来判断,是个顿河下游的人,上前拦住贺里散福。

"你慢点儿钻,泥鳅!"他刻薄地说。

"让我进去!"

"你就在这儿站站吧!你瞧,没地方啦!"

"让开点儿,你这小蚊子,要不然我捏死你。你试试看!"贺里散福说着,轻轻一提,把那个小个子哥萨克提到一边,又向前走去。

"哎呀呀,好一只大狗熊!"

"阿塔曼团的人个个都是大力士!"

"是一条好汉!能驮一门四英寸口径的大炮!"

"瞧,他提一个人多轻巧!"

像羊群似的拥拥挤挤地站在门口的许多人都笑着,不由得都带着敬意打量着比大家都高一头的贺里散福。

他们在后墙根下找到了格里高力。他正蹲在那里抽烟,和三十五团的一个代表说话。他一看见自己村里来的人,那耷拉着的铁青色小胡子就笑得哆嗦起来。

"嘿……哪一阵风把你们刮来啦?伊万·阿列克塞耶维奇,你好!贺里散福小叔,你可结实!"

"结实倒是结实,就是不怎么会结子。"贺里散福嘻嘻笑着,把格里高力整个的手掌都握进他那半俄尺长的大手里。

"咱们村里怎么样?"

"村里都平安。大家都问候你。你爹叫你回家去看看。"

"彼特罗怎么样?"

"彼特罗嘛……"伊万·阿列克塞耶维奇不自然地笑了笑,"彼特罗和我们这些人谈不到一块儿。"

"这我知道。噢,娜塔莉亚怎么样?孩子们好吗?你们常看到他们吗?"

"都很结实,都向你问好。就是你爹还在生你的气……"

贺里散福的脑袋转来转去,打量着坐在桌子旁边的主席团。他虽然在后面,看起什么还是比别人都方便。格里高力利用大会短短的休息时间,继续探问村里的情形。伊万·阿列克塞耶维奇讲了村子里的情形、村子里的一些新闻,又简短地讲了上过方前的人开大会、派他和贺里散福到这里来的事。他正要问问卡

敏镇这里的情形,这时候有一个坐在桌旁的人宣布说:

"乡亲们,现在由矿工代表发言。请大家注意听,还要保持秩序。"

一个中等身材的人,把淡褐色的头发向上撩了撩,就说起话来。像蜜蜂叫似的嗡嗡的人声,就像被切断了一样,一下子就静了下来。

他一发言,格里高力和其他的人就感到他那些慷慨激昂、充满激情的话很有说服力。他谈到卡列金煽动哥萨克同俄罗斯的工人阶级和农民去打仗的阴险用心,谈到哥萨克和工人利益的一致,谈到布尔什维克同哥萨克的反革命集团进行斗争的目的。

"我们愿意和哥萨克的劳动人民携起手来,并且希望,在同白卫军匪徒作战中,上过前方的哥萨克会成为我们可靠的盟友。过去为沙皇作战的时候,工人和哥萨克一起流过血,现在和卡列金率领的资产阶级的狗崽子们作战,我们也应该在一起,而且一定能在一起!我们要手挽手地作战,共同来消灭千百年来欺压劳动人民的那些人!"他的洪亮的声音像打雷一样响着。

"他妈的,说得真痛快!……"贺里散福兴高采烈地小声说,并且捏了捏格里高力的胳膊肘,捏得格里高力皱了皱眉头。

伊万·阿列克塞耶维奇微微张着嘴在听,因为听得带劲儿,不住地眨巴眼睛,嘴里嘟囔着:

"对!这话对!"

这个代表发过言以后,又有一个高个子矿工发言,他一面说话,一面摇晃身子,就像风中的白蜡树。他站起来,伸直了身子,好像原来是折叠着的;打量了一遍瞪着许多只眼睛的人群,等候了半天,一直等到嘈杂声安静下去。这个矿工很像船索:肌肉疙疙瘩瘩,十分结实,又瘦又长,浑身泛着青绿色,好像是青铜铸成的。他脸上的汗毛孔里粘满黑黑的煤灰,就像许许多多洗不掉的小黑点儿;因为长期在黑暗中跟地下煤层打交道而变得疲惫无神、失去光彩的一双眼睛,也像煤炭一样黑糊糊的。他抖了抖短短的头发,扬了扬攥成拳头的一双手,就像一镐砸下去那样,说:

"是谁在前方对士兵施行了死刑?是科尔尼洛夫!是谁跟卡列金在一起折腾我们?也是他!"他加快速度,一连声地叫了起来:"哥萨克们!弟兄们!弟兄们!弟兄们!你们究竟跟着谁呢?卡列金是想让咱们互相残杀!不行!不行!他们休想!咱们要叫他们瞧瞧厉害,把他们统统扫掉!把这些害人虫统统扔进汪洋大海!"

"他妈的!……"贺里散福笑得咧着嘴,高兴得手舞足蹈,忍不住哈哈大笑起

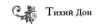

来:"说得好——好!……狠狠收拾他们!"

"住嘴!贺里散福,你怎么啦?人家会把你赶出去的!"伊万·阿列克塞耶维奇害怕地说。

拉古京是布堪诺夫乡的哥萨克,是第二届全俄中央执行委员会哥萨克事务部的第一主席,他讲了一些发自肺腑的、不很连贯、但是十分激动人心的话,哥萨克们听了都很感动。担任主席的波得捷尔柯夫也发了言,接着他发言的是留着英国式小胡子的很英俊的沙简科。

"这是什么人?"贺里散福伸出长胳膊指着,向格里高力问道。

"他是沙简科。布尔什维克的一个指挥员。"

"那一个呢?"

"叫曼德尔什坦。"

"打哪儿来的?"

"莫斯科。"

"那几个是什么人?"贺里散福指着沃罗涅日的代表团问道。

"你安静一会儿吧,贺里散福。"

"我的天,实在太有意思啦!……你告诉我:那一个细高个儿,跟波得捷尔柯夫坐在一块儿的,他是什么人?"

"他叫克里沃什雷科夫,是叶兰乡戈尔巴托夫村的。在他后面的两个人是咱们乡的,一个是库金诺夫,一个是顿涅茨柯夫。"

"我还问一个……那一个……不是那个!……是尽边上那一个,头发长长的,是什么人?"

"他叫叶里谢耶夫……我不知道他是哪个乡的。"

贺里散福问过了瘾,就不再问了,他听着一个接一个上去的人讲话,兴趣一直不减退,而且总是首先喊出:"说得好——好!……"他那厚沉的粗嗓门儿盖过几百人的声音。

一个姓司捷欣的哥萨克布尔什维克发过言以后,第四十四团的代表上去发言。他因为说话很费劲儿,说得很不自然,憋了半天;每说出一个字,就像在空中打一个火印,就歇一下子,用鼻子吸一口气;但是哥萨克们都抱着极大的好感在听他讲话,只是偶尔发出赞许的喊声打断他一下。显然,他说的话在哥萨克当中引起了热烈的反响。

"弟兄们!咱们的代表大会应当办好这件大事,让大家伙儿都满意,让一切都平平安安地过去!"他像口吃的人一样,把声音拉得很长。"我说的是,要叫咱们避免打仗流血。我们已经在战壕里折腾了三年半啦,比如说,如果还要打仗的话,那就要哥萨克的命啦……"

"说得对——对!……"

"一点不错!"

"我们不愿意打仗!……"

"要和布尔什维克、和哥萨克军人联合会谈判!"

"要讲和,别的办法都不要……没有什么好说的!"

波得捷尔柯夫用拳头敲了敲桌子,吼叫声才静了下去。第四十四团的代表这才一面摸着西伯利亚式的大胡子,一面拉长了声音说下去:

"咱们的代表大会应该派代表上诺沃契尔卡斯克去,好言好语地要求志愿军和各种各样的游击队从这儿撤回去。至于布尔什维克,呆在我们这儿也没有什么意思。对付劳苦大众的敌人,我们自己能行。目前我们还不需要别人来帮助,如果以后需要的话,我们再请他们来帮助。"

"这话离了谱儿啦!"

"说得对——对!"

"等一等,等一等!怎么'说得对'?比如说,等敌人的刀架到咱们的脖子上,那时候再去请布尔什维克帮助吗?不行,到那时候就晚啦!"

"应当建立自己的政权。"

"母鸡在窝儿里,可是不知道蛋往哪儿下……天啊!大伙儿真糊涂!"

第四十四团的代表发过言以后,拉古京说了不少号召性的热烈的话。他的说话声不时被叫喊声打断。根据一些人的建议,宣布休息十分钟,但是等到刚刚安静下来,波得捷尔柯夫就对着心情激动的人群喊叫起来:

"哥萨克弟兄们!现在咱们在这儿开会,可是劳苦人民的敌人并没有睡大觉。咱们总是希望,狼也能吃饱,羊也能好好儿的,可是卡列金他却不这么想。他发了一道命令,要逮捕参加这次大会的所有人员,我们截获了这道命令。现在就把这道命令念一念。"

念完卡列金所下的逮捕大会代表的命令以后,人群中掀起一阵骚动。大家一齐闹哄哄地嚷了起来,这种叫嚷声比任何集市上的叫嚷声都响亮百倍。

"说干就干,不要光说空话!"

"安静点儿!……嘘嘘嘘!……"

"用不着什么'安静点儿'!就是要干!"

"罗博夫!罗博夫!……你对他们说说!……"

"稍微等一等！……"

"卡列金他也不是呆子！"

格里高力一声不响地听着，望着代表们乱摇晃的脑袋和胳膊，后来忍不住了，踮起脚来，大声喊叫道：

"大家别嚷啦，妈的！……你们是来赶集的吗？叫波得捷尔柯夫把话说完呀！……"

伊万·阿列克塞耶维奇正和第八团的一个代表争得不可开交。

贺里散福大声吼叫着，反驳持不同意见的同团的一个哥萨克：

"这么说，还要找人保驾呢！你真是……胡扯什么？……够啦！哼，你呀，伙计，算了吧！咱们自己能对付！"

闹哄哄的喧嚷声小了下去（就像一阵强劲的风刮进麦田里，把麦子都刮倒了），这时候克里沃什雷科夫那尖细得像姑娘一样的声音像钻子一样钻透了还没有完全静下来的嘈杂声：

"打倒卡列金！哥萨克革命军事委员会万岁！"

人群里又嗡嗡起来。一阵阵赞成的呼喊声连成震耳的、隆隆的一片。克里沃什雷科夫还举着手站在那里。他的手指头就像树叶子，轻轻摆动着。震耳的呼喊声刚刚停止，克里沃什雷科夫就像被狗追着的狼那样，又尖利、高亢、响亮地叫了起来：

"我提议，由哥萨克选举成立一个哥萨克革命军事委员会！由这个委员会同卡列金进行斗争，并组织……"

"啊啊啊啊啊啊！……"喊叫声像炮弹爆炸一样炸了开来，震得天花板上的石灰片像弹片一样纷纷落了下来。

大家就开始选举革命军事委员会委员。以四十四团发言的代表和另外几个人为首的一小部分哥萨克，仍然主张和平解决同军政府的争端，但是大多数出席大会的代表已经不支持他们了；哥萨克们听了卡列金要逮捕他们的命令以后，都气得鼓鼓的，主张同诺沃契尔卡斯克的政权进行坚决的斗争。

格里高力没有等到选举结束，因为团部有紧急事情要叫他去。他一面往外走，一面对贺里散福和伊万·阿列克塞耶维奇说：

"等散了会，你们到我这里来。我很想知道，哪些人当选了委员。"

夜里，伊万·阿列克塞耶维奇来了。

"波得捷尔柯夫当选为主席，克里沃什雷科夫当选为书记！"他一进门就说。

"委员呢？"

"委员有拉古京·伊万、郭罗瓦乔夫、米纳耶夫、库金诺夫，还有另外几个人。"

"贺里散福哪儿去啦?"格里高力问道。

"他跟一些哥萨克去逮捕卡敏乡公所的人去啦。他这人性如烈火，往他身上吐口唾沫，都会烤得吱吱响。真够戗!"

贺里散福黎明时候才回来。他哼哧了半天，一面脱靴子，一面小声嘟哝着。格里高力点上灯，看见他的紫涨的脸上有血，额头上方还有一道子弹擦伤。

"你这是谁打的?……要包一包吧? 我就来……等一等，我去找绷带。"格里高力从床上跳下来，去找纱布和绷带。

"没事儿，会长好的。"贺里散福嘴里咕噜咕噜地说。"这是那个军官拿手枪打了我一枪。我们从大门口进去，像客人一样去找他，可是他抵抗起来啦。还打伤了一个哥萨克。我真想把他的心挖出来，看看这个军官的心是用什么做成的，哥萨克们都不叫我这样干，要不然我会狠狠敲他一顿……把他的骨头敲碎!"

九

在卡敏镇召开的哥萨克军人代表大会宣布，政权转入革命军事委员会之手。列宁得知此事之后，就在无线电广播里说:顿河上四十六个哥萨克团宣布成立自己的政府，并且正在同卡列金作战。

哥萨克军人派出自己的代表，到列宁格勒去参加全俄罗斯苏维埃代表大会。列宁在斯莫尔尼宫接见了他们。

"你们要把人民的敌人从地球上清除掉，把卡列金赶出诺沃契尔卡斯克……"全俄苏维埃代表大会向哥萨克们提出了这样的号召。

卡敏镇召开的军人代表大会结束后，第二天，顿河第十哥萨克团就奉卡列金

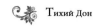

之命开到卡敏镇上,要逮捕参加大会的全体人员和解除最倾向革命的哥萨克部队的武装。

这时候车站上正在开群众大会。很大的一群哥萨克沸沸扬扬地议论着,听着讲话人讲话表现出各种各样的态度。

在台上的波得捷尔柯夫说:

"各位父老兄弟们,我没有参加任何党派,也不是布尔什维克。我只希望一点:希望有公道,希望有幸福,希望所有的劳苦大众亲密团结,希望没有任何压迫,没有富农、资本家和财主,希望大家都能自由自在地过日子……布尔什维克所追求的就是这个,就是在为这个奋斗。布尔什维克就是工人,就是劳苦的人,就和咱们哥萨克一样。不过加入布尔什维克党的工人比咱们更有觉悟:咱们过去糊里糊涂,他们在城市里,比咱们见识多,看问题更清楚。并且,我也可以说是一个布尔什维克,虽然我没有参加布尔什维克党。"

第十团下了火车,就来到大会会场。这个团的骨干有一半是特别高大、衣着华丽的原宫陀洛夫团的哥萨克,他们跟别的一些团的哥萨克混杂到一起,情绪马上发生了急剧的转变。他们拒绝执行团长下达的执行卡列金指示的命令。由于拥护布尔什维克的人们热心宣传,他们中间发生了分化。

这时候,卡敏镇上到处呈现出靠近前线的那种忙乱状态:一支支仓促凑起来的哥萨克队伍调去占领和守护被攻克的车站,兵车一辆一辆地朝兹维列沃—里哈亚方向开去。许多部队里在改选指挥人员。有些不愿意打仗的哥萨克悄悄地离开卡敏镇。有一些村镇的代表在会后才赶了来。大街上显得空前热闹。

一月十三日,白军的顿河政府派来谈判的代表团到达卡敏镇。这个代表团的成员是:军人联合会主席阿盖耶夫和联合会的委员斯维托查洛夫、乌兰诺夫、卡辽夫、巴舍洛夫以及库什纳列夫大尉。

密密层层的人群在车站上迎接他们。由御林军阿塔曼团的哥萨克组成的护卫队把他们送到了邮电局大楼。革命军事委员会的委员和白军政府派来的代表团一起开了一夜的会。

革命军事委员会这方面有十七个人参加了会谈。波得捷尔柯夫首先对阿盖耶夫的发言进行了严厉的驳斥,因为阿盖耶夫指责革命军事委员会背叛顿河哥萨克,同布尔什维克勾结。接着克里沃什雷科夫和拉古京也发了言。库什纳列夫大尉的发言几次被聚集在走廊里的哥萨克的喊声打断。有一个机枪手代表革命的哥萨克要求逮捕代表团。

会议没有得到任何结果。到夜里两点钟,已经很清楚,这次会议不会取得任何协议,于是大家通过了军人联合会委员卡辽夫的建议:由革命军事委员会派代表团赴诺沃契尔卡斯克进行商谈,最后解决政权问题。

白军的顿河政府代表团离开以后,以波得捷尔柯夫为首的革命军事委员会代表团接着就前往诺沃契尔卡斯克。代表团成员是大家一致选出的,有波得捷尔柯夫、库金诺夫、克里沃什雷科夫、拉古京、司卡奇柯夫、郭罗瓦乔夫和米纳耶夫。后来逮捕了一些阿塔曼团的军官,就把他们留在卡敏镇上,作为人质。

十

车窗外面,风雪狂啸。一个个被风吹得光溜溜的,已经落实了的雪堆,埋没了残缺不全的防雪栅栏。高高低低的雪堆顶上,已经印上了奇形怪状的鸟爪印儿。

一根一根的电线杆子、一个一个的小站和无边无际、一片白茫茫的原野迅速地向北方退去。

波得捷尔柯夫穿着一件新的光皮上衣,坐在车窗前。肩膀窄窄的、身子瘦瘦的、像个少年人的克里沃什雷科夫坐在他的对面,用胳膊肘支着下巴,望着窗外。他那像孩子一样清澈的眼睛里流露着担心和期待的神情。拉古京用小梳子梳着稀稀拉拉的淡褐色下巴胡子。身强力壮的大汉米纳耶夫在暖气管子上烤手,在座位上转来转去。

郭罗瓦乔夫和司卡奇柯夫躺在上面铺位上,小声说着话儿。

车厢里相当冷,有不少烟气。代表团的成员们都觉得上诺沃契尔卡斯克没有什么把握。谈话没有劲头儿。默默无语,十分沉闷。里哈亚车站过去了。波得捷尔柯夫说出了大家共同的想法:

"不会有结果的。谈不成的。"

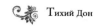

"白去一趟。"拉古京赞同他的看法。

又是老半天没有说话。波得捷尔柯夫的一只手有节奏地摆着,好像是梭子在网眼里穿来穿去。他偶尔望望自己的泛着暗淡的亮光的光皮上衣,玩味着。

离诺沃契尔卡斯克不远了。米纳耶夫看了看地图上从诺沃契尔卡斯克旁边伸展开去的顿河,小声说道:

"从前,哥萨克在阿塔曼团服完了兵役,就可以带着全副装备回家。把箱子、个人的东西、马匹都装上火车。火车开着开着,来到沃罗涅日附近,要在这里第一次跨过顿河,开车的司机就要减低速度,减到最低的速度……司机已经知道即将出现的情形。等火车一开到桥上,我的天啊!……你瞧吧!哥萨克们简直就发了疯:'顿河啊!我们的顿河呀!静静的顿河呀!生我、养我的父亲河呀!乌拉——拉!'于是把军帽、旧军大衣、旧军裤、枕头套、衬衣和各种各样的零碎东西从车窗里,从铁桥栏杆空隙里往水里抛。服完役回来,要向顿河献礼,以前那时候,你瞧吧,水上到处漂着浅蓝色的阿塔曼团制帽,就好像一只只的天鹅或者一朵朵的花儿……这种风俗是很久以前就传下来的。"

火车慢慢减速,停了下来。大家都站了起来。克里沃什雷科夫一面结军大衣上的皮带,一面似笑非笑地说:

"好啦,现在到家啦!"

"好像对咱们不怎么热情啊!"司卡奇柯夫想开开玩笑。

一个很威武的高个子大尉不敲门就走了进来。他用搜索的目光恶狠狠地把代表团的全体成员打量了一遍,装腔作势地、很粗暴地说:

"我奉命来接你们。布尔什维克先生们,劳驾啦,快点儿下车吧。我不能担保人群里不出问题……不能担保你们的安全。"

他的目光停留在波得捷尔柯夫身上的时间特别长,说得确切一点,是特别注意他那件军官皮上衣;他带着明显的敌意下命令说:

"你们马上下车,快点儿!"

"这就是他们,坏家伙,哥萨克的叛徒!"一个留着长长的上嘴胡的军官在挤满了人的站台上吆喝道。

波得捷尔柯夫的脸色一下子白了,微微带点儿惊慌的神情斜着眼睛看了看克里沃什雷科夫。克里沃什雷科夫跟着他走下车来,一面微笑着,一面小声对他说:

"'我们不是在一片颂扬声中,而是要在咬牙切齿的痛骂声中听到称赞的声音……'菲道尔,你听见吗?"

波得捷尔柯夫虽然没有听清后面的话,可是他笑了。

一支强大的军官队护送着他们。恨不得对他们下毒手的人群一直把他们送达到州公署,一路上就像发了疯一样。肆意辱骂代表团的不仅有军官和士官生,而且还有一些普通的哥萨克、一些衣着华丽的妇人和学生。

"你们弄得简直不像话!"拉古京十分气愤地对一个护送他们的军官说。

那个军官用敌视的目光打量了他一眼,小声说:

"你能保住一条命,就算不错啦……要是依我的,早把你这该死的下流货……宰啦!"

另一个年轻些的军官用责备的眼光拦住了他。

"这才糟呢!"司卡奇柯夫瞅到一个机会,小声对郭罗瓦乔夫说。

"简直像是押赴刑场。"

拥来的许多人没有进州公署的大厅。前来谈判的代表,按照一个担任招待的中尉的指点,陆续在桌子的一边就坐。这时候,白军政府的委员们也走了进来。

脊背微微有点儿驼的卡列金,由包加叶夫斯基陪伴着,用整个的脚掌迈着稳实的狼步走了过来。他拉了拉自己的椅子,坐了下来,从容地把带白帽徽的绿色军官帽放到桌上,撩平了头发,一面用左手扣着制服旁边一个大口袋的扣子,一面微微弯过身去,朝着和他说话的包加叶夫斯基。他一行一动都表现出从容镇定的自信神态和稳健神态;掌过大权的人的举止行动一般都是这样的,他们多年来养成了与别人不同的特殊风度,头的姿势、走路的姿势都与一般人不同。波得捷尔柯夫的气派倒是能和他旗鼓相当。可是包加叶夫斯基跟仪表堂堂的卡列金坐在一起,就大为逊色了,他显得十分猥琐,面临谈判,显得有些紧张。

包加叶夫斯基的嘴唇在下垂的淡褐色小胡子底下隐隐约约地咕哝着,不知在说什么,他那两只尖尖的斜眼睛在夹鼻眼镜底下不住地忽闪着。他一会儿理理衬衣领子,一会儿轻轻地摸摸摆来摆去的下巴胡,一会儿拧拧那宽宽的眉头上的宽宽的眉毛,这些动作都反映出他的紧张不安的心情。

卡列金坐在中间,军政府的委员们分坐在他的两边。其中有几个人是到过卡敏镇的,如卡辽夫、斯维托查洛夫、乌兰诺夫、阿盖耶夫;另外还有叶拉顿采夫、梅里尼柯夫、博塞、邵什尼科夫和波里亚科夫,他们坐得离中间稍远些。

波得捷尔柯夫听到米特洛方·包加叶夫斯基小声对卡列金说了一句不知什么话。

卡列金眯缝着眼睛对直地朝坐在对面的波得捷尔柯夫看了一眼,说:

"我想,可以开始啦。"

波得捷尔柯夫笑了笑,说明了代表团的来意。克里沃什雷科夫隔着桌子把早已准备好的革命军事委员会的最后通牒递过去,但是卡列金用白皙的手把通牒推过来,很强硬地说:

"政府委员们一个一个地来看,浪费时间,太没有意思啦。劳驾,把你们的通牒念一念吧。念过了,咱们再来讨论。"

"念念吧。"波得捷尔柯夫吩咐说。

他的神态很庄严,但是显然他和代表团其他成员一样,觉得心里没有底。克里沃什雷科夫站了起来。他那像姑娘一样清脆、却又不十分响亮的声音在挤满了人的大厅里回荡起来:

从一九一八年一月十日起,顿河军区指挥军队作战的全部权力,悉归顿河哥萨克革命军事委员会,不再属于军区司令。

一切对抗革命军队的部队均须于本年一月十五日撤离并解除武装,所有志愿国民军、士官学校、尉官学校,均应遵照执行。凡参加此类组织的人员,不属于顿河籍者,一律离开顿河军区,返回原籍。

【注意事项】武器、装备和军装必须交给革命军事委员会的有关人员。离开诺沃契尔卡斯克的通行证由革命军事委员会的有关人员签发。诺沃契尔卡斯克应由革命军事委员会派出的哥萨克部队驻守。

自一月十五日起,取消军人联合会全体会员的合法身份。

军政府派驻顿河地区的工厂和矿山的警察部队,一律撤出。

为避免流血起见,由军政府向顿河全区,向所有的乡镇和村庄宣布自愿放弃统治权,并宣布立即将政权移交给顿河哥萨克革命军事委员会,直到在本区内成立全体人民的正式的劳动政府。

克里沃什雷科夫的声音一落,卡列金就大声问道:

"你们代表哪些部队?"

波得捷尔柯夫和克里沃什雷科夫对看了一眼,就像自言自语似的报起部队番号:

"御林军阿塔曼团、御林军哥萨克团、炮兵第六连、第四十四团、炮兵第三十二连、第十四独立连……"他扳着左手的手指头数着;大厅里喊喊喳喳起来,有些人在冷笑。于是波得捷尔柯夫皱起眉头,把生满红毛的两只手放在桌子上,提高了声音："第二十八团、炮兵第二十八连、炮兵第十二连、第十二团……"

"第二十九团。"拉古京小声提示道。

"……第二十团，"波得捷尔柯夫接着报下去，声音更镇定、更响亮了，"炮兵第十三连、卡敏镇地方警备队、第十团、第二十七团、步兵第二营、第二后备团、第八团、第十四团。"

提过一些小问题和简短地交换过一些意见之后，卡列金把胸膛靠到桌子边上，盯着波得捷尔柯夫，问道：

"你们承认人民委员的苏维埃政权吗？"

波得捷尔柯夫喝完一杯水，把玻璃瓶放到盘子上，用袖子擦了擦胡子，非正面地回答说：

"承认不承认，是全体人民的事。"

克里沃什雷科夫怕心直口快的波得捷尔柯夫说走了嘴，就插嘴说：

"哥萨克是不承认那种有'人民自由党'①的代表参加的机关的。我们是哥萨克，我们的政府必须是我们哥萨克的。"

"如果是布尔什维克或者和他们一类的人来掌权，你们又怎样呢？"

"俄罗斯信得过他们，我们就信得过他们！"

"你们要和他们合作吗？"

"是的！"

波得捷尔柯夫带着赞同的神情"嗯"了一声，接话说：

"我们不是看人，是看主张怎样。"

一个军政府的委员直率地问道：

"人民委员苏维埃是为人民办事的吗？"

波得捷尔柯夫用探询的目光朝他看了看。波得捷尔柯夫笑了笑，伸手拿过玻璃瓶，倒了一杯水，大口喝了下去。他觉得十分渴，他好像用清澈的水在浇心中的大火。

卡列金用手指头轻轻敲着桌子，寻根究底地问道：

"你们和布尔什维克有什么共同之点呢？"

"我们要在顿河地区建立哥萨克的自治政权。"

"噢，不过你们大概已经知道，二月四日要召开军人联合会，要改选委员。你

---

① 反革命的立宪民主党又叫"人民自由党"。——作者注

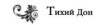

们赞成互相监督的办法吗?"

"不赞成!"波得捷尔柯夫抬起垂着的眼睛,强硬地回答说,"如果你们是少数的话,我们就要让你们服从我们的主张。"

"你们这是强加于人呀!"

"是的。"

米特洛方·包加叶夫斯基把目光从波得捷尔柯夫身上移到克里沃什雷科夫身上,问道:

"你们承认不承认军人联合会呢?"

"那可不一定……"波得捷尔柯夫耸了耸宽宽的肩膀。"顿河地区革命军事委员会将要召开一次人民代表大会。代表大会要在部队的监督下进行工作。如果代表大会不能使我们满意,我们就不予承认。"

"满意不满意,由谁来判断呢?"卡列金扬了扬眉毛。

"由人民!"波得捷尔柯夫很自豪地把头向后一仰;他靠到镂花的椅背上,光皮上衣咯吱咯吱地响了两下。

在短暂的休息之后,卡列金发言了。大厅里鸦雀无声,将军那低沉的、像秋天一样阴郁的声音清清楚楚地在一片静寂的大厅里响着:

"政府不能按照顿河革命军事委员会的要求,放弃自己的统治权。现政府是全体顿河人选举出来的,只有全体顿河人可以要求我们放弃统治权,而不是某些部队。你们要求我们把政权交给你们,是受了布尔什维克罪恶宣传的影响,布尔什维克是想在顿河地区推行他们的制度。你们是布尔什维克手里盲目的工具。你们奉行的是德国仆从们的旨意,你们没有认识到你们对全体哥萨克所担负的重大使命。我劝你们及早地醒悟过来,因为你们走上了同政府分裂的道路,政府是代表全体顿河人心意的,你们要给家乡招来空前的灾难。我不想抓住政权不放。军人联合大会就要召开啦,这次大会将要决定顿河地区的命运,但是在大会召开以前,我必须坚守自己的岗位。我最后一次劝你们及早醒悟。"

他发过言以后,又是哥萨克部队和外来的部队的政府委员发言。社会革命党人博塞的发言很长,他满嘴甜言蜜语,对革命军事委员会的委员们进行了规劝。

拉古京喝住了他的发言:

"我们的要求,就是请你们把政权移交给革命军事委员会!如果军政府想和平解决问题的话,就没有什么好等的……"

包加叶夫斯基笑了笑,问道:

"那么,怎么办?……"

"……就应该公开声明,政权已经移交给革命军事委员会。等你们的联合会开大会等上两个半星期,那不行! 人民已经满腔怒火,早就忍不住啦。"

卡辽夫慢吞吞地说了很久,斯维托查洛夫提了好几种无法实现的折衷方案。

波得捷尔柯夫十分气忿地听着他们发言。他匆匆地扫视了一下自己人的脸,看到拉古京皱着眉头,脸色煞白,克里沃什雷科夫两眼盯着桌子,郭罗瓦乔夫憋不住要说话。克里沃什雷科夫瞅到个机会,小声对波得捷尔柯夫说:"你说说!"

波得捷尔柯夫好像就等着这句话。他把椅子推开,说了起来,他拼命搜索能够击中要害、具有说服力的字眼儿,因为激动,有时结结巴巴的,说得很费劲儿:

"你们说得不对! 如果人民信任军政府的话,我会高高兴兴地撤回自己的要求……可是人民对你们信不过呀! 挑起内战的不是我们,是你们! 你们为什么容许各种各样亡命的将军在哥萨克的土地上避难? 正因为这样,布尔什维克才向我们静静的顿河进军。我不能听你们的! 决不容忍! 要和你们战斗到底! 我们要叫你们看看事实! 我不相信军政府能给顿河地区什么好处! 你们对不愿服从你们调度的一些部队,采取的是什么措施呢? ……噢,噢,就是这话! 你们为什么派你们的志愿军去镇压矿工? 你们到处作恶! 请你们告诉我:谁能担保军政府不发动内战? ……你们无法回答。人民和上过前线的哥萨克都站在我们一边。"

大厅里响起一阵笑声,就像风吹落叶;又是一阵愤恨的呼喊声,全是对着波得捷尔柯夫的。波得捷尔柯夫把气得通红的脸转过去,朝着叫喊发出的那一边,再也憋不住满腔的怒火,高声说:

"这会儿你们笑吧,将来你们会哭的!"他又转脸朝着卡列金,用逼人的目光盯着他,说:"我们要求你们把政权移交给我们这些劳动人民的代表,并且要求赶走所有的资产阶级和志愿军! ……你们的政府也必须离开!"

卡列金无精打采地把头垂了下去。

"我不打算离开诺沃契尔卡斯克,也不会离开。"

大家休息了一小会儿之后,又继续开会,梅里尼柯夫首先发言:

"赤卫队正在向顿河进攻,要消灭哥萨克! 他们推行极端政策,祸害了俄罗斯,又想来祸害我们顿河! 自古以来就不曾有过,一小撮狂妄之徒和流氓会管理好国家,会造福人民。俄罗斯人会清醒过来,会除掉这些穷光蛋的! 你们受了那些狂妄之徒的迷惑,想从我们手里夺取政权,为的是给布尔什维克打开大门! 办

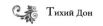

不到!"

"你们把政权交给革命军事委员会,赤卫队就会停止进攻……"波得捷尔柯夫插话说。

得到过四枚乔治十字章的舍因上尉,是由一个普通兵晋升到上尉的,他得到卡列金的允许,从人群里走了出来。他像检阅前那样抻平了军便服的皱褶,马上就慷慨激昂地说了起来:

"乡亲们,别听他们胡说八道!"他把手一挥,就好像砍了一刀,用发命令一样的声音高叫道。"我们不能和布尔什维克走一条路!只有出卖顿河和哥萨克的奸贼才会说把政权交给苏维埃,才会叫哥萨克跟着布尔什维克走!"他转过身来,对直地指着波得捷尔柯夫,对着他喊叫起来:"波得捷尔柯夫,您当真以为,顿河人会跟着您这个一知半解、没有学识的人走吗?如果有人跟着走的话,那也只是一小撮无家无业的穷光蛋!不过,老兄,就连他们也会醒悟过来的,他们也会把你绞死!"

大厅里许许多多的人头晃动起来,就像风吹的向日葵头子;响起一片赞扬声。舍因坐了下去。一个佩戴中校肩章、身穿带褶的小皮袄的高个子军官,很亲热地从后面拍了拍他的肩膀。许多军官拥集到他的周围。一个歇斯底里的女声很激动地、吱吱哇哇地喊道:

"谢谢你,舍因!谢谢!"

"好哇,舍因大尉!好极啦!"一个经常在三等座位上看戏的戏迷用小公鸡一样的嗓门儿大声叫道。他一下子就给舍因上尉升了一级。

军政府里有几个能说会道的人,又对革命军事委员会的代表诱劝了半天。大厅里烟气腾腾,一片灰白色,十分气闷。窗外的太阳即将完成一天的行程。许多挂满霜雪的枞树枝条儿冻结在窗玻璃上。坐在窗台上的人已经听见晚祷的钟声和透过怒吼的风声传过来的火车头的声嘶力竭的叫声。

拉古京再也忍不住了,他打断军政府一个演说家的话,对卡列金说:

"请你们谈正题吧,该结束啦!"

包加叶夫斯基小声挖苦他说:

"拉古京,别激动!这儿有水。激动对于有家眷的人和有可能害心脏病的人是有害的,再说,不管怎样您都不应该打断发言人的话,这儿可不是什么工农兵苏维埃。"

拉古京也回敬了他几句,但是大家的注意力又重新集中到卡列金身上。他仍旧和开头那样,很自信地玩弄着政治把戏,而波得捷尔柯夫的回答,使他又一次碰在简单而又厚实的铁甲上。

"你们说,如果我们把政权交给你们,布尔什维克就会停止向顿河进攻。不过这是你们的想法。可是等到布尔什维克来到顿河上,他们会怎么样,那还不知道呢。"

"我们相信,布尔什维克会证实我的话。你们就试试看:把政权交给我们,把志愿军从顿河地区赶出去,你们就会看到:布尔什维克马上就不打了!"

过了不大的一会儿,卡列金欠起身来。他的答复是事先定了的:柴尔涅曹夫已经接到集中军队准备进攻里哈亚车站的命令。但是卡列金为了争取时间,在宣布会议结束时,采取了拖延的手段:

"顿河政府将讨论革命军事委员会的建议,明天上午十点钟以前书面答复。"

 十一

第二天上午顿河政府交给革命军事委员会代表团的答复内容如下:

顿河军的军政府在讨论了哥萨克革命军事委员会的代表团代表阿塔曼团、御林军哥萨克团、第四十四、第二十八、第二十九、第十、第二十七、第二十三、第八、后备第二及第四十三各团,第十四独立连、御林军炮兵连,第三十二、第二十八、第十二和第十三炮兵连,步兵第二营和卡敏镇警备队等部提出的要求以后,兹声明:军政府是顿河地区全体哥萨克的代表。由全体哥萨克选定的政府,在新的军人联合会召开大会以前,不能放弃自己的统治权。

顿河军的军政府认为必须解散军人联合会的旧机构,必须改选各乡镇和各部队的代表。由全体哥萨克用平等、秘密的直接投票方式自由(有充分的宣传自由)选举出来的军人联合会,在新的领导机构领导之下,将于今年旧历二月四日在诺沃契尔卡斯克召开会议,同时召开非哥萨克人代表大会。只有经过革命的、可以代表顿河全体哥萨克的军人联合会,只有这一合法机构,才有权撤销军政府,改选新的军政府。这次会议将同时讨论军队的管理问题和是否需要保留军队和志愿国民军以保卫政权。至于志愿军的编制及其活动,联合政府早已决定由政府进行监督,并且由顿河区军事委员会参与监督。

关于撤出所谓军政府派驻工厂矿山区的警察部队问题,军政府声明,该问题将提交二月四日的军人联合会审议决定。

军政府声明,地方生活的体制问题,应由地方人民决定,因此军政府认为,必须按照军人联合会的意图,尽最大力量,反抗布尔什维克的武装部队入侵,因为布尔什维克企图强制推行其政治制度。自己的生活应由人民自己安排——这是唯一的办法。

军政府不愿意打内战,军政府将尽一切可能用和平方式解决问题,因此建议革命军事委员会派人参加代表团,同布尔什维克军队进行谈判。

军政府认为,如果本地区以外的军队不侵犯本地区边界,就不会发生内战,因为军政府只保护顿河地区,决不采取任何进攻行动,不想把自己的意志强加于俄罗斯,因此也不希望任何别的人把自己的意志强加于顿河地区。

军政府保证各乡镇和各部队的选举有充分的自由,每一个公民在即将到来的军人联合会的选举中,都可以自由宣传和坚持自己的观点。

为了了解各师的哥萨克的需要,应当立即派出由各部队代表组成的调查委员会。

顿河军的军政府向有代表参加革命军事委员会的一切部队建议,立即恢复保卫顿河地区的正常活动。

军政府决不允许顿河的军队反对顿河的军政府,不允许静静的顿河上发生自相残杀的战争。

革命军事委员会应由选举该委员会的部队宣布解散,此外,各部队都应派代表参加现有的顿河区军事委员会,该委员会是代表本区所有部队的。

军政府要求立即释放革命军事委员会所逮捕的一切人员,为了恢复本地区的正常秩序,行政机关应恢复履行职责。

革命军事委员会仅仅代表少数哥萨克部队,无权代表所有的部队,更无权代表全体哥萨克提出要求。

军政府认为，革命军事委员会同人民委员苏维埃的妥协以及接受其金钱援助，是令人难以容忍的事，因为这意味着在顿河地区扩大人民委员苏维埃的影响，而哥萨克军人联合会和全地区非哥萨克人代表大会都不承认苏维埃政权，乌克兰、西伯利亚、高加索以及所有的哥萨克部队都是这样。

军政府主席、副司令官米·包加叶夫斯基

顿河军代表：叶拉顿采夫

波里亚科夫

梅里尼科夫

卡敏镇来的革命军事委员会委员拉古京和司卡奇柯夫也参加了顿河军政府派出的代表团，前往塔干罗格同苏维埃政权的代表谈判。波得捷尔柯夫和其余的成员暂时被软禁在诺沃契尔卡斯克，可是就在这时候，柴尔涅曹夫就带领一支好几百人的队伍，配备了一个重炮连和两门小炮，用闪电式的突袭攻占了兹维列沃和里哈亚车站，他留下一个连和两门炮担任守卫，便带领主力去进攻卡敏镇。柴尔涅曹夫的部队在北顿涅茨小站附近打垮了担任守卫的革命的哥萨克部队以后，便在一月十七日占领了卡敏镇。可是过了几个小时就得到消息，说是萨布林的赤卫队收复了兹维列沃，接着又收复了里哈亚，赶走了柴尔涅曹夫的留守部队。柴尔涅曹夫立即率兵前往。迎头一击，打垮了莫斯科第三支队，重创哈尔科夫支队，打得赤卫队十分狼狈地退了回去。

里哈亚方面的情况恢复以后，掌握了主动权的柴尔涅曹夫又回到卡敏镇上。一月十九日，从诺沃契尔卡斯克给他调来了增援部队。第二天，柴尔涅曹夫就决定进攻格鲁博克。

在军事会议上，根据林柯夫中尉的建议，决定用迂回运动的战术进攻格鲁博克。柴尔涅曹夫不敢顺着铁路线进攻，因为害怕在这个方向会遇到卡敏镇革命军事委员会的部队和由柴尔特柯沃开来增援的赤卫队的顽强抵抗。

夜里就开始了深入的迂回运动。柴尔涅曹夫亲自率领队伍前进。

拂晓时到达格鲁博克。动作整齐地改变了队形，列成散兵线。柴尔涅曹夫准备下命令进攻前，从马上下来，活动着两条坐麻了的腿，用沙哑的声音对一个连长命令道：

"大尉，用不着客气。您明白我的意思吗？"

他用靴子咯吱咯吱地踩着雪地上硬邦邦的冰凌，把灰色的羊皮帽朝一边推了推，用手套擦着红红的耳朵。因为睡眠不足，他那炯炯逼人的眼睛下面出现了

两个蓝圈儿,嘴唇冻得皱了起来,剪得短短的小胡子上凝结着白霜。

他暖和过来以后,又跳上马去,把绿色军官小皮袄上的褶儿抻了抻,拿起撩在鞍头上的缰绳,打了一下白头顶的枣红色顿河马,很自信、很坚强地笑了笑,说:

"开始吧!"

十二

在卡敏镇召开哥萨克军人代表大会以前,伊兹瓦林上尉从团里逃跑了。逃跑的前一天他去看过格里高力,拐弯抹角地暗示自己要离开,他说:

"目前环境是这样,很难在团里再干下去。哥萨克们都在两个极端,在布尔什维克和旧君主制度之间摇来摆去。谁也不愿意支持卡列金的政府,尤其是因为他光是天天空喊平等。我们需要的是刚强的、有魄力的人,需要一个能对付外来户的人……不过我认为,目前最好还是支持卡列金,免得全盘输掉。"他停了一会儿,一面吸烟,一面问道:"你……大概信仰红党了吧?"

"差不多。"格里高力答应说。

"你是真心实意呢,还是像郭鲁博夫一样,想笼络人心呢?"

"我用不着笼络人心,自己能找到出路。"

"你找不到出路,只会碰到墙上。"

"咱们就等着瞧吧……"

"格里高力,我怕咱们以后会以仇敌相见。"

"在战场上是不认朋友的,叶菲姆·伊万内奇。"格里高力笑着说。

伊兹瓦林坐了一会儿就走了,第二天早晨他就不见了,就像石头沉进了大海。

开代表大会的那一天，维奥申乡列别亚希村一个阿塔曼团的哥萨克来看格里高力。格里高力正在擦手枪，往手枪上抹油。这个阿塔曼团的哥萨克坐了一会儿，临走的时候，好像是随口一提，又好像是专门为此事来的（他知道，原阿塔曼团的军官李斯特尼次基夺了格里高力的女人，他偶然在车站上看见了李斯特尼次基，所以特地来警告他），说：

"格里高力·潘捷莱耶维奇，我今天在车站上看到你的朋友啦。"

"哪一个？"

"李斯特尼次基。你认识他吗？"

"什么时候看到的？"格里高力急忙问道。

"一个钟头以前。"

格里高力坐了下来。往日的凌辱就像猎狗的爪子抓住了他的心。他对仇人的憎恨已经不像原来那样强烈，但是他知道，如果现在遇到了，在目前内战已起的条件下，他们之间一定要流血的。他无意中听到李斯特尼次基的消息以后，才知道旧日的创伤并没有随着时间消失：只要三言两语，就会流血。格里高力真想为过去的事痛痛快快地报复一下——就因为这个可恶的家伙插了一脚，他的生活才暗淡无光了，过去的生活十分愉快，充满乐趣，如今只剩下孤寂、苦闷和忧郁。

他沉默了一会儿，觉得脸上的一阵微微的红晕已经渐渐退去，就问道：

"你可知道，他是不是上这儿来的？"

"恐怕不是，大概是上诺沃契尔卡斯克的。"

"噢——噢……"

阿塔曼团的哥萨克又谈了谈代表大会的事和团里的新闻，就走了。他走后一连好几天，格里高力心中痛苦异常，怎么压都压不住。他一天到晚恍恍惚惚的，比往常更多地想起阿克西妮亚，嘴里发苦，心里木木的。他想起娜塔莉亚，想起孩子们，但这种回忆带给他的愉快早已被时间冲淡了，被岁月蚀薄了。他的心还是在阿克西妮亚身上，仍像从前一样深沉而强烈地想念着她。

柴尔涅曹夫的部队攻了上来，只好从卡敏镇仓促撤退。顿河革命军事委员会的一些散乱的队伍，一支支残缺不全的连队，有的纷纷登上火车，有的用行军的方式撤退，把一切累赘的和笨重的东西全都扔下。可以明显看得出缺少组织性，缺少一个坚强有力、能够整顿和指挥这股实际上很可观的兵力的人。

最近一些日子不知从哪里钻出来一个郭鲁博夫中校，他在选举出来的指挥员中显得与众不同。他担任了战斗力特别强的第二十七哥萨克团的指挥，并且马上就雷厉风行地进行了整顿。哥萨克们都毫无二话地服从他,认为他在团里有别人所不及的才能:善于团结指挥人员,善于安排,善于领导。郭鲁博夫是个很粗壮的军官,腮帮子鼓鼓的,两只眼睛显得很凶。这会儿他正摇晃着马刀,在车站上对装车动作缓慢的哥萨克吆喝着:

"你们怎么回事儿? 是在捉迷藏吗?! 他妈的! ……快点儿装啊! ……我以革命的名义命令你们立即服从! 什——么? ……这是谁在煽动? 我枪毙你,坏蛋! ……住嘴! 对消极怠工的和暗藏的反革命分子我决不客气!"

于是哥萨克们都服帖了。按照旧的传统,很多人甚至还喜欢这一套,大家都还没有摆脱旧传统。在旧时代,越是厉害,就越是大家心目中的好指挥官。关于郭鲁博夫这样的指挥官,有一种说法:"处罚起你来,会揭掉你的皮;心疼起你来,再给你缝上一张。"

顿河革命军事委员会的部队像潮水一样退出后,一齐拥到了格鲁博克镇。所有的部队实际上已经由郭鲁博夫在指挥。他在不到两天的时间里把溃不成军的队伍集结起来,并采取了相应的措施,以巩固格鲁博克的防务。格里高力·麦列霍夫受他的委派,指挥着由后备第二团的两个连和阿塔曼团的一个连组成的一个营。

一月二十日黄昏时候,格里高力走出自己的住所,去检查设立在铁路线外面的阿塔曼团那个连的岗哨,他在大门口碰上了波得捷尔柯夫。波得捷尔柯夫一下子就认出他来。

"你是麦列霍夫吧?"

"是的。"

"你上哪儿去?"

"查岗去。从诺沃契尔卡斯克回来很久了吗? 怎么样?"

波得捷尔柯夫皱起了眉头。

"和人民的死敌是不能谈和平的。他们玩的鬼把戏,你还没看见吗? 一面谈判……一面放出柴尔涅曹夫来咬人。卡列金这家伙有多坏呀?! 好啦,我很忙,要到司令部有急事。"

他匆匆和格里高力道过别,便大踏步朝镇中心走去。

还在当选为革命军事委员会主席以前,他对待格里高力和其他一些熟人的态度就有了明显的变化,他的声音中已经流露出优越和高傲的语调。这个天性纯朴的人,因为掌了权,头脑就发起昏来。

格里高力把军大衣领子往上拉了拉,加快了脚步。看样子夜里会很冷。风从东南方吹来。天渐渐放晴了。地上的雪冻得很结实,走在上面咯吱咯吱直响。月亮就像一个残废人上楼梯,慢慢地、歪着身子升了上来。郊外的原野蒙起一片淡紫色的暮霭。正是黑夜渐渐降临的时候,这时候一切景物的轮廓、线条、色彩、距离都在渐渐消失;这时候白昼的亮光还同黑夜交织在一起,进行混战,所以一切都显得不像真的,缥缥纱纱,像童话里的东西;这时候就连气味都失去刺激性,带有一种特别的、淡化的成分。

格里高力查完岗哨,回到住所。房东是个铁路职员,一脸的麻子,长相很像一个流氓,他生起火壶,在桌子旁边坐了下来。

"你们要进攻吗?"

"不知道。"

"还是你们等着他们进攻?"

"看来是这样。"

"这很对。我想,你们没有力量进攻,那么,当然最好就是等待。防守是比较有利的。我在和德国打仗时当过工兵,对于战略战术也略知一二……兵力不足呀。"

"算了吧。"格里高力不想谈这个使他不快的问题。

但是房东一面搔着呢子背心底下他那像石斑鱼一样的瘦肚皮,一面在桌子跟前转悠着,一股劲儿地缠着问:

"炮队多不多? 有多少门炮? 多少门?"

"你当过兵,可是不懂当兵的规矩!"格里高力带着愤怒的神情冷冷地说,并且把眼睛一翻,吓得房东像发晕一样,朝旁边歪一歪。"你当过兵,可是这么不懂规矩! ……你怎么能问我们军队的数目和作战计划? 我马上把你送去审问审问……"

"长官……先生……好先……好先……"房东脸色煞白,急得喘不上气来,词尾都说不清了,嘴唇半张着,脸上的麻子都发了青。"我太糊……太糊涂! 请多多包涵! ……"

在喝茶的时候,格里高力无意中看了他一眼,就看到房东的眼睛就像遇到闪电时那样,猛然眨动了一下,可是等眼睛睁开,却露出另一种神情,那是一种亲热的神情,几乎可以说是一种爱慕的神情。房东的妻子和两个成年的女儿在小声说着话儿。格里高力没有喝完第二杯茶,就回到自己房里。

过了不大一会儿,和格里高力住在一所房子里的后备第二团第四连的六个哥萨克也从外面回来了。他们闹哄哄地喝起茶来,又说又笑。格里高力已经蒙眈欲睡，只听到他们谈话的片断。有一个人在讲（格里高力从声音上听出是排长巴贺马乔夫，是卢干乡人），其余的人偶尔地插几句话。

"这事儿是我亲眼见到的。郭尔洛夫区第十一号矿有三个矿工跑来说，我们那儿成立了一个组织，需要武器，你们匀给我们一点儿吧。可是革命军事委员会的一个干部说……真的，是我亲自听他说的嘛！"他提高声音，回答不知是谁的插话。"那个干部说：'同志，你们去找萨布林吧，我们这儿什么也没有。'哪里是什么也没有？我就知道，还有不少多余的步枪呢。不是这么一回事儿……是因为庄稼佬要参加，所以起了小心眼儿。"

"就应该这样！"另外一个人说。"要是给了他们家伙，还不知道他们肯不肯打仗。可是一提起土地，他们就会把手伸得老长。"

"我们可是知道这一套！"还有一个人粗声粗气地说。

巴贺马乔夫若有所思地用茶匙敲起玻璃杯子；他一面合着自己说话的节拍敲着茶匙，一面一个字一个字地说：

"不行，这样不对头。布尔什维克为了全体人民可以忍让，咱们这些布尔什维克却很糟。只要打垮了卡列金，以后再说别的……"

"哎哟，我的老兄呀！"一个孩子般清脆的声音用开导的语气高声说："你要明白，咱们没有什么可让的呀！像样的地每个人只能摊到一亩半，剩下的都是沙石地、山沟和草场啦。拿什么来让呀？"

"用不着分你的地，有一些人的土地多得很呢。"

"还有军用土地呢？"

"我的天呀！把自己的土地拿出去，再向大爷大娘乞讨吗？……嘿，你呀，真想得出这样的好主意！"

"军用土地军队还要用呢。"

"那当然啦。"

"真是贪心不足！"

"哪能算什么贪心！"

"也许会把上游的哥萨克迁移过来。我们都知道，他们的土地是一片黄沙。"

"就是这话！"

"咱们什么都捞不到。"

"没有酒真不好办。"

"喂，伙计们！前几天这儿打开一座酒库。有一个人掉到酒里，呛死啦。"

"他是想一下子喝光。喝得肚子鼓鼓的。"

格里高力在蒙眬中听到,哥萨克们铺着地铺,打着哈欠,挠着痒痒,还在继续谈着土地,谈着分地的事。

快到黎明时候,窗外响起枪声。哥萨克们一齐跳了起来。格里高力拉过军便服,两只胳膊却怎么都伸不进袖子。他抓起军大衣,一面跑着一面把鞋穿上。枪声像炒豆子一样在窗外劈劈啪啪响了起来。一辆大车轰隆轰隆地开了过去。有人在门口慌里慌张地高声喊叫:

"带枪集合!带枪集合!……"

柴尔涅曹夫的部队打得哨兵节节后退,渐渐向格鲁博克镇里冲来。骑兵在灰蒙蒙、阴沉沉的夜色中来来回回地奔驰。步兵咚咚地乱跑。十字路口正在架机枪。有三十来个哥萨克像一条链子似的排成横队向前冲去。有一个小队从小胡同里穿过去。枪栓咔嚓咔嚓地响着,子弹进了枪膛。前面的街上响起高亢而嘹亮的口令声:

"第三连,快!那是谁把队伍搞乱啦?……立正!机枪手,往右翼!准备好了吗?全连注意……"

一个炮兵排轰隆轰隆地开过。马匹大步跑着。炮手们摇晃着鞭子。炮弹箱咔啦咔啦,车轮咕隆咕隆,炮架子咯吱咯吱,同镇上越来越密集的枪声混成一片。不远处有几挺机枪一齐吼叫起来。一辆不知往哪里跑的炊事车,跑到附近的街口,撞在小花坛旁边的一根树桩上,一下子就撞翻了。

"瞎鬼!……你没看见吗?!瞎闯什么?"有一个吓得要死的声音十分紧张地吆喝道。

格里高力好不容易集合起一个连,带着这一连人朝镇边上跑去。镇边上已经有许多哥萨克一股一股地败退下来。

"往哪儿去?……"格里高力抓住最前面一个人的步枪,问道。

"松——手!……"那人朝外挣着。"松手,浑蛋!……为什么抓住我?你没看见,都在退吗?……"

"好厉害!……"

"来势好猛……"

"咱们往哪儿去?……上什么地方……上米尔列尔镇,好吗?"好几个人气喘吁吁地说。

格里高力带着一连人来到镇边上一座长长的棚子前,刚要让队伍散开,可是又一股退却的哥萨克跑来把队伍冲乱了。他这个连的哥萨克和退却的人混到了一起,一齐朝后面,朝街道上跑去。

"站住！……不要跑……我开枪啦！……"格里高力气得打着哆嗦吆喝道。

大家都不听他的了。一阵一阵的机枪子弹顺着大街泼来；哥萨克们一堆一堆地在地上趴了一小会儿，朝墙跟前爬了爬，便跑进了几条横街。

"现在控制不住啦，麦列霍夫！"排长巴贺马乔夫从他身边跑过，把脸凑过来看着他的眼睛，高声说。

格里高力咬了咬牙，摇晃着步枪，跟着他向后退去。

部队一片混乱，仓皇地逃出了格鲁博克。差不多把部队的全部物资都扔掉了。到黎明时候，才把各连集合起来，发起反攻。

郭鲁博夫的脸红红的，一脸都是汗，小皮袄敞着怀，他顺着自己的二十七团前进的散兵线来来回回地跑着，用响亮而紧张的嗓门儿高声喊叫着：

"前进！……不要卧倒！冲啊！……冲啊！……"

炮兵第十四连进入阵地，正把大炮从车上往下卸；炮兵连连长站在炮弹箱上，用望远镜观察着。

五点多钟开始战斗。由哥萨克和沃罗涅日的彼特洛夫支队的赤卫队员混合而成的散兵线密密麻麻地向前拥去，许许多多人影在雪地上移动着，好像白底子上挑了许许多多黑黑的花儿。

东方吹来冷风。风把乌云拨开，下面露出一抹红红的朝霞。

格里高力从阿塔曼团的一个连中拨出一半人去掩护炮兵第十四连，率领其余的人去进攻。

试射的第一发炮弹落在柴尔涅曹夫部队的阵地前面很远的地方。爆炸的烟雾升了起来，像一面乱蓬蓬的蓝黄色的大旗。第二发炮弹又清脆地炸了开来。各门炮都逐个儿试射起来。

"嗖——嗖——嗖！……"炮弹朝远处飞去。

一阵令人紧张的寂静，穿插了几排步枪的齐射声，接着便是远处响亮的炮弹爆炸声。超远射以后，炮弹就接二连三地落到阵地近处了。格里高力被风吹得皱起眉头，怀着满意的心情想道："试射成功啦！"

右翼是第四十四团的几个连。郭鲁博夫领着自己那个团在中央。格里高力在他的左边。格里高力过去，是赤卫队的几个小队，他们在右翼的尽边上。格里高力的队伍配备了三挺机枪。机枪队长是一个矮矮的赤卫队员，一张脸阴沉沉的，两只大手上生满了黑毛，他扫射起来又准又狠，打得进攻的敌人不敢动弹。他的机枪一直跟着阿塔曼团那半个连前进。他手下有一个穿军大衣的健壮的女赤卫队员。格里高力顺着阵地走过时，愤恨地想道："色鬼！在战场上打仗，还离不开女人。同这种人在一起，能打什么仗?! 再把孩子、鹅毛褥子和各种各样的零碎儿都带来才好哩! ……"机枪队长走到格里高力跟前，理了理胸前的手枪带子，问:

"这支队伍是您指挥吗?"

"是的，是我!"

"我要在阿塔曼团这半个连的阵地上进行阻拦射击。您瞧，咱们进展太慢啦。"

"好吧!"格里高力答应过，听到一挺哑了的机枪那边传来喊叫声，连忙转过头去。

一个身强力壮的大胡子机枪手十分暴躁地喊叫着:

"彭楚克! ……咱们这样打，机枪都要熔化啦! ……怎么能这样啊?"

那个穿军大衣的女子就跪在他身边。她那一双黑黑的眼睛在绒头巾下面忽闪着，格里高力觉得很像阿克西妮亚，这一双眼睛勾起了他的思念，他气也不喘、眼睛眨也不眨地看着她。

晌午时候，郭鲁博夫派传令兵给格里高力送来一张字条。在从行军记事簿上顺手扯下来的一张纸片上歪歪扭扭地写着一些潦草的字:

> 我以顿河革命委员会的名义命令您，率领您手下两个连离开阵地，以急行军包抄敌人的右翼，你们进袭的地区此处可以看得见，就在风磨稍左一点，顺山沟走……行动要隐蔽(有几个字看不清)……等我们一发动强攻，你们就从侧翼冲过来。
>
> 郭鲁博夫

格里高力把两个连撤下来，叫大家上了马，往后开去，尽量不叫敌人判断出他们行军的方向。

他绕着圈子走了有二十俄里。马匹在很深的雪里走得非常吃力。他们走的山沟里积满了雪。有些地方的雪抵到马肚子。格里高力听着一阵一阵的炮声，不时担心地看看表，这表是在罗马尼亚从一个被打死的德国军官手上摘下来的——他很怕误了时间。他还不时地根据指南针校正方向，但还是比指定的方向偏了一点儿。他们爬上一处宽宽的斜坡，来到开阔的地方。马匹浑身冒着热气，腿窝里水漉漉的。格里高力命令下马，自己第一个跳到高些的地方。马匹留在山沟里，派几个人看守着。哥萨克们都跟着格里高力顺着平缓的斜坡朝前爬去。格里高力回头看了看，看见自己后面有一连多下了马、在积雪的山沟斜坡上散了开来的战士，就觉得自己有了信心和力量。他也和每个人一样，在打仗时有一种很强烈的群体感。格里高力四面看了看，估量了一下情况，心里明白了，因为对路上的困难估计不足，至少迟到了半个钟头。

郭鲁博夫发动了大胆的战略性进攻，差不多已经切断柴尔涅曹夫的退路，他在两翼配备了掩护，用正面突击朝半面被包围的敌军冲去。一阵阵隆隆的炮声。枪声劈劈啪啪地乱响，好像是铁砂子在铁锅里乱滚；坑坑洼洼的敌军阵地上罩起一片榴霰弹的硝烟，炮弹接连不断地落下来。

"成散兵线！……"

格里高力带着自己的两个连从侧翼冲上去。他们就像在射击演习时那样，也不卧倒，直往前冲，但是柴尔涅曹夫的队伍里有一个很灵活的机枪手，他的"马克辛"机枪非常厉害，哥萨克们损失了三个人后，就老老实实地卧倒了。

下午两点多钟，格里高力中了一颗子弹。包着镍皮的灼热的铅弹钻进大腿肌肉里。格里高力觉得火辣辣地疼，觉得出现了失血时那种熟悉的呕吐感，就紧紧地咬住牙。他从阵地上爬下来，急得跳了起来，猛烈地摇了摇被子弹擦伤的脑袋。因为子弹没有钻出来，所以腿部越来越疼得厉害。这颗子弹打到格里高力身上的时候，已经没有多大的劲儿了，所以，穿透了军大衣、军裤和皮肤，到了肉里就停住了。因为疼得像火烧，疼得钻心，行动起来很不方便。格里高力趴在地上，想起了第十二团在罗马尼亚的特兰斯瓦尼亚山地打的那一仗，那一次他的胳膊受了伤。他的眼前清清楚楚地出现了那一次进攻的场面："秃子"，米沙·柯晒沃依的怒冲冲的脸，叶麦里扬·格洛舍夫拖着一个受伤的中尉往山下跑。

格里高力的副手是一个叫刘毕什金·巴维尔的军官，他担任了两个连的指挥。他派两个哥萨克把格里高力送到看守马匹的人那里去。两个哥萨克一面扶着格里高力上马，一面很关切地劝他说：

"请您把伤口包扎包扎吧。"

"有绷带吗？"

格里高力已经上了马，但是想了想，又下了马，脱下裤子，只觉一阵冷气透过汗淋淋的脊背、肚子和两腿，他冷得皱着眉头，匆匆地把火辣辣、血糊糊、好像用铅笔刀割的一道伤口包扎起来。

他骑上马，由自己的传令兵陪着，仍旧绕道朝发起反攻的地方走去。他望着雪地上密密麻麻的马蹄印儿，望着几个钟头以前他带领两个连走过的这道山沟。他昏昏欲睡，高地上发生的事情不知为什么已经变得非常遥远和淡漠了。

可是在那边,步枪声依然乱纷纷地、一阵紧似一阵地响着,敌人支援自己人的重炮轰轰隆隆,而且不时地有咆哮的机枪连续射击一阵子,好像是为总结战果,画着尚未可知的虚线。

格里高力在山沟里走了有三俄里。马匹在雪里越陷越深。

"把马赶到平地上去……"格里高力一面打着马往积雪很厚的山沟斜坡上走,一面对传令兵嘟哝说。

远处有一些稀稀拉拉的尸体,黑糊糊的,就像落在田野上的乌鸦。在地平线尽头处,有一匹没有人骑的马在狂跑,从这里去看,那马显得非常小。

格里高力看到,已经溃乱和变稀了的柴尔涅曹夫的基本核心队伍,冲出了战场,转来转去地朝格鲁博克退去。格里高力放开自己的枣红马飞跑起来。远处零零落落地有很多堆哥萨克。格里高力催马跑到其中一堆哥萨克跟前,看到了郭鲁博夫。郭鲁博夫仰靠在马鞍上。他那两边镶着发了黄的羊羔皮的皮袄敞着怀,皮帽子歪戴着,额头上汗津津的。他捻着司务长式的上翘的小胡子,用沙哑的嗓门儿高叫道:

"麦列霍夫,好样儿的!你好像挂花啦!他妈的!骨头没伤着吧?"他不等回答,就笑着说:"打得痛快!把他们打垮啦!……把军官队打得落花流水。他们夹起尾巴跑啦!"

格里高力要了一根烟,抽了起来。田野上到处都是哥萨克和赤卫队员。一个骑马的哥萨克从前方远处黑压压的一群人那里飞快地跑来。

"俘虏了四十个人,郭鲁博夫!……"他老远就喊起来。"俘虏了四十名军官,还有柴尔涅曹夫本人。"

"你是吹牛吧?!"郭鲁博夫惊骇地在马上转了一下身子,狠狠抽了一下他那匹白腿的高头大马,朝前跑去。

格里高力等了一会儿,也打马跟着他跑去。

密密层层的一群俘虏,由押送队围成一个圈儿押解着,押送队有三十人,是第四十四团和第二十七团的一个连的哥萨克。柴尔涅曹夫走在最前面。他为了逃避追击,扔掉了皮袄,现在只穿着一件很薄的光皮上衣。左肩上的肩章已经扯掉了。脸上靠近左眼的地方有一道新鲜的擦伤还在流血。他走得很快,脚步一点都不乱。他的皮帽子歪戴着,他显得很不在乎、很神气。他那红红的脸上一点害怕的影子也没有:看样子,他有好几天没刮脸了,两腮上和下巴上的淡褐色胡楂闪着金光。柴尔涅曹夫冷冷地、迅速地打量着朝他跑来的哥萨克们;两道眉毛中间出现了一条伤心和痛恨的皱纹。他一面走,一面划着火柴,用红红的、坚硬的嘴角衔住烟卷,抽起烟来。

大多数军官都很年轻,只有几个人满头白发。一个腿部受伤的军官落在了后头,一个大脑袋、小个子、麻脸的哥萨克用枪托子推着他的脊背。有一个很威武的高个子大尉差不多和柴尔涅曹夫并排走着。有两个人,一个是少尉,一个是中尉,面带笑容,挽着胳膊走;在他们后面是一个宽肩膀、鬈发、没戴帽子的士官生。有一个军官披着一件步兵军大衣,上面的肩章是缝死了的。还有一个军官也没有戴皮帽,只戴着红绒线长耳军官风帽,风帽一直压到他那像女子一样清秀的黑眼睛上;风将风帽的长耳朵吹到他的两肩上。

郭鲁博夫跟在后面走了一会儿。他慢慢停下来,对哥萨克们喊叫道:

"你们听着!……你们要遵守革命军事时期的纪律,对俘虏的安全要负责!要把他们安全地送到司令部去!"

他叫过一个骑马的哥萨克来,在马上草草地写了一张字条,折叠起来,交给那个哥萨克,说:

"你跑快点儿!把这交给波得捷尔柯夫。"

他转过身来,问格里高力:

"你也跟着去吗,麦列霍夫?"

郭鲁博夫得到肯定的答复以后,走到格里高力跟前,说:

"你告诉波得捷尔柯夫,就说我要把柴尔涅曹夫保出去!明白了吗?……好,就这样告诉他。你去吧。"

格里高力跑到那群俘虏的前面,一直跑到革命军事委员会的司令部,司令部就设在离一个村子不远的田野上。波得捷尔柯夫正在一辆大车旁走来走去,车轮子上都结了冰,车上有一挺罩着绿套子的机枪。一些参谋人员、通讯员、传令兵和几位军官也都在这里捣动着脚,弄得鞋后跟叭叭直响。米纳耶夫也和波得捷尔柯夫一样,才从阵地上回来不久。他坐在赶车的位子上吃着上了冻的白面包,嚼得咯吧咯吧直响。

"波得捷尔柯夫!"格里高力骑着马走到一旁。"俘虏马上就要送到啦。你看过郭鲁博夫的条子吗?"

波得捷尔柯夫使劲甩了一下鞭子;他把眼睛垂得低低的,红着脸,叫道:

"我要啐郭鲁博夫一口!……他真是异想天开!对柴尔涅曹夫这样一个强盗和反革命分子,他能担保得了吗?……我不答应!我要全部枪毙,就这样!"

"郭鲁博夫说要保他出去。"

"我不答应!……说不答应,就不答应!就这样,没什么好说的!要由革命法庭对他进行审判,并立即处决。杀一儆百! ……你可知道,"他用锐利的目光望着渐渐走近的俘虏群,用比较镇定的口气说,"你可知道,他杀过多少人? 多着呢! ……单是矿工,他杀过多少? ……"说到这里,他的怒火又冒了上来,气汹汹地转起眼珠子。"决不答应! ……"

"这没有什么好嚷的!"格里高力也提高了声音,他的胸腔哆嗦着,好像波得捷尔柯夫的火气也传给了他。"你们在这儿当法官的太多啦! 你最好还是到阵地上去走走!"他的鼻孔哆嗦着,用手朝后面指了指。"你们这儿指手画脚的人太多啦!"

波得捷尔柯夫在手里揉搓着鞭子,走了开去。他老远地喊叫道:

"我到阵地上去过! 你别以为我是怕死躲在大车上。麦列霍夫,你给我住嘴! 明白吗? ……你跟谁这样说话? ……岂有此理! 把你那套军官脾气收起来吧! 是革命军事委员会做主,而不是随便什么人……"

格里高力拍马走到他的跟前,忘记了自己的伤,从马上跳下来,只觉一阵钻心的疼,仰面跌倒在地上。伤口里火辣辣地冒起血来。他没等别人搀扶就自己爬了起来,勉强支撑着一瘸一拐地走到大车跟前,侧着身子倒在后面的车弓子上。

俘虏们来到跟前。押送队中一部分徒步的哥萨克同传令兵和司令部警卫队的一些哥萨克交谈起来。他们打仗时的热乎劲儿还没有冷下来,眼睛里火星直冒,凶气逼人,互相谈论着作战时的一些详情细节和战果。

波得捷尔柯夫迈着沉甸甸的步子,踩得雪地上一个坑一个坑的,走到俘虏们跟前。站在最前面的柴尔涅曹夫轻蔑地眯缝着炯炯有神、毫不畏惧的眼睛看着他;并且像稍息那样伸出左腿,轻轻摇晃着,又用一排白白的上牙咬住紧紧抿着的粉红色嘴唇。波得捷尔柯夫对直地走到他跟前。波得捷尔柯夫全身哆嗦着,两只眨也不眨的眼睛在坑洼不平的雪地上搜索着,等到这双眼睛抬了起来,就和柴尔涅曹夫那毫不惧怕的、轻蔑的目光交叉到一起,并且用仇恨的力量压倒了柴尔涅曹夫的目光。

"你落网啦……坏蛋!"波得捷尔柯夫用愤怒而低沉的声音说,并且向后退了一步;他的脸似笑非笑地绽出一道印子,好像是用马刀砍的。

"哥萨克的叛徒! 下流东西! 奸贼!"柴尔涅曹夫咬牙切齿地骂道。

波得捷尔柯夫晃了晃脑袋,好像是躲避打来的耳光;他的两颊发了青,张着嘴吃力地吸着气。

后来的事来得快得惊人。柴尔涅曹夫脸色煞白,龇着牙,两个拳头紧紧贴在胸前,身子朝前探着,朝波得捷尔柯夫走来。他那哆哆嗦嗦的嘴里说出来的话很不清楚,还夹杂着一些骂娘的话。至于他说的是什么,只有慢慢向后退的波得捷尔柯夫能听得清。

"你早晚逃不掉……你明白吗?"柴尔涅曹夫猛然提高了声音。

俘虏的军官们、押送队的哥萨克们和司令部的人员都听清了这两句。

"噢噢噢噢……"波得捷尔柯夫就像憋得透不过气来似的,闷声闷气地叫着,一只手抓住了马刀把子。

马上静了下来。米纳耶夫、克里沃什雷科夫和另外几个人连忙咯吱咯吱地踩着积雪朝波得捷尔柯夫跑去。但是波得捷尔柯夫抢在他们前面,身子向右一扭,向下一蹲,把马刀抽出了鞘,一个箭步冲上前去,使出全身力气照柴尔涅曹夫头上砍去。

格里高力看到,柴尔涅曹夫哆嗦了一下,把左胳膊举到头顶上,护住头;又看到,他的左手被砍断了,砍成了三角形,马刀又无声地落到柴尔涅曹夫那仰着的头上。先是皮帽子掉了下来,然后柴尔涅曹夫就像断秆的麦穗,慢慢地倒了下去,嘴歪成了怪样子,眼睛就像遇到闪电时那样,很难受地眯缝了起来。

波得捷尔柯夫又砍了他一刀,这才迈着沉重、缓慢的步子走了开去,一面走,一面擦着血染红了的扁平的刀面子。

波得捷尔柯夫一下子撞在大车上,他猛地转过身来,朝着押送队的哥萨克们声嘶力竭地喊叫道:

"把他们宰了……他妈的!!全宰了!……一个不留……斩尽杀光!!"

枪声猛烈地响了起来。军官们你碰我撞地乱跑起来。那个戴红绒线风帽、眼睛像女子那样秀气的陆军中尉,双手捂着头在跑。一颗子弹打来,他像跳高栏一样,高高地往上一跳,便跌倒在地,再也没有起来。有两个哥萨克在追杀那个很威武的高个子大尉。他拼命去抓马刀的刀刃,砍得血淋淋的手掌上的血往袖子里直流;他像小孩子一样喊叫着,跪了下去,又仰面倒了下去,头在雪地上乱滚;在他的一张脸上只能看得出一双血糊糊的眼睛,再就是一张拼命喊叫的黑洞洞的嘴。上下飞舞的马刀在他的脸上和黑洞洞的嘴上乱砍,可他还是在喊叫,因为害怕,因为疼,那声音特别尖细。一个身穿撕掉了扣带的军大衣的哥萨克,又开两腿,对着他放了一枪,才结果了他的性命。鬈发的士官生眼看就要冲出包围圈,一个阿塔曼团的哥萨克追上了他,照后脑勺上一刀,就把他砍死了。一个中尉在飞跑,身上的军大衣被风吹得像翅膀一样张了开来,还是那个阿塔曼团的哥萨克朝他打了一枪,子弹打在两个肩胛骨中间。中尉蹲了下去,拼命用手指头挠胸膛，一直到倒地死去。一个白头发的上尉是就地被砍死的；他快要死的时候，还用脚在雪地上蹬出一个很深的坑，如果不是哥萨克们可怜他，又补了几刀，他还要像一匹好马拴到桩上那样，再蹬上好一阵子。

格里高力在一开始屠杀的时候，就立即离开大车，他用充血的眼睛直盯着波得捷尔柯夫，一瘸一拐地快步朝他走去。米纳耶夫从背后把格里高力抓住，扭住他的胳膊，把手枪夺了下来；他用失神的眼睛盯住格里高力的眼睛，喘着粗气问道：

"你想干什么？"

十三

积雪的山冈脊部，被明丽的阳光和万里无云的蓝天映照得白得耀眼，像白砂糖一样亮晶晶的。山冈下面的赤杨疙瘩村，就像用布头拼成的一条大花被。左边是蓝蓝的司维纽哈河，右边是零零落落的许多小村庄和德国人的居住区，就像许多模糊不清的小点儿，河湾过去，那灰蒙蒙的一片便是捷尔诺夫镇。赤杨疙瘩村东面，有一道小一些的山冈曲曲弯弯地向上游伸去，这道山冈坡度平缓，到处是山沟。山冈上有一排像栅栏一样的电线杆子，是通往卡沙尔去的。

这一天格外晴朗，格外寒冷。太阳周围有许多朦朦胧胧的彩虹般的光带。风从北方吹来。吹得草原上的积雪到处飞舞。但是茫茫的雪原，直到天边，都是明朗的，只有东方，大地尽头处，朦朦胧胧，笼罩着淡紫色的雾气。

潘捷莱·普罗柯菲耶维奇拉着格里高力离开了米列洛沃，决定不在赤杨疙瘩村停留，径直把爬犁赶到卡沙尔，就在那里过夜。他是接到格里高力的电报后从家里出来的，一月二十八日傍晚时候来到米列洛沃。格里高力住在小客店里等着他。第二天一早就出发，大约在十一点左右就过了赤杨疙瘩村。

格里高力在格鲁博克附近作战受伤以后,在米列洛沃的行军医院里住了一个星期,腿部的伤好一点了,就决定回家。同乡的哥萨克已经把马给他送了来。格里高力是带着既遗憾又高兴的复杂心情上路的。遗憾的是,他在为建立顿河区政权而斗争的关键时刻离开了自己的队伍;可是他一想到就要见到家里人,就要回到自己的村里,他又十分高兴;他自己都不肯承认他是想见见阿克西妮亚,但是他时常想着她。

他跟父亲见了面,有些疏远了。潘捷莱·普罗柯菲耶维奇(彼特罗已经在背地里对他叨咕了不少)沉着脸一个劲儿地打量着格里高力,在他那直勾勾、滴溜溜的目光中充满了不满和担心。晚上在客店里住下以后,他向格里高力问起顿河地区发生的一些大事,问了很久,儿子的回答显然使他很不满意。他嚼着发了白的大胡子,看着自己那缝了皮底的毡靴,鼻子眼儿哼哼着。他很不情愿地和儿子争论起来,可是一提卡列金,他就替卡列金分辩,劲头儿就来了,在火气上来的时候,他又像从前那样对格里高力训斥起来,甚至还跺起那只跛脚。

"你别跟我来这一套!卡列金秋天到咱们村上来过!在广场上召开过村民大会,他趴到桌子上,跟老头子们聊了半天,他就像《圣经》上说的那样,预言庄稼佬要来啦,要打仗啦,如果咱们摇摆不定的话,他们就把什么东西都抢去,而且就占住顿河地区不走了。他在那时候就知道要打仗啦。你们他妈的怎么样?他还不如你们有见识吗?他是个有学问的将军,带领着千军万马,见识还能不如你们吗?卡敏镇上那一伙人都像你一样,都是一些没有学识的二百五,只会搅得人心不安。你们那波得捷尔柯夫是什么出身?是个司务长吧?……噢!官衔和我一样嘛。就这么一点儿根底嘛!……赶上这种年头儿……真没办法!"

格里高力和他争论很不带劲儿。他还没有见到父亲的时候,就知道父亲是什么态度了。再说,现在又增添了新的因素:对于砍死柴尔涅曹夫和不经审判就枪杀俘虏的军官,格里高力怎么也不能原谅,怎么也不能忘记。

驾辕的两匹马轻快地拉着像簸箩一样的爬犁前进着。格里高力那匹上了鞍的战马用缰绳拴在爬犁后头,在后头小跑着。一路上经过的都是从小就熟悉的一些村镇:卡沙尔、波波甫卡、卡敏卡、下亚布洛诺夫村、格拉乔夫村、亚辛诺夫卡。直到回到自己的村子,格里高力不知为什么总是毫无头绪地、乱糟糟地想着不久前的事情,他几次要多多少少想一想以后的事,但是一想到回家休息,就再也想不下去了。"等回到家里,休息休息,养养伤,以后……"他想着,并且在心里满不在乎地说:"以后会有办法的。船到桥头自会直……"

他打仗也打厌了。真想远远地离开这个充满了仇恨和敌视的难以理解的世界。过去的一切都稀里糊涂，矛盾重重，探索一条该走的路是很难的；就好像走在一条遍地泥沼的小路上，脚底下的土不住地摇晃着，走着走着，小路又分成了两条，于是就没有把握了，不知道该走哪一条。他拥护过布尔什维克，自己跟着走，还带领别人跟着走过，可是后来他有了一些想法，心渐渐冷了。"真的让伊兹瓦林说对了吗？究竟该依靠谁呢？"格里高力靠在爬犁后背上，模模糊糊地想着这个问题。但是他想到在家乡的情景，想到怎样修理犁耙和大车准备春耕，怎样用柳条儿编牲口簸箕，等土地解冻和晒干之后，就要到田野上去，用老早就想干活儿的手抓住犁把，跟在犁后面走，感觉着铁犁不住地跳动和前进；他想到他就要呼吸到嫩草的芳香和刚刚犁起来、还带着融雪潮气的黑土的香味——想到这一切，心里就暖洋洋的。真想照料照料牲口，堆堆干草垛，闻一闻苜蓿、冰草萎蔫时的气味和牲口粪的臭味。他希望太平，希望安静，因此，格里高力四下里望着，望着马匹，望着父亲那裹在皮袄里的扁平的脊背，严肃的眼睛里就流露出不好意思的喜悦神情。那皮袄上的羊臊味，没有洗刷的马匹那种家常样子，还有村子里那只站在地窖上高声啼叫的大公鸡——这一切都使他想起差不多已经忘掉的往日的生活。这时候他觉得这僻静的村庄里的生活就像一支啤酒花儿，又甜，香味又浓。

第二天傍晚时候来到鞑靼村外。格里高力在山冈上就放眼朝顿河望去：那是老婆沟，沟边的芦苇就像镶上的黑貂皮；那是那棵干杨树，可是渡口已经不在原来的地方了。那是鞑靼村，熟悉的街道、教堂、广场……格里高力一看见自己家的房子，心就猛烈地跳了起来。一件件往事涌上心头。院子里井边的提水吊杆，把它那柳木胳膊举得高高的，好像在招手呢。

"眼睛不发酸吧？"潘捷莱·普罗柯菲耶维奇回头看着，笑着说。格里高力也不装假，坦率地承认说：

"是有些酸……当然要发酸啦！……"

"这就是说，家乡嘛！"潘捷莱·普罗柯菲耶维奇非常满意地叹了一口气。

他把爬犁朝村子中央赶去。几匹马轻快地朝冈下跑，爬犁摇来摆去地往冈下滑。格里高力猜出父亲的用意，但他还是问道：

"干吗要往村子里面赶？一直进咱们的胡同好啦。"

潘捷莱·普罗柯菲耶维奇转了转身，偷偷地笑着，说：

"我送儿子去打仗的时候，儿子还是一个普通的哥萨克，可是现在当上军官啦。怎么，我就不能把头昂得高高的，拉着儿子在村子里转转？叫大家都看看，眼红眼红。伙计，我的心里舒坦呀！"

在大街上，他很沉着地吆喝着马，身子朝一边歪着，晃悠着打着起了毛的鞭子，几匹马感觉到离家近了，就好像没有跑过一百四十里路似的，精神抖擞地、飞快地跑了起来。迎面遇到的哥萨克都对他们行礼，妇女们都手搭凉棚，从院子里和窗户里往外看；一群群的母鸡惊得在大街上咕哒咕哒地乱跑。一切都顺顺当当，就像小说里写的那样。他们穿过了广场。格里高力的那匹马眼睛一斜，看见不知是谁拴在莫霍夫家棚子边的一匹马，就高高地昂起头，叫了起来。村庄的尽头和阿司塔霍夫家的房顶已经可以看得见了……但是这时候，爬犁来到十字路口，发生了一件不愉快的事：一头小猪从街上跑过，慢了一步，落到了马蹄底下，压伤的小猪哼一声就滚到了一边，一个劲儿地尖叫着，那压断的脊梁骨怎么都挺不起来了。

"哼，你他妈的偏要来捣蛋！……"潘捷莱·普罗柯菲耶维奇骂着，照压伤的小猪抽了一鞭。

糟糕的是，这小猪偏偏是阿丰卡·奥捷洛夫的遗孀安纽特卡的。这娘们儿又泼辣，嘴又厉害。她毫不怠慢地跑了出来，一面披头巾，一面破口大骂起来，骂的话十分难听，潘捷莱·普罗柯菲耶维奇只好勒住马，转过身来。

"住嘴，浑蛋娘们儿！你叫什么？赔你的癞猪好啦！……"

"你这妖魔！……老鬼！癞狗，你才是癞猪呢！……我送你去见村长！……"她挥舞着双手，大声叫喊着。"我×你娘，我要教训教训你，看你还敢压孤儿寡妇的畜生！……"

潘捷莱·普罗柯菲耶维奇被她骂得上了火，红着脸喊叫道：

"骚娘们儿！"

"该死的土耳其佬！……"安纽特卡立即回骂道。

"母狗，我把你娘×个稀烂！"潘捷莱·普罗柯菲耶维奇提高了他那粗嗓门儿。

但是安纽特卡骂起人来是从来不用打草稿的。

"外来的杂种！老不死的！老贼！偷鸡摸狗！……搞破鞋！……"她就像喜鹊那样吱吱喳喳叫了起来。

"我用鞭子抽你，母狗！……闭上你的狗嘴！"

但是安纽特卡骂的话更难听了，就连潘捷莱·普罗柯菲耶维奇这样一个老于世故的人，都窘得红了脸，并且一下子浑身都冒了汗。

"走吧！……干吗和她骂起来没个完？"格里高力看见街上的人越来越多，而且都很注意地听着麦列霍夫老汉和清白的寡妇安纽特卡之间偶然发生的口角，就很生气地说：

"哼，那舌头……有缰绳有这么长！"潘捷莱·普罗柯菲耶维奇使劲吐了一口唾沫，恶狠狠地赶了一下子马，好像要把安纽特卡压死。

已经走过了一个街口，他才提心吊胆地回头看了看。

"一张死嘴骂起人来好厉害！……哼，你这乱咬人的东西……真该把你他妈的压成两截！"他发狠地说。"把你和你的小猪一起压烂！谁要是遇上这种泼辣货，八辈子都倒霉！"

爬犁从自己家蓝蓝的护窗前驶过。彼特罗帽子也没戴，军便服也没有系腰带，就跑出来开了大门。杜尼娅那白白的头巾和忽闪着两只黑眼睛的、笑盈盈的脸从台阶上飞了下来。

彼特罗亲着弟弟，匆匆地对着他看了一眼。

"还好吗？"

"挂花啦。"

"在哪儿挂花的？"

"在格鲁博克。"

"压根儿就用不着在那儿受罪！早就该回家来。"

他亲亲热热地把格里高力摇晃了几下，就让给杜尼娅去亲。格里高力抱住妹妹的丰满、成熟的肩膀，亲过她的嘴唇和眼睛，一面往后仰着，很惊讶地说：

"是你呀，杜尼娅，真认不出来啦！……出落成这么一个大姑娘啦，可是我一直以为你还是那个傻里傻气的毛丫头呢。"

"瞧你说的，小哥！……"杜尼娅被哥哥抱得好疼，挣了开来，也和格里高力一样，龇着一口白牙笑着，走到一边。

伊莉尼奇娜抱着两个孩子走来；娜塔莉亚是跑的，赶到了婆婆的前头。她一下子变得格外有神采，格外漂亮。她那梳得光光的、在脑后挽成一个大鬓儿的黑油油的头发，使她那高兴得发了红的脸显得格外红。她紧紧贴到格里高力身上，用嘴唇慌乱地在他的脸上、胡子上亲了好几下，便急忙从婆婆手里接过儿子，递给格里高力。

"你瞧，儿子长得多好！"她得意洋洋地高声说。

"快让我看看我的儿子！"伊莉尼奇娜十分激动地把她推开。

母亲把格里高力的头扳得低低的，亲了亲他的额头，用粗糙的手一下一下地抚摩着他的脸，又激动又高兴地哭了起来。

"还有女儿哩，格里沙！……给你，抱一抱！……"

娜塔莉亚把裹着头巾的女儿放到格里高力的另一只胳膊上,格里高力没有了主意,不知道该看谁才好:他忽而看看娜塔莉亚,忽而看看妈妈,忽而看看孩子们。眼神抑郁、双眉紧锁的儿子完全是麦列霍夫家的模样:有点儿凌厉逼人的黑眼睛也是那样长长的、细细的,两道眉毛也是离得远远的,眼白也是鼓鼓的、蓝蓝的,皮肤也是黑黑的。他把一只肮脏的小手放在嘴里,歪着头,怯生生地、一个劲儿地盯住父亲。格里高力只看见女儿两只凝神的、也是那样黑的小眼睛,她的脸蛋儿裹在头巾里了。

他抱着两个孩子,正想朝台阶走去,但是腿上一阵钻心的疼痛。

"娜塔莎,把他们抱去吧……"格里高力咬着牙歪着嘴笑了笑,歉疚地说。"要不然我连门槛都跨不过去啦……"

妲丽亚理着头发,站在厨房正中。她满面笑容,十分随便地走到格里高力跟前,合上两只笑盈盈的眼睛,把两片热乎乎的、湿润的嘴唇紧紧贴到他的嘴唇上。

"一股子烟臭味!"她笑嘻嘻地挑了挑那两道弯弯的、好像用墨描成的眉毛。

"来,让我再看看你! 唉,我的心肝儿,好孩子呀!"

格里高力笑着,靠在母亲的肩上,心里觉得热辣辣的。

潘捷莱·普罗柯菲耶维奇在院子里卸爬犁,一瘸一拐地在爬犁周围转悠着,他那红红的腰带和红红的帽顶闪来闪去。彼特罗已经把格里高力的战马牵进马棚里,这会儿正把马鞍往过道里送,一面走,一面转过身去和杜尼娅说话,杜尼娅正要去拿爬犁上的煤油桶。

格里高力脱掉衣服,把皮袄和军大衣搭到床背上,又梳了梳头发。他在板凳上坐了下来,便招手叫儿子过来:

"米沙特卡,上我这儿来。来,你怎么,不认识我吗?"

米沙特卡嘴里还是咬着小手,侧着身子走过来,在桌子跟前停了下来。妈妈在炕边上用心爱和得意的目光看着他。她又对着女儿的耳朵小声说了两句话儿,把她从手上放下来,轻轻地推了推她。

"你也去呀!"

格里高力把两个孩子一起搂到怀里,分别放到两个膝盖上,问道:

"两个小东西,你们不认识我吗? 波柳什卡,你也不认识爸爸吗?"

"你不是爸爸。"儿子小声说(有妹妹在一起,他的胆子大些了)。

"那我又是什么人呢?"

"你是一个外人。"

"这就热闹啦! ……"格里高力哈哈大笑起来。"那你爸爸又在哪儿呢?"

"俺爸爸当兵呢。"女儿歪着头,很有把握地说(她的胆子要大些)。

"孩子们,就别认他!叫他以后记住自己的家。要不然他一年到头在外头跑,叫人都不认识啦!"伊莉尼奇娜故作严厉地插嘴说;她见格里高力在笑,也笑了笑,说:"你老婆差点儿都不要你啦。我们正打算给她招一个女婿呢。"

"你这是怎么回事儿,娜塔莉亚?嗯?"格里高力用开玩笑的口气向妻子问道。

她的脸一红,克制着在家里人面前不好意思的心情,走到格里高力跟前,坐在他身边,用无限幸福的目光把他浑身上下打量了半天,用热乎乎、硬邦邦的手抚摩着他那干瘦的棕色的手。

"姐丽亚,把饭给他端来!"

"他自己有老婆嘛。"姐丽亚笑着说了一声,就袅袅婷婷,还是迈着那样轻盈的步子,朝灶前走去。

她还是那样苗条,那样爱打扮。那细细的秀腿上穿着紧绷绷的淡紫色毛袜,脚上穿着端端正正的短靴,就好像是雕成的;带褶儿的红裙子紧紧绷在身上,绣花围裙白得耀眼。格里高力又转眼去看妻子,就发现她的穿戴有一些变化。她知道他要回家,也换了换衣裳;一件袖口镶着窄窄的花边的天蓝色仿绸女褂勾勒出健美的腰身,柔软的乳房把上衣支得高高的;绣着花边的蓝裙子下部很肥大,上部紧紧裹在身上。格里高力从旁边打量了一下她那圆滚滚的双腿、紧绷绷的肚子和像肥壮的母马那样的大屁股,心里想:"哥萨克娘们儿和所有的娘们儿都不一样。穿衣服有一定的习惯,就是让所有的地方都显露出来,看不看由你。庄稼佬他们的娘们儿不一样,前身后身叫人分不清,就像装在一条麻袋里……"

伊莉尼奇娜发现他在打量妻子,就特意用赞赏的口气说:

"你瞧咱们家两位军官太太穿得多漂亮!连城里的太太们都要眼红啦!"

"妈,瞧您说的!"姐丽亚接话说。"我们哪儿能赶得上城里太太?!你瞧,这耳环子都坏啦,再说,这都是便宜货!"最后一句话她说得很伤心。

格里高力把一只手放在妻子那宽宽的、干惯了活儿的脊背上,第一次这样想:"是个漂亮娘们儿,很招人喜欢……我不在家,她是怎么过的呢?恐怕有些男人眼馋过她,也许她也眼馋过什么人。万一她有不三不四的事,那可怎么办呢?"他忽然想到这一点,心突突地跳起来,脑子里乱了。他用探询的目光看了看她那红扑扑、光油油、散发着香粉气味的脸。娜塔莉亚被他这样盯着看,脸一下子全红了,她克制着不好意思的心情,小声问:

"你干吗这样看我?怎么,你想我了吧?"

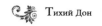

"当然想啦!"

格里高力驱走一些不应有的念头,但是这时候对妻子产生了一种不自觉的敌对心情。

潘捷莱·普罗柯菲耶维奇哼哧哼哧地走进门来。他对着圣像祷告了一阵子,快活地说:

"哦,再向你们问一次好!"

"托福托福,老头子……冻坏了吧?我们等着你呢;汤是热的,刚从火上端下来。"伊莉尼奇娜忙活起来,丁丁当当地用勺子在舀汤。

潘捷莱·普罗柯菲耶维奇一面解脖子上的大红围巾,一面跺着冻得硬邦邦的、缝了皮底的毡靴。他脱掉皮袄,把胡子上的冰凌捋下来,靠着格里高力坐下来,说:

"真冻坏啦,可是到了村子里就热和起来啦……把安纽特卡的小猪压坏啦……"

"谁家的小猪?"妲丽亚正在切一大块白面包,她停下来,很带劲儿地问道。

"安纽特卡家的。这个该死的娘们儿,她跑出来,大骂一通!又骂我这个,又骂我那个,又是老贼,又是偷鸡摸狗。我偷谁家的鸡,摸谁家的狗来,真是她娘的胡扯!"

潘捷莱·普罗柯菲耶维奇一一数着安纽特卡送给他的那些外号,只有一点他没有说,那就是她骂他老不正经,搞破鞋。格里高力笑了笑,坐到饭桌前。潘捷莱·普罗柯菲耶维奇想对格里高力解释解释,就又气呼呼地说了几句:

"她骂得非常难听,简直叫人说不出口!我当时真想转回去,拿鞭子抽她一顿,可是有格里高力在场,这样做总是有点儿不大合适。"

彼特罗开了门,杜尼娅用腰带牵进来一头白头顶的红牛犊。

"到油饼节,咱们就能吃到奶油烙饼啦!"彼特罗用脚踢着小牛,快活地叫道。

吃过饭以后,格里高力解开大口袋,把带的礼物分给家里人。

"这是给你的,妈妈……"他递给她一条毛披巾。

伊莉尼奇娜像年轻人那样皱着眉头、红着脸,接过礼物。

她把披巾披到肩上,对着镜子转悠起来,肩膀一个劲儿地扭来扭去,把潘捷莱·普罗柯菲耶维奇都惹火了,他骂道:

"老妖精,也照着镜子臭美起来啦!呸!……"

"爹,这是给你的……"格里高力急忙说,并且当着大家的面,转悠着一顶崭新的哥萨克帽,那帽子的帽顶高高的,还镶着火红的帽箍。

"哦,我的天!我就缺帽子呢。今年铺子里就没卖过帽子……夏天不管怎样都好说……戴一顶旧帽子上教堂简直丑死啦。这顶旧帽子给稻草人戴戴,倒是挺不错,可是我还一直戴着呢……"他用生气的语调说,一面瞅着大家,好像生怕有谁走过来,把儿子送的礼物抢了去。

他本来想到镜子跟前去试帽子,可是伊莉尼奇娜拿眼睛盯住了他。老头子发现了她的目光,来了一个大转身,一瘸一拐地朝火壶走去。他把帽子歪戴在头上,对着火壶照起来。

"你这是干什么,老东西?"伊莉尼奇娜报复说。

但是潘捷莱·普罗柯菲耶维奇涎着脸说:

"哎哟哟!瞧,你真浑!你没看到这是火壶,不是镜子吗?噢,噢,是啰!"

格里高力给妻子的是一段做裙子的呢料;给孩子们一人一盒蜜饯;给妲丽亚的是一副带宝石的银耳环;给杜尼娅的是一段上衣料;给彼特罗的是一盒子纸烟和一磅烟丝。

在女人们喊喊喳喳地研究着礼物的时候,潘捷莱·普罗柯菲耶维奇就像黑桃皇后一样在厨房里来来回回地走着,甚至还挺着胸膛说:

"瞧,御林军哥萨克团的哥萨克!得了奖的!皇帝阅兵时得过头奖!得过马鞍和全部军用品!嘿,你瞧瞧!……"

彼特罗咬着小麦色的胡子,欣赏着父亲的高兴样子,格里高力嘻嘻笑着。三个人抽起烟来,潘捷莱·普罗柯菲耶维奇担心地朝窗外看了看,说:

"趁亲戚和街坊都还没有来……你把那边的事讲给彼特罗听听。"

格里高力把手一甩。

"正打着呢。"

"布尔什维克眼下在哪儿?"彼特罗坐舒服些,问道。

"齐霍列茨克、塔干罗格、沃罗涅日——这三方面都有。"

"哦,你们的革命军事委员会有什么打算?为什么让布尔什维克来咱们这地方?贺里散福和伊万·阿列克塞耶维奇回来啦,乱七八糟的话他们说了不少,不过我不相信他们的话。那儿好像有点儿不大对头……"

"革命军事委员会软弱无力。哥萨克们都往家里跑。"

"就是说,因为这样,革命军事委员会就要依靠苏维埃吗?"

"当然,就是因为这样。"

彼特罗沉默了一会儿;他又抽起烟,对直地看了看弟弟,问道:

"你拥护哪一方面呢?"

"我拥护苏维埃政权。"

"混账!"潘捷莱·普罗柯菲耶维奇像火药一样爆炸了。"彼特罗,你教训教训他!"

彼特罗笑了笑,拍了拍格里高力的肩膀。

"他是咱们家的霹雳火,是一匹没有驯服的烈马。爹,你能教训得了吗?"

"我用不着谁来教训!"格里高力生起气来。"我又不是瞎子……咱们村子里当过兵的,有些什么看法?"

"这些当兵的,有什么好说的!像贺里散福这样的糊涂虫,你还不知道吗?他能懂得什么?大伙儿全都迷了路,不知道该往哪儿走……糟透啦!"彼特罗咬起小胡子。"眼看春天就要到啦,一切都乱糟糟的……咱们在前方也当过一阵子布尔什维克啦,现在该学学聪明啦。'我不犯人,休来犯我。'——哥萨克应该对一切胆敢侵犯我们的人这样说。你们在卡敏镇搞得很糟。你们和布尔什维克勾勾搭搭,布尔什维克就要推行他们那一套。"

"格里什卡,你要好好想一想。你不是一个糊涂小子。你应该明白,哥萨克既然是哥萨克,就永远是哥萨克。不能叫臭庄稼佬来管咱们。你该知道,外来户这会儿在想什么。他们要把所有的土地按人口平分。这怎么行呢?"

"扎了根的外来户,老早就住在顿河地区的,应该分到土地。"

"分给他们鸡巴!叫他们去啃吧!……"潘捷莱·普罗柯菲耶维奇做了一个瞧不起的手势,把指甲老长的大拇指夹在食指和中指之间,在格里高力的鹰钩鼻子前面摇晃了半天。

台阶上响起咚咚的脚步声。冻上了冰的门槛也哒哒地响了一阵。安尼凯、贺里散福和戴着一顶高得出格的兔皮帽的伊凡·托米林走了进来。

"老总,你好!潘捷莱·普罗柯菲耶维奇,拿酒来!"贺里散福用老大的嗓门儿喊道。

已经在热炕旁边打盹儿的小牛,听了他的喊叫声,吓得哞哞叫起来。小牛滑滑跌跌地用它那还在打颤的四条腿站了起来,用圆滚滚的眼睛望着进来的人,大概是因为害怕,在地上撒了细细的一道尿。杜尼娅轻轻拍了拍小牛的背,小牛才不撒尿了;她扫了扫那一摊尿,放上一口破铁锅。

"你嗓门儿那么大,把小牛都吓坏啦!"伊莉尼奇娜不高兴地说。

格里高力和他们握过手,请他们坐下来。不久,村子的这一头又来了几个人。大家一面说话,一面抽烟,抽得烟雾腾腾,灯光都暗了,小牛都呛得咳嗽起来。

"你们都滚吧！"伊莉尼奇娜骂道:已经是半夜了,她要撵客人了。"你们都给我出去,到外面冒烟去,烟鬼！走吧,走吧！我们家的老总赶了一天路还没有歇歇呢。快滚吧。"

十四

第二天早晨,格里高力醒得很晚。是房檐下和窗外那吱吱喳喳、热闹得像春天一样的麻雀叫声把他吵醒的。一道道金色的阳光从护窗的缝隙里射了进来,照得空气中的灰尘光闪闪的。做弥撒的钟声在响着。格里高力想起今天是礼拜日。娜塔莉亚不在身边,但是褥子上还保留着她身体的热气。看样子,她起身还不久。

"娜塔莎!"格里高力唤了一声。

杜尼娅走了进来。

"什么事,小哥?"

"你把小窗子开开,把娜塔莉亚喊来。她干什么去啦?"

"她在帮妈妈做饭呢,一会儿就来。"

娜塔莉亚走了进来,因为屋里还黑,眯起了眼睛。

"你醒啦?"

她手上还带着刚才和面的气味。格里高力躺着把她抱住,想起夜里的事,笑了,问道:

"你睡好啦?"

"啊哈！昨晚……是太迟啦。"她笑了笑,红着脸,把头扎到格里高力那毛烘烘的胸膛上。

她帮着格里高力扎好绷带,从箱子里拿出一条礼服裤子,问道:

"你穿带十字章的礼服上衣吧?"

"算了吧!"格里高力惊恐地摆了摆手。

但是娜塔莉亚硬是要他穿,说:

"穿上吧!爹会很高兴的。你怎么,十字章是白白地挣来垫箱子底的吗?"

格里高力拗不过她,同意了。他起了床,拿来彼特罗的刮脸刀,刮了刮脸,又洗了脸,洗了脖子。

"后脑勺刮了吗?"彼特罗问道。

"哦,妈的,忘啦!"

"来,坐下,我给你刮刮。"

胰子抹在脖子上冷冰冰的。格里高力在镜子里看到,彼特罗像小孩子那样,把舌头顶在腮帮子上,用刮脸刀刮了起来。

"你的脖子比以前细了一点儿,就像耕完地以后的牛脖子。"彼特罗笑着说。

"吃公家的伙食恐怕是吃不胖的。"

格里高力穿起带少尉肩章和别着一排十字章的制服,到蒙了一层水汽的镜子跟前一照,几乎不认得自己了:在镜子里朝他望着的,是一位高高的、瘦瘦的、像茨冈人一样黑的军官。

"你像一位上校!"彼特罗毫不嫉妒地欣赏着弟弟,兴高采烈地说。

格里高力听了这话,不由得高兴起来。他朝厨房里走去。妲丽亚用赞赏的目光盯着他。杜尼娅惊叫了一声:

"咦,好漂亮!……"

伊莉尼奇娜不由得掉起了眼泪。她用肮脏的围裙擦着眼泪,回答杜尼娅的取笑说:

"鬼丫头,这样的儿子你也生几个看看!至少生两个,还要让个个都有出息!"

娜塔莉亚那含情脉脉、火热的和泪水模糊的眼睛一直不离开丈夫身上。

格里高力披起军大衣,朝院子里走去。他下台阶感到很吃力,受伤的那条腿很不灵便。他扶着栏杆,心里想道:"非拄根拐杖不行了。"

在米列洛沃给他取出了子弹,伤口结了一块棕色的痂,这块痂把皮肤拉得紧紧的,腿不能随便打弯儿。

一只猫在墙根下晒太阳。台阶旁太阳地里的雪已经融化,变成了一片水洼。格里高力高高兴兴地、仔细地打量着院子。在台阶旁边竖着一根柱子,柱子顶上安着一个车轮子。格里高力从小就记得有这个车轮子,这是为女人们的方便装置的：她们不必下台阶，就可以把装牛奶的钵子放在车轮上过夜，白天可以在上面晾家什，在上面晒酱。他看到院子里有一些变化：仓房的门上的油漆原来已经剥落，现在抹上了一层黄泥，棚子上新铺的麦秸还没有变成褐色；堆得高高的那一堆木桩子好像少了一些，想必是修栅栏用去了一部分。地窖上堆起一堆灰；一只像乌鸦一样的黑公鸡，哆哆嗦嗦地蜷着一只腿，站在灰堆上，周围有十来只留着传种的花母鸡。因为冬天风雪多，全部农具都放在棚子里面：一辆牛车的架子竖在里面；一道阳光从棚顶的缝隙里射了进去，照得割麦机上的铁片闪闪放光。马棚边的粪堆上有几只鹅。一只毛茸茸的荷兰鹅很傲慢地斜眼看着从一旁一瘸一拐地走过的格里高力。

格里高力把全部家业都看了一遍，这才回到房里。

厨房里散发着甜甜的炼牛油气味和热烘烘的烤面包气味。杜尼娅在一个花碟子里洗糖渍的苹果。格里高力看了看苹果，很带劲儿地问：

"有腌西瓜吗？"

"娜塔莉亚，你去拿！"伊莉尼奇娜马上吩咐道。

潘捷莱·普罗柯菲耶维奇从教堂回来了。他按照家里的人数，把一个带花纹的小圣饼切成九份，分给大家吃。大家都坐下来吃早饭。彼特罗也穿得齐齐整整，连胡子上都搽了油，靠着格里高力坐下来。妲丽亚坐在他们对面一张小凳子上。一缕阳光照在她那红扑扑的、搽了油膏的脸上。她眯缝着眼睛，很不高兴地垂着她那弯弯的、被阳光照得发亮的黑眉毛。娜塔莉亚在喂孩子们吃烤南瓜，偶尔地笑着看看格里高力。杜尼娅跟父亲坐在一起。伊莉尼奇娜坐在尽头上，离灶很近。

大家都像过节时那样，放开肚子吃，吃得很多。喝过羊肉汤，又吃面条，然后是清炖羊肉、清炖鸡、羊腿冷盘、炸土豆、牛油小米饭、甜粥、奶油烙饼、腌西瓜。格里高力吃得饱饱的，很费劲儿地站了起来，醉醺醺地画了个十字，哼哧哼哧地躺到床上。潘捷莱·普罗柯菲耶维奇还在吃小米饭：他用调羹把米饭按紧，在中间扒出一个坑，他把这叫做井，把琥珀色的油倒进去，用调羹扒着油泡的米饭，正经八百地吃了起来。非常喜欢孩子的彼特罗在喂米沙特卡吃饭；他高兴起来，拿酸奶油往米沙特卡的脸上和鼻子上乱抹。

"伯伯，别胡闹！"

"怎么啦？"

"你往哪儿抹呀？"

"怎么啦？"

"我要告诉妈妈啦!"

"怎么样?"

米沙特卡那两只带有忧郁神气的麦列霍夫家的小眼睛气得不住地忽闪着,懊恼的泪水在眼睛里哆嗦着;他用拳头擦着鼻子,觉得好言好语无效,就大叫起来:

"别抹啦! ……糊涂虫! ……混账!"

彼特罗高兴得哈哈笑着,又喂起小侄子:一调羹塞进嘴里,再一下子抹到鼻子上。

"简直是个小孩子……闹起来没有完。"伊莉尼奇娜嘟哝说。

杜尼娅坐到格里高力跟前,对他说:

"彼特罗坏透啦,总是出坏点子。前几天他带着米沙特卡在院子里玩儿,米沙特卡想拉屎,就问:'伯伯,在台阶旁边拉,行吗?'彼特罗说:'不行。要走远点儿。'米沙特卡就跑远点儿,又问:'这儿行吗?''不行,不行。你到仓房那儿去。'他又叫米沙特卡从仓房跟前跑到马棚跟前,从马棚跟前跑到场院上。米沙特卡跑呀,跑呀,一下子就拉到了裤子里……娜塔莉亚大骂了一顿!"

"算啦,我自个儿吃吧!"米沙特卡的叫声像邮车的铃铛。

彼特罗笑哈哈地哆嗦着小胡子,表示不同意:

"不行啊,伙计! 还是我喂你吧。"

"我自个儿吃!"

"咱们家的小猪才自个儿吃呢,你没看见吗? 娘们儿拿泔水给猪吃。"

格里高力一面笑嘻嘻地听着他们说话,一面卷烟。潘捷莱·普罗柯菲耶维奇走了过来。

"今天我想上镇上去。"

"去干什么?"

潘捷莱·普罗柯菲耶维奇打了一个嗝儿,打出不少甜粥,捋了捋大胡子。

"去找皮匠有事——我交给他两副马套在修。"

"当天能回来吗?"

"怎么不能回来? 天不黑就能回来。"

他休息了一会儿,套上一匹今年瞎了一只眼的老骒马,就赶着爬犁出门了。他走的是草甸子。过了两个钟头,他就来到维奥申镇上。先上邮局去了一下,又去取来马套,然后去找住在新教堂旁边的一个老朋友和干兄弟。主人十分殷勤好客,一再留他吃午饭。

"上邮局去过吗?"主人一面问,一面往杯子里斟着不知是什么。

"去过啦。"潘捷莱·普罗柯菲耶维奇一面拉长了声音回答,一面很稀奇地看着他手里的玻璃瓶,闻着气味,就像猎狗在闻野兽的脚印。

"没听到什么新闻吗?"

"新闻? 什么也没有听到。怎么样?"

"卡列金,就是阿列克塞·马克西莫维奇,去世啦。"

"你说什么?!"

潘捷莱·普罗柯菲耶维奇的脸一下子全青了,他忘掉了那可疑的玻璃瓶和气味,一下子仰靠在椅子背上。主人阴沉地眨巴着眼睛,说:

"打来的电报说,前两天他在诺沃契尔卡斯克自杀啦。他是顿河上首屈一指的大将军。是英雄,带领过千军万马。这人很了不起! 他要是活着,哥萨克就不会受欺负。"

"等一等,大哥! 现在怎么办呢?"潘捷莱·普罗柯菲耶维奇推开酒杯,张皇失措地问道。

"谁知道他是怎么一回事儿。局势越来越严重啦。一个人要是日子好过,恐怕是不会自杀的。"

"他怎么能下这样的狠心呢?"

这个老朋友是一个守旧的人,他恶狠狠地挥了一下手,说:

"当兵的都不听他的,把布尔什维克都放了进来,所以将军自杀啦。像这样的将军能找到几个呢? 谁又来保护咱们呢? 在卡敏镇上还成立了什么革命军事委员会,当过兵的哥萨克都参加啦……咱们这儿也……你大概听说了吧? 他们已经发来命令,要打倒所有当官的,要选举这种革命军事委员会。庄稼佬都昂起头来啦! 这全是一些木匠、铁匠、各种各样走街串巷的,这些人在维奥申镇上,就像草地上的小虫儿一样多!"

潘捷莱·普罗柯菲耶维奇耷拉着苍白的头,老半天没有说话;等他抬起头来,他的目光又冷峻,又难看。

"你这瓶子里是什么?"

"酒精。我的侄子从高加索带回来的。"

"来,大哥,咱们来祭奠卡列金,祭奠去世的将军! 愿他在天堂安息!"

他们喝起来。主人的女儿,一个高高的、满脸雀斑的姑娘,端上菜来。潘捷莱·普罗柯菲耶维奇开头还不时地看看垂着头站在爬犁旁边的老骟马,但是主人叫他放心,说:

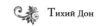

"别记挂马。我叫家里人去饮饮,添点儿草料。"

于是潘捷莱·普罗柯菲耶维奇很起劲地说起话来,喝了起来,很快就忘掉了马,忘掉世上的一切。他东一句西一句地说起格里高力,和已有酒意的干兄弟争论起一件事,争着争着,就忘记争论的是什么了。黄昏时候,他才猛醒过来。尽管主人一再劝他留下来过夜,他还是决意回去。主人的儿子给他把骒马套上,主人亲自把他扶上爬犁,决意送他一程,两个人紧挨着坐在爬犁上,拥抱着。他们的爬犁在大门上撞了一下,以后每到拐角上都要撞一下,直到上了草甸子,才不撞了。这时候干兄弟哭了起来,并且不由自主地从爬犁上跌了下去。他像个虾子一样四肢着地撑了半天,嘴里不住地骂着,可就是站不起来。潘捷莱·普罗柯菲耶维奇赶着爬犁飞跑起来,他没有看见,送了他一程的干兄弟四肢着地在雪地上爬着,鼻子往雪里直拱,快活得哈哈大笑着,并且用沙哑的嗓子恳求着:

"别胳肢我! ……别胳肢嘛!"

潘捷莱·普罗柯菲耶维奇的老骒马挨了几鞭子,就快跑起来,但是跑得很不稳当,一个劲儿地瞎跑。马的主人不久酒劲儿就发作,昏昏沉沉,头靠到爬犁背上,一声不响。幸亏缰绳压在他的身子底下,于是无人鞭打也无人驾驭的老骒马就换成小步朝前走去。一到岔路口,骒马就迷失了方向,走上了通往小格洛姆强诺克村的路,顺着这条路走去。过了几分钟,连这条路也迷失了。骒马在荒地上,在没有路的地方走,隐进了树林边很深的雪里;那马哼哧哼哧地朝一处洼地里走去。爬犁挂在一丛树棵子上,停了下来。爬犁猛地一停,颠得潘捷莱·普罗柯菲耶维奇醒了一下子。他抬起头来,沙哑地吆喝了一声:

"喔,鬼东西! ……"马上又睡着了。

老骒马平平安安地过了树林子,很顺利地来到顿河上,迎着送来牛粪块烟味的东风,朝谢苗诺夫村走去。

在顿河左边,离谢苗诺夫村半俄里远处,有一片深水;每年春天春水退落的时候,大水一股劲儿地朝这里涌。附近的沙土岸边还有几股泉水朝上直冒,因此这一片水整个冬天都不结冰,形成了一个碧绿的半圆形大冰窟窿。所以过顿河就要小心翼翼地绕过这片深水,往旁边绕一个很大的弯子。春天,退落的春水汹涌奔腾着经过这片深水回到顿河里的时候,这地方就形成漩涡,河水怒吼,水流上下翻滚,冲刷着河底;整个夏天,鲤鱼都躲在好几丈深的水底下,朝附近岸上倒下来的一棵树底下乱钻。

麦列霍夫家的骒马稀里糊涂地朝着冰窟窿、朝冰窟窿的左边走去。离冰窟窿有二十丈远的时候,潘捷莱·普罗柯菲耶维奇翻了一下身,略微睁了睁眼睛。

他看到黑黑的天上那一颗颗黄绿色的星星就像一树没有成熟的樱桃。"天黑啦……"他迷迷糊糊地想着，狠狠地扯了扯缰绳：

"喔，喔！……我揍死你，老骚货！"

老骒马小步跑了起来。马闻到了不远处水的气味，一下子竖起了耳朵，迟疑不决地朝主人斜了斜那只瞎眼睛。忽然听到波浪拍溅的声音。打了一声尖尖的响鼻，朝旁边一扭，向后退去。底部被水冲得千疮百孔的薄冰，在马蹄下咯吱咯吱地响着，一大块覆盖着白雪的薄冰陷了下去。骒马发出恐怖的、怕死的嘶叫声。那马使劲用后腿撑住，但是两条前腿已经落进了水里，边上的冰被马的后腿踩得咔嚓咔嚓直响。哗啦一声，又一大块冰碎裂开来。骒马掉进了冰窟窿，那马哆哆嗦嗦地抽了一下后腿，朝辕杆上踢了一下。就在这时候，潘捷莱·普罗柯菲耶维奇觉得不对头，便从爬犁上跳下来，朝后面一滚。他看到，爬犁被下坠的马扯得倒竖了起来，露出了被星光照得熠熠发光的滑铁，爬犁滑进黑绿色的深水里，夹杂着冰块的河水发出轻柔的哗哗声，一股波浪几乎溅到他的身上。潘捷莱·普罗柯菲耶维奇飞快地向后爬了爬，这才站稳了身子，大声喊叫起来：

"救命啊，行行好吧！……要——淹——死——啦！……"

他的醉意好像被一棒子打跑了。他跑到冰窟窿跟前。刚刚碎裂的冰块闪闪发光。风和湍急的流水赶着冰块在黑黑的大冰窟窿里转悠着，一阵阵的波浪沙沙响着，摇来晃去，就像一缕缕绿色的头发。周围死气沉沉的，寂无声息。远处村子里的灯火，给黑沉沉的夜幕增添了一些黄点儿。一颗一颗的星星，就像新碾出来的谷粒儿，在天鹅绒一般的天上瑟瑟缩缩，发出夺目的亮光。微风吹起地上松松的雪粉，雪粉唰唰响着，像一把一把的面粉，往冰窟窿那黑黑的大嘴里直飞。冰窟窿微微地冒着热气，黑糊糊的，依然是那样亲切，又是那样可怕。

潘捷莱·普罗柯菲耶维奇这才明白了，这会儿叫喊是愚蠢的，是没有用的。他四下里望了望，明白了自己因为醉酒跑到什么地方来了，并且因为恨自己，恨这件意外事，气得浑身哆嗦起来。他手里还拿着鞭子，他是带着鞭子跳下来的。他一面骂娘，一面拿鞭子照自己的脊背抽了半天，但是一点都不觉得疼，因为有皮袄护着呢，而为这件事就脱掉皮袄，似乎又不值得。他把大胡子揪下来一绺，在脑子里算了算骒马、爬犁、马套和买回的一些东西的价钱，便破口大骂起来，又朝冰窟窿跟前走了走。

"瞎鬼！……"他打着哆嗦，唉声叹气地对着已经沉下去的骒马骂道。"骚货！你自个儿淹死，还差点儿把我搭上！谁叫你他妈的瞎闯？！叫鬼把你套上拉车去吧，鬼可是没有东西抽你！……那就把鞭子也给你们吧！……"他泄气地把手一扬,把鞭子扔到冰窟窿当中。

那鞭子哧的一声,竖着扎进水里,朝水底沉去。

 十五

在卡列金的部队打败了革命的哥萨克部队之后,被迫迁移到米列洛沃的顿河革命军事委员会,给正在同卡列金和反革命的乌克兰拉达作战的军队的领导人打了一通电报,内容如下:

> 哈尔科夫。一九一八年一月十九日。发自卢干斯克,第四四九号,十八时二十分。顿河哥萨克革命军事委员会请您将顿河地区的下述决议转给彼得格勒人民委员苏维埃。
>
> 哥萨克革命军事委员会根据在卡敏镇召开的军人代表大会的决议,决定如下:
>
> 一、承认俄罗斯苏维埃共和国的国家中央政权,承认哥萨克、农民、士兵和工人苏维埃代表大会的中央执行委员会,以及由中央执行委员会选出的人民委员苏维埃。
>
> 二、召开哥萨克、农民和工人苏维埃代表大会,成立顿河地区政权。
>
> [附注]顿河地区的土地问题也将由地区代表大会解决。

赤卫队接到这通电报之后,便前来援助革命军事委员会的部队,因而打垮了柴尔涅曹夫的反革命队伍,恢复了原来的局面。革命军事委员会又掌握了主动权。萨布林和彼特洛夫的赤卫队,在占领兹维列沃和里哈亚以后,便在革命军事委员会的部队配合下,展开了攻势,压迫敌人向诺沃契尔卡斯克退去。

在右翼塔干罗格方面，西维尔司①率领的赤卫队在涅克林诺甫克附近被库捷波夫上校的志愿军打败，损失了一门大炮、二十四挺机枪和一辆装甲车，退到了安甫洛西叶夫卡。但是在塔干罗格，就在西维尔司打了败仗和退却的那一天，波罗的工厂里发动了起义。工人们把士官生从城里赶了出去。西维尔司于是重整队伍，发起进攻，节节前进，逼得志愿军朝塔干罗格退去。

苏维埃方面的部队显然取得了优势。这些部队从三面包围了志愿军和卡列金那些残余的"杂牌"部队。一月二十八日，科尔尼洛夫打电报给卡列金，说志愿军要退出罗斯托夫，退到库班去。

二十九日上午九点钟，在将军府里召开了顿河政府委员的紧急会议。卡列金最后一个从自己的住处来到会议厅。他沉重地坐到桌子旁边，把一些文件挪到自己面前。他因为睡眠不足，两边腮帮子的上部变得黄黄的，那抑郁无神的眼睛下面出现了两块青印子；他那消瘦了的脸，就好像挨到了腐烂的东西，被腐蚀黄了。他慢慢地看过科尔尼洛夫的电报，看过正在诺沃契尔卡斯克北面抵挡赤卫队进攻的各部队指挥官的报告。用一只白白的大手仔细把一沓电报摊平，没有抬他那浮肿的、出现了青印子的眼皮，低沉地说：

"志愿军要撤退啦。保护顿河地区和诺沃契尔卡斯克的，只有一百四十七条枪啦……"

他的左眼皮上的青筋跳了几下，紧闭着的嘴唇角哆嗦了一阵子，他又提高了声音说：

"咱们的处境没有希望啦。老百姓不仅不支持咱们，而且对咱们有敌对情绪。咱们无能无力啦，反抗也无益。我不主张无谓的牺牲，无谓的流血。我提议，咱们辞职，把政权交给别人。我辞去司令官的职务。"

米特洛方·包加叶夫斯基正对宽大的窗洞看着，他扶了扶眼镜，也没有转过头来，说：

"我也辞去自己的职务。"

"当然，要辞职，整个政府都要辞职，问题是，咱们把政权交给谁呢？"

"交给市议会。"卡列金干巴巴地回答说。

"应该举行一个仪式。"政府委员卡辽夫不很肯定地说。

---

① 西维尔司原为帝俄军队的步兵准尉，布尔什维克，一九一七年担任《战地真理报》主编。是乌克兰和顿河地区对白卫军和外国干涉者进行武装斗争的领导人之一。一九一八年十二月受重伤而死。——作者注

大家都很伤心、很尴尬地沉默了一会儿。阴沉的一月的早晨的朦胧的亮光，从蒙了一层水汽的窗户里懒洋洋地透了进来。罩着雾气和霜雪的城市寂无声息，好像睡着了一样。听不到平时生活脉搏的跳动。苏林车站附近正在进行战斗，阵阵炮声传来，使一切活动沉寂下来，使整个城市里充满了无声的、说不出的恐怖。

在窗外飞来飞去的乌鸦，一声声地叫着，叫得非常难听。乌鸦在白色的钟楼顶上打着圈圈儿，就好像发现了死尸。教堂的广场上覆盖着淡青色的新雪，除了稀稀拉拉的行人再就是偶尔有搭客的爬犁驰过，后面留下黑黑的辙印。

包加叶夫斯基打破沉寂，提议起草一份向市议会移交政权的交接书。

"应该和他们一起开个会，商讨一下移交的问题。"

"什么时候开会合适？"

"晚一点吧，下午四点。"

政府委员们似乎因为打破了难发一言的沉寂而高兴起来，讨论起移交政权问题和开会的时间问题。卡列金一言不发，用鼓鼓的手指甲有节奏地轻轻敲着桌子。在他那耷拉着的眉毛底下，两只眼睛模模糊糊，光度微弱，像云母石一样。因为过度的疲惫、厌倦和劳累，他的目光流露出烦躁和沉重的神情。

有一个政府委员不知是在反驳谁的意见，他的发言又臭又长。卡列金微微带着怒色，打断了他的话：

"诸位，说简单一点儿吧！时间很紧迫。俄罗斯就是因为说空话亡国的。现在休息半个钟头。你们讨论讨论……等会儿要快点儿讨论好。"

他走回自己的住处。政府委员们分成一小堆一小堆的，小声说着话儿。有一个人说，卡列金气色很不好。包加叶夫斯基站在窗前，听见有人小声说：

"对于阿列克塞·马克西莫维奇这样的人，自杀是唯一可行的办法。"

包加叶夫斯基哆嗦了一下，快步朝卡列金的房里走去。过了不大的一会儿，他就陪着卡列金回来了。

决定在四点钟开会，同市议会商讨移交政权和交接书的问题。卡列金站了起来，其余的人也跟着站了起来。卡列金一面同一位政府要员握手道别，一面拿眼睛注视着扬诺夫，扬诺夫正和卡辽夫小声说话儿。

"什么事？"他问道。

扬诺夫走过来，有点儿不好意思。

"一些政府委员，不是哥萨克的，要求发给他们一些路费。"

卡列金皱起眉头，很生硬地说：

"我没有钱……讨厌!"

大家渐渐散去。包加叶夫斯基听见了这几句对话,把扬诺夫叫到一旁,说:

"请到我房里来一下。您告诉斯维托查洛夫,让他在更衣室里等一等。"

他们跟着佝偻着身子快步往前走的卡列金走了出去。来到包加叶夫斯基的住处,他递给扬诺夫一叠钞票。

"这是一万四千卢布。您交给他们吧。"

在更衣室里等候着扬诺夫的斯维托查洛夫接过钱,道过谢,握过手,就朝门口走去。扬诺夫刚刚从看门人手里接过军大衣,就听见楼梯上咚咚地响,便回头看了看。卡列金的副官莫尔达甫斯基正从楼梯上往下跑。

"找医生! 快!!"

扬诺夫扔下军大衣,朝他奔去。一个值日副官和聚集在更衣室里的几个传令兵一齐围住了跑下来的莫尔达甫斯基。

"怎么回事儿?!"扬诺夫脸色煞白地叫道。

"阿列克塞·马克西莫维奇自杀啦!"莫尔达甫斯基趴在楼梯栏杆上,放声大哭起来。

包加叶夫斯基跑了出来;他的嘴唇一个劲儿地打哆嗦,好像是冻坏了,他结结巴巴地问:

"怎么啦? 怎么啦?"

很多人拥拥挤挤、争先恐后地顺着楼梯朝楼上跑去。奔跑的脚步声轰轰隆隆、叭叭哒哒地响成一片。包加叶夫斯基张大了嘴在吸气,呼哧呼哧地直喘。他头一个砰的一声把门推开,穿过客厅跑进办公室。从办公室进小房间的门大开着。又酸又苦的灰白色轻烟和火药气味从里面往外冒着。

"哎呀! 哎呀! 哎哟! 哎哟! ……阿廖沙呀! ……我的亲人啊……"从里面传出卡列金的妻子的极其可怕的、憋得透不过气来的哭泣声。

包加叶夫斯基好像快要闷死了,他撕扯着衬衣领子,跑了进去。卡辽夫正佝偻着背,紧紧抓住已经不发亮的镀金窗户把手,站在窗户跟前。他的两个肩胛骨,在背后上衣里面一上一下地抽动着,他哆嗦得厉害,每哆嗦一下都要老半天。包加叶夫斯基沙哑地、像野兽一样放声号叫起来,差点儿要站不住了。

卡列金双手放在胸前,直挺挺地躺在一张军官行军床上。他的头微微朝墙那面歪着;白色的枕套,使他那发青的潮湿的额头和贴在枕套上的腮帮子格外显眼。眼睛朦朦胧胧地半闭着,那冷峻的嘴角朝一边歪着,显得很痛苦。他的妻子跪在他的脚边不要命地号哭着。她那声嘶力竭的哭声撕心裂肺。行军床上放着

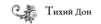

一把手枪。手枪旁边的衬衣上,有一股细细的深红色鲜血曲曲弯弯地流着。

军服上衣整整齐齐地搭在行军床旁边的椅子背上,小桌子上放着手表。

包加叶夫斯基歪歪倒倒地摇晃了几下,跪了下去,把耳朵贴在还热乎和柔软的胸膛上。他闻到一股像醋一样酸的男人汗味。没有听到卡列金的心跳。包加叶夫斯基的全部精神都凝聚到听觉上,他如饥似渴地倾听着,但是他听到的只是小桌子上的手表清脆的嘀嗒声、已死的将军的夫人那嘶哑的哽咽声,再就是窗外的乌鸦那带有不祥意味的、又带劲儿又响亮的呱呱叫声。

<h2>十六</h2>

彭楚克一睁开眼睛,就看见安娜的黑眼睛里闪着晶莹的泪珠和笑意。

他昏昏沉沉地过了三个星期。三个星期以来,他一直在恍恍惚惚、梦幻般的世界里漫游。十二月二十四日黄昏时候,他恢复了知觉。他用严肃而迷惘的目光对着安娜看了老半天,希望能回想起和她有关的一切;他只想起一小部分,他的脑子还很迟钝,很不听使唤,还有很多事情隐藏在脑子的深处。

"给我点儿水喝……"他自己的声音仍旧像是从很远的地方传进了他的耳朵,因为他高兴起来。彭楚克笑了。

安娜连忙向他走来,她的脸闪闪有光,露出微微的、压抑着的笑容。

"我端着给你喝吧。"她推开彭楚克伸向茶缸的软弱无力的手。

他哆哆嗦嗦,很费劲儿地抬起头来,喝了一阵子,又疲惫无力地倒在枕头上。他朝旁边看了半天,想说几句话,但是一点精神都没有,他又睡着了。

又是和头一次一样,他醒来之后,首先看见的是安娜凝视着他的那一双惊惶不安的眼睛,然后是橙黄色的灯光、灯光在没有油漆的天花板上照出的白圈圈儿。

"安娜,上我这儿来。"

她走过来,握住他的手。他也软弱无力地握住她的手。

"你这会儿觉得怎么样?"

"舌头就像是别人的,脑袋也好像是别人的,腿也是这样,我好像有两百岁啦。"每一个字他都说得很仔细。停了一会儿,他问道:"我是害伤寒吗?"

"是害伤寒。"

他拿眼睛在屋子里扫了扫,含含糊糊地说:

"这是哪儿呀?"

她明白他问的是什么,就笑了笑。

"咱们这是在察里津。"

"你呢……是怎么一回事儿?"

"我一个人留下来陪你的,"她好像是想解释,又好像是想引开他没有说出的念头,赶紧又说道:"不能把你扔在陌生的地方啊。阿布拉姆逊和党委会的几个同志要我照应你……你瞧,真想不到我服侍起你来啦。"

他用眼睛看了看,用手软软地握了握,对她表示感谢。

"克鲁托果洛夫呢?"

"经过沃罗涅日到卢干斯克去啦。"

"盖沃尔克扬茨呢?"

"他……真想不到……他害伤寒病死啦。"

"噢!……"

两个人都沉默了一会儿,好像是在默念死者。

"我原来也很担心你。你前些天很不好。"她小声说。

"还有包高伏依呢?"

"大家都离开啦。有一些人上卡敏镇去啦。噢,你听我说,你老是说话不大好吧? 还有,你要不要喝点儿牛奶?"

彭楚克摇了摇头,表示不想喝;他吃力地摆动着舌头,又接着问道:

"阿布拉姆逊呢?"

"一个星期以前上沃罗涅日去啦。"

他很不灵活地翻了一个身,他的头一阵晕,血直往眼睛里冲。他觉得有一只凉丝丝的手按在额头上,就睁开了眼睛。他想起一个问题:昏迷的时候,谁照应他拉屎撒尿呢? 难道是她吗? 他的脸都有点儿红了;他问道:

"就你一个人服侍我吗?"

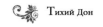

"是的,就我一个。"

他把脸转过去朝着墙,小声说:

"他们真好意思……坏透啦! 把我丢给你一个人……"

害过伤寒病以后,在听觉上出现了后遗症:彭楚克听觉很差。察里津党委会派来的医生对安娜说,必须等病人完全康复以后,才能治疗耳朵。彭楚克的健康恢复得很慢。他的食欲格外强,但是安娜严格地控制着他的饮食。他们因此常常发生争执。

"再给我一点儿牛奶吧。"彭楚克要求说。

"不能再喝啦。"

"我求你——再给我一点儿! 你想让我饿死吗?"

"伊里亚,你该知道,我不能让你超过定量。"

他气得不做声了,转身朝着墙,直叹气,老半天都不说话。她心疼他,压制着自己的脾气。过一阵子,他转过脸来,一副愁眉苦脸的样子,那样子更使她心疼了。他又央求说:

"不能给我一点儿腌白菜吗? 哎呀,给我一点儿吧,好安娜! ……听听我的嘛……不行吗? ……都是医生胡说八道!"

有时候他碰了钉子,就说难听的话来气她:

"你不能这样捉弄我! 我自个儿找女房东要! 你这个女人毫无心肝,讨人厌! ……真的,我都恨你啦。"

"我天天照应你,起早摸黑,你却对我这样!"安娜也忍不住了。

"我又没有求你留下来服侍我! 你拿这话责备我,毫无道理。你别自以为了不起。哼,好吧……你就什么也别给我! 让我饿死好啦……真会心疼人!"

她的嘴唇哆嗦着,但是她克制着,没有做声;任凭他怎样,她都耐心忍受着。

只有一回,因为她不肯再给他饼吃,高声吵了几句之后,彭楚克转过脸去,她发现他的眼睛里汪着泪水,她的心揪成一团,喊叫道:

"你简直成了小孩子啦!"

她跑到厨房里,端来满满一碟子馅饼。

"吃吧,吃吧,伊留沙,我的好人! 好啦,够啦,别发火啦! 给你吃吧,刚烙出来的!"她两手哆哆嗦嗦地把一张饼塞到他手里。

彭楚克心里很不痛快,想不要,但是忍不住;一面擦着眼泪,坐起来,接住饼子。他那生满软软的卷胡子的消瘦的脸上,闪过一丝表示歉意的笑容,他用眼睛请求她原谅,说:

"我连小孩子都不如呢……你瞧,我差点儿都哭起来啦……"

她看着他那细得出奇的脖子,看着他那从敞开的衬衣领子里露出来的干瘪下去的、没有血色的胸膛,看着他那皮包骨头的双手;她心里涌起一股以前不曾有过的深深的爱和心疼的感情,情不自禁地第一次真挚而温柔地吻了吻他那焦黄的额头。

又过了两个星期,他才能不用别人搀扶在屋子里走动。瘦得像干草一样的两条腿一拐一拐地走;他重新学起走路来了。

"你瞧,安娜,我能走啦!"他很想自个儿走走,走快点儿,但是两条腿撑不住沉甸甸的身子,地板在脚底下直摇晃。

彭楚克一遇到能靠的东西就靠一下,他像个老头子一样大大咧咧地笑着;皮肤紧紧贴在透亮的腮帮子上,到处是皱纹。他像老头子一样呵呵地笑上一阵,笑得没了劲儿,也走累了,就又倒在床上。

他们住的房子离码头不远。在窗前可以看见一片冰雪的伏尔加河河面和河那边的树林,那树林就像半个老大的灰色圆圈儿;可以看见远处田野那模糊的、曲曲弯弯的轮廓。安娜常常在窗前站上很久,想着自己的奇怪的、骤然变了的生活。彭楚克生了一场病,他们格外亲密了。

起初,她走过漫长而艰苦的路,同他一起来到察里津,觉得异常沉重、异常痛苦。她还是第一次这样近和这样真切地窥探和心爱的人相处的内幕。她咬着牙,给他换身上的衬衣,从他那滚烫的头上往下篦虮子,转动他那重得像石头一样的身体;她浑身像抽筋似的,带着厌恶的神情偷偷看着他那赤裸裸的干瘦的男子身体——那是一张皮壳,宝贵的生命在里面微微跳动着。她的心里乱腾腾的,觉得很厌恶,但是外部的肮脏却没有污染她那深深地、牢牢地埋藏在心底的感情。她曾经在彭楚克严厉的指教之下学会了战胜痛苦和困惑。这一次她也战胜了。到末了只剩了同甘共苦的心情,再就是深深的爱情像泉水一样,腾腾地冲了出来。

有一天彭楚克说:

"这么一来,你讨厌我啦……是吧?"

"这是一种考验。"

"考验什么? 是对耐心的考验吗?"

"不,是对感情的考验。"

彭楚克转过脸去,老半天都抑制不住嘴唇的哆嗦。这个问题他们再也没有多说。什么话都是多余的,是相形失色的。

一月中旬,他们离开察里津,前往沃罗涅日。

 十七

一月十六日黄昏时候,彭楚克和安娜来到沃罗涅日。他们在这里住了两天,便动身往米列洛沃去,因为就在出发的这一天得到消息,说是顿河革命军事委员会及其所属的部队在卡列金部队的压迫之下,退出了卡敏镇,撤到了米列洛沃。

米列洛沃熙熙攘攘,到处是人。彭楚克在这里待了几个钟头,就乘下一趟火车前往格鲁博克。第二天他接受了领导机枪队的任务,第三天上午他就参加了反击柴尔涅曹夫的部队的战斗。

打垮柴尔涅曹夫以后,他们却意想不到要分手了。有一天上午,又兴奋又有点儿伤感的安娜从司令部里跑了来。

"你知道吧,阿布拉姆逊在这里。他很想见见你。另外还有一个消息:今天我要走啦。"

"上哪儿去?"彭楚克吃惊地问道。

"阿布拉姆逊和我,还有另外几个同志,要到卢干斯克去做宣传工作。"

"你要离开机枪队啦?"彭楚克冷冷地问道。

她笑起来,把通红的脸贴到他的脸上,说:

"你老实说:你难过的不是我离开机枪队,而是我离开你吧!不过这是暂时的离别。我相信,我担任这种工作,比在你身边工作更合适。我对宣传工作,比对机枪业务更熟悉……"她顽皮地挤了挤眼睛,"尽管我的机枪业务是在彭楚克这样有经验的指挥员手下学的。"

过了一会儿,阿布拉姆逊来了。他仍旧是那样热情、朝气勃勃、精神抖擞,他那像涂了松脂一样的黑黄色头发当中仍旧夹杂着不少银光闪闪的白发。他见到

彭楚克,打心坎里高兴起来。

"你身体完全好啦? 好极——极啦! 我们要把安娜带走啦。"他带着已经猜到和话有所指的神气眯缝起眼睛。"你不反对吧? 不反对吧? 是的,是的……是的,是的,好极——极啦! 我所以提出这个问题,是因为你们大概在察里津处热和啦。"

"坦白地说,我舍不得离开她。"彭楚克愁眉苦脸地、很勉强地笑了笑。

"舍不得吧?! 单是这一点就够啦……安娜,你听见吗?"

阿布拉姆逊在屋子里走了一会儿,他走着走着,从柜子后面捡起一本落满灰尘的《加林—米海洛夫斯基文集》,又忽然想起一件事,就要走。

"安娜,你马上来,好吗?"

"你先走。我一下子就来。"她在屏风后面回答说。

她换好了内衣,从屏风后面走了出来。她身上穿的是草绿色军便服,系了腰带,军便服的两个口袋被乳房顶得微微鼓了起来;仍旧穿上了那条有好几处补丁的黑裙子,但是裙子已经洗得干干净净的。不久前才洗过的浓密的头发蓬松松的,从头巾里露了出来。她穿起军大衣,一面系腰带,一面问道(刚才的兴奋劲儿不见了,她的声调也沉闷无力了,而且还带着恳求的意味):

"你今天要参加进攻吗?"

"哦,当然喽! 我是不能袖手旁观的。"

"我恳求你……听我的,你要多多保重! 你为了我,能这样吗? 行吗? 我再给你留下一双毛袜子。不要冻着,尽量不要让脚受潮。我到了卢干斯克,就给你写信。"

她的眼睛不知为什么一下子就失去了光彩;在告别的时候,她坦率地说:

"你看,我真是舍不得离开你。起初,阿布拉姆逊要我上卢干斯克,我还高兴呢,可是这会儿我觉得,离开你,到了那儿,我会感到无依无靠。用不着多说,这种感情现在是不必要的,感情会妨碍工作……好啦,反正再会吧! ……"

他们分别时很镇定、很冷淡,但是彭楚克该明白的,全明白了:她是害怕失去已经下定的决心。

他出来送她。安娜急急忙忙地摆动着肩膀走了,头也不回。他很想唤她一声,但是临别时他发现她那微微斜视的模糊的眼睛里有一种异常的、潮湿的亮光,就克制着自己的心情,装出很高兴的神气,喊道:

"希望咱们在罗斯托夫见面! 安娜,一路保重!"

安娜回头看了看,加快了脚步。

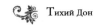

安娜走了以后，彭楚克立刻感到非常孤单。他从街上回到屋子里，可是马上就像被烫了一下似的，又从屋子里跑了出去……屋子里每一样东西都表示她曾经在这儿呆过，每一样东西都还保留着她的气味：不论是她忘记带走的手绢，不论是那军用挂包，那铜茶缸，凡是她的手接触过的东西，都是这样。

彭楚克在镇上一直逛荡到黄昏时候，觉得心里从来不曾这样乱，并且有一种感觉，好像有人从他身上割去了一点什么，他怎么都不能适应新的情况。他失神地凝望着一个个陌生的赤卫队员和哥萨克的脸，他认出来一些，有许多人都认出他来了。

走到一个地方，一个在对德战争中和他一起当过兵的哥萨克叫住了他。他把彭楚克拉到自己的住处，请他一块儿打牌。彼特洛夫支队的几个赤卫队员和刚刚到的几个水兵正围着桌子打"二十一点"。他们笼罩在黄烟的烟雾当中，劈劈啪啪地摔着纸牌，沙啦沙啦地抓着克伦斯基票子，骂着娘，满不在乎地嚷着。彭楚克很想到外面透透空气，便走了出来。

好在一个钟头以后就要发起进攻了。

十八

卡列金自杀以后，诺沃契尔卡斯克的政权便转入顿河远征军司令纳扎洛夫将军之手。一月二十九日，他被参加军人联合会大会的代表们选为顿河军的委任司令官。参加这次大会的只有很小的一部分代表，主要来自南部地区下游各乡镇。这一次的军人联合会就叫"小联合会"。纳扎洛夫在小联合会的支持下，宣布征集十八到五十岁的男子入伍，并且采取了种种威胁恫吓手段，又派出武装部队到各乡镇去强行征集，但是哥萨克们都不愿意出来打仗。

在小军人联合会开始执政的那一天，克拉司诺希柯夫将军的顿河哥萨克第六团在塔青中校率领下,经过长途行军,从罗马尼亚前线回到了诺沃契尔卡斯克。这个团从叶卡捷琳诺斯拉夫开始,就且战且进,冲破布尔什维克部队的层层包围。在皮亚吉哈特卡、梅希瓦、马特维耶夫山冈和许多别的地方都受到拦截,尽管这样,这个团到达诺沃契尔卡斯克时几乎全员,军官无一伤亡。

为这个团举行了盛大的欢迎会。在教堂广场上举行过祈祷仪式之后,纳扎洛夫就对哥萨克们表示感谢,感谢他们保持了良好的纪律、良好的秩序,感谢他们回来保卫顿河。

不久这个团就开上前线,开到苏林车站附近,可是过了两天,诺沃契尔卡斯克就接到十分可怕的消息:这个团受到布尔什维克宣传的影响,自动离开阵地,拒绝保卫军政府。

小联合会的局面打不开。大家都感到同布尔什维克斗争没有什么希望。每次开会,纳扎洛夫这样一个有毅力、有朝气的将军都一手托腮坐在那里,另一只手捂着额头,好像是在苦苦思索什么问题。

最后的希望都化成了灰烬。赤卫队逼近了诺沃契尔卡斯克和罗斯托夫。齐霍列茨克附近已经响起隆隆的炮声。有消息说,红军指挥员阿甫托诺莫夫少尉的部队正从察里津向罗斯托夫推进。

列宁命令南方前线于二月二十三日①拿下罗斯托夫。

契尔诺夫大尉的白卫军,受到西维尔司部队的攻击和戈尼洛夫乡哥萨克的背后包抄,于二月二十二日退进了罗斯托夫。

眼看着守不住了。科尔尼洛夫明白,留在罗斯托夫是很危险的,于是下令撤往奥里根镇。捷美尔尼克的工人对火车站,对军官巡逻队射击了一整天。快到黄昏时候,密密麻麻的科尔尼洛夫的队伍出了罗斯托夫。一大队人马就像一条老粗的黑蛇,渡过顿河,曲曲弯弯地朝阿列克塞爬去。一支支短小的连队,蹚着松软而潮湿的积雪,吃力地前进着。实业学校学生那带有锃亮的纽扣的草绿色学生大衣闪来闪去,但是大多数还是步兵军官的军大衣。担任排长的是一些上校和大尉。当兵的是士官生和军官,从准尉到上校都有。在数不清的辎重车后面,是一群群的难民。都是一些上了年纪、很有气派的人,穿着很阔气的大衣和套鞋。许多妇女扶着大车,在老深的雪里很费劲地走着,高跟鞋一扭一扭的。

叶甫盖尼·李斯特尼次基大尉也在科尔尼洛夫团的一个连里。和他并肩走

---

① 苏维埃政府决定自一九一八年二月十四日起实行新历。本书以后提到的日期都是新历的日期。——作者注

的，一个是挺有精神的作战部队军官司塔洛别里斯基上尉，一个是苏沃洛夫法拿果里精锐团包察里夫中尉，还有一个是罗维乔夫中校——是一个老掉了牙的作战部队的军官，浑身长着一层红毛，就像一只大狐狸。

暮色越来越浓。渐渐冷起来。从顿河河口吹来带咸味的、潮湿的风。李斯特尼次基习惯地、一步一步地踩着已经踩碎的积雪，注视着一些朝连队前面跑的人的脸。科尔尼洛夫团的团长涅申采夫和御林军普莱奥布拉申斯基团原来的团长库捷波夫从路边走了过去，库捷波夫敞着军大衣，制帽歪戴在平平的后脑勺上。

"团长先生！"罗维乔夫中校熟练地将步枪换了换肩，对涅申采夫叫了一声。

库捷波夫扭了扭宽额头、两只黑眼睛离得远远的、大胡子修成了铲子形的那张牛脸；涅申采夫隔着他的肩膀朝叫他的人看了看。

"请您命令第一连加快步伐！这种走法准得冻死。我们的脚都湿透啦，还要这样慢腾腾地走……"

"岂有此理！"嗓门儿又大又爱吵的司塔洛别里斯基叫了起来。

涅申采夫没有回答，走了过去。他正和库捷波夫争论着什么事。过了不大的一会儿，阿列克塞耶夫将军赶到了他们前头。将军的车夫赶着两匹肥壮的、扎着尾巴的大青马；雪粉一团一团地从马蹄下朝四处乱飞。阿列克塞耶夫的白胡子向上翘着，那上挑的眉毛也已经白了，一张脸被风吹得通红，他把制帽一直扣到耳朵上，身子斜靠在马车的后背上，瑟瑟缩缩地用左手扶着大衣领子。军官们都含笑目送着他那张大家都熟悉的脸。

被很多只脚踩得稀烂的大路上，渗出不少黄黄的小水洼。走起路来十分费劲，两只脚滑来滑去，雪水往靴子里直钻。李斯特尼次基一面走，一面听前面的人说话。一个声音浑厚、穿着皮上衣、戴着普通哥萨克皮帽的军官说：

"中尉，您看见了吗？那是国家杜马主席罗坚柯，也在步行呢。"

"俄罗斯在往峨尔峨他①走呢……"

有人咳嗽着，呼噜呼噜地吐着痰，想说说俏皮话：

"上峨尔峨他……跟这不大一样，上峨尔峨他走的是石子路，现在走的是雪地，而且水漉漉的，再加上冷得要冻死人。"

"诸位，知道在哪儿宿营吗？"

---

① 峨尔峨他：耶路撒冷旁边的一座小山。耶稣就是在这里被钉死的。

"在叶卡捷琳诺达尔。"

"我们在普鲁士的时候,有一次行军也是这样……"

"库班总会欢迎咱们吧? ……什么? ……当然,那就是另一回事儿啦。"

"您有烟吗?"郭罗瓦乔夫中尉问李斯特尼次基。

他扯下粗布手套,接过纸烟,道过谢,又像个士兵那样擤了擤鼻涕,在大衣襟上擦了擦手指头。

"中尉,您想学学大众化作风吗?"罗维乔夫中校微微笑着问。

"非得学学不可。您怎么……带了一打手绢准备着用吗?"

罗维乔夫没有回答。他那红中夹白的胡子上结起绿莹莹的冰凌。他偶尔地抽抽鼻子,冷风朝军大衣里直钻,冻得他皱起眉头。

"俄罗斯的精华。"李斯特尼次基十分痛心地打量着一列列的人和曲曲弯弯前进的队伍,心里想道。

好几个骑马的人跑了过来,其中骑在一匹高大的顿河马上的是科尔尼洛夫。他那件两侧带有斜兜的浅绿色皮袄和白色的皮帽在队伍里晃悠了半天。军官大队用浑厚、响亮的"乌拉"声在送他。

"这一切倒不算什么,问题是家里……"罗维乔夫老声老气地哼哧着,斜眼看了看李斯特尼次基的眼睛,好像是在寻找同情。"我的家眷还在斯摩棱斯克呢……"他又说了一遍。"妻子和一个女儿,女儿是个大姑娘啦。圣诞节的时候已经满十七岁啦……这可怎么办啊,大尉?"

"哦——哦……"

"你也有家眷吗?您是诺沃契尔卡斯克人吗?"

"不是,我是顿河区的。我只有父亲。"

"真不知道对她们该怎么办……我不在家,她们的日子又怎么过。"罗维乔夫又说。

司塔洛别里斯基气忿地打断他的话头,说:

"大家都有家眷留在家里。我真不明白,中校,您哼唧什么? 真少见! 还没有走出罗斯托夫的地界,就……"

"司塔洛别里斯基! 彼得·彼得洛维奇! 塔干罗格那一仗,您参加了吧?"有人在后面隔着一列人叫喊道。

司塔洛别里斯基转过气忿的脸,阴沉地笑了笑。

"哦……符拉季米尔·盖奥尔吉耶维奇,哪一阵风把您刮到我们排里来啦? 调来啦? 跟谁闹别扭啦? 噢……是的,那是当然……您问塔干罗格那次打仗吗?

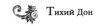

是的,我参加啦……怎么?一点不错……他阵亡啦。"

李斯特尼次基漫不经心地听着他们说话,想起自己离开亚戈德庄时的情景,想起了父亲,想起了阿克西妮亚。怀念之情忽然涌上心头,心里憋得发慌。他无精打采地走着,看着一根根上了刺刀的枪筒子在前面晃动,看着戴皮帽、制帽和风帽的许许多多的头随着脚步摆来摆去,心里想道:

"这五千个流亡的人,每个人都和我一样,怀着一股强烈的仇恨和愤怒。下流瘟子们,把我们撵出了俄罗斯,又想来这儿称王称霸,等着瞧吧!……总有一天科尔尼洛夫会带我们上莫斯科!"

这时候他想起科尔尼洛夫那一次去莫斯科,于是高高兴兴地回想起那一天的情景。

后面不远处,大概就在他们这个连的尾部,有一个炮兵连。马匹打着响鼻,炮车轰隆轰隆地响着,连马汗气味都扑了过来。李斯特尼次基马上就闻出这种熟悉而亲切的气味,扭过头去;在前面当驭手的一个青年准尉看了看他,笑了一下,就好像见到了熟人似的。

* * *

三月十一日以前,志愿军的部队就已经集中在奥里根乡地区。科尔尼洛夫暂不下令出发,等候顿河远征军司令波波夫将军到奥里根来,波波夫将军已经率领自己的队伍退出诺沃契尔卡斯克,开到顿河对岸的草原上去,他的队伍大约有一千六百条枪、五门大炮和四十挺机枪。

十三日上午,波波夫由他的参谋长西道林上校和警卫队的几名军官陪着,来到奥里根镇上。

他来到科尔尼洛夫住的房子旁边的操场上,勒住马,扶住鞍头,很吃力地跨下马鞍。一个黑头发、黑脸膛、眼睛像麦鸡一样尖的年轻哥萨克勤务兵,连忙跑过来扶住他。波波夫把缰绳扔给他,便很有气派地朝台阶走去。西道林和几个军官也都下了马,跟在他后面。勤务兵们把几匹马牵进院子。一个上了年纪的跛脚勤务兵还在挂马料袋的时候,那个黑头发、眼睛像麦鸡一样的勤务兵已经和房东家的女仆搭讪起来。他对她说了几句酸溜溜的话。那个女仆——一个面色绯红的姑娘,披着一条十分漂亮的头巾,光光的腿上穿着深筒套靴——就一面笑着,脚下一面打着滑,踩着水洼从他身边跑过,啪哒啪哒地朝棚子里跑去。

派头十足、上了年纪的波波夫走进房子。他在堂前把军大衣交给一个动作麻利的勤务兵,把马鞭子挂在衣架上,大声地擤了半天鼻涕。勤务兵把他和边走边拢头发的西道林领进大厅。

应邀前来开会的将军们已经到齐。科尔尼洛夫坐在桌子旁边,两只胳膊肘撑在一张摊开的地图上;他的右首是白发苍苍、瘦骨嶙峋、腰板笔直、刚刚刮过脸的阿列克塞耶夫。邓尼金忽闪着两只精明而厉害的眼睛,正在和罗曼诺夫斯基说话。远看很像邓尼金的鲁科姆斯基,慢慢地在屋子里踱着,捋着大胡子。马尔科夫站在面向院子的一个窗户跟前,看着勤务兵们喂马,和年轻的女仆挤眉弄眼地说笑。

他们两个新来的,同大家打过招呼,就朝桌子跟前走去。阿列克塞耶夫问了几个无关紧要的问题,问了问路上和由诺沃契尔卡斯克撤退的情形。库捷波夫走了进来,跟他一起来的还有科尔尼洛夫邀来开会的几位作战军官。

科尔尼洛夫对直地看着从容镇定地就座的波波夫,问道:

"将军,请您说说,您手下有多少条枪?"

"一千五百条枪,一个炮兵连,四十挺机枪,都配有机枪手。"

"志愿军被迫撤出罗斯托夫,这情况您已经知道啦。昨天我们开了一个会,决定向库班进军,方向是叶卡捷琳诺达尔,一部分志愿军部队正在这座城市附近活动。我们走这条路线……"科尔尼洛夫用没有削的铅笔头在地图上画了一下,说得快些了:"沿路吸收一些库班的哥萨克,粉碎那些小股的、零散的、没有战斗力的、企图拦我们前进的红军部队。"他对着波波夫那眯缝起来、转向一边的眼睛看了看,把最后的话说了出来:"我们向您建议,让您的部队和志愿军联合起来,同我们一起向叶卡捷琳诺达尔进发。力量分散——对咱们不利。"

"我不能这样干!"波波夫坚决而严峻地声明说。

阿列克塞耶夫微微朝他偏了偏身子。

"请问,为什么?"

"因为,我不愿意离开顿河区地界到什么库班去。我们北面有顿河作屏障,可以在越冬地区观望事态的发展。敌人不可能有什么大规模的行动,因为不是今天,就是明天,河面就要开始解冻,不仅炮队不能过河,连马队也不能过河。可是我们在越冬地区,草料和粮食都有充分保证,可以随时随地展开游击战。"

波波夫理直气壮地举出很多理由,驳斥科尔尼洛夫的意见。他缓了一口气,看见科尔尼洛夫要说话,就很执拗地摇了摇头,说:

"请让我把话说完……除此以外,还有一个特别重要的因素,我们这些做将领的,也要加以考虑:就是我们的哥萨克的情绪。"他伸出一只肉嘟嘟的白手,那手上的金戒指嵌进食指的肉里;他一面打量着大家,提高声音继续说下去:"如果我们朝库班开拔,军队就有瓦解的危险。哥萨克们就可能不肯去。不应当忘记这样一种情况,那就是,我的部队最根本、最坚定的部分就是哥萨克,然而就士气来说,他们并不怎么可靠,就像……就连您的部队也是这样。他们简直还没有自觉性,说不去,就是不去。整个部队有可能散掉,我可不能冒这个险。"波波夫干脆利落地说,他又不让科尔尼洛夫说,接着说下去,"请您原谅,我对您说出了我们的决定,并且斗胆向您说明:我们不可能改变这个决定。当然,分散力量对咱们是不利的,不过,情况既然已经是这样,只有这个办法了。我认为,根据我刚才提到的情况来看,志愿军最好不要上库班去,库班哥萨克的情绪很使我担心,志愿军最好还是跟顿河军一起到顿河对岸的草原上去。在那儿可以利用休息时间整顿一下队伍,在开春以前,就可以用从俄罗斯自动来的新的骨干力量补充起来……"

"不行!"科尔尼洛夫叫道。昨天他还主张开往顿河对岸的草原上,而且还很坚决地驳斥了阿列克塞耶夫的反对意见。"上越冬地区毫无意义。我们差不多有六千人呢……"

"如果说的是给养问题,大人,那我可以斗胆向您保证,越冬地区完全可以充分供应。并且,您还可以从那儿的私人养马场上弄到一些马匹,可以装备一部分马队。以后您就有条件去进行野地运动战。您是很需要马队的,可是志愿军的马并不多。"

科尔尼洛夫今天对阿列克塞耶夫特别客气,这会儿朝他看了一眼。科尔尼洛夫显然在选择进军方向问题上是动摇不定的,很想得到另外一个有权威的人的支持。大家都十分注意地听完了阿列克塞耶夫的发言。这位老将军解决问题一向干脆、利落、明快,用几句简单明了的话就说清了向叶卡捷琳诺达尔进军的好处。

"走这个方向,我们很容易冲破布尔什维克的包围,同活动在叶卡捷琳诺达尔附近的部队会合。"他最后说。

"米哈依尔·瓦西里耶维奇,这样进军要是失利呢?"鲁科姆斯基很小心地问道。

阿列克塞耶夫咂了咂嘴,用手在地图上画了画。

"退一万步说,如果失利,那我们还可以到高加索山里去,把部队化整为零。"

罗曼诺夫斯基支持他的意见。马尔科夫说了几句热情的话。阿列克塞耶夫的很有分量的理由似乎是无可反驳的了,但是鲁科姆斯基接过话来,把两边的分量拉平了：

"我赞成波波夫将军的意见，"他字斟句酌、不慌不忙地说，"向库班方面进军会遇到很大的困难，其困难在这里是无法估量的。首先，咱们要过两次铁路线……"

参加会议的人的目光都顺着他的手指所指，转向地图。鲁科姆斯基很坚定地继续说下去：

"布尔什维克会千方百计地截击我们，他们会派铁甲车来。我们的辎重队太累赘，伤号又多；我们又不能扔下不管。这一切都使军队行动起来特别困难，不能很快地前进。还有一点我也很不明白，凭什么可以说，库班哥萨克的心是向着我们的呢？就拿顿河哥萨克来说，本来也说是不满意布尔什维克的政权的嘛，所以我们应该抱着格外小心和最大的怀疑态度来看待这一类的说法。库班人也在害那种布尔什维克式的沙眼病，这种病是从以前俄罗斯军队里传染去的……他们会敌视我们的。最后我要再说一遍，我的意见：往东去，往草原上去，到那里养精蓄锐，威胁布尔什维克。"

科尔尼洛夫在手下大多数将领支持下，决定走维里柯克尼亚什以西的路线，在路上给非战斗人员补充一些马匹，然后从那里拐向库班。他宣布散会以后，和波波夫说了几句话，冷冷地道别，便朝自己的房里走去。阿列克塞耶夫跟着他走进房里去了。

顿河军的参谋长西道林上校碰得刺马针丁当丁当响着，来到台阶上，又响亮又得意地朝勤务兵喊道：

"带马！"

一个留着淡黄色小胡子的青年哥萨克中尉，扶着马刀，蹚着水洼，走到台阶跟前。他在最下面一级旁边站下来，小声问道：

"上校大人，怎么样？"

"不坏！"西道林兴高采烈地小声回答说。"咱们拒绝上库班啦。咱们马上就走。你们准备好了吗，伊兹瓦林？"

"好啦，马来啦。"

勤务兵们骑上马，把马带了过来。那个黑头发、眼睛像麦鸡一样的勤务兵，还在一再地问他的同伴。

"怎么样，她漂亮吗？"他哧哧地笑着问道。

那个上了年纪的勤务兵低声笑了笑。

"不怎么样。"

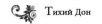

"如果她叫你去,你怎么样?"

"算了吧,呆子! 现在是大斋期。"

格里高力·麦列霍夫的旧同事伊兹瓦林,跳上自己那匹白额头、白鼻子、屁股下垂的战马,对勤务兵吩咐说:

"你们先到街上去。"

波波夫和西道林一面同一位将军道别,一面走下台阶。一名勤务兵勒着马,帮助将军的脚踩上马镫。波波夫晃了晃不算讲究的哥萨克式马鞭,赶着马小跑起来,几个哥萨克勤务兵、西道林和几名军官也都欠身站在马镫上,身子微微前倾,跟着他跑起来。

经过两天的行军,志愿军来到梅契庭镇,这时候科尔尼洛夫又得到有关越冬地区的一些新消息。这些消息都是不太好的。科尔尼洛夫把所有作战部队的指挥官都召集了来,宣布了向库班进军的决定。

他又派一个传令官去见波波夫,再一次建议联合起来。传令官在老伊万诺夫地区追上了部队。他带回了波波夫的回信,回信依然是那样:波波夫很客气、很冷淡地拒绝了科尔尼洛夫的建议,并且在信上说,他的决定是不可能变更的,还说他要暂时在萨尔斯克州驻下来。

十九

郭鲁博夫的队伍绕道去进攻诺沃契尔卡斯克,彭楚克也跟着他的队伍出发了。二月二十三日,他们出了沙合特镇,穿过拉兹道尔乡,夜里就来到美里霍夫镇上。第二天,天麻麻亮,就从镇上开了出来。

郭鲁博夫率领队伍快速前进。矮墩墩的郭鲁博夫走在最前面,他的鞭子不住气地往马屁股上落。夜里穿过了别斯谢尔盖涅夫镇,让战马多少休息了一下,许许多多骑马人又在没有星星的灰蒙蒙的夜幕下晃动起来,黄土大路上的薄冰在马蹄下咯吱咯吱地响了起来。

在克里维扬镇附近走迷了路,可是马上就遇到了自己这方面的部队。天已经开始放亮的时候,他们才来到克里维扬镇上。镇上还没有行人。在井边的空场上,一个哥萨克老汉正在砍水槽里的冰。郭鲁博夫走到他面前,队伍也停了下来。

"您好,老人家。"

老汉把一只戴着无指手套的手慢慢举到帽檐上,很不耐烦地回答说:

"您好。"

"怎么样,老人家,你们镇上的哥萨克都上诺沃契尔卡斯克去了吗? 你们这儿征集过了吗?"

老汉急忙拿起斧子,朝家里走去,也不回答。

"前进!"郭鲁博夫一面走,一面骂着,喊了一声。

这一天,小军人联合会正准备撤往康斯坦丁诺夫镇去。新任的顿河远征军司令波波夫将军已经把武装部队拉出了诺沃契尔卡斯克,把武器装备都带走了。这一天早晨得到的消息说,郭鲁博夫的部队正从美里霍夫镇往别斯谢尔盖涅夫镇方向开。小联合会派西沃罗博夫大尉去和郭鲁博夫商谈移交诺沃契尔卡斯克的条件。郭鲁博夫的骑兵一枪未发,就跟着西沃罗博夫进了诺沃契尔卡斯克。郭鲁博夫骑着汗淋淋的马,由一大群哥萨克簇拥着,径奔小联合会的大楼。大门口有几个闲人,还有一个勤务兵,正牵着一匹备好鞍的马在等候纳扎洛夫。

彭楚克跳下马来,端起手提机枪。他跟着郭鲁博夫和别的许多哥萨克跑进小联合会的大楼。在宽敞的大厅里,代表们听到大开着的门响了一声,都转过头来,脸都刷地一下白了。

"站——起——来!"郭鲁博夫就像在检阅时那样,鼓足劲儿发了一声命令,然后就在哥萨克们的簇拥之下,急得磕磕绊绊地朝主席台走去。

小联合会的委员们,听到这一声威严的喊叫,连忙站了起来,座椅发出一片响声,只有纳扎洛夫一个人坐着没动。

"你们怎么敢冲击联合会会场?"他怒冲冲地叫道。

"你们被捕啦! 住嘴吧!"郭鲁博夫红着脸,跑到纳扎洛夫跟前,把他的肩章从他那将军服的肩上扯了下来,声嘶力竭地喝道:"站起来,对你说哪! 把他带走! ……就是你! ……听见没吗?! 金肩章的家伙! ……"

彭楚克在门口架好机枪。联合会的委员们像羊群一样挤成了一堆儿,哥萨

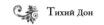

克们把纳扎洛夫、吓得脸色铁青的小联合会主席伏罗申诺夫和另外几个人从彭楚克面前拉了出去。

郭鲁博夫也跟着往外走，他的马刀丁当响着，那褐色的脸一片一片地红着。有一个联合会的委员拉住他的袖子，问：

"上校老爷，请问，我们上哪儿去？"

"我们自由啦？"另外一个人朝他肩膀上探了探贼眉鼠眼的头，问道。

"滚你们的蛋吧！"郭鲁博夫把手一摆，喊了一声，等他走到彭楚克身边，又转过身去朝着小联合会的委员们，跺着脚喊道："你们都滚吧……我没工夫问你们！滚吧！……"

他那好像伤风的嘶哑的声音，老半天都在大厅里回荡着。

彭楚克在母亲身边过了一夜，第二天，西维尔司的部队攻占罗斯托夫的消息一传到诺沃契尔卡斯克，他就向郭鲁博夫请求调动，次日一早就骑马前往罗斯托夫。

西维尔司在主编《战地真理报》的时候，就和他认识了。他来到西维尔司的司令部里工作了两天，也到革命军事委员会去过，既没有见到阿布拉姆逊，又没有见到安娜。西维尔司的司令部里成立了军事法庭，正在对被俘的白卫军进行严厉的审判和制裁。彭楚克按照革命法庭的指示，参加了几起搜捕，干了一天，到第二天，又跑到革命军事委员会去，已经不抱什么希望了，可是一上楼梯，就听见安娜那十分熟悉的声音。第二间屋子里传出几个人的说话声和安娜的笑声，他放慢步子走了进去，只觉得自己的心扑腾扑腾跳了起来。

这间屋子以前是城防司令的办公室。屋子里烟气腾腾，屋角上有一张妇女用的小桌，桌边有一个人正在写什么。那人身上的军大衣连一个纽扣都没有了，戴着士兵皮帽，帽耳朵扎煞着。有几个战士和穿皮袄或军大衣的工作人员把他团团围住。他们分成一堆一堆的，一面抽烟，一面说话。安娜站在窗边，背对着门，阿布拉姆逊坐在窗台上，手指交叉着抱住弯起的膝盖，有一个高高的、样子很像拉脱维亚人的红军战士歪着头，站在他的身边。红军战士拿开嘴上的纸烟，竖着小手指头，在讲一件事情，看样子，那件事十分可笑：安娜笑得前俯后仰，阿布拉姆逊笑得满脸皱纹，旁边还有几个人都在笑哈哈地听着；在那个红军战士的大脸上，每一根清楚得像用斧头砍成的线条，都流露着聪明、机灵和有点儿厉害的神气。

彭楚克一只手按在安娜肩上。

"你好，安娜！"

她回头一看,脸上涌起一阵红晕,一直红到脖子根,眼睛里流出了泪水。

"你打哪儿来?阿布拉姆逊,你瞧瞧!他来啦,就像一个当当响的银角子,可是你还替他担心呢。"她像个小孩子一样咿咿呀呀地说着,也不抬眼睛,她控制不住自己的窘急心情,就朝门口退了几步。

彭楚克握了握阿布拉姆逊那热乎乎的手,和他说了几句话,感觉出自己脸上有一种傻傻的、无限幸福的笑,也不回答阿布拉姆逊问他的话(他甚至都没有听清问的是什么),就朝安娜走去。她定了定神,带着怪自己不该发窘的笑容迎住他。

"喂,再问一次好。你怎么样?结实吗?什么时候来的?是从诺沃契尔卡斯克来的吗?你是在郭鲁博夫的队伍里吗?原来这样……哦,怎么样?"

彭楚克一面回答她的问话,一面用直勾勾、火辣辣的眼睛盯着她。她的目光受不住他的逼视,转向一旁。

"咱们到外面去走走吧。"安娜说。

阿布拉姆逊把他们唤住,说:

"你们很快就回来吧?彭楚克同志,我有事要和你谈。我们想请你干一项工作。"

"过一个钟头我就回来。"

到了大街上,安娜对直地、温柔地看着彭楚克的眼睛,懊恼地挥了一下手。

"伊里亚,伊里亚,我都发起窘来啦,多不好啊……真像个小姑娘!这是因为,第一,你来得意外;第二,咱们的情况不明不白的。说实在的,咱们俩算什么呢?是情歌里的'情哥哥和情妹妹'吗?你可知道,在卢干斯克,阿布拉姆逊有一回问我:'你和彭楚克同居过吗?'我没有承认,然而他是一个有眼力的人,凡是落到他眼底下的事,都瞒不过他。他什么都没有说,但是我从他的眼神看出来,他是不相信的。"

"你还是谈谈你自己吧,你怎么样?"

"哦,我们干得才带劲哩!我们拉起了一支队伍,足足有二百一十条枪。我们干的是组织工作和政治工作……这些事一两句话哪能说得完呢?你来了,我心里乱腾了一阵子,还没有回过神来呢,你在哪儿……在哪儿住?"她停住谈话,问道。

"住在这儿……一个同志家里。"

彭楚克觉得不好直说,就没有说真话:实际上这几夜他都是睡在西维尔司的司令部办公室里。

"你今天就搬到我家去吧。还记得我家住在哪儿吗？你以前还送过我。"

"能找到。不过……恐怕挤得你家很不方便吧？"

"算了吧，一点都不会有什么不方便，而且你根本就不应该说这种话。"

傍晚，彭楚克将所有的衣物装到一只大军用袋里，背到肩上，就朝安娜住的那条郊区小胡同走去。来到一座不大的砖瓦厢房的门口，一位老太太迎住他。她的脸模模糊糊地像安娜：眼睛也是黑中带蓝，鼻子也是有点儿弯，只不过皮肤皱皱巴巴的，而且带黄土色，嘴巴也瘪了进去，显出一副老态。

"您是彭楚克吧？"她问道。

"是的。"

"请您进来吧。您的事，女儿对我说过啦。"

她把彭楚克领进一间小屋里，指点他把东西放下来，她又用害风湿害得直打哆嗦的手指头朝四下里指了指。

"您就住在这儿好啦。这张床您就凑合着睡吧。"

她说话带着很明显的犹太人口音。家里除了她以外，还有一个小姑娘，身子很瘦弱，眼睛也和安娜一样，深凹进去。

过了不大的一会儿，安娜回来了。她一回来，就热闹起来，有了生气。

"没有人上咱们家来吗？彭楚克没来吗？"

母亲用犹太话回答了她两句，安娜就迈着轻盈而矫捷的步子朝门口走去。

"可以进去吗？"

"可以，可以。"

彭楚克连忙站起来迎她。

"嘿，怎么样？你安顿好了吗？"

她用满意的、笑盈盈的目光把他打量了一遍，又问：

"你吃东西了吗？咱们吃去。"

她拉着他的军便服袖子，把他领到另一间屋子里，说：

"妈妈，这是我的同志，"她笑了笑，"您可别委屈了他。"

"哎，瞧你说的，那怎么会呢？……他是咱们的贵客嘛。"

夜里，罗斯托夫城里就像豆荚熟了那样，劈劈啪啪地响了一阵枪声。机枪声也零零落落地响了一阵子，后来什么声音都没有了。于是黑夜，静默的二月之夜，又撒下寂静的幕，笼罩住街道。彭楚克和安娜在他这间收拾得非常整洁的小屋子里坐了很久。

"这屋子是我和小妹妹住的。"安娜说。"你看，我们过得多么简朴，就像修女一样。连一幅廉价的画、一张相片、一样能说明我是个中学生的东西都没有。"

"你们靠什么生活?"彭楚克在谈话中间问道。

安娜流露着自豪的神情回答说:

"以前我在阿司莫罗夫工厂做工,还当家庭教师。"

"那现在呢?"

"妈妈给人家做衣服。她们两个人过日子花不了多少钱。"

彭楚克详细地讲了讲进占诺沃契尔卡斯克的情形,讲了讲兹维列沃和卡敏镇附近的战斗。安娜也讲了在卢干斯克和塔干罗格工作的情形。

十一点钟,妈妈屋里的灯一熄,安娜就走了。

 二十

三月里,彭楚克调到顿河革命军事委员会的革命法庭去工作。庭长高高的个子,因为工作劳累和睡眠不足,眼睛无神,身上干瘦干瘦的,他把彭楚克领到自己的办公室的窗户跟前,一面摸着手表(他急着要去开会),一面说:

"你是哪一年入党的? 啊哈,这很好。就这样吧,你就担任我们的执法队长好啦。昨天夜里,我们把原来的执法队长送到'西天极乐世界'去啦……因为他受贿。他是一个道道地地的残忍家伙,一个胡作非为的家伙,一个败类,我们不能要这样的人。这是一种肮脏的工作,但是必须在这一工作中时刻记住自己对党所负的责任,你要明白我的话,就是要……"他说这句话,特别加重了语气:"保持人性。我们因为革命的需要,可以消灭反革命分子的肉体,但是不能当做儿戏。你明白我的意思吗? 好啦,就这样,你去接手工作吧。"

这一天夜里,彭楚克带着十六个人的一小队红军战士,半夜时候在离城三俄里的地方枪毙了五个被判处死刑的人。其中有两个是格尼罗夫镇的哥萨克,其余的是罗斯托夫的市民。

差不多每天半夜里都要用卡车把被判决的人拉到城外,匆匆忙忙地给他们挖土坑,死刑犯和一部分红军战士一齐动手来挖。彭楚克叫红军战士们排好队,就用生铁一样浑厚的声音喊:

"对准革命的敌人……"他把手枪举了起来,"开枪!……"

一个星期的工夫,他变得又瘦又黑了,脸上好像落了一层灰土。眼睛凹了下去,一个劲儿眨巴的眼皮遮盖不住眼睛里的苦闷神情。安娜只有夜里才能见到他。她在革命军事委员会里工作,每天很晚才回家,但是回来往往还要等,等着他用那熟悉的、一下一下地敲窗户声报告自己回来。

有一天,彭楚克和往常一样,过了半夜才回来。安娜给他开开门,问道:

"你要吃饭吗?"

彭楚克没有回答。他就像喝醉了一样,歪歪倒倒地走进自己的屋子,军大衣、靴子、帽子都没有脱,就一下子倒在床上。安娜走到他跟前,朝他脸上看了看:他的眼睛闭得紧紧的,龇着的两排结实的牙齿缝里冒着唾沫,害伤寒病掉稀了的头发有一绺耷拉在额头上,湿漉漉的。

她挨着他坐下来。她又心疼,又难过。小声问道:

"你很难受吧,伊里亚?"

他紧紧握了握她的手,咬了咬牙,转身朝着墙。他一句话也没有说,就这样睡着了,但是他在梦里含含糊糊地嘟哝着,好像在诉苦,并且拼命要爬起来。他虽然睡着了,可是半闭着的眼睛向上翻着,鼓鼓的眼白在眼皮底下发着黄黄的火光——她看到了,觉得很害怕,不由得吓得哆嗦起来。

"别在那儿干啦!"第二天早晨她劝他说。"你还是上前方去打仗好啦!你瘦得简直没有人样啦,伊里亚!你会死在这种工作上的。"

"住口吧!……"他眨巴着气白了的眼睛,大声叫道。

"别叫呀。我惹你生气啦?"

彭楚克的火气不知怎地一下子就没有了,好像胸中积压的火气都随着一声喊叫跑出来了。他无精打采地看着自己的双手,说:

"消灭人类的败类是一种脏活儿。你该知道,枪毙人对身体和精神都有害处……真是的……"他第一次当着安娜的面骂了几句粗话。"肯干这种肮脏工作的,要么是傻子和野兽,要么就是狂热之徒,是这样吧?大家都希望在鲜花盛开的花园里走走,可是,都他妈的这样行吗?要栽花和栽树,先得要清除垃圾呀!还要施肥嘛!要把手弄脏嘛!"他提高了声音,尽管安娜已经转过脸去,没有做声。"垃圾要清除,可是有些人却厌恶这种活儿! ……"彭楚克已经是用拳头擂着桌子,一股劲儿地眨巴着充血的眼睛,在高声叫喊了。

安娜的母亲朝屋子里看了看,彭楚克才镇静下来,声音小些了:

"我决不丢开这项工作!我看到,我感觉到,我这样干有好处!我要把脏东西扫掉!扫到地里做肥料,让土地肥肥的!多长些庄稼!将来有一天,生活在这块土地上的人会是很幸福的……也许,这里面就有我的还没有出生的儿子……"他呵呵地笑起来,笑得很不开心。"这些坏蛋、狗虱子,我枪毙了不少啦……狗虱子是一种小虫儿,咬起人来才狠呢……单是我这双手就打死十来个啦……"彭楚克伸出两只攥得紧紧的、长满了黑毛、像鹰爪子那样瘦骨嶙峋的手,把手放到膝盖上,小声说:"反正他妈的都要宰掉!就是要杀得干脆利落,不能拖泥带水……可是,真的,我太累啦……再过些时候,我就上前方去……你说得对……"

安娜一声不响地听完他的话,小声说:

"你上前方,或者换个工作吧……走吧,伊里亚,不然的话,你要……发疯啦。"

彭楚克转过身,背对着她,敲了敲窗户。

"不会的,我能撑得住……你不要以为有什么天生的铁人。咱们大家是用一种材料制成的……实际上,没有人打起仗来不害怕,杀起人来不感到……不感到揪心。不过,用不着为那些戴肩章的人悲伤。那些人干什么事都是自觉自愿干的,就像我们一样。可是,昨天枪毙的九个人当中,有三个哥萨克……都是干活儿的人……先解开一个人……"彭楚克的声音越来越低沉,越来越含糊不清,就好像他正离开这里,越走越远了。"我摸了摸他的手,那手就像鞋底一样……硬邦邦的……长满了老茧……手掌黑糊糊的,裂得到处是口子……到处疙疙瘩瘩……噢,我要走啦。"他突然不说了。为了不让安娜看见,悄悄地揉了揉喉咙,喉咙猛烈地抽搐着,就好像被一根细细的套马索勒住了。

他穿起靴子,喝了一杯牛奶,就走了。安娜在过道里追上了他。她两手攥住他的一只沉甸甸的大手,攥了老半天,然后又把他的手朝自己的热辣辣的脸上贴了贴,就跑了出来。

* * *

天气渐渐暖和了。春风从亚速海吹到了顿河上。三月底,乌克兰的红军部队受到乌克兰白军和德国人的压迫,开始往罗斯托夫撤退。罗斯托夫开始出现杀人、抢劫和胡乱征用的事。有的部队已经彻底溃乱,革命军事委员会不得不解除其武装。要解除武装,不能不发生一些冲突和交火事件。诺沃契尔卡斯克附近的哥萨克也蠢动起来。三月里,就像杨树纷纷发芽那样,各乡镇的哥萨克和外来户之间的矛盾纷纷爆发了,有些地方发生了暴动,反革命的阴谋活动嚣张起来。但是罗斯托夫的日子还是过得忙忙碌碌、热热闹闹:一到晚上,一群一群的步兵、水兵和工人,在花园大街上逛来逛去。开大会,嗑葵花籽,往人行道边的流水里乱吐,和妇女们逗乐。人们怀着大大小小的欲望,仍然像以前那样生活、工作,吃、喝、睡觉、病死、出生、谈情说爱、报仇雪恨、呼吸海上吹来的咸咸的风。蕴藏着暴风雨的日子对直地朝着罗斯托夫来了,渐渐逼近了。到处可以闻到春雪融化后的黑土气味,可以闻到即将来临的战争的血腥气味。

这一天,阳光明丽,天气晴和,彭楚克回家比平时都早,他看到安娜也在家里,吃了一惊。

"你都是很晚才回来嘛,今天为什么这样早?"

"我有点儿不舒服。"

她跟着他来到他的屋子里。彭楚克脱掉大衣,兴冲冲地笑着说:

"安娜,从今天起,我不在革命法庭工作啦。"

"你怎么啦?调到哪儿啦?"

"调到革命军事委员会啦。克里沃什雷科夫今天跟我谈过啦,他答应把我调到本区什么地方去。"

他们一起吃过晚饭,彭楚克就躺下睡了。他心情很激动,老半天都睡不着,不停地抽烟,在硬邦邦的床垫子上翻来又翻去,高兴得直呼气。他离开法庭,实在高兴极了,因为他觉得,如果再干上一阵子,他就要支持不住,就要垮了。他在抽第四根烟的时候,就听见门轻轻地吱嘎了一声。他抬起头来,看见了安娜。她光着两条腿,只穿着一件小褂,从门里溜了进来,轻轻地走到他的床边。一道朦胧的、绿莹莹的月光,透过护窗的缝儿,照在她那光光的椭圆形肩头上。她俯下身来,用一只热乎乎的手捂了捂彭楚克的嘴。

"往里靠一靠。别做声……"

她紧挨着躺下来,很不耐烦地撩开耷拉在额头上的一绺沉重得像葡萄嘟噜似的头发,眼睛里闪烁着朦胧的、蓝蓝的火光,有点儿粗鲁地鼓着劲儿小声说:

"不是今天就是明天,又要见不到你啦……咱们好好儿地亲热亲热吧!"她因为自己下了决心,紧张得哆嗦起来:"来吧,快点儿!"

彭楚克吻着她,然而却怀着十分可怕、十分羞惭、羞惭得无地自容的心情感觉到,自己无能为力了。

他的头颤动着,他的脸急得热辣辣的。安娜从他怀里挣了出来,气得一把将他推开,带着厌烦和嫌恶的意味,用瞧不起的口吻气喘吁吁地小声问道:

"你……你没有劲儿啦？还是你……病啦？……噢噢噢,这真窝囊！……放开我吧!"

彭楚克使劲攥住她的手指头,攥得她的手指头轻微地咯吧咯吧响着,自己的眼睛对直地看着她那睁得大大的、黑糊糊的、带着恨意的眼睛,他呆呆地摇晃着脑袋,结结巴巴地问道:

"你凭什么？凭什么责怪我？真的,我的精力已经消耗光啦！现在连这种事儿都干不了啦……我没有病……你要明白,要明白呀,我身子空啦……啊啊啊啊……"

他低声哼哼着,从床上爬了起来,抽起烟来。他好像被打了一顿似的,佝偻着身子在窗户跟前呆了老半天。

安娜从床上下来,一声不响地抱住他,并且像个妈妈一样,心平气和地亲了亲他的额头。

过了一个星期以后,安娜把自己的火辣辣、红扑扑的脸埋到他的胳膊底下,很坦率地说:

"……我原来以为,你只是操劳过度……却不知道,工作把你的精力吸干啦。"

在这之后,彭楚克在很长的一段时间里,不仅受到自己爱人的温存,而且受到她的亲亲热热、无微不至的慈母般的关怀。

没有把他调到外地去。根据波得捷尔柯夫的意见,他仍然留在罗斯托夫工作。这时候,顿河革命军事委员会的工作正十分紧张,准备召开全地区苏维埃代表大会,准备同顿河对岸重新活跃起来的反革命势力进行搏斗。

二十一

青蛙在河边柳丛里唧唧呱呱地乱叫。太阳已经翻到了山冈背后。傍晚时候的凉气在谢特拉柯夫村里渐渐散了开来。一片片大大的、斜斜的阴影从房屋上投到干干的大路上。牧放的牲口从草原上回来了。妇女们从牧场上回来,一面家长里短地说着话儿,一面用树条子赶着牲口。已经晒黑的、光脚丫儿的孩子们在小胡同里做跳背游戏。老头子们一本正经地坐在墙根下。

全村都已经播种完了。只是有的地方还在种黍子和向日葵。

村边一户人家旁边,有几个人坐在一堆橡木上。这一家的主人是一个麻脸的炮兵,他正在讲对德战争中的一件事。和他坐在一起的,一个是街坊上的老头子,一个是老头子的女婿,女婿是一个年轻、鬈发的小个子哥萨克,他们都一声不响地听着。女主人从台阶上走了下来。这是一个高大、漂亮、丰腴、像阔太太一样的女人。她的粉红色女褂掖在裙子里,挽着袖子,露出两条黑黑的、圆滚滚的胳膊。她提着一只桶,迈着只有哥萨克女人才会走的那种潇洒的步子,随随便便地大踏步朝牛棚里走去。她那用白底蓝花头巾包着的头发披散开来(她刚刚往锅膛里添过牛粪块,准备明天生火),两只光脚上穿的靴子呱唧呱唧地响着,踩得院子里长得非常茂盛的嫩绿的杂草一弯一弯的。

坐在橡木上的人,听到了一股股的奶水冲击奶桶的哗哗响声。女主人挤完牛奶,朝屋子里走去;她微微弯着腰,左胳膊很从容地弯曲着,挎着满满的一桶牛奶。

"谢玛,你去找找小牛嘛!"她在门口用唱歌一样的声音喊叫道。

"米佳什卡哪儿去啦?"主人应声说。

"鬼才知道他呢,跑出去啦。"

主人不慌不忙地站起身来,朝胡同口走去。老头子和女婿也朝自己家里走去。主人在胡同口喊道:

"快来看,陀罗菲·加甫里洛维奇! 到这儿来!"

老头子和女婿走了过去。主人一声不响地朝草原上指了指。一股灰尘像个红红的球儿一样顺着大道滚了过来,尘土后面是一队一队的步兵、骑兵和辎重队。

"看样子,是军队吧?"老头子惊愕得眯起眼睛,把一只手搭在白了的眉毛上。

"这是怎么回事儿,这是些什么人?"主人慌了。

他的老婆已经披上外衣,从屋里走了出来。她朝草原上看了看,张皇失措地叹了一声气,说:

"这都是些什么人呀? 天啊,他们人好多呀!"

"看样子,来的不是好人……"

老头子捣动着脚在原地站了一会儿,就朝自己家里走去,很生气地对女婿喊了一声:

"快回家吧,没什么好看的!"

孩子们和妇女们都朝胡同口跑来,男子汉们也一群一群地走来。草原上,离村庄一俄里远处,大队人马正在大道上走着;隐隐约约的说话声、马嘶声、车轮轰隆声随着一阵一阵的风传了过来。

"这不是哥萨克……不是咱们的人。"那个女人对丈夫说。

丈夫耸了耸肩膀。

"当然啦,不是哥萨克。是不是德国人呀?! 不是的,是俄国人……瞧,他们打的是红旗! ……噢哈,原来是这么回事儿……"

一个高大的、阿塔曼团的哥萨克走了过来。看样子,他在打摆子:他一脸土黄色,就像害黄疸病,穿着皮袄和毡靴。他把毛茸茸的皮帽子往上推了推,说:

"瞧,他们的旗子是啥样的? ……是布尔什维克。"

"是的。"

有几个骑马的人离开队伍。几匹马放开大步朝村子里跑来。男子汉们你看看我,我看看你,一声不响地散了开去,姑娘们和孩子们四处逃窜。几分钟之后,小胡同里就空无一人了。骑马的人一齐跑进了小胡同,来到刚才三个人坐的那堆橡木跟前。这一家的主人正站在大门口。最前面一个骑马的人,看样子是个领头的,骑着一匹栗色的马,戴着库班式皮帽,穿着草绿色军便服,扎着武装带,缠着很宽的一条红绸子,他驱马走到大门口,说:

"您好,掌柜的! 请把门打开。"

老炮兵脸上的麻子一齐白了,他摘下帽子,问:

"你们是什么人?"

"快把门打开! ……"戴库班式皮帽的人高声说。

栗色马斜着恶狠狠的眼睛,泡沫直翻的嘴里来来回回地咬着马嚼子,用前腿朝篱笆上狠狠踢了一下。主人开了门,几个骑马的人一个跟一个地进了院子。

那个戴库班式皮帽的人很麻利地跳下马来,两腿一撇一撇地快步朝台阶走去。等到其余的人都下了马,他已经坐到台阶上,掏出烟盒来了。他一面点烟,一面请主人抽烟。主人没有接烟。

"你不抽烟吗?"

"谢谢啦。"

"你们这儿信的不是旧教吧?"

"不是的,信的是正教……你们又是什么人?"主人愁眉苦脸地问道。

"我们吗? 是红军,社会主义第二军的。"

其余的人下马后,也都牵着马朝台阶走来,把马拴在台阶栏杆上。有一个细高挑儿,头发披散着,像马鬃一样,他径自朝羊圈走去,两腿被马刀碰得磕磕绊绊的。他大模大样地开开羊圈的小门,弯着腰,钻到棚子底下,抓住羊角,从里面拖出一只去势的、尾巴沉甸甸的大绵羊。

"彼得里琴科,来帮帮忙!"他用尖嗓门儿喊叫道。

一个穿着短短的奥地利式军大衣的士兵快步朝他跑去。主人摸了摸大胡子,朝四下里望了望,好像这是在别人家里。他什么也没有说,直到绵羊喉咙上挨了一刀,蜷起了四条细细的腿,他才哼了一声,朝台阶走去。

那个戴皮帽的库班人和另外两个战士——一个是中国人,还有一个是俄罗斯人,这人很像堪察加人——跟着主人朝房里走去。

"掌柜的,你不要生气!"戴皮帽的库班人在跨过门槛的时候,笑嘻嘻地叫道。"我们多给你钱!"

他拍了拍自己的裤子口袋,一阵又一阵地哈哈大笑起来,又忽然停住笑声,拿眼睛盯住女主人。女主人正咬住牙,站在灶前,用惊骇的目光望着他。

戴皮帽的库班人转脸朝着那个中国人,很不放心地四处张望着,说:

"你跟他,跟这位大叔去一下子,"他用手朝主人指了指,"你跟他去,让他给马弄点草料……卖点儿给我们吧。明白吗? 我们舍得给钱! 红军是不会抢东西的。去吧,掌柜的,嗯?"库班人的声音中带着一种尖尖的腔调。

主人由中国人和另一个人陪着，不住地回头望着，从房子里走了出来。他刚刚走下台阶，就听见老婆带哭腔的声音。他跑进过道，把门一推。小小的门钩儿从门鼻里跳了出来。那个库班人正抓住胖大的女主人的光光的胳膊肘，往黑糊糊的内室里拖。女主人挣扎着，猛撞他的胸膛。他正想拦腰把她抱住，抱到内室里去，但就在这时候门开了。主人大步跨了过来，把老婆护住。他的声音低低的，柔中有刚：

"你到我家来，是客人……为什么欺负老娘们儿来啦？你想干什么？……别这样吧！你有枪，我不怕！东西你想要什么就拿什么好啦，可是老娘们儿你别动！除非你杀死我……妞尔卡，你……"他颤动着鼻孔，转过脸去对老婆说："你出去，上陀罗菲大叔家去。用不着你在这儿！"

库班人一面整理着军便服上的武装带，似笑非笑地说：

"掌柜的，你真爱生气……开开玩笑都不行啦……我在连里是顶喜欢开玩笑的……你不知道吧？……我是闹着玩儿的。我心想，我来逗逗这个娘们儿，谁知她当真起来啦……你给马弄草了吗？没有草吗？别人家有没有？"

他吹着口哨，使劲甩着鞭子，走了出去。过了不大的一会儿，整个队伍都来到村边。这支队伍大约有八百条枪。红军战士们都在村外宿营。看样子，是部队指挥员不愿在村子里宿营，信不过自己手下这些来自不同民族、没受过严格的纪律教育的战士。

乌克兰社会主义第二军吉拉斯波尔支队在同乌克兰白军和进入乌克兰的德国人作战中受到重创，便且战且走，退到顿河上，在舍普杜霍夫车站下了火车，因为再往前去便是德国人了，于是为了开往北面的沃罗涅日省，就用行军的方式通过米古林乡。这支队伍里混进了各种各样的犯罪分子，红军战士们在这些坏分子的影响下，也都不守纪律了，一路上任意胡作非为。四月十六日夜里，队伍在谢特拉柯夫村外宿营后，他们还是不顾司令部的警告和禁令，成群成群地跑到村子里去，到处去宰羊，在村边上强奸了两个妇女，无缘无故地开枪，打伤了自己一个弟兄。夜里哨兵都喝得烂醉如泥（因为每一辆辎重车上都有酒）。就在这时候，村子里派出去的三个骑马的哥萨克，已经在周围一些村子里鼓动暴乱了。

在黑沉沉的夜幕下，哥萨克们备好马，拿起武器，匆匆忙忙地把上过前方的战士和老头子们编成队伍，由各村的军官或司务长率领着，朝谢特拉柯夫村开来，来到红军队伍的周围，埋伏在山沟里或者山冈后面。从米古林镇上，从柯罗杰兹村、包戈莫洛夫村都开来了有半个连的人。上旗尔河村、那波洛夫村、卡林诺夫村、叶亚村、柯罗杰兹村都来了不少人。

　　天上的北斗星渐渐隐去。天麻麻亮时,哥萨克排成骑兵散兵线呐喊着从四面八方向红军冲了过来。一挺机枪响了一阵子,就不响了,混乱的、零零落落的枪声响了一阵子,也没有声音了,只能听到不很响的劈劈啪啪的砍杀声。

　　一个钟头就结束了战斗:红军支队全部被歼灭,砍死和枪杀了两百多人,有五百多人做了俘虏。两个各拥有四门大炮的炮兵连、二十六挺机枪、一千支步枪和大量的弹药都落到了哥萨克手里。

　　过了一天,在全地区的大道和小路上就到处是打着小红旗骑马飞跑的报信人了。各乡镇和村庄一齐闹腾起来。推翻苏维埃,急急忙忙选举乡长、村长。嘉桑乡和维奥申乡的连队开到米古林乡的时候,已经没有仗可打了。

　　四月下旬,顿河地区上游各乡宣告独立,成立了自己的州,就叫上顿河州。选定维奥申镇为州中心,因为维奥申镇人口众多,是顿河地区的第二大镇,论面积和所属村庄的数目仅次于米海洛夫镇。又将原来的村庄划出来一些,成立了几个新的乡镇。新成立的乡镇有叔米林、卡耳根、博柯夫。于是上顿河州就拥有十二个哥萨克乡镇和一个乌克兰乡,过起了脱离中央的独立生活。加入上顿河州的有原来属于顿涅茨州范围的一些乡镇:嘉桑、米古林、叔米林、维奥申、叶兰、卡耳根、博柯夫和波诺马辽夫等乡镇;有原来属于大熊河河口州的乡镇:霍派尔河河口镇、克拉斯诺库特镇;有原来属于霍派尔州的乡镇:布堪诺夫镇、司拉晓夫镇、菲多谢耶夫镇。大家一致选举查哈尔·阿基莫维奇·阿尔菲洛夫为州长。他是叶兰镇的哥萨克,是陆军大学毕业的一位将军。关于阿尔菲洛夫有一种说法,说他从一个默默无闻的哥萨克小军官一跃而为出人头地的人,全亏了他那又好强又聪明的老婆;据说,阿尔菲洛夫考试三次都落榜,她就揪住不成器的丈夫的耳朵,不让他歇息,直到他第四次考试终于及第,进了陆军大学。

　　但是这些天来,大家即使谈到阿尔菲洛夫,那也谈得很少。大家都在操心别的事呢。

二十二

春水刚刚开始退落。草场上、菜园子篱笆旁边,露出了褐色的淤泥地,许许多多的冲积物就像镶上的花边:干芦苇、枯树枝、杂草、落叶、浪沫。顿河边淹在水里的柳树开始发青,花穗子像帽缨一样,从树枝上垂了下来。白杨树上的芽儿眼看着就要绽开来了;村子里各家院子旁边,被春水围住的红柳的嫩芽儿已经朝着水面奔拉下来。那黄黄的、毛茸茸的嫩芽儿,就像一只只胎毛未褪的小鸭子,经春风一吹,往波浪里直钻。

黎明时候,大雁、海雁和一群一群的野鸭子都要游到菜园子跟前来找食儿。黎明时候,声音嘹亮的黑鸭子都要在草地上的水洼里嘎嘎地叫。到晌午时候,就可以看到,在春风吹皱了的顿河水面上,波浪追逐和戏弄着一只只白胸脯的小水鸭子。

这一年飞来的候鸟很多。天一亮,葡萄酒一般的霞光染红水面的时候,打鱼人坐着小船去查看鱼网,常常看见一些天鹅待在树丛环绕的水面上休息。但是贺里散福和马特维·卡叔林老头子带回来的一件新闻还是使村里的人感到十分稀罕;他们两个因为家里需要两棵小橡树,就到官林里去挑选,在经过小树林的时候,惊起了一只野山羊,那野山羊还带着一只小羔儿。那瘦瘦的、黄褐色的野山羊,从到处是驴蓟和乌荆子的洼地里跑出来,站在小土包上对着两个来砍树的人看了几秒钟,紧张地捣动着瘦瘦的细腿,小羔儿紧紧地贴在妈妈的身上。野山羊听见贺里散福惊愕的出气声,就在小树林里飞跑起来,两个人就只能看见那亮晶晶的青灰色蹄子壳儿和骆驼色的短尾巴在眼前闪动了。

"这是什么东西?"卡叔林老头子放下斧头,问道。

贺里散福带着不知从哪里来的一股高兴劲儿叫了起来,叫得整个静默无声的树林子里到处发出回声：

"野山羊，肯定是的！是野山羊，一点不错！我们在喀尔巴阡山里看见过！"

"这么看来，这是不是有些地方在打仗，逼得这可怜的畜生跑到咱们草原上来啦？"

贺里散福也只好同意这种说法。

"恐怕是这样。老爹，你瞧瞧那小羔子嘛！多好玩儿……嘿，鬼东西，真招人喜欢！简直像个小孩子！"

回来的一路上他们都在谈着本地从来没有见过的这种野物。马特维老爹最后又怀疑起来：

"说不定，不是野山羊吧？"

"是野山羊。真的，是野山羊，绝没有错儿！"

"也许是吧……不过，如果是野山羊，为什么没有角呢？"

"你问它有角没角干什么？"

"不是我要干什么。我是想问问，如果是野山羊的话……为什么样子一点不像山羊呢？你见过没有角的山羊吗？噢，噢，问题就在这儿。也许是一种野绵羊吧？……"

"马特维老爹，你简直老糊涂啦！"贺里散福生气了。"你到麦列霍夫家去看看。他们家格里高力有一根鞭子，就是用野山羊腿做的。你去认认是不是？"

这一天马特维老爹正好有事到麦列霍夫家去。格里高力的鞭子把儿果然是用野山羊腿上的皮裹的，样子十分精致；而且那小小的蹄子还十分完整地安在鞭把儿的头上，上面还镶了一个精致的铜箍。

在大斋第六个星期的星期三，米沙·柯晒沃依一大早就去查看下在树林子旁边的鱼网。天刚刚放亮，他就从家里出来。早晨还很冷，冻得瑟瑟缩缩的土地上蒙起一层薄冰，冻泥巴在脚下咯咯吱响着。米沙穿着小棉袄和短靴子，裤腿掖在白袜筒里，制帽戴在后脑勺上，呼吸着夹带着寒气的空气，闻着河水清淡的潮湿气味，朝前走去。他肩膀上扛着一支很长的桨。他解开小船，站在船上用劲儿把桨一撑，小船就轻快地朝前漂去。

他很快就查完了鱼网，捞出最后一张网里的鱼，又把网放下去，理了理网的两翼，便轻轻地把船划开，决定抽一支烟。朝霞刚刚升起。东方青灰色的天空，好像从下面溅上了一片鲜血。那片鲜血渐渐扩散开，在地平线上面流泻开去，发出金光。米沙看着黑鸭子慢慢地在飞，看了一会儿，就抽起烟来。细细的一缕烟气打着圈圈儿朝一旁树棵子里钻去。他看了看捞到的鱼：三条小鲟鱼、一条有八

磅重的鲤鱼、一堆小白鱼,心里想道:

"要卖掉一些。斜眼卢凯什卡会要的,找她换点儿梨干;妈妈有时候要做梨羹吃。"

他一面抽烟,一面朝码头划去。在他常常停船的菜园子篱笆旁边坐着一个人。

"这是谁呢?"米沙很灵活地摇着桨,划着小船,心里想道。

原来是"杰克"蹲在篱笆旁边。

"杰克"正在抽一根用报纸卷的老粗的烟卷。

他那像黄鼠狼一样的尖尖的小眼睛无精打采的,两边腮上长满灰黄色的胡子楂儿。

"你干什么?"米沙喊道。

他的叫喊声像个圆球儿一样在水面上滚了开去。

"你划过来。"

"你要去打鱼吗?"

"我打个屁!"

"杰克"喀喀地咳嗽起来,一连吐了几口痰,懒懒地站了起来。他穿着一件很不合身的老大的军大衣,就像瓜田里稻草人穿的衣服。制帽的帽檐耷拉到尖尖的耳朵上。他不久以前才回到村里,他带回来的是他当了红军这样一个"坏"名声。哥萨克们问他复员以后到哪儿去啦,"杰克"回答起来总是躲躲闪闪的,避而不谈有危险的话。他只是坦率地对伊万·阿列克塞耶维奇和米沙·柯晒沃依说,他在乌克兰的红军队伍里干了四个月,被白军俘虏过,逃出来以后,又参加了西维尔司的队伍,跟着西维尔司在罗斯托夫一带转战了一个时期,现在是请假回来养伤的。

"杰克"摘下帽子,摩平了像刺猬毛一样的短头发;一面四下张望着,朝小船走来,沙哑地说:

"事情很糟……很糟……别打鱼了吧! 要不然,天天打鱼,打鱼,把什么事都忘啦……"

"你有什么消息,快说吧。"

米沙用自己的带鱼腥气的手握了握他那只剩了一把骨头的手,很亲切地笑了笑。两个老朋友见了面是很亲热的。

"昨天在米古林镇附近,红军叫人家打垮啦。伙计,全完啦……叫人家打得落花流水! ……"

"是哪一部分的？是从哪儿来到米古林镇上的？"

"是从米古林镇上路过的，哥萨克把他们收拾得干干净净……光是送到卡耳根去的俘虏就有老大的一群！那儿已经成立了军事法庭。今天咱们这儿就要动员啦。你听，一大早这就敲起钟来啦。"

米沙拴好小船，把鱼装到口袋里，扛起桨，迈着大步朝前走去。"杰克"像一匹小马一样在他旁边跑着碎步，忽闪着大衣襟，甩着两条胳膊，一个劲儿地朝前冲。

"这是伊万·阿列克塞耶维奇告诉我的。他刚刚换了我的班，磨坊里忙活了整整一夜，来磨粉的人很多。噢，他是听掌柜的说的。谢尔盖·普拉托诺维奇家里来了一个军官，是从维奥申镇上来的。"

"现在怎么办呢？"在米沙那因为打了几年仗而褪掉了孩子气的、成熟了的脸上，掠过一丝惊慌的神情；他斜着眼睛看了看"杰克"，又问了一遍："现在该怎么办呢？"

"应该离开村子。"

"到哪儿去呢？"

"上卡敏镇去。"

"那儿也有哥萨克呀。"

"再往左边一点儿。"

"上哪儿？"

"上奥布里维去。"

"怎么能过得去呢？"

"你想去，就能过得去！要是不想去，你就留下来，去不去都由你！""杰克"忽然冒起火来。"你怎么办，上哪儿去，我怎么能知道呢？要是逼得紧的话，你会找到窟窿钻的！拿鼻子拱拱就行啦！"

"你别发急嘛。发急有什么用处呢？伊万是怎么说的？"

"伊万还需要你去鼓动鼓动呢……"

"你的嗓门儿别那么大……那个娘们儿看着咱们呢。"

他们很担心地朝那个年轻娘们儿看了看，那是"牛皮大王"阿甫杰伊奇的儿媳妇，她正把牛从院子里往外赶。他们一走到十字街口，米沙又转过身往回走。

"你上哪儿去？""杰克"很诧异地问道。

米沙也没有回头，嘟囔着说："我去把鱼网收回来。"

"干什么？"

"不能让鱼网丢掉嘛。"

"这么说,咱们一块儿走啦?""杰克"高兴起来。

米沙挥了挥手里的桨,在老远处说:

"你上伊万·阿列克塞耶维奇家去,我把网拿回家,马上就去。"

伊万·阿列克塞耶维奇已经通知过一些亲近的哥萨克。他的小儿子又跑到麦列霍夫家去,把格里高力找了来。贺里散福是自动来的,好像已经感觉出事情不妙了。过了不大的一会儿,米沙也来了,于是开起会来。大家一齐说话,都很着急,觉得马上就要打起来了。

"马上就走!今天就把钓鱼竿收起来!""杰克"紧张而又着急地说。

"你一定要说个道理出来:咱们为什么要走?"贺里散福问道。

"什么为什么?马上就要动员啦,你以为,你能赖着不去吗?"

"不去就是不去。"

"会拴着你去的!"

"没有那么现成,我又不是他们拴在绳子上的小牛!"

已经把自己的两眼向外斜的老婆支了出去的伊万·阿列克塞耶维奇,很生气地嘟哝说:

"抓是要抓的……'杰克'说得对。可是上哪儿去呢?难就难在这儿。"

"我刚才就跟他这样说。"米沙·柯晒沃依叹了一口气。

"你们这是怎么啦,难道就我最要紧吗?我就一个人走!用不着看风向!三心二意,想过来想过去,拿不定主意……等到把你们抓起来,还要因为赤化坐大牢呢!……这是闹着玩的吗?瞧,这局面不对头啊……咱们干脆他妈的都走吧!……"

格里高力·麦列霍夫心里带着一股很不高兴的劲儿聚精会神地在手里转悠着一根从墙上拔下来的生锈的钉子,冷冷地截住"杰克"的话,说:

"你别一股劲儿催!你当然不同啦:无牵无挂,抬起屁股就可以走。可是我们就得仔细地想一想。我有老婆,还有两个孩子……我闻过的火药味比你多着呢!"他忽闪着两个黑黑的、忽然露出火气的眼睛,恶狠狠地龇着两排密密实实的尖牙齿,大声说:"你完全可以随口胡扯……你原来是'杰克',现在反正还是'杰克'!你除了一件棉袄,反正什么都没有……"

"你放屁!你发起军官脾气来啦?别叫吧!我才不睬你那一套呢!""杰克"叫了起来。

他那胡子拉碴的脸都气白了,气得眯起来的小眼睛滴溜溜、气汹汹地直转

悠,脸上那黄黄的胡子楂儿好像都跳动起来了。

格里高力听伊万·阿列克塞耶维奇说红军队伍侵入了本州,心里不高兴,十分恼火,就把火气一齐发泄到"杰克"身上。"杰克"这一叫,他更火了。他就像被烫了一下子似的,一跳跳了起来,走到在凳了上转来转去的"杰克"跟前,拼命控制着老是想打人的手,说:

"住嘴吧,狗崽子!叫人恶心的东西!人渣!你发什么号令?你滚吧,谁也没有……拦着你!滚远点儿,省得你把这儿熏臭!够啦,够啦,别说啦,要不然我拿拳头送你走……"

"算啦,格里高力!真不像话!"米沙·柯晒沃依插嘴说,他把格里高力的拳头从"杰克"那皱起的鼻子前面拉了开去。

"这种哥萨克的坏脾气要不得……就不觉得丑吗?……麦列霍夫,丑死啦!真丑啊!"

"杰克"站了起来;很不好意思地咳嗽着,朝门口走去。到了门口,他忍不住了,又转过身来,对着正在冷笑的格里高力发狠说:

"你还当红军呢……简直像个宪兵!……这种人要千刀万剐!"

格里高力也忍不住了,一面把"杰克"往过道里推,踩着他那破军靴的后跟,用恶狠狠的声音说:

"滚出去!我把你的腿揪下来!"

"太不像话啦!怎么搞的,你们简直像小孩子!"

伊万·阿列克塞耶维奇很不以为然地摇了摇头,很不高兴地侧眼看了看格里高力。

米沙·柯晒沃依一声不响地咬着嘴唇,显然他是竭力控制着老是想冲口而出的难听话。

"他凭什么管别人的事?他为什么要发脾气?"格里高力有点儿难为情地解释说。贺里散福用赞许的目光看着他。格里高力看到这赞许的目光,就像个孩子一样很天真地笑了笑,说:"差点儿把他揍一顿!……只怕他经不住打……一巴掌,就没命啦。"

"喂,你们的意见怎样?该正经谈谈啦。"

伊万·阿列克塞耶维奇被发问的米沙·柯晒沃依的目光盯着,只好勉强回答说:

"你问怎么样吗,米沙?……格里高力说得有些道理:怎么能抬起屁股就走呢?咱们都有家嘛……你听我把话说完嘛!……"他看见米沙急着要插嘴,就连忙说。"也许不会有什么事呢……谁又能说得准？一支队伍在谢特拉柯夫被打垮了，别的队伍也许就不会再来啦……咱们先等一等看吧。到时候再看情况。说实在的，我也有老婆孩子，衣服都破破烂烂，面粉也没有啦……怎么能一甩手就走呢？他们在家里怎么过日子呢……"

米沙气忿地扬了扬眉毛，眼睛盯着地面问道：

"你们不想走吗？"

"我想等一等看。要走，什么时候都来得及……你们怎么样，格里高力·潘捷莱耶维奇，还有你，贺里散福……"

"噢，是的……还是先等等看。"

格里高力没想到得到了伊万·阿列克塞耶维奇和贺里散福的支持，劲头儿来了：

"噢，那当然啦，我说的就是这个意思。就为这个我和'杰克'吵的。这是砍树条子吗？一下，两下，就行了吗？……要好好地想想……我是说，要想想……"

"当——当——当——当！"钟声忽然从钟楼上飞下来，飞向广场，飞向大街小巷；钟声朝着黄褐色的春水水面，向着没有晒干的石灰石山坡滚去，到了树林子里就碎成小扁豆一样的无数小粒儿，嗡嗡响了一阵，就不响了。接着又响了起来，那声音已经是连续不断并且带有惶惶不安的意味了："当——当——当——当！……"

"听，要集合啦！"贺里散福一个劲儿地眨巴起眼睛。"我马上到小船上去。顺着河这一边，到树林子里去。别想看见我！"

"瞧吧，这可怎么办呢？"米沙像个老头子一样，很费劲儿地站了起来。

"咱们现在不能走。"格里高力替大家回答说。

米沙又扬了扬眉毛，把耷拉下来的一绺沉甸甸的金黄色鬈发从额头上撩了开去，说：

"再见吧……看样子，咱们要各走各的路啦！"

伊万·阿列克塞耶维奇宽厚地笑了笑，说：

"米沙，你年轻，性子太急……你以为咱们就不能走一条路啦？一定会走一条路的！你相信好啦！……"

米沙道过别，走了出来。他出了院子，就朝旁边的场院上走去。"杰克"正缩着身子蹲在水沟旁边。他好像知道米沙一定要到这儿来似的；他站起来，迎着米沙走来，问道：

"怎么样？"

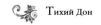

"都不肯走。"

"我早就料到啦,都是些胆小鬼……你的朋友……格里什卡坏透啦!他一点不讲义气。欺负人,坏蛋!仗着他力气大……我身上没带家伙,要是带着,我早就开枪啦……"他用微弱的嗓音说。

米沙和他并肩走着,看了看他那像刺猬毛一样竖着的胡楂子,心想:"真像一只黄鼠狼,他会开枪的!"

他们走得很快,每一下钟声都像鞭子打在他们的身上。

"咱们上我家去,带上点干粮,就走!咱们步行,不骑马。你什么都不带吗?"

"我的东西全在我身上啦,""杰克"扮了个鬼脸,"高楼大厦还没有盖起来,万贯家产也还没有挣到手……只是还有半个月的工钱没有领。算了吧,就让我们的大肚皮东家谢尔盖·普拉托诺维奇捞点儿便宜吧。我不去领工钱,他会高兴得打哆嗦的。"

钟声停了。清晨那种昏昏沉沉、还没有摆脱睡意的静寂依然没有被搅动。母鸡在路边灰堆里乱刨,吃嫩草吃肥了的牛犊在篱笆跟前走来走去。米沙回头看了看:哥萨克们正纷纷往广场上去开村民大会呢。有的人从家里往外走,一面走一面扣便衣或制服上的扣子。有一个骑马的人从广场上跑过。学校旁边有很多人,那白白的是妇女们的头巾和裙子,那黑黑的、连成一片的是哥萨克们的脊背。

一个挑水的娘们儿不愿意抢路,站了下来,生气地说:

"你们倒是走呀,要不然我可要走啦。"

米沙和她打了个招呼,她那宽宽的眉毛下面的眼睛笑了笑,问道:

"哥萨克们都去开会啦,你们打哪儿来? 为什么不去开会,米沙?"

"家里有事。"

他们来到胡同口。看得见米沙家的屋顶了,也看得见那架在一根干樱桃树枝上,被风吹得摇来摇去的椋鸟巢了。小山包上的风车慢悠悠地晃动着,风车翅上有一块被风吹破的帆布忽啦忽啦地响着,风车那尖顶上的铁皮也劈劈啪啪直响。

太阳不很明亮,但是已有暖意。清新的微风从顿河上吹来。街口上是阿尔希普·包加推廖夫的院子。包加推廖夫是个又高又大、脑筋很旧的老头子,曾经在御林军里当过炮兵。他家的院子里有几个娘们儿正在泥他家那圆圆的大房子,用石灰粉刷,准备过复活节。有一个娘们儿正在用牛粪和泥。她把裙子撩得高高的,转圈儿走着,很吃力地捣动着两条白腿,那肥嘟嘟的腿肚子上有两道红红的印子,那是袜带勒出来的。她用手指头尖捏着撩起的裙子,布袜带捋到了膝盖以上,紧紧勒进肉里。

她是个很爱俏的娘们儿,尽管太阳才升起来不久,可是她已经用头巾蒙住了脸。另外两个年轻媳妇,都是阿尔希普的儿媳妇,她们踩着梯子,爬到盖得很漂亮的芦苇房檐下,在刷石灰。她们把袖子挽到胳膊肘以上,用头巾裹着脸,只露着两只眼睛,石灰刷子在她们的手里摆来摆去,雪白的石灰水往头巾上直溅。几个娘们儿非常合拍、非常整齐地唱着歌儿。守寡的大儿媳妇玛丽亚,经常公开地跑来找米沙·柯晒沃依;他是一个满脸雀斑、然而十分迷人的女子;这会儿她在领唱,她的嗓子在全村是出了名的,声音低沉,浑厚有力,几乎和男子声音一样:

　　……我的亲人儿在前方……

另外两个女子接着唱下去,于是三个声音十分和谐地唱起这支凄切动人、哀怨真挚的女子的歌儿:

　　……谁也没有他那样悲伤。
　　他一面装炮弹呀,
　　一面把我呀想
　　……

米沙和"杰克"一面贴着篱笆往前走,一面听她们唱歌,歌声不时地被草场上嘹亮的马嘶声所打断:

　　……来了一封信,信上还盖着公章,
　　说我的亲人儿死在战场上,
　　哎哟,哎哟呀,我的亲人儿呀,
　　他躺在野树棵子旁……

玛丽亚忽闪着头巾下面那含情脉脉的灰眼睛,回头看着米沙走过,那溅满了白点子的脸亮了起来,她微微笑着,用充满情意的低沉的胸音唱下去:

　　……他的鬈发呀,那黄黄的鬈发,

叫风吹成了一团乱麻。

他的眼睛呀，那棕色的眼睛，

叫乌鸦啄成了两个坑。

米沙还是像往常对待妇女那样，很亲热地对她笑了笑；又对正在和泥的、招了女婿的皮拉盖雅说：

"你把裙子再撩高点儿，不然隔着篱笆可看不见！"

皮拉盖雅眯着眼睛说：

"你要是想看，就能看见。"

玛丽亚侧歪着身子站在梯子上，四面张望着，曼声问道：

"宝贝儿，上哪儿去了？"

"打鱼去了。"

"别上远处去，咱们到仓房里睡一会儿吧。"

"脸皮真厚，就找你公公好啦！"

玛丽亚吧唧了一下舌头，哈哈大笑起来，将湿漉漉的刷子朝米沙身上一甩。他的衣服和帽子溅上了不少白点子。

"你把'杰克'借给我们也行，总可以帮我们收拾收拾房子！"小儿媳妇在后面喊着，笑得露出了满嘴白砂糖似的细牙。

玛丽亚不知道小声说了两句什么，另外两个女的一齐大笑起来。

"真是个浪荡货！""杰克"皱了皱眉头，加快了脚步，但是米沙懒懒地、亲切地笑着，纠正他的话说：

"不是浪荡，是喜欢说笑。我要走啦，心上的人儿就孤单啦。'心肝肉儿，对不起，再见啦！'"他一面嘟哝着歌子里的话，一面走进自己家的院子。

二十三

米沙走了以后，哥萨克们有一阵子没有说话。村子里到处回荡着钟声，窗户被震得微微地丁丁响着。伊万·阿列克塞耶维奇望着窗外。一片淡淡的、清晨的阴影从棚子上投到地上。一丛丛的嫩草上沾满了露水珠儿，就像是一缕缕的白发。就是隔着玻璃看，天空也是湛蓝湛蓝的。伊万·阿列克塞耶维奇看了看贺里散福那耷拉着的、毛扎扎的头。

"也许，事情就到此为止了吧？米古林乡的哥萨克把红军打垮啦，就不会再来啦……"

"那可不一定……"格里高力浑身哆嗦了一下。"既然开了头，就不会撒手！喂，怎么样，咱们去不去开会？"

伊万·阿列克塞耶维奇伸手去拿帽子。他为了解开自己的疑问，问道：

"伙计们，是不是咱们真的生了锈呢？米沙虽然是个急性子，可是这小伙子有道理……他责备我们呢。"

谁也没有回答他。大家都一声不响地往外走，朝广场上走去。

伊万·阿列克塞耶维奇若有所思地看着脚底下，朝前走去。他心里很不是滋味，因为昧了良心，因为没有按照自己认识到的去做。"杰克"和米沙是对的；应该走，不应该犹疑。自己在心里为自己找的那些理由是没有根据的，心里有一个理智的、嘲笑的声音，把那些理由踩得碎碎的，就像马蹄踩在水洼里的冰壳子上。伊万·阿列克塞耶维奇想定的唯一的办法是，一到战场上就跑到布尔什维克那方面去。他在去开会的路上，想好了这个主意，但是他没有把这个主意告诉格里高力，也没有告诉贺里散福，因为他模模糊糊地感觉到，他们另有一番心思，他心里已经暗暗提防起他们来了。他们三个人一齐拒绝了"杰克"的意见，拿家庭为借口,不肯走,其实他们每个人都知道,这样的借口不值一驳,不能算什么理由。现在他们各自想着心思,感到很不好意思,就好像干了一桩很肮脏、很见不得人的事。他们都一声不响地走着。走到莫霍夫家对面,伊万·阿列克塞耶维奇再也忍受不住这种使人气闷的沉默,就斥责自己和另外两个人说:

"用不着说假话,咱们从前方回来的时候,都是布尔什维克,可是现在咱们都在往树棵子里钻!顶好叫别人替咱们去打仗,咱们就搂着老婆睡大觉……"

"我反正打过仗啦,现在让别人去尝尝滋味吧。"格里高力扭过头来说。

"他们怎么搞的……做起强盗来啦,我们还要跟他们走吗?这算是什么红军?强奸妇女,抢人家的东西。这会儿该仔细看一看啦。如果瞎走的话,一定会碰在墙上的。"

"这事儿你亲眼看见了吗,贺里散福?"伊万·阿列克塞耶维奇厉声问道。

"人家都这样说。"

"噢,噢……是人家说……"

"喂,别说啦!在这地方别愁人家听不见。"

会场上到处闪烁着鲜亮的哥萨克裤绦和制帽,偶尔能看到孤零零的一顶黑黑的毛皮帽。全村的人都来到会场上。没有妇女。全是老头子和到了入伍年龄的、未到入伍年龄的哥萨克。拄着拐杖、站在最前面的是最年长的:陪审员、教会理事、学校董事、教会长老。格里高力用眼睛扫了扫,找到了父亲那白中带黑的大胡子。麦列霍夫老头子和亲家公米伦·格里高力耶维奇站在一起。他们的前面是格里沙加爷爷,他穿着一件灰色制服,挂起了勋章,拄着一根疙疙瘩瘩的拐杖。格里高力的丈人旁边是脸红得像苹果一样的"牛皮大王"阿甫杰伊奇、马特维·卡叔林、阿尔希普·包加推廖夫、戴起哥萨克制帽的"擦擦"阿杰平;再过去,许许多多熟悉的脸排成一道半圆形的栅栏:大胡子叶戈尔·西尼林、"马掌"亚可夫、安得列·卡叔林、尼古拉·柯晒沃依、瘦大个儿鲍尔晓夫、安尼凯、马尔丁·沙米尔、长腿的磨粉工人戈罗摩夫、亚可夫·柯洛维金、格尔库洛夫、菲多特·包多甫斯柯夫、伊凡·托米林、叶皮番·马克萨耶夫、查哈尔·柯洛列夫、"牛皮大王"阿甫杰伊奇的儿子安琪普——是一个蒜头鼻子的矮小的汉子。格里高力穿过会场,在人群的另一边看见了哥哥彼特罗。彼特罗穿着衬衣,佩戴着黄黑两色的十字章绶带,正在和一条胳膊的阿列克塞·沙米尔斗嘴。彼特罗的左面是绿眼睛的米佳·柯尔叔诺夫。米佳正就着普罗霍尔·泽柯夫的烟卷头儿点烟。普罗霍尔瞪着两只牛眼,嘬着嘴唇在吹火,帮他点烟。后面是许许多多年轻的哥萨克;人群的当中,有一张摇摇晃晃的小桌子,桌子的四条腿都陷进松软、潮湿的土地里,桌子旁边坐着村革命军事委员会主席纳萨尔,手扶桌沿儿站在他旁边的是格里高力不认识的一位中尉,中尉戴着一顶带帽徽的绿色制帽,穿着带肩章的制服上衣和一条窄窄的草绿色马裤。革命军事委员会主席正在很窘急地对中尉说着不知什么事情,中尉微微弯下身子,把老大的招风耳朵凑在主席的大胡子上听着。会场就像蜂窝一样,一片轻微的嗡嗡声。哥萨克们都说着话儿,开着玩笑,但是所有的人的脸色都很紧张。有人等得不耐烦,尖声尖气地叫道:

"开会吧! 还等什么? 差不多都到齐啦!"

那位中尉从容地直起身子,摘下制帽,就像在家里一样,很随便地说道:

"诸位老人家和上过前方的哥萨克弟兄们! 谢特拉柯夫村发生的事情,你们听说了吗?"

"这是什么人? 打哪儿来的?"贺里散福用粗嗓门儿小声问道。

"是维奥申镇上的,打黑河来的,好像是姓索尔达托夫……"有一个人回答说。

"有两天,"中尉继续说,"有一支红军开到谢特拉柯夫。德国人占领了乌克兰,又向顿河军区推进,赶得这支红军离开了铁路线。他们就朝米古林镇方向开来。他们进了谢特拉柯夫村以后,就开始抢夺哥萨克们的财物,强奸妇女,随便乱抓人,这类的事干了不少。这些情形一传到周围一些村庄里,哥萨克们就拿起武器,朝这些强盗扑来。这支队伍有一半被消灭,一半被俘虏。米古林乡人缴获了大量的战利品。米古林乡和嘉桑乡已经推翻了布尔什维克的政权。哥萨克们不分老少都动员起来保卫咱们静静的顿河啦。维奥申镇上的革命军事委员会已经解散,选举了乡长,大多数村庄也都这样干啦。"

中尉说到这里,老头子们喊喊喳喳地小声讨论起来。

"到处都在成立队伍。你们上过前方的人,也应该成立一支队伍,来保卫本乡本土,防备成群结伙的野蛮强盗再来侵犯。咱们应该恢复自治! 咱们不要红色政权,红色政权只能导致混乱,不能给我们自由! 我们决不允许庄稼佬奸污我们的妻子和姐妹,不允许他们嘲弄咱们的正教、糟蹋神圣的寺院。抢夺咱们的财物和家产……不是这样吗,诸位老人家?"

会场上响起一片"对——对呀!"的声音。中尉开始念一份胶印的告民众书。主席不顾桌上还有一些文件,就离开了桌子。大家都静静地听着,一个字也不放过。上过前方的哥萨克们在后面无精打采地交谈着。

中尉一开念告民众书,格里高力就从人群里走了出来:他不慌不忙地朝回家的方向,向维萨里昂神甫家房子的拐角处走去。米伦·格里高力耶维奇看见

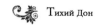

他走开去,就用胳膊肘捣了捣潘捷莱·普罗柯菲耶维奇的肋部,说:

"瞧,你的小儿子走啦!"

潘捷莱·普罗柯菲耶维奇一瘸一拐地从人群中走了出来,用央求加命令的口气唤道:

"格里高力!"

格里高力侧过身子,站了下来,没有回头。

"回来吧,孩子!"

"你为什么要走?!回来!"许多声音乱哄哄地喊了起来,许多张脸朝格里高力扭过来,像一面墙一样。

"还当过军官呢!"

"用不着翘鼻子!"

"他就在他们那里面干过!"

"他也喝过哥萨克的血⋯⋯"

"是个红肚子!"

吆喝声一齐朝格里高力的耳朵里飞来。他咬紧牙齿听着,显然他心里斗争得很激烈;好像再过一会儿,他就要头也不回地走掉了。

格里高力犹豫了一会儿,又垂着眼睛朝人群里走来,潘捷莱·普罗柯菲耶维奇和彼特罗这才轻松地舒了一口气。

老头子们的劲头儿一下子就上来了。马上就毫不怠慢地选举米伦·格里高力耶维奇·柯尔叔诺夫为村长。米伦·格里高力耶维奇激动得白麻子变成了灰色,走到人群当中,很腼腆地从以前的村长手中接过政权的标志——一根铜头的权杖。以前他从来没有当过什么头儿;现在选上了他,他推说自己担当不起这样的重任,说自己文化太低,推托了一阵,谦让了一阵。但是老头子们一阵一阵地吆喝着,表示欢迎他:

"把权杖接下吧!别推辞啦,格里高力耶维奇!"

"你是咱们村子里头一个好当家的!"

"你不会糟蹋村里的财产!"

"可别像谢苗那样,把村子里的款子全喝掉!"

"噢,噢⋯⋯他才不会哩!"

"他喝掉了也赔得起!"

"那咱们就像剥羊皮一样,把他的家产搞光!⋯⋯"

这样快速的选举和临战气氛是极不平常的,所以没有怎么特别敦劝,米伦·

格里高力耶维奇就答应了。这次选举和以前不一样。以前选举，乡长要来，要开甲长会议，推举候选人，现在却干脆利落："谁赞成柯尔叔诺夫，请站到右边去。"于是人群一齐拥到了右边，只有跟柯尔叔诺夫有宿怨的皮匠济诺维一个人站着没动，就像河边滩地上一根烧焦的树桩。

满头冒汗的米伦·格里高力耶维奇的眼睛还没有来得及眨一下，权杖已经塞到他的手里，远处和耳朵边上响起一片吼叫声：

"快摆酒席吧！"

"大家都选你啦！"

"应该庆贺庆贺！"

"把村长抬起来！"

但是那位中尉打断大家的呼喊声，很干练地引导大家来解决实际问题。他提出了选举本村队伍的指挥官问题，他大概在维奥申镇上经常听说格里高力这个人，就奉承格里高力、同时也奉承全村的人说：

"希望能有一位指挥———一位指挥官！有了指挥官，打起仗来，事情就好办，就可以减少损失。不过贵村的英雄好汉实在太多啦。乡亲们，我不能把我的想法强加给你们，可是我愿意向你们推荐麦列霍夫少尉。"

"哪一个麦列霍夫？"

"我们这儿有两个麦列霍夫少尉。"

中尉用眼睛在人群里扫了扫，目光停留在低着头站在后面的格里高力身上。中尉微微笑着，高声说：

"我推荐的是格里高力·麦列霍夫！……你们以为怎样，乡亲们？"

"太好啦！"

"千万别推辞！"

"格里高力·潘捷莱耶维奇！是一条硬汉子！"

"到当中来！过来！"

"老头子们都想看看你哩！"

格里高力被一些人推着，红着脸走到圈子当中，像被逮住的野物似的，朝四面张望了一下。

"你就领导起我们的孩子们吧！"马特维·卡叔林用拐杖敲了敲地面，并且画了一个老大的十字。"你就领着他们，叫他们跟着你，就像很多小鹅跟着一只好公鹅那样，大家结成一伙儿。公鹅要保护小鹅，不准猛兽和人来侵害，你也要这样维护他们！你还能再得四颗十字章，愿上帝保佑你！"

"潘捷莱·普罗柯菲耶维奇,你家儿子有出息!……"

"他的脑袋是金子做的!鬼东西,够机灵的!"

"瘸子鬼,你得请我们喝两杯!"

"哈哈哈哈!……咱们就来——喝……"

"诸位老人家!静一静!咱们是不是不管愿意不愿意,就规定干两年或者三年呢?要是单凭志愿,有些人会去,有些人就不去……"

"就干三年!"

"五年!"

"要招志愿兵!"

"你要去就去嘛,谁拉着你了?"

中尉正在和新任的村长说话,村子上头的四个老头子来到跟前。其中有一个又瘦又小、没有牙齿的小老头儿,外号"瘦猴儿",一辈子爱打官司出了名。他跑法院跑惯了,所以他家里用的唯一的一匹白骒马也十分熟悉上法院的道路,只要醉醺醺的主人往大车上一倒,用尖尖的嗓门儿喊一声:"上法院去!"——白骒马自己就会顺着大道朝镇上走……"瘦猴儿"攥着帽子,走到中尉面前。其余的三个(其中有一个是大家都很敬重的富户盖拉西姆·包尔德列夫)也都在旁边站了下来。"瘦猴儿"除了别的本事以外,还特别能说会道,他首先捅了捅中尉,说:

"大人!"

"几位老人家,你们有什么事?"中尉很有礼貌地弯下身子,把老大的、肉嘟嘟的耳朵凑过来。

"大人,看样子,您对我们村子里的这个人,就是您选定给我们当指挥官的这个人,恐怕不大了解。我们这几个老头子对您的决定提出异议,我们有权这样做。我们声明反对他!"

"为什么反对?怎么一回事儿?"

"因为我们对他信不过。他自己就干过红军,在红军里当过指挥官嘛,两个月以前因为挂花才回来的。"

中尉的脸刷地一下子红了。他的两只耳朵也因为充血,好像肿了起来。

"这是不可能的!我没有听说这事儿……谁也没有对我说起嘛……"

"是真的,他干过布尔什维克,"盖拉西姆·包尔德列夫很严肃地说,"我们信不过他!"

"不叫他干!知道年轻哥萨克们都怎么说吗?他们说:'一打起仗来,他就要把我们都卖掉!'"

"诸位老人家!"中尉踮着脚尖站高些,喊叫道;他故意撇开上过前方的哥萨克,专门对老头子们说。"诸位老人家! 咱们选举格里高力·麦列霍夫少尉担任指挥,但这是不是就没有什么问题呢? 现在就有人告诉我,他去年冬天就干过红军。你们能不能把自己的儿子和孙子交给他呢? 还有你们,上过前方的弟兄们,跟着这样的指挥官,能不能放心呢?"

哥萨克们都愣愣的,说不出话来。接着一下子都叫了起来;感叹声和呼喊声交织成一片,连一个字都听不清楚。过了一阵子,等叫声一齐停了,静下来了,眉毛成了绺的包加推廖夫老头子走到圈子当中,对大家摘下帽子,朝四下里看了看。

"我这笨脑袋是这样想的,咱们不能让格里高力·潘捷莱耶维奇担任这一职务。他是有这样的罪过,这是我们大家都知道的。让他先赎赎自己的罪过,取得大家的信任,然后咱们再看情况。他是一条好汉,这我们都知道……可是,有云彩遮着,太阳就放不出光来;我们看不见他的功劳——他给布尔什维克干的事,把我们的眼睛遮住了! ……"

"叫他当兵好啦!"年轻的安得列·卡叔林气冲冲地叫道。

"选彼特罗·麦列霍夫当指挥官!"

"叫格里高力下队当兵!"

"要是选上他,咱们就倒霉啦!"

"我才不稀罕呢! 你们他妈的为什么偏要找我?"格里高力在后面叫道,气得脸都红了;他把手一甩,又说:"我才不干呢! 我他妈的才不稀罕你们哩!"他把手插进很深的裤子口袋;微微弯起腰,跨着仙鹤一样的大步朝家里走去。

背后响起一片叫喊声:

"哼,哼! 别自以为了不起! ……"

"臭美! 钩鼻子翘到天上啦!"

"噢哟哟! ……"

"土耳其佬的血又在他身上作怪啦!"

"他恐怕是不会输嘴的! 他当兵的时候都跟军官顶嘴嘛。要不然……"

"回来! ……"

"哈哈哈哈! ……"

"把他绑起来! 嗬! 吁! 追呀! 追呀! ……"

"你们怎么抬举起他来啦? 要好好儿地处治处治他!"

老半天都没有安静下来。有的人争得上了劲儿,把别人推了一下子,有的人的鼻子被打得流出血来,有一个年轻小伙子眼睛底下突然添了一个大包。等到大家都安静下来,就又开始选举指挥官。大家选举了彼特罗·麦列霍夫。他得意起来,脸都红了。但是接着中尉就像一匹奔腾的快马遇到格外高的高栏一样,遇上了没有预见到的难题:轮到登记志愿兵,竟没有人愿意登记。前方回来的哥萨克们对眼前的一切都不动声色,踌躇不定,不愿意登记,并且互相开玩笑打着岔儿:

"安尼凯,你怎么不登记呀?"

安尼凯就嘟哝着说:

"我还小呢……连胡子还没长出来呢……"

"你别开玩笑啦!你怎么,是在笑话我们吗?"卡叔林老汉对着他的耳朵吼道。

安尼凯就像叫蚊子叮了一口似的,拿手一拂,说:

"叫你们家的安得列去登记吧。"

"他登记过啦!"

"普罗霍尔·泽柯夫!"桌子旁边有人喊道。

"有!"

"你登记吗?"

"我不知道……"

"给你登上啦!"

米佳·柯尔叔诺夫一本正经地走到桌子跟前,一个字一个字地说:

"给我登记上。"

"喂,还有谁愿意登记?……菲多特·包多甫斯柯夫……你呢?"

"诸位老人家,我有小肠气!……"菲多特很斯文地垂下他那外斜的加尔梅克型眼睛,含含糊糊地说。

前方回来的战士们都开心地哈哈大笑起来,笑得直揉肚子,有些喜欢开玩笑的人就瞎说起来:

"你把老婆带着……要是小肠冒出来,叫她给你治。"

"噢哈哈哈!……"后面的人哄哄地笑着,咳嗽着,牙齿和笑得放光的眼睛亮闪闪的。

又一阵说笑声像山雀一样从会场的另一头飞来。

"我们就叫你当炊事员!你要是把菜汤做坏了,就拿菜汤灌你,一直灌到你的小肠从另一头跑出来。"

"带着这种玩意儿往后退,可跑不快。"

老头子们气了,骂了起来:

"够啦! 够啦! 有什么好开心的?"

"偏要在这种时候瞎胡闹!"

"伙计们,真丑啊!"有一个老头子训诫说。"上帝啊! 噢,噢! 上帝要怪罪的。那边在死人,可是你们……你们不怕上帝吗?"

"伊凡·托米林。"中尉扭过身体,回头看了看,喊道。

"我是炮兵。"托米林应声说。

"你登记吗? 我们也需要炮兵。"

"登上吧……唉,唉!"

查哈尔·柯洛列夫、安尼凯以及另外几个人跟炮兵托米林开起玩笑:

"我们用柳树来给你凿一门大炮!"

"你就拿南瓜当炮弹,用土豆当榴霰弹好啦!"

在一片哄笑和玩笑声中登记了六十个人。最后一个登记的是贺里散福。他走到桌子跟前,从容不迫地说:

"这么说,就把我登上吧。不过我事先要说清楚,打仗我可不干。"

"那你登记干什么?"中尉很气忿地问道。

"军官先生,我去看看。我想去看看。"

"给他登上吧。"中尉耸了耸肩膀。

散会的时候差不多已经响午了。决定第二天就上米古林乡去增援。

第二天早晨,六十个登了记的人当中,到广场上来集合的只有四十人。穿起军大衣和高筒靴、打扮得漂漂亮亮的彼特罗把哥萨克们打量了一遍。许多人新缝上了蓝色的肩章,肩章上的番号还是以前所属团队的番号,也有一些人没戴肩章。马鞍被行军驮子垫得高高的,鞍袋和挂包里装着干粮、衬衣、从前方带回来的子弹。不是所有的人都有步枪,多数人带的是马刀。

婆娘们、姑娘们、小孩子和老头子们都来到广场上给出征的人送行。彼特罗神气活现地骑着马跑到大家的前面,让自己这半个连排好队伍。他把各种毛色的马和骑在马上的人打量了一遍,看到有的人穿着军大衣,有的人穿着制服,有的人穿着帆布雨衣,他打量过了,就下令出发。这一小队人马就慢步上了山冈,哥萨克们都愁眉苦脸地回头朝村子里张望,殿后的一列里有人放了一枪。到了冈头上,彼特罗戴上手套,捋了捋小麦色的胡子,勒了勒马头,那马就一个劲儿地动着腿,侧歪着身子走起来,他用左手按住军帽,微微笑着,喊道:

"全连注意,听我的命令!……放马前进!……"

哥萨克们都站在马镫上,挥动鞭子,放马快跑起来。风飕飕地吹在脸上,吹得马尾和马鬃乱成一团,看样子要下小雨了。大家说着话儿,开起玩笑。贺里散福骑的铁青色标准马打了一个趔趄。贺里散福抽了一鞭子,骂了两声;那马就弓起脖子,大跑起来,跑到队伍前头去了。

哥萨克们一路上高高兴兴地来到卡耳根镇上。他们完全相信,没有什么仗好打,米古林乡的事件不过是布尔什维克对哥萨克土地偶然的一次进犯。

<h1 style="text-align:center">二十四</h1>

薄暮时分他们进了卡耳根镇。镇上已经没有上过前方的哥萨克了,都到米古林乡去了。彼特罗叫大家在列沃琪金商店旁边的广场上下了马,自己就朝乡长家走去。迎接他的是一位又高又大、身体强壮、黑脸膛的军官。那军官穿一件肥大的、长长的衬衣,没戴肩章,腰上系一条高加索皮带,下身穿的是带裤绦的哥萨克裤子,裤腿掖在白毛袜里。那薄薄的嘴唇角上叼着烟斗。那闪闪发光的灰眼睛显得很阴沉、很忧郁。他站在台阶上,抽着烟,看着彼特罗走过来。他那魁伟的身躯,衬衣底下那鼓鼓的、结实得像铁一样的胸部和胳膊上的筋肉,都显示着他有非凡的力气。

"您是乡长吗?"

那军官从耷拉着的小胡子下面吐出几个烟圈儿,瓮声瓮气地说:

"是的,我是乡长。请问,您贵姓?"

彼特罗作了自我介绍。乡长握住他的手,微微低了低头说:

"我是菲道尔·李霍维多夫·德米特里耶维奇。"

菲道尔·李霍维多夫是古森诺—李霍维多夫村的哥萨克,是一个很不平常的人物。他在士官学校上过学，毕业以后，有很长时间不知他的去向。几年以后，他忽然回到村里，得到上级机关的许可，在退伍的哥萨克中招募起志愿兵。他在现在的卡耳根乡一带招募了一连勇猛剽悍的亡命徒，率领这一连人到波斯去了。他带着队伍在波斯呆了一年，担任国王的近卫。在波斯革命的时候，他带着国王逃跑，丢掉了队伍，于是又突然回到了卡耳根乡；他带回来一部分哥萨克，还带回来三匹御马厩里的纯种阿拉伯千里马和大量的财物：贵重的地毯、稀世的装饰品、花色非常美丽的绸缎。他浪荡了一个月，从裤子口袋里掏出不少波斯金币，他骑着一匹雪白的、十分漂亮的马在村子里跑来跑去，那马四条腿细细的，头昂得像天鹅一样；他常常骑着马跨进列沃琪金商店的大门，就在马上买东西，付钱，又骑着马从穿堂的门出来。后来菲道尔·李霍维多夫又像来时那样，突然消失了。跟他一起消失的是他那形影不离的伙伴潘捷柳什卡——是他的随从，是古森诺村的跳舞能手；那几匹马和从波斯带回来的一切东西也都不见了。

半年以后，李霍维多夫又出现在阿尔巴尼亚。他从阿尔巴尼亚的都拉索给朋友们寄来一些明信片，明信片上都印着阿尔巴尼亚蔚蓝色的山景，还盖着奇形怪状的邮戳。后来他又到了意大利，跑遍了巴尔干半岛，到过罗马尼亚和西欧，差一点就到了西班牙。菲道尔·德米特里耶维奇的名字充满了神秘色彩。关于他的行踪，周围一些村子里有各种各样的说法和推测。大家只知道，他接近皇室，在彼得格勒结交了一些高官显宦，加入了"俄罗斯民族团"①，并在其中担任要职，至于他在国外从事什么活动，任何人都一无所知。

菲道尔·李霍维多夫从国外回来以后，在奔萨住了下来，在该省总督手下做事。卡耳根的朋友们看到他的照片，过后都要摇上老半天头，惊愕得直咂嘴巴："嘿，好家伙！……""菲道尔·德米特里耶维奇爬得好高呀！""瞧，跟他在一块儿的都是些什么人呀？"照片上，菲道尔·德米特里耶维奇那塞尔维亚型的钩鼻子脸上带着微笑，正搀扶着总督夫人上马车。总督大人就像对自己家里人一样，对他十分亲切地笑着，一名肩宽背阔的车夫伸着手，轻轻握着缰绳，几匹马咬紧了嚼子，看样子就要拉着车子走了。菲道尔·德米特里耶维奇的一只手很殷勤地将卷毛皮帽子举着，另一只手扶着总督夫人的胳膊肘，就像端着一个碗似的。

几年之后，已经是一九一七年年底，菲道尔·德米特里耶维奇又回到了卡耳根，在卡耳根安了家，好像是要长期定居下来了。他带回了老婆和一个孩子，老

---

① "俄罗斯民族团"是沙皇俄罗斯时代由黑帮分子组成的一个狂热的保皇团体。该团体进行反犹太人的宣传，残酷地迫害犹太人，杀害持不同政见者，接受政府大量的津贴。——原注

婆不知是乌克兰人，还是波兰人；他住在广场上一所有四间屋子的小房子里，住了一个冬天，在酝酿一些令人不解的计划。整个冬天（这一年冬天特别冷，简直不像顿河的冬天！）他家的窗子都是大开着的，他在锻炼自己和老婆孩子，这都使哥萨克们感到惊讶。

一九一八年春天，谢特拉柯夫村的事件发生以后，他被选为乡长。这一下子菲道尔·李霍维多夫的雄才大略才完全施展开来。他下狠劲儿干了起来，过了一个星期，老头子们就晃着脑袋称赞他了。他对哥萨克们管束得很严，他在乡民大会上讲过话以后（李霍维多夫说得很得体，他不仅力气过人，而且脑袋瓜也特别灵活），老头子们就像一大群公牛似的吼叫起来："就这样干，大人！就请您这样干吧！""好极啦！"

新乡长一上任就雷厉风行。卡耳根镇上一听说谢特拉柯夫村在打仗，第二天，上过前方的战士就全部开去增援了。外来户（乡上的居民有三分之一是外来户）起初不愿意去，还有一些上过前方的步兵也不肯去，但是李霍维多夫在大会上坚持自己的意见，提议把一切不肯保卫顿河的"庄稼佬"驱逐出去，老头子们通过了他的建议。到第二天，许多步兵就乘着几十辆大车，拉着手风琴，唱着歌儿，朝那波洛夫乡，朝柴尔涅茨克村而去。外来户中只有几个年轻的步兵，由原来在机枪一团当兵的瓦西里·司托洛仁柯率领着，跑到红军里去了。

乡长看到彼特罗走路的姿势，就看出他是一个出身低微的军官。他没有请彼特罗进屋子，用很随便的和善口气说：

"不必啦，老弟，你们用不着上米古林去啦。你们没去，人家已经把事情办妥啦，昨天晚上我们收到电报啦。你们就回去等候命令吧。您要好好儿地给哥萨克们打打气！这样一个大村庄，怎么只出来四十名当兵的?! 您对那些坏家伙别客气！这也是他们的身家性命问题嘛！请回吧，一路平安！"

他异常轻快地挺着他那健壮的身躯，朝屋里走去，脚上穿的家常靴子的靴底刷刷直响。彼特罗便朝广场上，朝哥萨克们走去。大家争先恐后地问他：

"喂，怎么样?"

"那儿情形怎样?"

"咱们还上米古林去吗?"

彼特罗掩饰不住自己的高兴，笑了笑，说：

"回家吧！咱们不用去啦。"

哥萨克们都笑了，拥拥挤挤地朝拴马的栅栏跟前走去。贺里散福甚至长长地出了一口气，就像从肩膀上卸下一座山，他拍了拍托米林的肩膀，说：

"炮手,这么说,咱们要回家啦!"

"因为娘们儿正在家里想咱们呢。"

"咱们这就回去。"

大家商量了一下,决定不在外面过夜,马上就走。大家乱哄哄地、成群成伙地出了卡耳根镇。如果说,往卡耳根镇上来的时候都很勉强,不愿意赶着马快跑,现在从卡耳根镇上往回走,却都在拼命地赶马,赶着马使足了劲儿往家跑。有时候还要飞跑一阵;因为天旱无雨干得硬邦邦的土地在马蹄下咚咚直响。顿河那边,远处的山冈后面,来来回回地飞驰着蓝蓝的闪电。

半夜时候哥萨克们回到了村里。从山冈上往下走的时候,安尼凯用自己的奥地利步枪放了一枪,接着大家轰轰隆隆地一齐放起枪来,报告自己回来了。回答他们的是村子里响起一片狗叫声;不知是谁的马,感觉出快到家了,哆哆嗦嗦地打着响鼻长嘶起来。进了村子,大家就各自朝家里走去。

马尔丁·沙米尔和彼特罗分手的时候,很轻松地说:

"仗打完啦。这就太好啦!"

彼特罗在黑地里笑了笑,便朝自己家走去。

潘捷莱·普罗柯菲耶维奇出来接过马去。他给马卸了鞍,牵进马棚里。同彼特罗一起朝房里走去。

"不再出去打仗了吧?"

"是的。"

"好,谢天谢地!顶好一辈子没有这种事。"

睡得热乎乎的妲丽亚爬了起来,去给丈夫端来晚饭。格里高力披着衣服从房里走了出来;他搔着长满黑毛的胸膛,眯缝起眼睛,嘲笑哥哥说:

"打了个大胜仗吧?"

"去晚啦,就跟这一样,只能喝喝剩菜汤啦。"

"哼,就凑合着喝吧。特别是如果有我来帮着喝,菜汤咱们能喝得下……"

* * *

在复活节以前,关于打仗的事,一点消息都没有;但是在耶稣受难周的星期六,从维奥申镇上来了一位军使,他把浑身是汗的马扔在柯尔叔诺夫家大门口,跑上了台阶,跑得马刀碰在门槛上丁当直响。

"有什么消息吧?"米伦·格里高力耶维奇在门口迎住他,问道。

"我要找村长。您是村长吗?"

"我是。"

"请您马上把哥萨克们动员起来。波得捷尔柯夫带着红军要从纳郭林乡经过。这是命令。"他把汗漉漉的帽里子和一封信一起翻了出来。

格里沙加爷爷听到说话声,一面往鼻子上架眼镜,一面往外走;米佳也从院子里跑了过来。他们一同看起州长的命令。那位军使靠在镂花的栏杆上,用袖子擦着风尘仆仆的脸上那一片一片的灰尘。

复活节的第一天,村子里的哥萨克们开过斋以后,就出发了。阿尔菲洛夫将军的命令十分严厉,对于不去的人要取消哥萨克身份,因此,这次去迎击波得捷尔柯夫的,已经不是第一次的四十个人,而是一百零八人了,其中还有几个很想和红军较量较量的老头子。冻得直淌鼻涕的马特维·卡叔林就跟儿子走在一起。"牛皮大王"阿甫杰伊奇骑着一匹小小的癞皮马,神气活现地走在前排里,一路上讲着他那些不曾有过的离奇经历,逗得哥萨克们哈哈大笑;一起出发的还有马克萨耶夫老汉和另外几个白胡子老头儿……年轻人很不情愿地走着,老头子们却是一副兴高采烈的样子。

格里高力·麦列霍夫把雨衣的兜帽扣在制帽上,走在最后一列里。愁云密布的天上往下洒着雨点儿。穿起了美丽绿装的草原上空黑云滚滚。高处,有一只老鹰贴着黑云在飞翔。那鹰偶尔扇一扇翅膀,把翅膀伸展开来,兜一兜风,然后就顺着空气的流势,倾斜着身子,闪烁着淡淡的、棕色的亮光,向东方飞去,越飞越远,越来越小。

草原上湿漉漉的,一片碧绿。只是有些地方还能看得见色调不同的去年的艾蒿、红红的黄鼬草,再就是山冈顶上那瓦灰色的瞭望台了。

哥萨克们下山往卡耳根镇上走的时候,遇到一个放牛的少年。那少年摇晃着鞭子,两只光脚丫儿一滑一滑地朝前走着。他看见这许多骑马的人,就站了下来,仔细打量着这些人和溅满了泥水、扎着尾巴的马匹。

"你姓什么?"伊凡·托米林问他。

"姓卡耳根。"那少年在头上蒙着的一件小褂底下笑着,很机灵地回答说。

"你们的哥萨克都走了吗?"

"都走啦,打红军去啦。您没有卷烟卷儿的黄烟吗? 叔叔,有吗?"

"你要黄烟吗?"格里高力勒住了马。

少年走到格里高力跟前。他那卷起的裤腿都湿透了,裤绦红得发亮。他大胆地看着正从口袋里往外掏烟荷包的格里高力的脸,用很流利的童音说:

"你们下了山,就能看到死尸啦。昨天我们的哥萨克押着俘虏的红军往维奥申镇上送,到了这儿就把他们都砍啦……叔叔,我在沙岗跟前放牲口来着,在那儿看着他们砍的。哎呀,好怕人呀!哥萨克们一抡起马刀,红军就高声大叫,到处乱跑……过后我走过去看了看……有一个人的肩膀被砍掉啦,还在一个劲儿地喘气,看样子,心还在胸膛里跳呢,可是肝已经乌青乌青的啦……真怕人啊!"他又重复了一句,因为他心里觉得奇怪,哥萨克们听了他的话并不害怕,至少从格里高力、贺里散福和托米林那毫无表情和冷漠的脸上,他可以看出这一点。

他把烟卷儿点着了,摸了摸格里高力的马那湿漉漉的脖子,说了一声"谢谢",就朝他放的牛跑去。

大路旁边,春水冲出的一条浅浅的沟里,躺着一具具红军的尸体,上面多少撒了一些黄土。有一具尸体的脸变成了深蓝色,好像用锡铸成的,嘴唇上还带着凝结的血,蓝棉裤筒里有一只光光的脚已经发了黑。

"他们连埋都不耐烦……浑蛋!"贺里散福小声嘟哝说。他忽然朝自己的马猛抽一鞭,跑到格里高力前面,跑下山去。

"瞧吧,在顿河土地上看见血啦。"托米林腮帮子哆嗦着,笑了笑。

二十五

彭楚克手下有一个机枪手,是鞑靼村的哥萨克马克西姆·戈里亚兹诺夫。他在同库捷波夫的部队作战中损失了战马,从此就无节制地喝起酒来,并且沉溺到赌博当中。他骑的那匹毛色像黄牛、脊背上有一道银白色条子的马被打死以后,他就扛起马鞍,一直扛了四俄里,后来他看到白军疯狂地逼上来,自料性命难逃,便扯下很值钱的马胸带,带上马笼头,从战场上开了小差。后来又在罗斯托夫出现,不久,在打"二十一点"的时候,输掉了他从一个被他砍死的大尉身上摘下来的一把银马刀,输掉了他还留着的马具,又输掉了裤子和软羊皮靴,于是光着屁股来到彭楚克的机枪队里。彭楚克给他弄了一身衣服,又批评了他一顿。也许马克西姆要改正错误了,可是在罗斯托夫的要路口上展开的战斗中,一颗子弹钻进了他的脑袋,马克西姆的一只蓝蓝的眼睛淌到衬衣上,鲜血从脑袋里往外直涌,就像打开了的一听罐头。维奥申乡的哥萨克、从前的偷马贼和不久以前的酒鬼戈里亚兹诺夫就这样完了。

彭楚克看了看,马克西姆的身子抽搐着,眼看就要断气了。他仔细擦了擦机枪筒子上的血,血是从打穿的马克西姆的脑袋里溅出来的。

接着就退了下来。彭楚克拖着机枪。马克西姆就留在被炮火烧得发烫的土地上渐渐冷却,他那黑糊糊的脊背朝着太阳,衬衣顶在头上,因为他临死的时候,头往衬衣里直缩,挣扎过一阵子。

有一排红军,全是从土耳其前线回来的步兵,他们就在第一个十字街口筑起了阵地。一个秃了头顶、戴着破烂的过冬皮帽的步兵帮着彭楚克架好机枪,其余的人就横着街道筑成像街垒一样的阵地。

"来试试看吧!"一个大胡子战士望着山冈后面不远处的半圆形地平线,笑着说:

"现在咱们要给他们点厉害的看看!"

"快拆,萨马拉!"一个很有劲的小伙子在拆板墙上的板子,有人催他说。

"他们来啦!往这儿跑呢!"那个秃顶的战士爬到酒库的房顶上,喊了起来。

安娜在彭楚克的身边卧倒下来。红军战士们密密层层地卧倒在临时工事后面。

这时候,右面有八九名红军战士,就像在田埂上跑的沙鸡那样,顺着旁边的小胡同跑到了拐角处一所房子的墙后面。有一个人喊了两声:

"敌人来啦!开枪吧!"

十字路口一眨眼工夫就寂无声息了,过了有一分钟,一个军帽上系着白带子、肋下夹着卡宾枪的哥萨克骑兵,拖着一团团的灰尘,一下子跑了过来。他使劲勒了勒马,勒得马蹄下了后腿。彭楚克连忙用手枪打了一枪。哥萨克骑兵趴到马脖子上,往后跑去。原来在机枪旁边的战士们都犹豫不决地捯动着脚,有两个已经顺着板墙跑过去,卧倒在一个大门口了。

看样子,这些战士马上就要动摇,就要逃跑了。紧张到极点的沉默、惊慌失措的眼神都不是坚定不移的征兆……接着发生的事情,彭楚克只是清楚而真切地记住了一个场面。安娜把头巾往脑后一推,披散着头发,脸上激动得没有了血色,完全变了模样,她一下子跳了起来,端着步枪,一面回头看着,一面用手指着哥萨克骑兵藏到后面去的那所房子,用一种完全变了腔调的尖利声音喊道:"跟我来!"接着就摇摇晃晃、跌跌撞撞地大步朝前跑去。

彭楚克欠起身来。他的嘴歪扭着,含含糊糊地喊了一声。他从旁边一个士兵手里抓过一支步枪,就跟着安娜跑去,他气喘吁吁,觉得两条腿哆嗦得厉害,没有劲儿喊叫,没办法叫她转回来,心里紧张异常,脸都青了。他听到后面有几个跟上来的人的喘气声,他整个身心都感觉到一种悲惨的结局已经临近,感到十分可怕,感到事情已经无法挽回。这时候他心里已经认为,她的行动并不能带动别人,这种行动是没有意义的,是不理智的,是一定没有什么好结果的。

他在离拐角不远处迎头碰上了飞跑而来的一群哥萨克骑兵。一阵零乱的枪声,子弹啸声。安娜像兔子一样的微弱尖细的叫声。接着她就伸直了手,两眼直愣愣的,慢慢倒了下去。彭楚克没有看见哥萨克们已经拨转马头往回跑,原来在他的机枪旁边的十八个人中有一些人受到安娜的热情鼓舞,把哥萨克们打跑了。他的眼睛里只有她一个人,只有她在他脚前抽搐着。他用两只麻木的手把她翻了个身,想把她抱起来,抱到什么地方去,却看见她左肋有一处血糊糊的伤口,伤口周围忽闪着蓝褂子的碎布片,——他明白,这是被爆炸性子弹打的,他明白,安娜必定要死了,而且他已经在她那蒙了一层雾气的眼睛里看到死亡的征候。

有人推开了他。把安娜抬到附近的院子里,放在敞棚下的凉阴里。

秃顶的战士往伤口里塞了几个棉花球儿,又掏了出来,棉花球儿被血泡得鼓鼓的,变成了黑色。彭楚克控制住自己,把安娜的褂子领口解开,把自己身上的衬衣撕下一块来,揉成一个团子,堵在伤口上,他看到,伤口里还不住地往外冒气,冒血泡儿,安娜的脸变成了青灰色,她那发了黑的嘴唇疼得直哆嗦。她的嘴在吸气,肺部呼哧呼哧直喘,因为嘴里和伤口都在进气出气。彭楚克把她的衬衣撕了开来,剥光了她那冒着临死前的汗水的上身。好不容易用棉花球把伤口堵住。过了几分钟,安娜清醒过来。陷下去的眼睛从青黑色的眼圈里朝彭楚克看了看,又哆嗦着眼睫毛,把眼睛闭上了。

"喝水!烧死啦!"她喊道,并且乱动起来,哭了起来。"我要活呀!伊里亚!……亲爱的呀!……啊呀呀!"

彭楚克把肿起的嘴唇贴到她那发烫的腮上,用杯子往她的胸膛上倒水。两边肩窝儿里倒满了水,转眼工夫就干了。安娜正发着死前的高烧。彭楚克不管往她的胸膛上倒多少水,她还是乱动,从他的胳膊里往外挣。

"烧死啦!……像火一样!……"

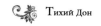

她挣得没有了劲儿，身子也渐渐凉了一些，口齿清楚地说：

"伊里亚，为什么呀？喂，你瞧，没有什么嘛……你真是怪人！……一点没有什么……伊里亚……亲爱的，你对妈妈可是要……你知道嘛……"她半睁开好像笑得眯缝起来的眼睛，想克制住疼痛和恐惧心情，含含糊糊地说起来，好像被什么东西卡住了："起初感觉到……又哆嗦，又发烧……全身都要烧坏啦……觉得我要死啦……"她看到他那不以为然的、难受的手势，就皱起了眉头。"别这样，哎呀，我好闷啊！"

在间歇时刻，她老是说话，说得很多，好像是想把难受的感觉全说出来。彭楚克看到她的脸渐渐放起光来，额角越来越黄，越来越透亮，心里十分害怕。他又把目光移到她那贴着身子一动不动地伸直了的胳膊上，看到她的手指甲变成了紫色，就像熟透了的李子。

"水呀……往胸膛上……烧死啦！"

彭楚克急忙跑到屋子里去舀水。他往回跑的时候，已经听不见安娜在棚子底下的呼哧声了。低矮的太阳照在正作最后抽搐的、歪着的嘴上，照在她按着伤口的一只还热乎的、像蜡制模型一样的手掌上。他慢慢地抱住她的肩膀，把她抱起来，对着她那鼻梁上长了几颗小小的黑雀斑的尖鼻子看了一会儿，看到她那两道英俊的黑眉毛下面，两个瞳人已经呆住不动了。她那软绵绵地仰着的头越奔拉越低，在她那细细的姑娘脖子上，青青的血管最后微微地跳动了几下。

彭楚克把嘴唇贴到她那黑黑的、半闭起的眼皮上，唤道：

"朋友！安娜！"他直起身子，陡然转了个身，便朝前走，身子极不自然地挺着，两条胳膊紧紧贴在大腿上，动都不动。

二十六

这些日子,他好像处在伤寒病的昏迷状态中。他照常在走路,做事,吃饭,睡觉,但是这一切都好像是在半睡半醒状态中,昏昏沉沉,迷迷糊糊。他用呆呆的、微微肿起的眼睛迷惘地看着周围的一切,连熟人都认不出来了,他的样子就像一个烂醉的醉汉或者大病初愈的人。从安娜死的那一天起,他的知觉就暂时失去了作用:什么想头也没有,什么也不能考虑了。

"吃饭吧。彭楚克!"同志们叫他吃饭,他就吃饭,懒懒地、吃力地动着下巴,眼睛呆呆地盯着一个地方。

同志们都很关心他,商量着要把他送到医院里去看看。

"你是病了吧?"第二天一个机枪手问他。

"不是。"

"那你是怎么啦? 是想她吗?"

"不是。"

"噢,咱们来抽支烟吧。兄弟,现在没法叫她起死回生啦。这种事是没有办法的。"

到了睡觉的时候,同志们对他说:

"睡觉吧。该睡啦。"

他就躺下来睡觉。

他在这种失神的状态中度过了四天。到第五天,克里沃什雷科夫在街上碰到他,抓住他的袖子。

"啊哈,是你呀,我正在找你呢。"克里沃什雷科夫不知道彭楚克遭遇到不幸,很亲热地拍了拍他的肩膀,很担心地笑了笑。"你这是怎么啦? 不是喝醉了吧?

669

有一支工作队要上北边几个州去，你听说了吗？已经选定了一个五人小组。由波得捷尔柯夫挂帅。只能指望北边的哥萨克啦。要不然就乱了套啦。真糟！你去吗？我们很需要宣传员。你去不去？"

"我去。"彭楚克很干脆地回答说。

"这就太好啦。明天咱们就出发。你就去找奥尔洛夫老爹好啦，他是咱们的向导。"

彭楚克仍然是在失魂落魄的状态中准备好了行装，到第二天，五月一日，就随着工作队出发了。

这时候，顿河苏维埃政府面临的局势显然十分严重。德国侵略军从乌克兰方面攻了过来，下游各乡镇和各州已经到处掀起反革命暴乱。

波波夫的部队在过冬地区活动着，对诺沃契尔卡斯克虎视眈眈。四月十日到十三日在罗斯托夫召开的全地区苏维埃代表大会中断了好几次，因为叛乱的契尔卡斯人逼近了罗斯托夫，并且在进攻郊区。只有在北边，在霍派尔州和大熊河河口州还保留着革命的温床，于是波得捷尔柯夫和另外一些对下游哥萨克的支持感到失望的人，都不由自主地希望朝这些有温暖的地方跑。动员工作停止了，不久以前当选为顿河人民委员会主席的波得捷尔柯夫，根据拉古京的倡议，决定上北边去，到那里动员三四个团的上过前方的战士，调他们来抵御德国人和镇压下游的反革命暴乱。

成立了一个以波得捷尔柯夫为首的紧急动员五人领导小组。四月二十九日，从地方金库里领了一千万金卢布和尼古拉票子，作为动员的经费，匆匆凑集了一支保护钱箱子的队伍，其中大多数是原来卡敏镇地方保安队的哥萨克，又挑选了几个哥萨克宣传员，五月一日，工作队就冒着德国飞机的扫射，朝卡敏镇方向出发了。

线路上塞满了从乌克兰撤退下来的红军的兵车。叛乱的哥萨克到处拆毁桥梁，颠覆列车。德国飞机每天上午都要在诺沃契尔卡斯克至卡敏镇一段线路上空出现，像鹰群一样打圈圈儿，越飞越低，用机枪猛烈地扫射，红军战士们就乱纷纷地从兵车里往外跑；步枪声砰砰啪啪地乱响，车站上，煤渣气味和战争破坏的焦臭气味混到了一起。飞机渐渐升上步枪火力够不到的高空，但是射手们还要打上老半天，谁要是从列车旁走过，靴子踩到空子弹壳里，会没到脚踝骨。沙土地上到处是空子弹壳，就像十一月里山沟里落的金黄色橡树叶子。

到处都可以看到惨遭破坏的景象：一节节黑黑的、被烧毁和被破坏的车厢歪倒在路堤斜坡上，电线杆子上那雪白的磁瓶上缠着断了的电线。许多房屋被破坏,铁路两边的防雪栅栏好像都叫暴风卷走了……

工作队往米列洛沃走就走了五天。到第六天早晨,波得捷尔柯夫把五人小组的成员召集到自己的车厢里。

"这样坐火车不行! 咱们把所有的东西都扔掉,步行吧。"

"你怎么啦?"拉古京惊愕得叫了起来。"等咱们步行走到大熊河河口,白军早跑到咱们前头去啦。"

"是太远啦。"穆雷恒也犹豫不决地说。

不久前才追上工作队的克里沃什雷科夫没有说话,他裹着一件领章退了色的军大衣。他正在打摆子,吃奎宁吃得耳朵里嗡嗡直响,头疼得火辣辣的。他没有参加讨论,弯着腰,坐在一个装糖的口袋上。他的眼睛蒙着一层打摆子时的水膜。

"克里沃什雷科夫!"波得捷尔柯夫眼睛注视着地图,唤了他一声。

"什么事?"

"我们在说什么,你没有听见吗? 咱们要步行,要不然敌人追上咱们,就完蛋啦。你觉得怎样? 你比我们有学问,你就说说看。"

"步行是可以的,"克里沃什雷科夫从容地说道,但是摆子忽然发作起来,他像狼一样咬得牙齿咯吱咯吱直响,轻轻地哆嗦着,"如果行李少一点儿的话,那也可以。"

波得捷尔柯夫在车门口打开顿河地区的地图。穆雷恒捏住地图的两个角。地图被阴沉的西风吹得噗噗地跳动,呼啦呼啦地老想从手里飞跑。

"咱们就这样走,瞧,就这样!"波得捷尔柯夫用一根熏得黄黄的手指头在地图上斜着画了一下。"看见比例尺吗? 大约有一百五十俄里,至多也不过两百俄里。就这样!"

"对,就他妈的这样吧!"拉古京同意了。

"米海依尔,你怎么样?"

克里沃什雷科夫无可奈何地耸了耸肩膀。

"我不反对。"

"我这就去告诉哥萨克们,叫他们下车。要抓紧时间。"

穆雷恒看了看大家,等候反应,没有人表示反对,他就从车上跳了下去。

波得捷尔柯夫率领的工作队所乘的火车,在这个阴雨的早晨,就停在离别拉亚卡里特瓦不远的地方。彭楚克用军大衣蒙着头,躺在自己的车厢里。哥萨克们也在车厢里烧茶,哈哈大笑着,互相开着玩笑。

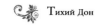

万卡·包尔德列夫是米古林乡的哥萨克,爱说爱笑,又喜欢取笑人,他正在取笑一个机枪手同志:

"伊格纳特,你是哪一省的?"他用抽烟抽哑了的嗓门儿问道。

"唐波夫省的。"很老实的伊格纳特用和善的语气低声回答说。

"你好像是莫尔山村的吧?"

"不是的,是沙茨克村的。"

"噢噢噢……沙茨克村的人都是好汉子:打起架来七个人对付一个人是不怕的。拿黄瓜把牛犊宰了来上供,这是不是你们村子里干的事?"

"算了吧,你算了吧!"

"哦,是的,我忘记啦,这事儿不是你们村子里干的。你们的教堂好像曾经用饼子包了起来,后来又想把教堂放在豌豆粒儿上推下山去。有没有这回事儿?"

茶壶开了,伊格纳特这才暂时摆脱了包尔德列夫的取笑。但是大家刚刚坐下来吃早饭,包尔德列夫又开起玩笑来:

"伊格纳特,你好像不怎么吃猪肉吧? 不喜欢吃吗?"

"不是的,还算喜欢。"

"那就给你这根猪鸡巴。好吃极啦!"

一阵哄堂大笑。有人呛了一下,喀喀地咳嗽了半天。有人走动起来,靴子咚咚地乱响,可是过了一小会儿,伊格纳特气呼呼地说:

"你自己吃吧,他妈的! 干什么要拿自己的鸡巴乱塞?"

"不是我的鸡巴,是猪鸡巴。"

"反正他妈的一样,臭东西!"

包尔德列夫用沙哑的嗓门儿毫不在乎地曼声说:

"臭——东——西? 你不是疯了吧? 复活节还拿来上供呢。你就说你怕破斋好啦……"

包尔德列夫的一个同乡、一个有很漂亮的淡黄色胡子的哥萨克、所有四级十字章全得过的一位勇士,劝道:

"算了吧,万卡! 你叫他吃了,就糟啦。吃上了瘾,就非得天天去找公猪不可。在这地方到哪儿找去?"

彭楚克闭上眼睛躺着。别人说话他都没有听见,他想着不久以前的事情,心里依然很痛苦,而且好像痛苦得更厉害了。在他那闭起来的迷惘的眼睛里,草原好像在他面前旋转,草原上到处是雪,还有地平线上远方树林那一片片褐色的侧影;他好像觉得冷风阵阵,看见安娜就在他的身旁,看见她的黑眼睛、她的可爱的嘴上那刚毅而柔和的线条、鼻梁上那小小的雀斑、额头上那若有所思的皱纹……他听不见她嘴里说出来的话:她的话含糊不清,时常被别的什么人的说话声和笑声所打断,但是从她的眼珠子的闪光、从她那弯弯的睫毛的抖动上,他可以猜出她说的是什么……一会儿安娜又换了一个样子;脸色黄中透青,两边腮上带着两道泪痕,鼻子更尖了,嘴角上还有一条痛苦、可怕的皱纹。

他弯下身,去亲她那凹进去的黑糊糊、呆住不动的眼睛……彭楚克哼哼起来,用手捂住自己的嘴,免得哭出声来。安娜一时一刻都不离开他。她的形象一点也没有消失,也没有被时间冲淡。她的脸、身形、走路姿态、手势、表情、眉毛挑动的样子——所有这一切联结到一起,就构成了一个完整的、活生生的安娜。他想起了她的一些充满浪漫主义情调的话,想起他和她共同经历过的一切。由于清清楚楚地想起这一切,他的痛苦增加了十倍。

大家听到下车的命令,就把他叫醒了。他爬了起来,冷漠地收拾好东西,走出车厢,然后又帮着往下卸东西。又带着同样冷漠的表情坐上大车就走。

正飘洒着小雨。道路两旁的小草湿漉漉的。

草原。山冈上,山沟里,狂风阵阵。远远近近的村落。火车头的白烟,红红的方形站房,都已经落在后面。在别拉亚卡里特瓦雇的四十多辆大车,在大路上拉成一长串。马走得很慢。黑黑的黏土被雨水泡透了,实在难走。车轮子上粘满了泥巴,泥巴像黑棉花团一样四处乱飞。前面和后面都是一群一群的别拉亚卡里特瓦地区的矿工。他们是往东边逃,躲避哥萨克的叛乱。他们携儿带女,还拖着破旧的家具。

在格拉奇小站旁边,被打散了的红军罗曼诺夫斯基支队和沙简科支队追上了他们。战士们面色土黄,因为天天打仗,睡不好,吃不饱,一个个显得十分疲惫。沙简科走到波得捷尔柯夫跟前。他那张留着英国式小胡子、生着直直的细鼻子的很漂亮的脸,已经瘦干了。彭楚克从他们旁边走过,看见沙简科的眉毛皱成了一堆,又听见他怨恨地、丧气地说:

"你说的这是什么话?难道我不了解自己的弟兄们?事情很糟,现在又有德国人,真他妈的该死!怎么能把队伍集合起来呢?"

波得捷尔柯夫跟他谈过话以后,带着一副愁眉苦脸和似乎有些惊慌失措的样子,追上了自己的大车,很激动地和欠起身来的克里沃什雷科夫说起话来。彭楚克注视着他们,只见克里沃什雷科夫用一只胳膊肘支着身子,另一只手在空中砍了一下,一口气说了好几句话,于是波得捷尔柯夫就高兴起来,跳上大车,这个六普特重的老炮兵往车沿上一坐,大车咯吱咯吱地响了好几下;赶车的照马身上

抽了两鞭,烂泥就一片一片地朝四面飞去。

"赶快点儿!"波得捷尔柯夫喊了一声,眯起眼睛,迎风敞开光皮上衣。

二十七

工作队往顿涅茨州腹地里走了好几天,朝克拉司诺库特镇前进。乌克兰人村庄的居民仍然十分亲热地迎接这支队伍,高高兴兴地出卖食物和草料,腾房子给住宿,但是一提到雇马匹上克拉司诺库特去,乌克兰人就为难起来,直搔后脑勺,怎么都不肯干。

"我们出好价钱,你怎么还不干呢?"波得捷尔柯夫向一个乌克兰人问道。

"因为我的命也很值钱啊。"

"我们不要你的命,你只要把马和车雇给我们就行啦。"

"不行,我不干。"

"为什么不行?"

"你们是往哥萨克那儿去吧?"

"是的,那又怎样?"

"难保不出什么祸事。我能不爱惜自己的性命吗?他们要是把马打死了,那我又咋办?不行啦,大叔,别见怪,我不能去!"

越走近克拉司诺库特地区,波得捷尔柯夫和其余的人越是感到提心吊胆。可以感觉出老百姓心意的变化:如果说在起初走过的一些村庄里老百姓都是高高兴兴地热情相待的话,那么在后来走过的一些村庄里就明显地怀着敌意和防范的态度了。他们出卖食物、草料都很勉强,回答起问题躲躲闪闪。村子里的青年男女也不像先前一些村庄里的那样,像一条花腰带似的把工作队的大车团团围住,都是沉着脸很不友好地隔着窗户看一看,就连忙走开。

"你们是正教徒不是?"工作队的哥萨克们气忿地问道。"你们为什么拿夜猫子一样的眼睛看我们?"

在纳郭林乡的一个村子里,万卡·包尔德列夫因为受到冷遇,简直气坏了,他把帽子往地上一摔,怕有领导人走过来,朝四面张望着,放开嗓门儿叫道:

"你们是人还是鬼?你们他妈的为什么不说话?我们替你们流血,你们连正眼都不看我们一下!哪儿有这样的道理?同志们,现在都平等啦,不分什么哥萨克和南蛮子啦,用不着他妈的见外啦。赶快把鸡呀蛋呀拿出来吧,我们有的是尼古拉票子!"

六个乌克兰人听着包尔德列夫在发脾气,都低着头,就像拉犁的马一样。

他们听了他这些气话,还是一句话也不说。

"你们这些该死的东西,本来是南蛮子,现在还是南蛮子!你们他妈的肥得肚子都要胀破啦!大肚子资产阶级,真拿你们没办法!"包尔德列夫又把自己的破帽子往地上一摔,由于憎恶,脸都气红了。"就是在冬天里,向你们要点儿雪都要不出来!"

"别叫吧!"几个乌克兰人只对他这样说了一声,便各自走开了。

也是在这个村子里,一个上了年纪的乌克兰妇人向一个哥萨克红军战士问道:

"听说你们要把什么东西都抢走,把人都杀光,是真的吗?"

哥萨克红军战士连眼睛也不眨,回答说:

"是真的。杀光倒是不一定,我们要把老头子们都杀了。"

"哎呀,我的天呀!你们为什么要杀老头子呀?"

"我们拿老头子来下饭:如今的羊肉都是草羊肉,不香,要是拿老头子下锅,炖出来的肉汤才香哩……"

"您恐怕是说着玩儿的吧?"

"大娘,他是胡说!瞎扯!"穆雷恒插话说。

他当面把开玩笑的战士狠狠地批评了一顿:

"你要开玩笑,先得看看场合和对象!你开这样的玩笑,小心波得捷尔柯夫打你耳刮子!你干吗要制造混乱?她也许会真的说咱们杀老头子呢?"

波得捷尔柯夫一再地缩短休息和宿营的时间。他心里很焦急,急着要往前面赶。在进入克拉司诺库特地区的前一天,他和拉古京谈了很久,谈了自己的想法:

"伊万,咱们不要走得太远。到了霍派尔河河口镇,咱们就动手搞工作吧!

咱们宣布招兵,薪饷一百卢布,但要自带马匹和装备,咱们不能挥霍人民的钱。咱们从霍派尔河口一直往上游去:经过你们的布堪诺夫乡,到司拉晓夫乡、菲多谢耶夫乡、库梅尔仁乡、革拉祖诺夫乡、斯库里申乡。等咱们到了米海洛夫乡,就有一个师啦!咱们能招得起来吗?"

"招是能招得起来的,只要那边还稳定。"

"你以为那边能闹起来吗?"

"这怎么能知道呢?"拉古京摸了摸稀稀拉拉的下巴胡子,又用微微的埋怨腔调说:

"咱们来晚啦……菲道尔,我怕咱们完不成任务啦。军官们在那边已经有不小的影响。早点儿抓紧才是。"

"这已经抓得够紧的啦。你不要怕!咱们可不能害怕。"波得捷尔柯夫的目光严峻起来。"咱们是领导人,怎么能害怕?能完成任务!冲过去!两个星期以后,就能去打白军和德国人啦!叫他们滚蛋,把他们从顿河土地上赶出去!"他沉默了一会儿,下劲儿抽完了一根烟,这才说出埋藏在心底的想法:"咱们恐怕是来晚啦!那咱们就完啦,顿河苏维埃政权也完啦。噢嘿,可别晚了啊!万一军官发动的叛乱赶在咱们前面波及到那里,就全完啦!"

第二天薄暮时候,工作队进入克拉斯诺库特乡。还没有走到阿列克塞耶夫村,跟拉古京和克里沃什雷科夫同坐在前面一辆大车上的波得捷尔柯夫就看见草原上有一群放牧的牲口。

"咱们来问问放牲口的人。"他对拉古京说。

"你们去问问吧。"克里沃什雷科夫表示赞成。

拉古京和波得捷尔柯夫跳下车,朝牲口群走去。洒满阳光的牧场上,褐色的草闪闪发光。草很矮,被牲口踩得乱糟糟的,只有路边的山芥菜开着一小簇一小簇黄黄的花儿,再就是十分茂盛的燕麦草像毛刷子一样沙沙响着。波得捷尔柯夫在手心里揉着一棵老蒿的头儿,闻着老蒿那冲鼻子的苦味儿,走到牧人跟前。

"你好啊,老大爷!"

"托福托福。"

"你在放牲口吗?"

"嗯,放牲口。"

老头子皱着眉头,眼睛从乱蓬蓬的白眉毛底下朝外望着,摇晃着鞭子。

"怎么样,日子过得好吗?"波得捷尔柯夫问了一个很普通的问题。

"还好,靠上天保佑。"

"你们这儿有什么新闻吗?"

"什么新闻也没听到。你们是干什么的?"

"我们是当兵的,现在是回家去。"

"你们是哪儿人?"

"我们是霍派尔河口乡的。"

"那个波得捷尔柯夫不在你们这里面吧?"

"在我们里面。"

老牧人显然害怕起来,脸一下子白了。

"你怎么害怕啦,老大爷?"

"怎么能不怕呢,老乡? 听说你们要把正教徒全杀光嘛。"

"胡说! 这是谁散布这样的谣言?"

"前天村长在大会上说的。也不知道他是听说的,还是收到了什么公文,说是波得捷尔柯夫率领着加尔梅克人要来了,要把人全都杀光。"

"你们这儿已经有了村长啦?"拉古京瞥了波得捷尔柯夫一眼。

波得捷尔柯夫用黄黄的尖牙使劲咬着一根草棍儿。

"前几天选出的村长。苏维埃关门啦。"

拉古京还想再问问,但是旁边有一头老大的白头顶公牛朝一头母牛身上一跳,压到母牛身上。

"该死的东西,要压坏的!"老牧人吆喝了一声,便朝牛群奔去,那股麻利劲儿简直不像个老头子,一面跑还一面吆喝:"娜斯嘉的母牛啊! …… 要压坏的! ……白头顶,往哪儿爬?! ……你往哪儿爬?! ……"

波得捷尔柯夫甩开两条胳膊,朝大车走去。细心的拉古京站了下来,很不放心地看着瘦弱的母牛已经被公牛压得趴到地上,这时候不由得想道:"会压坏的,已经压得够戗啦! 这该死的鬼东西!"

等他看出母牛的脊梁骨在公牛身子底下依然安然无恙,这才朝大车走去。"我们怎么办呢? 当真顿河对岸已经是乡村长当家了吗?"他在心里向自己提出了这个问题。但是他的注意力又有一会儿被站在路旁的一头漂亮的种牛吸引住了。那种牛在闻一头大屁股的黑母牛,不住地摇摆着额头很宽的脑袋。那胸前的垂肉一直奉拉到膝盖,身子长长的,直得像弦一样,又结实,又强壮。四条矮粗的腿就像是栽在地上的四根柱子。拉古京不觉欣赏起这头良种公牛,用眼睛亲切地打量着那带白斑的一身红毛,从他那乱纷纷的一大堆惶惶不安的想法中钻出一个想法:"这样的牛能弄到我们镇上去就太好啦。我们那儿种牛太少啦。"这

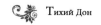

个想法闪了一闪,一下子就过去了。等他朝大车跟前走,看到哥萨克们那一张张发愁的脸,就考虑起现在该走的路线。

* * *

打摆子打得够呛的克里沃什雷科夫——他又是幻想家和诗人——对波得捷尔柯夫说:

"咱们躲反革命的浪头,一心想跑到这股浪头前头去,可是这浪头已经涌到咱们前头啦。看样子,赶不上啦。跑得太快啦,快得就像往低处涌的浪涛。"

在五人小组的成员当中,好像只有波得捷尔柯夫考虑到目前环境的全部复杂性。他坐在车上,身子向前倾着,一个劲儿地催赶车的:

"赶快点儿!"

后面几辆大车上唱起歌来,接着又不唱了。一阵阵哄笑声和叫闹声从后面传来,盖过了车轮的咯吱声。

老牧人报告的情况得到了证实。工作队在路上遇到一个上过前方的哥萨克,他和妻子一同坐车上司维契尼科夫村去。他戴着肩章和帽徽。波得捷尔柯夫向他打听了一下情况之后,脸色更阴沉了。

过了阿列克塞耶夫村,下起雨来。天空黑沉沉的。只有东边黑云缝隙里露出一小块被斜阳映照得十分明亮的蓝湛湛的天。

工作队正要下一座山冈,往塔甫里亚人住的鲁巴什金村里走,这个村子里就有很多人朝相反的方向跑去,有几辆大车也飞跑起来。

"在逃跑呢。怕咱们呢……"拉古京泄气地说,一面打量着其余的人。

波得捷尔柯夫喊道:

"叫他们回来!大声喊他们嘛,妈的!"

哥萨克们赶着大车朝前奔去,挥舞起帽子。有的哥萨克高声喊了起来:

"喂——咦!……你们往哪儿去?等一等!……"

工作队的车辆飞快地进了村子。风在宽阔的、空旷无人的街道上打着转转儿。在一家院子里,有一个乌克兰老妇人一面吆喝,一面往大车上扔枕头。她的丈夫光着脚,光着头,拉着马笼头。

来到鲁巴什金村才知道,波得捷尔柯夫派出来打前站的人被哥萨克的侦察队俘虏了去,带到山后面去了。显然,哥萨克的队伍就在不远的地方。大家开了个很短的会议,决定往回走。波得捷尔柯夫起初主张往前进,后来也动摇起来。

克里沃什雷科夫没有说话,他的摆子又发作起来了。

"也许,咱们还可以往前走吧?"波得捷尔柯夫向参加会议的彭楚克问道。

彭楚克带着无所谓的表情耸了耸肩膀。对于他来说,反正都是一样:不论往前走,往后走,只要是走,只要能躲开紧紧跟定了他的苦恼就行。波得捷尔柯夫在大车旁边来回踱着,讲起了往大熊河河口方面去的好处。可是一个哥萨克宣传员猛然打断了他的话:

"你简直疯啦!你领着我们上哪儿去?要把我们领到反革命分子那儿去吗?老兄,你别开玩笑啦!往回走吧!我们不想去送死!那是什么?你看见吗?"他朝山冈上指了指。

大家都回过头去,只见山冈上清清楚楚地出现了三个骑马人的身影。

"是他们的侦察兵!"拉古京叫道。

"瞧,还有哩!"

许多骑马的人在冈头上晃动起来。他们集结成一伙一伙的,又分散开去,消失在冈头那边,一会儿又重新出现。波得捷尔柯夫下令往回走。穿过阿列克塞耶夫村。村里的老百姓显然都受到哥萨克的警告,一看见工作队的车辆来了,就纷纷躲藏和逃跑。

天色渐渐黑了下来。飘洒着连绵不断的、细细的冷雨。大家身上都湿透了,打着哆嗦,都在大车两边走着,端着步枪准备着。这条道路绕过一道长长的山坡,伸进一片洼地,穿过洼地,弯弯曲曲地向山冈上爬去。哥萨克的侦察兵在冈头上时隐时现。他们远远地跟踪着工作队,使大家的已经够紧张的情绪更加紧张。

在一道横切洼地的山沟旁边,波得捷尔柯夫从大车上跳下来,简短地对其余的人命令说:"做好准备!"他打开自己的骑兵卡宾枪上的保险机,跟着大车向前走去。山沟里有一道小土堤,留住一池蓝蓝的春水。池塘旁边的淤泥地上,到处是前来喝水的牲口的蹄印子。塌了不少豁口的土堤顶上长满荒草和野牵牛花,下面靠近水的地方,有干枯的芦苇,还有尖叶子的小榛树被雨点打得沙沙直响。波得捷尔柯夫预料这地方有哥萨克的埋伏,但是派到前面去的侦察小组连一个人都没有发现。

"菲道尔,你现在用不着提防。"克里沃什雷科夫把波得捷尔柯夫叫到大车跟前,小声说。"现在他们不会来打的。夜里才会来。"

"我也是这样想。"

二十八

西边的黑云越来越浓,天色越来越黑。远处,顿河沿岸一带,闪电曲曲折折地来回飞驰着,橙黄色的闪光抖来抖去,就像一只受伤的大鸟胡乱扑打翅膀。河那边有一片晚霞,被乌云的边儿一遮,也晦暗下来。草原就像一个盛满了寂静的大碗,一条条山沟里还保留着白昼的暗淡的反光。这天黄昏不知为什么有点儿像秋天。就连那些还没有开过花儿的野花野草,都散发着一种无法形容的腐烂气息。

波得捷尔柯夫一面走,一面闻着被打湿的野草那多种多样、难以分辨的气息。有时候他站下来,刮一刮粘在鞋后跟上的泥巴;然后直起身来,疲惫而吃力地拖着自己的笨重身子往前走,敞着的上衣那湿透了的光皮子咯吱咯吱地响着。

来到波里亚柯沃纳郭林乡的卡拉什尼柯夫村,已经是夜里了。护送队的哥萨克们离开大车,分散到老百姓家去住宿。十分生气的波得捷尔柯夫命令派人放哨,但是哥萨克们来集合都很勉强。有三个人拒绝出去放哨。

"组织同志审判会审判他们!不服从战斗命令,枪毙!"克里沃什雷科夫气忿忿地说。

提心吊胆的波得捷尔柯夫很难受地摆了摆手,说:

"在路上就垮啦,他们是不会保护咱们的。咱们完啦,米沙!……"

拉古京好不容易集合起几个人,派到村外去放哨。

"弟兄们,不要睡!要是睡着了,人家就把咱们一个个都活捉啦!"波得捷尔柯夫到各家去走走,提醒那些跟他接近的哥萨克说。

他在桌子旁边坐了整整一夜,用手托着脑袋,很费劲儿地、呼哧呼哧地叹着气。快到黎明时候,他把老大的脑袋放到桌子上,刚刚朦朦眬眬入睡,但是罗别尔特·福拉申布鲁德尔从旁边一家院子里走来,马上就把他唤醒了。大家就开始准备出发。天已经亮了。波得捷尔柯夫从屋子里走出来。他在过道里碰到挤完牛奶回来的女房东。

"冈头上有马队来啦。"她很平淡地说。

"在哪儿?"

"瞧,就在村子外面。"

波得捷尔柯夫跑到院子里一看:村子上空和村边柳丛之上,笼罩着一片白茫茫的雾气,透过雾气,可以看见冈头上黑压压的哥萨克队伍。他们放开马大跑一阵,又小跑一阵,把村子团团围住,包围圈越拉越紧。

过了一小会儿,护送队的哥萨克们纷纷拥进波得捷尔柯夫住的这一家的院子,拥到他的大车跟前。

米古林乡的一个身体结实的长头发哥萨克瓦西里·米洛什尼柯夫来到跟前。他把波得捷尔柯夫叫到一边,垂着眼睛说:

"波得捷尔柯夫同志,是这样……他们刚才来了几个代表,"他朝山冈那边指了指,"他们要我转告你,要咱们马上放下武器,投降。不然的话,他们就发起进攻啦。"

"你! ……狗崽子! ……你对我说的是什么?"波得捷尔柯夫抓住米洛什尼柯夫的军大衣领子,一把将他推开,便朝大车跟前跑去;抓起步枪,用粗大的嗓门儿对着哥萨克们声嘶力竭地喊叫道:

"投降? ……跟反革命分子有什么好说的? 咱们和他们拼了! 跟我来! 成散兵线!"

大家纷纷拥出院子,成群地朝村边跑去。五人小组的成员穆雷恒在村边几户人家门前追上了气喘吁吁的波得捷尔柯夫。

"真丑啊,波得捷尔柯夫! 咱们去跟自家的弟兄拼命吗? 算了吧! 想办法讲和吧!"

波得捷尔柯夫看到护送队的哥萨克只有一小部分跟着他,他清醒地估计到,一打起来,必然惨败,于是一声不响地抽下枪栓,无精打采地挥了一下军帽,说:

"弟兄们,停止! 向后转,回村里去……"

大家都转了回来。全部护送队都集中在三个邻近的院子里。不久,一部分哥萨克就进了村子。山冈上又下来一队有四十多人的骑兵。

波得捷尔柯夫应米留金村几个老头子的邀请,到村外去谈判投降的条件,敌人包围村庄的主力没有离开阵地。彭楚克在胡同口追上了波得捷尔柯夫,拦住

他,问:

"咱们要投降吗?"

"咱们力量不行啊……怎么办?你说,有什么办法呢?"

"你想找死吗?"彭楚克全身哆嗦起来。

他也不理会那几个陪着波得捷尔柯夫的老头子,用高亢的、变了音的沙嗓子叫道:

"你告诉他们,我们不能交出武器!……"他猛然转过身,摇晃着握在手里的手枪,就往后走。

他回来,本来想说服哥萨克们往外冲,边打边走,冲到铁路线上去,可是大多数人都一心盼着讲和。有一些人不理睬彭楚克,还有一些人怀着敌意说:

"你这个阿尼卡①,你去打吧,我们可是不和亲弟兄打仗!"

"我们就是没有武器,也能信得过他们。"

"圣复活节到啦,我们还要流血吗?"

彭楚克走到停在仓房边的自己的大车跟前,把军大衣摔到大车底下,躺了下来,手里还握着带凸纹的手枪把子。起初他想逃跑,可是他很憎恶偷着走,很憎恶开小差,于是他打消了这个念头,决定等候波得捷尔柯夫回来。

波得捷尔柯夫过了三个多钟头才回来。敌方有一大群哥萨克跟着他进了村子,有的骑着马,有的牵着马,其余的干脆就步行,簇拥着波得捷尔柯夫和司皮里道诺夫上尉。司皮里道诺夫和波得捷尔柯夫在炮兵连同过事,现在是他率领着这支凑集起来的队伍,来逮捕波得捷尔柯夫的工作队。波得捷尔柯夫把头抬得高高的,笔直地、很费劲地朝前走着,好像是一个喝醉了酒的人。司皮里道诺夫阴险地微微笑着,不知对他在说什么。他身后有一个骑马的哥萨克,胸前抱着一根仓促刨成的旗杆,旗杆上挂着一面大白旗。

工作队停放车辆的街道上和院子里,挤满了进村来的哥萨克。一下子就热闹起来。进村来的哥萨克当中有许多人和波得捷尔柯夫的队伍里的哥萨克同过事。到处是高高兴兴的呼唤声和笑声。

"哎呀,老同学,哪一阵风把你刮来啦?"

"噢呀!你好,你好呀,普罗霍尔!"

"托福托福。"

---

① 阿尼卡:俄罗斯古代民间诗歌中的英雄,自不量力,向死神挑战,结果自取灭亡。

"咱们差一点儿打起仗来。你还记得,咱们在里沃夫打奥地利人那一回吗?"

"好兄弟,丹尼罗!好兄弟!耶稣复活啦!"

"真是复活啦!"传来很响的亲嘴声:两个哥萨克捋着胡子笑着,你看着我,我看着你,互相拍着肩膀。

旁边是另外一番谈话:

"我们还没有开斋呢……"

"你们是布尔什维克,还有什么开斋不开斋?"

"这不相干,布尔什维克是布尔什维克,可是我们还是信仰上帝。"

"噢!你是扯谎吧?"

"全是实话!"

"你还戴着十字架吗?"

"让你瞧瞧看。"于是一个大脸膛的强壮的哥萨克红军战士翘着嘴巴,解开军便服的领子,把挂在红铜色的毛烘烘的胸膛上的一个发了绿的铜十字架掏了出来。

逮捕"反贼波得捷尔柯夫"的队伍里那些手执叉子和斧头的老头子,都惊愕地你看看我,我看看你,说:

"都说,你们好像不信耶稣教了嘛。"

"好像你们都投靠魔鬼了嘛……"

"听说你们好像还要抢教堂、杀神甫呢。"

"全是胡说!"大脸膛的红军战士理直气壮地驳斥说。"你们听到的全是谣言。我在离开罗斯托夫以前,还上过教堂,领过圣餐呢!"

"真没想到!"一个手执杆子锯掉了一半的短矛的瘦弱的小老头子高兴得拍起手来。

街道上和院子里一片热热闹闹的说话声。但是过了半个钟头,有几个哥萨克,其中有一个是博柯夫乡的乡长,推开紧紧挤成一堆的人群,顺着街道向前走去。

"凡是波得捷尔柯夫队伍的人,请集合起来点名!"他们喊叫道。

司皮里道诺夫上尉身穿草绿色衬衣,戴着绿色肩章;他摘下钉着雪白锃亮的军官帽徽的制帽,向四面转动着身子,喊叫道:

"凡是波得捷尔柯夫队伍里的人,都到左边篱笆跟前去!其余的人都到右边!我们这些和你们一同上过前线的弟兄们,已经和你们的代表商定,你们要把所有的武器都交给我们,因为老百姓害怕你们带着武器。请你们把步枪和其他的武器都放到你们的大车上，我们要把这些武器一起保存起来。我们把你们的队伍送到克拉司诺库特去，你们到那儿的苏维埃去领回你们的全部武器。"

哥萨克红军战士当中掀起一阵低声的抗议浪潮。从一个院子里传出几声喊叫。库穆沙特乡的哥萨克柯洛特柯夫喊道：

"我们不能缴枪！"

挤满了人的街道上和院子里又是一阵低低的、急风骤雨般的嘈杂声。

进村来的哥萨克一齐拥到了右边，于是街心里就剩下了波得捷尔柯夫队伍里的红军战士，一小堆一小堆的，就像被打碎了、拆散了似的。克里沃什雷科夫披着军大衣，惶恐地四面张望着。拉古京撇着嘴。人群中发出一片大惑不解的议论声。

下定决心不缴武器的彭楚克，端着步枪，快步走到波得捷尔柯夫跟前。

"武器不能交！你听见吗?!"

"现在晚啦……"波得捷尔柯夫手里慌乱地揉着一张队伍的名单，小声说。

名单转到了司皮里道诺夫手里。司皮里道诺夫匆匆地把名单看了一遍，问道：

"这名单上是一百二十八人嘛……还有一些人哪儿去了？"

"在路上掉队啦。"

"噢，原来是这样……那好吧。你下命令，让大家解下武器。"

波得捷尔柯夫带头解下装在枪套里的手枪；他在缴出手枪的时候，含含糊糊地说：

"我的马刀和步枪在大车上。"

开始解除武装了。红军战士们无精打采地解下武器，隔着篱笆把手枪扔到院子里，院子里的人走来走去，找地方隐藏武器。

"凡是不缴武器的，我们都要搜查！"司皮里道诺夫开心地咧大了嘴巴笑着，喊叫道。

彭楚克率领的一部分红军拒绝缴枪；用武力解除了他们的武装。

一名机枪手带着机枪闭锁机从村子里跑了出去，引起一阵慌乱。有几个人利用混乱的机会，躲藏起来。但是司皮里道诺夫马上分拨出一支押送队，把波得捷尔柯夫和他身边留下的人全部包围起来，搜查了一遍，又想点名。被俘的人都不愿意回答，有几个人还喊叫起来：

"点什么名，都在这儿啦！"

"把我们送到克拉司诺库特去好啦！"

"弟兄们！别啰嗦啦！"

司皮里道诺夫把钱箱子封起来，派出一支强大的护送队送往卡耳根镇之后，就叫被俘的人排好队，马上改变了口气和态度，命令道：

"成两路纵队！向左——转！左转弯，开步走！不准说话！"

一阵怨恨的嘟哝声在红军列中滚过。大家很不整齐地、慢慢地朝前走去，过了一会儿队伍就乱了，变成一堆一堆的了。

波得捷尔柯夫终于说服自己的部下缴出武器之后，大概还指望会有什么幸运的结局。但是被俘的人刚刚出了村子，押送他们的哥萨克就用马冲撞尽边上的一些人。彭楚克走在左边尽边上，有一个哥萨克老头子，生着一部火红的大胡子，耳朵上戴着一只旧得发了黑的耳环，无缘无故地抽了他一鞭子。鞭梢在彭楚克的脸上抽出一道血印子。彭楚克握紧拳头，转过身去，但是接着又是更厉害的一鞭，他只得退到人群深处。他受着自卫本能的驱使，不由自主地这样做了，他由密密层层的同志们的身体簇拥着往前走，并且在安娜死后第一次撇着嘴神经质地笑了笑，因为他觉得每个人的生存欲望都是这样强烈、这样顽强，心中暗暗称奇。

开始殴打被俘的人了。老头子们一看见这些敌人没有了武器，便兽性大发，骑着马朝他们冲来，在马上探着身子，用鞭子抽，用刀背砍。每一个挨打的人都不由自主地想朝人群中间挤；大家拥来挤去，一片喊叫声。

顿河下游的一个高大而威武的红军战士举起双手摇晃着，高声喊道：

"要杀，干脆就杀好啦！……你们干什么要侮辱人？"

"你们为什么不守信用？"克里沃什雷科夫叫道。

老头子们住了手。一个俘虏问："你们要把我们送到哪儿去？"一个年轻的押送兵，看样子是同情布尔什维克的，小声回答说：

"有命令：把你们送到波诺马廖夫村。弟兄们，你们别害怕！我们一点也不会难为你们。"

来到了波诺马廖夫村。

司皮里道诺夫带着两个哥萨克，站在一家小杂货店门口；他叫俘虏一个一个地往里走，他一个一个地问：

"姓什么？叫什么？哪儿人？"他一一记到一本油污的战地笔记本上。

轮到彭楚克了。

"姓什么？"司皮里道诺夫把铅笔尖放在纸上，朝这个红军战士那阴沉的、额头很宽的脸上扫了一眼，看到这个人的嘴咕咕哝哝要吐痰，便把整个身子朝旁边

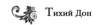

一闪,喝道:"进去吧,坏蛋! 不报姓名也要死!"

唐波夫人伊格纳特也学彭楚克的样儿,没有回答。还有一个人也想做无名死者,一声不响地跨进门去……

司皮里道诺夫亲自上了锁,派了看押的人。

许多人还在小铺旁边分配从工作队大车上缴来的物品和武器,参加逮捕波得捷尔柯夫的村庄的代表就匆匆忙忙地组成了军事法庭,并且在附近一座房子里开起会来。

担任法庭庭长的是博柯夫乡人瓦西里·波波夫,是一个矮墩墩的、黄眉毛的大尉。他把制帽推到扁平的后脑勺上,两个胳膊肘宽宽地撑在桌子上,坐在一面蒙着手巾的大镜子下面。他那两只温和中带严厉的油亮的眼睛用探询的神情打量着一张张法庭委员们的脸。大家正在讨论惩治的办法。

"诸位老人家,咱们对他们怎样处置呢?"波波夫又把问题重复了一遍。

他歪过身子,小声对坐在他身边的谢宁上尉说了几句话。谢宁上尉连忙点头,表示赞成。波波夫的两个瞳人缩得细细的,眼角上的快活的光芒消失了,两只变了样子的、闪着严峻的冷光的眼睛被稀稀的睫毛微微遮了起来。

"这些背弃家乡的反贼,他们到处抢劫,杀害哥萨克,咱们怎样处置他们?"

米留金镇上一个信仰旧教的老头子菲甫拉廖夫,好像被弹簧弹起来似的,一下子跳了起来。

"枪毙! 全部枪毙!"他像个疯子一样摇晃起脑袋;他用凶狠的斜眼睛四面望着,嘴里冒着唾沫,大叫起来:"对他们这些出卖耶稣的叛贼,不能饶恕! 是罪大恶极的犹大,就该杀! ……该杀! ……把他们钉到十字架上! ……把他们烧死! ……"

他那稀稀拉拉的、一根一根的下巴胡哆嗦着,白中带红的头发披散开来。他气喘吁吁地坐下去,脸像砖一样红,嘴上还带着唾沫。

"把他们流放吧。行吗? ……"一个法庭委员贾勤科用犹豫不决的口气提了一个建议。

"枪毙!"

"处死刑!"

"我赞成他们的意见!"

"斩首示众!"

"把杂草从田里除掉!"

"把他们处死!"

"当然要枪毙！还有什么好说的？"司皮里道诺夫愤慨地说。

每喊叫一声，波波夫大尉嘴角上的线条就变粗硬一点，渐渐失去他这个保养得很好、对自己和环境十分满意的人刚才那种温和的表情，嘴角耷拉下来，变成两条像石头一样僵硬的曲线。

"枪毙！……记下来！……"他隔着肩膀看着书记官，吩咐道。

"可是，波得捷尔柯夫和克里沃什雷科夫……这样的敌人，也枪毙吗？……太便宜他们啦！"一个很健壮的老哥萨克，坐在窗户跟前，不住地拨着奄奄一息的油灯芯子，气呼呼地叫道。

"把他们这两个罪魁祸首绞死！"波波夫干脆利落地回答说，又对书记官吩咐说："记上：'判决书'。我们这些签字人……"

书记官也姓波波夫，是波波夫大尉的一个远房的同族人，他低着梳得光光的、淡黄色头发的头，用钢笔沙沙地写着。

"煤油恐怕不够啦……"有人很遗憾地叹了一口气。

煤油灯眨巴了几下眼睛，灯芯冒起烟来。在一片静寂中，天花板上有一只缠在蜘蛛网上的苍蝇嗡嗡叫着，钢笔在纸上沙沙响着，再就是有一位法庭委员呼噜呼噜地打起鼾来。

判决书

一九一八年四月二十七日（五月十日）由卡耳根、博柯夫和克拉司诺库特乡各村选出的下列人员

瓦西列夫村	马克萨耶夫·司捷潘
博柯夫村	克鲁日林·尼古拉
佛明村	库莫夫·菲道尔
上亚布洛诺夫村	库霍亭·亚力山大
下杜连村	西涅夫·列夫
伊林村	伏洛茨柯夫·谢苗
康柯夫村	波波夫·米海依尔
上杜连村	罗丁·亚可夫
萨沃斯济扬诺夫村	福罗洛夫·亚力山大
米留金镇	菲甫拉廖夫·马克西姆
尼古拉耶夫村	格洛舍夫·米海依尔
克拉司诺库特镇	叶兰金·伊里亚

波诺马廖夫村	贾勤科·伊万
叶甫兰济耶夫村	克里沃夫·尼古拉
马拉霍夫村	叶麦里扬诺夫·卢加
新捷穆采夫村	柯诺瓦洛夫·马特维
波波夫村	波波夫·米海依尔
阿司塔霍夫村	舍郭里柯夫·瓦西里
奥尔罗夫村	契库诺夫·菲道尔
克里姆—菲道罗夫村	楚加林·菲道尔

在瓦·斯·波波夫主持下

判决如下：

一、下列名单中所有与劳动人民为敌的反贼和蛊惑人心的歹徒，共计八十名，均判处枪决，但其中的二名——波得捷尔柯夫和克里沃什雷科夫，系这一团伙的首要分子——应判处绞刑。

二、对米海洛夫村的哥萨克安东·卡里特文曹夫，因罪证不足，宣告无罪。

三、由波得捷尔柯夫的队伍里逃出而在克拉司诺库特乡就擒的人员：康斯坦丁·梅里尼柯夫、加甫里尔·第里尼柯夫、瓦西里·梅里尼柯夫、阿克肖诺夫和维尔希宁——均依照本判决的第一条判刑（死刑）。

四、死刑定于明日，即四月二十八日（五月十一日），上午六时执行。

五、派谢宁上尉负责看守在押犯人，今晚十一时以前，每村各派两名带枪的哥萨克听候其调遣；如不执行本条款，由法庭委员负责；对看押人员的处分，由各村决定；每村派五名哥萨克到刑场执行判决。

判决书原本签字：

军事法庭庭长瓦·斯·波波夫

一九一八年旧历四月二十七日由军事法庭判决死刑的波得捷尔柯夫队伍的人员名单如下：

号数	籍贯	姓名	判决
1	霍派尔河河口乡	菲·波得捷尔柯夫	绞首
2	叶兰乡	米·克里沃什雷科夫	绞首
3	嘉桑乡	阿·卡库林	枪决
4	布堪诺夫乡	伊·拉古京	枪决
5	尼日戈罗得市	阿·伊·奥尔诺夫	枪决

6	尼日戈罗得市	叶·米·瓦霍捷里	枪决
7	贝斯特良河河口乡	格·菲济索夫	枪决
8	米古林乡	加·特卡乔夫	枪决
9	米古林乡	巴·阿加丰诺夫	枪决
10	米海洛夫乡	亚·布勃诺夫	枪决
11	卢干乡	加里宁	枪决
12	米古林乡	康·穆雷恒	枪决
13	米古林乡	安·康诺瓦罗夫	枪决
14	波尔塔瓦市	康·基尔斯塔	枪决
15	柯托夫乡	巴·波兹尼亚科夫	枪决
16	米古林乡	伊·包尔德列夫	枪决
17	米古林乡	季·柯雷乔夫	枪决
18	菲立姆—契里亚宾乡	德·伏洛达罗夫	枪决
19	契尔尼舍夫乡	盖·加尔普申	枪决
20	菲立姆—契里亚宾乡	伊·加尔梅柯夫	枪决
21	米古林乡	萨·雷布尼柯夫	枪决
22	米古林乡	波·古罗夫	枪决
23	米古林乡	伊·捷穆里亚科夫	枪决
24	米古林乡	伊·克拉甫曹夫	枪决
25	罗斯托夫市	尼·福罗洛甫斯基	枪决
26	罗斯托夫市	亚·康诺瓦罗夫	枪决
27	米古林乡	彼·魏霍良采夫	枪决
28	科列茨乡	伊·左托夫	枪决
29	米古林乡	叶·巴布肯	枪决
30	米海洛夫乡	彼·斯文曹夫	枪决
31	道布林乡	伊·契洛毕特契科夫	枪决
32	嘉桑乡	克·德罗诺夫	枪决
33	伊罗福林乡	伊·阿维罗夫	枪决
34	嘉桑乡	马·萨克玛托夫	枪决
35	下库尔莫亚尔乡	盖·普布柯夫	枪决
36	捷尔诺夫乡	米·菲甫拉廖夫	枪决
37	赫尔松市	瓦·潘捷莱伊曼诺夫	枪决

38	嘉桑乡	波·留布欣	枪决
39	科列茨乡	德·沙莫夫	枪决
40	菲洛诺夫乡	萨·沙洛诺夫	枪决
41	米古林乡	伊·古巴列夫	枪决
42	米古林乡	菲·阿巴库莫夫	枪决
43	卢干乡	库·戈尔什柯夫	枪决
44	官陀洛夫乡	伊·伊兹瓦林	枪决
45	官陀洛夫乡	米·卡里诺甫采夫	枪决
46	米海洛夫乡	伊·法拉丰诺夫	枪决
47	柯托夫乡	谢·戈尔布诺夫	枪决
48	下旗尔乡	彼·阿拉耶夫	枪决
49	米古林乡	普·奥尔洛夫	枪决
50	卢干乡	尼·舍因	枪决
51	РПТК 技师镇	亚·雅辛斯基	枪决
52	罗斯托夫市	米·波里亚科夫	枪决
53	拉兹道尔乡	德·罗加乔夫	枪决
54	罗斯托夫市	罗·福拉申布鲁杰尔	枪决
55	罗斯托夫市	伊·西林杰尔	枪决
56	萨马拉市	康·叶菲摩夫	枪决
57	车尔尼雪夫乡	米·奥甫琴尼柯夫	枪决
58	萨马拉市	伊·皮卡洛夫	枪决
59	伊罗福林乡	米·考列茨柯夫	枪决
60	库穆沙特乡	伊·柯洛特柯夫	枪决
61	罗斯托夫市	彼·毕留柯夫	枪决
62	拉兹道尔乡	新区伊·卡巴柯夫	枪决
63	卢柯夫乡	季·莫里特维诺夫	枪决
64	米古林乡	安·什维曹夫	枪决
65	米古林乡	司·阿尼金	枪决
66	克列敏乡	库·德契金	枪决
67	巴克拉诺夫乡	彼·卡巴诺夫	枪决
68	米海洛夫乡	谢·谢里万诺夫	枪决
69	罗斯托夫市	阿·伊万琴柯	枪决

70	米古林乡	尼·柯诺瓦洛夫	枪决
71	米海洛夫乡	德·柯诺瓦洛夫	枪决
72	克拉司诺库特乡	彼·雷西柯夫	枪决
73	米古林乡	瓦·米洛什尼柯夫	枪决
74	米古林乡	伊·沃洛霍夫	枪决
75	米古林乡	亚·戈尔杰耶夫	枪决

另外有三个人不肯供出自己的姓名。

书记官抄完了被告人的名单，在判决书后面点了一个大冒号，把钢笔递给旁边一个人，说：

"请签名！"

新捷穆采夫村的代表柯诺瓦洛夫，穿着灰色德国呢子的礼服上衣，领子上还有一条大红翻领，他不好意思地笑着，俯到纸上。他那生满茧子的粗粗的黑手指头硬僵僵地攥住了到处是牙印子的学生钢笔。

"我可是不大会写字……"他说着，就很费劲儿地写起了开头的"柯"字。

接着签字的是罗丁，也是那样死死地攥住钢笔，急得皱起眉头，浑身冒汗。还有一个人，一拿起钢笔，手就哆嗦起来，他匆匆忙忙地签完了，这才把签字时吐出来的舌头缩回去。波波夫十分潇洒地签上了自己的姓名，最后一个字母还带出一道花笔，签完了，他一面用手绢擦着脸上的汗，站了起来。

"要把名单附在判决书上。"他打着哈欠说。

"卡列金在阴间里要感谢咱们的。"谢宁看着书记官把墨水未干的签字名单按到石灰墙上，很轻微地笑了笑，说。

他说过这样一句笑话，不知为什么没有人答腔。大家都一声不响地走出去。

"耶稣保佑吧……"有一个人往外走着，在黑洞洞的过道里叹了一口气。

二十九

这一夜,淡黄色的星星向夜空洒遍了乳白色的亮光,在挤满了人的小杂货铺里,几乎没有人睡觉。简短的谈话声也听不见了。又闷,又提心吊胆,憋得人喘不过气来。

天一黑,就有一个红军战士要求到外面去:

"同志,开一下门!我要解手!……"

他穿的厚棉布衬衣从裤腰里挣了出来,头发乱蓬蓬的,光着脚站着,他把黑糊糊的脸贴到锁眼儿上,又喊道:

"开一下门嘛,同志!"

"狼才是你的同志哩。"终于有一个看押的哥萨克答话了。

"开一下门吧,老哥!"请求外出的人改变了称呼。

那个哥萨克放下步枪,听了听夜里出来打食儿的野鸭子在黑暗中扇动翅膀的声音,把烟卷头儿抽完了,这才把嘴唇凑到锁眼儿上,说:

"就往裤里撒吧,老弟。反正就是一夜,裤子又泡不坏,等天亮了,就穿着湿裤子上西天好啦……"

"咱们完啦!……"红军战士从门口朝后退了几步,绝望地说。

大家肩靠肩地坐着。波得捷尔柯夫坐在角落里,掏出口袋里的钞票,撕得粉碎,一面小声嘟哝着,骂着娘。撕完了钞票,又脱下鞋袜,推了推躺在旁边的克里沃什雷科夫的肩膀说:

"很清楚,咱们上当啦。受骗啦!他妈的!……可恼呀,米海依尔!我小时候,常常带着我爹的猎枪到顿河对岸去打野物,到树林子里去,树林子就像一顶老大的绿帐篷……往河汊那边去,河汊里落着野鸭子。有时候枪打空了,我就十分懊恼,简直想哭出来。现在我也是十分懊恼,因为我又打空了,失算了:如果早三天从罗斯托夫出来,那就不会在这里送命啦。那咱们可以把所有的反革命分子都打得人仰马翻!"

克里沃什雷科夫很痛苦地龇着牙齿,在黑暗中笑着说:

"去他妈的,就让他们杀好啦!眼下死并不可怕……'怕只怕,到阴司,咱们互不相识……'咱们到了阴司里,菲道尔,彼此就成了生人啦……可怕呀!"

"算了吧!"波得捷尔柯夫把一双滚热的大手放到克里沃什雷科夫的肩膀上,十分懊恼地、瓮声瓮气地说。"问题不在这里呀……"

拉古京在对别人讲自己村子里的事,还说,因为自己的头很长,爷爷叫他"楔子",有一次他去偷人家的瓜,爷爷还用鞭子抽他。

这天夜里的谈话是各种各样的,既没有头绪,又不连贯。

彭楚克坐在门口,用嘴贪婪地吸着从门缝儿里透进来的微风。他回想着过去,有一小会儿想起母亲,他就像叫一根烧红的针扎了一下似的,便赶紧驱赶开想母亲的念头,转而去想安娜,去想不久以前过的日子……这使他感到心平气和,感到十分幸福和轻松。他最不害怕死。他不像过去那样,一想到这条命就要完了,就感到有一股莫名其妙的、使人非常难受的冷气从脊梁骨上通过。他准备死,就像走过了一段艰难困苦的路程之后,非常疲乏,浑身酸痛,再也鼓不起劲儿来,正准备作一次很不快活的休息似的。

在离他不远的地方,有人愉快地、也伤感地谈着女人和爱情,谈着爱情带给每个人的大大小小的欢娱。

有人谈起家庭,谈到家里人,谈到亲戚朋友……还谈到今年的庄稼长得很好:白嘴鸦藏到小麦地里,已经看不见了。抱怨没有酒喝,又抱怨失了自由,骂波得捷尔柯夫。但是睡意用黑色的翅膀蒙住了很多人,这些身体和精神上都疲倦不堪的人渐渐朦胧入睡了,有躺着的,有坐着的,有站着的。

天快亮的时候,有一个人,不知是醒着,还是在睡梦中,放声大哭起来;过了童年便忘记了眼泪咸味的老大的成年男子,哭起来是十分可怕的。睡眠时的寂静一下子就惊破了,有几个人同时喊叫起来:

"别哭啦,该死的!"

"简直成了老娘们儿啦!"

"敲掉你的牙,别——哭——啦!"

"娶了老婆的人,都抹起眼泪啦!……"

"大家都在睡觉,可是他……真不害臊!"

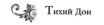

那个哭的人,抽搭着,擤着鼻涕,不哭了。

又完全静了下来。烟卷儿在各个角落里一闪一闪的,但是谁都没有说话。可以闻到男人的汗味、挤成堆的健壮的身体气味、纸烟的烟味和下了一夜的露水的那种淡淡的啤酒气味。

村子里的公鸡报晓了。传来脚步声、铁器的丁当声。

"是谁?"一个看押的人小声问道。

一个年轻的声音咳嗽了一下,老远就兴冲冲地回答说:

"自己人。给波得捷尔柯夫他们一伙儿挖坟去。"

小杂货铺里一下子全都动了起来。

 三十

鞑靼村的哥萨克队伍,由彼特罗·麦列霍夫少尉率领着,在五月十一日拂晓时候到达波诺马廖夫村。

村子里到处是旗尔河边的哥萨克,有的牵着马去饮马,有的成群结队地往村头上走。彼特罗叫队伍在村子中央停下,命令下马。有几个人朝他走来。

"乡亲们,你们是打哪儿来的?"有一个人问道。

"鞑靼村的。"

"你们来晚了一点儿……你们没来就把波得捷尔柯夫逮住呀。"

"他们在哪儿? 是不是把他们赶跑啦?"

"就在那儿……"那人挥手指了指小杂货铺的缓缓倾斜的屋顶,哈哈大笑起来,"就像一群母鸡蹲在鸡窝儿里呢。"

贺里散福、格里高力·麦列霍夫和另外几个人也来到跟前。

"那么,把他们送到哪儿去呢?"贺里散福问道。

"送他们上西天。"

"怎么能这样呢？……你胡说什么？"格里高力抓住那人的军大衣的衣襟。

"你才是胡说呢，先生！"那人很不客气地回答说，并且轻轻地从格里高力那抓得紧紧的手指中挣了出来。"瞧，那不是，已经给他们搭好秋千架子啦。"他指了指搭在两棵老柳树中间的绞刑架。

"把马牵到各家院子里去！"彼特罗吩咐说。

乌云遮住了天空。落起了稀稀的小雨。男子汉和妇女们密密麻麻地向村边拥去。波诺马廖夫村的老百姓一听说要在六点钟枪毙人，就都高高兴兴地出来看这难得一见的热闹事。妇女们都打扮了一番，就像过节一样；许多人还带着孩子。人群将村边牧场团团围住，特别拥挤的是绞架旁边和一条长长的、有两俄尺深的土坑旁边。孩子们在土坑一边堆起的潮湿的土堆上乱踩；男子汉们凑成一堆一堆的，很起劲地议论着这次枪毙人；妇女们都很伤心地喊喊喳喳交谈着。

睡足了觉的波波夫大尉一本正经地走来了。他龇着大牙，叼着纸烟在抽烟；用沙哑的嗓门儿对负责看押的哥萨克命令道：

"把坑边的闲人赶开！告诉司皮里道诺夫，把第一批带来！"他看了看表，便走到一旁，看着人群被看押犯人的哥萨克赶着从刑场上向后退了退，又像半个花花绿绿的圆圈儿似的把刑场围了起来。

司皮里道诺夫带着一队哥萨克快步朝杂货铺走去。在路上他碰上彼特罗·麦列霍夫。

"你们村子里有愿意干的吗？"

"愿意干什么？"

"执行死刑。"

"没有，不会有的！"彼特罗斩钉截铁地回答过，便从拦住去路的司皮里道诺夫身边绕过去。

但是愿意干的人是有的：米佳·柯尔叔诺夫一面用手理着从帽子里露出来的直撅撅的头发，摇摇摆摆地走到彼特罗跟前，忽闪着眯得细细的绿眼睛，说：

"我去杀……干吗要说'没有'？我愿意去，"他又垂下眼睛，带着笑容说，"给我一些子弹。我只有一梭子啦。"

自愿要去的他，有脸色煞白、一脸杀气的安得列·卡叔林，还有相貌有点儿像加尔梅克人的菲多特·包多甫斯柯夫。

当第一批被判决的人在哥萨克们的押解下离开杂货铺的时候，挤得挨肩擦背的广大人群里响起一阵低语声和低低的嗡嗡声。

波得捷尔柯夫走在前面,光着脚,穿一条肥大的黑呢子马裤和一件敞着的光皮上衣。他很坚定地在泥泞中迈动着两只白白的大脚,不住地打着滑,左手微微向前伸着,以保持平衡。脸色煞白的克里沃什雷科夫在他旁边很勉强地向前走着。克里沃什雷科夫的两眼无神,嘴唇痛苦地抽搐着。他裹了裹披在身上的军大衣,两个肩膀直往里缩,好像冷得不得了似的。不知为什么没有剥他们两个的衣服,但是其他的人都被剥得只剩下内衣了。拉古京和脚步沉重的彭楚克在一块儿小步走着。他们俩都光着脚。拉古京的长衬裤破了,露出了黄黄的、毛茸茸的小腿。他很不好意思地提着破了的裤腿,哆嗦着嘴唇。彭楚克从押着他们的哥萨克的头顶上望着云遮雾障的灰蒙蒙的远方。他的两只清醒的、冷冷的眼睛若有所待地、紧张地眨巴着,一只大手伸进敞开的衬衣领子里,抚摩着长满了密密的毛的胸膛。他好像是在盼着一件难以实现的、可喜的事情……有些人脸上保持着毫不在乎的表情;满头白发的布尔什维克奥尔诺夫就带着寻衅的神情挥舞着双手,朝哥萨克们的脚下直啐唾沫;可是有两三个人眼睛里流露出很深的内心痛苦,歪歪扭扭的脸上带着恐怖得不得了的表情,就连押着他们的哥萨克偶尔看到了,也要掉开眼睛,转过脸去。

他们走得很快。波得捷尔柯夫搀扶着跌了一跤的克里沃什雷科夫。在红蓝色制帽的海洋中闪动着一条条白头巾的人群越来越近了。波得捷尔柯夫皱起眉头望着人群,破口大骂着,忽然发现拉古京在一旁看着他,就问道:

“你看什么?”

“你这些天头发都白啦……头上添了好多白头发……”

“大概是要白的,”波得捷尔柯夫沉重地叹了一口气,一面擦着窄窄的额头上的汗,“遇上这样不开心的事,大概是要白的……就是狼,在不顺心的时候毛也会变白的,何况我是一个人。”

他们再也没有多说。眼看就要来到人群跟前了,可以看到右面有一条准备埋人的长长的黄土坑。司皮里道诺夫命令道:

“站住!”

波得捷尔柯夫马上向前跨了一步,用疲惫无神的眼睛扫了扫前面几排的人群,只见前面几排里多数是白胡子和花白胡子的人。前方下来的哥萨克们都躲在后面,觉得不好意思呢。波得捷尔柯夫微微抖动着下垂的小胡子,低沉地、但是清清楚楚地说:

“诸位老人家!请允许我和克里沃什雷科夫看着我们的同志们就义。你们慢点儿绞死我们,我们现在想看看我们的同志和朋友们,给一些勇气不足的同志鼓鼓气。"

一片寂静,能听得见雨点落在制帽上的声音……

波波夫大尉站在后面,笑着,露出了被烟熏黄了的牙根;他没有表示反对;老头子们七嘴八舌地喊叫起来:

"可以答应!"

"就让他们两个多活一会儿吧!"

"把他们两个从坑边拉开!"

克里沃什雷科夫和波得捷尔柯夫往人群里走去,人们纷纷朝两边闪开,给他们让出一条路。他们在不远处站下来,人们从四面密密层层地围住他们,几百双眼睛紧紧盯住他们。他们看着哥萨克们好不容易使红军战士们背着土坑站成一排。波得捷尔柯夫看得很清楚,克里沃什雷科夫却要伸长他那没有刮过的细脖子,踮起脚尖才能看得见。

站在左边尽边上的是彭楚克。他微微伛偻着身子,很吃力地喘着气,眼睛看着地面,抬都不抬。他这边是拉古京,拉古京弯着身子,拉着衬衣的底边去遮盖破裤腿;第三个是唐波夫人伊格纳特;再过来是万卡·包尔德列夫,他的样子至少老了有二十岁,简直叫人认不出来了。波得捷尔柯夫再看第五个,好不容易才认出那就是嘉桑乡的哥萨克马特维·萨克玛托夫,从在卡敏镇工作那时候起,他和他就同甘苦、共患难了。又有两个人走到坑边,转身背对着坑。彼得·雷西柯夫带着挑衅、逞强的意味笑着,高声骂他娘,对安静下来的人群挥舞着握得紧紧的肮脏的拳头。考列茨科夫一声不响。最后一个人是架过去的。他向后仰着,用死沉沉地奄拉着的两条腿划着地面,用手紧紧抓住拖他的两个哥萨克,摇晃着流满眼泪的脸,挣扎着,声嘶力竭地叫喊着:

"放了我吧,弟兄们!放了我吧,看在我主耶稣面上!弟兄们!好人们!亲弟兄们!……你们这是干什么呀?!我在俄德战争时候得过四颗十字章呢!……我还有孩子呀!……天呀,我没有罪呀!……哎呀,你们为什么呀?……"

一个高大的阿塔曼团的哥萨克用膝盖朝他的胸腔一顶,把他推倒在坑边上。这时候波得捷尔柯夫才认出了这个挣扎的人,不由得吓了一跳:这是一个十分勇敢的红军战士,是一九一〇年宣誓的米古林乡的哥萨克,四个等级的十字章都得过,还是一个留着很漂亮的淡黄色胡子的小伙子。几个人把他架了起来,但是他又倒了下去;他在哥萨克们的脚底下爬,把干裂的嘴唇贴到他们的靴子上,贴到

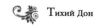

朝他的脸直踢的靴子上,下气不接上气地、十分恐怖地喊叫着:

"不要杀我呀! 可怜可怜我吧! ……我有三个孩子呀……有个小女儿呢……我的亲弟兄们呀! ……"

他抱住那个阿塔曼团哥萨克的两膝,但是那个哥萨克挣了开来,往后一跳,用钉了铁掌的靴后跟使劲朝他的耳朵踢了一下。一股鲜血从另一只耳朵里涌了出来,流进白色的衣领里。

"让他站好!"司皮里道诺夫怒冲冲地喊道。

几个人好不容易把他架起来,让他站好,几个人才跑了开去。对面的一排刽子手端起枪来做准备。人群里哎呀了几声,就静了下来。有一个娘们儿用难听的声音尖叫起来……

彭楚克很想多看几眼那灰蒙蒙的天空和他漂游了二十九年的愁惨惨的大地。他抬起眼睛,看见在十五步远处站得密密的一排哥萨克:有一个高大的哥萨克,眯缝着绿眼睛,一绺头发从帽子底下耷拉到窄窄的白额头上,往前倾着身子,紧紧闭着嘴巴,对直地瞄着他彭楚克的胸膛。还没有开枪,彭楚克就听到一声尖叫;他转过头去,就看见一个生着雀斑的年轻媳妇从人群里跑了出来,朝村子里跑去,一只手紧紧抱着小孩子,另一只手捂着孩子的眼睛。

一阵很不整齐的齐射之后,站在坑边的人摇摇晃晃地倒了下去,开枪的人也朝坑边跑去。

米佳·柯尔叔诺夫看见他枪毙的那个红军战士还在跳,用牙在咬自己的肩膀,就又补了一枪,小声对安得列·卡叔林说:

"你瞧这家伙,把自己的肩膀都咬出血来啦,这一下子像个狼崽子一样,一声不响地死掉啦。"

又有十个判决的人,被枪托子推着、捣着,站到了土坑边……

第二阵齐射以后,妇女们一齐尖叫起来,纷纷离开人群,拉着孩子们,跌跌撞撞地朝村子里跑去。男子汉们也开始走散了。可憎的杀人场面、临死的人的喊叫声和哼哼声、那些等待枪毙的人的吼叫声——这整个的场面惊心动魄,可怕极了,很多人受不了,纷纷走掉了。剩下的只有上过前线、见过很多死亡场面的哥萨克,再就是一些恨得发了狂的老头子。

一批一批的红军战士被押了过来,他们都光着脚,被剥掉了外衣,刽子手也不断地轮换着,一阵一阵的齐射声,劈啪的单发步枪声。对受伤没死的再补上两枪。第一批死尸在间歇的时候已经匆匆地盖上了一层黄土。

波得捷尔柯夫和克里沃什雷科夫走到那些等待枪毙的人跟前,想给他们鼓鼓气,但是言语已经失去了原有的意义,因为这时候占据在这些人心目中的是另外的东西了,再过一会儿他们的生命就要断掉,就像折断的树叶梗子。

格里高力·麦列霍夫从人群里挤出来,朝村子里走去,迎面碰上了波得捷尔柯夫。波得捷尔柯夫一面往后退着,眯缝起眼睛,说:

"你也在这儿吗,麦列霍夫?"

格里高力的脸一下子变成了青灰色,他站了下来。

"在这儿。你看到了嘛……"

"我看到啦……"波得捷尔柯夫撇着嘴笑了笑,带着一股强烈的仇恨望着格里高力那煞白的脸。"你怎么,来枪毙自己的弟兄们吗?你倒戈啦……原来你是这样的人……"他走到格里高力跟前,小声说,"你又给我们干,又给他们干吗?谁给的好处多些?哼,你这样的!……"

格里高力抓住他的袖子,气呼呼地问道:

"你记得格鲁博克那一仗吗?你该记得,是怎样枪毙那些军官的……是你下命令枪毙的!是吧?现在轮到你啦!好啦,别难过!倒霉的不是你一个人!顿河苏维埃人民委员会主席,你威风够啦!你这个坏家伙,把哥萨克都出卖啦!明白吗?还有什么好说的?"

贺里散福抱住发了狂的格里高力,把他拖到了一边。

"咱们找咱们的马去。回家去!咱们呆在这儿没什么意思。天啊,人对人太残忍啦!……"

他们朝前走去,后来听到波得捷尔柯夫说话的声音,又站了下来。波得捷尔柯夫在上过前方的哥萨克和老头子们的层层包围中,慷慨激昂地高声叫道:

"你们太落后……眼睛都瞎啦!你们都是瞎子!军官骗了你们,叫你们杀起自己的同胞兄弟!你们以为,把我们杀了,事情就这样了结啦?不会的!今天你们枪毙我们,明天就要枪毙你们啦!苏维埃政权一定会在全国建立起来。你们就记住我的话吧!杀人不会白杀!你们这些人太糊涂啦!"

"到时那些人我们也要这样收拾!"一个老头子跳出来说。

"老人家,你们是不能把所有的人都杀光的,"波得捷尔柯夫笑着说,"也不能把整个俄罗斯都吊到绞架上去。当心自己的脑袋吧!你们以后会后悔的,不过到那时候就晚啦!"

"你别吓唬我们!"

"我不是吓唬你们,我是指路给你们走。"

"波得捷尔柯夫,你自己才是瞎子哩!莫斯科把你的眼睛糊住啦!"

格里高力没有听完就走了,几乎是跑进了拴马的院子,他的马听见枪声,正在闹腾。格里高力和贺里散福紧了紧马肚带,打着马跑出了村子,他们连头也没回,一口气翻过了山冈。

可是在波诺马廖夫村还在冒着步枪射击的硝烟:维奥申乡、卡耳根乡、博柯夫乡、克拉司诺库特乡和米留金乡的哥萨克在枪杀嘉桑乡、米古林乡、拉兹道尔乡、库穆沙特乡和巴克拉诺夫乡的哥萨克……

土坑填得满满的。盖上黄土,用脚踩结实了。两个戴了黑色面罩的军官抓住波得捷尔柯夫和克里沃什雷科夫,把他们拉到绞架跟前。

波得捷尔柯夫英勇无畏地昂然抬起头来,站到一张凳子上,把黑黑的粗脖子上的衬衣领子解开,连一根筋都没有哆嗦,自己把擦了肥皂的绞索套到脖子上。两个军官把克里沃什雷科夫拉过去以后,其中一个军官推着他站到凳子上,他也套上了绞索。

"请允许我在死前最后说几句话。"波得捷尔柯夫请求说。

"说吧!"

"请说!"上过前方的哥萨克们叫道。

波得捷尔柯夫挥手指了指已经变稀了的人群,说:

"你们看看吧,愿意看我们死的人只剩下很少的几个啦!很多人都还有良心嘛!我们为了劳动人民,为了劳动人民的利益,不顾惜自己的生命,和将军们的狐群狗党作战,现在却要死在你们的手里!但是我们并不痛恨你们!……你们是不幸被欺骗的人!等到革命政权建立起来,你们就会明白,真理在哪一方面。你们埋进这坑里去的都是静静的顿河的优秀儿女……"

忽然人群里的说话声越来越大,波得捷尔柯夫的声音听不清了。一个军官利用这个机会,很麻利地一脚把波得捷尔柯夫脚下的凳子踢开了。波得捷尔柯夫的高大而沉重的身子摇摆了两下,就向下坠去,于是两只脚够到了地面。套在喉咙上的绞索紧紧勒着他,逼得他往上探着身子。他踮起脚,用光脚丫的两个大脚趾踩在潮湿的烂泥地上,张开嘴喘着气,用凸出来的眼珠子扫着安静下来的人群,声音不太高地说:

"你们还没有学会绞人呢……要是我来绞你,司皮里道诺夫,决不会叫你够到地面……"

他的嘴里冒起一团一团的唾沫。戴面罩的两名军官和近处几个哥萨克忙乱了一阵子,好容易把他那已经没有力气的沉甸甸的身子重新抬上凳子。

没有让克里沃什雷科夫把话说完,凳子就从他的脚下飞开,碰在不知是谁扔下的一把铁锹上了。干瘦而健壮的克里沃什雷科夫摇晃了老半天,时而身子缩成一团,缩得膝盖碰到下巴,时而哆哆嗦嗦地重新伸直开来……直到波得捷尔柯夫脚下的凳子第二次被踢开,克里沃什雷科夫还活着,还在抽搐,还在转动耷拉到一边的黑舌头。波得捷尔柯夫又一次沉甸甸地坠了下去,光皮上衣肩上的缝儿裂了开来,可是脚指头尖又碰到了地面。哥萨克人群里低沉地哎呀了一声。有些人画着十字,开始走散了。大家一下子全没有了主意,一时间都像中了魔法一样呆住了,惶恐地望着波得捷尔柯夫的铁青的脸。

但是他不能出声了,绞索紧紧勒住了喉咙。他只是转悠着眼睛,眼睛里的泪水像小河一样直往下淌,并且撇着嘴,为了减轻痛苦,身子非常难受、非常可怕地向上伸着。

有一个人醒悟过来,用铁锹刨起土地。他急急忙忙地把波得捷尔柯夫脚下的泥土一团一团地往外刨,每刨一下,波得捷尔柯夫的身子就伸直一点儿,脖子也越来越长,头发微微拳曲的脑袋往后仰得越厉害。绳子勉勉强强地吊着六普特重的身子;绞架的横梁咯吱咯吱响着,轻轻摇晃起来,波得捷尔柯夫随着横梁那有节奏的晃动摇摆着,向四面转悠着,好像是要让杀人的凶手们看看他那紫黑色的脸和淌满了一道道热泪和唾沫的胸膛。

三十一

米沙·柯晒沃依和"杰克"等到第二天夜里,才从卡耳根镇上走出来。雾气弥漫在草原上,缭绕在山沟里,铺满了洼地,遮盖住断崖陡坡。笼罩着雾气的丘冈亮闪闪的。鹌鹑在嫩草丛中叫着。再就是高高的天上飘游着一轮明月,就像边上长满芦苇和榛丛的池塘中的一朵盛开的睡莲花儿。

他们一直走到黎明时候。北斗星已经看不见了。下起了露水。离下亚布洛诺夫村已经很近了。但是就在离村子三俄里的一个冈头上,六个哥萨克追上了他们。六个哥萨克是骑了马跟着他们的脚印追来的。米沙和"杰克"本来已经躲到了一旁,但是草又矮,又有月光……他们被逮住了……哥萨克们赶着他们往回走。一声不响地走了有百十丈远。后来开了一枪……"杰克"就像一匹害怕自己的影子的马一样,脚步杂乱地侧歪着身子走起来。而且也不是跌倒的,好像是脸朝着一丛灰色的野蒿很别扭地躺下去的。

米沙走了有五分钟,觉得身子发麻,耳朵里嗡嗡直响,两只脚在干地上就像粘住了似的。后来他问道:

"你们他妈的为什么不打死我?干吗慢慢折腾我?"

"走吧,走吧,少说废话!"一个哥萨克很和善地说。"我们把那个庄稼佬打死,把你留下。俄德战争的时候你是在十二团吧?"

"在十二团。"

"你还可以到十二团当兵。你这小子还年轻。有点儿迷了路,不过这不要紧。我们能把你治好。"

三天以后,卡耳根镇上的军事法庭就来"治"米沙了。那时候,军事法庭只有两种处治办法:枪毙和打屁股。判处枪决的,到夜里就押到沙土冈后面去执行;认为有希望改造的,就在广场上用树条子当众打屁股。

星期天一大早,刚刚把长板凳放到广场中央,人们就从四面八方来了。广场上挤得满满的,晒台上、棚子旁边堆的木板上、很多屋顶和店铺顶上都站满了人。第一个挨打的是亚历山大洛夫,是格拉乔夫村一个神甫的儿子。他是个很卖力的布尔什维克,论案情,应该枪决,可是他的父亲是大家尊敬的一位好神甫,所以法庭判定对这个神甫的儿子抽打二十下。几个人脱去亚历山大洛夫的裤子,把他按到长板凳上,一个人骑在他的腿上(两条胳膊绑在长板凳底下),两个人手握柳条站在两边。打完了,亚历山大洛夫站起来,抖了抖身上的灰,一面提裤子,一面向四面鞠躬。他因为没有被枪毙,十分高兴,所以又鞠躬,又道谢:

"多谢多谢,诸位老人家!"

"快穿上裤子,请便吧!"有人回答说。

全场响起一阵十分响亮的哄然大笑,就连坐在不远处棚子里的被捕的人也都笑了。

根据判决,也把米沙重重地抽了二十下。但是最使他受不了的不是疼,而是羞辱。全镇的老老少少都看见他挨打了。米沙提起裤子,几乎是带着哭腔对打他的那个哥萨克说:

"很不对头!"

"怎么不对头?"

"思想好坏是脑袋的事,可是要屁股负责任。这一下子一辈子难见人啦。"

"不要紧,怕丑又不是饿肚子,丑不死的,"那个哥萨克安慰他说,并且想叫挨打的人开开心,又说:"你这小子可真够结实的,有两三下子我打得够狠的,想叫你叫唤叫唤……我一看,没门儿,别想使这人叫一声。前天我打过一个人,那位老弟拉了一裤子屎。真是太禁不起打了。"

第二天,根据法庭判决,把米沙送往前线。

"杰克"是两天以后才埋掉的:亚布洛诺夫村村长派的两个哥萨克,挖了一个不深的坟坑,他们把腿耷拉在坑里,抽着烟,坐了老半天。

"这地方的土真硬。"一个说。

"简直像铁一样!从来没有耕过嘛,日久天长就板结了。"

"噢……这小伙子睡的可是一块好地方,还是在高坡上呢……这儿有风,又干燥,又有太阳……不会很快就烂掉的。"

他们对趴在草地上的"杰克"看了看,站起身来。

"脱掉他的靴子吗?"

"当然要脱掉,他的靴子还好好的呢。"

他们按照耶稣教的规矩把他放进坟坑里;头朝东,脚朝西;用厚厚的黑土埋了起来。

"要踩结实吧?"当他们埋得和地面一样平的时候,一个年轻些的哥萨克问道。

"不用啦,就这样吧,"另一个人叹了一口气,"等天使吹起最后审判的喇叭,反正他会更快当地站起来的……"

过了半个月,小小的坟堆上长出了车前草和嫩蒿,野燕麦在上面吐了穗,山芥菜在旁边开起好看的黄花儿,草木樨垂下一条条绒线一样的穗头,还有薄荷、大蓟和珠果的气味。不久,附近的村子里来了一个老头子,在坟前挖了个小坑,栽上了一根新刨的橡木桩子,上面钉着一块供牌。在供牌的三角形水檐下的阴影里,是圣母悲哀的面容。在下面的檐板上写着两行黑黑的斯拉夫花体字:

> 弟兄们,在荒乱年月里
> 不要苛责自己的兄弟。

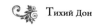

　　老头子走了,供牌却留在草原上,那无限凄凉的样子使过路的人看了眼睛发酸,在心中勾起一股莫名的忧伤。

　　还有,五月里,野鸭子在供牌旁边打架,在瓦灰色的野蒿里做窝儿,把附近快要成熟的冰草压成一片绿毡:那是野鸭子厮打的战场,争的是母鸭子,争的是生存、爱情和生儿育女的权利。过了不久,就在这供牌附近,在一个小土包脚下,在乱蓬蓬的老蒿底下,一只母鸭子生下九个蓝中带黄的花蛋,母鸭子便卧在这些蛋上,用自己身体的温暖来孵化,用灿烂有光的翅膀保护着。

卷　六

一

　　一九一八年四月,顿河地区出现了大分化的局面:北方几个州——霍派尔州、大熊河河口州和上顿河州的一部分——的上过前方的哥萨克,都跟着米洛诺夫和退却的红军走了;下游几个州的哥萨克在争夺每一寸顿河土地,打得他们节节败退,把他们逼到了顿河地区的边境上。

　　霍派尔州的哥萨克差不多全部跟着红军走了,大熊河河口州跟着走的有一半,上顿河州跟着走的只是一小部分。

　　到一九一八年,历史才使顿河上游和下游的哥萨克彻底分化了。但是分化的苗头早在几百年前就出现了,那时候北方各州的哥萨克比较穷苦,既没有亚速海滨的肥沃土地,又没有葡萄园,也没有很好的渔场和猎场,他们常常离开契尔卡斯克地方,到俄罗斯土地上到处流荡,成为一切造反者的可靠支柱,从拉辛到谢卡奇,都依靠这些人。

　　就是在近代,每当整个军队在统治者重压之下暗暗骚动的时候,上游的哥萨克都要公开暴动,由自己的首领率领着,动摇沙皇统治的根基;同沙皇的军队作战,抢劫顿河上的船队,并且跑到伏尔加河上,鼓动已被征服的查波罗什人叛乱。

　　到四月底,顿河流域已经有三分之二的地区没有了红军。等到明显地出现了建立地区性政权的必要之后,在南方作战的一些白军的头子们就倡议召开军人联合大会。决定于四月二十八日在诺沃契尔卡斯克召开由顿河临时政府委员和各乡镇各部队代表参加的大会。

　　鞑靼村收到维奥申乡乡长的通知,通知说四月二十二日要在维奥申镇上召开全乡代表大会,选举出席军人联合大会的代表。

　　米伦·格里高力耶维奇·柯尔叔诺夫在村民大会上宣读了通知,村里就推选他、包加推廖夫老爹和潘捷莱·普罗柯菲耶维奇去参加乡代表大会。

在乡代表大会上，潘捷莱·普罗柯菲耶维奇也和其他一些人一起被选为出席军人联合会的代表。他当天就从维奥申镇上回来了，为了提前赶到诺沃契尔卡斯克，他决定第二天就跟亲家公一起上米列洛沃夫去（米伦·格里高力耶维奇要上米列洛沃买煤油、肥皂和其他的日用品，还想顺便给莫霍夫的磨坊买筛子和轴承金，弄点外快）。

天一亮他们就动身了。米伦·格里高力耶维奇的两匹大青马拉着四轮大车轻快地跑着。两位亲家紧挨着坐在漆得花花绿绿的车座上。上了山冈，他们就闲聊起来；米列洛沃驻扎着德国人，所以米伦·格里高力耶维奇不免有些担心地问道：

"怎么样，亲家，德国人不会把咱们扣下来吧？他们都是一些凶狠的家伙，落到他们手里就完啦！"

"不会的，"潘捷莱·普罗柯菲耶维奇很有把握地说，"马特维·卡叔林前两天上那儿去过，他说，德国人胆子很小……不敢碰哥萨克。"

"噢！"米伦·格里高力耶维奇在狐狸毛一样的红胡子底下笑了笑；他显然已经放下心来，就换了话题："你看，该成立什么样的政府呢？"

"要成立军政府！选咱们自己人！选一个哥萨克！"

"但愿这样啊！你们要好好地选一选！要像茨冈人挑马那样，在将军们当中好好地挑一挑。可不能挑有毛病的。"

"能挑出好的来。顿河上的聪明脑袋瓜还不少呢。"

"这话很对，很对，亲家……聪明人和傻瓜都不用栽种，自己就能长出来。"米伦·格里高力耶维奇眯缝起眼睛，他那斑斑点点的脸上出现了愁容。"我本来想把我的米佳培养成材，想叫他上上学，好当军官，可是他连教区小学都没有念完，到第二年冬天他就逃学啦。"

他们有一小会儿没有说话，心里想着不知道跑到哪里去追赶红军的儿子们。四轮大车在坑坑洼洼的大路上颠簸着；右边的大走马磕绊了两下，没有磨光的马掌咔嚓咔嚓地响了几声；大车摇晃起来，紧紧挨在一起的两位亲家就像两条在下子的鱼那样，肋骨跟肋骨磨蹭起来。

"咱们的哥萨克都在哪儿呢？"潘捷莱·普罗柯菲耶维奇叹了一口气。

"顺着霍派尔河往上去啦。加尔梅克佬菲多特从库梅尔仁回来啦，他的马被打死啦。他说，咱们的人好像在朝济山镇方向去呢。"

他们又不做声了。微风吹得脊背冷飕飕的。后面，顿河那边，树林、草地、水泊和光秃秃的田野,经火红的朝霞一照,都神态庄严地、无声无息地闪着红光。一带沙丘就像一摊黄黄的蜂蜜,像驼峰似的一道道波浪隐隐泛着青铜色。

春天的步伐很不整齐。灰中透绿的树林已经换上鲜艳的深绿色盛装,原野上开遍了野花,春水已经退了,只是在河边滩地上留下无数亮闪闪的小水洼;可是在陡坡下面的深沟里,还有温暖日子里没有化尽的残雪紧紧贴在黄土上,亮晶晶的,白得耀眼。

第二天傍晚时候来到米列洛沃,他们就歇在一个熟识的乌克兰人家里,这个乌克兰人就住在一座高大的褐色粮仓旁边。第二天早晨,吃过早饭以后,米伦·格里高力耶维奇就套上车,上铺子里去买东西。他顺利地过了铁路道口以后,就生平第一次看到了德国人。三个德国兵迎着他走来。其中的一个,个头儿小小的,弯弯的栗色大胡子一直长到耳朵边上,摆手打了一下招呼。

米伦·格里高力耶维奇勒住马,带着担心和等待的神情咬着嘴唇。德国兵来到跟前。一个又高大又肥胖的普鲁士人龇着白牙笑着,对他的同伴说:

"这是道地的哥萨克! 瞧,还穿着哥萨克制服呢! 他的儿子一定跟咱们打过仗。咱们来把他逮起来,送到柏林去。这可是一样顶有意思的展览品!"

"咱们光要他的马,叫他滚蛋好啦!"那个一脸栗色大胡子的小矮子绷着脸回答说。

他小心地从马旁边绕了个圈儿,来到大车跟前。

"下来,老头子! 我们要用用你的马——这个面粉厂有一批面粉要运到车站去。快点,下来,快给我下来! 回头可以到司令部来领你的马。"德国兵用眼睛瞟了瞟面粉厂,又做了一个不容许怀疑他的话的手势,请米伦·格里高力耶维奇下车。

另外两个德国兵朝面粉厂走去,不住地回头望着,笑着。米伦·格里高力耶维奇的脸一阵红,一阵灰黄。他把缰绳缠到辕杆上,很轻捷地从车上跳了下来,跨到马前面去。

"亲家没有来,"他脑子里闪了一下,心里凉了一会儿,"他们要把马抢走啦! 唉,真倒霉! 他妈的!"

那个德国兵紧紧闭着嘴唇,抓住米伦·格里高力耶维奇的袖子,打着手势,叫他往面粉厂里去。

"放开!"米伦·格里高力耶维奇的身子往前探了探,脸色更灰白了。"手放规矩点儿,别碰我! 我的马不能交给你们!"

德国兵从他的声音猜出了他回答的意思。德国兵忽然露出一脸凶相,张大了嘴,露出白中带青的牙齿,恶狠狠地瞪大了两个眼珠子,气势汹汹地、哇啦哇啦地叫了起来。他一下子抓住挂在肩上的步枪的皮带,就在这一刹那间,米伦·格里高力耶维奇使出年轻时的劲头儿:飞起一拳,几乎连抢都没抢,狠狠打在他的颧骨上。这一拳打得他的头咔嚓晃了一下,下巴上的钢盔皮带叭的一声断了。德国兵平平地倒在地上,正要挣扎着起来,嘴里吐出来一团深红色的血块子。米伦·格里高力耶维奇又补了一拳,这一拳打的已经是后脑勺了;他朝四下里望了望,便弯下身子,飞快地抓起步枪。这时候他的脑子活动得非常快,而且格外清楚。他在掉转马头的时候,就知道这个德国兵不会对着他的脊梁开枪了,怕只怕铁路栅栏外面或者铁路线上的哨兵看见。

两匹大青马就是在赛马的时候也没有这样狂跑过!就是在迎接新娘子的时候,车轮子也不曾转得这样飞快!"主啊,救救我吧!主啊,多多保佑吧!看在天父的面上……"米伦·格里高力耶维奇在心里念叨着,一个劲儿地拿鞭子照马背上抽。他的爱财心差一点儿害了他:他想跑到住处去取他丢下的车毯,但是冷静一想,转了念头,便掉转了方向。他赶着马飞跑了二十俄里,一口气跑到奥列霍村,就像后来他自己说的,比神仙伊里亚的飞车还快。一到奥列霍村,他就跑到一个熟识的乌克兰人家里,失魂落魄地把事情对主人说了一遍,要求主人把他和马掩藏起来。那个乌克兰人藏是让他藏了,可是先把话说明白了:

"我可以把你藏起来,可是如果他们来拷问我,格里高力耶维奇,我还是要说出来的,因为我犯不着!他们会烧房子,会把我逮起来,铐起来的。"

"好人呀,你把我藏起来吧!你要我怎么谢你,就怎么谢你!不管把我藏到什么地方,只要能救我一命,我送你一群羊!送你十只大肥羊!"米伦·格里高力耶维奇一面又是央告又是许愿,一面把大车往棚子底下推。

他害怕追赶,比怕死还厉害。他在乌克兰人家里呆到黄昏时候,天一黑,他就溜了。一出了奥列霍村,他就赶着大车飞跑起来,一团团的汗沫从马的两边直往下掉,大车轰隆轰隆地响着,轮子上有些辐条都绞到了一块儿,快到下亚布洛诺夫村,他才定下神来。快要进这个村子的时候,他从座位底下抽出夺来的步枪,看了看枪上的皮带,皮带里边还有用化学铅笔写的字,他轻松地咯咯了几声,说:

"怎么样,鬼儿子们,你们追上了吗?你们还早着哩!"

他一直也没有给乌克兰人送羊去。秋天他又打那儿路过,看到乌克兰人那盼望的眼神,回答说:

"我家的羊都瘟死啦。真是糟透啦……这不是,我从自家园子里摘了些梨来,酬谢你的一番情意!"他从大车上倒下几十个在路上碰得稀烂的梨子,把狡猾的眼睛转向一旁,说:"我家的梨子好吃极啦……都熟透啦……"说过就走了。

米伦·格里高力耶维奇从米列洛沃飞跑出来的时候,他的亲家公已经到了车站上。一个年轻的德国军官签发了通行证,通过翻译对潘捷莱·普罗柯菲耶维奇盘问了一番,一面抽着廉价的雪茄烟,用关心弱者的口气说:

"您去吧,不过要记住,你们得成立一个开明的政府。选总统也好,选皇帝也好,随你们的便,不过有一个条件,就是这个人管理国家要开明,能够执行正确对待我们国家的政策。"

潘捷莱·普罗柯菲耶维奇非常不高兴地看了看德国军官,不想和他说下去,领到通行证以后,马上就去买票。

诺沃契尔卡斯克的年轻军官多得使他吃惊:他们一群一群地在大街上逛荡,下馆子,带着太太、小姐们玩,在将军府和准备做大会会场的法院大楼旁边溜达。

潘捷莱·普罗柯菲耶维奇在代表宿舍里遇到好几个同乡人,还有一位叶兰乡的朋友。代表中间多数是哥萨克,军官并不多,而乡镇知识分子的代表总共只有几十名。关于选举地区政府问题,各种各样的说法都有。只有一点是很明确的:要成立军政府,选举军区司令。大家在传说着一些有声望的哥萨克将军的名字,议论着候选人。

潘捷莱·普罗柯菲耶维奇在来到的那一天的傍晚时候,喝过茶以后,在自己的屋子里坐下来,正要吃家里带来的干粮。他掏出一截咸鲤鱼,切下一块面包。两个米古林乡的代表挨着他坐了下来,另外几个人也走了过来。开头谈的是前线上的局势,渐渐谈起了选举政府的问题。

"像去世的卡列金——愿他在天堂幸福!——那样的,再也找不到啦!"叔米林乡一个长着灰白色大胡子的代表叹着气说。

"这话不错。"叶兰乡的一个代表赞同他的说法。

有一个参加聊天的上尉是别斯谢尔盖涅夫乡的代表,他有些不服气地说:

"怎么没有像他那样的人呢?诸位,你们怎么啦?克拉斯诺夫将军怎么样?"

"哪一个克拉斯诺夫?"

"什么哪一个?诸位,好意思问吗?鼎鼎大名的将军嘛,第三骑兵军团的司令官,雄才大略,得过十字勋章,是一位英明的统帅。"

上尉这番热情洋溢的捧场话惹火了一个前方部队的代表。

"我给你们说实在的吧:我们可是知道他的本事!是一个饭桶将军!在对德战争中,他的好本事都拿出来啦。如果不是革命的话,他一辈子只能当当旅

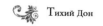

长啦!"

"您不了解克拉斯诺夫将军,老弟,怎么能这样说呢?再说,对于大家都尊敬的一位将军,怎么能这样不礼貌呢?您大概忘记您是一个普通的哥萨克了吧。"

上尉声色俱厉地慢慢说出这番冷冰冰的话来,那个哥萨克慌了,怕了起来,心慌意乱地嘟哝说:

"大人,我说的是我在他手下当兵那时候……他在奥地利前线上弄得我们团进退两难!所以我们才认为他是个饭桶……谁知道他后来怎样……也许,完全不同啦……"

"他的十字章怎么得的呢?你这混账!"潘捷莱·普罗柯菲耶维奇叫鲤鱼刺卡了一下,咳嗽了一阵子之后,也骂起那个部队的代表。"你们都糊涂透了,什么人都骂,什么人都不合你们的心意……这是什么作风!你们要是少说点儿,还不会弄得这样糟呢,还自以为聪明呢,全是胡说八道!"

契尔卡斯克和下游的代表都拥护克拉斯诺夫。老头子们都看中了这位得过十字章的将军;有很多人在日俄战争中就跟着他打过仗。军官们看重的是克拉斯诺夫的经历:他是御林军出身,是一位高贵的、受过上等教育的将军,在皇宫里担任过沙皇驾前的侍从官。自由主义的知识分子满意的是,克拉斯诺夫不仅是一位将军,不仅是行伍中人,而且好歹是位作家,过去,常在《涅瓦》杂志副刊上读到他写的取材于军官生活的小说;既然是作家,那自然就是一个文化素养很高的人啦。

各个宿舍里都在热心为克拉斯诺夫宣传。别的一些将军的名字在他的名字面前都相形失色了。一些拥护克拉斯诺夫的军官悄悄地在说阿福里康·包加叶夫斯基的坏话,说包加叶夫斯基和邓尼金是一路货,如果选包加叶夫斯基当军区司令的话,只要他们把布尔什维克一打垮,一跨进莫斯科,他就把哥萨克的一切特权和自治权丢到九霄云外啦。

也有人反对克拉斯诺夫。代表中有一个教员就想破坏将军的声誉,但是没有破坏得了。这个教员在代表住的一些屋子里串来串去,像蚊子一样在哥萨克们长满了毛的耳朵边很恶毒地嗡嗡叫着:

"克拉斯诺夫吗?他是一个坏透了的将军,一钱不值的作家!是宫廷里的绣花枕头,马屁精!可以说,他这个人既想发民族财,又想保持民主的清名。你们等着瞧吧,一旦有人收买,他就会两个铜板把顿河卖掉!他是一个小人。是一个卑劣的政客。应该选阿盖耶夫!阿盖耶夫就完全不同啦。"

但是没有人听这个教员的。于是在五月一日,大会的第三天,会场上响起一片呼喊声：

"请克拉斯诺夫将军上台！"

"我们衷心要求……"

"诚心诚意要求……"

"请上台！"

"请我们敬重的将军上台！"

"让他上台，给我们讲讲实际问题！"整个宽敞的大厅里都轰动起来。

军官们都轻轻地拍着巴掌，哥萨克们望着他们，也都轻轻地、很笨拙地拍起手来。他们的手因为干活儿变得又黑又粗糙，发出来的声音干巴巴的，可以说，很不悦耳，和塞满了走廊和过道的那些小姐、太太、军官、学生们的嫩手所发出的音乐般的柔和声音大不一样。

克拉斯诺夫是一位很有风度的将军，高高的个子，虽然上了年纪，依然十分挺拔，身穿将军服，胸前挂满十字勋章和奖章，佩戴着带穗肩章和别的一些将军标记，当他像检阅时那样，迈着矫健的步伐走上主席台时，会场上响起一阵阵的掌声和欢呼声。掌声和欢呼声混成了一片。暴风雨般的狂呼声一阵一阵地在代表们的行列中滚过。将军带着一副很受感动、很兴奋的面孔威风凛凛地站在台上，许多人从他身上隐隐看到了帝国往日威风的影子。

潘捷莱·普罗柯菲耶维奇流出了眼泪，从帽子里掏出一条红手绢，擤了老半天鼻子。"真是一位了不起的将军！好一表人才！这气派就跟皇上一样，就连相貌也很像。甚至还像先王亚历山大哩！"他十分感动地看着站在脚灯边的克拉斯诺夫，心里这样想。

这一次的军人联合大会，即所谓"顿河救亡联合大会"，开得从容不迫。根据大会主席扬诺夫的提议，通过了佩戴肩章和各种军功章的决议。克拉斯诺夫发表了一篇精心编造的漂亮演说。他很沉痛地说到"被布尔什维克作践得不成样子的俄罗斯"，说到俄罗斯"以往的强盛"，说到顿河的命运。他把当前的局势描述了一番之后，又简单地谈了谈德国人的入侵问题。最后他慷慨激昂地说到在打败布尔什维克以后，顿河地区要独立自治，引起一片热烈的赞扬声。

"要由强大的军人联合会来管理顿河地区！革命解放了的哥萨克，要恢复古代一切美好的哥萨克生活方式。我们也要像古时候我们的祖先那样，放开嗓门儿响当当地说：'白皇帝，你就在莫斯科的石头城里当你的皇帝，这静静的顿河是我们哥萨克的！'"

在五月三日晚间的会议上，克拉斯诺夫少将以一百零七票赞成，三十票反对、十票弃权当选为军区司令。他没有从大尉手里接司令官的权标,先提出两个条件:必须批准他向联合会提出的基本法案,必须授予他统辖的全权。

"我们的国家已经到了生死存亡的关头!只有在充分信任司令官的条件下,我才能接权标。现在的局势如此,干起事情必须有信心,必须有尽职尽责的愉快感,这就必须知道自己已经获得了顿河人心的集中代表,也就是军人联合会的信任,就不能要布尔什维克那样的散漫和无政府状态,必须实行强有力的法治。"

克拉斯诺夫所提出的一些法令,实际上都是草草修补了一下、多少换了个换头面的帝俄时代的旧法令。联合大会怎么能不通过呢? 代表们都高高兴兴地通过了。一切东西都和原来的一样,就连那改得很不像样子的军旗也和原来的一样:还是蓝、红、黄三色直条,代表着哥萨克、外来户和加尔梅克人。为了迎合哥萨克的心,只对军徽做了根本性的修改:去掉了那只张开翅膀、伸着爪子的凶猛的双头鹰,换成了一个头戴皮帽,携带马刀、火枪和军用品,骑着马站在酒桶上的裸体哥萨克。

一个喜欢拍马屁的头脑简单的代表为了讨好,提出一个问题:

"也许将军大人要提出什么变更,或者修改已经通过的基本法案呢?"

克拉斯诺夫宽厚地笑着,决定开开玩笑让大家笑笑。他用允诺的目光环视了一遍大会的代表们,用志得意满的腔调说:

"可以修改。第四十八条、四十九条和五十条——关于军旗、军徽和军歌的规定,都可以修改。大家都可以提嘛,什么样的旗子都行,就是不能要红旗;什么样的军徽都行,就是不能要犹太人的五角星或者别的什么共济会的标记;什么样的军歌都行,就是不能要'国际歌'。"

军人联合会在一片哄笑声中批准了这项法案。过后很久大家还纷纷传说着将军开的玩笑。

五月五日大会闭幕。很多人在闭幕式上发了言。克拉斯诺夫和得力助手、南线兵团的指挥官杰尼索夫上校保证在最短期间内消除布尔什维克的祸害。军人联合大会的代表,因为军区司令选得很满意,又得到了许多前方消息,一个个都心满意足、高高兴兴地走了。

潘捷莱·普罗柯菲耶维奇怀着十分激动和高兴得要爆炸的心情离开了顿河的首府。他完全相信,权标已经掌握在十分可靠的人的手里,不久就可以打垮布尔什维克,他的两个儿子就可以回家种地了。老头子坐在车窗边,胳膊肘撑在小桌上;耳朵里还响着顿河军歌的余音,一些使人振奋的话激荡着他的心腑,好像真的是"正教徒的静静的顿河涌起波涛,奔腾咆哮"了。

但是,离开诺沃契尔卡斯克只有几俄里,潘捷莱·普罗柯菲耶维奇就在车窗里看到了放哨的德国骑兵。一小队德国骑兵正顺着铁路的路基,迎着火车走来。德国骑兵们大模大样的弓着身子坐在马上,一匹匹肥壮的宽屁股大马摇摆着剪得短短的尾巴,浑身的毛被明媚的阳光照得闪闪发亮。潘捷莱·普罗柯菲耶维奇往前探着身子,难受得拧起眉毛,看着德国人的马的铁蹄毫无顾忌、得意洋洋地践踏哥萨克的土地,看了一会儿,就转过身来,将宽阔的脊背靠在车窗上,丧气地垂下头,鼻子眼儿里哼哧了老半天。

二

一列列红色的火车,从顿河上往乌克兰方向开去,在往德国运送面粉、油、鸡蛋和牛。车厢门口都站着头戴无檐制帽、身穿蓝灰色制服、荷枪实弹的德国兵。

德国人的钉了铁掌的结实的黄皮靴踩实了顿河边的大路,德国骑兵在顿河上饮马……可是在同乌克兰接界的地方,被征集起来、刚刚在派尔西阿诺夫卡受完训的年轻哥萨克,却同彼特留拉的队伍打仗。重新集合起来的顿河哥萨克第十二团,为了给顿河地区争夺一小块多余的乌克兰领土,几乎有一半人牺牲在斯塔罗别尔斯克城下。

在北方,大熊河河口镇在双方手中转来转去:有时候格拉祖诺夫乡、新亚历山大乡、库梅尔仁乡、斯库里申乡和另外几个乡的哥萨克红军队伍占领这个镇,可是一个钟头以后,阿列克塞耶夫的白卫军军官队又把他们打跑了,于是大街上闪来闪去的都是军官队主要成员——普通中学生、实业学校学生和教会学校学生的大衣了。

上游的哥萨克成群成伙地往北逃,从这个乡到那个乡,像滚雪球一样。红军朝萨拉托夫省的边境退去。霍派尔州几乎全部放弃了。到夏末时候,由一切能拿起武器的各种年龄的哥萨克拼凑成的顿河军已经来到边境上。顿河军在路上进行了改编,又增加了从诺沃契尔卡斯克来的一些军官,就有点像真正的军队了:各乡派出的少数民兵合编到一起;又和俄德战争中生还的官兵编到一起,恢复了原来的正规团的建制;几个团又合编成师;司令部里的一些尉官也换上了几位久经沙场的上校;各级指挥官也都渐渐更换了。

夏末,由米古林乡、麦什柯夫乡、嘉桑乡和叔米林乡哥萨克连队组成的战斗部队,奉阿尔菲洛夫少将的命令,跨过顿河地区的边界,占领了沃罗涅日省边境的第一个村庄顿涅茨村,并且把包古查尔县城包围起来。

鞑靼村的哥萨克连,在彼特罗·麦列霍夫率领下,经过一个个的村庄和乡镇,往大熊河河口州的北部进军,已经有四昼夜了。红军在他们的右方,没有迎战,急急忙忙向铁路线退去。鞑靼村的哥萨克一直没有遇到敌军。他们每天都不走很远。彼特罗和所有的哥萨克都不谋而合,认为犯不着急急忙忙去送死,每天的行程都不超过三十俄里。

他们在第五天进入库梅尔仁乡。在东杜柯夫村渡过了霍派尔河。草甸子上的小虫儿一群一群的,就像轻纱织成的帷幔。细细的、颤颤悠悠的嗡嗡声一直不停地响着。到处有小虫儿乱飞,乱打圈圈儿,往哥萨克和马的耳朵和眼睛里乱钻。马难受得直打喷嚏,哥萨克们用手驱赶,一个劲儿地抽烟,用烟熏。

"真他妈的捣蛋,该死!"贺里散福用袖子擦着流出泪水的眼睛,哼哧着说。

"怎么,钻进眼睛里啦?"格里高力笑着问道。

"把眼睛叮得疼死啦。八成是一只毒虫儿,他妈的!"

贺里散福揪起红红的眼皮,用粗糙的手指头在眼珠子上摩了摩;翘起嘴唇,用手背揉了老半天眼睛。

格里高力和他并马走着。他们从出发的那一天就一直在一起。最近胖了起来、因而越发像女人的安尼凯,也常常跟他们在一块儿。

这支队伍不足一个连。彼特罗的副手是司务长拉推舍夫,他是在鞑靼村入赘的。格里高力担任第一排排长。他这一排里差不多都是村子下头的哥萨克:贺里散福、安尼凯、菲多特·包多甫斯柯夫、马尔丁·沙米尔、伊凡·托米林、细高个儿鲍尔晓夫和笨得像狗熊一样的查哈尔·柯洛列夫、普罗霍尔·泽柯夫、茨冈佬梅尔库洛夫、叶皮番·马克萨耶夫、叶戈尔·西尼林,另外还有十五个年纪差不多的青年小伙子。

第二排排长是尼古拉·柯晒沃依,第三排排长是亚可夫·柯洛维金,第四排排长是米佳·柯尔叔诺夫,在枪杀波得捷尔柯夫的工作队以后,他很快就被阿尔菲洛夫将军提升为上士。

全连放开马在草甸子上小跑起来。一条大路在草甸子上弯弯曲曲地向前伸去,一会儿绕过积满了水的池沼,一会儿钻进到处是嫩芦苇和河柳的洼地。

"马掌"亚可夫在后面粗声粗气地哈哈大笑,安得列·卡叔林那高亢的嗓门儿也在跟着他笑。安得列的中士头衔也是靠波得捷尔柯夫的战友们的鲜血挣来的。

彼特罗·麦列霍夫和拉推舍夫走在队伍的旁边。他们在小声说着话儿。拉推舍夫摆弄着马刀的新绦带。彼特罗用左手抚摩着马,在马的两耳中间挠着。拉推舍夫那饱鼓鼓的脸笑嘻嘻的,那熏黄的牙齿和蛀坏的牙根在稀稀拉拉的小胡子底下闪着黄澄澄、黑油油的亮光。

"牛皮大王"的儿子安季普·阿甫杰伊奇,也就是"小牛皮大王安季普",骑着一匹瘸腿的花斑马走在最后面。

有的人在说着话儿,有一些人乱了队伍,五个人一列走起来,其余的人都仔细观看着陌生的地势、草甸子、微波荡漾的水泊、一行行的绿杨和翠柳。从行装上可以看出来,哥萨克们是准备远行的:鞍袋都装得鼓了起来,驮包都填得满满的,每个人都细心地把军大衣捆在鞍后皮带上。而且从马具上也可以判断出来:每一根皮带都用麻线缭过,所有的东西都重新缝过,重新配过、修理过。如果说在一个月以前大家都相信不会打仗的话,那么现在却是怀着无可奈何的悲戚感——感到流血是不可避免的了。"今天还披着这张人皮,说不定明天乌鸦就要在荒野上啄这张皮了。"每个人心里都这样想。

过了克列普茨村,右面闪过稀稀拉拉的芦苇顶的草房。安尼凯从裤子口袋里掏出一块干饼,咬下一半,很不文明地龇出小小的门牙,像兔子一样吧嗒着嘴巴,慌不及待地大嚼起来。

贺里散福侧眼看了看他。

"你饿啦?"

"不饿干吗要吃? ……老婆烙的嘛。"

"你真能吃! 你的肚子简直跟猪肚子差不多。"贺里散福转脸朝着格里高力,用一种生气和抱怨的语气继续说:"鬼东西,那副馋相太不好看啦! 那么多的东西他怎么能塞得下呀? 这些天我一直注意他,叫人看着简直觉得可怕:人并不大,可是吃起来,那肚子就像个无底洞。"

"吃自家的东西,就要拼命吃。晚上吃下一只羊,可是不等天亮又想吃啦。咱们什么玩意儿都可以吃,不管什么东西,进了嘴就有好处。"

安尼凯哈哈大笑,指着气得直啐唾沫的贺生散福,朝格里高力挤了挤眼睛。

"彼特罗·潘捷莱耶维奇,你打算在哪儿宿营呀?瞧,马都累坏啦!"托米林喊道。

梅尔库洛夫也支持他的意见,说:

"该宿营啦。太阳要落山啦。"

彼特罗用鞭子指了指。

"咱们到克柳契宿营。也许,咱们还能赶到库梅尔仁镇上呢。"

梅尔库洛夫在黑黑的卷胡子底下笑了笑,小声对托米林说:

"想在阿尔菲洛夫手里升官呢,狗东西!慌着往前跑……"

不知是谁,在给梅尔库洛夫理发的时候,想作弄他,把他的胡子剪去了不少,把一部漂亮的大胡子剪成了小胡子,剪得像一个歪歪的小楔子。梅尔库洛夫的样子完全变了,显得非常滑稽好笑,因此就常常成为大家取笑的对象。这时候托米林也忍不住说:

"你不想升官吗?"

"我怎么想升官?"

"你留了一部将军胡嘛。你大概以为,胡子留得像位将军,就能给你一师人带带啦,是吧?你不想冒尖吗?"

"浑蛋,妈的!我跟你说正经的,你倒胡扯起来啦。"

大家说着笑着进了克柳契村。派出去打前站的安得列·卡叔林在村边一户人家门前迎住了连队。

"我们排——跟我来!第一排——就住这三家,第二排——住街左边,第三排——住有水井的那一家,还有紧挨着那四户人家。"

彼特罗走到他跟前,问:

"没有听到什么消息吧?打听过吗?"

"什么也打听不到。伙计,这儿蜂蜜倒是不少。一个老奶奶就有三百箱。到夜里咱们一定要偷一点儿吃吃!"

"哼,哼,别胡闹!谁偷了,我抽谁!"彼特罗皱起眉头,照马身上抽了一鞭。

大家都分散开住下来。把马料理好。天黑了下来。各家房东弄来晚饭让哥萨克们吃了。连里的哥萨克和本村的哥萨克一堆一堆地坐到各家院子外面去年砍倒的赤杨树堆上。东扯西拉地聊了一阵子,就各自散去睡了。

第二天早晨,从村子里出发。快要到库梅尔仁镇了,一个通讯兵追上了连队,彼特罗打开公文封,在马上摇晃着,看了老半天,伸出来的一只手里很吃力地拿着公文,好像拿着的是一样很沉重的东西。格里高力来到他跟前。

"是命令吗?"

"可不是!"

"命令怎么说?"

"麻烦……命令把连队交出去呢。要把我这么大年纪的都调去,在嘉桑镇建立第二十八团。炮手和机枪手也要去。"

"其余的人上哪儿去呢?"

"这上面写着:'到阿尔仁诺夫镇,听十二团团长调度。火速前往。'瞧吧!要'火速前往'呢!"

拉推舍夫走过来,从彼特罗手里接过命令。他拧弯了两道眉毛,咕哝着紧绷绷的厚嘴唇,把命令看了一遍。

"走吧!"彼特罗喊道。

连队慢慢向前走着。哥萨克们一再地扭回头,仔细看着彼特罗,等着他说话。彼特罗在库梅尔仁镇上宣读了命令。年纪大些的哥萨克们都忙活起来,准备往回走。大家决定在镇上休息一天,第二天清早就各奔各的方向。彼特罗这一天一直想找机会跟弟弟谈谈,他来到格里高力的住处。

"咱们上操场上去走走。"

格里高力一声不响地走出大门。米佳·柯尔叔诺夫追上了他们,但是彼特罗冷冷地请求他说:

"你去吧,米佳。我要和弟弟谈谈。"

"那好吧。"米佳带着谅解的神情笑了笑,站了下来。

格里高力侧眼看了看彼特罗,看出彼特罗是有要紧的话要跟他谈。他故意不理会他已经猜出的哥哥的意图,装做很带劲儿地说:

"说起来真奇怪:离开咱们家才一百俄里,可是这儿的人就完全不同啦。说话和咱们不一样,房子的样式也不同,就像是旧教徒的房子。你瞧,大门都用木板盖顶,就像是小教堂。咱们那儿可没有这样的。你再看这儿,"他指了指旁边一座很讲究的房子,"墙脚还镶了板子呢,恐怕是为了不叫墙上的木头烂掉,是不是这样呢?"

"算了吧。"彼特罗皱起了眉头。"别说这些啦……等一等,咱们到篱笆跟前去。很多人在看咱们呢。"

很多从操场上走过的哥萨克和妇女都很好奇地望着他们。有一个老头子，穿着蓝褂子，没有束腰带，哥萨克制帽上的红帽箍旧得变成了粉红色，他站下来，问道：

"你们想住下来吗？"

"想住一天。"

"有麦子喂马吧？"

"有一点儿。"彼特罗回答说。

"要是不够，到我家来，我给你两斗。"

"谢谢啦，老大爷！"

"没什么……来吧。那就是我家的房子，绿铁皮顶的。"

"你想谈点儿什么？"格里高力憋不住，皱着眉头问道。

"什么都要谈一谈。"彼特罗有点儿歉疚和不自然地笑了笑，用嘴角咬住小麦色的胡子。"格里沙特卡，这年头要乱啦，也许咱们再也见不到面啦……"

格里高力本来对哥哥怀着一种不自觉的敌意，可是一看到哥哥那种可怜巴巴的笑，听到哥哥又像小时候那样喊他的小名"格里沙特卡"，敌意一下子就烟消云散了。彼特罗很亲切地望着弟弟，依然是那样呆呆地、很不自然地笑着。他的嘴唇一动，敛去了笑容，板起脸来说：

"你看，人和人都分群啦，妈的！就好像用犁头犁了一下子：有的翻到这一边，有的翻到那一边。日子不像日子，年头不像年头！谁也猜不透谁的心思……就拿你来说吧，"他突然把话头一转，"你是我的亲弟弟，可是我不了解你的心思，实在不了解！我觉得，你离我越来越远……我说得对吗？"他又自己回答说："说的是实话。你正摇摆不定……我怕你会去投红军……你呀，格里沙特卡，到现在还糊涂着呢。"

"你明白了吗？"格里高力回答说，一面望着红日向轮廓模糊的霍派尔河对岸、向山后落去，望着那火红的晚霞，望着一片片的云彩像着了火的黑棉花球一样从西方飘过来。

"我明白啦，我走的是正道，这条道我走定啦！格里什卡，我决不会像你那样摇摆。"

"噢？"格里高力露出愤恨的笑容。

"我决不摇摆！……"彼特罗气冲冲地卷了卷小胡子，一个劲儿地眨巴起眼睛，好像被阳光照得眼花了。"就是用绳子拴着我，也别想把我拉到红军那边去。哥萨克都反对他们，我也反对他们。我不愿意跟大家不一样，以后也决不会！再说也没有必要……我犯不着去投靠他们,走的不是一条路!"

"别谈这些啦。"格里高力无精打采地要求说。

他头一个朝自己的住处走去,竭力把步子放稳,微微弯起的肩膀轻轻摇晃着。

彼特罗在大门口放慢脚步,问道:

"你说说,我想知道……格里什卡,你说说,你不会去投他们吧?"

"不一定……我也不知道。"

格里高力回答得很不干脆,很勉强。彼特罗叹了一口气,但是没有再问下去。他心情激动地走了,面部都消瘦下去了。不管是他,不管是格里高力,心里都十分清楚:过去连结着他们的心的通路,已经因为想法不同而荒芜了,彼此的心不相通了。就好像山沟旁边有一条平坦的羊肠小道,弯弯曲曲地从斜坡上下来,忽然一转弯伸进了沟底,就像切断了一样,不见了,走不通了,一丛一丛的荒草挡住去路,羊肠小道变成了可恨的绝路。

……第二天,彼特罗带着一半人向后转,回维奥申乡。

其余的年轻哥萨克,由格里高力率领着,向阿尔仁诺夫镇开去。

早晨的太阳就火辣辣的。原野上到处冒着褐色的热气。霍派尔河两岸的青山蓝幽幽的,沙丘就像橙黄色的波浪。大汗淋漓的马在哥萨克们身子底下一步一晃地走着。哥萨克们的脸被晒得失去了红润,变成了褐色。鞍架、马镫和笼头上的铁都被晒得发烫,手都不敢去碰。就连树林里也不凉快,又闷又热,散发着浓烈的大雨前的气息。

格里高力苦闷异常。他一整天在马上晃来晃去,断断续续地想着以后的事情;彼特罗的话就像玻璃项圈里的玻璃珠儿一样,在他脑子里滚来滚去,使他很难受。野蒿浓烈的苦涩气味熏得嘴唇痒酥酥的,大路上冒着腾腾的热气。金褐色的原野平平地躺在太阳底下。干热风一阵一阵地在原野上吹过,吹得茂密的青草一起一伏的,卷起一团一团的黄沙和尘土。

向晚时候,一片透明的雾气遮住太阳。天空渐渐晦暗,变成了灰色。西方出现了大片的云彩。云彩一动不动,耷拉下来的云彩边儿贴到了隐隐约约、像一根细纱似的地平线上。过了一阵子,那云彩被风一吹,就气势汹汹地、低低地拖着褐色的尾巴,圆圆的顶端闪着白砂糖似的亮光,威风凛凛地涌了过来。

这支队伍再一次渡过库梅尔加河,进入绿荫如盖的杨树林。杨树叶子被风一吹,忽闪着白中带青的背面,很和谐地低声沙沙响着。在霍派尔河那边,从雪白的云彩边上往大地上洒下夹杂着冰雹的斜雨,那一片斜雨半腰里有一道彩虹,

好像是一条花腰带。

他们在一个荒凉的小村子里住了下来。格里高力把马料理好,就朝养蜂的院子里走去。房东是一个鬈发的老头子,他一面拂着落在胡子上的蜜蜂,一面焦急地对格里高力说:

"这一箱是前几天才买的。弄回来以后,不知为什么幼蜂全死啦。瞧,正在往外拖死蜂呢。"他在一只蜂箱旁边站下来,指了指蜂房的出入口:蜜蜂不停地把死掉的幼蜂往外拖,拖到外面,又叼着死蜂嗡嗡地飞了开去。

房东很惋惜地眯缝着红红的眼睛,痛心地吧嗒着嘴唇。他走起路来一冲一冲的,猛烈而生硬地甩动着两条胳膊。他格外好动,格外粗鲁,动作又迅猛又急促,给人一种惶惶不安的感觉,在养蜂场里他这一切似乎是多余的,因为巨大的蜂群在这里从容不迫、有条不紊地进行着缓慢而有益的工作。格里高力仔细看着他,很有些反感。他所以不由自主地产生反感,是因为这个慌手慌脚的肩宽背阔的老头子说起话来吱吱喳喳的,而且说得非常快:

"今年的蜜收了不少。薄荷花开得很旺,采了不少薄荷花蜜。用养蜂架子,比用蜂箱好。这就是我弄的……"

格里高力喝的茶也掺了蜂蜜,那蜜又浓又黏,就像糨糊一样。蜂蜜散发着薄荷、三叶草和野花的甜甜的气味。给他斟茶的是房东的女儿——一个高高的、很漂亮的风流女子。她的丈夫跟着红军走了,所以房东拼命献殷勤,赔小心。女儿抿着薄薄的、淡红色的嘴唇,从眼睫毛底下一再地向格里高力送秋波,他也不去理会。她伸手来端茶壶,于是格里高力看到了她那黑油油的、弯弯的腋毛。他不止一次碰到她那试探的、脉脉含情的目光,他甚至感觉到,他们的目光一碰到了,她的脸上就浮起两片红云,嘴角就隐隐露出微笑。

"我给您把铺打在上房里。"喝过茶以后,她抱着枕头和垫子从旁边走过,用毫不掩饰的火辣辣的眼睛瞟着格里高力,对他说。她一面抖搂着枕头,一面又含糊又快速、好像随随便便地说:"我睡在棚子里……屋子里太闷啦,又有跳蚤咬……"

格里高力一听到老房东的打鼾声,就脱掉靴子,到棚子里去找她。她在卸掉了前辕的大车上给他让了块地方,把大皮袄往身上拉了拉,两条腿一挨到格里高力的腿,就不做声了。她的嘴唇又干又硬,有一股大葱气和说不出的清爽味儿。格里高力躺在她的黑黑的、细细的胳膊上,一直睡到黎明时候。她一整夜都紧紧把他搂在怀里,如饥似渴地跟他亲热,带笑带玩儿地咬得他的嘴唇出血,他的脖子上、胸膛和肩膀上留下不少她亲他时咬出的红点子和她那又细又尖的牙齿的小小印子。鸡叫三遍以后,格里高力本来想回到上房去睡,可是她不叫他走。

"让我走吧,心肝儿,让我走吧,我的小乖乖!"格里高力的嘴巴在耷拉着的黑胡子底下不出声地笑着,央告说,一面轻轻地往外挣着。

"再睡一会儿……睡一会儿嘛!"

"别人会看见呀! 瞧,天快亮啦!"

"看见就看见好啦!"

"要是叫你爹看见呢?"

"我爹知道。"

"他怎么知道?"格里高力吃惊地抖了抖眉毛。

"他是知道……"

"这就怪啦! 他怎么能知道呢?"

"是这么回事儿……他昨天对我说:要是这个当官的来找你,你就跟他睡一觉,对他说说,要不然会因为盖拉西姆的事,把咱们的马或者别的什么弄走……盖拉西姆是我的男人,跟着红军走啦……"

"哦,是这——这样啊!"格里高力讪讪地笑了笑,但是心里很不舒服。

她一下子就把不愉快的感觉驱散了。她恋恋不舍地贴在格里高力的胳膊上,哆嗦着说:

"我男人可不像你这样……"

"他又怎样呢?"格里高力用两只清醒的眼睛望着灰白色的苍穹,问道。

"他一点也不中用……没有劲儿……"她很信赖地朝格里高力身上贴了贴,声音中露出了哭腔。"我跟他过得一点都不甜……干床上的事儿他不行……"

一颗陌生的、像孩子那样单纯的心在格里高力面前赤裸裸地打了开来,就像一朵花儿吸饱了露水,一下子绽开了。这使他陶醉,唤起轻微的怜悯心。格里高力一面跟她亲热,温柔地抚摩着临时伴侣的乱蓬蓬的头发,合上了疲倦的眼睛。

已经暗淡的月光从芦苇棚顶的缝隙中透了进来。一颗流星离开天空,飞速地朝地平线滑去,在灰白色的天上留下一道荧光闪闪、一动不动的白印子。池塘里有一只母鸭子呱呱叫了起来,一只公鸭子也用沙哑的喉咙亲亲热热地回答着。

格里高力轻飘飘地拖着筋疲力尽、充满了疲倦的快感的身子回到上房里。他在嘴上咂摸着她的嘴唇那咸咸的味道,脑子里恋恋不舍地回味着她那欲火如焚的身体和身体的气味——那种薄荷蜜、汗和体温的混合气味,不觉睡着了。

过了两个钟头,哥萨克们把他叫醒了。普罗霍尔·泽柯夫给他备好马,牵到大门外。格里高力硬顶住房东那隐隐露出敌意的目光,跟他告过别,对着正往房里走的房东女儿点了点头。她低下头,那薄薄的、抹了淡淡的胭脂的嘴角泛着微笑和隐隐约约的留恋、伤感神情。

格里高力顺着胡同走去,不住地回头看着。胡同像一张弓似的绕过他住宿的人家,于是他看到,他温存过的女子转悠着头,用晒得黑黑的小手在眼睛上搭个凉棚,正隔着篱笆看他呢。格里高力突然涌起一股惆怅心情,也不住地回头望着,希望能回想起她的脸部表情和她的身体,但是回想不起来了。他只看见,那女子的戴着白头巾的头慢慢转悠着,用眼睛注视着他。葵花头儿就是这样转悠着,注视缓缓绕圈儿走的太阳的。

米沙·柯晒沃依像个犯人一样被押出了维奥申镇,被送往前方。他来到菲多谢耶夫镇,这儿的乡长把他扣留了一天,又把他押回维奥申镇。

"为什么又把我送回去?"米沙问乡公所的书记。

"维奥申乡有公事来啦。"书记很勉强地回答说。

原来,米沙的母亲在村民大会上向老头子们下跪求情,老头子们就共同写了一份申请书,说米沙·柯晒沃依是家里唯一的劳动力,要求让他回来当马倌。米伦·格里高力耶维奇亲自带着申请书去找乡长。乡长批准了。

在乡公所里,乡长对立正站在他面前的米沙训斥了一顿,后来放低了嗓门儿,气呼呼地结束了训话:

"保卫顿河的事我们不能交给布尔什维克去干!你到牧场上,去当马倌,以观后效。你给我小心点儿,狗崽子!我是可怜你老娘,要不然啊……滚吧!"

米沙在晒得热烘烘的街道上走着,已经没有人押解了。背包勒得肩膀很疼。走了一百五十俄里的路,两条腿已经累坏了,很不听使唤。天黑前他勉勉强强赶回村子,第二天,母亲大哭了一场,难分难舍地跟他亲热了一阵子,他就到种马牧场上去了,脑子里还一直记挂着母亲那苍老了的脸和他第一次在她头上发现的银丝。

卡耳根镇以南,有一片长二十八俄里、宽六俄里、从未开垦过的公共草原。这片好几万亩的土地是专门划出来放牧维奥申乡的种马的,所以就叫种马牧场。每年到叶戈尔节的时候,马倌们就把熬过了冬天的种马从过冬马棚里赶出来,从维奥申镇上赶到种马牧场上来。用乡里的公款在牧场当中修造了马棚,旁边还有可以容纳十八匹马的夏季露天马槽,还有木板房,是给马倌、场长和兽医住的。维奥申乡的哥萨克纷纷把骒马送来配种,兽医和场长在接收骒马的时候都非常严格，每匹骒马的个头儿都不能低于两俄尺，年龄都不能小于四岁。把每四十匹健壮的骒马分成一群。每一匹种马都带上自己的一群骒马到草原上去，不准别的公马侵犯自己的骒马群。

米沙骑着家里仅有的一匹骒马出了门。母亲一面送他，一面用围裙擦着眼泪说：

"也许，这骒马还能配上种呢……你要照应好，别累坏了。要是能生一匹马，那就太好啦！"

晌午时候，米沙透过洼地上腾腾上升的蒸气，望见了板房的铁顶和被雨淋成了灰色的马棚木板顶。他照骒马身上抽了两鞭；等他来到冈头上，就清清楚楚地看见了马棚、板房和后面那一大片泛着白浪的牧草。在东边很远很远的地方，晃动着一个枣红色的小点儿，那是一群马正朝池塘跑去；旁边跑着的是一个骑在马上的马倌，就像粘在玩具马上的玩具小人儿。

米沙进了院子，下了马，把马拴在台阶边上，便朝板房里走去。他在宽敞的过道里碰到一个马倌，是一个满脸雀斑、个头儿不高的哥萨克。

"你找谁？"他从头到脚打量着米沙，很不客气地问道。

"我找场长。"

"是找斯特鲁柯夫吗？他不在，出去啦。副场长萨索诺夫在家。左手第二个门……你有什么事？你打哪儿来？"

"我来你们这儿当马倌。"

"不管什么人都往这儿乱塞……"

他嘟囔着，朝门口走去。搭在他肩上的套马索在地上拖着。他打开门，背朝米沙站着，甩了一下鞭子，已经是很亲热地说：

"老弟，我们的活儿可是很重啊。有时候两天两夜都不能下马呢。"

米沙看着他那伸不直的脊背和弯得很厉害的两条腿。这个走了形的哥萨克身上的每一根线条，在门洞里都显得格外明显，格外清楚。这个马倌那弯得像车轮子一样的两条腿，使米沙开心死了。"就好像骑木桶骑了四十年。"他暗暗笑着，心里这样说，一面用眼睛在找左面第二个门的把手。

萨索诺夫见了新来的马倌，又摆架子，态度又冷淡。

不久，场长阿法纳西·斯特鲁柯夫也从外面回来了。他是一个身强力壮的哥萨克，在阿塔曼团当过司务长。他吩咐把柯晒沃依列入编制，就同他一起来到被白热的阳光晒得烫人的台阶上。

"你会驯生马吧？驯过没有？"

"没有驯过。"米沙坦率地说。他马上就看出,场长那热得疲惫无神的脸动了一下,一丝不满意的神情在脸上掠过。

场长弯着厚实的肩膀,搔着汗漉漉的脊背,呆呆地朝米沙的两只眼睛当中看着。

"用套马索套马,你会吗?"

"我会。"

"你爱惜马吧?"

"爱惜。"

"马也和人一样,只不过不会说话罢了。你要爱惜,"他吩咐说,又无缘无故地发着狠,喊叫道:"要爱惜,要不然我拿鞭子抽你!"

场长的脸有一小会儿显得又聪明,又有精神,但是这种精神马上就不见了,每一根线条都表现出呆滞和冷漠,就好像结了一层硬壳子。

"娶老婆没有?"

"还没有。"

"真是傻瓜!娶了老婆就好啦。"场长高高兴兴地随口说。

他带着若有所待的神情沉默了一会儿,朝着敞开怀抱的草原望了望,然后就打着哈欠朝房子里走去。米沙做了马倌以后,有一个多月的时间没有听见他说过一句话。

种马牧场上一共有五十五匹种马。每一名马倌要看管两群到三群马。交给米沙的是一大群,带领这一群的是一匹叫"巴哈尔"的强壮的老种马,另外还有一小群,有二十来匹骒马,带领这一群的种马叫"巴纳里内"。场长把一个叫索尔达托夫·伊里亚的最大胆、最机灵的马倌叫来,交代说:

"这是新来的马倌,叫柯晒沃依·米海伊尔,鞑靼村的。你把巴哈尔和巴纳里内那两群马交给他,给他一条套马索。他就住在你们的帐篷里好啦。你领他去看看。你们去吧。"

索尔达托夫一声不响地把烟卷点着,对米沙点了点头,说:

"咱们走吧。"

来到台阶上,他用眼睛瞟了瞟米沙那匹被太阳晒得懒洋洋的骒马,问道:

"这马是你的吗?"

"是我的。"

"怀驹了吗?"

"没有。"

"叫巴哈尔跟它配一配。巴哈尔是御马场出生的,有一半是英国种。跑起来才快呢!……好,上马吧。"

他们并马而行。两匹马在没膝深的草丛里走着。板房和马棚已经远远落在了后面。前面,缭绕着轻柔的淡蓝色热气的草原肃穆无声。头顶上,太阳闷闷不乐地躲在一片乳白色的云彩后面。晒热了的青草散发着一阵阵浓烈的香气。右面,轮廓模模糊糊的一片洼地过去,便是像珍珠一样笑盈盈闪着白光的希洛夫塘的水。四周,放眼望去,是无边无际的绿色海洋、颤动的热气、笼罩着中午的暑气的天然草原,天边有一座鼓凸凸的灰白色陵墓,显得异常遥远,异常神秘。

青草靠近根部地方的绿颜色又深又浓,上部被太阳照得闪闪放光,泛着铜绿色。嫩绿的羽茅草像乱蓬蓬的头发,上面还缠着一圈一圈的野藤,冰草伸着结了籽的头儿,如饥似渴地在争夺阳光。有些地方可以看到那乱糟糟地紧紧贴在地上的矮矮的马鞭草,偶尔还可以看到细细的鼠尾草,再过去又是像春水一样弥漫开去的横行霸道的羽茅草,羽茅草中间夹杂着各种各样的花草:野燕麦、黄黄的山芥菜、大蓟、陈葛——陈葛是一种很厉害的、不合群的草,一定要把别的草从自己的地盘上挤走。

两个人一声不响地走着。米沙心里感到很久都没有这样宁静过。他连气都不敢喘,生怕惊破了草原的安静和雄伟。他的同伴就像在领圣餐时那样,把两只斑斑点点的手交叉着放在鞍头上,身子俯在马鬃上,就在马上睡着了。

脚底下飞起一只野雁,飞到山谷上空,白色的羽毛在阳光中亮闪闪的。从南方吹来微风,吹得青草一起一伏,也许,这风是今天早晨离开亚速海面的。

半个钟头以后,他们来到白杨塘边的一群马跟前。索尔达托夫醒来,在马上伸着懒腰,懒洋洋地说:

"这是罗马金·潘捷柳什卡看的一群。不知道为什么不见他这个人。"

"这匹公马叫什么名字?"米沙欣赏着一匹长长的浅红色顿河马,问道。

"叫'福拉捷尔'。这鬼东西凶极啦!瞧那眼睛瞪得多大!眼睛动啦!"

那公马朝旁边走去,骒马就一齐集合起来,跟着它往前走。

米沙接下交给他的两群马,把自己的行李放在帐篷里。在他来以前,帐篷里住着三个人:索尔达托夫、罗马金和杜罗维洛夫。杜罗维洛夫是雇来的一个马倌,是一个不算年轻的、沉默寡言的哥萨克。索尔达托夫是他们的头儿。他很热心地教米沙看管马群,第二天又给米沙讲了讲两匹公马的脾气和习性,并且微微笑着,劝米沙说:

"照规矩,干活儿的时候要骑自己的马,可是如果天天骑着跑来跑去,就会把

马累坏。你可以把自己的马放到马群里,骑别人的马,并且经常换着骑骑。"

米沙眼看着他从马群里赶出一匹骒马,放马追去,熟练而又巧妙地用套马索将骒马套住。他将米沙的马鞍移到这匹骒马身上,就把这匹打着哆嗦、后腿直往下蹲的骒马牵到米沙面前。

"骑吧。看样子,这还是一匹生马呢,鬼东西! 骑上去吧!"他用右手使劲拉住缰绳,左手捏住骒马那一鼓一鼓的鼻子,气冲冲地喊道。"你对马要和气点儿。在马棚里你对公马吆喝:'到一边去!'公马就贴到马架子的一边去,可是不能闹着玩儿! 要特别小心巴哈尔,不要靠得太近,它会踢人的。"他拉住马镫,很亲热地拍着捯动着四蹄的骒马那紧绷绷、黑油油的乳房说。

三

米沙一天到晚骑在马上,就这样清闲了一个星期。草原使他着了迷,草原招引他过起原始的、与草木相伴的生活。马群在不远处荡来荡去。米沙不是在马上打盹,就是躺在草地上,无忧无虑地注视着微风吹动着一片片镶了白边儿的云彩在天空飘荡。起初,他很满意这种与世隔绝的状态。他甚至都爱上了这种远离人群的牧场生活。但是过了一个星期,等他已经熟悉了新环境的时候,又产生了一种莫名的恐惧心情。"人家都在那儿为自己和别人的身家性命打仗,我却在这儿放起马来。怎么能这样啊? 一定要离开这儿,不然就完啦。"他清醒地想道。但是又有一种苟且偷安的声音钻进脑子里:"就让他们在那儿打吧,那儿是鬼门关,这儿可是逍遥自在,除了草原,就是蓝天。那儿互相残杀,这儿太平无事。干吗要多管闲事呢? ……"各种想法争先恐后地侵蚀着米沙的宁静心情。因此他又很想去接近接近人,已经不像初来的几天那样了,而是常常主动去找索尔达托夫,想和他接近接近。索尔达托夫现在正带着自己的马群在杜达廖夫塘一带转悠。

看样子,索尔达托夫不觉得孤独有多么难受。他很少在帐篷里过夜,几乎夜夜都跟马群在一起,或者就睡在池塘边。他过着野兽一样的生活,经常自己打食儿吃,而且本事十分高超,好像这一辈子就是专门干这一行的。有一天,米沙看到他用马尾搓细绳儿,觉得很有趣,就问道:

"你搓这玩意儿干什么?"

"钓鱼。"

"哪儿有鱼?"

"塘里就有。有鲫鱼。"

"用虫儿钓吗?"

"也用面包,也用虫儿。"

"鱼炖着吃吗?"

"晒干就能吃。你尝尝!"他从裤子口袋里掏出一条干鲫鱼,很热心地请米沙吃。

有一天,米沙在放马的时候看到一只落进夹子的野雁。旁边有一只做得很像的假雁,还有几只夹子拴在橛子上,用青草巧妙地掩盖着。这天晚上,索尔达托夫用烧红的木炭拌上碎土,把野雁埋在土里烤熟了,请米沙也来吃。他一面撕着香喷喷的雁肉,一面说:

"下一次你别把野雁解下来,不然可要给我坏事。"

"你怎么到这儿来的?"米沙问。

"我要养家呀。"

索尔达托夫沉默了一会儿,忽然又问道:

"你告诉我,大家都说你干过红军,是真的吗?"

米沙没想到他会提出这个问题,有些尴尬。

"没有……这怎么说呢……嗯,我往他们那边跑……被抓回来啦。"

"为什么要往那边跑? 你贪图什么?"索尔达托夫小声问道。他的目光越来越冷峻,嚼得也渐渐慢了。

他们坐在一条干涸的山沟沿上,靠着一堆火。干马粪冒着浓烟,灰堆里往外冒着小小的火苗。夜晚的风从他们背后吹来,送来一阵阵干燥的热气和萎蔫的野蒿气味。黑漆漆的天空不时划过流星。有一颗流星划过,留下的一道毛茸茸的白印子亮了老半天,就像是马屁股上留下的鞭痕。

米沙留神地望着索尔达托夫那被火光映黄了的脸,回答说:

"想争得一些权利。"

"为谁争权利?"索尔达托夫的身子猛地动了一下。

"为老百姓。"

"究竟争什么权利? 你说说看。"

索尔达托夫的声音低了下来,并且带点儿笼络的味道。米沙犹疑了一会儿——他觉得,索尔达托夫故意往火里添干马粪蛋儿,是为了掩饰自己脸上的表情。后来他下了决心,说:

"争的权利就是:大家要平等! 不应该有老爷、有奴仆。明白吗? 这种事要打翻过来。"

"你以为,士官生不行了吗?"

"是的,不行啦。"

"原来你想这样⋯⋯"索尔达托夫喘了一口气,突然站了起来。"狗崽子,你想把哥萨克都卖给犹太佬当奴隶呀?!"他叫得又响又凶。"你⋯⋯人家收买你,你们这一伙儿想把我们连根铲掉呀?! 哼,原来是这么回事儿啊!⋯⋯是想让犹太佬在我们草原上到处盖工厂吗? 想把我们的土地都夺走吗?!"

米沙惊愕得慢慢站了起来。他觉得索尔达托夫好像要打他。他往后退了退,索尔达托夫见他吓得往后退,便真的举手打来。米沙半路上抓住了他的手;紧紧攥着他的手腕子,强硬地说:

"大叔,别来这一套,要不然我可要对你不客气啦! 你嚷嚷什么?"

他们在黑暗中面对面站着。火堆已经被他们踩灭了;只有滚到一边去的马粪蛋儿还红红的,冒着烟。索尔达托夫用左手抓住米沙的衬衣领子,攥住领子往上扯,想趁机把右手抽出来。

"别抓我的领子!"米沙扭动着强有力的脖子,沙哑地说:"别抓我! 再抓我揍你,听见吗?⋯⋯"

"哼⋯⋯哼⋯⋯你⋯⋯我揍你⋯⋯你等着瞧!"索尔达托夫气喘吁吁地说。

米沙掰开他的手,使劲把他推开。米沙哆哆嗦嗦地整理着衬衣,心里恨不得要揍他,把他打倒在地,狠狠揍一顿。

索尔达托夫没有往前来。他咬牙切齿地连骂带叫:

"我去报告!⋯⋯这就去报告场长! 叫你去坐牢!⋯⋯坏蛋! 坏家伙!⋯⋯布尔什维克!⋯⋯把你收拾掉,就像收拾波得捷尔柯夫那样! 把你吊到树上! 绞死!"

"他会去报告⋯⋯会乱说一通的⋯⋯会叫我去坐牢⋯⋯不会再送我上前线

去啦,就是说,我不能跑到自己人那边去啦,完啦!"米沙想到这里,心凉了;他心里想着主意,一颗心拼命翻腾着,就像一条鱼随着退落的春水搁浅了,回不到河里去,就在一个小坑里拼命翻腾起来。"把他干掉!马上掐死他……非这样不可……"他在心里一面思索这个突然冒出来的主意,一面寻找辩护的理由:"我就说,他扑上来打我……我就掐住了他的喉咙……不是故意的……是一时冲动……"

米沙打着哆嗦朝索尔达托夫走去,如果这时候索尔达托夫撒腿一跑,他们两个人非死即伤。可是索尔达托夫还是在叫骂,于是米沙鼓起来的一股劲儿也消了,只不过两条腿还轻轻哆嗦着,而且背上和胳肢窝里都冒出了汗。

"喂,你等一等……听见吗?索尔达托夫,别这样。别嚷嚷啦。是你先动手的嘛……"

于是米沙低声下气地央求起来。他的下巴打着哆嗦,眼睛张皇失措地转悠着。

"好朋友都免不了要吵几句……我可没有打你……可是你抓住我的领子……噢,我说的话有什么不得了的?有什么好告的?……如果惹你生气了,就多多担待吧……真的!好吗?"

索尔达托夫叫嚷声越来越小,终于不叫了。过了一会儿,他扭过脸去,一面把自己的手从米沙那汗津津的冰凉的手里往外抽,一面说:

"像毒蛇一样转悠起尾巴来啦!哼,那好吧,我不说就是啦。我可怜你这股糊涂劲儿……可是你今后离我远远的,我再也不愿意看见你!你是个下流货!你卖身投靠犹太佬,我不喜欢这种为钱卖身的人。"

米沙在黑暗中低声下气、可怜巴巴地笑着,索尔达托夫却看不见他的脸,也看不见他的拳头攥得紧紧的,而且因为充血鼓得老大。

他们没有再说一句话,就各自走开了。米沙狠狠地抽打着他骑的马,跑去寻找自己的马群。东方电光闪闪,雷声隆隆。

这天夜里,牧场上雷雨交加。快到半夜时候,一阵狂风就像一个害气肿病的人一样,呼噜呼噜地喘着,带着啸声飞驰而过,后面拖着一股浓浓的凉气和呛人的尘土,就好像拖着一条肉眼看不见的长裾。

天空黑沉沉的。一道电光斜斜地划破阴沉欲坠的黑云,静了好一阵子,远处的沉雷就带着报警的意味轰隆轰隆地响了起来。大大的雨点打得青草抬不起头。米沙借着第二次划破天空的电光,看见了遮住半个天空的褐色的、边上像炭一样黑的可怕的阴云和阴云笼罩的大地上那挤成一堆的一匹匹小小的马儿。劈啪啪一个焦雷,一道电光飞向大地。又一声焦雷响过,大雨从云层里泼了下来,草原上风声、雨声、雷声响成了一片,一阵狂风吹来,吹掉了米沙头上的湿漉漉的制帽,猛地一下子吹得他趴在鞍头上。有一小会儿又黑又静,然后又是一道电光在天空划过,电光闪过,越发显得漆黑一团了。紧跟着来的雷声异常猛烈,劈啪啪,咔啦啦,米沙骑的马吓得蹲了下去,接着往上一跳,就用后腿直立起来,打起转转儿。马群里的马都乱腾腾地踩起蹄子。米沙使劲勒着马,大声吆喝起来,想给马群鼓鼓气:

"站住! ……得儿儿儿! ……"

在曲曲折折,一个劲儿地在云端里飞掣的雪亮的闪电照耀下,米沙看见,马群正迅猛地朝他冲来。一匹匹的马都甩平了前后腿疯狂地跑着,闪闪有光的嘴几乎贴在地上。都张大了鼻孔,呼哧呼哧地喘着气,没有钉掌的马蹄发出一片咕冬声。巴哈尔使足了劲儿,跑在最前面。米沙拨马朝旁边一闪,勉勉强强躲开了。马群冲了过来,在不远处停了下来。米沙不知道被雷雨吓慌了、吓怕了的马群是应着他的吆喝声跑来的,又用更大的嗓门儿吆喝起来:

"站住! 别乱跑!"

咕冬咕冬的马蹄声(这时候已经没有电光了)又飞快地朝他冲来。他在惊骇中用鞭子照坐下马的两眼当中抽了一下,可是已经躲不及了。一匹发了疯的马的胸膛撞在他的马的屁股上,于是米沙就像离了弦的弹丸一样,从马鞍上飞了下来。他好歹幸免于难:大群的马从他右边跑了过去,因此没有把他踩坏,只有一匹骒马一蹄子把他的右手踩进烂泥里。米沙站了起来,不声也不响,小心翼翼地朝一边走去。他听见,马群就在不远处等着他吆喝,好重新向他疯狂地冲过来呢,他还听出了巴哈尔那特殊的、与众不同的呼哧声。

天快亮的时候,米沙才回到帐篷里。

四

五月十五日,大顿河军总司令克拉斯诺夫,在司令部处长会议主席兼外交处长阿福里康·包加叶夫斯基少将、顿河军军需总监基司罗夫上校和库班军区司令菲利蒙诺夫陪伴下,乘轮船抵达马内契镇。

顿河和库班土地上的这几位大老板站在甲板上,闷闷不乐地看着轮船靠上码头,水手们忙活起来,褐色的波浪像开了锅一样,从跳板旁边滚了开去。后来他们上了岸,聚集在码头上的人群的几百双眼睛都注视着他们。

天空、地平线、天色、一缕缕的热气——全是蓝的。就连顿河也泛着不是本色的蓝色,并且像哈哈镜一样,映出一朵朵白云。

微风吹来,送来太阳、干碱土和去年的烂草气息。人群里一片喊喊喳喳的说话声。将军们由当地的官员们迎住,乘车朝操场上驶去。

一个小时以后,就在乡长家里开起了顿河政府和志愿军代表会议。代表志愿军前来的是邓尼金将军和阿列克塞耶夫将军,还有军参谋长罗曼诺夫斯基将军、里亚司年斯基和艾瓦里德两位上校。

见面的气氛是非常冷淡的。克拉斯诺夫显得沉闷而矜持。阿列克塞耶夫和到会的人握过手以后,就在桌子旁边坐了下来;用两只干巴巴的白手托住奄拉下来的腮帮子,就带着不闻不问的神情闭长上了眼睛。他坐汽车颠昏了头。他好像因为老,因为经历了动荡的局面,浑身都干瘪了。嘴角上的线条奄拉了下来,露出悲哀的神情,布满青筋的、蓝蓝的眼皮肿了起来,也垂了下来。许许多多细细的皱纹像扇面一样朝鬓角散了开去。手指头紧紧贴在腮帮子的老皮上,指头尖插进剪得短短的、老得枯黄了的头发里。里亚司年斯基上校小心地在桌子上摊着沙沙响的地图,基司罗夫在帮他摊。罗曼诺夫斯基站在旁边,用小指头的指甲按住地图的一个角儿。包加叶夫斯基靠在不很高的窗户上，怀着很难受的心情凝神看看阿列克塞耶夫那疲惫无神的脸。这张脸十分苍白，就像用石膏做成的。"他真老啦！老得好厉害呀！"包加叶夫斯基心里这样说，两只扁桃形的眼睛一直不离开阿列克塞耶夫。到会的人还没有全部坐下来，邓尼金就朝着克拉斯诺夫，很冲动、很激烈地说：

"在开会以前，我要向您声明：有一件事使我们非常吃惊，就是您在进攻巴达伊斯克的作战部署中说，在你们的右翼作战的有一营德国步兵和一个德国炮兵连。可以说，这类合作的事简直使我觉得出奇……请问，您和祖国的敌人——万恶的敌人！——联合起来，并且依靠他们的帮助，究竟打什么主意呢？不用说，您一定知道协约国正准备援助我们吧？……志愿军认为，同德国人联合，就是背叛复兴俄罗斯的事业。同我们站在一起的广大人士，对顿河政府的行动都有这样的看法。请您解释解释。"

邓尼金恶狠狠地拧弯了眉毛，等候回答。

克拉斯诺夫只是由于忍耐和他素有的上流社会风度，才保持了表面的镇静；但愤怒还是一个劲儿要发作出来：他的嘴在白胡子底下不住地哆嗦，哆嗦得都走了样子。克拉斯诺夫很镇定、很有礼貌地回答说：

"当整个事业的成败面临孤注一掷局面的时候，就连往日的敌人的援助，也是不应拒绝的。此外，顿河政府是五百万有自主权的人民的政府，不受任何人监护，是有权独立行动的，只要这种行动符合它所保护的全体哥萨克的利益就行。"

在说这些话的时候，阿列克塞耶夫睁开了眼睛，看样子，他是想聚精会神地仔细听听。克拉斯诺夫看了看神经质地捻着直溜溜的小胡子的包加叶夫斯基，又继续说下去：

"阁下，您的意见，可以说，太迂阔啦。您说了许多义正词严的话，好像我们背叛了俄罗斯的事业，背叛了协约国……不过我想，志愿军从我们这儿弄去的军火，就是德国人卖给我们的，这件事您想必知道吧？……"

"我请您严格区分性质截然不同的问题！你们怎样从德国人手里得到军火，这我不管，我说的是你们接受他们的军队的援助！……"邓尼金气冲冲地耸了耸肩膀。

克拉斯诺夫在话的末尾，顺便地、很小心地、然而十分明确地向邓尼金示意，他现在已经不是邓尼金在奥地利前线所看到的那个小旅长了。

邓尼金打破克拉斯诺夫发言以后出现的尴尬局面，很灵活地把谈话转移到顿河军和志愿军的合编问题以及建立统一指挥的问题上去。但是在这之前发生的冲突,实际上成了他们以后的关系日益恶化的起点,他们后来的关系越来越坏,到克拉斯诺夫下台时就彻底决裂了。

克拉斯诺夫不作正面回答,只建议联合进攻察里津,目的是,第一,可以占领一个重大的战略据点;第二,占稳这个据点以后,就可以和乌拉尔的哥萨克联合起来。

接着是简短的对话:

"……察里津对于我们的重要性,就用不着对您说啦。"

"志愿军会遇到德国人。我不去打察里津。我首先要解救库班人。"

"是的,不过最紧迫的任务还是占领察里津。顿河政府委托我请求阁下协助。"

"我再说一遍:我不能扔掉库班。"

"只有在进攻察里津的前提下,才能谈建立统一指挥的问题。"

阿列克塞耶夫不以为然地吧嗒了几下嘴唇。

"这不可能! 如果不把本地区的布尔什维克肃清,库班人是不会外出作战的,而志愿军只有两千五百条枪,其中还有三分之一是不能作战的伤病员。"

在简单就餐的时候,彼此很不带劲地交换了一些无关紧要的意见——大家已经很清楚,不会达成什么协议。里亚司年斯基上校说了一个有趣也有些可笑的故事,说的是马尔科夫将军手下一个人的事,因为一同吃饭,又听了有趣的故事,紧张的气氛才消散了。可是吃完饭以后,大家一面抽烟,一面各自朝上房走去的时候,邓尼金捅了捅罗曼诺夫斯基的肩膀,用眯缝起来的锐利的眼睛瞟了瞟克拉斯诺夫,小声说:

"本地的拿破仑……其实,是个蠢人……"

罗曼诺夫斯基笑了笑,很快地回答说:

"他想称王称霸,独揽大权哩……这位旅长正在做帝王美梦呢。我看,他就不知道自己有多么可笑……"

大家都怀着敌意和仇恨各自散去。从这一天起,志愿军和顿河政府之间的关系就急剧恶化,志愿军司令部获悉克拉斯诺夫写给德皇威廉的信的内容以后,他们之间的关系就恶化到了极点。在诺沃契尔卡斯克休养的志愿军伤员,都嘲笑克拉斯诺夫一心想独立自治,嘲笑他那种热心恢复哥萨克古代生活的劲头儿,在自己人的圈子里,都很轻蔑地叫他"老板",把大顿河军叫做"快活无敌军"。顿河独立派为了报复,把志愿军称做"流浪歌手们"、"没有地盘的王公们"。志愿军里面有一个"大人物",十分刻薄地说顿河政府是"睡在德国人床上的婊子"。杰尼索夫将军接着就回敬说:"如果顿河政府是婊子的话,那么志愿军就是依靠这个婊子赚的钱来活命的小猫。"

杰尼索夫这样说,是暗示志愿军依赖顿河政府,顿河政府从德国弄来的军火,都要分给志愿军。

罗斯托夫和诺沃契尔卡斯克成了志愿军的大后方,这两座城市里到处是军官。成千上万的军官在做投机倒把生意,在数不清的后方机关里混差事,寄居在亲戚、朋友家里,拿着伪造的受伤证明书住在医院里……那些最勇敢的都在战场上牺牲了,害伤寒或者受伤死去了,而剩下的这一些,都因为这几年的革命,失去了荣誉心和良心,都像豺狼一样躲在大后方,就像肮脏的浮渣和大粪一样,漂浮在风云变幻时代的表面。这都是一些幸存的、腐败的正规军军官,当年柴尔涅曹夫呼吁保卫俄罗斯的时候,就曾经抨击、揭露和责骂过这些人。他们大多数都是所谓穿着军装的"有思想的知识分子"中最没有出息的一类,他们躲避布尔什维克,可是又没有决心靠拢白军,就苟延残喘地过日子,空谈俄罗斯的命运,挣几个钱养养老婆孩子,并且一心希望战争结束。

对于他们来说,不管是克拉斯诺夫,是德国人,还是布尔什维克,谁管理国家都是一样,只要结束战争就行。

可是天天都有事件发生。在西伯利亚发生了捷克斯洛伐克人的叛乱,在乌克兰,马赫诺和德国人打了起来。高加索、摩尔曼斯克、阿尔汉格尔斯克……整个俄罗斯都笼罩在硝烟中……整个俄罗斯都处在大转变的痛楚中……

六月里,顿河上就像刮起东风那样,到处传说着一个消息,说捷克斯洛伐克人正在进攻萨拉托夫、察里津和阿斯特拉罕,目的是要在伏尔加河流域组成一条东方战线,向德军发起进攻。在乌克兰的德国人只好很不情愿地把一些从俄罗斯跑过来、打着志愿军旗号的军官放了进去。

德军司令部听到要组织东方战线的谣传,十分惊慌,于是派了代表来找顿河政府。七月十日,德军的三位少校——封·郭欣豪津、封·司捷帆尼和封·施列尼茨——来到诺沃契尔卡斯克。

军区司令官当天就在将军府接见了他们,陪同接见的还有包加叶夫斯基将军。

郭欣豪津少校提到,德军司令部正不遗余力,以至使用武装,在援助大顿河军政府同布尔什维克作战,援助大顿河军政府恢复边境。说过这番话之后,就问,如果捷克人对德军进攻的话,顿河政府将采取什么态度。克拉斯诺夫向他保证,哥萨克将严守中立,决不允许把顿河当做战场。封·司捷帆尼少校表示,希望司令官的答复能够用书面形式表示出来。

接见到这里就结束了,第二天,克拉斯诺夫给德皇写了下面一封信:

圣上万岁、万万岁!

呈递本书者——陛下治下大顿河军区济莫夫乡乡长(特使)及其随行人员,系受本顿河军区司令委派,向恩威远扬的大日耳曼皇帝陛下致敬,并奏陈如下:

英勇的顿河哥萨克为祖国的自由进行了两个月的战斗,哥萨克也像同日耳曼民族有血缘关系的布尔人不久前跟英国人作战时那样勇猛,两个月的战斗,已经在我国各条战线上取得完全胜利,现在大顿河军区的土地上,已经有十分之九的地方肃清了红军匪徒。国内秩序已经稳定,已经建立起完整的法纪。仰赖陛下大军的协助,本军区的南部已经完全安定,我已训练好一支哥萨克部队,以维持境内秩序,防止敌人入侵。刚刚建立的国家机构,即现在的顿河军区,是很难单独生存下去的,因此,就和阿斯特拉罕军区和库班军区的首领——上校童杜托夫公爵和菲利蒙诺夫上校——结成密切的同盟,以便在肃清阿斯特拉罕军区和库班军区的布尔什维克之后,可以由大顿河军区、包括斯塔夫罗波尔省的加尔梅克人在内的阿斯特拉罕军区、库班军区以及北高加索各个民族,建立以联邦为基础的巩固的国家体制。以上各地区齐心协力、重新建立的国家,必然与大顿河军区保持一致,因此决不会允许自己的土地变成血战的战场,必将保持完全的中立。兹委托陛下治下的济莫夫乡乡长陈述如下:

请陛下承认大顿河军区的独立权,并承认库班、阿斯特拉罕、捷列克军区和北高加索解放之后的独立权,以及定名为顿河—高加索联邦的整个国家的独立权。

请陛下承认大顿河军区按原来的地理范围和种族分布范围划定的边界,请协助解决乌克兰和顿河军区在塔干罗格问题上的争端,把塔干罗格市和塔干罗格州划归顿河军区,顿河军区统辖塔干罗格已有五百余年,塔干罗格乃顿河军区的特姆塔拉堪区的一部分,特姆塔拉堪乃顿河军区的发祥地。

从战略上考虑,请陛下协助把卡梅申市和察里津市、萨拉托夫省、沃罗涅日市和里斯基、波伏林诺两车站都并入顿河军区,并按照现在于济莫夫镇的地图上标明的界线,划定顿河军区的边界。

请陛下对莫斯科的苏维埃政权施加压力,迫使他们下令撤退大顿河军区以及加入顿河—高加索联邦的各地区的红军匪帮,以便恢复莫斯科和顿河军区之间正常的和平关系。顿河军区的居民、商业和工业因布尔什维克入侵所遭受的损失,应由苏维埃俄罗斯赔偿。

请陛下对我们这新建立的国家供应大炮、枪支、弹药和技术装备,如果陛下认为有利,请在顿河军区境内建立制造大炮、枪支、炮弹和子弹的工厂。

大顿河军区和行将参加顿河—高加索联邦的其他各地区,都不会忘记德国人民的友好援助,早在十七世纪的三十年战争中,哥萨克就和德国人民并肩战斗,那时候就有许多哥萨克团在瓦伦希台因麾下作战,而在一八○七—一八一三年,顿河哥萨克又跟自己的统帅普拉托夫伯爵,去为德国的自由而作战。现在,在东普鲁士、加里西亚、布柯文纳和波兰的土地上血战了将近三年半,哥萨克和德国人都互相学会了尊重对方军队的勇敢和坚强,如今,又作为两个胸怀高尚的战友,互相携起手来,共同为保卫美好的顿河的自由而战斗。

大顿河军区为了报答陛下的盛情,保证在世界大战时严守中立,决不允许与德国人民为敌的武装力量进入自己境内;阿斯特拉罕军区司令童杜托夫公爵、库班政府以及行将成立的顿河—高加索联邦的其他地区都表示赞同。

大顿河军区给予日耳曼帝国以优先权,优先购买本地区的剩余物资:粮食——谷类和面粉、皮革制品和原料、羊毛、鱼类、植物和动物油以及油类制品、家畜和马匹、烟草及其制品、葡萄酒以及其他果制品和农产品;日耳曼帝国可以供应农业机械、化学产品和制革药品、印刷钞票的设备和相应的原料、呢绒厂、棉织厂、皮革厂、制糖厂、化工厂和其他一些工厂的设备,以及电机器材等,作为交换。

此外,大顿河军政府还为德国产业界向顿河地区工商业投资提供特惠条件,尤其是在开发和经营新的水运线和其他运输线方面。

密切的合作对双方都有利,德国军队和哥萨克在共同战斗中流的鲜血凝成的友谊,必将成为战胜我们的一切敌人的强大力量。

向陛下呈递本书的,不是外交家,不是深谙国际公法的专家,而是一个在光荣的战斗中一向尊重德军威力的士兵,因此,请陛下原谅我不加任何矫饰的直陈,请相信我一片忠诚。

顿河司令官,少将

彼得·克拉斯诺夫敬启

七月十五日,这封信提交司令部外长会议讨论过,尽管大家对这封信都持保留态度,而且包加叶夫斯基和另外几个政府委员甚至明确表示反对,但克拉斯诺夫还是立即将这封信交给了在柏林的济莫夫乡乡长李贺登别尔格斯基公爵,他是和克拉斯诺夫一同上基辅去,又跟着柴里亚楚金将军从基辅上德国去的。

这封信在发出以前,经过包加叶夫斯基的默许,在外交处打印过。这封信的打印本于是就广泛地流传开来,后来又加了一些相应的批注,在哥萨克部队和各乡镇到处流传起来。这封信成了强有力的宣传工具。大家越来越激烈地议论起克拉斯诺夫卖身投靠德国人的事。前线上开始发生骚动。

就在这时候,节节胜利、气焰不可一世的德军,把俄国的柴里亚楚金将军带到了巴黎城下,柴里亚楚金就和德军总参谋部的人员一起,看到了克虏伯重炮的强大威力,看到了英法联军的覆灭。

五

在冰上行军①期间,叶甫盖尼·李斯特尼次基受过两次伤:第一次是在攻占拉宾河口镇的战役中,第二次是在清晨进攻叶卡捷琳诺达尔的时候。两次伤势都不重,所以都没有离开队伍。但是在五月里,志愿军在诺沃契尔卡斯克地区作短时间休息的时候,李斯特尼次基感到身体不舒服,就请了两个星期的假。

因为不怎么愿意回家,他就决定在诺沃契尔卡斯克休息休息,免得往返花费

---

① 科尔尼洛夫一伙把他们从罗斯托夫往库班撤退称为"冰上行军"。——作者注

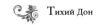

时间。

和他同排的同事郭尔察柯夫骑兵大尉,也和他一起请假离开队伍。郭尔察柯夫请他到自己家里去住:

"我没有孩子,我老婆一定很欢迎你。她已经从我的信上很熟悉你啦。"

这天中午,像夏天一样炎热和明朗,他们来到车站旁边的一条街上,在一座古老的房子跟前下了马。

"这是我以前的住宅。"黑胡子、长腿的郭尔察柯夫急急忙忙往前走着,回头看着李斯特尼次基说。

他的两只鼓鼓的、黑中透蓝的眼睛,因为高兴和激动湿润了,他那像希腊人一样的肉嘟嘟的鼻子笑得奔拉了下来。他跨着大步,走得绿色马裤那磨得光油油的裤裆嚓嚓响着,走进了房里,房里马上就充满了当兵人身上发出的那股汗酸气。

"廖丽娅①在哪儿? 奥丽加·尼古拉耶芙娜在哪儿?"他朝着急忙从厨房里跑出来含笑相迎的女仆叫道。"在花园里吗? 咱们上花园里去。"

花园里的苹果树下,轻轻晃动像虎皮一样斑斑点点的阴影,散发着蜂房的气息和干土的气息。阳光照在李斯特尼次基的眼镜上,曲曲折折、像榴霰弹一样散了开去。铁路线上有一辆火车头一个劲儿地呜呜叫着;郭尔察柯夫打破这种单调的吼叫声,唤道:

"廖丽娅! 廖丽娅! 你在哪儿呀?"

一个身穿鹅黄色衣服的高高的女子,在蔷薇丛里闪了闪,从旁边一条林荫小道上走了出来。

她用惊愕而优美的姿势把两手按在胸前,愣了一小会儿,然后就喊叫着伸出两条胳膊,朝他们奔来。她跑得非常快,所以李斯特尼次基只能看到在她那裙子里面一动一动的圆滚滚的膝盖、窄窄的鞋尖和向后仰着的头上那金光闪闪的头发。

她踮起脚尖,把两条弯弯的、晒得红红的光胳膊搭在丈夫的肩上,吻他那落满灰尘的两腮、鼻子、眼睛、嘴唇、因为风吹日晒变黑了的脖子。快速的吻声劈劈啪啪响着,就像机枪扫射一样。

李斯特尼次基擦着眼镜,闻着洋溢在周围的马鞭草的气息,也在笑着,他自

---

① 廖丽娅是奥丽加的爱称。

已知道,这是一种十分勉强的傻笑。

等到伴有一阵阵冲动的兴奋高潮过去,郭尔察柯夫温柔地、然而毅然决然地 掰开紧紧箍住他的脖子的妻子的手指头,抱住她的肩膀,把她的身子轻轻转了 过来。

"廖丽娅……这是我的朋友李斯特尼次基。"

"哦,是李斯特尼次基呀!欢迎欢迎!我丈夫经常提到您……"她娇喘吁吁, 用两只笑盈盈、高兴得模糊了的眼睛匆匆在他身上扫了一遍。

他们一块儿朝前走去。郭尔察柯夫用一只长着肉刺和脏指甲的毛烘烘的手 搂着妻子那姑娘一般的细腰。李斯特尼次基一面走,一面侧眼看着这只手,闻着 马鞭草的气息和晒得热烘烘的女人身体的气息,觉得自己就像一个小孩子被别 人无缘无故狠狠打了一顿,心里十分委屈。他看了看一缕金黄色鬈发覆盖着的 她的粉红色的小耳朵,看了看离他只有一尺远的脸蛋儿那细嫩的皮肤;他的眼睛 像蝎虎子一样朝她的胸前开口处溜了溜,看到了不大的、鼓鼓的奶黄色乳房和耷 拉着的棕色奶头。奥丽加那浅蓝色的眼睛偶尔朝他看一看,那目光是亲热的、和 蔼的,但是当这双眼睛朝郭尔察柯夫那黝黑的脸上望去的时候,发出的是完全不 同的亮光,李斯特尼次基心中就涌起一股淡淡的、恼人的惆怅感……

在吃饭的时候,李斯特尼次基才真正看清了女主人的容貌。在她那优美的 身段和脸上有一种开始凋谢的、已见亏损的风韵,这种风韵总是隐隐约约地出现 在一个年过三十的女子身上。但是在她那一双带有讥笑意味、有点儿冰冷的眼 睛里,在她的举止中,还保留着没有消耗尽的青春活力。她的脸可以说是一张顶 平常的脸,线条十分柔和,虽不标致,却很迷人。唯有一种鲜明的对照特别惹眼: 那火热的、干裂的薄嘴唇是深红色的,只有南方黑头发的女子才有这样的嘴唇, 那脸上的皮肤却泛着粉红色,眉毛是黄白色的。她很开心地笑着,但是在她那龇 着满口密密实实、整整齐齐的细牙的微笑中,有机械的成分。她的声音低低的, 有些沙哑,没有什么抑扬顿挫。两个月以来,除了肮脏的女护士,李斯特尼次基 再没有见过女人,因此就觉得她分外漂亮。看着奥丽加·尼古拉耶芙娜姿态高 傲、垂着发髻的头,他常常答非所问,不久他就借口身体疲倦,到给他安排好的屋 子里去了。

……甜蜜而惆怅的日子就这样一天天过去。后来李斯特尼次基常常怀着敬 重的心情去回想这些日子,但是在当时他却像小孩子那样,无缘无故、糊里糊涂 地感到烦恼。郭尔察柯夫夫妇常常单独在一起,避免和他见面。他们借口要修 理屋子,让他从原来在他们卧室隔壁的那间屋子搬到拐角上一间屋子里去,郭尔

察柯夫在说这话的时候,咬着小胡子,他那刮得光光的、变年轻了的脸上的一本
正经的表情中露着笑意。李斯特尼次基明白是什么使朋友感到不方便,但是不
知为什么他又不愿意搬到别的朋友家去。他天天躺在苹果树下,躲在橙黄色的
朦朦胧胧的凉荫里,看那些用粗劣的包装纸草率印成的报纸,或者睡觉,做一些
使人烦恼、使人难受的梦。给他解闷消愁的是一只很漂亮的咖啡色白斑猎狗。
猎狗见男主人一颗心全放在妻子身上,心里也很不是滋味,就常常来找李斯特尼
次基,跟他躺在一块儿,唉声叹气,李斯特尼次基就抚摩着猎狗,动情地小声吟咏
起来:

> 幻想吧,幻想吧……你那金色的眼睛
>
> 越来越不能看远,越来越暗淡……

　　他怀着喜爱的心情回味着他还记得的布宁的一些像薄荷蜜一样芳香而醇厚
的诗句,又睡着了……

　　奥丽加·尼古拉耶芙娜凭着女性特有的敏感,看透了他的苦闷心情。她本
来就很慎重,现在跟他相处更加慎重了。有一天傍晚,他们两个从公园里回来
(马尔科夫将军团里的几个军官在公园门口拦住了郭尔察柯夫),李斯特尼次基
挽着奥丽加·尼古拉耶芙娜的胳膊,紧紧夹着她的胳膊肘,这使她很不高兴。

　　"您为什么这样看我呀?"她笑着问道。

　　李斯特尼次基感觉她的低低的声音中似乎有戏谑和挑逗的意味。因此他才
大着胆子念了一首哀艳的小诗(这几天他迷上了诗歌,玩味起别人咏出的痛苦)。

　　他低下头,微微笑着,低声吟道:

> 一种奇异的亲切感将我紧紧锁住
>
> 我朝黑黑的面纱里面凝望——
>
> 看见了迷人的海岸
>
> 看见了迷人的地方。①

　　她轻轻地抽出自己的胳膊,用觉得好笑的声调说:

---

　　①　这是勃洛克的诗《美丽的陌生女郎》中的一节。

"叶甫盖尼·尼古拉耶维奇,我很明白……我不会看不出您对我的态度……您不觉得害羞吗?这不好,很不好!我没有想到您是……这样的人……这算什么呀,咱们以后别这样啦。要不然又难听,又不光彩……干这类的事儿,您可是找错了对象。您是想勾引我吧?算了吧,不要坏了我们的朋友关系,您就别胡来吧。我可不是那个'美丽的陌生女郎'。明白吗?是他来了吧?您把手给我吧!"

李斯特尼次基装做很委屈很生气的样子,但是到末了,他不再表演生气了,也跟着她哈哈大笑起来。等郭尔察柯夫追上他们之后,奥丽加·尼古拉耶芙娜活跃起来,而且更快活了,但是李斯特尼次基却不做声了,心里狠狠地骂自己,一直骂到家门口。

奥丽加·尼古拉耶芙娜实心实意地相信,把话说明白以后,他们会成为朋友的。表面上李斯特尼次基也能像她所相信的那样,但是他在心里几乎是恨她的,过了几天,他就发觉自己在拼命寻找奥丽加性格和外貌上的缺点,他明白,他这是站在真正的、深厚的爱情的边沿上了。

假期快完了,脑子里还留着莫名的不快感。志愿军经过补充和休整之后,准备进攻了;志愿军又要离开顿河首府,上库班去。不久,郭尔察柯夫和李斯特尼次基就离开了诺沃契尔卡斯克。

奥丽加送走了他们。黑绸子衣服衬托出她那淡雅的风韵。她那哭红的眼睛在笑着,肿得很不好看的嘴唇为她的脸增添了激动和孩子气的表情。李斯特尼次基脑子里留下的就是她这种样子。不管在血里,在人生的泥淖中,他的脑海里很久都珍重地保留着她的闪闪发光、永不磨灭的形象,给她的形象罩上一层高不可及的神圣的光环。

六月里,志愿军就参加了战斗。就在第一次战斗中,一块三英寸口径的炮弹皮打烂了郭尔察柯夫的肚子。他们把他抬下了阵地。一个钟头以后,他躺在大车上,流着血和尿,对李斯特尼次基说:

"我不以为我会死……马上就要给我动手术……据说没有麻药……死可不值得。你以为怎样?……不过,为了预防万一——趁我头脑还清醒……叶甫盖尼,我劝你别丢掉廖丽娅……我和她连一个亲人也没有。你是一个正直人、体面人……你娶了她吧……不愿意吗?……"

他带着恳求和仇恨的神情望着李斯特尼次基,因为长满胡楂子发青的腮帮子哆嗦着。他把沾满了血和泥的两只手小心翼翼地放到炸坏的肚子上,一面舔着嘴唇上的粉红色汗珠儿,一面说:

"你答应吗?如果俄罗斯的大兵不把你也这样干一家伙的话……你别扔掉

她。你答应吗？不说话吗？她是一个很好的女子。"他的一张脸很难看地歪了歪。"是屠格涅夫笔下那样的女子……现在可没有这样的女子啦……你不说话吗？"

"我答应。"

"那你就走吧！……再见啦！……"

他抓住李斯特尼次基的手，哆哆嗦嗦地握了握，然后很笨拙地使劲把他拉到自己跟前，因为使劲脸色越来越白，他抬起汗漉漉的头，把干裂的嘴唇贴到李斯特尼次基的手上。李斯特尼次基很激动，急忙用大衣襟遮住脸，掉过头去，在转头的工夫看见郭尔察柯夫的嘴唇打着冷战，腮边有一道灰色的泪痕。

过了两天，郭尔察柯夫死了。又过了一天，李斯特尼次基也被送往齐霍列茨克，因为他的左胳膊和大腿受了重伤。

在柯林诺夫镇外发生了持久而激烈的战斗。李斯特尼次基跟着队伍进行了两次冲锋和反冲锋。到第三次，他们这个营的劲头儿鼓了起来。连长一个劲儿地喊："不要卧倒！……有种的，冲啊！……为了科尔尼洛夫的事业，冲啊！……"李斯特尼次基在喊声的鼓动下，在没有收割的麦地里很吃力地小步跑着，左手举着工兵锹，遮住脑袋，右手握着步枪。有一次一颗子弹吱的一声在铁锹上滑过，李斯特尼次基重新握紧锹把，心里高兴地说："没有打着我！"可是后来他的胳膊上挨了很猛烈、很厉害的一下子。手里的铁锹掉了。他带着一股热劲儿，不再护头，又往前跑了十几丈远。他本来想把步枪端起来，可是左胳膊已经抬不起来了。疼痛就像浇版的铅一样，沉甸甸地灌进每一个骨节。他倒在垄沟里，忍不住叫了几声。他躺在地上，又有一颗子弹打在他的大腿上，于是他慢慢地、很不情愿地失去了知觉。

在齐霍列茨克给他锯掉了打坏了的胳膊，取出了大腿里面的碎骨片。他躺了两个星期，伤口又疼，又灰心，又苦闷，很不是滋味。后来把他转送到诺沃契尔卡斯克。又在这儿的医院里度过了三十个难熬的日夜：换药、医生和护士那令人生厌的脸、碘酒和石碳酸的冲鼻子气味……有时候奥丽加·尼古拉耶芙娜来看他。她的两腮泛着黄绿色。她的丧服烘托出哭干的眼睛没有哭尽的悲痛。李斯特尼次基每次都要对着她那失神的眼睛看很久，一声不响，很不好意思地、偷偷地把那只空袖筒藏到被窝里。她好像不愿意打听丈夫死的详细情形，她的目光在病床上扫来扫去，好像心不在焉地听着。李斯特尼次基出了院，就去找她。她在台阶上迎接他，当他把一头剪得短短的淡黄色头发的头垂得低低的，去吻她的手的时候，她把脸转了过去。

　　他的脸仔细刮过,那套很讲究的绿军服穿在身上还是很有气派,只是那只空袖子叫人看了很不舒服——缠着绷带的那小半截胳膊在里面哆哆嗦嗦地直摆动。

　　他们走进屋里。李斯特尼次基还没有坐下去,就开口说:"鲍里斯临死要求我……要我答应,不要把您扔下……"

　　"我知道。"

　　"您从哪儿知道的?"

　　"从他最后一封信里……"

　　"他希望咱们能在一块儿……当然,这要看您是否同意,是否愿意和一个残废人结婚……我请您相信……现在谈爱情的话实在是不应该的……不过我诚心诚意希望您幸福。"

　　李斯特尼次基的窘急的样子和语无伦次的激动的话感动了她。

　　"这事儿我想过啦……我同意。"

　　"咱们上我父亲的庄上去吧。"

　　"好。"

　　"其余的事以后再办,好吗?"

　　"行。"

　　他恭恭敬敬地用嘴亲了亲她那像白瓷一样光滑的手,等他抬起两只柔顺的眼睛,就看见她的嘴上掠过一丝笑意。

　　爱情和强烈的肉欲使李斯特尼次基离不开奥丽加。他开始天天到她家里来。厌倦了战争生活的一颗心向往起童话式的生活……他像古典小说中的人物那样,常常自己和自己议论,耐心地在自己心里寻找他对谁都不曾有过的高尚感情,也许他是想用这种感情来掩饰赤裸裸的情欲。不过童话有一部分是连着现实的:不光是肉欲,还有一条看不见的线,把他捆到了这个偶然在他的生活中出现的女子身上。他弄不清自己的心情,只是有一点他觉得十分清楚:他这个残废了的、离了队伍的人,依然有一种压抑不住的、兽性的本能——"我要快活"。甚至在奥丽加还十分悲痛的日子里,她心里还十分沉重、十分悲伤的时候,他对死去的郭尔察柯夫的嫉妒心还在燃烧着,就找她睡觉,而且如癫似狂……昏天黑地地过着日子。闻过火药气味、感到世事茫然的人,都是拼命寻欢作乐,如饥似渴,今朝有酒今朝醉。就因为这样,李斯特尼次基才急急忙忙把自己的生活和奥丽加的生活结成一个结儿,也许他已经模模糊糊意识到,他拼死保卫的事业已经注定要完了。

他给父亲写了一封很详细的信,说他要结婚,并且不久就要带着妻子回亚戈德庄上去。

"……该做的事我已经做完了。我本来还可以用一条胳膊来消灭作乱的痞子们,消灭俄罗斯知识分子几十年来为其命运唏嘘流涕的这些该死的'人民'。但是,说实在的,现在我觉得这已经毫无意义了……克拉斯诺夫和邓尼金在闹意见;在双方的内部也都是互相陷害、倾轧、营私舞弊、钩心斗角。有时候我简直感到十分可怕。有什么办法呢? 我要回家去,用现有的唯一的一条胳膊拥抱您,同您生活在一起,在一旁观察局势的发展。我已经不能做战士,而是一个残废人啦,肉体上和精神上都是这样。我疲倦啦,我认输啦。大概,我要结婚,想找块'安逸之地',部分原因就在于此。"他用伤心和自嘲的语气在信尾这样写道。

他决定再过一个星期就离开诺沃契尔卡斯克。在动身的前几天,李斯特尼次基就索性搬到奥丽加家里来住。他们睡了一夜以后,奥丽加不知为什么消瘦了,憔悴了。她虽然后来也总是俯就他,但她还是因为既成的局面感到很痛苦,心里感到受了侮辱。李斯特尼次基不了解,也许是不愿意了解,他们在用不同的尺度衡量他们之间的爱情,而又用同样的尺度衡量他们的憎恨。

在动身前几天,李斯特尼次基有时无意中想起阿克西妮亚。他极力拦阻想她的念头,就像用手遮拦阳光那样。但是,不管他愿意不愿意,那段往事就像一缕阳光,一股劲儿地要钻过来,搅得他心神不定。起初他想:"我不和她断绝关系。她会同意的。"但是他又想到要顾体面——决定回家以后,如果有机会,就和她谈谈,跟她一刀两断。

第四天傍晚时候,他们来到亚戈德庄上。老爷在一俄里以外迎接这对新夫妇。叶甫盖尼老远就看见父亲很吃力地从马车的座位上跨了下来,摘下帽子。

"迎接贵客来啦。来,让我看看你们……"他用浑厚的嗓门儿说着,很不灵便地抱住儿媳妇,用他那灰中泛绿、熏焦了的胡子直扎她的脸蛋儿。

"爸爸,坐到我们车上来吧! 车把式,走吧! 哦,萨什卡老爹,你好啊! 还结实吗? 爸爸,您坐到我的位子上,我就跟车把式坐在一起。"

老头子坐到奥丽加旁边,用手帕擦了擦胡子,很镇定地、带着似乎很起劲的神气打量了一下儿子。

"喂,怎么样,伙计?"

"我看见您,太高兴啦!"

"你说你残废了吗?"

"有什么办法呢? 是残废啦。"

父亲装做一本正经地看着儿子,想用严肃的神情掩饰难受的神情,不去看那只掖在腰带上的草绿色制服的空袖筒。

"没什么,我习惯啦。"叶甫盖尼耸了耸肩膀。

"当然,你会习惯的,"老头子连忙说,"只要脑袋还囫囵就行。总算是胜利归来啦……不是吗? 不是胜利,又是什么? 我要说,是胜利归来啦。甚至还带回来一个美丽的俘虏呢,不是吗?"

叶甫盖尼欣赏着父亲那种文雅的、多少有点过时的殷勤样子,用眼睛问奥丽加:"喂,老头子怎么样?"不用她说话,他从她那快活的笑容上,从她那热情的眼神上,就看出她很喜欢父亲。

几匹灰马小跑着,拉着大车在长长的山坡上奔驰。在冈头上就看见许多房舍、像抖搂开的马鬃一样的绿色丛林、白墙的主房、遮掩着一面面窗户的槭树。

"真好啊! 噢,太好啦!"奥丽加高兴起来。

几只黑黑的猎狗高高地蹦着,从院子里跑了出来。猎狗围住了车子。萨什卡老爹从后面照着一只往车上跳的狗抽了一鞭子,怒喝道:

"会把你压死的,鬼东西! 滚开!"

叶甫盖尼背朝马倒坐着;几匹马有时打几声响鼻,风把马鼻涕星子往后吹,洒在他的脖子上。

他微微笑着,望着父亲、奥丽加、撒了许多麦穗的道路和缓缓高起、遮住了远方山岭和地平线的土岗。

"真静啊! 多么安静……"

奥丽加含笑目送着一声不响地在大路上方飞过的白嘴鸦,目送着往后跑去的一丛丛野蒿和草木樨。

"都出来迎接咱们啦。"老爷眯起眼睛说。

"谁?"

"下人们呀。"

叶甫盖尼回头一看,还没有看清那一群人的脸,就觉得妇女当中有一个是阿克西妮亚,他的脸刷地一下子红了。他以为阿克西妮亚的脸色一定是很激动的,可是当大车沙沙响着,来到大门口的时候,他惴惴不安地朝右面一望,就看见了阿克西妮亚,只见她的脸镇静而愉快,笑盈盈的,不禁吃了一惊。他心里一块石头落地,放下心来,连忙点头还礼。

"真妖艳! 这是什么人? ……美得迷人,不是吗?"奥丽加用赞美的目光瞟了瞟阿克西妮亚。

但是叶甫盖尼已经恢复了勇气;他镇定而冷淡地附和说:

"是的,这女人很漂亮。是咱们家的女用人。"

奥丽加的出现,给家里的一切带来了变化。老爷以前在家里总是整天穿着睡衣和毛织的短裤,现在吩咐把散发着樟脑气味的军服上衣和撒裤腿的将军裤从柜子里拿了出来。以前他一切都不讲究,穿着马马虎虎,现在如果发现熨过的衬衣上有一点小褶儿,就要把阿克西妮亚大骂一顿;早晨起来,她递给他的靴子如果没有刷干净,就要狠狠地瞪她两眼。他打扮得漂亮起来,每天都把脸刮得光光的,叶甫盖尼看了又高兴又惊异。

阿克西妮亚好像预感到事情不妙,便千方百计讨取少奶奶的欢心,曲意奉承,百般殷勤。鲁凯莉亚想方设法把饭食做好,使出拿手本领,使菜肴的味道不断翻新。就连老朽不堪的萨什卡老爹,也受到亚戈德庄上发生的变化的影响。有一天,老爷在台阶前碰见他,从头到脚把他打量了一遍,气呼呼地用指头招了招他。

"你这是怎么搞的,狗崽子?嗯?"老爷狠狠地翻着眼睛说。"你的裤子是什么样子,嗯?"

"你说是什么样子?"萨什卡不客气地回嘴说,但是他听到老爷这不同一般的发问和气得发抖的声音,也多少有点儿发窘。

"家里有年轻女人,你这老畜生,想把我气死吗?为什么裤裆不扣好?嗯?!"

萨什卡老爹的肮脏手指头伸到裤裆里,匆匆忙忙地扣起那长长的一排老大的扣子,就好像在按一架无声的手风琴的键盘。他还想对老爷说几句顶撞的话,可是老爷就像年轻时那样狠狠地把脚一跺,跺得那老式尖头靴子的底都开了绽,并且大声喝道:

"上马棚里去吧!给我走!我叫鲁凯莉亚烧点开水把你烫烫!把你那张脏皮剥下来,猪猡!"

叶甫盖尼悠闲自在,天天带着猎枪在干涸的山涧里转悠,在割掉了黍子的地里打打野鸡。只有一件事使他放心不下,就是他和阿克西妮亚的关系问题。但是有一天晚上,父亲把叶甫盖尼叫到自己的屋子里;老头子担心地朝门口望着,不去看儿子的眼睛,开口说:

"我说,你要明白……原谅我过问你的私事。可是我想知道,你和阿克西妮亚的事打算怎么办。"

叶甫盖尼抽烟卷的那种慌乱样子，一下子就使他露了馅儿。他又像回来的那一天一样，脸刷地一下子红了，而且他觉得越来越红，比那一天红得还厉害。

"我不知道……实在不知道……"他坦率地说。

老头子加重语气说：

"可是我知道。你马上就去和她谈一谈。给她些钱，算是赔补，"说到这里，他隐隐约约笑了笑，"请她离开。咱们另外雇一个。"

叶甫盖尼起身就朝下房走去。

阿克西妮亚背朝门站着，正在和面。两个肩膀一晃一晃的，脊梁中间出现一道很明显的沟。两个袖子挽到肘子上，那黑糊糊、圆滚滚的胳膊上的肌肉蹦蹦跳跳的。叶甫盖尼看了看她那毛茸茸的、老大的发鬏儿覆盖着的脖子，说：

"阿克西妮亚，请你出来一下。"

她很快地转过身来，竭力使自己的笑逐颜开的脸带上恭顺和冷漠的表情。但是叶甫盖尼看出，她在放下袖子的时候，手指头直哆嗦。

"我就来。"她担心地朝女厨子看了一眼，再也压抑不住欢喜的心情，就带着幸福和祈求的笑容朝叶甫盖尼走来。

来到台阶上，他对她说：

"咱们上花园里去。有话要谈一谈。"

"走吧，"她高高兴兴服服帖帖地答应说，心里想，这是要恢复旧日关系了。

在路上，叶甫盖尼小声问道：

"你知道我为什么叫你出来吗？"

她在黑暗中笑着，抓住他的手，但是他猛地一下子把手抽了出去，于是阿克西妮亚全明白了。她站了下来。

"叶甫盖尼·尼古拉耶维奇，您想怎样？我不往前走啦。"

"好吧。咱们在这儿谈谈也行。不会有人听见的……"叶甫盖尼急急忙忙地说，说得很乱。"你应该了解我。现在我不能再跟你像以前那样……我不能和你过啦……你明白吗？现在我成家啦，作为一个正直人，我不能去做下贱的事……良心不允许……"他一面说，一面为这些冠冕堂皇的话感到十分羞臊。

黑夜刚刚从黑暗的东方来临。

在西方，落霞映照着的一小片天空还红红的。因为怕"变天"，场院上在点着灯打场，机器轰隆轰隆地响着，雇工们乱哄哄地嚷嚷着；绞板不停地往吃不饱的脱粒机里送麦捆，还沙哑地、高高兴兴地叫着："干吧！干吧！干——吧！"花园里异常安静。可以闻到大麻、小麦和露水的味道。

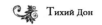

阿克西妮亚一声不响。

"你有什么意见？怎么不说话呀,阿克西妮亚?"

"我没有什么话好说。"

"我给你一些钱。你应该离开这儿。我想,你会同意的……我如果天天看到你,会觉得难过。"

"再过一个星期,我就做满一个月啦。可以做满这个月吗?"

"当然可以,当然可以!"

阿克西妮亚沉默了一会儿,后来不知为什么像挨了一顿打一样,畏畏缩缩地侧着身子走到叶甫盖尼跟前,说:

"嗯,好吧,我走……可是,你就不能最后可怜我一次吗? 我要男人,就不要脸啦……我难受死啦……你别骂我,小亲亲。"

她的声音又响亮,又干脆。叶甫盖尼实在弄不清她说的是真话,还是在开玩笑。

"你想怎样?"

他懊恼地咳嗽了一声,就忽然感觉到她又怯生生地在摸索他的手……

过了五分钟,他从湿漉漉、香喷喷的醋栗丛里走出来,走到篱笆跟前,抽着纸烟,用手绢擦了半天裤子,因为裤子膝盖部分被嫩草染绿了。

他走上台阶,回头看了看。在下房里,窗前一片黄黄的灯光中晃动着阿克西妮亚那柔美的身影——阿克西妮亚抬起双手,梳理着头发,正对着灯微笑呢……

六

羽茅草长成了。几十里的草原上晃动着一片银白色。风吹得羽茅草歪歪倒倒的,吹得那灰白色的草浪沙沙直响,一起一伏,时而向南倒,时而向西歪。气流经过处,羽茅草都像祷告似的一齐弯下身去,在那白色的浪顶上,很久都留着一道黑黑的印子。

各种各色的野花都开过了。冈头上的野蒿晒得无精打采地垂下了头。短短的夜过得很快。每天夜里,漆黑的天上都闪烁着无数的星星;一弯新月,这哥萨克的小太阳,放射着微弱的白光;宽宽的银河与其他一些星群纵横交错。酸涩的空气浓浓的,风又干,又带有野蒿气味;土地也吸饱了到处称霸的野蒿的苦味,很希望凉爽凉爽。一条条星路不停地闪烁着,一副高傲的神气,因为既没有马蹄践踏,又没有人足去踩;星星就像麦粒儿撒在天空干燥的黑土里,不发芽也不吐穗,撒过就没有了;月亮泛着干碱土颜色,草原上到处干透了,到处是枯萎的野草,到处有鹌鹑闹闹嚷嚷、拼死拼活地打架,还有又尖又响的蝈蝈叫声……

白天里,又热又闷,到处烟雾蒙蒙。淡蓝色的天上,是火辣辣的太阳,万里晴空,再就是像一张棕色铁弓似的张大了翅膀的老鹰。草原上到处是银光闪闪的羽茅草,到处是没有光泽的、像褐色骆驼毛似的、晒得发烫的杂草;老鹰侧歪着身子在蓝天中盘旋,它的巨大的影子在下面草地上无声无息地滑过。

金花鼠懒洋洋地嘎声叫着。土拨鼠在洞口新翻出来的黄黄的土堆上打盹。草原上燥热,然而死静,四周的一切是明净的,一动也不动。就连天边那座古冢也蓝幽幽的,又神秘,又朦胧,就像在梦里一样……

故乡的草原呀!带苦味的风一股劲儿地吹拂着马群里的骟马和公马的马鬃。干燥的马鼻子都被风吹咸了,马闻着又咸又苦的气味,觉得嘴上有风和太阳的味道,就吧嗒起那光溜溜的嘴唇,并且不时地叫上几声。低低的顿河天空下的故乡草原呀!一道道的干沟,一条条的红土崖,一望无际的羽茅草,夹杂着斑斑点点、长了草的马蹄印子,一座座古冢静穆无声,珍藏着哥萨克往日的光荣……顿河草原呀,哥萨克的鲜血浇灌过的草原,我向你深深地鞠躬,像儿子对母亲一样吻你那没有开垦过的土地!

这匹马的头又小又瘦,就像蛇头。两只耳朵又小又灵活。胸部肌肉异常发达。四条腿细细的,非常有力,蹄腕骨十分端正,蹄子光溜溜的,就像河边的小石头。屁股微微下溜,尾巴就像一捆麻。这马是顿河良种马。不但是良种,而且是真正的纯种,血管里连一滴杂血也没有,因此处处都可以看出是纯种马。这马的名字叫"长尾猴"。

在喝水的时候,"长尾猴"为了保护自己的骟马,和另外一匹更强壮的老种马打了一架,尽管种马在牧场上都是不钉马掌的,那匹马还是把"长尾猴"的左前腿踢伤了。两匹马都直立起来,用嘴乱咬,用前腿乱踢,又是扯毛,又是撕皮……

马倌不在旁边。马倌大叉开穿着落满尘土、晒得发烫的靴子的两腿,背对着太阳,趴在草地上睡觉呢。老种马把"长尾猴"踢倒在地上,后来又把"长尾猴"撵得远远的;老种马把流血不止的"长尾猴"撇在那里,自己就带着两群马,顺着"泥沟"朝前走去。

把受伤的"长尾猴"送到马棚里,兽医治好了那条受伤的腿。到第六天,米沙·柯晒沃依来向场长汇报情况,就看见生性强悍的"长尾猴"咬断了缰绳,从马架子里跑了出来,带上在附近吃草的场长、兽医和马倌们骑的几匹骒马,朝草原上跑去,起初是小跑,后来就去咬落后的骒马,催着快跑。场长和马倌们从房子里跑出来,只听见绊马索劈劈啪啪的断裂声。

"叫咱们骑不成马啦,该死的畜生!……"

场长骂着,但是他望着越跑越远的马,心中却在暗暗地称赞。

晌午时候,"长尾猴"领着几匹骒马去喝水。步行赶来的几个马倌才把几匹骒马带开了。米沙给"长尾猴"上了鞍,骑到草原上去,放进了原来的马群。

米沙担任马倌两个月以来,很用心地研究了马在配种时期的生活;研究了马的智慧和高尚的动物习性,并且感到深深的敬佩。骒马就当着他的面跟公马交配;这种自古就有的原始举动是那样朴素自然,那样单纯,使米沙不由地将它们跟人相比,觉得人就不如了。但马在彼此相处中也有许多像人的地方。比如,米沙就发现,老公马巴哈尔对待骒马一向很凶、很粗暴,但是对一匹白额头、火眼睛、四岁口的漂亮的枣红色小骒马却另眼相看。巴哈尔在这匹小骒马跟前总是心神不定、激动异常,总是带着一种特别的、又小心又热情的哼哼声去闻它。巴哈尔在休息的时候,很喜欢把自己那一副凶相的头放到小骒马的屁股上,就这样睡上很久。米沙在一旁看着巴哈尔,就看见巴哈尔那一条条的肌肉在薄薄的一张皮下缓缓蠕动着,米沙就觉得,巴哈尔爱这匹小骒马,就像老年人爱孩子那样,又深沉,又无微不至,又不指望报答。

米沙工作很认真。看样子,他热心工作的事,乡长也知道了。八月初,场长接到通知,说要把米沙·柯晒沃依调到乡公所去。

米沙马上收拾行装,把公家的东西都交还了,当天下午就动身。他不停地抽打自己的骒马。太阳落山的时候,已经过了卡耳根,而且在冈头上撵上了一辆往维奥申方向去的马车。

赶车的乌克兰人赶着两匹汗淋淋的大肥马。这是一辆带弹簧座的轻便马车,座位上半躺着一个体态匀称的宽肩膀男子,穿着一件城里式样的西服上衣,后脑勺上扣着一顶灰色细呢帽。米沙跟在马车后面走了一会儿,望着戴呢帽的人那颠得直哆嗦的耷拉着的肩膀,望着那落满尘土的白领子。那人脚边放着一个黄皮包和一个大口袋,上面盖着一件折叠起来的大衣。米沙还闻到一股刺鼻子的陌生的雪茄烟气味。"一定是个当官的到镇上来有事。"米沙心里这样想着,驱马跟马车走齐了。他侧眼朝呢帽帽檐底下一看,就半张着嘴愣住了,觉得又害怕又惊愕,背上好像有许多蚂蚁乱爬。原来半躺在马车上、眯缝着很厉害的浅色眼睛、不耐烦地咬着黑黑的雪茄烟头的是司捷潘·阿司塔霍夫。米沙不相信自己的眼睛,又朝这位同村人那十分熟悉、然而变得很厉害的脸打量了一遍,这才认准,马车上躺着的确确实实就是司捷潘,他激动得冒出汗,咳嗽一声,问道:

"对不起,先生,您是不是阿司塔霍夫?"

马车上的那人点了点头,这一点头,帽子就摔到了额头上;他扭过头来,抬眼看了看米沙。

"是的,我是阿司塔霍夫。怎么啦?您莫非……等一等,你是柯晒沃依吧?"他欠起身来,只用嘴唇在剪得短短的栗色胡子底下笑着,眼睛里和一张苍老了的脸上保持着不可接近的严肃神情,并且又慌乱又高兴地伸出一只手来。"是柯晒沃依吧?是米沙吧?咱们又见面啦!……真高兴……"

"怎么回事儿呀?怎么搞的呀?"米沙扔掉缰绳,大感不解地把两手一摊。"都说你死啦。可是我一看:是阿司塔霍夫嘛……"

米沙喜笑颜开,在马鞍上转来转去地坐不住了,可是司捷潘的外表和那低腔低调的一口官话,使米沙觉得很不自在;他改变了称呼,后来在说话时一直称司捷潘为"您",模模糊糊感觉到他们之间出现了一条无形的分界线。

他们谈了起来。马匹小步走着。西边的晚霞像火一样,淡蓝色的云彩在天上飘着,渐渐投入夜的怀抱。大道旁边的黍子地里,有一只鹌鹑高声叫着,挨过了白天的忙乱和喧嚣、挨过了黄昏时候的草原,渐渐晦暗,渐渐安静下来。在通往楚卡林镇和克鲁日林镇的岔路口上,在淡紫色天空背景上,出现了淡淡的小教堂的侧影;聚拢在一起的一大堆砖红色云块沉甸甸地悬挂在小教堂的上空。

"司捷潘·安得列耶维奇,您这是打哪儿来?"米沙高高兴兴地问道。

"从德国回来。好不容易回来呀。"

"咱们村里有些哥萨克说,亲眼看见司捷潘阵亡啦,那又是怎么回事儿呢?"

司捷潘回答得很沉着,很平静,好像问得他很不痛快:"挂了两处花,可是弟兄们……算什么弟兄们?他们把我扔下啦……我就当了俘房……德国人给我治好了伤,就送我去做工……"

"好像没接到过您的什么信啊……"

"我没有什么人好写信啦。"司捷潘扔掉烟头,接着又抽起一支雪茄。

"不是有太太吗? 您太太还活着呢。"

"我跟她早就不在一起过啦——这事儿大家都知道。"

司捷潘的声音干巴巴的,没有一点儿热和味道。提到妻子,他一点也不动心。

"怎么,您在人家的地方,就不想家吗?"米沙一个劲儿地追问,胸膛几乎要贴到鞍头上了。

"起初是想的,后来就习惯啦。我在那里过得挺好。"他顿了一下,又说:"本来我想永远留在德国,加入德国籍。可是现在又想家啦,就什么都扔下,回来啦。"

司捷潘第一次弯了弯眼角上那僵硬的鱼尾纹,笑了笑。

"可是咱们这儿,您瞧,乱成什么样子啦? ……自己人打起来啦。"

"是啊——啊……我听说啦。"

"您走哪条路回来的。"

"我是从法国的马赛——一个老大的城市——坐轮船到诺沃罗西斯克的。"

"会不会也叫您去当兵呢?"

"也许会……村子里有什么新闻吗?"

"一下子哪能全都说得清呢? 新鲜事儿多着呢。"

"我的房子还在吗?"

"风吹得直晃荡……"

"街坊邻居呢? 麦列霍夫家两个儿子还活着吗?"

"都还活着。"

"我以前的老婆,您听说过吗?"

"她还在亚戈德庄上。"

"格里高力呢……还跟她在一块儿吗?"

"不啦,他跟自己老婆在一块儿。不跟您那阿克西妮亚过啦……"

"原来这样……我还不知道呢。"

他们沉默了一会儿。米沙还在拼命地打量司捷潘。他怀着敬意称赞说:

"看样子,司捷潘·安得列耶维奇,您过得真不坏。您穿得挺阔气,就像个大人物。"

"人家那里都穿得很讲究嘛。"司捷潘皱了皱眉头,捅了捅车把式的肩膀:"喂,快点儿。"

赶车的很不高兴地甩了两鞭,两匹疲劳的马很不整齐地用猛劲儿拉了几下。马车轻轻摇晃着轮子,在坑洼不平的大路上猛烈颠簸起来。司捷潘不想再谈下去,便转过身去,背朝着米沙,问道:

"你是回村子里去吗?"

"不,我到镇上去。"

来到岔路口,米沙往右拐弯,在马镫上站起来,说:

"再见啦,司捷潘·安得列耶维奇!"

司捷潘懒懒地用手指头摸了摸落满尘土的呢帽帽檐,冷冷地回答,就像外国人说俄语一样,每一个音节都说得十分清楚:

"一路平安!"

七

在菲洛诺沃—波沃林诺战线上,出现了僵持的局面。红军在收紧兵力,准备集中力量进行突破。哥萨克部队很不带劲儿地发展着攻势;哥萨克部队十分缺乏弹药,所以不想跨出本地区的边界。在菲洛诺沃前线,双方互有胜负。八月里,局面相对地稳定下来,从前方回来短期休假的哥萨克都说,到秋天就可以讲和了。

这时候,后方各乡各村里都在收割庄稼,人手十分短缺。老头子和妇女们干不了这样的活儿;而且也影响了经常派大车往前方送弹药和粮食的事。

鞑靼村几乎每天都要派五六辆大车到维奥申镇上去,在维奥申镇上装上弹药箱,送到安得洛波夫村的转运站去,有时候因为没有车辆接运,还要再往前送,

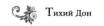

一直送到霍派尔河畔的村庄里。

鞑靼村里的人一天到晚忙忙碌碌，然而日子过得毫无生气。所有的心都想着远方的前线，大家都怀着恐慌和痛苦的心情等待着哥萨克们的噩耗。司捷潘·阿司塔霍夫的归来，轰动了全村：每一座房子里，每一家的场院上，谈的都是这件事情。早已不在人间、只有老奶奶们还记挂着、而且也只是在"追荐亡灵"的时候才记挂着的一个人，大家差不多已经忘记的一个人，一下子回来了！这不是天大的怪事吗？

司捷潘在安尼凯的老婆家里暂时住下来。他把行李搬进屋里，趁安尼凯的老婆给他烧晚饭，他就去看自己的房子。他迈着沉甸甸的、当家人的步子，在洒满月光的院子里转悠了老半天，钻到快要倒塌的棚子底下看了看，把房子打量了一遍，还摇了摇篱笆桩子……安尼凯的老婆给他煎的鸡蛋在桌上早已经凉了，可是司捷潘还在视察自己的长满荒草的宅院，还咯吧咯吧地掰着手指头，像咬舌头一样，叽里咕噜地不知在啷哝些什么。

晚上，很多人都来看他，问起他当了俘虏以后的情形。安尼凯家的上房里挤满了妇女和小孩子。他们密密层层地站在那里，张着像黑窟窿一样的大嘴，在听司捷潘讲。司捷潘很不情愿地在讲着，他那苍老了的脸上没有出现过一次笑容。看样子，生活把他折腾坏了，使他变了样子，完全变成了另外一个人。

第二天早晨，司捷潘还在上房里睡着，潘捷莱·普罗柯菲耶维奇就来了。知道司捷潘还没有醒，他把咳嗽的声音放得低低的，还用手捂着嘴。上房里散发出房里土地面那种淡淡的凉气，散发出一种不熟悉的烟草的呛人气味和远行人身上那种风尘气味。

司捷潘醒了，可以听见：他在划火柴抽烟。

"可以进去吗？"潘捷莱·普罗柯菲耶维奇问道，并且像晋见升官一样，慌忙抻平了新衬衣上的褶儿，这衬衣是为了来见司捷潘，伊莉尼奇娜才给他穿上的。

"请进来吧。"

司捷潘一面穿衣服，一面抽着雪茄烟，惺忪的睡眼被烟熏得眯缝着。潘捷莱·普罗柯菲耶维奇怯生生地走了进去，一看见司捷潘那变了模样的脸和他那丝背带上的明晃晃的饰物，吃了一惊，就站了下来，畏畏缩缩地伸出一只黑黑的手。

"你好啊，邻居！平安回来啦……"

"您好！"

司捷潘把背带搭在两个奋拉着的强壮的肩膀上，摆了摆肩膀，神气活现地把一只手放到老头子那粗糙的手里。彼此匆匆打量了一遍。司捷潘的眼睛里冒着蓝蓝的仇恨的火花,麦列霍夫老头子的鼓鼓的斜眼睛里有敬意,也有惊讶中带嘲讽的神情。

"你老了不少,司捷潘……伙计,你苍老啦。"

"是的,老啦。"

"都给你开过吊啦,就像对我家格里什卡那样……"他说到这里,就懊恼地顿住了:这话说得太不是地方了。他试图弥补自己的失言:"谢天谢地,你平平安安回来啦……谢谢你啦,主啊! 当初也给格里什卡开过吊,可是他就像拉撒路①那样,又活过来啦。他已经有两个孩子啦,他老婆娜塔莉亚,托老天爷的福,身体也复原啦。是个很好的娘们儿呀……噢,你,好伙计,怎么样?"

"还好,谢谢。"

"到我家来串串门儿,好吗? 赏赏脸,来吧,咱们聊聊。"

司捷潘不肯去,但是潘捷莱·普罗柯菲耶维奇一再地请他去,而且生气了,司捷潘只好答应。他洗过脸,把剪得很短的头发往上梳了梳,老头子问他:"你的头发哪儿去啦? 掉了吗?"——他只是笑了笑,便满不在乎地把帽子扣到头上,第一个走出门去。

潘捷莱·普罗柯菲耶维奇亲热得似乎有讨好的意味,这就使司捷潘不由地想:"他是想解除旧怨呢……"

伊莉尼奇娜时时注意着丈夫的眼睛的无声的指示,很麻利地在厨房里跑来跑去,催促着娜塔莉亚和杜尼娅,亲自往桌上端菜。姑嫂两个偶尔向坐在圣像下面的司捷潘投来好奇的目光,朝他的上衣、领子、银表链和发式打量几眼,又带着掩饰不住的惊讶的笑容互相看看。妲丽亚满面红光地从院子里跑进来;她忸怩地笑着,用围裙的角儿擦着薄薄的嘴唇,眯缝起眼睛,说:

"哎呀,好邻居,我可是不认识您啦。您简直不像哥萨克啦。"

潘捷莱·普罗柯菲耶维奇毫不怠慢,把一瓶家酿的好酒放到桌上,拔掉塞子,闻了闻那又甜又辣的气味,称赞说:

"尝尝吧,自己家里做的。要是把洋火往上一凑,准能冒蓝火,实在话!"

他们东一句西一句地谈了起来。司捷潘本来不怎么愿意喝,但是几杯酒下肚,很快就有了醉意,晕晕乎乎的了。

---

① 拉撒路的故事见《新约全书》中《约翰福音》第十一章。拉撒路死后四天,耶稣又使他复活。

"伙计,现在你应该娶亲啦。"

"瞧您说的!我原来的老婆往哪儿搁?"

"原来的……原来的算什么……原来的老婆,你以为不会用坏吗?老婆就好比骒马:只有满口牙的时候,才好骑……我们来给你找一个年轻的。"

"世道乱啦……顾不上娶亲啊……我打算休息十来天,就到乡公所去报到,恐怕还要上前线呢。"司捷潘说。他渐渐有了醉意,洋腔洋调渐渐没有了。

不久他就走了,妲丽亚用赞赏的目光送了他好一阵子,他走过以后,又争执和议论了老半天。

"这家伙抖起来啦!瞧他说话的那种腔调!就像一位税务官,或者别的什么大人物……我走进去,他正在起身,正往衬衣外面、往肩膀上套绸套带,上面还带着小牌牌儿,真的!套住了他的前胸和后背,就像套马一样。这是干什么呢?这有什么用处呢?这会儿他简直像个有学问的人啦。"潘捷莱·普罗柯菲耶维奇赞赏地说。显然因为司捷潘没有嫌弃他的盛情,没有记仇,居然来了,他心里美滋滋的。

从谈话中知道,等司捷潘服完了兵役,还要回村子里来住,要重修房屋,恢复家业。他顺便提到,他是有钱的,潘捷莱·普罗柯菲耶维奇听了这话,思索了很久,并且不由起了敬意。

"看样子,他很有钱,"潘捷莱·普罗柯菲耶维奇在他走后说,"这小子,发财啦。别的哥萨克当了俘虏回来,都赤身露体,可是你瞧瞧他,穿得多阔气……他一定是杀了人,或者偷了什么钱。"

头几天司捷潘一直呆在安尼凯家里休息,只是偶尔上街走走。街坊邻居们注视着他,观察他的一行一动,有人甚至去向安尼凯的老婆打听,司捷潘究竟有什么打算。但是她守口如瓶,什么也不说,推说不知道。

等到安尼凯的老婆雇了麦列霍夫家一匹马,星期六一大早就坐上车外出之后,村子里就纷纷议论开了。只有潘捷莱·普罗柯菲耶维奇猜出是怎么一回事儿。"要去接阿克西妮亚呢。"他一面往车上套一匹瘸腿的骒马,一面朝伊莉妮奇娜挤着眼睛说。他没有猜错。这娘们儿就是受司捷潘的委托上亚戈德庄上去的。司捷潘说:"你去问问阿克西妮亚,愿不愿意忘掉旧怨,回到男人家里来?"

司捷潘这一天完全失去了耐心和镇定,一整天都在村子里走来走去,和谢尔盖·普拉托诺维奇、"擦擦"阿杰平一起,在莫霍夫家的台阶上坐了很久,对他们讲德国的事情,讲自己在德国的生活,讲自己经过法国和海上回国一路上的情形。他有时说话,有时听莫霍夫发牢骚,时时都很留心地注视着手表……

安尼凯的老婆黄昏时候才从亚戈德庄上回来。她一面在夏季厨房里做晚饭,一面说着,说阿克西妮亚听到这意外的消息,吓了一跳,问他的情形问了不少,但是坚决不肯回来。

"她犯不着回来,日子过得跟阔太太一样。人胖啦,脸白啦。从来不干重活儿。还要怎样呢?她穿的吗,你连想都想不到。平常日子里,她穿着雪白的裙子,两只手干干净净的……"安尼凯的老婆一面说,一面羡慕地叹着气。

司捷潘的两颊通红,一双低垂的浅色眼睛里,燃烧起愤恨和苦恼的火焰,又渐渐熄灭。他压制着手的哆嗦,用调羹一下一下地喝着瓷碗里的酸牛奶,故作镇定地问道:

"你是说,阿克西妮亚日子过得挺得意吗?"

"当然得意啦!那样过日子谁也没意见。"

"她问我了吗?"

"当然问啦!我一说您回来啦,她的脸都白啦。"

吃过晚饭,司捷潘又来到荒草萋萋的院子里。

短促的八月的黄昏匆匆忙忙地降临,又匆匆忙忙地消失了。风车在潮湿而凉爽的夜空中一个劲儿地响着,传来嘈杂的人声。许多人在黄黄的、朦胧的月光下照常忙碌着:有的在扇白天打下的小麦,有的在把小麦往粮仓里送。屯子里到处是新打的小麦和糠灰那种热烘烘的呛人气味。操场附近有一架蒸汽脱粒机轧轧响着,有几条狗在叫着。远处场院上有人拖着腔在唱歌。从顿河上吹来淡薄的潮气。

司捷潘靠在篱笆上,隔着街道,望着湍急的顿河水,望着月光斜斜地踏出的波光粼粼的"甬道",望了很久。细碎的、像鬈发一样的波纹曲曲弯弯地顺流而下。顿河对岸的白杨树已经沉沉入睡。一股烦恼慢慢以不可抗拒之势占据他的心头。

天亮时候下过一阵雨,但是太阳一出来,云彩就散了,过了两个钟头,只有粘在车轮子上的干泥巴,才使人想到曾经下过雨了。

这天上午,司捷潘来到亚戈德庄上。他很激动地在大门口把马拴好,就快步朝下房里走去。

宽敞的、到处是枯草的院子里一个人也没有。好几只母鸡在马棚旁边的粪堆上乱刨。一只黑得像乌鸦一样的公鸡在歪倒的篱笆上踩来踩去。公鸡一面呼唤母鸡,一面摆好姿势,要啄正在篱笆上爬的红红的花大姐。几条肥壮的猎狗躺在车棚旁边的凉荫里。六只黑花小狗儿把它们的母亲——刚生头胎的一只年轻母狗——按倒在地上,用小腿支着身子在吃奶,把松松的灰色奶头拉得老长。老爷住的房子的铁房顶的背阴的一面还闪着亮晶晶的露水。

司捷潘一面细心地四处打量着,走进了下房,向一个胖胖的女厨子问道:

"我可以见见阿克西妮亚吗?"

"您是什么人?"女厨子用围裙擦着汗津津的麻脸,问道。

"这您用不着问。阿克西妮亚在哪儿?"

"在老爷那儿。您等一等好啦。"

司捷潘坐下来,十分疲惫无力地把呢帽放在膝盖上。女厨子把铁罐子放进炉膛里,用火钳拨弄着,不再理睬这位客人。厨房里充满了奶渣卷儿和啤酒花的酸味。炉壁上、墙壁上,撒满面粉的桌子上,都落了许多苍蝇,就像许多黑黑的小点子。司捷潘聚精会神地听着,等候着。熟悉的阿克西妮亚的脚步声,好像把他从板凳上推了下来。他站了起来,呢帽从膝盖上掉了下去。

阿克西妮亚捧着一摞盘子走了进来。她的脸一下子煞白煞白的,饱满的嘴唇角哆嗦起来。她站了下来,两手软软地把盘子抱在胸前,惊骇的眼睛直盯着司捷潘。后来不知怎地一下子离开原来站的地方,快步走到桌子跟前,把手里的盘子放下。

"你好!"

司捷潘像在梦里一样,慢慢地、深深地喘着气,咧开嘴唇很勉强地笑了笑。一声不响地往前探着身子,把一只手伸给阿克西妮亚。

"上我的屋里去吧……"阿克西妮亚做了一个请他走的姿势。

司捷潘去拾帽子,就像举一件千斤重的东西;血往脑袋里直冲,眼睛都发黑了。两个人一走进阿克西妮亚的屋子,在桌子两边坐下来,阿克西妮亚就舔着发干的嘴唇,哼哼着问道:

"你打哪儿回来?……"

司捷潘像醉汉一样,悠悠忽忽、强装高兴地挥了挥手,嘴唇上还一直挂着那种高兴而痛苦的笑。

"当过俘虏回来的……我找你来啦,阿克西妮亚……"

他有点儿不自然地忙活起来,一下子站起来,从口袋里掏出一个小包,拼命撕扯包布,那哆哆嗦嗦的手指头怎么都不听使唤,好不容易才从里面拿出一只女式银手表和一枚镶着淡蓝色假宝石的戒指……他用汗津津的手掌托着这两样东西递过去,可是阿克西妮亚的眼睛一直不离开他那张低声下气地笑着、因而变得很难看、很陌生的脸。

"拿着吧,这是给你买的……看在咱们以前的情分……"

"我要这干什么？ 等一等……"阿克西妮亚那煞白的嘴唇嘟哝着。

"拿着吧……别叫我生气……咱们那些糊涂事该忘掉啦……"

阿克西妮亚用手推着,站了起来,朝床边走去。

"都说你死了嘛……"

"我要是死了,你高兴吧？"

她没有回答,这时已经是很镇定地打量着丈夫,从头打量到脚,毫无目的地抻了抻烫得平平的裙子上的褶儿。她把双手放到背后,说：

"是你叫安尼凯的老婆来的吗？ ……她说,你要叫我回去……住……"

"你去不去？"司捷潘问道。

"不,"阿克西妮亚的声音干巴巴的,"不去,我不回去。"

"这为什么？"

"在这儿过惯啦,再说也有点儿晚啦……晚啦。"

"我可是很想重整家业。我从德国回来的时候,就这么想;就是在德国的时候,也一直在想这事儿……阿克西妮亚,你怎么样？ 格里高力不要你……你是不是又找了一个呢？ 听说,好像你和少东家……是真的吗？"

阿克西妮亚的两颊火辣辣地红了,羞得抬不起来的眼睛里涌出了泪水。

"现在是和他过。真的。"

"我不是责备你,"司捷潘吃了一惊,"我是说,你今后怎么过,也许还没有拿定主意吧？ 他不会跟你过久的,玩玩罢咧……你眼睛底下已经有皱纹啦……他会扔掉你的,玩腻了,就要把你赶走。那时候你依靠谁呢？ 当牛当马还没有当够吗？ 你自己瞧瞧吧……我带回来一些钱。等打完了仗,咱们就能过过像样的日子啦。我看,咱们能和好起来。我愿意忘掉从前的事情……"

"我的好司乔巴①,你以前是怎么想的呀？"阿克西妮亚流着快活的眼泪,哆哆嗦嗦地说。她离开床边,对直地走到桌子跟前。"你以前把我的青春当成灰土的时候,又是怎么想的呢？ 是你把我推到格里什卡怀里的呀……是你让我心冷的呀……你还记得你是怎样对待我的吗？"

———————————

① 司捷潘的昵称。

"我不是来算旧账的……你……哪里知道？你不知道，为这事我难受死啦。一想起来，过日子心里就不踏实……"司捷潘对着自己放在桌上的两只手端详了老半天，慢慢地说着话，好像每一个字都是从嘴里挖出来的。"我一直想着你……心里很不是滋味……白天黑夜都忘不了你……我在德国跟一个寡妇，一个德国娘们儿过过……日子过得很阔气，可是我把她扔下啦……就是想回家……"

"你想过安稳日子吗？"阿克西妮亚使劲抽动着鼻孔，问道。"你想重整家业吗？大概你还想生儿养女，还想有一个老婆给你洗洗缝缝，伺候你吃喝吧？"她很不高兴、很阴郁地笑了笑。"老天爷啊，不行啦！我老啦，皱纹你也看到啦……孩子也生不出来啦。我现在是当姘头，姘头是不生孩子的……这样的女人你要吗？"

"你现在机灵啦……"

"还不是原来的样子？"

"这么说，你不回去吗？"

"不去，不去你那儿。不去。"

"那就再见吧。"司捷潘站起身来，无可奈何地拿着手表在手里转悠了一会儿，又放到桌子上。"你什么时候回心转意，就告诉我。"

阿克西妮亚把他送到大门口。她对着他的背影看了很久，看着一股股的尘土从车轮下飞起来，渐渐遮住他的宽宽的肩膀。

她忍不住流下懊恼的眼泪。她一下一下地抽搭着，模模糊糊地想着没有如愿的事情，为自己再度无依无靠的生活感到伤心。当她知道叶甫盖尼再也不要她，又听说丈夫已经回来的时候，就决定回到丈夫那里去，以便重整旗鼓，享享不曾有过的清福……她怀着这样的决心盼司捷潘来。但是她一看到他那种低声下气、百依百顺的样子，却激起了她的强烈的好强心，不允许她这个被抛弃的人留在亚戈德庄上的那样一种好强心。控制不住的恼恨心情支配着她的言语和行动。她想起所受的屈辱，还想起她遭受这一切都是由于这个人，由于他那一双拳头，所以尽管她不愿意再分开，心里对自己的做法感到害怕，可她还是气呼呼地说出了很决绝的话："不去，不去你那儿，不去。"

她又对越走越远的大车看了长长的一眼。司捷潘摇晃着鞭子，渐渐隐没到路边那淡紫色的、矮矮的野蒿丛里……

第二天,阿克西妮亚算清了工钱,收拾好行李就走。她跟叶甫盖尼告别的时候,哭着说:

"叶甫盖尼·尼古拉耶维奇,有什么对不起的地方,多多原谅吧。"

"噢,你这是哪儿话,亲爱的! ……在各方面我都要感谢你呢。"

他为了掩饰不自在的心情,说话时装得很快活。

她走了。黄昏时候回到了鞑靼村。

司捷潘在大门口迎住阿克西妮亚。

"回来啦?"他含笑问道。"能住下来吗? 我能指望你不再走了吗?"

"不走啦。"阿克西妮亚很干脆地回答说,一面怀着一颗紧缩的心打量着快要倒塌的房子和长满了滨藜和黑黑的杂草的院子。

八

在离杜尔诺尔镇不远的地方,维奥申乡的哥萨克团第一次参加了拦击后退的红军部队的战斗。

格里高力·麦列霍夫率领的一个连,快到晌午时候占领了一个杂树丛生的小村子。格里高力命令哥萨克们在一条流过村子、冲出一道浅沟的小溪旁边的柳荫里下了马。不远处,有几股泉水从黑黑的烂泥中咕咕地向外冒着。泉水冰凉,哥萨克们用制帽舀起泉水不要命地喝了一阵子,然后得意洋洋地咯咯叫着把制帽扣在汗淋淋的脑袋上。太阳升到了村庄的当头,村庄热得好像昏迷了似的。大地晒得滚烫,冒着腾腾的热气。青草和柳树叶子被毒热的阳光晒得无精打采地耷拉着,可是在溪边柳荫下却是一片阴凉,牛蒡草和潮湿的土地滋润着的另外一些茂草翠绿翠绿的;小水湾里的浮萍亮闪闪的,就像心爱的姑娘的笑靥;一处大水湾过去,有几只鸭子在泅水和拍打翅膀。马匹打着响鼻,吧唧吧唧地踩着烂泥,扯着人手里的缰绳,拼命往水里跑,一直跑到小溪中心里,把溪水搅得浑浑的,又用嘴去寻找清凉的水流。热风从垂着的马嘴上吹下一大滴一大滴晶莹的水珠儿。马踩得乱糟糟的淤泥和绿肥苔发出一股硫磺气味,那溪水泡烂的柳树根也发出一股又苦又甜的气味……

哥萨克们刚刚说着话和抽着烟,在牛蒡草丛里躺下来,侦察班就回来了。大家一听到侦察班报告说有红军,一齐从地上跳了起来。紧了紧马肚带,又朝溪边走去,把水壶灌满了,又喝了一阵子,看样子每个人心里都在想:"这样清清亮亮、像小孩子眼泪一样的泉水,也许还能喝到,也许喝不到啦……"

哥萨克们顺着大路跨过小溪,停了下来。

村外一俄里远处,长满野艾的灰色沙土岗上出现了红军的侦察班。八名红军骑兵正小心翼翼地朝村子方向走来。

"咱们逮他们去! 行吗?"米佳·柯尔叔诺夫向格里高力建议说。

他带着半个排绕路出了村子,但是红军侦察班一发现哥萨克,就掉转马头往回走了。

过了一个钟头,同团的另外两个骑兵连一来到,就一齐出发了。侦察兵报告说,红军大约有一千条枪,正迎着他们开来。维奥申团这三个连和在右方前进的第三十三叶兰乡、布堪诺夫乡联合团失去了联系,但是这三个连还是决心迎战。翻过岗头,就都下了马。看守马匹的哥萨克把马都牵到了面向村子的一片宽敞的洼地里。右边不知什么地方,双方的侦察队发生了接触。一挺手提机枪气势汹汹地响着。

不久就出现了红军的稀疏的散兵线。格里高力命令自己的连队在洼地上边散了开来。哥萨克们在长满了像马鬃一样的小树棵子的斜坡顶端卧倒下来。格里高力在一棵矮矮的野苹果树下,用望远镜观察着远处的敌军散兵线。他清清楚楚地看到,在前面前进的是两排散兵线,两排散兵线后面,是黑压压的大队人马拉开阵势,在已经割倒、然而尚未运走的小麦堆中间前进着。

令他和哥萨克们很吃惊的是,在第一排前面骑着一匹高高的白马前进的那个人,看样子是一位指挥官。第二排前面也有两个指挥官各自走着。第三排也由一位指挥官率领着,他的旁边是一面猎猎飘舞的军旗。军旗鲜红鲜红的,在灰黄色的麦茬地衬托下,就像一个小小的血点子。

"人家的委员都打头阵哩!"一个哥萨克叫道。

"呵! 真有种!"米佳·柯尔叔诺夫赞赏地哈哈大笑起来。

"伙计们,瞧! 红军他们热头不小哇!"

差不多全连的人都欠起身来,互相呼喊着。一个个都把手掌搭到眼睛上遮住太阳。说话声听不到了,于是面临死亡时的肃穆与寂静就像一片云彩影子一样,及时地、悄悄地来到草原和洼地上。

格里高力朝后面看了看。一丛灰灰的柳树后面,村子的一旁,扬起一股尘土;第二连飞跑着朝敌军的侧翼冲去。一道山沟暂时掩护着第二连的行动,但是第二连跑了有四俄里,就散了开来,朝岗头上爬去,于是格里高力在心里判断着距离和第二连能够冲到敌军侧翼的时间。

"卧倒——倒!"格里高力急忙转过身去,把望远镜放进皮套子,命令道。

他走到自己的队伍跟前。哥萨克们那落满灰尘、晒得黑油油、红彤彤的脸一齐朝他转了过来。大家面面相觑,卧倒下去。喊过"预备"的口令以后,枪栓咔嚓咔嚓地响了一阵子。格里高力在上面只能看见一双双叉开的腿、一顶顶制帽的帽顶和一个个穿着沾满尘土的军便服的脊背,还看得清那汗湿透了的脊梁沟和肩胛骨。哥萨克们爬来爬去,寻找可以隐蔽的地方,选择更妥当的地方。有的人在用马刀挖掘干硬的土地。

这时候,一阵微风从红军那边吹来,送来隐隐约约的歌声……

红军的散兵线前进着,曲曲弯弯,有前有后,晃晃悠悠。隐隐约约、在炎热而辽阔的大地上显得很孤单的歌声就从那边传了过来。

格里高力觉得,自己的心一震,然后就猛烈地、时断时续地跳了起来……他以前也听到过这种沉痛的歌声,他在格鲁博克就看见赤卫队的水兵像祷告一样摘下无檐帽,慷慨激昂地闪动着眼睛,唱起一支歌,唱的就是这支歌。格里高力心中突然涌起一种模模糊糊的、很像是恐怖的慌乱不安心情。

"他们喊叫什么呀?"一个年老的哥萨克慌慌张张地转悠着脑袋,问道。

"好像是在念经。"另外一个躺在右边的哥萨克回答说。

"哪儿是他妈的念经,"安得列·卡叔林笑道,他很不客气地望着站在他旁边的格里高力,问道:"潘捷莱耶维奇,你在他们那边干过,你想必知道他们这会儿唱这种歌儿干什么吧? 你恐怕也跟他们一起唱过吧?"

"……夺取土地!"①——因为距离太远还是有些含混不清的这一句忽然像欢呼一样高了起来,接着又是一片寂静笼罩住原野。哥萨克们冷笑起来。阵地中心有人放声哈哈大笑。米佳·柯尔叔诺夫沉不住气了:

----

① 这是俄译《国际歌》中的一句。

"喂，你们听见吗？！他们想夺取土地哩！……"他又破口大骂了一阵子。"格里高力·潘捷莱耶维奇！让我把那个骑马的家伙打下马来！让我放一枪吧？"

不等同意，他就开了一枪。这一枪惊动了那个骑马人。他下了马，把马交给别人，挥舞着出鞘的马刀，带领队伍朝前冲来。

哥萨克们开枪了。红军卧倒了。格里高力命令机枪手开火。机枪打过两梭子以后，第一排的红军站起来，往前跑了一截路。跑了有十来丈，又卧倒了。格里高力看见，红军用铁锹挖起掩体。一团团的灰尘在他们头上升起，阵地前面出现了许多小小的土堆，就像是土拨鼠打洞掘出来的。那边也响起长长的齐射声。双方交火了。大有变成持久战之势。一个钟头之后，哥萨克一方受到了损失：第一排有一个哥萨克被打死，三个受伤的被送到洼地里看守马匹的人那里。第二连在红军的侧翼出现，发起了冲锋。冲锋被机枪火力打退。可以看见，哥萨克们十分狼狈地往后逃窜，时而挤成一团一团的，时而像扇子一样散了开去。第二连退回来以后，整了整队形，不再呐喊，一声不响地又往前冲。又是一阵猛烈的机枪扫射，就像疾风扫落叶一样，把第二连赶了回来。

但是一次又一次的冲锋动摇了红军的坚定性，前面几排乱了，往后退去。

格里高力一面射击，一面命令连队起立。哥萨克们朝前冲去，不再卧倒。起初他们感觉到的那种犹豫和重重的顾虑现在好像消失了。迅速开上阵地的一支炮兵连更加鼓舞了他们的斗志。炮兵第一排准备就绪，开火了。格里高力派人去传达他的命令，叫看守马匹的人把刀带过来。他准备发起冲锋。就在战斗开始他观察红军的那棵野苹果树旁边，第三门炮也从炮车上卸了下来。一个穿着窄腿马裤的高个子军官，一面朝大炮跟前跑，用鞭子抽打着靴筒，一面粗声粗气、恶狠狠地骂着那些动作迟缓的炮手们。

"快点！嗯？！你们他妈的都该打！……"

一位观测员和一位校官，在离炮兵连半俄里的地方下了马，站在坟头上用望远镜观察退却的红军队伍。电话兵在跑着拉电线，连接炮兵连和观测点。炮兵连连长是一位上了年纪的大尉，他用粗大的手指急急忙忙地旋转着望远镜的镜头，有一个手指头上的结婚戒指闪着金光。他无所事事地在第一门大炮旁边转悠着，有时候歪一歪脑袋，躲避嗖嗖飞过的子弹，他每歪一下脑袋，挂在腰侧的旧军用袋都要晃悠几下。

咔啦啦一声响过之后，格里高力观察了一下发射出去的炮弹落下的地方，又回头看了看：炮手们俯着身子，正呼哧呼哧地在移动大炮。第一颗榴霰弹在没有运走的小麦堆上炸了开来,白色的硝烟像棉花团一样,被风吹得飘飘荡荡,在蓝天的背景上飘荡了很久才散去。

四门大炮轮流朝割倒的小麦堆那边发射着炮弹,但是出乎格里高力意料的是,炮火并没有在红军队伍里造成明显的混乱——他们不慌不忙、很有秩序地往后退着,而且已经渐渐走出视线以外,正翻越一处隘口,朝山沟里走去。格里高力明知冲锋毫无意义,但他还是决定和炮兵连长商量商量。他一摇一摆地走过来,用左手摸着被太阳晒得发烫的、红红的、拳曲的胡子尖儿,很亲热地笑了笑,说:

"我想发动一次冲锋。"

"还冲什么锋呀!"大尉执拗地摇了摇头,用手背擦了擦从帽子底下流出来的汗水。"您看,狗崽子们是怎样退的? 他们不会输的! 而且说起来也是笑话——他们这些队伍里的军官全是正规军的军官。我的老同事谢洛夫中校就在他们这里面……"

"您怎么知道的?"格里高力很惊异地眯起眼睛,问道。

"有人跑过来……停止射击!"大尉发过命令,似乎是要解释一下。"打炮也没有用,炮弹又太少……您是麦列霍夫吧? 咱们认识认识:我是波尔塔福采夫。"他把一只汗津津的大手一杵,塞到格里高力的手里,匆匆握了握,就很麻利地把手伸进敞着口的图囊里,掏出纸烟。"请抽烟!"

炮队轰轰隆隆地从洼地里爬了上来。大炮都挂到了前车上。格里高力命令连队上马,就带着自己的连队去追已经翻过岗头的红军。

红军占领了前面的一个村庄,但是又毫不抵抗地退了出去。维奥申乡的三个连和一个炮兵连就在这个村子里驻扎下来。老百姓都吓得不敢出门。哥萨克们挨门挨户地串,寻找可吃的东西。格里高力在村外一户人家门前下了马,走进院子,把马拴在台阶旁边。房东是一个上了年纪的、瘦长的哥萨克,正躺在床上,哼哼着,像鸟头一样的小头在肮脏的枕头上不住地滚动着。

"怎么,你病了吗?"格里高力向他打了个招呼,笑着问道。

"病啦——啦……"

房东是装病,而且他从格里高力那滴溜溜乱转悠的眼神上猜出来,格里高力是不相信他的话的。

"给弟兄们弄点饭吃,好吗?"格里高力正色问道。

"你们几个人?"房东老婆从灶边走过来,问道。

"五个人。"

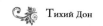

"那好吧,请这边来,尽家里有的给你们吃点儿吧。"

格里高力和几个哥萨克一同吃过饭,走了出来。

仍处于充分战备状态的炮兵连停在水井旁边。没有卸套的马摇晃着草米袋,正在吃大麦。驭手和炮手们在大炮旁边坐着或躺着,在炮弹箱的凉阴里躲避太阳。一个炮手交叉着两腿,趴在地上睡着了,在睡梦中还不住地抽动肩膀。看样子,他原来是躺在凉阴里的,可是太阳移动了阴影,所以这会儿太阳晒到了他那落了一层草屑的、完全露在外面的鬈发上。

马身上,宽宽的皮马套旁边,鬃毛湿漉漉、亮闪闪的,冒着黄黄的汗沫。军官和炮手们骑的马都拴在篱笆上,无精打采地蜷着腿站着。哥萨克们都满身灰土,汗流浃背,都一声不响地在休息。几个军官和炮兵连连长背靠着井栏杆,在抽烟。在离他们不远处,有几个哥萨克扎煞开两腿,像六角星一样趴在晒干的滨藜上。他们一个劲儿地舀罐子里的酸牛奶喝,偶尔地有人往外吐一吐喝进嘴里的大麦粒儿。

太阳火辣辣地照射着。村子里的几条街道向山冈伸去,街道上几乎没有人影。谷仓旁边,敞棚底下,篱笆脚下,牛蒡草的黄黄的阴影里,到处都有哥萨克在睡觉。没有卸鞍的战马密密层层地站在篱笆旁边,热得难受,也困得难受。一个哥萨克懒洋洋地把鞭子举得和马背一般高,骑着马走了过去。于是街道又像是被人遗忘的草原路,那漆成绿色的大炮,那跑累了、晒乏了、已沉沉入睡的人们,好像都是偶然出现、毫不相干的东西。

格里高力闲得无聊,正要朝住的房子里走去,但是街上出现了别的连的三个骑马的哥萨克。他们押着一小伙被俘的红军。炮兵们都忙活起来,站起身来,拍打着军便服和裤子上的尘土。军官们也站了起来。附近院子里有人高高兴兴地喊道:

"伙计们,押俘虏来啦!……不信吗?快来看看吧!"

睡眼惺忪的哥萨克们急急忙忙从各家院子里跑了出来。俘虏来到跟前——这是八个浑身冒着汗臭气、满脸灰尘的年轻小伙子。大家把他们密密层层地包围了起来。

"在哪儿捉住他们的?"炮兵连连长带着冷峻而好奇的神情打量着俘虏们,问道:

一个押解的哥萨克带着逞能的意味回答说:

"简直是脓包!我们是在村边葵花地里捉住他们的。他们躲在那儿,就像小鸡躲老鹰一样。我们看见他们,放马就追!打死了一个……"

八个红军士兵吓得挤成了一堆。显然，他们是害怕随意摧残。他们的目光失神地在哥萨克们的脸上扫着。只有一个红军士兵，看样子年纪大一些，脸晒成了棕色，颧骨高高的，穿着油糊糊的军便服，打着破烂的裹腿，微微斜着两只黑眼睛从人们头上鄙夷地望着远方，并且紧紧闭着被打出了血的嘴唇。他矮墩墩的，肩膀宽宽的。在他那硬得像马鬃一样的黑黑的鬈发上，扣着一顶军帽，就像一张绿色的饼子，军帽上还留着帽徽的印子，大概，这帽子在对德战争的时候就戴着了。他稍息站着，用黑黑的、指甲上沾着干血的粗手指头摸着敞开的衬衣领口和尖尖的、生满黑毛的喉结。看样子他好像满不在乎，但是他那条稍息站着、因为打了破裹腿直到膝部都粗得很难看的腿，却像打寒战一样轻轻哆嗦着。其余的几个都脸色灰白，面无人色，只有这个人的肩膀那雄壮的姿态和他的鞑靼型的虎虎有生气的脸格外引人注意。也许就因为这样，炮兵连连长朝着他问道：

"你是什么人？"

这个红军士兵的小小的、黑得像煤炭一样的眼睛活动起来，而且他的全身不知不觉地、然而很敏捷地收敛起来。

"我是红军。是俄罗斯人。"

"你是什么地方人？"

"是奔萨人。"

"坏蛋，你是自愿干的吗？"

"才不是呢。我是旧军队的上士。从一九一七年当了红军，一直到现在……"

一个押解的哥萨克插嘴说：

"就是他朝我们开枪的，该杀的！"

"你开枪了吗？"大尉很不满意地皱起眉头，他碰到站在对面的格里高力的眼神，就用眼睛瞟着俘虏，说："坏蛋！……开枪了吗，嗯？你怎么，没有想到会被捉住吧？现在如果为这事儿把你枪毙，你有什么说的？"

"我是想自卫呀。"那打破的嘴唇撇了撇，露出遗憾的笑容。

"坏家伙！你为什么没有自卫到底呢？"

"子弹打光啦。"

"是——这——样……"大尉的眼神一下子凉了下来，但他带着掩饰不住的满意神情打量了一遍这个士兵。"那你们呢，狗崽子们，是哪儿的？"他已经用快活的眼睛瞟着其余的红军士兵，换了一种腔调问道。

"我们是被抓来当兵的，大人！我们有的是萨拉托夫人……有的是巴拉绍夫

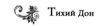

人……"一个长脖子、高个子小伙子不住地眨巴着眼睛，挠着红红的头发，很伤心地说。

格里高力异常好奇地打量着这些身穿绿军装的年轻小伙子，打量着他们那一张张朴实的庄稼汉的脸和那不起眼的步兵装束。只有那个高颧骨的士兵激起他的仇恨。他用讥笑和痛恨的口吻对那个红军士兵说：

"你为什么招认呢？你大概在他们那儿领着一个连吧？是连长吧？是共产党员吧？你不是说，你把子弹打光了吗？我们要是为这事把你砍了，又怎样呢？"

那个红军士兵翕动着被枪托子打扁了的鼻子眼儿，更大胆地说：

"我招认也不是为了逞强，我有什么好瞒的呢？既然开了枪，就要承认……我说的对吗？要杀……就杀吧。我不指望……"他又笑了笑，"不指望你们宽待，因为你们是哥萨克嘛。"

周围的人都赞赏地笑起来。格里高力听了这番理直气壮的话，无言对答，就走开了。他看见，俘虏们朝井边走去，要去喝水。有一连哥萨克步兵成排纵队从胡同里开出来。

九

等到他们这个团进入连续作战的地带，等到双方不再是隐约可见，而是摆开阵势作战的时候，格里高力已经是常常与敌军接触，常常离他们很近了，他依然总是对红军，对不知为什么他要和他们打仗的这些俄罗斯士兵，怀着一种十分强烈的、永无满足的好奇心。他似乎还一直保留着在四年大战开始的日子里，站在列士纽甫城外一座小冈上第一次观看奥匈部队和辎重队来回奔忙时产生的那种天真无邪的心情。"这些人是干什么的？他们是一些什么人？"他的生活史上似乎不曾有过在格鲁博克同柴尔涅曹夫的部队打仗那一段。但是那时候他倒是十分清楚敌人的面貌的:他们大多数是顿河的军官,是哥萨克。可是现在他是在和俄罗斯士兵打仗,他们是另外一些人,他们是全力支持苏维埃政权的,而且,他认为,他们还想抢夺哥萨克的土地和好处。

有一次他在战斗中几乎面对面地撞上从山沟的岔沟里冲上来的红军。他带着一个排出来侦察,顺着山沟的沟沿来到岔沟口上,这时候忽然听到喉音很重的俄罗斯口音和杂沓的脚步声。有几个红军士兵——其中有一个是中国人——跳到沟沿上,看见哥萨克,大吃一惊,惊愕得愣了一会儿。

"哥萨克!"其中一个人惊叫了一声,跌了一跤。

那个中国人开了一枪。那个跌倒的灰白头发的士兵也连忙上气不接下气地尖声叫道:

"同志们!'马克辛'快开火!哥萨克来啦!"

"快开火呀!哥萨克来啦!……"

米佳·柯尔叔诺夫用手枪把那个中国人打倒,就猛地掉转马头,撞开格里高力的马,带头顺着冬冬响的陡立的沟沿跑去,他紧紧握着缰绳,控制着惊慌的马顺着弯弯曲曲的山路奔跑。其余的哥萨克也都跟着他曲曲折折、争先恐后地奔跑起来。机枪在他们背后哒哒地响了起来,子弹打得山坡上和山脚下密密丛丛的乌荆子和野山楂的叶子纷纷往下落,打得沟沿上窟窿累累,碎石乱飞……

还有几次和红军面对面遭遇,他眼看着哥萨克的子弹打得红军脚下的泥土四处乱飞,眼看着红军牺牲在这肥沃的、与他们无关的土地上。

……格里高力渐渐痛恨起布尔什维克来。布尔什维克跟他作对,使他背井离乡!他看出:其余的哥萨克也怀着这样的心情。他们都觉得,这次战争全怪布尔什维克,怪只怪他们侵犯顿河地区。望着那没有运走的小麦堆,望着那没有收割、被马踩倒在地的小麦,望着那空空的场院,每个人都要想起自己家里的土地,想到家里娘儿们在哼哧哼哧地干着力不胜任的活儿,心就硬起来,就狠毒起来。格里高力在战场上有时候觉得,他的敌人——唐波夫省的、梁赞省的、萨拉托夫省的庄稼汉——冲锋陷阵,也是为了保护自己的土地:"我们是为土地打仗,就像为一个姑娘打架一样。"格里高力这样想。

生俘的渐渐少了,杀害俘房的事渐渐多起来。前线上到处发生抢劫:抢劫有同情布尔什维克嫌疑的人,抢劫红军的家属,剥俘房的衣服……

什么都抢,从马匹和大车,直到毫无用处的笨重东西,无所不抢。哥萨克们在抢,军官们也在抢。二类辎重车上堆满了抢来的东西。在一辆辆的大车上,什么样的东西都有!有衣服,有火壶,有缝纫机,有马套——凡是能值点儿钱的东西都要。抢来的东西一车一车地运回家去。家里人纷纷赶着大车前来,高高兴兴地给部队送来弹药和给养,又高高兴兴地装上抢来的东西运回家去。一些骑兵团——他们占大多数——干得特别放肆。步兵除了一只军用包,没有地方可以装东西,骑兵就可以把鞍袋塞得满满的,可以捆在鞍后皮带上,他们的马不再像战马,倒是更像驮子了。弟兄们都肆无忌惮地干起来。抢劫在战争中向来对哥萨克是一种最重要的推动力量。格里高力明白这一点,因为他听老年人讲过以前战争中的情形,他也亲身经历过。还是在对德战争的时候,他们的团进入普鲁士的后方,他们的旅长——一位战功赫赫的将军——站在十二个连队前面,用鞭子指着山脚下一座很小的城市,说:

"你们攻下这座城,可以在城里自由行动两个钟头。但是两个钟头以后,再发现有谁抢劫,就枪毙!"

但是不知为什么格里高力干不惯这种事——他只拿点儿吃的东西和马料,心里隐隐地害怕动别人的东西,很憎恶抢劫的行为。他看到自己的哥萨克抢劫,特别反感。他对自己的连管得很严。如果说他的哥萨克也抢过的话,那也是背着他,而且次数很少。他从没有下过命令枪杀俘虏和剥俘房的衣服。他这种过分的温厚,引起哥萨克和团首长的不满。还把他叫到师部去问原因。一位上司十分粗暴地高声训斥他说:

"少尉,你想把这个连给我搞垮吗?你怎么随意自作主张?你是想留后手吧?你是跟从前一样,脚踩两只船吧?……这怎么能叫人不骂你呢?……好啦,没什么好说的!不懂得军纪吗?怎么,撤换你?我们就撤换你!我命令你今天就把连队交出来!就这样,老弟……别嘟哝啦!"

月底,维奥申团和并排前进的第三十三叶兰乡团的一个连共同占领了响谷村。

下面的谷地里密密丛丛地长满了柳树、白蜡树和白杨树,斜坡上散布着三十来座白墙的房子,一座座房子都围着天然石垒成的低低的院墙。村子上头的小丘上,竖立着一架旧风车,四面八方的风都可以用上。停得死死的风车翅膀,在从山后涌来的一片白云的映衬下,显得黑黑的,就像斜斜的十字架。这一天细雨濛濛,天色晦暗。树叶沙沙地往地上落,风吹落叶在山沟里哗啦哗啦地旋转着,就像是黄色的大风雪。枝叶繁茂的红柳泛着血红色。场院上堆满了一堆堆闪闪有光的干草。轻柔的、深秋的雾气罩住了散发着淡淡泥土气息的土地。

格里高力带着自己的一个排住在分配给他们的一座房子里。房东跟着红军走了。年老而高人的女房东和未成年的女儿对这一排人十分殷勤。格里高力从厨房走到上房,四处打量了一遍。看样子,这一家日子过得挺富裕:地板是油漆过的,椅子是弯背的,有大镜子,墙上挂着几张军人的日常生活照片,黑色镜框里还嵌着一张学生奖状。格里高力把湿漉漉的雨衣挂在壁炉上,抽起烟来。

普罗霍尔·泽柯夫走了进来,他把步枪靠在床上,很平淡地报告说:

"送军火的大车来啦。格里高力·潘捷莱耶维奇,你爹跟着大车来啦。"

"噢?! 别胡扯啦!"

"是真话。除了他以外,好像还有咱们村的六辆大车。快去看看吧!"

格里高力披上军大衣,走了出去。

潘捷莱·普罗柯菲耶维奇正抓住马笼头把马往大门里面牵。妲丽亚裹着一件土制的毡斗篷,坐在大车上。她握着缰绳。她那笑盈盈的眼睛带着温柔的微笑,在湿漉漉的斗篷风帽下面望着格里高力。

"乡亲们,哪一阵风把你们吹来啦?"格里高力喊着,对父亲笑着。

"哦,孩子,你还好好的哩! 我们看你来啦,我们也不问一声就把车赶进来啦。"

格里高力跑上去搂住父亲的宽宽的肩膀,就动手卸马。

"格里高力,你没想到我们会来吧?"

"实在没想到。"

"我们这是运输队⋯⋯碰巧遇上你。我们是给你们送弹药的,你们只管打吧。"

他们一面卸马,一面东一句西一句地说着话儿。妲丽亚把吃的东西和马料从车上拿下来。

"你怎么来啦?"格里高力问道。

"我跟着爹来的。他有病,打从救主节就觉得不舒服。妈很担心,怕他一个人在生地方出什么事儿⋯⋯"

潘捷莱·普罗柯菲耶维奇扔给马一大抱绿油油、香喷喷的冰草,就走到格里高力跟前,很不安地睁大了两只黑黑的、眼白充血又带有病态的眼睛,用沙哑的喉咙小声问道:

"喂,怎么样?"

"不坏。正打着呢。"

"我听到谣传,说哥萨克们好像都不愿意打出边界⋯⋯是真的吗?"

"都是随便说说嘛⋯⋯"格里高力模棱两可地回答说。

"伙计们,你们这是怎么一回事儿?"老头子好像有点儿疏远、有点儿慌张地说。"怎么能这样呢? 我们这些老头子就指望你们呢……除了你们,谁还能保咱们的父母河顿河呢? 要是你们不愿意打仗,天呀……那可怎么办呢? 你们的辎重兵在瞎说……在散布谣言呢,狗崽子!"

他们走进房里。哥萨克们都拥了进来。谈话先是围绕着村子里的新闻。姐丽亚和女房东咬了咬耳朵,就解开装吃食儿的袋子,去做晚饭。

"听说,你的连长职务撤掉啦?"潘捷莱·普罗柯菲耶维奇用一把骨头小梳子梳着耷拉下来的小胡子,问道。

"我现在是当排长。"

潘捷莱·普罗柯菲耶维奇听了格里高力这淡淡的回答,心里很不舒服。老头子皱起眉头,一瘸一拐地走到桌子跟前,匆匆忙忙地祷告了一下,就用衣襟擦着勺子,很懊恼地问道:

"为什么这样不受重用? 是不是没有讨好上级?"

格里高力不愿意当着哥萨克们的面谈这件事,只是很不痛快地耸肩膀,说:

"派来一个新连长……是一个有文化的。"

"孩子,你就好好干干,让他们瞧瞧吧! 他们很快就会改变看法的! 哼,他们看中文化人啦! 你可以说,我在俄德战争中学到了很多,也许比戴眼镜的家伙懂得的还多些呢!"

老头子忿忿不平地在生气,可是格里高力皱着眉头,斜眼瞅着:哥萨克们是不是笑了?

他并没有因为降职感到难受。他高高兴兴地把连队交出去,觉得再也不用对同村人的生命负什么责任了。然而他的自尊心还是受到了伤害,父亲提起这件事,不由地引起他的不痛快。

女房东到厨房里去了,潘捷莱·普罗柯菲耶维奇觉得刚进来的同村人包加推廖夫脸上有支持他的表情,就开口说:

"就是说,你们真的过了边界就不愿意再往前打了吗?"

普罗霍尔·泽柯夫不住地眨巴着和善的牛眼睛,微微笑着,一声也不响。米佳·柯尔叔诺夫蹲在炉子旁边,抽着烟头儿,已经烧着手指头了。还有三个哥萨克在长板凳上坐着或躺着。不知为什么谁也不回答这个问题。包加推廖夫很伤心地把手一甩。

"这种事他们并不多么关心,"他用浑厚的嗓门儿瓮声瓮气地说,"哪怕天塌下来,他们也不管……"

"为什么要再往前打呢?"面带病容、性情和善的哥萨克伊里银懒洋洋地问道。"为什么往外打呢? 我老婆死后,留下几个没娘的孩子,我犯不着再去送命……"

"我们把他们从哥萨克的地面上打出去,就回家!"另一个哥萨克很果断地支持他说。

米佳·柯尔叔诺夫单是一双绿眼睛笑着,捻起细细的、毛茸茸的胡子。

"要是依着我,至少再打上五年。我喜欢打仗!"

"出——发! ……上马! ……"院子里有人叫起来。

"瞧瞧吧!"伊里银灰心丧气地叹道。"瞧吧,爷们儿! 我们身上的汗还没有晾干,可是那儿已经在叫'出发'啦! 就是说,又要上阵打仗啦。可是您还说:打出边界! 什么打出边界? 就是该回家! 应该讲和,可是您要说……"

谁知原来是一场虚惊。格里高力气嘟嘟地把马牵进院子,无缘无故用靴子朝马的腿窝里踢了一脚,凶狠地瞪圆了眼睛,叫道:

"你妈的! 给我一直走!"

潘捷莱·普罗柯菲耶维奇正在屋门口抽烟。他让哥萨克们进了屋,问道:

"有什么情况?"

"虚惊! ……把牛群当成红军啦。"

格里高力脱掉军大衣,在桌边坐了下来。其余的人也都嘟嘟哝哝地脱掉大衣,把马刀和步枪以及子弹袋扔到大板凳上。

等大家都睡下以后,潘捷莱·普罗柯菲耶维奇把格里高力叫到院子里。他们在台阶上坐下来。

"我想和你谈谈。"老头子拍了拍格里高力的膝盖,小声说起来。"一个星期以前,我上彼特罗那儿去过。他们二十八团这会儿在卡拉奇那边……孩子,我到那儿去了一趟,很不坏。彼特罗他很能干,创家立业真是一把好手! 他给了我一大包衣服、一匹马、不少糖……马是一匹很好的马……"

"等一等!"格里高力猜到他的来意,十分恼火,冷冷地打断他的话头。"你上这儿来,也是为了这个吧?"

"这有什么?"

"怎么没什么?"

"大家都在拿嘛,格里沙……"

"大家! 都在拿!"格里高力找不到适当的话,就发了疯似的重复父亲的话。"家里缺吃少穿吗? 你们真下流! 因为干这号事儿,在俄德战争中枪毙过不少

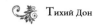

人！……"

"你别嚷嚷嘛！"父亲冷冷地拦住他的话头。"我不是来向你告乞的。我什么都用不着。我今天活着，也许明天就把腿一伸……你要为自己想想。真没想到，出了你这么一个大财主！家里只剩下一辆大车啦，可是你呀……那些投了红军的人的家里的东西就不能拿一点吗？……拿他们的东西没有错儿！拿回家去连一根树条子都有用处。"

"你别跟我说这些啦！要不然我马上把你撵走！为这号事儿我打过哥萨克的嘴巴，可是我爹现在来叫我去抢人家！"格里高力哼哼唤唤，气喘吁吁地说。

"难怪把你的连长撤掉！"父亲很尖刻地挖苦他说。

"我才他妈的不稀罕呢！就连排长我还想辞掉呢！……"

"真了不起！有本事，有本事……"

他们沉默了一会儿。格里高力抽着烟，他在火柴的亮光中瞥见了父亲那窘急和生气的脸。这时候他才完全明白了父亲的来意。他在心里说："老鬼，就为这，把妲丽亚也带来啦！来收赃呢！"

"司捷潘·阿司塔霍夫回来啦。你听说了吗？"潘捷莱·普罗柯菲耶维奇语气平淡地说。

"怎么一回事儿？"格里高力手里的烟卷儿都掉了下来。

"就是这么一回事儿。原来他当了俘虏，并没有死。现在回来啦，阔气极啦。带回来的衣服和值钱的东西多得不得了！用两辆大车拉回来的。"老头子夸耀中带吹嘘，就好像司捷潘是他的亲人似的。"他把阿克西妮亚接了回来，现在又去入伍啦。给他安了一个肥缺，大概是什么兵站站长，好像是在嘉桑镇上。"

"家里粮食打了不少吧？"格里高力改换了话题。

"有四百斗。"

"两个孩子怎么样？"

"啊呀，两个孩子吗，伙计，好极啦！你要给他们带点礼物回去。"

"前线上有什么礼物好带？！"格里高力很发愁地叹了一口气，心里却在想着阿克西妮亚和司捷潘。

"你有没有用不着的步枪？有多余的吗？"

"你要枪干什么？"

"家里用用。防备野兽，防备坏人。以防万一嘛。我拿了一箱子子弹。我运子弹，就拿了一箱。"

"到辎重队去拿吧。这玩意儿有的是。"格里高力阴沉地笑了笑。"好啦，你去睡吧。我要查岗去啦。"

第二天早晨,这个团的一部分人马从村子里出发了。格里高力出发时深信不疑,父亲听了他的话一定感到羞愧,就要空手回去了。可是潘捷莱·普罗柯菲耶维奇把哥萨克们送走以后,就像个当家人一样,走进仓房里,把马颈圈和皮马套从架子上摘下来,放到自己的大车上。女房东在后面跟着他,满脸流着眼泪,抓住他的肩膀,叫道:

"老爷子! 好人呀! 你不怕罪过吗? 为什么你欺负孤儿寡妇呀? 把马套还给我们吧! 还给我们吧,看在上帝面上!"

"得啦,得啦,别喊叫上帝啦。"麦列霍夫老头子一瘸一拐地躲着这个娘们儿,一面强词夺理地辩白着。"你们的男人恐怕也抢过我们的东西。你们男人大概是个委员吧? 既然'你的,我的,——都是老天爷的',那你就别嚷嚷,别舍不得啦!"

后来,又把衣柜的锁砸开,在辎重兵的默许下,挑选了几件好些的裤子和上衣,拿到亮处仔细看了看,用短粗的黑手指头攥了攥,就捆成一大包……

快到晌午时候他才动身。姐丽亚抿住两片薄薄的嘴唇,坐在装得满满的大车上,坐在包袱上。车后头,在许多东西上面扣着一口洗澡锅。潘捷莱·普罗柯菲耶维奇是从洗澡间的炉灶上拆下来的,刚刚拿到大车跟前,姐丽亚就不高兴地说:

"爹,您连狗屎都要带上!"

他愤怒地回答说:

"住嘴,浑账! 我不能把澡锅白扔给他们! 你跟格里什卡这坏小子一样,都是败家货! 一口锅我也用得着。就这样! ……哼,快走吧! 你撇什么嘴?"

他对哭肿了眼睛、在他们身后关大门的女房东亲热地说:

"再见啦,大嫂! 别生气。您还可以再买新的嘛。"

十

日子像一条链子……一环连着一环。行军,作战,休息。炎热。阴雨。马汗和晒得滚热的马鞍皮子的混合气味。因为经常处于紧张状态,血管里的血已经不像血,而是像烧热的水银了。因为睡眠不足,脑袋比三英寸口径的炮弹还要重。格里高力真希望能休息休息,美美地睡上一觉! 然后就扶着犁把顺着刚刚犁起的松软的犁沟往前走,对着老牛打几声口哨,听听仙鹤那悠远而嘹亮的叫声,轻轻地拂下微风吹到脸上的银色蛛丝,尽情地闻一闻新犁起来的秋天的土地那种葡萄酒一般的气味。

然而却不是这种景象。而是庄稼地被踩成一条条的大路。大路上走着一群群被剥光了衣服、满面尘土、面如死灰的俘虏。连队经过处,道路被马蹄踩得斑斑点点,庄稼被铁掌踩得稀烂。在一个个的村子里,贪心的哥萨克们搜遍那些跟红军退走的人的家,用鞭子抽打他们的妻子和母亲……

苦闷无味的日子一天天过去。这样的日子很快就从记忆中消失,没有一件事,即使是重大的事,能留下痕迹。这次战争中过的日子,好像比上一次战争中的日子更苦闷,也许是因为,所有的滋味以前早就尝过了。而且对待这一次战争本身,所有参加上次战争的人都抱着瞧不起的态度:不论规模、兵力,不论双方的伤亡,与上次战争相比,简直如同儿戏。只有可怕的死神,依然像在普鲁士战场上那样,常常直挺挺地站在面前,使人胆战心惊,逼着人像牲口一样来保全自己的生命。

"这能算是战争吗? 只不过学学样子罢咧。以前在对德战争的时候,德国人的大炮一轰,就把几个团扫得光光的。如今一个连里有两个人挂花,就说是大损失啦!"老兵们常常这样议论。

但是这种不像样子的战争也够人受的。越来越使人不满、厌倦和恼恨。连里的哥萨克越来越坚定地说：

"咱们把红军从顿河的土地上打出去，就行啦！咱们不到边界以外去。让俄罗斯过自己的日子，咱们也过咱们自己的日子。咱们用不着把自己的一套硬加给他们。"

在菲洛诺沃一带，整个秋天战事都处于停滞不前的状态。最重要的战略中心是察里津，双方都投入了自己的精锐部队。而在北方战线，双方都不投入过多的兵力。双方都在积蓄力量，准备决战。哥萨克方面的马队比较多，他们就利用这种优势，进行配合作战，包抄两翼，朝后方突进。哥萨克方面占了优势，只是因为和他们作战的是一些新征集来的红军，多数是前线一带的老百姓，是一些军心动摇不定的队伍。萨拉托夫人、唐波夫人成千成万地投降。等到红军指挥部把工人团、水兵队伍和马队调来投入战斗，局势一下子就拉平了，主动权又重新在双方手里转来转去，轮流获得一些局部性的胜利。

格里高力一面参加作战，一面冷漠地注视着战争的进程。他相信：到冬天就不会再打了；他知道，哥萨克们都盼望和平，根本不想长期打下去。团里有时候来报纸。格里高力怀着憎恨的心情拿起用黄色包装纸印成的《上顿河州报》，草草地看着前线的消息，咬得牙齿咯吱咯吱直响。等他给哥萨克们念起那些故作慷慨激昂的豪言壮语，大家都要一齐哈哈大笑：

> 九月二十七日菲洛诺沃方面的战斗双方互有胜负。二十五日夜间，英勇的维奥申团逐出了波德戈尔村的敌军，并且紧追着敌军冲进了鲁琪扬诺夫村。缴获了大量战利品，俘虏了大批敌人。红军部队狼狈逃窜。哥萨克斗志昂扬。顿河英雄们正乘胜前进！

"咱们抓了多少俘虏？大批呀？噢——呵——呵，狗崽子们！只有三十二个人嘛！可是他们……哈哈哈哈！……"米佳·柯尔叔诺夫张大了满口白牙的嘴，用老长的手掌叉住腰，笑得直打滚儿。

哥萨克们也不相信"士官生"在西伯利亚和库班的胜利消息。《上顿河州报》吹得太露骨，太离奇了。奥赫瓦特金是一个长胳膊、大个子的哥萨克，他读过评论捷克人叛乱的文章以后，当着格里高力的面说：

"现在他们镇压捷克人，以后就要把所有的兵力调来对付咱们啦，到那时候够咱们受的……一句话，俄罗斯还是够厉害的呀！"最后他用十分可怕的口气说：

"这是开玩笑的吗?"

"别吓唬人啦!听这种混账话听得心烦死啦!"普罗霍尔·泽柯夫把手一甩。

可是格里高力手里卷着烟卷,心里暗暗幸灾乐祸地说:"说得对!"

这天晚上,他弯着腰,敞着晒退了色、肩上的绿肩章也晒退了色的军便服的领口,在桌子旁边坐了很久。他的晒得黑糊糊的脸板得紧紧的,有些浮肿。上面的坑坑洼洼和尖尖的颧骨都看不见了。他转悠着又黑又结实的脖子,若有所思地捻着晒得红红的卷胡子尖儿,用这几年变冷了的、恶狠狠的眼睛凝神望着一个地方。他苦苦思索着,从来没有这样费劲儿思索过,后来,他已经躺下要睡的时候,就好像回答大家的问题似的,说:

"没办法啦!"

他一夜都没有睡着。不时地出去看看自己的马,在漆黑漆黑、万籁无声的夜幕下,在台阶上站了很久。

* * *

看来,格里高力那小小的本命星还在亮着,还在静静地、一闪一闪地放射着光辉;看样子,这颗小星离开本位、带着陨落的冷光划过天空、寂然坠地的时刻还没有到。一个秋季格里高力的坐骑被打死了三匹,军大衣被打了五个窟窿。死神好像是在跟他开玩笑似的,只用黑翅膀扑扇了他几下。有一次,一颗子弹打穿了他的马刀的铜顶头,刀穗头就像被咬断了一样,一下子落在马腿上。

"有人在诚心诚意替你祷告呢,格里高力。"米佳·柯尔叔诺夫对他说;看到格里高力很不愉快的笑容,又觉得十分奇怪。

战线移到铁路线北面。辎重车每天都运来一捆一捆的铁蒺藜。每天都有电报连续不断地向前线传送电文:

> 协约国军队日内即将开到。在援军开到之前,务须坚守顿河地区的边境,不惜任何代价阻止红军的进攻。

抓来的民夫用铁棍凿开冻实的土地,挖掘战壕,又围上铁蒺藜。可是一到夜里,等到哥萨克们离开战壕,跑到老百姓家里去取暖,红军侦察兵就来到战壕边,推倒工事,把告哥萨克书挂在生锈的铁蒺藜上。哥萨克们都如饥似渴地看这些传单,就像看家信一样。很清楚,在这种情况下再打下去已经没有什么意义了。

严寒渐渐袭来,有时候暖和几天,有时候大雪纷飞。大雪封住了战壕。在战壕里呆一个钟头都很不容易。哥萨克们都冻得受不了,手和脚都冻肿了。在步兵和步兵侦察队里面,有很多人没有靴子。有些人上阵打仗,就好像去打扫牲口棚,只穿着单鞋和单裤。大家都不相信协约国。有一天,安得列·卡叔林就很伤心地说:"他们是骑屎壳郎的!"哥萨克们遇上红军侦察队,常常听到他们大声喊叫:"哎嗨嗨!基督教徒们呀!你们攻我们,好比走烂泥地,我们攻你们好比坐爬犁!你们脚底下抹点儿油吧,我们不久就要上你们那儿串门去啦!"

从十一月中旬起,红军开始反攻。他们顽强地压迫着哥萨克部队向铁路线节节后退,但是战略上的转折出现得还要迟些。十二月十六日,红军的骑兵经过长时间的战斗,打垮了第三十三团,但是在柯洛杰姜村边维奥申团的阵地上,却遇到了顽强的抵抗。维奥申团的机枪手,躲在新雪盖住的场院篱笆后面,用猛烈的火力迎击进攻的红军步兵。右翼一挺机枪掌握在卡耳根乡的哥萨克安琪波夫的老练的手里,他打得又准又狠,打得进攻的步兵死伤累累。一个连阵地上冒着连片的硝烟,左翼两个连已经出动去迂回包抄。

将近黄昏时候,刚刚开上前线的水兵队伍,替换了进展缓慢的红军步兵。水兵们不卧倒,也不喊叫,迎着机枪冲上来。

格里高力不停地打着枪。枪栓已经冒烟了。枪筒子热得烫手。格里高力让步枪凉一凉,又压上一梭子子弹,眯缝起眼睛瞄准了远处黑黑的人影。

水兵们把他们打垮了。哥萨克们骑上马,穿过村庄,飞跑到冈头上。格里高力回头看了看,不觉扔掉缰绳。从冈头上远远望去,看到的是白雪茫茫的原野,还有一片片白雪覆盖的荒草,再就是贴在山沟斜坡上的淡紫色暮霭。原野上,在一俄里的范围内,零零落落地躺着不少被机枪子弹打死的水兵尸体。他们穿着呢制服和皮上衣,在雪地上显得黑漆漆的,就像一大群远飞中落下来的乌鸦……

黄昏时候被进攻冲散的几个连,又和叶兰乡团以及在他们右翼活动的大熊河口州一个有番号的团失去了联系,于是就在布祖卢克河的一条小支流旁边的两个村子里宿营了。

天已经黑下来,格里高力根据连长命令派好岗哨回来,在小胡同里碰上了团长和团部的一位副官。

"第三连在哪儿?"团长勒住马,问道。

格里高力回答过后,他们两个就催马向前走去。

"连里损失很大吗?"副官已经走出一截路之后问道;他没有听清格里高力的回答,又问了一遍:"怎么样?"

但是格里高力走了，没有再回答。

整夜都有辎重队从村子里经过。一支炮兵连在格里高力和他的哥萨克们宿营的人家门前停了很久。骂娘的声音、驭手们的喊叫声、嘈杂声从独扇小窗户里传了进来。有几个炮手和几个不知为什么来到这个村子里的团部传令兵走进屋子来取暖。到半夜里，又闯进来三个炮手，把房东一家人和哥萨克们都吵醒了。他们有一门炮陷在不远处的小河里了，所以决定在这里过夜，明天早晨再用牛把炮拖出来。格里高力也醒了，看了半天，看着炮兵们哼哧哼哧地刮掉冻在靴子上的泥巴，把脚脱光，把湿漉漉的包脚布搭在地炉的烟道上。后来又走进来一个满身泥浆的炮兵军官。他请求在这儿住一宿，就脱掉军大衣，带着毫不在乎的表情，用袖子擦拭溅在脸上的泥浆。

"我们损失了一门炮，"他用柔顺得像疲倦的马眼似的眼睛望着格里高力说，"今天这一仗就像在后娘村那一次一样。才打了两炮，他们就发现了我们的炮位……一炮打来，一下子就打坏了炮轴！这门炮本来是在场院上的，伪装得没办法再好啦！……"他每说一句，都要习惯地、也许是不自觉地插进一句骂人的粗话。"您是维奥申团的吧？您要喝茶吗？大嫂，给我们拿个火壶来，好吗？"

他说起话来没完没了，唠叨得令人生厌，不住气地喝着茶。半个钟头以后，格里高力已经知道，他是普拉托夫乡人，实业学校毕业，参加过俄德战争，结过两次婚，两次都不如意。

"现在顿河军队完啦！"他用尖尖的红舌头舔着刮得光光的嘴唇上的汗珠子说。"战争快到头啦。战线明天就要崩溃，再过两个星期，咱们就要退到诺沃契尔卡斯克。想叫哥萨克光着脚丫子去进攻俄罗斯呢！不是痴心妄想吗？那些正规军军官们全是坏家伙，实在话！您也是哥萨克吧？是吗？他们就是想用你们的手去火中取栗。自己躲在后方坐享其成！"

他一个劲儿地眨巴着一双没有光泽的眼睛，整个高大而健壮的身子靠在桌子上，不住地晃动着，他那拉得很长的大嘴的嘴角阴沉无神地耷拉下来，脸上依然完整地保留着先前那种像折腾够了的驯服的马的表情。

"以前，比如拿破仑那时候，打仗像个打仗的样子！两军相遇，刀对刀枪对枪杀上一阵，就各自散开。既不用设阵地，又不用蹲战壕。可是你看看现在打的仗，鬼都弄不清是怎么一回事儿。如果以前写史的人喜欢添油加醋，那么写这次战争非瞎编不可啦！……这种战争一点不热闹！一点味道也没有。叫人心烦！一句话——没有意思。我要是能办到的话，就把两边的头头儿弄到一块来，对他们说：'列宁先生，这位是司务长，您向他学学使刀用枪。克拉斯诺夫先生，您自然是会的。'就让他们俩像大卫和歌利亚①那样打一场:谁胜谁为王。老百姓反正是过日子,谁为王都一样。少尉先生,您以为怎样?"

格里高力没有回答,只是睡意蒙眬地注视着他那肉嘟嘟的肩膀和手的迟钝的动作,注视着他那在嘴里不停地摆动、摆动得令人生厌的红舌头。他很想睡觉,这个唠叨不休、傻里傻气的炮兵军官使他很恼火,那一双汗脚发出的狗臭气味叫人恶心……

格里高力早晨醒来,有一种事情未解决的怅惘感觉。结局是他在秋天就预见到的,然而来得如此突然,他还是感到惊愕。格里高力以前注意到,对战争的不满,起初像是一股股小小的流水,在连里和团里潺潺地流着,后来不知不觉汇合成强大的洪流。如今他看到的只有这股迅猛冲击着前线的洪流了。

春天快到的时候,一个人骑马在草原上走,就有这样的感觉。阳光明媚,周围还是一片没有融化的淡青色的雪。可是在雪底下,却在进行着肉眼看不见的、自古如此的伟大工作——解放大地。太阳侵蚀着积雪,晒出一个个小孔,雪下面渐渐浸满了水。只要有一个温暖的、雾气腾腾的夜晚,第二天早晨雪上结的冰壳子就会沙沙地、咯吧咯吧地纷纷往下陷,大路上、车辙里就会冒出绿色的山水,一团团的融雪从马蹄下向四处乱溅。天气暖和了。沙土岗渐渐露出来,黄土和烂草散发出本来的气味。半夜里,一条条山沟大声吼叫起来,滑坡的积雪轰隆轰隆地往崖头上直落,露出来的黑丝绒一般的秋耕地冒起甜丝丝的热气。黄昏时候,草原上的小河哼哧哼哧地把冰打碎,急急忙忙把冰送走,小河里的水灌得满满的,就像产妇的胀鼓鼓的乳房;行路人见冬天去得这样突然,感到十分惊愕,站在沙土岸上,拿眼睛寻找浅些的地方,拿鞭子抽打满身大汗、直摆耳朵的坐下马。可是周围的雪还是青青的,偏偏不肯协调,不肯参与,还是昏沉沉、白茫茫的冬天……

维奥申团往后退了一整天。大路上奔跑着一辆一辆的辎重车。右方,遮着地平线的一片灰云后面,炮声隆隆,就像山崩地裂声。连队在融化了的、到处是牲口粪的大路上噗唧噗唧地走着,马匹用湿漉漉的尾巴不停地搅拌着水雪。不时有传令兵从路边跑过。披着一身光闪闪蓝羽毛的一只只短尾巴笨乌鸦,不声不响,像步行的骑兵一样,大模大样、一摇一晃地在大路两旁走来走去,像检阅一样,看着退却的哥萨克连队、衣服褴褛的步行侦察队、一辆一辆的辎重车从面前走

---

① 《圣经》故事:青年大卫同巨人歌利亚决斗,大卫胜,为犹太王。

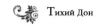

过。

格里高力明白,退却就像飞速伸开的发条,怎么都拦不住了。夜里,他下了可喜的决心,自动离开了维奥申团。

"你打算上哪儿去,格里高力·潘捷莱维奇?"米佳·柯尔叔诺夫带着讥笑的神气看着格里高力把雨衣罩在大衣上,又挂上马刀和手枪,便问道。

"你问这干什么?"

"我想问问。"

格里高力咕哝了几下发了红的腮尖子,但是他很快活地挤着眼睛回答说:

"到要去的地方去。明白吗?"

他走了出去。

他的马站在外面,没有卸鞍。

夜里还有寒气,大路上显得雾蒙蒙的,他一口气跑到天亮。"我在家里住几天,然后打听打听,等他们走过去,我再跟上去。"他十分厌烦地想着昨天还同他并肩作战的那些人。

第二天黄昏时候,他就牵着跑了两百俄里、两天来掉了不少膘、累得直摇晃的马,进了自家的院子。

十一

十一月底,在诺沃契尔卡斯克就听说来了协约国军事代表团。城里盛传,一支强大的英国分舰队已经在诺沃罗西斯克港抛锚,从萨罗尼加调来的大批协约国陆战队好像即将登陆,又说法国的一个黑人步兵军团已经登陆,在不久的将来就要配合志愿军发动进攻。各种流言像雪片一样在城里到处传播着……

克拉斯诺夫命令派出御林军阿塔曼团哥萨克组成的仪仗队。两连年轻的阿塔曼团哥萨克匆匆地穿上深筒靴,佩上白色武装带,就同一连号兵一起,匆匆赶往塔干罗格。

正在俄罗斯南部的英法军事代表团,为了进行别有用心的政治侦察,决定派几位军官上诺沃契尔卡斯克去。他们的任务是了解顿河上的局势和同布尔什维克继续斗争的前景。代表英国的是彭德大尉和布隆菲尔德、孟罗两位中尉,代表法国的是奥申大尉和久普列、富尔两位中尉。这几个侥幸当了"使节"的协约国军事代表团的小军官的到来,在将军府里引起不小的轰动。

当下极其隆重地把这几位"使节"接到了诺沃契尔卡斯克。百般的恭维和吹捧,冲昏了这几个小军官的头脑,他们觉得自己成了"真正的"大人物,已经开始用庇护者和高高在上的态度看待那些赫赫有名的哥萨克将军和这个有名无实的大共和国的大员们了。

两位法国的年轻中尉,在和哥萨克将军们谈话的时候,透过文雅的举止和法兰西式的殷勤得叫人肉麻的态度,流露出倨傲和高人一等的冷淡语气。

晚上,在将军府里摆下了有一百个席位的盛大筵席。军人合唱队在大厅里唱起典雅的哥萨克歌曲,并有高昂的男声作衬,军乐队隆重地演奏了协约国各国的国歌。"使节们"照例又谦逊又气派地吃着。将军请来的客人们明白此时此刻的历史意义,都暗暗注视着他们。

克拉斯诺夫开始发言:

"各位先生,你们现在是坐在一座具有历史意义的大厅里,一八一二年另一次人民战争的英雄们,正在墙上用眼睛默默地看着你们。我们看到普拉托夫、伊洛瓦依斯基和杰尼索夫,就想起当年巴黎人民欢迎自己的解放者——顿河哥萨克,想起亚历山大一世皇帝在断垣残壁中重建美丽的法兰西的那些神圣的日子……"

"美丽的法兰西"的代表们因为喝了不少齐姆良名酒,已经有些失态,眼睛放出了油光,然而还是仔细听完了克拉斯诺夫的发言。克拉斯诺夫不厌其烦地描述过"受过布尔什维克野蛮压迫的俄罗斯人民"所遭受的重重苦难,就慷慨激昂地结束了发言:

"……俄罗斯人民的优秀儿女在布尔什维克的拷问室里受尽摧残。他们的眼睛注视着你们:他们盼望你们的援助,你们应该援助的是他们,只是他们,而不是顿河。我们可以很自豪地说:我们自由啦!但是我们所想的,我们斗争的目的——是重建伟大的俄罗斯,重建忠实于自己的盟国、维护盟国的利益、能为盟国牺牲自己而现在正十分殷切地盼望盟国援助的俄罗斯。一百零四年前的三月里,法兰西人民欢迎过亚历山大一世皇帝和俄罗斯的御林军。从那一天起,法兰西就开始了一个新时代,从此走上了头等强国的地位。一百零四年以前,我们的首领普拉托夫将军访问过伦敦。我们现在就盼望你们上莫斯科!我们等着你们,以便在胜利进行曲和我们的国歌声中一同走进克里姆林宫,一同享受和平和自由的欢乐!伟大的俄罗斯!我们全部的理想和希望尽在伟大的俄罗斯!"

克拉斯诺夫发过言以后,彭德大尉站了起来。他用英语发言的时候,参加宴会的人保持着死一般的肃静。翻译官用振奋的语调翻译起来:

"彭德大尉以自己的名义,并代表奥申大尉,向顿河军司令声明,他们是协约国正式派来的代表,是来了解顿河地区局势的。彭德大尉保证说,协约国各大国一定要用全部力量和物资,包括军队在内,来援助顿河政府和志愿军同布尔什维克进行英勇的斗争。"

翻译官还没有译完最后一句,高亢响亮、一连重复了三次的"乌拉"声就震动了大厅的四壁。大家在雄壮的军乐声中碰起杯来。为"美丽的法兰西"和"强盛的英吉利"的繁荣昌盛干杯,为"战胜布尔什维克"干杯……顿河啤酒在杯子里冒着泡沫,陈香槟酒金星乱飞,老"灯牌"葡萄酒散发着甜丝丝的气味……

大家等待着协约国的代表说祝酒的话,彭德大尉不要大家多等,便举杯说:

"我为伟大的俄罗斯干一杯,我很想在这儿听听你们那美妙的古老国歌。我们不认为歌词有多大意义,但我很想听听这支歌的乐曲……"

翻译官把这话翻译过来,克拉斯诺夫转过激动得发了白的脸,面朝着客人们,放大了嗓门儿喊道:

"为伟大、统一、不可分割的俄罗斯干杯,乌拉!"

军乐队深沉有力而从容不迫地奏起了《上帝啊,保佑沙皇》。大家都站起来,举杯一饮而尽。白发苍苍的盖尔莫根大主教的脸上哗哗地流着眼泪。"好极啦!"醉醺醺的彭德大尉赞美道。来宾中有一位要员,因为感情激动,用粘满了鱼子的饭巾捂住大胡子,干脆放声大哭起来……

* * *

这天夜里,亚速海上吹来的狂风在城里怒吼、哀号着。第一场风雪吹打着的教堂圆顶更显得死沉沉的……

这天夜里,根据军事法庭的判决,在城外垃圾场上的土沟里枪毙了一些沙赫提的布尔什维克铁路员工。把他们五花大绑着,两个两个地拉到沟边上,用手枪和步枪抵着他们开枪，冷风就像吹香烟的火星那样，一下子就把枪声吹散了……

在将军府的大门口，由御林军阿塔曼团的哥萨克组成的仪仗队在刺骨的寒风中冻得瑟瑟发抖。哥萨克们那握着出鞘的马刀的手冻得发了青，粘到了刀把子上，眼睛冻得流泪，两腿冻僵了……然而醉汉的喊叫声、嘹亮的军乐声、军人合唱队那像号哭一样高亢的颤声，却一阵阵地从将军府里传出来，一直闹腾到天亮……

* * *

可是过了一个星期，就发生了最可怕的事情——战线崩溃了，最先放弃阵地的是布置在卡拉乔夫方面的第二十八团。彼特罗·麦列霍夫就在这个团里。

哥萨克们和第十五英查师师部进行过秘密谈判以后，决定从前线上撤下来，让红军部队顺利地通过上顿河州管辖的地区。眼光短浅、没有多大本领的亚可夫·佛明成了这个叛变的团的首领，但实际上佛明只是一块招牌，而在佛明的背后，是一些倾向布尔什维克的哥萨克在执掌军务和指点佛明。

开了一次闹闹嚷嚷的群众大会，在会上，有几个军官一面担心背后有人开枪，一面很不情愿地说了说打仗的必要性，而哥萨克们却一齐闹哄哄地乱嚷嚷，嚷着那些大家都听腻了的反对打仗、要同布尔什维克讲和的话，会一散，这个团就开拔了。走了一站路，来到索朗加村，到夜里，团长菲里波夫中校就带着大多数军官离开了队伍，到黎明时候就加入了在战斗中损失惨重、正在退却的莫里耶尔伯爵的那个旅。

紧跟着第二十八团抛弃阵地的是第三十六团。这个团全部人马，包括全部军官在内，开到了嘉桑镇上。团长是个又矮又小、贼眉鼠眼的家伙，千方百计地向哥萨克们讨好。他领着一些人骑马来到兵站站长住的房子门前。他摇晃着鞭子，神气活现地走了进去。

"谁是站长？"

"我是副站长。"司捷潘·阿司塔霍夫欠了欠身子，很气派地回答说。"军官先生，请把门带上。"

"我是第三十六团团长，纳乌摩夫中校。嗳……有事打扰……我这个团，需要军装和鞋袜。弟兄们都光着身子、光着脚呢。您听见了吗？"

"站长出去啦。他不在家，我连一双靴子都不能发给您。"

"怎么不能发？"

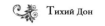

"就是不能发。"

"你!……你这是和什么人说话?我把你抓起来,他妈的!弟兄们,到他的库里搜去!你这个躲在后方的大老鼠,仓库的钥匙在哪儿?……什——么?"纳乌摩夫用鞭子敲着桌子,气得脸色发了白,一下子把毛茸茸的满洲式皮帽推到脑后。"把钥匙交出来,没什么好啰嗦的!"

半个钟头以后,一捆捆熟皮子的小皮袄、一捆捆的毡靴和皮靴,就带着黄黄的灰尘,从仓库的门里飞到雪地上,飞到挤成一堆一堆的哥萨克手里,一袋一袋的砂糖就手递手地传出来。在广场上,闹闹哄哄、高高兴兴的说笑声很久都没有停息……

就在这时候,第二十八团已经在新团长佛明率领下,开进了维奥申镇。英查师的部队就跟在他们后面,相距有三十俄里左右。红军侦察队这一天已经到了杜布洛夫村。

四天以前,北线总指挥伊万诺夫少将和参谋长臧布尔希次基将军就一同匆匆忙忙地向卡耳根镇撤退。他们的汽车轮子在雪地上直打滑,臧布尔希次基的妻子咬得嘴唇出了血,孩子们哭着……

维奥申镇有几天陷入了无政府状态。有消息说,正在卡耳根镇上集中军队,要来打第二十八团。但是在十二月二十二日,伊万诺夫的一位副官从卡耳根来到维奥申镇上,笑嘻嘻地拿走了当初他忘在司令部驻处的东西:一项有新帽徽的单军帽、一把头发刷子、一件衬衣和另外一些零碎东西……

红军第八军的部队冲进了北线上形成的一百俄里的大缺口。萨瓦捷耶夫将军的部队一枪不发地朝顿河退去。菲次哈拉乌洛夫将军的几个团也匆匆忙忙地往塔拉和包古查尔方面退。北方有一个星期的工夫格外安静。听不见大炮的轰隆声,也听不见机枪的哒哒声。在北线作战的下游的哥萨克,因为上游几个团的叛变,失去了斗志,都一枪不发地向后退去。红军一面派侦察队在前面的村庄里仔细搜索着,一面小心翼翼地慢慢推进。

顿河政府在北线大败中遇上了一件喜事。十二月二十八日,协约国的军事代表团来到诺沃契尔卡斯克。这里面有英国驻高加索的军事代表团团长普尔将军和参谋长基斯上校,有法国代表福兰西·德·艾司皮烈将军和福凯大尉。

克拉斯诺夫请协约国的代表们视察前线。一个十二月的寒冷的早晨,旗尔车站的站台上摆好了仪仗队。胡子奔拉着、样子像个酒鬼的马孟托夫将军,一向是个不修边幅的人,但是这一次却穿得笔挺,新刮过的两腮放着灰灰的亮光,由一群军官簇拥着,在站台上走来走去,在等候火车。军乐队的吹鼓手们在车站旁边跺着脚,对着冻青了的手指头直呵气。仪仗队里都是下游各乡的哥萨克,各种发色、各种年龄的都有,站在那里,显得非常有趣。没有胡子的小伙子跟白胡子老汉站在一起,中间还夹杂着黑胡子的上过前方的战士。老头子们的军大衣上挂着金十字章、银十字章和奖章,有的是在罗士契战役中得的;有的是在普累文战役中得的;中年的也都密密层层地挂满了十字章,是在格奥克—杰彼、散杰普城下,以及在对德战争中——在皮来梅希里、华沙、里沃夫城下的鏖战中得到的。年轻小伙子们什么也没有挂,但是一个个站得笔直,竭力在各方面模仿年长的。

火车拖着乳白色的蒸汽,轰隆轰隆地开进了车站。软席车厢的门还没有打开,乐队指挥就使劲把手一挥,乐队便响亮地奏起英国国歌。马孟托夫手扶马刀,大步朝车门口走去。克拉斯诺夫像个殷勤好客的主人那样,领着客人经过站得笔直的哥萨克队列前面,向车站走去。

"哥萨克都起来保卫家乡、抗击野蛮的红军匪徒啦。你们看看这三代哥萨克的代表。这些人在巴尔干、日本、奥匈帝国和普鲁士作过战,现在都在为祖国的自由作战。"克拉斯诺夫说着一口漂亮的法语,带着优雅的笑容,气派十足地点着头,瞟着瞪大了眼睛、连气也不敢喘的老头子们。

马孟托夫按照上级指示,费尽心思挑选仪仗队,没有白费力气,现在拿出来了。

协约国的代表视察了前线,很满意地回到了诺沃契尔卡斯克。

"我对您的部队的良好军容、纪律性和战斗精神,感到十分满意。"普尔将军临行前对克拉斯诺夫说。"我马上就下命令,把我们的先头部队从萨罗尼加调到这里来。将军,我请您筹备三千件皮袄、三千双暖靴。我希望,在我们的帮助下,您能彻底消灭布尔什维克。"

……急急忙忙赶着做好了熟皮皮袄,也做好了暖靴。但是不知为什么协约国的陆战队没有在诺沃罗西斯克登陆。普尔回伦敦去了,接替他的是一位又冷淡又高傲的布里格сен。他从伦敦带来了新的指示,并且用一个将军的直率态度,生硬地声明说:

"英国政府对顿河志愿军将提供广泛的物资援助,但是不出一兵一卒。"

这样的声明是不用作注解的……

十二

　　早在帝国主义战争时期,军官和哥萨克之间的敌对情绪,就像无形的犁沟一样,在彼此之间造成很深的隔阂,到一九一八年秋天,这种敌对情绪达到了空前的程度。在一九一七年末,哥萨克部队慢慢朝顿河上开去的时候,枪杀和出卖军官的事还很少见,可是过了一年,这样的事几乎变成家常便饭了。在进攻的时候,哥萨克们叫军官们学红军指挥员的样子,在队伍的前面走;并且不声不响、悄悄地对着他们的后背开枪。只有像宫陀洛夫乔治十字章团那样一些队伍,还团结得很好,可是在顿河军里,像这样的队伍并不多。

　　彼特罗·麦列霍夫是个又狡滑又机灵的顽固分子。他早就明白,和哥萨克们作对,就是找死,所以他一开始就费尽心思消除他这个军官和普通哥萨克之间的隔阂。在必要的时候,他也和哥萨克们一样,谈谈打仗的害处;不过他说这种话不是实心实意的,带有很大的虚假成分,但是大家都看不出他的虚假;他装成一个赞同布尔什维克主张的人,自从佛明被推举为团长,他又千方百计地拍佛明的马屁。彼特罗也和其余的人一样,不反对抢劫,咒骂上级,照顾俘虏。可是他心里的仇恨一阵一阵地直往上冲,憋得两只手直打哆嗦,恨不得打人和杀人……在工作上他又柔顺,又随和,不像一个少尉,倒像一块黄蜡! 就因为彼特罗骗取了哥萨克们的信任,所以他们认为他能够改变面目。

　　部队开到索朗加村,纳乌摩夫把军官们带走的时候,彼特罗留了下来。他又老实,又温和,总是不抛头露面,处处随大流,就这样同大家一起来到维奥申镇上。可是到了维奥申镇上以后,只呆了两天,就忍不住了,既没有上团部去,也没有去找佛明,就跑回家了。

　　这一天,一大早就在维奥申的大操场上,在一座老教堂旁边,开起了群众大会。这个团在等待英查师的代表前来。哥萨克们一群群地在操场上走着,有穿军大衣的,有穿小皮袄的——用军大衣改做的,没有挂面子,有穿皮夹克的,有穿棉袄的。真难相信,这一大群穿着五光十色的衣服的人就是战斗部队,就是第二十八哥萨克团。彼特罗灰心丧气地从这一群人跟前走到那一群人跟前,像看新奇东西似的打量着哥萨克们。以前在前线上,他们的服装并没有多么惹人注目,而且也没有看见过一团人这样密密麻麻地凑在一起。现在彼特罗怀着憎恶的心情咬着乱蓬蓬的白胡子,看着一张张挂了一层白霜的脸,看着戴了各式各样帽子的一个个脑袋,有戴高皮帽的,有戴矮皮帽的,有戴库班式平顶帽的,有戴哥萨克制帽的;他放低眼睛看去,看见的也是五颜六色的玩意儿:破皮靴、烂毡靴、从红军脚上剥下来的皮鞋外加破烂的裹腿。

"一群叫花子! 该死的庄稼佬! 丢脸!"彼特罗怀着无可奈何的痛恨心情自言自语地说。

板墙上贴着佛明发布的告示。街道上一个老百姓也看不见。整个维奥申镇好像隐藏起来,在等待什么。从胡同口里可以看见白雪皑皑的顿河河面。顿河对岸的树林子黑魆魆的,很像是一幅水墨画。又大又古老的灰色石头教堂旁边,像羊群一样拥拥挤挤地站着许多从各村来看丈夫的娘们儿。

彼特罗穿一件挂了羊皮筒子、胸前有一个大口袋的小袄,戴着一顶该死的羊羔皮军官帽,不久以前他戴着这顶军官帽还觉得挺神气,现在觉得时时刻刻都有冷冷的斜眼投到自己身上。这种眼光穿透他的心,加重了他那已经够惊慌失措的心情。他恍惚中看到,操场当中有一只倒扣着的大木桶上出现了一个矮墩墩的红军,穿一件细呢子军大衣,戴一顶崭新的羊羔皮帽,帽耳朵扎煞着。那个红军用戴着绒线手套的手理了理围在脖子上的灰色兔子毛哥萨克式毛边围巾,朝四面看了看。

"哥萨克同志们!"他那低沉的、伤风的声音钻进彼特罗的耳朵。

彼特罗四下里看了看,看见哥萨克们听到这很不习惯的称呼都十分惊异,你看着我,我看着你,都满怀希望地、神情激动地互相挤着眼睛。那个红军说到苏维埃政权,说到红军以及同哥萨克的相互关系,说了很久。彼特罗记得特别清楚的是,他的话时时被喊叫声打断:

"同志,共耕社是什么玩意儿?"

"是不是也要我们参加?"

"共产党是干什么的?"

那个红军把两手放在胸前,不住地朝四面转动着身子,十分耐心地解释着:

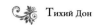

"同志们! 干共产党——是自觉自愿的事儿。谁愿意推翻资本家和地主的压迫,把工人和农民解放出来,谁愿意为这一伟大事业而奋斗,都可以自愿参加共产党。"

过了一小会儿,另一个角落里又有人喊道:

"请你讲讲共产党员和委员是怎么一回事儿!"

回答之后,没过几分钟,又有一个粗喉咙大嗓门儿叫道:

"共耕社你说得不怎么清楚,请你说仔细点儿。我们都是大老粗,你用家常话给我们讲讲!"

后来佛明啰里啰唆地讲了老半天,不管是不是地方,常常说到"撤退"这个词儿,好像是在炫耀学识似的。佛明身边有一个年轻小伙子,戴着学生帽,穿一件很讲究的大衣,很灵活地转来转去。彼特罗听着佛明那语无伦次的发言,想起在一九一七年二月里,就在妲丽亚来看他的那一天,他在开往彼得格勒途中的一个车站上第一次看见佛明的情形。他的眼前又出现了那个身穿军大衣、佩戴着带有番号"五十二"的中士肩章的阿塔曼团逃兵,好像又看到了他那两只离得很远的眼睛的冷冷的目光,看到了他那像狗熊一样的脚步。"受不了啊,大哥!"彼特罗好像又听到了他那含混不清的话。"逃兵,一个像贺里散福一样的浑人,可是这会儿当起团长来啦,我却在这儿受冷落。"彼特罗怒冲冲地眨动着眼睛,想道。

佛明说过话以后,接着上去说话的是一个十字交叉地背着机枪子弹带的哥萨克。

"弟兄们! 以前我在波得捷尔柯夫的部队里干过,现在我也许还能去打打士官生呢!"他扎煞着两只胳膊,声嘶力竭地喊叫着。

彼特罗快步朝驻所走去。他正备马,就听见哥萨克们在走出大操场的时候,鸣起枪来,这是按照老习惯向各个村庄报告,当兵的要回家了。

十三

　　静得可怕的短日子向晚时候显得很长,就像在农忙时候那样。一座座村庄静得像偏僻的荒野。顿河两岸好像什么都死光了,好像是一场瘟疫来到,各乡各村的人都死绝了。使人觉得,好像有一片乌云,像又厚又黑的翅膀似的遮住了顿河两岸,又无声地、阴森森地铺展开来,眼看着就要像旋风一样把白杨树吹弯在地,像焦雷一样劈劈啪啪发作起来,就要摧毁顿河彼岸一片白茫茫的树林,吹得那石灰质山崖上的石头乱飞,发出暴风雨般惊心动魄的怒吼声⋯⋯

　　从清早起,鞑靼村的土地上就笼罩着一片浓雾。山嗡嗡响着,报告严寒即将来临。快到晌午时候,太阳从浓雾中渐渐露出脸来,但是天空还是没有亮起来。雾气惘然若失地在顿河两岸的山顶上游荡着,往山崖和山头上直扑,就在那儿消逝,在绿苔斑斑的石板上,在山顶覆盖着白雪的巨石壁上,留下一层湿漉漉的水汽。

　　每到黄昏时候,黑夜就把一轮老大的火红色月亮从光秃秃的树丛梢头捧上来。月亮就朦朦胧胧地在安静下来的村庄上空泛着战争与大火的血红色亮光。经月亮的冷漠而恒久的亮光一照,人们心里不由地产生一种模模糊糊的恐慌感,牲口也感到烦躁。马和牛都睡不着觉,通夜在院子里荡来荡去。狗在吠叫,离半夜还早,公鸡就闹嚷嚷地打起鸣来。将近黎明时候,潮湿的树枝冻上一层冰。风吹动树枝,树枝丁当乱响,就像铁镫碰击声。就像是一队肉眼看不见的骑兵,在灰白的夜色中,在顿河左岸黑沉沉的树林里奔驰,碰得马刀和铁镫乱响。

　　原来在北线的鞑靼村的哥萨克,都自动离开了队伍,慢慢朝顿河上来,如今差不多都已经回到了村里。每天都有落在后面的人回来。有的人回来,把武器塞到草垛里,或者藏到棚子底下,为的是永远不再打仗,只等红军来到;有的人却只是推开积雪堵住的篱笆门，把马牵进院子里，补充一些干粮，和老婆睡上一夜，第二天早晨就上了大路，到了冈头上再最后望一望那死静的、一片白茫茫的顿河河面，望一望也许会永远离开的家乡的一处处地方。

谁能躲得开死神？谁又能猜到人生的结局？……马匹难分难舍地离开村子。哥萨克们硬着心肠撕断同家人难分难舍的心情。许多人的心又顺着这条风雪弥漫的道路回到家里。在这条路上想过许许多多沉重的心事……也许，还有咸得像血一样的眼泪顺着马鞍滚下去，落到冰冷的马镫上，落到马蹄踩得斑斑点点的大路上。在这些地方，到春天不是连送别的小黄花和小蓝花都长不出来了吗？

* * *

在彼特罗从维奥申镇上回来的那天夜里，麦列霍夫家里开了一个家庭会议。

"喂，怎么啦？"彼特罗刚刚跨进门槛，潘捷莱·普罗柯菲耶维奇就问道。"仗打完了吗？没有戴肩章回来吗？噢，去吧，去吧，去见见弟弟，叫你妈高兴高兴，你老婆正想你呢……好啊，好啊，彼加沙……格里高力！格里高力·潘捷莱耶维奇，为什么要像地老鼠一样躺在炕上？快下来！"

格里高力奔拉下两只光脚丫，绿裤子上的套带绷得紧紧的。他笑嘻嘻地挠着黑糊糊、毛烘烘的胸膛，看着彼特罗侧歪着身子卸下武装带，又用冻僵的手指头去摸索帽带的结儿。妲丽亚一声不响，笑盈盈地看着丈夫的眼睛，给他解开小皮袄的纽子，又提心吊胆地从他的右边绕过去，因为右边有手枪套子，还有一个灰灰的、亮闪闪的手榴弹挂在腰带上。

杜尼娅跑过来拿腮蛋子往哥哥的挂了白霜的胡子上贴了贴，就跑出去料理马匹。伊莉尼奇娜用围裙在擦嘴唇，准备来亲"大小厮"。娜塔莉亚在灶上忙活着。两个孩子拉着她的裙子，偎在她身上。大家都在等着彼特罗说话，可是彼特罗在门口用沙哑的嗓子说了一句"都好啊！"——就一声不响地脱起衣服来，又用笤帚扫了半天靴子，等他直起腰来，嘴唇忽然可怜巴巴地哆嗦起来，他不知为什么失魂落魄地靠在床背上，大家都出乎意料地看见他的冻青了的腮上流着泪水。

"老总！你这是怎么啦？"老头子用开玩笑的语气掩饰着惊慌和喉咙的哆嗦，问道。

"咱们垮啦，爹！"

彼特罗把嘴撇得老长，哆嗦了几下淡白色的眉毛，垂下眼睛，用一块肮脏的、发着烟臭味的手绢捂着鼻子，擤了半天。

格里高力一把推开正跟他亲热的小猫，哼哧了两声，就从炕上跳下来。妈妈亲着彼特罗那生了虱子的脑袋，哭了起来，但是马上又跑了开去。

"我的乖孩子！可怜的孩子，要喝点儿酸牛奶吗？你快来，吃吧，菜汤要凉啦。恐怕饿坏了吧？"

彼特罗在桌边坐下来，把侄子放在膝盖上哄着，提起了精神；他压抑着心头的激动，把第二十八团从前线上撤退、军官们逃走、佛明的事以及最后一次在维奥申镇上开大会的事说了一遍。

"你究竟怎么想呢？"格里高力一面用黑黑的大手抚摸着女儿的头，一面问道。

"没有什么好想的。明天白天我在家里过一天，夜里我就走。妈妈，您给我弄些干粮。"他转身对妈妈说。

"这么说，要走吗？"

潘捷莱·普罗柯菲耶维奇的三个指头停在烟荷包里，捏着的烟丝往下掉着，就这样愣着，等候回答。

彼特罗站起来，对着模模糊糊、墨画的圣像画着十字，眼睛里露出冷峻和痛苦的神情。

"耶稣救主，我吃饱啦！……你问，是不是要走吗？不走怎么行啊？我怎么能留在家里呢？让红鬼子把我砍死吗？也许，你们能留下来，可是我……我不行，一定要走！他们是放不过军官的。"

"家又怎么办？把家扔掉吗？"

彼特罗听了老头子的问话，只是耸了耸肩膀。但是妲丽亚接着就插嘴说：

"你们都走掉，叫我们留下来吗？你们真不错，都是好样儿的！叫我们来看守你们的家业！……为了你们的家业，也许还要把命都送掉呢！放一把火烧掉算啦！我可是不留下来！"

就连娜塔莉亚也说话了，她的叫声盖过了妲丽亚那响亮的声音：

"要是村子里的人都走，我们也不能留下来！我们也走！"

"浑蛋娘们儿！狗东西！"潘捷莱·普罗柯菲耶维奇瞪圆了眼睛，像发了疯似的吼叫起来，并且不由自主地去摸拐杖。"混账，都他妈的给我滚开！该死的娘们儿，给我住嘴！男子汉的事情，她们倒管起来啦……好吧，咱们就什么都扔掉，走他娘的！可是把牲口藏到哪儿去呢？又不能揣到怀里带走。还有房子呢？……"

"你们这两个娘们儿简直昏了头!"伊莉尼奇娜很生气地责备两个媳妇说。"这家业不是你们挣来的,你们要扔掉自然很容易。这是我和老头子起早摸黑挣来的,能这样轻易就扔掉吗?那可不行!"她撇了撇嘴,叹了口气。"你们走吧,我才不走呢。就让他们在家门口把我杀了好啦,总比在人家篱笆脚下饿死好些!"

潘捷莱·普罗柯菲耶维奇拧了拧灯芯子,又哼哼,又叹气。有一会儿大家都没有做声。正在打袜子的杜尼娅抬起头来,小声说:

"牲口可以带走嘛……犯不着为了牲口留下来。"

这一下子又把老头子惹火了。他就像一匹绊住了腿的公马一样,不要命地踹起脚来,一下子碰到躺在炉边的一只小羊羔身上,差一点儿绊倒。他在杜尼娅面前站下来,大声吼道:

"能带走吗?老牛要下犊啦,怎么办?把它带到哪儿去?哼,张嘴说说倒容易!败家鬼!坏东西!死丫头!拼死拼活给你们积攒,可是现在你们说出这种话!……还有羊呢,小羊羔往哪儿搁?……哼,哼,该死的丫头!给我住嘴!"

格里高力斜眼瞅着彼特罗,又像很久很久以前那样,看见哥哥那亲切的棕色眼睛里,流露出顽皮、好笑、同时又表示着恭敬的笑意,又看见小麦色胡子像以前那样抖动起来。彼特罗飞快地挤了挤眼睛,因为憋着笑,憋得全身哆嗦起来。格里高力也很高兴地感觉到,自己心中也出现了这种近几年来不曾有过的想笑的劲儿,就干脆低低地、咯咯地笑起来。

"好啦,就这样!……托老天的福吧……你们有话说过啦!"老头子气嘟嘟地瞪了格里高力一眼,就转身朝着结满毛茸茸的白霜的窗子,坐了下来。

到半夜里才做出一致的决定:男子汉都走,妇女们留下来看家。

离天亮还早,伊莉尼奇娜就生起了火,到吃早饭时候,已经烤好了面包,并且烤好了两口袋干粮。老头子在灯下吃过了早饭,天一亮就去收拾牲口,检查爬犁。他走进谷仓里,把手插进装满了小麦的粮囤里,用手拨弄着饱满的麦粒儿,站了老半天。他走出来,就好像向死人告别似的:帽子拿在手里,轻轻掩上身后黄黄的板门……

他又到棚子底下忙活起来,换爬犁上的坐簸箩,这时候赶着牛去饮水的安尼凯来到小胡同里,他们互相打了个招呼。

"你收拾收拾走吧,安尼凯?"

"我好比光屁股扎腰带,收拾是多余的。我的东西都在我身上,只能捡捡别人的!"

"听到什么消息吗?"

"消息多着呢,大叔!"

"怎么样?"潘捷莱·普罗柯菲耶维奇把斧子插进爬犁的扶手里,惊惶地问道。

"红军就要到啦。快到维奥申镇上啦。有人在大雷村看见的,说他们来意不善。在杀人呢……他们当中有犹太人,还有中国人,该死的东西! 以前咱们把这些斜眼鬼打得太轻啦!"

"还杀人?!"

"当然啦,又不是来玩儿的! 还有该死的上游哥萨克呢!"安尼凯骂着娘,顺着篱笆朝前走去,一面走,一面又说:"顿河那边的娘们儿给他们弄吃的喝的,省得他们糟蹋老娘们儿,他们喝得醉醺醺的,就跑到别的村子里去折腾。"

老头子安好坐簸箩,又去几个棚子里走了走,看了看他亲手栽的每一根桩子和篱笆。然后拿起干草篓子,一瘸一拐地到场院上去抽路上喂马的干草。他从架子上摘下铁钩子,不过他还是没有感觉到非走不可,又是去抽差一些的、带杂草的干草(好些的干草他总是留到春耕时喂牲口),但是后来改变了主意,心里骂着自己,朝另一垛草走去。可是不知为什么他还是不觉得,他就要离开家和村子到南方去,也许今后就不能回来了。他抽过了干草,又照老习惯伸手去拿草耙子,好把撒的草搂起来,但是又像被烫了一下似的,把手缩了回来,一面擦着帽子底下冒了汗的额头,一面自言自语地说:

"到这时候我还爱惜这些东西干什么? 反正他们要扔到马脚下,要么白白糟蹋掉,要么一把火烧掉。"

他把草耙子放在膝盖上,咬了咬牙,一下子折成两截,就端起草篓子,弯腰弓背、老态龙钟地拖着两条腿朝前走去。

他没有进屋子,只是推开门,说:

"准备走吧! 我马上就套爬犁。不能太晚了。"

他已经把皮套套到马身上,又把马料袋放到爬犁上,可是两个儿子还是没有出来备马,他心中觉得纳闷,就又朝屋里走去。

屋子里的情形使人奇怪:彼特罗正在气嘟嘟地解那几个准备带走的包袱,把军裤、上衣、值钱的女人衣服往地上直扔。

"这是怎么回事儿?"潘捷莱·普罗柯菲耶维奇十分吃惊地问道,他把帽子都摘了下来。

"就是这么回事儿!"彼特罗用大拇指隔着肩膀指了指妇女们说,"她们哭呢。咱们哪儿也不去啦! 要走,大家都走;要不走,谁也别走! 说不定红鬼子会强奸

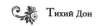

她们,咱们倒是跑出去逃命吗? 他们要是杀的话,就叫她们看着咱们死吧!"

"爹,把衣服脱了吧!"格里高力微微笑着,脱掉军大衣,解下马刀,正哭着的娜塔莉亚从后面抓住他的手,亲了起来,脸红得像桃花的杜尼娅高高兴兴地拍起巴掌来。

老头子戴上皮帽,但是马上又摘了下来,走到堂前,画了一个老大的十字。他磕了三个头,站起身来,朝大家打量了一遍。

"好吧,既然这样,咱们就不走啦! 圣母娘娘,多多保佑我们吧! 我去把爬犁卸掉。"

安尼凯跑了进来。他看见麦列霍夫家里一张张脸都笑盈盈的、高高兴兴的,不禁吃了一惊。

"你们怎么啦?"

"我们家的男子汉不走啦!"妲丽亚代表大家回答说。

"是这样啊! 改变主意啦?"

"改变主意啦!"格里高力勉强龇了龇青白色的牙齿笑了笑,挤了挤眼睛,"死不用人自己去找,不管在哪儿,都能碰得上。"

"你们当官的不走,我们更要听天由命啦!"安尼凯说完,就冬冬地下了台阶,从窗前跑了过去。

十四

佛明发布的告示在维奥申镇的板墙上呼啦呼啦地响着。人们时时刻刻等候着红军到来。白军的北线司令部还驻扎在离维奥申镇三十五俄里的卡耳根镇上。一月三日夜里,车臣人的队伍开到,于是罗曼·拉查列夫中校就率领这支队伍从别洛卡里特文河口镇出发,用急行军的速度前来讨伐佛明这个叛变的团。

车臣人原定在五日向维奥申镇发动进攻。他们的侦察队已经到了白山村。但是进攻的计划取消了,因为佛明的团里有一个哥萨克投过来,报告说,红军的一支主力部队已经来到高罗霍夫村,一月五日一定要到达维奥申镇上。

正在诺沃契尔卡斯克忙着招待协约国代表的克拉斯诺夫,试图开导一下佛明。他用诺沃契尔卡斯克—维奥申之间的直通线给佛明打来一封电报。电报员先是一个劲儿地呼号"维奥申镇,佛明",后来就发来了简短的电文:

> 维奥申镇佛明收。佛明中士,我命令你及早醒悟并率领本团开赴阵地。已派出讨伐队。如执迷不悟,即判处死刑。
>
> 克拉斯诺夫

佛明解开皮袄的纽子,借着煤油灯的灯光,看着打满棕色字母的细细的纸条弯弯曲曲地从电报员手里抓出来,他对电报员的后脑勺呵着冷气和酒气,说:

"喂,他在那儿胡说些什么? 叫我醒悟? 他打完了吗? ……你给他回电……什——么? 怎么不行? 你听我的,要不然我把你的肠子都打出来!"

于是电报机哒哒地响起来:

> 诺沃契尔卡斯克克拉斯诺夫将军收。滚你妈的吧。佛明。

北线的局面出现了进一步复杂化的趋势,因此克拉斯诺夫决定亲自上卡耳根来,在这里直接指挥讨伐队对佛明发动进攻,而主要的还是想鼓一鼓哥萨克们已经十分低沉的士气。就为了这个目的,他还约请协约国的代表一同到前线上来看看。

在布土尔林诺夫村检阅了刚刚下火线的宫陀洛夫乔治十字章团。检阅完毕,克拉斯诺夫站到团旗下面。他转身朝着右边,高声叫道:

"凡是在第十团、在我手下当过差的,向前一步走!"

宫陀洛夫团的哥萨克差不多有一半跨到队伍的前面。克拉斯诺夫摘下皮帽子,十字交叉地抱住靠近他的一个不算年轻、但很英武的司务长亲了亲。那位司务长用大衣袖子擦了擦刚刚修剪过的胡子,呆呆地瞪大了眼睛,愣住了。克拉斯诺夫和老部下——接了吻。协约国的代表都很惊愕,都大惑不解地小声议论着。但是惊愕马上就变成了微笑和矜持的赞许神情,因为克拉斯诺夫走到他们跟前,解释说:

"就是这些英雄们跟着我在涅兹维斯打过德国人,在别尔舍茨和柯玛洛夫打过奥地利人,促进了我们的全面胜利。"

……在太阳的两边,有几条彩虹般的、带有白箍的光柱,一动不动的,就像是看守钱柜的卫士。寒冷的东北风在树林里怒吼,在草原上狂奔,汇合成强大的气流,横冲直撞,吹得一丛丛乱蓬蓬的荒草东倒西歪。一月六日向晚时候,旗尔河上已经挂起浓浓的暮霭。克拉斯诺夫陪着英吉利帝国的军官爱德华和奥尔考特、法兰西军官巴尔台罗大尉和爱尔里赫中尉来到卡尔根镇上。协约国的代表们都穿着皮袄,戴着毛茸茸的兔皮帽,缩着脖子,跺着脚,满面笑容地走下汽车,身上发出一阵阵雪茄烟和香水气味。这几位军官在富商列沃琪金的府上暖和了一下身子,喝了几杯茶,就同克拉斯诺夫和北线司令伊万诺夫少将一起朝学校里走去,要在学校里开大会。

克拉斯诺夫对着凝神静听的哥萨克们讲了很久。大家都很用心、很安静地听着。但是当他绘声绘色地讲到布尔什维克在他们占领的乡镇里所干的"种种暴行"的时候,后排里有人在灰灰的烟气中情不自禁地叫道:

"不是这么回事儿!"一下子就冲毁了假象。

第二天早晨,克拉斯诺夫就和协约国的代表们匆匆赶往米列洛沃去了。

北线司令部也匆匆撤走了。车臣人在镇上一直搜查到黄昏时候,到处抓那些不愿意跟着走的哥萨克。夜里烧毁了弹药库。整个上半夜,子弹爆破声劈劈啪啪响成一片,就像一大堆干柴着了火;成千上万发炮弹爆炸开来,发出山崩地裂声。第二天,正在广场上举行撤退前的祈祷仪式,卡耳根镇外的山冈上就响起了机枪声。子弹像春天的冰雹一样在教堂顶上乒乒乓乓乱响起来,于是大家都乱糟糟地朝田野上拥去。拉查列夫的部队和为数不多的哥萨克部队试图掩护撤退的人:步兵成散兵线在风车后面卧倒下来,第三十六卡耳根炮兵连也在卡耳根人菲道尔・波波夫大尉指挥下,用急射的炮火轰击进攻的红军,但是不久就把大炮挂到了前车上。红军的骑兵已经从拉推舍夫村迂回过来,包围了步兵,把步兵逼到了土沟里,并且砍死了其中二十来个被人谑称为"驾前侍从"的卡耳根的老头子。

十五

一旦决定不走了,潘捷莱·普罗柯菲耶维奇就又觉得样样东西都有用处,都很重要了。

傍晚他去喂牲口,已经毫不犹豫地抽那一垛差一些的干草了。他在黑糊糊的院子里转来转去地对着老牛端详了半天,心里很满意地想道:"快生啦,肚子还不小呢。也许还是双胞胎呢!"他又觉得什么都可爱、可亲了;他在心里已经抛弃掉的东西,现在又显得重要起来,又有了分量。在黄昏前短短的一小会儿工夫,他已经把杜尼娅狠狠地骂了一顿,因为她在猪食槽旁边撒了不少谷糠,又没有敲开牲口槽里的冰。他还堵好了司捷潘·阿司塔霍夫家的骗猪在篱笆上钻出的窟窿。看到阿克西妮亚出来关护窗,他又向她问起司捷潘:他想不想走? 阿克西妮亚一面裹头巾,一面曼声回答说:

"不走,不走,他哪儿能走啊? 他在炕上躺着呢,好像是在打摆子……头很热,还说肚子疼。司乔巴病啦。不能走……"

"我家的两个也不走。就是说,我家的人都不走啦。谁他妈的能知道,不走是好还是不好……"

天色渐渐黑了下来。顿河对岸,灰蒙蒙的树林那边,淡青色的天空里出现了亮晶晶的北极星。东方的天边也红了起来。红光渐渐升起,一弯新月出现在乱蓬蓬的黑杨树梢头。雪地上的许多影子渐渐模糊成一片。一个个的雪堆渐渐看不见了。静极了,所以潘捷莱·普罗柯菲耶维奇听见顿河上有人在冰窟窿旁边用铁棍凿冰,大概那是安尼凯。碎冰四面乱迸,发出碎玻璃一样的琤琤声。还有就是老牛在院子里吃干草,发出均匀的咯吱声。

厨房里已经上了灯。窗口闪过娜塔莉亚的影子。潘捷莱·普罗柯菲耶维奇很想到房里暖和暖和。他走进厨房，看见一家人都在这里。杜尼娅刚刚从贺里散福的老婆那里回来。她一面倒碗里的发面头，一面慌不及待地报告新闻，就好像怕别人抢先似的。

格里高力在上房里擦好了步枪、手枪和马刀，上好了油，又用手巾把望远镜包起来，就喊了一声彼特罗，说：

"你的家伙收拾好了吗？去拿来。要藏起来。"

"万一需要自卫，那怎么办？"

"算了吧！"格里高力冷笑说。"小心点儿吧，他们要是发现了，会把你绞死！"

他们走到院子里。不知为什么把武器一件一件地分别藏了起来。但是格里高力却把一支黑黑的、崭新的手枪掖到上房里的枕头底下。

一家人刚刚吃过晚饭，一面无精打采地说着话儿，一面准备去睡觉，这时候，用链子拴着的公狗在院子里声嘶力竭地狂吠起来，并且带着链子直往前扑，被颈圈勒得直打呜噜。老头子走出去看，回来的时候带进一个围巾一直围到眉毛的人来。那人全副武装，勒着一条白皮带，走进来，画了一个十字；他的嘴上挂了一层白霜，就像是一个白圈圈儿，嘴里冒出一股一股的热气。

"看样子，你们不认识我啦？"

"这是大老表马加尔嘛！"姐丽亚叫了起来。

彼特罗以及其余的人这才认出这位远亲。他叫马加尔·诺加依采夫，是新根村的哥萨克，是远近闻名的一个少见的歌手和酒鬼。

"哪一阵恶风把你刮来啦？"彼特罗笑了笑，但是没有起身。

诺加依采夫将下胡子上的冰凌，朝门口甩了甩，跺了跺脚上的老大的、缝了皮底的毡靴，不慌不忙地开始脱衣服。

"我一个人走，觉得没味道，我心想，找两个老表一块走好啦。听说你们俩都在家嘛。我对老婆说，我去找麦列霍夫家两个老表一块儿走，总要热闹些。"

他把步枪提过去，和炉叉并排靠在灶上，惹得妇女们嘻嘻哈哈地笑起来。他把弹药盒放到灶门口，却把马刀和鞭子恭恭敬敬地放到床上。这一次马加尔也是满身酒气，瞪得大大的眼睛里露出醉意，湿漉漉、乱蓬蓬的大胡子里露着整整齐齐、白中泛青的牙齿，就像顿河边的贝壳。

"新根的哥萨克都不走吗？"格里高力一面把绣花烟荷包递过去，一面问道。

客人用手推开烟荷包。

"我不抽……你问哥萨克吗？有的已经走啦，有的正在找老鼠洞躲藏。你们走吧？"

"我家男子汉不走啦。你别招引他们啦!"伊莉尼奇娜都害怕了。

"当真你们不走? 我才不信哩! 格里高力兄弟,是真的吗? 伙计,你们不要命啦?"

"随它去吧……"彼特罗叹了一口气,忽然脸色像火一样红了起来,问道:"格里高力! 你怎么样? 是不是重新想想? 也许,咱们还是走吧?"

"不走啦。"

一阵烟气把格里高力罩住,在他那拳曲的松脂色头发上面飘荡了老半天。

"爹把你的马牵进去了吧?"彼特罗前言不搭后语地问道。

老半天没有人说话。只有纺车在杜尼娅脚下像黄蜂一样嗡嗡响着,催人入睡。

诺加依采夫一直坐到东方发白,一直在劝麦列霍夫家两弟兄一同到顿涅茨那边去。这一夜,彼特罗有两次光着头跑出去把马备上,又在妲丽亚威严的目光逼视下两次出去把马鞍卸下来。

天光大亮了,客人要走了。他已经穿好衣服,抓住门环,大声咳嗽着,暗带威胁意味地说:

"局面也许会好转的,不过到那时候,你们不会好过。我们会从那边回来的,我们会记起来,是什么人给红军打开进顿河的大门,是什么人留下来给他们干事情……"

从清晨起纷纷扬扬飘起雪花。格里高力走到院子里,看见黑压压的一大群人正从顿河那边朝渡口拥来。有八匹马拉着一件什么东西,传来说话声、赶马声和骂娘声。透过像雾一样的大雪,看得见灰灰的人影和马影。格里高力凭着四对马拉车这一点猜出:"是一支炮兵连……难道是红军?"他想到这里,心怦怦跳起来,但是仔细一想,又定下心来。

人群散了开来,远远地避开一个黑黑的、张着大嘴的冰窟窿,朝村子走来。但是来到岸边上,最前面的一门炮压碎了岸边的薄冰,一个轮子陷了下去。一阵阵的风送来驭手的吆喝声、冰面碎裂声和慌乱的、直打滑的马蹄声。格里高力走到牲口院子里,很小心地向外张望着。他看清了骑马人军大衣上那落了雪花的肩章,他从外貌上看出那是哥萨克。

过了五六分钟,一位年老的司务长骑着肥壮的高头大马进了大门。他在台阶前下了马,把缰绳拴在栏杆上,大步走进房里。

"谁是当家的?"他打过招呼,问道。

"我是……"潘捷莱·普罗柯菲耶维奇回答过,就心惊胆战地等待着他问下一个问题:为什么你家的哥萨克没有走?

但是司务长用手捋了捋被雪落白了的、像肩章绦一样长的卷胡子,央求说:

"乡亲们! 行行好,帮我们把炮拖出来吧! 在河边上一直陷到车轴……你们有没有纤绳? 这是什么村? 我们迷路啦。我们是上叶兰镇去的,可是雪这样大,简直什么都看不清。我们迷了路,红军又紧跟在屁股后面。"

"我不知道,真的……"老头子踌躇起来。

"这有什么知道不知道啊! 你家有这样的男子汉嘛……我们需要人帮忙。"

"我有病呀。"潘捷莱·普罗柯菲耶维奇撒起谎来。

"你们怎么搞的,伙计们!"司务长像狼那样不扭脖子,只转悠着眼睛把父子三人打量了一遍。他的嗓门儿好像变年轻了,也舒展开了。"你们不是哥萨克吗? 就是说,要让我们的大炮完蛋吗? 我是留下来代替连长的,当官的都跑光啦,我有一个星期没下马,都冻死啦,脚趾也冻坏啦,但是我宁可不要命,也不扔掉炮! 可是你们呀……真没办法! 你们不愿意好说好道,我这就把弟兄们喊来,我们就……"司务长含着眼泪、带着怒气叫道,"就强迫你们去干,狗杂种! 布尔什维克! 把你们他妈的都收拾掉! 把你这个老家伙拴到炮车上,看你老实不老实! 你给我去把老百姓都叫来,如果他们不来,我把话说在头里,等我回到这边,就把你们的村子一下子扫平……"

他说这话的神气,就好像自己也没有多大把握似的。格里高力可怜起他来。格里高力抓起帽子,也不去看还在发火的司务长,冷冷地说:

"你别嚷嚷啦。这儿用不着这一套! 我们帮你们拖出来,你们就滚蛋吧。"

大家是铺上篱笆片子,把大炮拖上来的。来了不少人。安尼凯、贺里散福、伊凡·托米林、麦列霍夫家父子和十来个妇女,同炮兵们一起推着大炮和炮弹箱子,又帮着马匹往上拉,把大炮一一弄上岸来。炮车轮子已经冻住,不能转动,只能在雪上滑。马匹疲惫不堪,爬小坡都很吃力了。炮手们已经跑掉了一半,剩下这一半也都是步行。司务长摘下帽子,鞠了一个躬,谢过大家的帮助,就在马上转过身去,小声命令道:

"连队,跟我走!"

格里高力怀着又尊敬又惊异不解的心情望着他的背影。彼特罗走过来,咬着胡子,似乎是回答格里高力心里的话,说:

"大家都这样就好啦! 就应该这样来保静静的顿河!"

"你说的是那个大胡子吗? 是说那个司务长吗?"泥巴一直溅到耳朵的贺里散福走过来,问道。"瞧吧,看样子,大炮还非拖到地点不可呢。妈的,他还朝我抢鞭子呢！一个人在急了眼的时候，是会打人的。我本来不想来，可是后来，说实话，我怕啦。连毡靴也没穿，就来啦。你说，这傻瓜要大炮有什么用？就像癞猪拖木头：又费劲，又没有用，可是偏要拖……"

哥萨克们各自散去，微微笑着，都没有说话。

十六

时间已经过了晌午，在顿河那边很远的地方，有一挺机枪哒哒地打了两梭子，又不响了。

过了半个钟头，一直站在上房窗前的格里高力往后退了两步，一张脸变成了青灰色。

"他们来啦！"

伊莉尼奇娜啊呀一声，就朝窗前奔去。有八个骑马的人拉开距离在街上跑着。他们跑到麦列霍夫家的门口，停了下来，打量了一下顿河对岸的渡口和顿河与山冈之间的一条黑黑的通路，就拨转马头往回走。他们的肥壮的战马摇晃着剪得短短的尾巴，踩得地上的雪一团一团地四处乱飞。这支骑兵侦察队来村子里侦察了一遍，就不见了。过了一个钟头，鞑靼村里就到处是杂沓的脚步声、外路人的说话声和汪汪的狗叫声了。一个步兵团，用爬犁拉着机枪，还带着辎重队和灶车，渡过顿河，来到村子里分散开来。

不管敌军进村的那一刹那有多么可怕，爱笑的杜尼娅这时候还是忍不住要笑：侦察队一拨转马头往回走，她就用围裙捂着嘴噗哧哧笑了一阵，又朝厨房里跑去。娜塔莉亚用惊骇的目光迎住她，问：

"你怎么啦？"

"哎哟哟，娜塔申卡呀！好嫂子呀！……瞧瞧他们骑马的样子呀！往前倒倒,往后歪歪,往前倒倒,往后歪歪……胳膊肘子悠来悠去。一个个就像布条子做的小人儿,身子一个劲儿地直晃荡!"

她学红军在马上晃来晃去的样子,学得十分好笑,逗得娜塔莉亚憋住笑,跑到床边,一头扎到枕头上,免得惹公公发火。

潘捷莱·普罗柯菲耶维奇轻轻地哆嗦着,毫无目的地在耳房的大板凳上拨弄着麻线、锥子和盛靴钉的小罐子,眯缝着眼睛,用惊骇的目光一个劲儿地朝窗外望着。

可是在厨房里,就好像抓紧了最后机会似的,姑嫂们笑得正欢呢。杜尼娅的脸红扑扑的,她笑出了眼泪,亮晶晶的泪珠儿挂在脸上,就好像西红柿上落了露水,她对姐丽亚学着红军骑马的姿势,并且,虽然无意丑化,但是使这种有节奏的动作带上了淫秽意味。姐丽亚笑得两道画得弯弯的眉毛直打哆嗦,她一面大笑,一面沙哑地、下气不接上气地说:

"恐怕裤子都要捣通啦!……这样骑马……连鞍头都要压弯呢!……"

脸色像死人一样的彼特罗从上房里出来,见她们笑得开心,一时间也乐了。

"看到他们骑马觉得稀罕吗?"他问道。"可是他们却不心疼。骑坏了,再换一匹。庄稼佬嘛!"他带着非常瞧不起的神情把手一甩。"也许,连马都是头一回看见呢。'瞧,俺骑马啦,瞧,俺骑着马来啦。'他们的祖宗听见车轮子声音都害怕,可是他们却骑起马来啦!……嘿呀!"他咯吧咯吧地摁了几下手指头,就到上房里去了。

一大群红军顺着大街走来,后来分成一伙一伙的,走进人家的院子。有三个人进了安尼凯家的大门;有五个人,其中有一个骑马的,在阿司塔霍夫家门口站了下来;另外还有五个人顺着篱笆朝麦列霍夫家走来。在前面走的是一个上了年纪、个头儿不高的红军,鼻子扁扁的,鼻孔大大的,脸刮得光光的,身子细细的,十分灵活,一眼就可以看出是一个老兵。他第一个走进麦列霍夫家的院子,在台阶前站下来,低下头,看着拴在链子上的黄狗呼哧呼哧地狂叫,看了一会儿,就从肩上摘下枪来。枪声震得屋檐上落下一团霜粉。格里高力押了押勒勃子的领子,就在窗口看见,那狗在雪地上直打滚,染得雪地上鲜血斑斑,那狗正经受着死前的剧疼,乱咬打穿的腰部和铁链子。格里高力回头看了看,看见妇女们那煞白煞白的脸和母亲那发呆的眼睛。他帽子也没戴,就朝过道里走去。

"站住!"父亲用变了腔的声音在背后喊道。

格里高力把门打开。一个子弹壳当啷一声落在门口。落在后面的几个红军也进了大门。

"为什么把狗打死？碍你的事啦？"格里高力在门口站下来，问道。

那个红军用大鼻孔吸了一口气，刮得发了青的薄嘴唇的角儿耷拉下来。他回头看了看，端起了步枪。

"你怎么？心疼吗？可是我送你一颗子弹也不会心疼。你要吗？站住！"

"喂，算啦，亚历山大！"一个大个子、红眉毛的红军一面往前走，一面笑着说。"您好，掌柜的！见过红军吗？让我们住一宿吧。是他把您家的狗打死了吗？真不应该！……同志们，进来吧。"

格里高力最后一个走进房里。红军都高高兴兴地打着招呼，解下背包和弹药盒，把军大衣、棉袄、皮帽都堆到床上。整个房子里马上就充满了当兵人那种浓烈的、像酒精一样的气味，充满了人汗、烟草、廉价肥皂和枪油的混合气味，还有远行人身上的气味。

那个叫亚历山大的红军在桌边坐下来，点起香烟，就好像是接续刚才同格里高力的谈话似的，问道：

"你参加过白军吧？"

"是的……"

"就是这样嘛……我一眼就看出来啦。是白军嘛！是军官，对吗？戴金肩章吧？"

他从鼻孔里喷着一股一股的烟气，用冷冷的、毫无笑意的眼睛盯住靠门框站着的格里高力，用熏黄了的、鼓鼓的手指甲不住地弹着烟灰。

"是军官吧？承认好啦！我从你的样子就看出来啦；我在俄德战争时候就干过嘛。"

"当过军官。"格里高力勉强笑了笑，侧眼看到娜塔莉亚正用惊恐和祈求的目光看着他，就沉下脸来，眉毛也哆嗦了两下。他觉得自己真不该笑。

"真可惜！那颗子弹真不该赏给狗……"

他把烟头扔到格里高力脚下，对另外几个红军挤了挤眼睛。

格里高力又觉得自己不由自主地歪着嘴在笑，是一种负罪和祈求的笑，于是他因为不自觉地、毫不理智地暴露了自己的软弱，羞得脸都红了。"就像一条狗在主人面前摇起尾巴来啦。"他想到这里，羞得无地自容，并且有一小会儿他眼前出现了这样的场面：格里高力他这个掌握生杀大权的主人向打死的那条白胸脯黄狗走去，那狗就仰面躺下，龇出白白的尖牙，摇晃着毛茸茸的红尾巴，咧着黑黑的、柔滑的嘴这样笑……

潘捷莱·普罗柯菲耶维奇又用格里高力没有听见过的那种口气问客人：是

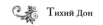

不是要吃晚饭？如果要吃，他就叫家里人去做……

伊莉尼奇娜不等客人回答，就朝灶前跑去。火钳在她手里直哆嗦。装菜汤的铁锅她怎么都端不起来。妲丽亚垂着眼睛，把饭菜端上桌。红军在桌上坐了下来，连十字也不画。老头子望着他们，又害怕，又暗暗感到厌恶。终于，他忍不住，问道：

"这么看，你们不祷告上帝啦？"

这时候，亚历山大的嘴上才好像掠过一丝笑意。他在其余几个人的一片哄笑声中回答说：

"老大爷，我劝你也别祷告啦！我们早把自己的上帝送走啦……"他呛了一下，拧了拧眉毛。"上帝是没有的，可是糊涂蛋偏要信上帝，偏要对着木头祷告！"

"是啊，是啊……有学问的人当然是明白的。"潘捷莱·普罗柯菲耶维奇心惊胆战地附和说。

妲丽亚在每个人面前都摆了一把木调羹，但是亚历山大把自己面前的那把推开，说：

"有没有不是木头的？用这玩意儿还要得传染病呢！这哪儿像调羹？啃得这样乱七八糟！"

妲丽亚火了：

"要是嫌别人家的，就应该自己随身带着。"

"哼，你给我住嘴，小娘们儿，没有调羹了吗？那就给我一块干净手巾，我来擦擦。"

伊莉尼奇娜把菜汤舀到大碗里，亚历山大又对她说：

"老大娘，你先尝一尝。"

"要我尝干什么？是不是太咸啦？"伊莉尼奇娜吓得战战兢兢地说。

"你尝尝，尝尝！看看你是不是给我们下毒药……"

"尝一勺子！听见吗？"潘捷莱·普罗柯菲耶维奇厉声吩咐过，就闭紧了嘴巴。然后他就从耳房里取来修鞋的家什，把一个当做凳子的杨树墩子推到窗口，点上小油灯，就抱着一只旧靴子坐下来，再也没有插嘴说话。

彼特罗躲在上房里一直没有露面。娜塔莉亚也带着两个孩子坐在上房里。杜尼娅靠着炉灶打袜子，后来有一个红军喊她"小姐"，并且请她一起吃晚饭，她也走开了。没有人说话了。红军们吃过晚饭，就抽起烟来。

"你们这儿可以抽烟吗？"红眉毛的红军问道。

"我们家的烟鬼就不少。"伊莉尼奇娜很勉强地说。

红军请格里高力抽纸烟，他没有接。他的五脏六腑都在打哆嗦，一看见那个把狗打死、对他态度蛮横、处处跟他作对的家伙，心就一阵紧缩。看样子，那家伙是想找岔子，时时刻刻找机会刺激格里高力，引他说话。

"军官先生，您在哪一团当过差？"

"在各种各样的团里都干过。"

"我们的人你杀死了多少？"

"在战场上是不点数的。同志，你不要以为我生来就是军官。我是在和德国作战的时候升为军官的。我的肩章是作战有功得来的……"

"我跟军官不是同志！像你这一号儿的，我们是要枪毙的。对不起，我就枪毙过不止一个啦……"

"同志，可是我要告诉你……你的态度很不好：就好像是攻进村子的大英雄。是我们自动放弃阵地，放你们进来的嘛，可是你就像进了被占领国……把狗打死——这不算本事，欺负和杀害没有武器的人，也不算英雄好汉……"

"你别教训我！我们认识你们！'放弃阵地'呢！如果不是我们狠狠揍你们一顿，你们就不会放弃。我现在对你怎样都可以。"

"算啦，亚历山大！烦死啦！"那个红眉毛的红军说。

但是亚历山大已经走到格里高力跟前，鼻孔鼓得大大的，呼哧呼哧地喘着气。

"军官先生，你最好别惹我，不然你要倒霉的！"

"我没有惹您。"

"不，你惹我啦！"

娜塔莉亚推开门，用急喘喘的声音喊了格里高力一声。格里高力绕过站在面前的红军，朝上房走去，走到门口，像醉汉似的摇晃起来。彼特罗迎住他，用痛恨的口气小声哼哼着说：

"你干什么？你他妈的跟他吵什么？你跟他有什么好说的？你想把自己和一家人的性命都送掉？坐下！……"他使劲把格里高力推到坐柜上，就朝厨房里走去。

格里高力张大了嘴拼命吸气，黑糊糊的脸上涨出的黑红颜色渐渐退去，眼里的火气渐渐弱了。

"格里沙！格里什卡！我的亲人呀，别跟他吵啦！"娜塔莉亚哆哆嗦嗦地捂住两个想哭的孩子的嘴，恳求说。

"我怎么不走呢？"格里高力十分烦恼地看着娜塔莉亚，问道。"我不吵啦。

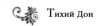

别说啦！心里实在憋不住呀！"

后来又来了三个红军。其中有一个戴着高高的黑皮帽，看样子是个首长。他问：

"这一家住几个？"

"七个。"红眉毛的红军代表大家回答，他的声音就像手风琴的声音。

"机枪哨的同志也要住在这儿。你们就挤一挤吧。"

三个人走了。接着大门就吱咯响了起来。两辆大车进了院子。几个人把一挺机枪抬进了过道。有人在黑暗中划着火柴，骂起娘来。有人在棚子底下抽烟，有人在场院里抽干草生火，但是麦列霍夫家里的人谁也没有出去。

"你去看看马吧。"伊莉尼奇娜从老头子面前走过时，小声说。

老头子只是动了动肩膀，却没有出去。屋门乒乒乓乓地响了一整夜。白色的热气挂在天花板底下，落到墙上，就好像下了一层露水。红军在上房里打了地铺。格里高力拿来一条毛毯给他们铺上，又拿自己的小皮袄给他们当枕头。

"我当过兵，知道当兵的甘苦。"他用和善的语气对那个跟他作对的红军笑着说。

但是那个红军的大鼻孔又动了起来，眼睛很不客气地在格里高力身上扫了扫……

格里高力和娜塔莉亚也在这间屋子里的床上躺了下来。红军们把步枪放在靠头的一边，在毛毯上并排躺下来。娜塔莉亚想把灯吹灭，有人厉声问道：

"谁叫你吹灯了？别吹！把灯芯子捻一捻，灯要一直点到天亮。"

娜塔莉亚让两个孩子睡在脚头，自己不脱衣服，靠墙睡下。格里高力两手放在脑后，一声不响地躺着。

"要是我们走掉了，"格里高力咬紧牙，胸口抵在枕头角儿上，心里想道，"要是我们真走了，这会儿他们就把娜塔莉亚按在这张床上，糟蹋她啦，就像那一次在波兰糟蹋福兰妮亚一样……"

红军中有人说起一件事情，但是另外有一个熟悉的声音打断了他的话，那声音在朦胧的灯光下响起来，带着若有所待的间歇：

"唉，没有娘们儿真没味道！难受死啦……可是掌柜的是军官……他们不通人情，不肯把老婆让给当兵的……掌柜的，听见吗？"

红军中有人已经打起呼噜，有人睡意朦胧地笑起来。那个红眉毛的红军用很严厉的口气说话了：

"喂，亚历山大，我说你都说厌啦。每到一家你都要胡闹，耍流氓，败坏红军的名誉。这样不行！我这就去找政委或者连长。你听见吗？要和你好好谈谈！"

屋子里鸦雀无声。只听见那个红眉毛的红军气得哼哧哼哧地在穿靴子。过了一小会儿，他砰的一声把门带上，就出去了。

娜塔莉亚憋不住，大声抽搭起来。格里高力用左手哆哆嗦嗦地抚摩着她的头、她的汗津津的前额和哭湿了的脸。用右手静静地摩弄着自己的胸膛，手指头机械地扣上衬衣的纽扣，又解开。

"别哭，别哭！"他轻轻地对娜塔莉亚说。这时候他心里十分清楚，他精神上已准备好接受任何考验和侮辱，但求保全自己和家里人的性命。

火柴照亮了欠起身子的亚历山大的脸、他的扁扁的鼻子、正在抽烟的嘴。听得见他小声嘟哝着，在一片呼噜声中叹了一口气，就开始穿衣服。

格里高力焦急地仔细听着，心里无限感激那个红眉毛的红军，一听见窗外的脚步声和气忿的声音，高兴得直打哆嗦。

"他老是胡闹……真没办法……够呛……政委同志……"

脚步声进了过道，屋门吱扭一声开了。有一个年轻的、威严的声音命令说：

"亚历山大·裘尔尼柯夫，把衣服穿好，马上离开这儿。到我的房子里睡去，你败坏红军的名誉，我们明天要处分你。"

一个身穿黑皮夹克的人，和红眉毛的红军并肩站在门口，用亲切而锐利的目光望着格里高力。

他看样子很年轻，而且露出年轻人的严肃神情；他那生着少年时期茸毛的嘴唇闭得紧紧的，显示出异常的刚毅。

"同志，遇到一个不安分的客人吧？"他微微笑着，对格里高力说。"好啦，现在睡吧，明天我们就教育教育他。晚安。裘尔尼柯夫，咱们走！"

他们走了，格里高力轻松地舒了一口气。第二天早晨，红眉毛的红军在付房钱和饭钱的时候，故意耽搁了一会儿，说：

"老乡，请不要见怪。我们这个亚历山大头脑有点不大清楚。去年在卢干斯克——他是卢干斯克人——有几个军官当着他的面把他的妈妈和妹妹打死啦。所以他成了这个样子……好啦，谢谢吧。再见吧。哦，差一点把孩子们忘啦！"他从口袋里掏出两块脏得变成灰色的糖，一个孩子手里塞了一块，两个孩子说不出地高兴。

潘捷莱·普罗柯菲耶维奇十分感动地看着孙子和孙女。

"哈，给他们这样好吃的东西！我们已经有一年半没见过糖啦……同志，谢谢你啦！……给叔叔鞠个躬！波柳什卡，快谢谢呀！……好孩子，你怎么犟起

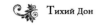

来。站着不动啊?"

红军走了出去,老头子又气冲冲地对娜塔莉亚叫道:

"你们真没有家教!哪怕送个面包给他在路上吃吃也好。好心不该好报吗?你们呀!"

"快跑!"格里高力吩咐说。

娜塔莉亚披上头巾,追到门外,追上那个红眉毛的红军。她红着脸,把一个圆圆的面包塞进他那深得像草原上的井一样的军大衣口袋里。

十七

中午时候,第六姆岑斯克红旗团急行军从村子里穿过,从有些哥萨克家里抢走了几匹战马。山后很远的地方响着隆隆的炮声。

"在旗尔河上打起来啦。"潘捷莱·普罗柯菲耶维奇猜测说。

傍晚时候,彼特罗和格里高力都不止一次跑到院子里,顺着顿河可以听见,远处,在霍派尔河河口镇那边,响着低沉的隆隆炮声和哒哒的机枪声,机枪声很低很低,只有把耳朵贴在冰冻的地面上才听得见。

"那边打得不坏!古谢尔希柯夫将军带着宫陀洛夫团在那儿打呢,"彼特罗一面说,一面掸着膝盖和帽子上的雪;接着又前言不搭后语地说:"他们在抢我们的马呢。格里高力,你的马太惹眼,万一他们看见了,要抢的。"

但是老头子醒悟得比他们早。入夜时候,格里高力牵着两匹战马去饮水,一出门,就看见马的前腿一拐一拐的。他牵着自己的马走了几步,看出这马完全瘸了;试了试彼特罗的马——也是这样。他喊来哥哥,说:

"马腿坏啦,真是怪事!你的马瘸了右腿,我的马瘸了左腿。也看不出伤在哪儿……是不是害了风湿?"

在淡紫色的雪地上，两匹马垂头丧气地站在朦胧的星光下，因为没有精神，不撒欢，也不尥蹶子。彼特罗点着马灯，但是父亲从场院上走来，叫他不要点灯。

"掌灯干什么？"

"爹，马瘸啦。恐怕腿有毛病。"

"腿有毛病——不好吗？你愿意庄稼佬来加上鞍，把马牵走吗？"

"这倒是不错……"

"你就去告诉格里什卡吧，马腿的毛病是我弄出来的。我拿小锤子，往脆骨上各钉了一根钉，这么一来，只要咱们这儿还打仗，这两匹马就是瘸的啦。"

彼特罗晃了晃脑袋，咬了咬胡子，就朝格里高力走去。

"把马牵进去吧。这是爹故意弄瘸的。"

幸亏老头子有先见之明。这天夜里又有不少人马闹哄哄地开进了村子。大街上到处是骑兵。一支炮兵连在坑坑洼洼的街道上轰隆轰隆地开过，拐到广场上停了下来。第十三骑兵团在村子里宿营了。贺里散福来到麦列霍夫家，一进门就蹲下来，把烟点着。

"你们家没来吗？那些家伙没来住吗？"

"这一回总算饶了我们。那些人只要一来，满屋子都是庄稼佬的臭气！"伊莉尼奇娜很不高兴地嘟哝说。

"我家住上啦。"贺里散福的声音变成耳语，一只大手擦了擦流出泪水的眼睛。但是贺里散福摇了摇像波兰钢盔一样的大头，哼哧了两声，好像因为流泪感到不好意思了。

"你怎么啦，贺里散福？"彼特罗第一次看见贺里散福流眼泪，就笑着问道。他看见贺里散福流泪，心里倒是高兴起来。

"把我的大青马抢走啦……就是我在俄德战争中骑的那一匹……就是说，共过患难的……就像人一样，甚至比人都懂事……是那家伙自己上的鞍。他说：'你把马备上，这马不听我的。'我说：'怎么，我能一辈子给你备马吗？你要骑，就自己侍弄吧。'他备好马，可是人又太矮……简直像个黄瓜头儿！大概只有我的腰这么高，脚够不到马镫……他把马牵到台阶跟前，骑上去……我就像小孩子一样哭起来。对我老婆说：'天天侍候，喂吃喂喝，可是你瞧……'"贺里散福又换成很快的、带哭腔的低语声，并且站了起来。"连马棚我都不敢去看啦！院子里就像什么都死绝啦……"

"我的马还在。我的坐下马已经死掉三匹，这是第四匹啦，已经不算什么啦……"格里高力仔细听起来。窗外有积雪的吱咯声、马刀丁当声、低低的赶马声。"上我们家来啦。该死的东西,就像猫闻到鱼腥一样! 也许是有人指引……"

潘捷莱·普罗柯菲耶维奇慌了,两只手成了多余的,不知道往哪儿搁了。

"掌柜的! 喂,出来!"

彼特罗披上棉袄,走了出来。

"你家的马在哪儿? 牵出来!"

"我没意见,不过,同志,马腿都有毛病。"

"有什么毛病? 牵出来! 我们不会白牵走的,你别害怕。我们把自己的马留下来。"

彼特罗一先一后把两匹马从马棚里牵了出来。

"里面还有一匹呢。为什么不牵出来?"一个红军用手电筒照着,问道。

"那是一匹骒马,怀驹啦。是一匹老马,有一百岁啦……"

"喂,把马鞍拿来! ……等一等,当真瘸了嘛……我的天啊,这样的瘸马你往哪儿牵?! 牵回去吧! ……"手拿电筒的红军气呼呼地叫起来。

彼特罗伸手抓住马笼头,闭紧嘴巴,扭过脸来,避开电筒的亮光。

"马鞍在哪儿?"

"今天上午有几位同志拿走啦。"

"你这家伙瞎说! 谁拿走啦?"

"真的! ……当真有人拿走啦! 姆岑斯克团打这儿经过,拿走啦。两副马鞍,还有两副皮套,都拿走啦。"

三个骑兵骂着娘走了。浑身都是马汗气味和马尿气味的彼特罗走了进来。他噘着强硬的嘴唇,带着夸耀的神气拍了拍贺里散福的肩膀。

"就要这样! 我说,马瘸啦,马鞍叫人拿走啦……哼,你呀! ……"

伊莉尼奇娜把灯吹灭,摸索着到上房里去铺床。

"咱们就摸摸黑吧,要不然鬼又要叫他们来借宿啦。"

* * *

这天夜里,安尼凯家里好不热闹。红军叫把街坊上的哥萨克请来玩儿。安尼凯就来请麦列霍夫家兄弟俩。

"红军?! 红军有什么关系? 难道他们不是人吗? 他们跟咱们一样,也是俄罗斯人。真的嘛。你们愿意信就信,不信就拉倒……我喜欢你们……我怎么啦?

他们当中有一个犹太人,也是人嘛。咱们在波兰杀了不少犹太人……好惨啊!可是这个犹太人给我酒喝。我喜欢犹太人!……去吧,格里高力!彼特罗!听我的……"

格里高力不肯去,但是潘捷莱·普罗柯菲耶维奇劝他去:

"去吧,要不然人家说你看不起人。去吧,别记仇。"

他们来到院子里。夜里很暖和,看样子要下雪了。院子里到处是炉灰气味和烧马粪的烟味。他们一声不响地站了一会儿,然后就朝前走去。妲丽亚在门口跟上了他们。

她的两道描得黑黑的眉毛,像翅膀一样在脸上舒展开来,被云彩里透出来的朦胧月光一照,泛着黑丝绒一般的亮光。

"他们想把我老婆灌醉……可是他们办不到。伙计,我是长眼睛的……"安尼凯嘟哝着,可是一阵酒意上来,他朝篱笆上直撞,有几次离开正路,倒在雪堆上。

松散的雪粒子在脚下像砂糖一样咯吱咯吱响了一阵子。大雪从灰色的天幕上扑了下来。

风吹得烟卷儿上的火星乱飞,吹起一团一团的雪粉。高空的风凶猛地冲击着白羽毛一般的云彩(老鹰追天鹅,就是用鼓鼓的胸脯向天鹅这样冲击的),于是一团一团的鹅毛大雪,就纷纷扬扬向沉沉入睡的大地上飞来,遮住村庄,遮住纵横交错的大路、草原、人和鸟兽的脚印……

在安尼凯家里闷得连气都透不过来。油灯冒着尖尖的、像舌头一样的黑烟苗,烟雾腾腾,谁也看不见谁。一个红军劈开两条长腿,拉着手风琴,奏着《萨拉托夫女郎》,把音箱拉到了最大限度。长板凳上坐着一些红军和街坊上的娘们儿。有一个身强力壮的大汉在调戏安尼凯的老婆。那人穿着绿棉裤和短筒靴,靴上装着一副老大的、好像是从博物馆里偷来的刺马针。一顶灰色羊羔皮帽扣在他脑后的鬈发上,棕色的脸汗淋淋的。一只汗津津的手摸索着安尼凯老婆的脊梁。

这娘们儿已经瘫软了:她的嘴红红的,流出了口水;她想躲开,却没有力气躲开;她看见了丈夫,也看见别的娘们儿含笑的目光,但她就是没有力气把这只强有力的手从脊梁上推下去:她好像一点也不害羞,只是陶醉地、软绵绵地笑着。

桌子上杯盘狼藉,满屋子都是酒气。桌布变成了抹布,第十三骑兵团的一位排长在屋子当中的土地上像个绿鬼一样打着转转儿在跳农家舞。他穿的靴子是细纹皮的,脚上只包着脚布,没穿袜子,马裤是军官呢的。格里高力在门口看着他的靴子和马裤,心里想:"这是从一个军官身上剥下来的……"然后把目光移到这个人的脸上:一张脸漆黑漆黑的,满脸都是亮闪闪的汗珠儿,就像大青马的屁股,圆圆的耳壳扎煞着,嘴唇又厚又往下耷拉。"是个犹太人,倒是挺机灵的!"格里高力在心里说。大家也给他和彼特罗斟了酒。格里高力喝得很谨慎,但是彼特罗很快就喝醉了。过了一个钟头,彼特罗已经在土地上跳起哥萨克舞,靴后跟踢得黄土乱飞,他用沙哑的嗓门儿央求手风琴手:"拉快点儿,快点儿!"格里高力坐在桌子旁边,嗑着南瓜子。他身边坐着一个高大的西伯利亚人,是个机枪手。这个机枪手皱着孩子般的圆脸,说话声音很柔软,总是把"茨"音说成"咝"音。

"我们把高尔察克打垮啦。等我们把你们的克拉斯诺夫狠狠揍一顿,就完事啦。就这样!然后就回家去种地,土地有的是,只要有人侍弄,就能长庄稼!土地好比老娘们儿,不会自动找你,要去抓过来。谁碍事,就把谁杀死。我们不要你们的。只求大家都平等……"

格里高力频频点头称是,但他暗暗注视着这个红军。似乎没有担心的必要。大家看着彼特罗,看着他那灵活而优美的舞姿,都带着赞赏的神情在笑。有一个清醒的声音还欢叫起来:"真他妈的跳得好!"但是格里高力无意中发现,一个鬈发的红军,是一个准尉,正眯缝着眼睛仔细打量他,于是他警惕起来,酒也不喝了。

手风琴手拉起了波尔卡舞曲。大家纷纷请妇女们跳舞。有一个红军,脊背上蹭了一片白灰,晃晃悠悠,来请贺里散福邻居家一个年轻媳妇跳舞,但是她拒绝了,并且提着带褶儿的裙子下摆,向格里高力跑来。

"咱们来跳!"

"不想跳。"

"来吧,格里沙!我的心肝儿!"

"别闹,我不跳嘛!"

她很不自然地笑着,扯住他的袖子。他皱着眉头,挣着,但是一看见她挤眼睛,就站了起来。他们转了两个圈子,手风琴手的手按到低音键上,她瞅准机会,把头放在格里高力的肩上,悄悄地说:

"他们商量要杀你呢……有人告密,说你是军官……快跑吧……"

她又大声说:

"哎哟,我的头好晕啊!"

格里高力装出一副快活的神气,走到桌子跟前,把一杯酒一饮而尽。他问妞丽亚:

"彼特罗喝醉了吧?"

"差不多啦。已经抵到嗓子眼儿啦。"

"把他搀回家去。"

妲丽亚搀着彼特罗往外走,使出男子汉一般的力气抵挡着他的推搡。格里高力也跟着往外走。

"哪儿去? 哪儿去? 你上哪儿去? 不行! 你别走,让我亲亲小手!"

醉得稀里糊涂的安尼凯缠住格里高力不放,但是格里高力狠狠瞪了他一眼,吓得安尼凯把两手一扎煞,闪到了一边。

"诸位少陪啦!"格里高力在门口摇晃着帽子说。

那个鬈发的红军耷了耷肩膀,勒了勒皮带,跟着他走了出来。他站在台阶上,对格里高力的脸呵着气,忽闪着凶恶而放光的眼睛,小声问道:

"你上哪儿去?"他紧紧抓住格里高力的军大衣袖子。

"回家去。"格里高力没有停下来,一面带着他往前走,一面回答说。他在心里又激动又高兴地说:"办不到,你们别想活逮我!"

鬈发的红军用左手抓住格里高力的胳膊肘,喘着粗气,肩并肩地朝前走去。他们在大门口停了下来。格里高力听见房门吱扭响了一声,红军的右手马上就向腰上一伸,用手指甲抓了几下枪套的盖子。格里高力刹那间看见那人的目光像一把青刀子似的对准了他,于是一个转身,抓住那只正要打开枪套扣子的手。他哼哧一用劲,抓紧那人的手腕子,使出狠劲往自己右肩上一搭,身子一变,用老早就学会的方法把那人的沉甸甸的身子从自己头上摔过去,半空中把那只胳膊往下一扯,只听得咯吧一声,就知道肘关节脱位了。那一头亚麻色鬈发、像羊羔头一样的头撞到雪上,扎进雪堆里。

格里高力弯下腰,贴着篱笆,顺着胡同朝顿河跑去。两条腿像弹簧一样弹动着,把他送到了河边……"只要没有哨兵就好啦,然后……"他站了一小会儿;后面还可以看见安尼凯家的房子。一声枪响。子弹嗖的一声飞过去。又响了几枪。是朝着山下、朝着黑黑的渡口、朝着顿河对岸放的。他已经跑到河心里,一颗子弹嗖的一声,钻进他身边一块洁白的、带气泡的大冰块里,冰碴子四处飞溅,溅得他的脖子凉丝丝的。他跑过顿河以后,回头看了看。枪声还像牧人的鞭子一样噼噼啪啪地响着。格里高力并没有因为幸免于难感到高兴,却因为对事情毫不在乎而胡思乱想起来。"简直像吓野兽一样!"他又停下来,不由地想道。"他们不会来搜的,不敢到树林里来……我把他的胳膊整治得不轻。想轻易地逮住哥萨克呢,哼,办不到!"

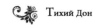

他朝过冬的干草垛走去,但是因为担心,又走了过来,像出来打食儿的兔子一样,绕圈儿绕了半天,把脚印弄乱。他决定在一堆干香蒲里面过夜。他把香蒲扒了扒。一只水貂从脚下跑过。他连头钻进散发着霉烂气味的干香蒲里,哆嗦了几下子。脑子里空空的。只是偶然无意中想道:"是不是明天骑上马,穿过前线,找自己人去?"但是没有想出答案,就睡着了。

天快亮时冷起来。他伸出头来看了看。晨曦在他的头顶上欢快地、颤颤巍巍地闪烁着。在蓝黑色天空的深处,就像在顿河的浅滩上一样,好像露出了底:天顶呈现出黎明前的朦胧的淡蓝色,四边是渐渐熄灭的寥落的晨星。

十八

战线转移过去了。兵荒马乱的日子过去了。最后一天,第十三骑兵团要走的时候,机枪手们把莫霍夫家的留声机放在一架宽背的塔甫里亚式爬犁上,赶着爬犁在村子里各条街道上转悠了很久。留声机哇呀呀叫上一阵,又啪啦啦响几声(因为马蹄蹬起的雪团子不住地往老大的喇叭上落),一个头戴西伯利亚式皮帽的机枪手,大模大样地掸着喇叭里的雪,灵活地转动着带花纹的留声机把手,就像操纵机枪后把手那样沉着。孩子们像一群灰麻雀一样,跟在爬犁后面跑着;抓住爬犁的边儿,一个劲儿地喊叫:"叔叔,把这玩意儿转悠转悠,叫得好响啊!转悠转悠嘛,叔叔!"两个很幸运的孩子坐在机枪手的膝盖上,机枪手不转悠把手的时候,就又亲热又严肃地用手套摩弄着一个小家伙的冻脱了皮、兴奋得冒了汗的鼻子。

后来听说,战事正在梅契特卡河口镇一带进行。为南线红军第八军和第九军运送粮食和弹药的辎重车辆,时断时续地从鞑靼村里通过。

第三天,村丁挨家挨户地跑,通知哥萨克去开大会。

"咱们要选克拉斯诺夫当总督啦!""小牛皮大王"安季普一面从麦列霍夫家里往外走,一面说。

"咱们是去选举他呢,还是把他从台上推下来?"潘捷莱·普罗柯菲耶维奇问道。

"到会上就知道啦……"

格里高力和彼特罗来到会场上,年轻哥萨克都来了。没有老头子。老头子只有"牛皮大王"阿甫杰伊奇一个,他集合起一群喜欢说笑的人,吹了起来,说的是一位红军政委住在他家,并且请他阿甫杰伊奇出任指挥官的事。

"他说:'我还不知道您是一位老资格的司务长呢,要不然我们早就请您老人家出山啦……'"

"请你担任什么职务?派你到哪儿去当官儿?"米沙·柯晒沃依龇着牙问道。

很多人都跟着他起哄:

"派他给政委当马倌。给骒马洗屁股。"

"步步高升!"

"哈——哈!……"

"阿甫杰伊奇!你听着!他是要派你到三类辎重队当腌菜官儿呀。"

"你们不了解全面情况……政委在跟他说话的时候,政委的通讯员就趁机会去找他的老伴儿,跟她勾搭上啦。可是阿甫杰伊奇还流着口水,挂着鼻涕,只顾听呢……"

阿甫杰伊奇用愣愣的眼睛看着大家,咽了一口唾沫,问道:

"刚才这话是谁说的?"

"是我!"后面有人很勇敢地回答说。

"你们见过这样的狗杂种吗?"阿甫杰伊奇四面转悠着,寻求同情,同情的人实在不少:

"他是坏蛋,我早就说啦。"

"他们家都是这样的货。"

"我要是年轻的话……"阿甫杰伊奇的脸红得像一嘟噜绣球花似的。"我要是年轻的话,一定要叫你尝尝厉害的!你就像个南蛮子,只会耍贫嘴,不禁打!你是纸扎的!面捏的!……"

"阿甫杰伊奇,你怎么不跟他干一架啊?你不行了嘛。"

"看样子,阿甫杰伊奇服输啦……"

"他怕的是,一用劲把肚脐眼儿挣开了……"

一片哄叫声，把神气活现地走了开去的阿甫杰伊奇送出会场。会场上东一堆西一堆到处是哥萨克。格里高力很久没有看见米沙·柯晒沃依了，于是走到他跟前。

"你好啊，老朋友！"

"托福托福。"

"这一阵子你上哪儿去啦？在哪一边干事儿啦？"格里高力握着米沙的手，望着他那蓝蓝的眼睛，笑着问道。

"噢呀！我呀，伙计，在牧场上干过，也在卡拉奇前线的惩戒连里干过。哪儿都去过！好不容易回到家里来。我在前线上想往红军那边跑，可是他们死死看住我，比一个当娘的看守她那未开包的闺女还要严。伊万·阿列克塞耶维奇前几天到我这儿来，披着斗篷，一身行装。他说：'喂，把枪带上，马上就走！'我刚刚回来呀，就问他：'你当真要走吗？'他耸了耸肩膀，说：'叫我走呢。团长指示叫我走。因为我在磨坊里干过，他们把我看上啦。'他告过别，就走啦。我以为他真的跟着走了呢。可是第二天，姆岑斯克团已经离开，我一看：他还在呢……这不是，他来啦！伊万·阿列克塞耶维奇！"

磨坊工人达维德卡和伊万·阿列克塞耶维奇一起来了。达维德卡龇着满嘴白牙，笑得非常开心，就好像拾到了宝贝……伊万·阿列克塞耶维奇用散发着机器油气味的粗大手指头抓住格里高力的手握了握，弹了一下舌头。

"你怎么，格里沙，没走吗？"

"你怎么没走？"

"噢，我吗……我的事情不一样。"

"你指的是我当过军官这件事吗？反正豁出去啦！没有走……差一点儿被打死……在追我、开枪打我的时候，我后悔没有走，可是现在又不后悔啦。"

"为什么盯上你啦？是十三团干的吧？"

"是他们。那天晚上在安尼凯家玩儿。有人告密，说我是军官。不去碰彼特罗，就盯住我……都是肩章惹的事儿。我跑到顿河那边，把一个鬈毛的家伙的胳膊整治得不轻……他们为这事跑到我家里，把我的东西抢得光光的。连裤子、褂子都抢走啦。只有我身上穿的，算是留下来啦。"

"要是在波得捷尔柯夫来以前，咱们就去参加红军就好啦……现在就没有这么多麻烦事儿啦。"伊万·阿列克塞耶维奇似笑非笑地说，抽起烟来。

大家往前凑了凑。从维奥申镇上来的佛明团里的拉普琴科夫准尉宣布开会。

"同志们！乡亲们！苏维埃政权已经在咱们州里成立啦。要建立管理委员会，要选举执行委员会，选举主席和副主席。这是第一。还有第二，我带来了州苏维埃的命令，这命令要立即执行：交出一切发火的和不发火的武器。"

"好家伙！"后面有人恶毒地说。过后有好一阵子全场鸦雀无声。

"同志们，用不着这样大呼小叫！"拉普琴科夫挺直了身子，把帽子放在桌子上。"武器显然是应该交出来的。因为居家过日子用不着这玩意儿。谁愿意去保卫苏维埃，就把武器发给谁。限三天内把枪交来。再就是咱们开始选举。我将责成执委会主席贯彻这项命令，主席还应该把村长的印鉴和村里的公款都接收过来。"

"是他们发给我们的枪吗，凭什么要我们交枪？……"

问话的人还没有把话说完，大家就一齐朝他转过脸来。问话的人原来是查哈尔·柯洛列夫。

"你要枪有什么用？"贺里散福很老实地问道。

"枪我是用不着。不过我们并没有答应过，让红军进我们州里来缴我们的枪。"

"对呀！"

"佛明在大会上说过嘛！"

"马刀是我们自个儿拿钱买的呀！"

"我的步枪是从俄德战场上带回来的，能在这儿交出去吗？"

"干脆说，我们的枪不交！"

"想叫哥萨克赤手空拳呢？没有武器，我又算什么呢？我拿什么护身？要是没有武器，就好比老娘们儿撩起裙子——亮出光屁股啦。"

"我们不交！"

米沙·柯晒沃依很有礼貌地要求说几句话：

"同志们，让我说几句吧！听大家说这样的话，我简直觉得奇怪呢。咱们现在是不是在战争时期？"

"比战争时期还乱呢！"

"既然是战争时期，就不用多说啦。拿出来，交上去！咱们以前攻下乌克兰人的村庄，不也是这样干的吗？"

拉普琴科夫摸了摸皮帽子，斩钉截铁地说：

"谁要是在三天之内不交出武器，就以反革命分子论处，送交军事法庭，枪毙。"

静场一会儿之后,托米林一面咳嗽着,一面用沙哑的喉咙说:

"就请选举政委吧!"

开始推选候选人。喊了十来个人的姓名。有一个年轻小伙子喊道:

"选阿甫杰伊奇当主席!"

但是这个玩笑没有开成。大家首先投票表决伊万·阿列克塞耶维奇。一致通过。

"底下再选就用不着投票啦。"彼特罗·麦列霍夫提议说。

大家都赞成他的意见,于是不用投票,一致选举米沙·柯晒沃依为副主席。

麦列霍夫家兄弟俩和贺里散福还没有走到家,就在半路上碰上了安尼凯。安尼凯的胳肢窝里夹着步枪,还用老婆的围裙包着子弹。他看见他们三个,觉得不好意思,就钻进旁边的一条小胡同里去了。彼特罗看了看格里高力,格里高力又看了看贺里散福。三个人不约而同地笑了起来。

十九

东风在顿河草原上狂吼。大雪掩埋了峡谷。沟沟坎坎都填平了。看不见大路,也看不见小道。四面望去,是一片白茫茫、光秃秃、被风舔得光溜溜的平原。草原好像死去了。偶尔有一只老乌鸦在高处飞过,那乌鸦就像这草原,就像路边那座头戴白雪帽、帽檐上还像镶着海狸皮的爵爷帽那样围着一圈艾蒿的古坟一样老。一只乌鸦飞过,翅膀划得空气发出口哨声,叫声又大又凄厉。风把乌鸦的叫声送得远远的,这声音就在草原上悲怆地响上老半天,就像在寂静的黑夜里无意中碰响了一根低音弦。

然而大雪覆盖下的草原还是在生活着。那白雪皑皑的耕地,就像冻结的浪涛;秋天就耙过的土地,就像僵死的水波;可是就在这些地方,被大雪压倒在地的冬小麦还在生活着,生命力很强的根拼命地往土里钻。绿油油、周身都凝聚着露水珠儿的冬小麦,瑟瑟缩缩地贴在松软的黑土地上,吮吸着土地那肥沃的黑血,等待着春天,等待着太阳,好冲破渐渐融化的像蜘蛛网一样薄的晶亮的冰壳子站起来,好在五月里变成诱人的翠绿色。时间一到,冬小麦要站起来的!那时候鹌鹑就要在小麦地里欢跳,四月里的百灵鸟就要在麦地上空唱歌。太阳会一直照耀着它,春风会一直吹拂着它。直到成熟而饱满的麦穗被狂风和骤雨吹打得垂下那胡子拉碴的头,并且在主人的镰刀下躺下去,再到场院上乖乖地交出饱鼓鼓、沉甸甸的麦粒儿。

整个顿河地区景象都很萧条、沉闷。日子越来越暗淡无光。眼看就要有大事发生。可怕的流言从顿河上游传来,顺着旗尔河、楚茨康河、霍派尔河、叶兰河,顺着流经哥萨克村镇的大大小小的河流传播开去。人们都在说,可怕的不是像波浪一样滚了过去、已经在顿涅茨河边固定下来的战线,而是肃反委员会和革命军事法庭。据说,肃反委员会和军事法庭一两天内就要到附近几个镇上来,又说,好像已经来到米古林镇和嘉桑镇上,正在对干过白军的哥萨克进行严厉的、无理的审判。好像顿河上游哥萨克抛弃阵地这件事不能成为开脱罪责的理由,而且审判程序简单极了:提起公诉,问两个问题,就判决——用机枪一扫完事。据说,在叔米林和嘉桑镇上已经有很多哥萨克死在乱树棵子里,无人收尸……不过老兵们听了只是笑笑,说:"胡扯!这都是军官们瞎编!士官生早就拿红军吓唬过我们啦!"

对于这些谣言,又相信,又不相信。在这以前,各个村子里就流传过各种各样的谣言。谣言吓走了一些胆小的人。但是等到战线移动过去以后,就有更多的人整夜整夜地睡不着觉,觉得枕头烫脑袋,被窝硬邦邦的,觉得娇妻也不可爱了。

有些人已经后悔没有跑到顿涅茨河那边去了,但是过去的事是无法挽回,落在地上的眼泪是不能收起的……

在鞑靼村里,哥萨克们一到晚上就聚集在小胡同里,互相打听消息,然后就一家一家地串门子,喝老酒。村子里的日子过得很平静,很没有味道。开斋节期间只响过一次迎亲的马铃铛;米沙·柯晒沃依把妹妹嫁出去了。而且大家都在尖酸刻薄地议论这个姑娘。

"偏偏在这种时候出嫁!看样子,熬不住啦!"

选举出主席以后,第二天村子里家家户户都交了枪。在革命军事委员会占用的莫霍夫家的房子里,暖和的过道里和走廊里堆满了枪支。彼特罗·麦列霍夫也把自己的和格里高力的两支步枪、两支手枪和一把马刀送了去。弟兄两个把两支军官手枪留了下来,交出的只是从俄德战争中带回来的枪支。

彼特罗轻轻松松地回到家里。格里高力正在上房里,挽着袖子,拆卸和用煤油擦洗两支步枪枪栓的零件。两支步枪就靠在床上。

"这是从哪儿来的?"彼特罗惊愕得连胡子都耷拉下来。

"爹到菲洛诺沃去看我的时候,带回来的。"

格里高力的眯得细细的眼睛亮闪闪的。他用两只沾满煤油的手叉住腰,哈哈大笑起来。他又突然像饿狼那样把牙齿一咯吱,止住笑声。

"两支步枪是小意思!……你要知道,"虽然屋子里没有别的人,他还是悄悄地说,"爹今天对我说,"格里高力又敛住笑容,"他还有一挺机枪呢。"

"你瞎——说! 哪儿来的? 怎么一回事儿?"

"他说,是用一口袋酸奶渣从哥萨克辎重兵手里换来的,不过我想,这老家伙是撒谎! 一定是偷来的! 他就像个屎壳郎,驮不动的东西,拖也要拖回来。他悄悄对我说:'我有一挺机枪,藏在场院里。上面有一根弹簧,可以当螺旋钩子用,不过我还没有动。'我问他:'你要这玩意儿干什么?'他说:'我看中了这根值钱的弹簧,也许能有什么用处。这是贵重玩意儿,用铁做的嘛……'"

彼特罗很生气,想到厨房里去找父亲,但是格里高力劝他不要去:

"算啦! 帮我擦擦,装起来吧。你问他,能问出什么名堂来?"

彼特罗擦着枪,哼哼了半天,可是后来转念一想,说:

"也许做得对……说不定会有什么用处呢。就放着好啦。"

这一天,托米林·伊凡来报告说,嘉桑镇上枪毙了不少人。他们围着炉子抽着烟,说了一阵子话儿。彼特罗在说话的时候,一直在想着一个问题。他因为不习惯思索,思索起来就特别吃力,急得额头上都冒了汗。托米林一走,他就说:

"我马上到鲁别仁村去找找亚可夫·佛明。我听说,他这会儿在家里。听说,他正在搞什么州革命军事委员会呢,不管怎么说,这总是一张护身符。我去求求他,在必要的时候照应照应咱们。"

潘捷莱·普罗柯菲耶维奇把骒马套到装得满满的爬犁上。妲丽亚裹着一件新皮袄,跟伊莉尼奇娜咬了半天耳朵。她们一同跑进仓房里,从里面拿出来一包东西。

"这是什么?"老头子问。

彼特罗没有做声,伊莉尼奇娜急急匆匆地小声说:

"这是我留起来的奶油,平时是不拿出来的。现在说不上奶油不奶油啦,我把这奶油交给妲丽亚,叫她带去送给佛明的太太,也许对彼特罗有好处。"她说着说着,哭了起来。"当兵,当兵,流血拼命,现在因为他们的肩章,难保不出什么事情……"

"啰里啰嗦,住嘴吧!"潘捷莱·普罗柯菲耶维奇生气地把鞭子往干草上一扔,走到彼特罗跟前,说:"你给他送两口袋麦子去吧。"

"他要麦子有屁用!"彼特罗火了。"爹,您还是到安尼凯家去买点儿老酒,用不着什么麦子!"

潘捷莱·普罗柯菲耶维奇怀里揣回来一大瓶老酒,不住口地夸奖着:

"好酒,他妈的真够味儿! 比得过皇家的御酒。"

"老狗,你倒先尝过啦!"伊莉尼奇娜骂道;但是老头子就像没听见似的,像吃饱了的猫一样眯缝着眼睛,哼哼着,用袖子擦着喝酒喝得火辣辣的嘴唇,精神抖擞地朝屋子里走去。

彼特罗出了院子,就像客人一样,让大门大开着。

他是去给有权有势的老同事送礼物:除了老酒以外,还有一段战前出产的哗叽、一双靴子和一斤高级茉莉花茶。那一次第二十八团攻下利斯基车站,全团乱纷纷地抢起火车和仓库,这些东西就是他在那时候抢的……

也是在那一次,他在一列被截住的火车里抢了一网篮女人衣服。父亲那一次上前线去看他,他叫父亲带回家来。于是妲丽亚就神气活现地穿起新颖别致的女装,娜塔莉亚和杜尼娅都眼馋死了。细密的外国料子比雪还白,每一件衣服上都用丝线绣着家徽和姓名的第一个字母。一条衬裤上的花边比顿河上的浪花还要好看。妲丽亚在丈夫回来的头一夜,就是穿着这条衬裤睡的。

彼特罗在熄灯以前,大大咧咧地、开心地笑着说:

"那是男人的裤子嘛,你逮到就穿起来啦?"

"这裤子穿起来又暖和又好看,"妲丽亚带着幻想的神情回答,"再说,也弄不清是男人的,还是女人的。如果是男人的,就应该长一点儿。还有这花边儿……你们男人家要花边儿干什么?"

"大概有身份的男人就穿带花边的衣服。干我屁事? 你穿嘛。"彼特罗睡意朦胧地搔着痒痒,回答说。

他并没有特别关心这个问题。但是后来两天,他和老婆睡在一起,都是提心吊胆地保持着距离,不由自主地怀着崇敬和不安的心情看着花边儿,生怕碰着了,并且觉得跟妲丽亚有点儿疏远了。他对这条衬裤一直感到不习惯。到第三天夜里,他狠了狠心,毅然决然地要求说:

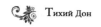

"你把这裤子他妈的脱下来吧！老娘们儿不能穿这样的玩意儿，这玩意儿根本不是老娘们儿穿的。你躺在那儿，就像个阔太太！一穿起这玩意儿，简直成了一个外路人啦！"

早晨他醒得比妲丽亚早。他一面咳嗽着，一面皱着眉头穿起衬裤试了试。他小心翼翼地对着裤带、花边和膝盖以下自己的毛烘烘的光腿看了很久。一转身，无意中在镜子里看见自己屁股上的花花绿绿的褶儿，啐了一口，骂了几声，就像狗熊一样往下剥肥大的裤子。一个大脚趾挂在花边上，他差一点儿摔倒在大柜子上，于是他当真生起气来，把裤带一扯，把裤子扯了下来。妲丽亚睡得迷迷糊糊地问道：

"你怎么啦？"

彼特罗别扭得说不上话来，又是哼哼，又是不住地啐唾沫。至于那条弄不清是男裤还是女裤的衬裤，妲丽亚就在这一天叹着气放进了大柜子（那里面还有不少东西，是娘们儿派不上用场的）。这些复杂的玩意儿以后只能给娘们儿做做乳褡。但是有几条裙子妲丽亚却穿起来了；不知为什么这些裙子都很短，但是妲丽亚很有办法，她在上面接上一截，让里面的裙子比外面的裙子长，这样就可以露出宽宽的花边来。于是妲丽亚就用荷兰花边扫着地面，到处谝起来。

现在她跟着丈夫出去做客，就穿得非常阔气，非常体面。上穿顿河式毛皮镶边的皮袄，衬裙的花边露在外面，呢料的外裙又新，质地又好，为的是叫一步登天的佛明太太明白，她妲丽亚不是一个普通的娘们儿，不管怎么说，总是一位军官太太。

彼特罗摇晃着鞭子，吧嗒着嘴唇。背上脱了毛的、怀驹的老骒马拖着爬犁顺着顿河上的爬犁路小跑着。快到晌午时候，来到鲁别仁村。佛明果然在家里。他对彼特罗很客气，请彼特罗用饭，等他看到父亲从彼特罗那罩了一层白霜的爬犁上拿来粘满草屑的大酒瓶，他的红胡子里露出了笑容。

"怎么啦，老同事，很久不见面啊。"佛明用很亲热的口气慢悠悠地低声说，一面斜着两只离得很远的蓝眼睛馋涎欲滴地看着妲丽亚，装模作样地捻着小胡子。

"你知道嘛，亚可夫·叶菲梅奇，天天过军队，不平稳呀……"

"倒也是。老婆子！给我们弄点黄瓜、白菜和顿河干鱼来。"

狭小的屋子里烧得非常热。炕上睡着两个很小的孩子：一个男孩子，很像父亲，两只眼睛也是蓝蓝的，离得也很远，还有一个是女孩子。几杯酒喝过，彼特罗谈起了正题。

"村子里都在传说，好像肃反委员会要来啦，要对付哥萨克呢。"

"第十五英查师的革命法庭已经来到维奥申镇上啦。这又有什么？跟你有什么关系？"

"怎么没有关系？亚可夫·叶菲梅奇，您知道，我是个军官呀。我这个军官，可以说，一眼就能看得出来。"

"看出来又怎样？"

佛明觉得自己成了局势的主宰。几杯老酒下肚，他更觉得自己了不起，自吹自擂起来。他一个劲儿地装腔作势，捋着小胡子，露出一副又阴森、又威风的神气。

彼特罗摸透了他的心理，就装出一副可怜相，低声下气、奴颜婢膝地笑着，但是不知不觉把称呼从"您"换成了"你"。

"我和你一块儿干过。我一直是实心实意对待你。我什么时候对你说过'不'字？从来没有！老天爷作证，我一向就是维护哥萨克的！"

"这我们都知道。彼特罗·潘捷莱耶维奇，你别多心。所有的人，我们都很清楚。不会碰你的。不过有些人我们是要碰一碰的。有的人要抓起来。隐藏下来的坏家伙很多。他们留下来，别有用心。还藏着武器……你的武器交了吗？嗯？"

佛明突然从慢吞吞的谈话换成追问，弄得彼特罗一时间张皇失措，急得脸都涨红了。

"你交了吗？你究竟怎么啦？"佛明隔着桌子探过身子，钉着问道。

"交啦，当然交啦，亚可夫·叶菲梅奇，你别多疑……我是老老实实的。"

"你老老实实？我可是了解你们……我是本地人嘛。"他挤了挤醉眼，张开大嘴，露出一嘴扁扁的牙齿。"你们用一只手和有钱的哥萨克拉手，另一只手里却拿着刀子，要不然就一刀子戳过去……你们是狗！才不老实呢！我见过的人多着呢。一个个都老奸巨猾！不过你别害怕，不会碰你的。说话算话！"

姐丽亚只吃些冷菜，因为讲礼节，几乎没有吃面包。女主人一直殷勤相让。

到傍晚时候，彼特罗才满怀希望、高高兴兴地动身回家。

* * *

潘捷莱·普罗柯菲耶维奇送走彼特罗以后，就去探望亲家公柯尔叔诺夫。红军要来之前，他到他们家去过一次。那时候卢吉尼奇娜正忙着打发米佳上路，家里又忙又乱。潘捷莱·普罗柯菲耶维奇觉得自己在这里是多余的，就走了。

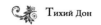

这一次他决心要打听打听,是不是一切都平安无事,顺便也可以同亲家公一起骂骂当前的时局。

他一瘸一拐,老半天才来到村子的另一头。老态龙钟、已经掉了好几个牙的格里沙加爷爷在院子里迎住了他。这天是礼拜天,老人家正要上教堂去做晚祷。潘捷莱·普罗柯菲耶维奇一看见这位太亲翁就惊呆了:老头子那敞着的皮袄里露出俄土战争中所得到的全部勋章和奖章,旧式制服的硬领上红领章闪闪有光,非常惹眼,带裤绦的裤子像所有的老年人那样朝下嘟噜着,裤腿整整齐齐地塞在白袜筒里,头戴一顶带帽徽的制帽,制帽一直压到黄蜡色的大耳朵上。

"你怎么啦,老人家,太亲翁,你不是疯了吧?谁还在这种时候戴勋章、帽徽?"

"你说什么?"格里沙加爷爷把手掌搭在耳朵上。

"我是说,把帽徽拆下来!把十字章摘下来!为这种事,会把你抓起来。在苏维埃当权的时候,这是不行的,是犯法的。"

"孩子,我忠心耿耿报效过白皇帝。现在的政府不合天意。我不承认他们是政府。我对万岁爷亚历山大宣过誓,没有对庄稼佬宣誓,就是这么回事儿!"格里沙加爷爷咕哝了几下瘪嘴巴,擦了擦白中泛绿的胡子,用拐杖朝家里指了指。"你是找米伦吧?他在家。我们把米佳送走啦。圣母娘娘,保佑他吧……你家孩子没有走吗?什么?不走可不好……算什么男子汉!都对将军宣过誓了嘛。现在军队正需要人,他们却在家里陪老婆……娜塔莉亚好吗?"

"她很好……太亲翁,你回去,把十字章摘下来!现在不能戴这些玩意儿。天呀,太亲翁,你老糊涂了吗?"

"去你的吧!你教训我,还早着呢!给我滚开!"

格里沙加爷爷对直地朝他走来,他从小路上跨到雪地上,把路让开,一面回头望着,无可奈何地摇着头。

"碰见我们家的老总了吗?真够呛!老天爷都拿他没办法。"近来明显瘦下去的米伦·格里高力耶维奇站起来,迎住亲家公说。"把自个儿的勋章、奖章都挂上,戴上带帽徽的帽子,就走啦。怎么劝也不听。简直成了小孩子,什么都不懂。"

"随他怎样吧,反正活不了多久啦……哦,咱们的孩子们怎么样?我们听说,好像那些家伙找过格里沙的茬子,是吗?"卢吉尼奇娜坐到两亲家公跟前来,很伤心地说。"亲家呀,我们才倒霉呢……抢走了我家四匹马,只剩下一匹骟马和一匹马驹。倾家荡产啦!"

米伦·格里高力耶维奇就像瞄准时那样,眯起一只眼睛,满腔忿恨地换了一种腔调说:

"为什么天下大乱? 这都怪谁? 全怪他妈的这个政府! 亲家,这个政府就是罪魁祸首。叫大家都平等——这不是荒唐吗? 就是要我的命,我也不赞成! 我干了一辈子活儿,天天弯腰弓背,浑身流汗,叫我去和那些连手指头都不动一动的人平等,让他们过好日子吗? 办不到! 等着瞧吧! 这个政府容不得规规矩矩干活儿的人。所以我懒得干啦:挣家产有什么用? 干活儿又是为谁干的? 今天挣来,明天他们一到,一下子就抢光……还有,亲家,前天有一个老同事从穆雷恒村里来,我们聊了很久……现在前线就在顿涅茨河边。是不是能撑得住呢? 我说老实话,这种话只有对可靠的人才说:咱们应该尽力配合顿涅茨河那边咱们的人……"

"怎样来配合呢?"潘捷莱·普罗柯菲耶维奇不知为什么带着惊慌的神情小声问道。

"怎样配合吗? 把这个政府推翻! 让这个政府还回到唐波夫省去。让它跟庄稼佬讲平等去。只要能消灭这些敌人,我可以把全部家产,把一针一线都捐出去。应该这样,亲家,应该教训教训他们! 是时候啦! 不然可就晚啦……我那个老同事说,他们那儿的哥萨克也很想动手。只要齐心干就行! "他换成急促的、气喘吁吁的耳语:"军队都过去啦,他们还能剩下多少人? 有限的几个人! 各个村子里只剩下主席啦……砍他们的脑袋——是再容易不过的事。至于维奥申镇上,那也算不了什么……大家齐心协力攻过去,就能把他们打个落花流水! 咱们联合起来,不会吃亏……亲家,这事不会错的! "

潘捷莱·普罗柯菲耶维奇站起身来。他字斟句酌,很担心地劝道:

"要当心,一步走错了,就完啦! 哥萨克们虽然是在摇摆,可是鬼才知道他们的心究竟向着哪一边。这种事情现在可不能随便对什么人都说……年轻人的心思简直叫人摸不透,一个个好像是在躲猫猫儿。有的走啦,有的就不走。这日子不好过! 稀里糊涂,谁也不知道该怎么样。"

"亲家,你放心好啦! "米伦·格里高力耶维奇大大咧咧地笑了笑。"我的话不会错。人群就像羊群:带头羊往哪儿跑,整个羊群都会跟上去。所以就应该给大家指指路。让他们睁开眼看看这个政府。没有云彩,就不会打雷。我要直截了当地对哥萨克们说:要暴动。听说,他们好像已经下了命令,要把哥萨克杀得一个不留。这又怎么说呢? "

米伦·格里高力耶维奇的麻脸都涨红了。

"你说,普罗柯菲耶维奇,这是怎么回事儿?听说,已经开始枪毙人啦……这是什么世道儿?你瞧,这几年什么都搞糟啦!没有煤油,也没有火柴,莫霍夫这一阵子只能卖卖糖果啦……庄稼地又怎样呢?跟以前相比差多少呀?把马都搞光啦。抢走了我的,也抢走了别人家的……抢都会抢,可是谁又来养呢?以前在我们家,我还是小伙子的时候,就养过八十六匹马。你大概还记得吧?有好几匹千里马,连加尔梅克马都赶不上。那时候我家有一匹白斑枣红马。我常常骑着去撵兔子。我加上鞍,骑着到草原上去,轰起草棵子里的兔子,撵不到一百丈远,马就踩到兔子啦。我现在还记得。"米伦·格里高力耶维奇的脸上掠过一丝兴奋的笑容。"有一次我骑着马跑到风磨跟前,就看见一只兔子正冲着我跑来。我也对直朝前冲去,那兔子一转弯,朝坡下,朝顿河对岸跑去。那是在谢肉节时候。风把顿河上的雪吹得光溜溜的,很滑。我只顾撵兔子,没料到马打了个滑,猛地一下子摔倒在地,连头都没有抬一下。我都吓坏啦!我把鞍子卸下来,就跑回家来。我说:'爹,我把马骑死啦!撵兔子的。'爹问:'撵上了吗?'我说:'没有。'爹说:'坏小子,你骑上大青马,再撵去!'瞧,那时候多有意思!日子过得自在。骑死一匹马,毫不心疼,兔子还是要撵。一匹马值上百卢布,一只兔子不过值一毛钱……唉,有什么好说的!"

* * *

潘捷莱·普罗柯菲耶维奇从亲家公家里出来,心情更加慌乱,心里惶惶不安,十分苦闷。现在他已经充分感觉到,世上有些道理跟过去不同了,跟他格格不入了。如果说,他以前过日子,处世做人,就像驾驭着一匹训练有素的马在崎岖不平的大道上奔跑,那么现在,生活就像一匹跑得满身汗沫的发了狂的马,驮着他在飞跑,他已经驾驭不住这匹马,而是无可奈何地在颠来颠去的马背上摇晃着,只求不跌下去。

面前是一片渺茫。不久以前,米伦·格里高力耶维奇不还是本地最富有的主儿吗?但是最近这三年,他的家道一落千丈。长工们都走了,土地十有八九都荒废了,家里的牛和马卖掉了许多,换来的是天天浮动、大大贬值的钞票。一切都好像是在梦里。一切都像顿河上游动的雾气一样过去了。只剩下一座带花栏杆阳台和退了色的雕花房檐的房子作为纪念。柯尔叔诺夫那像狐狸毛一样的红胡子里过早地出现的一缕银丝,已经转移到鬓角上,并且定居下来,起初是一撮一撮的,就像沙地上的蒺藜,后来就吞没了红颜色,于是两鬓完全白了;而且白颜色顺着又稀又细的头发往上推进,渐渐占领前顶。而且在米伦·格里高力耶维奇身上,也是这两种因素在疯狂地斗争:红色的血在沸腾,鼓动他干活儿,叫他去种地,盖棚子,修农具,挣家产;但是,另一方面,却越来越烦恼:"挣多挣少都没有用。反正是要完蛋!"——于是烦恼把一切都染成冷冷的死白色。两只十分难看的手,不再像以前那样,常常抓抓小锤和小锯,而是无所事事地放在膝盖上,摇晃着生满茧子的肮脏手指头。时运不好,人容易衰老。土地也变硬了。春天,他到地里去,就像去看不可爱的妻子,出于习惯,尽尽责任罢了。挣了钱,也不那么高兴;破了财,也不像以前那样伤心……红军牵走他的马,他连面都没有露。可是在两年以前,因为牛把一堆草踩乱,因为这样的小事,他差一点用叉子把老伴叉死。"柯尔叔诺夫捞足啦,吃饱啦,现在胀得往外吐啦。"街坊们都这样议论他。

潘捷莱·普罗柯菲耶维奇一瘸一拐地回到家里,躺到床上。心口隐隐作痛,喉咙里一冲一冲的,直想呕吐。吃过晚饭,他叫老婆子拿来腌西瓜。他吃了一块,就哕嗦起来,好不容易走到炕边。第二天早晨,他昏迷不醒,发起伤寒病的高烧,完全不省人事了。他的嘴唇烧得都干裂了,脸色蜡黄,白眼珠罩上一层蓝色的油光。德罗兹季哈老奶奶给他放血,从胳膊上的血管里放出两碟子像焦油一样的黑血。但他还是没有恢复知觉,只是脸色变成白中透青,那满口黑牙、呼哧呼哧直吸气的嘴张得更大了。

二十

一月底,伊万·阿列克塞耶维奇接到州革命军事委员会的通知,到维奥申镇上去了。他要在这天黄昏时候回来。大家都在等他。在莫霍夫家的空房子里,财主原来的书房里,在一张双人床那样宽的书桌后面,坐着米沙·柯晒沃依。从维奥申派来的民警奥里杉诺夫半躺在窗台上(这屋子里只有一把椅子)。他一声不响地抽着烟,吐痰吐得又远又巧妙,每一口痰都吐在壁炉上,一次一块瓷砖。窗外是满天星斗的夜色。寂静,严寒,呼呼的风声。米沙正在搜查司捷潘·阿司塔霍夫家的记录上签字,偶尔望望窗外挂了一层白霜的枫树枝条。

有人从台阶上走过,踩得毡靴发出轻轻的咯吱声。

"回来啦。"

米沙站了起来。但是走廊里却是另外一个人的咳嗽声,另外一个人的脚步声。进来的是格里高力·麦列霍夫,他的军大衣扣得严严实实,脸冻成了褐色,胡子和眉毛上挂了一层白霜。

"我来烤烤火。你好!"

"进来吧,有什么意见提吧。"

"没什么意见。我是来聊聊,再就是顺便说一声:别派我家差啦。我家的马腿有毛病。"

"还有牛呢?"米沙耐着性子斜眼看了看他。

"牛怎么能拉爬犁? 路太滑啦。"

一个人冬冬地踩着冻得硬邦邦的木板,大步跨上台阶。伊万·阿列克塞耶维奇披着毡斗篷,像女人一样包着头,闯进了屋子。他身上散发出清新、寒冷的空气味儿,还散发着干草气味和烟臭气。

"伙计们,冻死啦,冻死啦!……格里高力,你好! 夜里你出来逛荡什么?……谁他妈的发明了这种斗篷:就像筛子一样,风一个劲儿地往里灌!"

他脱掉斗篷,还没有把斗篷挂好,就开口说:

"噢,我见过主席啦。"伊万·阿列克塞耶维奇满面春风,两眼闪闪有光,走到桌子跟前。他简直憋不住要说一说。

"我走进他的办公室。他和我握了握手,说:'同志,请坐。'这是一州之长啊! 以前又是怎样啊? 一位少将呀! 在他面前连站站都不敢呢! 还是咱们的政府贴心呀! 大家都平等!"

他那兴奋、激动的脸色,在桌子旁边那些慌乱的动作,以及这些兴高采烈的话,格里高力都不理解,所以问道:

"阿列克塞耶维奇,你为什么这样高兴呀?"

"什么为什么?"伊万·阿列克塞耶维奇那穿着窟窿的下巴哆嗦了两下。"人家拿我当人看,我怎么能不高兴? 人家平等相待,跟我握手,请我坐下……"

"近几年,将军们也穿麻布衬衣啦。"格里高力用手捋了捋小胡子,眯缝着眼睛说。"我看见一位将军的肩章是用化学铅笔画的。他也和普通人握手……"

"将军们是出于无奈,这些人是自觉自愿的。这不同吧?"

"没有什么不同!"格里高力摇了摇头。

"依你看,连政府也一样吗?那为什么要打仗?就说你吧,为什么打仗?为将军们打仗吗?你还说是'一样'。"

"我是为自己打仗,不是为将军们。如果说实在的,不管是那些人还是这些人,都不合我的心意。"

"究竟谁又合你的心意呢?"

"谁也不合我的心意!"

奥里杉诺夫一口唾沫吐到对面墙上,会心地笑了。看样子,他也觉得谁也不合他的心意。

"你以前好像不是这样想的呀。"

米沙说这话,是有意刺激格里高力的,但是格里高力丝毫没有露出被刺伤的样子。

"我和你——咱们想的不一样……"

伊万·阿列克塞耶维奇想把格里高力打发走,好对米沙详细地说说这次上州里去的情形以及和主席的谈话,但是听了格里高力的话,他激动起来。他在州里见到的和听到的一切都还活生生地留在脑子里,因此他不假思索,急急忙忙插嘴说:

"格里高力,你是来愚弄我们呀!你自己还不知道你想干什么呢?"

"我是不知道。"格里高力心甘情愿地承认说。

"对这个政府你有什么不满意的呢?"

"你又为什么对这个政府这样卖力呢?你又是从什么时候变成红党的?"

"这个问题,在这儿不谈。是怎么样,就怎么样。明白吗?关于政府,也不必多谈,因为我是主席,我跟你争论这个问题,不合适。"

"那咱们就不谈吧。我也该走啦。我是为派差的事来的。至于你的政府,不管你怎样说,反正是个很坏的政府。你给我直截了当地说一句,咱们的话,就算到此结束啦:这个政府对咱们哥萨克有什么好处?"

"对什么样的哥萨克?哥萨克也有各种各样的呀。"

"对所有的哥萨克。"

"让大家自由、平等……你等一等!……别急,你有话……"

"在一九一七年就这样说过啦,现在应该换点儿新花样啦!"格里高力打断了他的话。"要分给土地吗?自由吗?平等吗?……我们的土地够种的。自由不需要再多啦,要不然就要在大街上互相捅刀子啦。以前州长、乡长都是我们自己选的,可是现在都是官派的。那个跟你握手、使你那样高兴的人,谁又选他来?这个政府除了叫哥萨克倾家荡产以外,什么都办不到!庄稼佬的政府,庄稼佬才用得着。不过咱们也用不着将军。不管是共产党,还是将军——都是套脖子的圈套。"

"有钱的哥萨克用不着,可是别人呢?你好糊涂!村子里有钱的只有三户,其余的都很穷。还有工人呢,怎么办?我们决不赞成你的说法!要叫有钱的哥萨克从打饱嗝的嘴里吐出一点儿来,分给饿肚子的人吃吃。要是不肯,就连肉扯出来!当老爷当够啦!他们抢足了土地……"

"不是抢的,是挣来的!我们的祖宗用血浇灌过这些土地,也许就因为这样,我们的黑土才格外长庄稼。"

"反正一样,要和穷人分一分。说平等,就要平等!你只会空转悠悠转转车轮子。就像屋顶上的风信旗,风往哪边吹,你就往哪边倒。像你这样的人,只能把什么都搅浑!"

"住嘴吧,你别骂人!因为咱们是老朋友,我才来聊聊,说一说憋在我心里的话。你说,要平等……这是布尔什维克拿来愚弄糊涂老百姓的话。好话一说出来,就有人上钩,就像鱼吃食儿那样!哪儿有什么平等!就拿红军来说吧:他们从村子里开过的。排长穿的是纹皮靴子,小兵打的是裹腿。我见过一个政委,浑身都是皮货,裤子、上衣全是皮的,可是别人连一双皮鞋都穿不上。而且他们掌权才一年呀,等到他们站稳了脚跟,还有什么平等好谈呀?……他们在前线上就说:'大家一律平等。当官的和当兵的都关一样的饷!……'才不呢!全是骗人话!如果说老爷很坏,那么,奴才变成的老爷还要坏一百倍!大家都知道军官坏,可是如果有谁从小兵升成军官,能把你活活折腾死,没有比这种人再坏的啦!论学问他和普通哥萨克一样:就学过打牛尾巴,可是你瞧,他一旦爬上台去,就神气活现,耍起威风,只要能保住官儿,剥掉别人的皮都行。"

"你这是反革命的话!"伊万·阿列克塞耶维奇冷冷地说,但是没有抬眼看格里高力。"你想叫我听你那一套,是办不到的;我也不想勉强你。我很久没有看到你,没想到你完全变啦。你成了苏维埃政府的敌人!"

"我没有想到你会这样……如果我谈谈政府,我就是反革命?就是士官生啦?"

伊万·阿列克塞耶维奇从奥里杉诺夫手里接过烟荷包,换了比较缓和的口气说:

"我怎么能给你讲清楚呢？这种事要靠自己动脑筋。要自己去体会！我没有文化，识字不多，不会说话。很多道理我也是自己摸索出来的……"

"你们别说啦！"米沙气哼哼地叫道。

他们一同走出执行委员会。格里高力一声不响。伊万·阿列克塞耶维奇因为大家都不说话，觉得很别扭，又不知道别人为什么会胡思乱想，因为他不能理解，因为他观察生活的立场不同，在临别的时候他说：

"你这些想法顶好留在心里。不然的话，虽然你是我的朋友，你家的彼特罗又是我的干亲，我也有办法对付你！不能扰乱人心，人心已经够乱的啦。你不要拦我们的路。当心我们把你踩坏！……再见吧！"

格里高力走着，心里有一种感觉：好像自己跨过了一道门槛，原来模糊不清的东西，忽然一下子清楚起来。他实际上只是一气之下说出了他近来所想的、在他心中渐渐成熟、一直要冲口而出的东西。又因为他站在两方面斗争的边缘，两方面他都反对，所以他无形中产生了压抑不住的火气。

米沙和伊万·阿列克塞耶维奇一起走着。伊万·阿列克塞耶维奇又讲起他和州主席见面的情形，但是才说几句，就觉得没有意思、没有味道了。他想恢复原来的心境，却不能了：有一样东西拦路，使他不能愉快地生活下去，使他不能呼吸清新的空气。这一障碍就是格里高力，就是格里高力的一番话。他想到这一点，就恨恨地说：

"像格里高力这样的人，在斗争中只能做绊脚石。坏透啦！不肯往岸上靠，只是漂来漂去，就像冰窟窿里的牛粪。下一次他再来，我要好好教训教训他！他要是进行煽动，咱们就把他关起来……喂，米沙，你觉得怎样？你看怎么办？"

米沙只骂了两声，算是回答，因为他正想着心事。

又过了一个街口，米沙朝伊万·阿列克塞耶维奇转过脸来，他那像姑娘一样饱满的嘴唇上掠过一丝无可奈何的微笑。

"瞧，阿列克塞耶维奇，政治这玩意儿他妈的好厉害！不管谈别的什么事情，都不会这样动肝火。比如刚才同格里什卡一谈起来……要知道我和他很要好嘛，一块儿在学校里念书，一块儿追姑娘，他就像我的亲哥哥……可是我一听到他胡说八道，心就气得鼓了起来，就好像胸膛里装了一个大西瓜。气得我浑身打哆嗦！就好像他要夺走我最心疼的东西。就好像他要把我的什么都抢光！如果这样再谈下去，会动刀子的。在这场战争中，不认亲戚，也不认兄弟。他已经亮出面目——那就来吧！"米沙压制不住怒火，声音颤抖起来。"他就是夺走我心爱的姑娘，我也不像听了这些话这样生气。简直把我气死啦！"

二十一

雪花纷纷飘着,飘着飘着就融化了。中午时候,土崖上的积雪带着低沉的轰隆声大片大片地往下滑。顿河对岸的树林里哗啦哗啦直响。橡树上的冰雪化了,树干变成了黑色。水滴从树枝上纷纷往下落,穿透积雪,一直落到在腐烂的落叶底下熰得热乎乎的土地上。已经到处是春天融雪的醉人气息,在花园里还可以闻到樱桃树的气息。顿河上出现了一个一个的水洼儿。岸边的冰融化了,一个一个的冰窟窿已经淹没在四面流来的碧绿而清澈的融雪水里。

往顿河沿岸运送弹药的一支辎重队,要在鞑靼村换爬犁。护送的红军都是一些愣头愣脑的小伙子。辎重队长留下来看住伊万·阿列克塞耶维奇;就直截了当地对他说:"我陪你坐一会儿,要不然你说不定会跑掉!"又分派其余的人去找爬犁。需要四十七架双套爬犁。

叶麦里扬来到麦列霍夫家。

"把爬犁套上,有一批军火要运到博柯夫镇上!"

彼特罗连小胡子都没动一下,就嘟哝说:

"两匹马的腿都有毛病,骒马昨天刚往维奥申镇上拉过一趟伤员。"

叶麦里扬一句话不说,就朝马棚里走去。彼特罗光着脑袋跟了出来,喊道:

"你听见吗?等一等……能不能免我们一回?"

"你能不能不糊弄人?"叶麦里扬沉着脸打量了一下彼特罗,又说:"我想去看看你家的马,看看马腿有什么毛病。是不是有意用小锤把骨头节敲坏啦?你别给我使障眼法!我见过的马,有你见过的马粪蛋子那样多。把爬犁套上!马也行,牛也行——随你的便。"

格里高力赶着爬犁去了。在走以前,他跑到厨房里,一面亲着两个孩子,一面匆匆忙忙地说：

"我给你们带好东西回来，你们在家里可不许捣蛋，要听妈妈的话。"又对彼特罗说："你们都不要替我担心。我不会走远的。要是到了博柯夫还要再往前送，我就把牛扔掉，往回跑。不过我不回村子里啦。我到新根村姑妈家里住些时候……彼特罗，你要常去看看我……我在家里呆着有点儿害怕。"他又笑了笑。"好啦，再见吧！娜塔什卡，别挂念我！"

在改做临时军用仓库的莫霍夫商店门前装上弹药箱，就出发了。

"他们打仗，为的是他们能过好日子，我们过去打仗，也是为自己的好日子。"格里高力在老牛有规律的摇摆中，半躺在爬犁上，用棉袄裹着头，一直在想着这个问题。"世上没有一定的道理。很明显，谁要是能把别人打败，谁就能把别人吃掉……可是我还一直在想糊涂道理呢。想过来，想过去，伤够了脑筋……听说，古时候，鞑靼人侵犯过顿河，来抢夺土地，压迫老百姓。现在是俄罗斯来啦。不行！我不容许！他们是我、是所有哥萨克的敌人。哥萨克现在都要后悔啦。以前放弃了阵地，现在每个人都和我一样啦。唉！后悔来不及啦。"

近处，迎面而来的是路边的荒草、起伏的丘陵、杂树丛生的山沟；再过去，是白雪皑皑的田野，随着爬犁晃晃悠悠地向南伸去。道路长得没有尽头，使人走得心烦，昏昏欲睡。

格里高力懒洋洋地吆喝着牛，打着盹儿，靠在捆扎的箱子上晃悠着。他抽过一支烟，把头扎进散发着干木樨气味和甜甜的六月里的日晒气息的干草里，不觉睡着了。他梦见自己和阿克西妮亚一起在高高的、沙沙响的麦地里走。阿克西妮亚亲亲热热地抱着一个小孩子，用生怕别人夺去的眼神从旁边注视着格里高力。格里高力听见自己的心跳声，听见麦穗那悦耳的沙沙声，看见田埂上那轻轻摇动的青草，看见那令人神往的蓝天。他心花怒放，感情激荡，又像原来那样如醉如痴地爱起阿克西妮亚，他感到全身以及每一下心跳都是爱情的力量，然而同时他又意识到这不是真的，觉得在他眼前闪来闪去的是一种已经逝去的景象，是一种梦境。可是他很喜欢这样的梦，就把梦当成真的。阿克西妮亚还是五年前那个样子，但是有些矜持了，有点儿冷淡了。格里高力比过去任何时候更清楚、更真切地看到她脖子上的毛茸茸的发卷儿（风吹得发卷儿不住地跳动着），看到那白头巾的角儿……爬犁猛地一颠，他醒了过来，听到有人说话，他完全清醒了。

无数爬犁迎面而来，从旁边擦过去。

"老乡们，你们拉的什么？"包多甫斯柯夫赶着爬犁走在格里高力前面，用沙

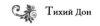

哑的嗓门儿高声问道。

滑铁哧啦哧啦响着,牛蹄咯吱咯吱地踩着积雪。迎面来的爬犁上很久没有人做声。终于,有一个人回答说:

"拉的死人!害伤寒死的……"

格里高力抬起头来。迎面来的爬犁上躺着一具具穿灰色军大衣的尸体,上面盖着帆布。格里高力的爬犁一摇晃,爬犁沿儿撞在从迎面而过的一架爬犁里扎煞出来的一条胳膊上,那胳膊发出轻轻的丁当声,就像生铁一样……格里高力冷冷地扭过头去。

草木樨那种撩人的、甜甜的气味使人昏昏欲睡,格里高力又慢慢去回想快要遗忘的过去,让自己的心再去碰一碰旧情那锋利的刀尖儿。格里高力感觉疼得又扎心又甜蜜,就又朝爬犁上一躺,腮帮子贴到草木樨那黄黄的枝条上。往事一上心头,心里的血直往外涌,心七上八下地怦怦跳动起来,老半天都没有睡着。

二十二

靠拢村革命军事委员会的有几个人:磨粉工人达维德卡、季莫菲、原来莫霍夫家的车夫叶麦里扬和麻子皮匠菲里加。伊万·阿列克塞耶维奇在日常工作中就依靠他们,他越来越感到自己和村里群众之间有一道无形的墙。哥萨克们都不来开会了,如果来的话,那也是达维德卡和另外几个人挨门挨户地在村子里跑过五六遍之后才来的。来了,又不说话,对什么都表示赞成。来的多数是青年人。但就在这些青年人中间,也看不到赞同的人。伊万·阿列克塞耶维奇每次主持村会,看到的是一张张石头一样的脸,一双双疏远的、不信任的眼睛和阴郁的眼神。他看到这一切,心渐渐凉了,眼神越来越阴沉,说起话来无精打采,没有劲儿,麻子菲里加有一回很不痛快地说:

"科特里亚洛夫同志,咱们和村里人分家啦!一个个都愁眉苦脸,都变成魔鬼啦。昨天我去找爬犁送红军伤员上维奥申,没有一个人肯去。分了家的人很难在一个屋里住下去……"

"天天在喝老酒呢!不要命地喝!"叶麦里扬吧嗒着烟斗,接话说。"家家户户都喝得昏天黑地的。"

米沙·柯晒沃依皱着眉头,不想说出自己的心情,但是他的心情还是露了出来。晚上他要回家的时候,向伊万·阿列克塞耶维奇要求说:

"给我一支枪吧。"

"要枪干什么?"

"瞧你说的!我害怕空着手走路。难道你什么都没有看出来吗?我在想,咱们应该把一些人……应该把格里高力·麦列霍夫、包加推廖夫老汉、马特维·卡叔林和米伦·柯尔叔诺夫抓起来。这些坏家伙,他们天天对哥萨克们喊喊喳喳……盼着他们的人从顿涅茨河那边回来。"

伊万·阿列克塞耶维奇心里一怔,很不高兴地把手一摆,说:

"算啦!如果现在就动手铲除,那就得把许多露了头的人都铲除掉。人心很不稳呀……有些人即使同情我们,但是也在看米伦·柯尔叔诺夫的眼色。都害怕他家的米佳从顿涅茨那边回来,那小子心狠手辣。"

生活发生了急剧的变化。第二天,从维奥申来了一名骑马的通讯员,送来一道命令:要向富户征收军款。派给鞑靼村的数字是四万卢布。将数字摊派下去。过了一天,收到两口袋票子,有一万八千多卢布。伊万·阿列克塞耶维奇向州里请示。州里派来三个民警,带着一道命令:"立即将抗交军款的人逮捕并押送维奥申处理。"将四个老头子临时关押在莫霍夫家收藏过冬苹果的地窖里。

村子里一下子乱得像受了惊的蜂窝一样。柯尔叔诺夫死死地抱住已经不值钱的钞票,就是不肯交军款。不过他的好日子已经该到头了。从州里来了两个人:一个是办理地方案件的侦查员,是一个很年轻的维奥申的哥萨克,在第二十八团当过兵;另外一个人穿着皮夹克,外面还穿着大皮袄。他们出示过革命军事法庭的介绍信,就和伊万·阿列克塞耶维奇在办公室里单独谈了起来。和侦查员同来的那一位,是一个上了年纪、脸刮得很光的人,他很严肃地开口说:

"现在州里到处都有发生暴乱的势头。白军的残余势力正在抬头,在煽动哥萨克的劳苦大众。必须消灭那些特别仇视咱们的人。你把军官、神甫、宪兵、财主,把所有死心塌地跟咱们作对的人的姓名开出来。你要协助侦查员。他也知道一些人的情况。"

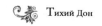

伊万·阿列克塞耶维奇看了看那张刮得像女人一样光的脸;在报一些人的姓名的时候,提到彼特罗·麦列霍夫,但是侦查员摇了摇头,说:

"这是咱们的人,佛明叫咱们不要动他,他倾向布尔什维克,我们一块儿在第二十八团干过。"

柯晒沃侬从练习簿上撕下一张纸,写好了名单,放在桌子上。

几个钟头以后,被捕的人已经在民警的看押下,坐在莫霍夫家宽敞的院子里的橡树上了。他们在等家里人送干粮,等爬犁来装行李。米伦·格里高力耶维奇就像准备好去死似的,穿的一身都是新的:熟皮小袄、毡靴、干干净净的白袜子;他坐在尽边上,跟包加推廖夫老汉和马特维·卡叔林在一起。"牛皮大王"阿甫杰伊奇慌慌张张地在院子里来回走着,时而毫无目的地朝井里望望,时而捡起一块木片,然后又在台阶和大门之间来来回回走起来,一面不住地用袖子擦着红得像苹果一样的、汗津津的脸。

其余的人都一声不响地坐着。都垂着头,用拐杖划着雪地。妇女们气喘吁吁地跑进来,把包袱、提包塞给被捕的人,小声说着话儿。眼睛哭红了的卢吉尼奇娜给老头子扣上皮袄的扣子,又拿一条女人的白头巾给他围住领子,望着他那无神的、像撒上了一层灰似的眼睛,说:

"孩子他爹,你别难过!也许会平平安安过去的。你干吗这样垂头丧气的?老天爷呀!……"她的嘴撇得长长的,扁扁的,看样子就要大哭起来,但是她用劲把嘴收拢了,小声说:"过两天我去看你……带格莉普卡去,你顶心疼她嘛……"

一个民警在大门口喊道:

"爬犁来啦!把东西放上去,走啦!娘们儿都到一边去,用不着流鼻涕淌眼泪啦!"

卢吉尼奇娜生平第一次亲了亲老头子那生满红毛的手,就闪开了。

牛拉着爬犁慢慢地穿过广场,朝顿河上走去。

七个被捕的和两名民警都在爬犁后面走着。阿甫杰伊奇因为结毡靴的带子,落到了后面,又鼓了鼓劲儿撵了上来。马特维·卡叔林和儿子在一块儿走。麦丹尼柯夫和柯洛列夫一面走,一面抽烟。米伦·格里高力耶维奇用手抓着爬犁的坐簸箩。包加推廖夫老汉迈着沉甸甸的庄重的步子走在最后面。迎面的风吹来,吹得他那大主教式的白色大胡子披散开来,胡子尖儿飘到了肩后,披在肩上的围巾的穗头被风吹得摇摇摆摆,就像在告别似的。

也是在这个阴沉的二月的日子里,发生了一桩稀奇的事。

最近这个时期,常常有公务人员从州里到村子里来,大家都见惯了。因此一架双马拉的爬犁,拉着一位冷得缩成一团、跟车夫并肩坐着的乘客来到广场上,没有引起什么人注意。爬犁在莫霍夫家大门口停了下来。乘客下了爬犁,才看出,这是一个上了年纪、动作很从容的人。来人重新勒了勒骑兵军大衣上的步兵皮带,扎起红色哥萨克皮帽上的护耳,按着匣子枪的木匣子,不慌不忙地上了台阶。

伊万·阿列克塞耶维奇和两名民警在革命军事委员会的办公室里。来人没敲门就走了进来,在门口捋了捋间有银丝的短下巴胡,低声说:

"我找主席。"

伊万·阿列克塞耶维奇用睁得像鸟眼一样圆的眼睛望着进来的人,想跳起来,却又呆着不能动。他只是像鱼一样张大了嘴在喘气,用手指头一个劲地挠着安乐椅的扶手。苍老了的施托克曼头戴一顶很难看的红顶哥萨克皮帽,也凝神望着他;那眯得细细的眼睛,因为一时认不出来,一个劲儿地望着伊万·阿列克塞耶维奇,忽然哆嗦了一下,又眨巴了两下,放出光来,眼角上那细细的皱纹一下子绽了开来,一直伸到灰白色的鬓角边。他走到还没有站起来的伊万·阿列克塞耶维奇跟前,很有把握地把他抱住,把湿漉漉的大胡子贴到他的脸上亲着,说:

"我早就料到啦!我想,你要是还活着,一定是鞑靼村的主席啦!"

"奥西普·达维陀维奇,揍我几拳吧!……我真他妈的该死!都不相信自己的眼睛啦!"伊万·阿列克塞耶维奇哭着大声说。

他那黑糊糊的、刚强的脸上哗哗地流起眼泪,流泪流得民警都转过脸去。

"你相信好啦!"施托克曼笑着,轻轻地把手从伊万·阿列克塞耶维奇手里抽了出来,用低低的声音说。"怎么,你这儿连个座位都没有吗?"

"你就坐在这椅子上吧!……你这是打哪儿来?快说说吧!"

"我是跟军团政治部来的。我看,你好像还是不相信我这个人是真的。真有意思!"

施托克曼微微笑着,拍着伊万·阿列克塞耶维奇的膝盖,简略地说起别后的情形:

"老弟,一切都很简单。他们把我从这儿逮走以后,判了刑,后来,在流放中遇上了革命。我和一位同志组织了一支赤卫队,跟杜托夫和高尔察克作战。嘿,老弟,我们在那儿干得才带劲儿呢!现在我们已经把高尔察克赶出了乌拉尔——你知道吧?这么着,我就到你们的战线上来啦。第八军政治部派我到你们州来工作,因为我在这儿住过,就是说,熟悉这儿的环境。我到了维奥申,在革命军事委员会里和一些人谈了谈,我决定首先上鞑靼村来。我想,在你们这儿住些日子,做点儿工作,帮着把工作搞起来,然后再离开。你看,我没有忘掉老交情吧?噢,这些事咱们还是以后再谈吧,现在咱们来谈谈你的事,谈谈工作,你给我谈谈一些人,让我了解了解情况。村里有党支部吗?你手下有些什么人?都有哪些人活下来?好,没什么,同志们……请便吧,让我和主席单独谈一会儿。哼,他妈的!我一进村子,就闻到旧日的气味啦……以前是以前,现在时代不同啦……好,你谈谈吧!"

两三个钟头以后,米沙·柯晒沃依和伊万·阿列克塞耶维奇领着施托克曼去看老房东斜眼卢凯什卡。他们在褐色的大路上走着。米沙时常拉住施托克曼的军大衣袖子,好像是害怕施托克曼突然跑掉,又跑得不见影子,或者像鬼魂似的散掉。

卢凯什卡给老房客端来菜汤,甚至从箱子底拿出了砂糖,那砂糖因为放久了,已经有很多小窟窿眼儿了。

喝过樱桃叶子焙的茶以后,施托克曼在床上躺了下来。他听他们俩东一句西一句地讲着,有时插嘴问一两句,时不时地咬咬烟嘴,到天快亮的时候,不知不觉地睡着了,纸烟落到肮脏的法兰绒衬衫上。可是伊万·阿列克塞耶维奇还继续讲了十来分钟,直到施托克曼用呼噜声回答他的问题,他才猛醒过来,于是踮起脚尖走了出来,因为憋着喉咙里直往外冲的咳嗽,憋得都流出了眼泪。

"心里踏实了吧?"米沙刚刚走下台阶,就像被胳肢了一下似的,轻轻地笑着,问道。

* * *

押送被捕的人上维奥申去的奥里杉诺夫,半夜里坐着同去的爬犁回来了。他敲了老半天窗户,才把伊万·阿列克塞耶维奇叫醒。

"你怎么啦?"睡眼惺忪的伊万·阿列克塞耶维奇走了出来。"你回来干什么?怎么,有公事吗?"

奥里杉诺夫晃悠了两下鞭子。

"把送去的人都枪毙啦。"

"你胡说,浑蛋!"

"我们一送去,马上就审问,天还没黑,就带到松树林子里去啦……我亲眼看见的!"

伊万·阿列克塞耶维奇急得连靴子都没穿上,披上衣服,就跑去找施托克曼。

"我们今天送去的人——都在维奥申枪毙啦！我以为会把他们关起来的，没想到会这样……咱们现在可不能这样干！老百姓会离开咱们的，奥西普·达维陀维奇！……这可是不对头。为什么要杀人呀？这可怎么办呀？"

他以为施托克曼也会和他一样，听到这件事会很着急，害怕以后会出事情，但是施托克曼慢慢地穿衬衣，把头露出来以后，这才说：

"别喊叫吧。你要把女房东吵醒啦……"

施托克曼穿好衣服，把烟点着，叫伊万·阿列克塞耶维奇把逮捕七个人的原因又说了一遍，这才冷冷地开口说：

"这种事你要习惯，要真正习惯起来！离咱们一百五十俄里就是前线。哥萨克的基本群众都仇视咱们。这是因为，你们的富农，富裕的哥萨克，也就是一些乡村长和其他一些上层分子，在哥萨克劳动群众中还有很大的威望，就是说，还很有影响。这是因为什么？可以说，这也是你应该明白的。哥萨克是一个特殊的阶层，是好战的。封建传统养成了他们的等级观念，他们爱'长官父亲'……军歌里是怎么唱的？'长官父亲把我们往哪里指，我们就往哪里冲，往哪里砍、杀、劈、刺。'不是这样吗？你瞧瞧！就是这些长官父亲叫他们去镇压工人罢工的……他们把哥萨克蒙蔽了三百年。时间不短啊！影响很大啊！比如说，梁赞省的富农和顿河哥萨克富农的差别就很大！梁赞省的富农，你要是把他逼狠了，他就对苏维埃政府暗地里骂骂，没有力量，只能躲在角落里发发狠。顿河的富农又怎样呢？这是武装的富农。这是阴险毒辣的蛇！他们是有力量的。他们不仅骂我们，不仅如你所说的，像柯尔叔诺夫和其他一些人那样，散布谣言来诬蔑咱们、伤害咱们，而且还要公开地出来和咱们干。当然要干啦！他们会拿起枪打咱们的。要打你的！他们还会想方设法鼓动其余的哥萨克，就是说，鼓动那些中产的，甚至贫苦的哥萨克。富农要用他们的手来杀咱们！就是这么一回事儿！不是已经证明他们有行动反对咱们了吗？那好吧！办法很简单，枪毙！用不着流鼻涕可怜他们，说他们是好人。"

"我才不是可怜他们呢，瞧你说的！"伊万·阿列克塞耶维奇把手一甩。"我是怕其余的人会离开咱们。"

施托克曼本来似乎神态自若地用手摩弄着长了一层灰毛的胸膛，现在一下子发作起来，使劲抓住伊万·阿列克塞耶维奇的衬衣领子，把他拉过来，已经不像是说话，而是压抑着咳嗽，声嘶力竭地在叫了：

"如果向他们说清楚我们有关阶级问题的道理，他们是不会离开的！劳苦的

哥萨克只能和咱们走一条路,决不会和富农走一条路!咳,你呀,你呀!……富
农靠他们的劳动过日子,剥削他们嘛!靠他们发财嘛!………咳,你呀,好糊涂!
你泄气了嘛!你有点儿不大对头……我要把你治一治!你这个木头脑瓜儿!一
个工人小伙子,却像知识分子一样脆弱……简直像个糟糕的社会革命党党员啦!
伊万,你给我小心点儿!"

他松开衬衣领子,微微笑了笑,摇了摇头,点起纸烟,吸了一口,心平气和地
说下去:

"如果在州里不把最凶恶的敌人抓起来,就会发生暴动。如果现在能及时把
他们拔掉,暴动就闹不起来。不一定把所有这些人都枪毙。只需要消灭那些死
心塌地的,至于其余的,比如说,把他们送到俄罗斯内地去。不过,不管怎么说,
对敌人没有什么好客气的!列宁说过:'戴着手套是不能革命的。'在目前这种局
面下,有没有枪毙这些人的必要呢?我看:有必要!也许,不应该都枪毙,但是,
像柯尔叔诺夫这样的,用不着姑息!这很清楚嘛!还有麦列霍夫,虽然是暂时
的,却总是溜掉啦。最需要抓起来的就是他!他比其他一些人加在一起还危险。
你要注意这一点。他在执委会和你谈的那番话——说明他明天就要成为敌人。
总而言之,没有什么好伤心的。工人阶级的优秀儿女在前方流血奋战,成千成万
地牺牲!我们痛惜的是他们,而不是那些杀害他们或者等候时机朝他们背后打
来的人。不是他们杀我们,就是我们杀死他们!第三条路是没有的。就是这
样呀,我的好阿列克塞耶维奇!"

二十三

彼特罗刚刚打扫过牲口棚,一面掸着手套上的干草屑,走进房里。过道里的
门环就当啷啷响了几声。

　　裹着一条黑呢绒头巾的卢吉尼奇娜跨进门来。她也不打招呼,就迈着碎步踉踉跄跄地跑到站在碗橱边的娜塔莉亚跟前,在她面前跪了下来。

　　"妈妈!好妈妈!你这是怎么啦?"娜塔莉亚用变了音的嗓门儿叫道,一面去拉妈妈那沉重的身子。

　　卢吉尼奇娜没有回答,只是拿头在地上乱撞,并且闷声闷气地、伤心地哭起了死人:

　　"我的亲——人——呀!你把我们——撇给谁——呀?!……"

　　母女两人一齐哭了起来,两个小孩子也哇呀呀地哭了,彼特罗只好抓起锅台上的烟荷包,急忙来到过道里。他已经猜到是怎么一回事儿了。他在台阶上站了一会儿,抽了一袋烟。等到厨房里的哭声停了,彼特罗才带着满脊梁飕飕的凉气走了进来。卢吉尼奇娜用哭得湿漉漉的头巾捂着脸,边哭边说:

　　"把我们家的米伦·格里高力耶维奇枪毙啦!……好好一个人就完啦!……我们都成了孤儿寡妇啦!……现在连母鸡都敢来啄我们啦!……"她又换成狼嗥似的声音:"他的眼睛合上啦!……再也看不见天日啦!……"

　　妲丽亚拿凉水往昏迷过去的娜塔莉亚的嘴里灌,伊莉尼奇娜用围裙在擦眼泪。从害病的潘捷莱·普罗柯菲耶维奇睡的上房里,传出咳嗽声和咬牙切齿的呻吟声。

　　"行行好吧,亲家大哥!看在主的面上,好人呀,你上维奥申去一趟,把他的尸首给我们拉回来吧!"卢吉尼奇娜抓住彼特罗的两条胳膊,像发了疯似的把两条胳膊抱在胸前。"把他拉回来吧……哎呀,圣母娘娘呀!哎呀,我不能让他赤身露体烂在那儿呀!"

　　"你怎么啦,你怎么啦,亲家母!"彼特罗往后直倒退,就好像躲避一个害瘟疫的人似的。"拉他的尸首——那怎么能行呢?我的命也值钱呀!我又到哪儿去找他呢?"

　　"别推辞啦,彼特罗!行行好吧!行行好吧!……"

　　彼特罗咬了一阵子胡子,最后还是答应了。他决定上维奥申去找一个熟人,请他帮着把米伦·格里高力耶维奇的尸首弄出来。他是在夜里动身的。村子里的灯火已经亮了,家家户户都在传着一件新闻:"把哥萨克枪毙啦!"

　　彼特罗来到新教堂旁边父亲的一位老同事家里,请他帮助把亲家公的尸首起出来。那人很痛快地答应了。

　　"咱们走吧。我知道那个地方。埋得不深。不过,怎么能找到他呢?那地方可不是他一个。昨天枪毙了十二个刽子手,因为他们在军官当权的时候杀害过我们的人。不过有一个条件:事成后你要给我一瓶老酒。好吗?"

半夜里,他们带上铁锹和抬干粪块的抬筐,顺着镇边,穿过一片坟地,朝松树林走去,死刑就是在松树林边上执行的。飘着稀稀拉拉的雪花。落了一层白霜的红柳条儿在脚下咯吱咯吱地响着。彼特罗倾听着每一下响声,在心里骂自己不该来,骂卢吉尼奇娜,就连已死的亲家公都骂了。来到一片小松树林跟前,那人在一个高高的沙土包后面站了下来。

"就在这附近什么地方……"

又走了一百来步。镇上的一群狗见他们来了,汪汪叫着躲了开去。彼特罗扔掉抬筐,沙哑地小声说:

"咱们回去! 去他妈的吧! ……他埋在哪儿,还不是一样? 唉,我真倒霉……都怪那个霉气鬼缠我!"

"你怎么怕啦? 咱们走!"那人笑着说。

他们来到目的地。在一棵乱蓬蓬的老红柳旁边,地上的雪被踩得结结实实,和沙土掺在一起。人的脚印和狗的爪印像光线一样,从这里散了开去……

……彼特罗凭着红红的大胡子,认出米伦·格里高力耶维奇。他抓住亲家公的腰带,把尸体拖了上来,放到抬筐上。那人一面咳嗽着,把土坑填平;在抓起抬筐的把子时,很不高兴地嘟哝说:

"该把爬犁赶到松林里来。咱们真是糊涂蛋! 这头老野猪足足有五普特。这雪地又难走。"

彼特罗拨开再也不能走路的死人腿,也抓起了抬筐把手。

他在那个熟人家里一直喝到黎明时候。裹在白布里的米伦·格里高力耶维奇就在爬犁上等着。彼特罗因为醉糊涂了,也把马拴在爬犁上,那马就一直站在那儿,套在笼头里的头不要命地朝外挣着,打着响鼻,忽闪着耳朵。因为闻到死人气味,连草都不吃了。

太阳刚刚升起来,彼特罗已经回到村里。他赶着爬犁,一口气不歇地在草地上跑着。米伦·格里高力耶维奇的头在后面碰得爬犁的底板冬冬直响。彼特罗有两次停下来,在草地上扯了些干草给他垫了垫头。彼特罗径直把亲家公送回家。给死去的当家人开大门的是他那心爱的女儿格莉普卡,她见了爬犁,就朝旁边一闪,倒在雪堆上。彼特罗像扛一袋面粉似的,把亲家公扛进宽敞的厨房,放到早已铺上长长的麻布的灵床上。卢吉尼奇娜泪如泉涌,光着头,哑着嗓子,在老头子那穿起洁白的寿袜的脚下来来回回地爬着。

"我的当家的呀,我以为你能活着回来呢,谁想到把你拉回来啦。"她的低低的嘟哝声和抽搭声很像一种怪笑。

彼特罗把格里沙加爷爷从上房里搀了出来。老人家浑身摇来晃去,就好像脚底下的地面都松软了似的。但是他硬撑着走到灵床前,在床头站了下来。

"哦,米伦,你好!孩子,没想到咱们会这样见面……"他画了个十字,亲了亲那带着黄泥的冰凉的额头。"我的好米伦啊,我也快啦……"他的声音提高到尖叫的程度。格里沙加爷爷就像害怕说错话似的,急忙用不像老年人的动作,拿手把嘴捂住,趴到灵床上。

彼特罗的喉咙就像被狼爪子抓了一下似的,哆嗦起来。他轻轻地走出房来,朝着拴在台阶边的马走去。

二十四

深深的、平静的顿河水渐渐铺展开来。水流弯弯曲曲,就像鬈发似的。顿河晃晃悠悠地流着,慢慢地、静静地向两边泛着。黑鱼成群结队地在坚硬的沙石河底游来游去;鲟鱼到夜里就来浅水里打食儿,鲤鱼在岸边碧绿的水藻丛里翻滚;灰鱼和鲈鱼追逐着白鱼,鲶鱼往贝壳堆里乱钻,有时鲶鱼会翻起一片绿色的水波,摆动着金光闪闪的尾鳍,在一片月光下露一露面,就又沉下去,把长胡子的大脑袋扎到贝壳堆里,以便在黑黑的、光溜溜的树根丛中睡上一觉,一直睡到天亮。

但是在河道很窄的地方,受到束缚的顿河就要在河堤上冲出很深的缺口,泡沫翻滚的白浪就要带着震耳欲聋的吼声涌出来,流水就要在山嘴后面,在洼地里旋起一个个水涡。流水在这些地方像变魔法似的转着可怕的圈子,叫人看都不敢看。

生活离开风平浪静的宽阔河面,朝缺口涌去。上顿河州乱腾起来了。两股水流冲突起来,哥萨克们分道扬镳,起了旋涡,旋涡不住地旋转起来。年轻的和那些穷苦的,都踌躇不决,沉默不语,一直还在盼望苏维埃政府带来安宁,可是老头子们都已转为进攻,公开宣传说,红军要把哥萨克杀得一个不留。

三月四日,伊万·阿列克塞耶维奇在鞑靼村召开了一次村民大会。到会的人出奇地多。也许是因为,施托克曼已经向革命军事委员会提出建议,要在大会上把跟随白军逃走的几家买卖人的财产分给穷苦人家。在开会以前,跟州里一个干部进行过一场激烈的争吵。这个干部是奉命从维奥申来接收没收的服装的。施托克曼对他说明,现在革命军事委员会还不能把服装交出去,因为昨天才发给运送红军伤病员的车队三十多套冬季服装,这个年轻干部就对施托克曼发起火来,提高嗓门儿尖声说:

"谁叫你把没收的服装发出去?"

"我们一向不征求什么人的许可。"

"那你有什么权力盗窃人民的财产?"

"同志,你别喊叫,也不要胡说八道。谁也没有盗窃什么。我们发给车夫皮袄,都有暂领的收条,他们把红军送到下一站,还要把发出的衣服带回来。红军们几乎是赤身露体,如果让他们穿着单薄的军大衣就走,等于送他们去死,我怎么能不发给他们呢?况且,衣服放在仓库里,又一点用处也没有。"

他是压制着火气说的,这场谈话本来可能和和气气地结束,但是那个年轻干部用冷冷的声音斩钉截铁地声明说:

"你是什么人?是革命军事委员会主席吗?我要逮捕你!你把工作交给副主席!马上把你解送维奥申。你恐怕已经把这儿的公共财产盗窃了一半,我要……"

"你是共产党员吗?"施托克曼脸色煞白煞白的,侧过眼睛问道。

"你没有资格问!民警!把他抓起来,马上送到维奥申去!把他交给州警察局。"

那个年轻干部用目光把施托克曼掂量了一下。

"到那儿再跟你说话。你这个独断独行的家伙,看你再敢胡作非为!"

"同志!你怎么,疯啦?你要知道……"

"没有什么好说的!住嘴!"

伊万·阿列克塞耶维奇还没有来得及插嘴参加争吵,就看见施托克曼用缓慢而可怕的动作伸手去摘那支挂在墙上的匣子枪。年轻干部的眼睛里露出恐怖的神情。他十分麻利地用屁股把门顶开,倒在地上,脊背擦着台阶的木凳溜了下去,滚进爬犁里,一个劲儿地推着车夫的脊梁,回头望着,显然是害怕追赶,直到过了广场,才放下心来。

在革命军事委员会里,哄笑声震得窗户都响起来。笑得直哆嗦的达维德卡在桌子上打起滚来。但是施托克曼老半天还在哆哆嗦嗦地抖动着眼皮,侧着眼睛。

"哼,坏家伙! 妈的,浑蛋!"他用哆哆嗦嗦的手指头卷着烟卷儿,一连骂了好几遍。

他跟柯晒沃依和伊万·阿列克塞耶维奇一同去参加村民大会。会场上挤得水泄不通。伊万·阿列克塞耶维奇的心都惊愕得发起怵来:"他们来开会是别有用意的……全村的人都在这会场上啦。"但是当他摘下帽子,走进圈子当中的时候,他的顾虑消失了。哥萨克们都很客气地给他让开路。大家脸上的表情都很镇静,有些人的眼睛里甚至露出快活的神情。施托克曼把哥萨克们打量了一遍。他想缓和一下紧张的气氛,让大家开口说话。他也学伊万·阿列克塞耶维奇的样子,摘下自己的红顶皮帽,高声说:

"哥萨克同志们! 你们这儿成立苏维埃政权,已经有一个半月啦。但是直到现在,我们革命军事委员会觉得,你们对我们有点儿不信任,甚至还有点儿仇视呢。你们常常不来开会,你们中间流传着各种各样荒唐的谣言,说要把哥萨克杀得一个不留,说苏维埃政权要怎样怎样压迫你们。咱们应该开诚布公地谈谈啦,应该互相了解了解啦。革命军事委员会是你们自己选出来的。科特里亚洛夫和柯晒沃依是你们村的哥萨克,在你们之间没有什么不好谈的。首先我要坚决声明,敌人散布的什么大批枪毙哥萨克的谣言——纯粹是诬蔑。他们散布这些谣言的目的是很清楚的:挑拨哥萨克和苏维埃政权的关系,把你们重新推到白军那方面去。"

"你是说,没有枪毙人吗? 那七个人弄到哪儿去啦?"后面有人叫道。

"同志们,我不是说,没有枪毙人。我们枪毙过苏维埃政权的敌人,今后还要枪毙,凡是想把地主政权强加给我们的人,都要枪毙。我们推翻沙皇,结束对德战争,解放人民,并不是为了恢复地主政权。对德战争给我们带来什么呢? 成千成万的哥萨克死掉,成千成万的孤儿、寡妇,家破人亡……"

"是啊!"

"你这话说得对!"

"……我们主张不要打仗,"施托克曼继续说,"我们主张各族人民团结! 但是在沙皇当政时代,却利用你们的手为地主和资本家夺取土地,让那些地主和工厂主靠这个来发财。你们眼前就有一个地主李斯特尼次基。他的祖先因为参加

一八一二年的战争,得到了四千俄亩的土地。可是你们的祖先又得到什么呢?他们把头颅抛到了德国土地上! 他们的血洒遍了德国土地!"

会场上响起一片嗡嗡声。嗡嗡声慢慢小了下去,可是后来一下子发出一片吼叫声:

"对啊——啊——啊! ……"

施托克曼用皮帽子擦了擦秃脑门儿上的汗,又提了提嗓门儿,大声喊叫道:

"凡是要用武力来反对工农政权的人,我们都要消灭! 按照革命军事法庭的判决枪毙的你们村那几个哥萨克,都是我们的敌人。这是你们大家都知道的。但是我们和你们这些劳苦的人,和一切同情我们的人,是要肩并肩一同前进的,就像耕地时牛和牛那样。咱们为了能过新生活,要一块儿耕地,耙地,好把那些老的莠草,也就是咱们的敌人,从地里全部清除出去! 叫他们再也不能生根! 叫他们别妨碍新生活的成长!"

施托克曼从一片低低的嗡嗡声中,从一张张有了生气的脸上猜出来,他的话打动了哥萨克们的心。他果然没有猜错,大家开始说心里的话了。

"奥西普·达维陀维奇! 你以前在我们这儿住过,我们很了解你,你就跟我们自己人一样。你别拿我们当外人,好好地对我们说说,你们这个政府想要我们怎样? 我们自然是拥护这个政府的,我们的孩子都抛掉了阵地嘛,可是我们都是大老粗,简直弄不清这个政府是怎么一回事儿……"

戈里亚兹诺夫老汉含含糊糊地说了半天,绕过来绕过去,支支吾吾,躲躲闪闪,看样子是怕说错了话。一条胳膊的阿列克塞·沙米尔憋不住了,说:

"我可以说几句吗?"

"说吧!"听了大家的话十分激动的伊万·阿列克塞耶维奇答应说。

"施托克曼同志,你先告诉我,我能不能有啥说啥?"

"说吧。"

"不会逮捕我吧?"

施托克曼笑了笑,一声不响地摇了摇手。

"不过请注意,别生气! 我这人是个直筒子:怎么想,就怎么说。"

阿列克塞的弟弟马尔丁在后面拉了拉他的棉袄空袖子,很害怕地小声说:

"算了吧,别莽撞! 算啦,别说吧,要不然他们马上会收拾你。会把你记在小本子上的,阿列什卡!"

但是阿列克塞把他推开,不住地抽动着难看的腮帮子,眨巴着眼睛,面对全场站定了。

"诸位哥萨克！我来说说，你们来评评我说得对还是不对。"他拿出军人的姿态，用脚后跟一转，脸朝着施托克曼，诡秘地眨巴起那只眯着的眼睛。"我觉得：实话实说——没有错儿。要说，就要说个痛快！我现在就要说说，我们哥萨克都想些什么，为什么我们怨恨共产党……同志，你刚才说，你们不反对种地的哥萨克，他们不是你们的敌人。好像你们是反对财主，是为穷人撑腰的。那你就说说，我们村里那几个人枪毙得对吗？枪毙柯尔叔诺夫，我不想说什么，——他当过村长，一辈子骑在别人脖子上，可是枪毙'牛皮大王'阿甫杰伊伊又为什么呢？马特维·卡叔林呢？包加推廖夫呢？麦丹尼柯夫呢？还有柯洛列夫呢？他们和我们一样，也是一些大老粗，头脑简单，稀里糊涂。他们学过抓犁把子，没学过拿书本子。他们有的连一个大字也不识。没有什么学识。如果这些人胡说了几句不好的话，就该抓去枪毙吗？"阿列克塞缓了一口气，往前探了探身子。棉袄的空袖筒在胸前晃悠了几下，嘴撇到了一边。"你们把那些糊里糊涂乱说一气的人抓去，枪毙，可是却不碰那些买卖人！买卖人用钱从你们手里买出了他们的命！我们可是没有钱买命，我们跟泥土打了一辈子交道，发不了大财。枪毙的那些人，也许把最后一头牛赶出去卖掉也是情愿的，只要能保住性命就行，可是你们又不要他们交军款。把他们抓去就杀了。维奥申的情形，我们也都知道嘛。那儿的买卖人、神甫——都活得好好的呢。在卡耳根镇上，恐怕也是这样。四周围的情形，我们都听说啦。好事不出门，坏事传千里嘛！"

"说得对！"孤零零的一声喊叫从后面传来。

响起一阵嘈杂声，淹没了阿列克塞的话，但是阿列克塞等了一会儿，也不去理会施托克曼举起来的那条胳膊，又继续说下去：

"我们也明白，苏维埃政府也许是好的，可是掌权的共产党员们，却一心想把我们淹死在水坑里！他们因为一九〇五年的事，跟我们过不去，这话我们是听一些红军步兵说的。我们中间都这样议论：共产党是想消灭我们，把我们斩尽杀绝。叫顿河上连哥萨克的魂儿都留不下。这就是我要说的！我现在就像一个醉汉：心里想什么，嘴里就说什么。我们变成醉汉，都是因为日子过得太好啦，都是因为心里有气，这是你们，是共产党员造成的！"

阿列克塞钻进密密层层的皮袄当中，会场上有老半天一片寂静，局面十分尴尬。施托克曼开口说话了，但是后面有人喊叫起来，打断了他的话。

"是的！哥萨克们都有气！你们听听，现在一些村子里唱的是什么歌儿。很多人有话不敢说出来，但是可以在歌儿里唱出来，唱唱歌是没有罪过的。就编了这样一支《小苹果》：

火炉唑唑响,鱼在锅里煎,
士官生来了,我们好诉冤。

"就是说,有冤要诉啊!"

有人不合时宜地笑了起来。人群轻轻晃动起来。喊喊喳喳声,说话声……

施托克曼气嘟嘟地把皮帽子往额上一拉,从口袋里掏出原来柯晒沃依写的名单,喊道:

"不对,胡说! 拥护革命的人没有什么冤屈好诉! 枪毙你们村子里那些人,那些苏维埃政权的敌人,因为他们是有罪的。你们听着!"于是他清清楚楚、一个字一个字地念起来:

逮捕并解送第十五英查师革命军事法庭侦查委员会听候处理的苏维埃政权的敌人

名 单:

号数	姓 名	逮捕理由	备 考
1	柯尔叔诺夫·米伦·格里高力耶维奇	前任村长,依靠他人劳动致富的财主	
2	西尼林·伊万·阿甫杰伊奇	宣传煽动推翻苏维埃政权	
3	卡叔林·马特维·伊万诺维奇	同上	
4	麦丹尼柯夫·谢敏·加甫里洛夫	佩戴肩章,沿街叫喊反对苏维埃政权	
5	麦列霍夫·潘捷莱·普罗柯菲耶维奇	军人联合会委员	
6	麦列霍夫·格里高力·潘捷莱耶维奇	旧上尉,思想反动。危险分子	

7	卡叔林·安得列·马特维耶夫	参与枪杀波得捷尔柯夫哥萨克红军的刽子手	
8	包多甫斯柯夫·菲多特·尼基佛洛夫	同上	
9	包加推廖夫·阿尔希普·马特维耶夫	教堂堂长。曾经在更房里进行反政府宣传。捣乱分子和反革命分子	
10	柯洛列夫·查哈尔·列昂季耶夫	拒绝交出武器。不可靠分子	

在麦列霍夫父子和包多甫斯柯夫的备考栏里还有一段文字,施托克曼没有念出来。这段文字是:

> 这几个苏维埃政权的敌人暂不能逮捕,因为其中两人不在家,参加运输队,运送弹药到博柯夫镇去了。麦列霍夫·潘捷莱正在害伤寒病。两人回来后,立即逮捕并押送州里。另一人则等病愈后逮捕。

会场上有一小会儿鸦雀无声,后来却爆发出一片喊叫声:
"不对!"
"胡说!他们说是反对政府嘛!"
"为这号儿事应该!"
"能对他们客气吗?"
"这是对他们栽诬!"
施托克曼又说了起来。好像大家都很用心听他的话,甚至还有表示赞同的呼喊声,但是到最后,他一提出分配那些跟白军逃走的人的财产问题,回答他的却是一片沉默。
"你们的嘴都叫水给堵住啦?"伊万·阿列克塞耶维奇十分懊恼地问道。
人群像漏出来的枪砂子一样,纷纷朝出口处走去。十分贫苦的谢苗,外号叫

"生铁头"的,迟迟疑疑往前走了几步,但是后来改变了主意,摇了摇无指手套,说:

"等财主们一回来,就麻烦啦……"

施托克曼想叫大家不要走,可是柯晒沃依脸色像面粉一样白,小声对伊万·阿列克塞耶维奇说:

"我说过嘛——他们不会要的。现在这些财产就是烧掉,也比分给他们好……"

二十五

米沙·柯晒沃依心事重重地用鞭子敲打着靴筒,低着头,慢慢走上莫霍夫家的台阶。一进门,看见走廊里地板上放着一堆马鞍。看样子,有人刚刚来到:在一只马镫上,还有骑马人踩的雪块子没有化尽呢;那雪块子被马粪染得黄黄的,下面有小小的水洼儿闪闪发光。这都是米沙在肮脏的阳台上走的时候看到的。他用眼睛扫了扫边上到处是豁口的天蓝色镂花栏杆,扫了扫像一条淡紫色花边似的铺在墙边的毛茸茸的冰霜;还匆匆地对着里面蒙了一层水汽,模糊得像牛尿泡一样的玻璃窗看了一眼。但是他所看到的一切,都没有在他脑子里留下什么印象,而是模模糊糊、悠悠忽忽地滑了过去,就像在梦里一样。对格里高力·麦列霍夫的怜惜和仇恨交替地撞击着米沙的单纯的心……

革命军事委员会的堂屋里弥漫着浓浓的烟草气味、马具气味和融雪气味。莫霍夫家的人都跑到顿涅茨河那边去了,留下看家的女仆生起了荷兰炉子。旁边的屋子里有几个民警在哈哈大笑。"真出奇!有什么开心的?!……"米沙从旁边走过,很懊恼地想道,又很心烦地用鞭子最后抽了一下靴筒子,没有敲门就走进拐角上一间屋子里。

　　伊万·阿列克塞耶维奇穿着棉袄,敞着怀,坐在一张书桌边。他的黑皮帽子歪戴着,显得很威武,可是那汗津津的脸却显得又疲倦又忧愁。施托克曼还是穿着那件长长的骑兵军大衣,坐在旁边的窗台上。他看见米沙走进来,笑了笑,打了个手势,请米沙坐到他身边。

　　"喂,怎么样,米沙?坐下。"

　　米沙叉开两腿,坐了下来。施托克曼那镇静的询问的声音使他清醒过来。

　　"我听一个可靠的人说……格里高力·麦列霍夫昨天晚上回家来啦。不过我没有上他家去。"

　　"你看,这事儿怎么办?"

　　施托克曼卷着烟卷儿,偶尔侧眼看着伊万·阿列克塞耶维奇,等着他回答。

　　"把他关到地窖里,还是怎么样?"伊万·阿列克塞耶维奇不住地眨巴着眼睛,犹豫不决地问道。

　　"你是我们革命军事委员会的主席……你看着办吧。"

　　施托克曼笑了笑,令人不解地耸了耸肩膀。他就会带着刺激意味这样笑,这样的笑比抽一鞭子还厉害。伊万·阿列克塞耶维奇的下巴都冒汗了。

　　他咬着牙,很强硬地说:

　　"我是主席,我就把他们两个,把格里什卡和他哥哥都抓起来,送到维奥申去!"

　　"抓格里高力·麦列霍夫的哥哥,恐怕没有什么意思。有佛明给他做靠山。有他给他说好话,这你是知道的……格里高力嘛,今天马上就可以抓起来!明天咱们就把他送到维奥申去,今天就派一个民警骑上马把他的材料先送给革命军事法庭主席。"

　　"是不是到晚上再去抓格里高力,奥西普·达维陀维奇,你看怎样?"

　　施托克曼咳嗽起来,等咳嗽过了,才擦着大胡子,问道:

　　"为什么要到晚上?"

　　"叫人少说闲话……"

　　"噢,这个吗,你要明白……这没有什么了不起的!"

　　"米沙,你带两个人马上去把格里什卡抓起来。把他单独关起来。明白吗?"

　　米沙从窗台上跳下来,就去找民警。施托克曼沙啦沙啦地拖着灰色的破毡靴,在屋子里来回走了一阵子;他在桌子对面站下来,问:

　　"最后收起来的一批枪支送走了吗?"

　　"没有。"

"为什么?"

"昨天没有来得及。"

"为什么?"

"今天就送走。"

施托克曼皱起眉头,但是马上又把眉毛挑起来,急急忙忙地问道:

"麦列霍夫家交的是什么?"

伊万·阿列克塞耶维奇想了想,眯缝起眼睛,笑了笑。

"他们倒是交得挺整齐,两支步枪加两支手枪。不过,你以为这是全部吗?"

"不是吗?"

"哎哟! 你真傻!"

"我也是这样想。"施托克曼把嘴微微一撇。"我要是在你的位子上,把他逮捕以后,要在他家里仔细搜查一遍。另外,你还要报告驻军司令部。你想倒是会想,可是除了想以外,还要做呀。"

半个钟头以后,米沙回来了。他急急匆匆地从阳台上跑来,气嘟嘟地把门一推,在门口站下来,呼哧呼哧地喘着气,叫道:

"真他妈的见鬼!"

"怎——怎么啦?!"施托克曼快步迎上去,气势汹汹地瞪圆了眼睛,问道。他那长长的军大衣在两条腿中间晃悠着,下摆碰得毡靴呼哒呼哒直响。

米沙不知是嫌他的嗓门儿太小了呢,还是因为别的缘故,一下子发起火来,大叫起来:

"你别瞪眼睛!……"他骂了一句娘。"他们说,格里什卡到新根村他姑妈家去啦,这能怪我吗? 你们又干什么来? 都不能操操心吗? 真是的! 把格里什卡放跑啦! 用不着朝我喊叫! 我是跑腿的,这号事儿我管不着。可是你们想什么来着?"施托克曼对直地向他走来,他向后退着,脊梁抵到瓷砖炉壁上,就大笑起来。"别再往前来啦,奥西普·达维陀维奇! 别往前啦,不然的话,我揍你,真的!"

施托克曼在他跟前站了一会儿,攥得手指头咯吧咯吧直响;他看着米沙那龇出来的白牙,看着他那露出笑意和忠诚的眼睛,一个字一个字地说:

"去新根的路你熟悉吗?"

"我熟悉。"

"那你干什么还要跑回来? 你还说跟德国人打过仗呢……没有用!"他故意带着蔑视的神情眯起眼睛。

草原上弥漫着淡蓝色的夜雾。血红的月亮从顿河边的山冈后面升上来。月光淡淡的,都遮不住闪闪烁烁的星光。

六匹马顺着大路朝新根村跑去。马小步快跑着。施托克曼紧挨着米沙,在龙骑兵的马鞍上摇晃着。他骑的一匹高大的枣红色顿河马一直很不老实,时时刻刻想咬他的膝盖。他从容自若地讲了一个十分好笑的故事,米沙趴在鞍头上,像个小孩子一样咯咯地笑着,笑得喘不上气来,直打嗝儿,并且老想瞅瞅长耳风帽底下的施托克曼,瞅瞅他那一双严峻而机警的眼睛。

在新根村进行了仔细搜查,没有得到任何结果。

二十六

格里高力到了博柯夫镇上,又被逼着往车尔尼雪夫镇跑了一趟。过了十来天他才回来。在他回来前两天,把他父亲逮捕了。潘捷莱·普罗柯菲耶维奇害过伤寒以后,刚刚开始走动。

他一场大病害过,头发又白了不少,骨瘦如柴,就像是一具马骷髅。白头发稀稀拉拉,很像是虫子咬坏的羊皮,大胡子乱糟糟的,边上也是一片白了。

民警给他十分钟,让他收拾了一下,就把他带走了。在送往维奥申以前,把潘捷莱·普罗柯菲耶维奇关在莫霍夫家的地窖里。除了他以外,在充满浓浓的茴香苹果气味的地窖里,还有九个老头子和一个陪审官。

格里高力还没有把爬犁赶进大门,彼特罗就向他报告了这个消息,并且劝他说:

"弟弟,你赶紧走吧……他们来问过你,问你什么时候回来。你暖和暖和身子,看看孩子们,然后我把你送到大鱼村去,你在那儿躲几天,避避风头。他们要

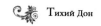

是来问,我就说,你上新根村姑妈家去啦。咱们村里已经枪毙了七个,你听说了吗?但愿爹不要走这条路……至于你,那就没有什么好说的啦!"

格里高力在厨房里坐了半个钟头,然后就备上自己那匹马,连夜逃到大鱼村去。那是麦列霍夫家的一个远房亲戚,是一个很热心的哥萨克,他把格里高力藏在一个堆放马粪坏的小棚屋里。格里高力在那里面住了两天,只有到夜里才从自己的小窝儿里爬出来活动活动。

二十七

米沙从新根村回来以后,第二天就上维奥申,想去问问党支部什么时候开会。他、伊万·阿列克塞耶维奇、叶麦里扬、达维德卡和菲里加都要正式加入共产党。

米沙押送着哥萨克们最后交来的一批枪支、在学校的院子里发现的一挺机枪,还带着施托克曼给州革命军事委员会主席的一封信。在去维奥申的路上,在河边滩地上惊起不少兔子。打了几年仗,兔子繁殖了许多,到处乱跑,每走一步都可以碰到。有多少黄黄的莎草穗儿,就有多少兔子。一只白胸脯的灰兔子,听到爬犁吱咯声,跳了起来,摇晃着带黑缘儿的尾巴,朝荒地上跑去。赶爬犁的叶麦里扬撒开缰绳,不要命地喊叫道:

"打呀!快,把它干掉!"

米沙从爬犁上跳下来,跪下一条腿,对着飞跑的灰球儿打了一梭子,他十分扫兴地看到,子弹打得周围的白雪乱飞,可是那灰球儿加快了速度,一路子蹚得荒草上的雪粉纷纷往下落,很快就钻进了密林里。

……州革命军事委员会里乱糟糟的,十分嘈杂。很多人慌慌张张地跑来跑去,不时有通讯员骑着马跑来,街上的行人少得出奇。米沙不明白惊慌忙乱的原

因,所以感到十分奇怪。副主席心不在焉地把施托克曼的信塞到口袋里,米沙问他,有没有回信,他冷冷地嘟哝说:

"别啰嗦,去你的吧!顾不上你们啦!"

警卫连的红军战士们在广场上来来回回地走着。一辆行军灶车烟雾腾腾地跑了过去。广场上还留着牛肉味和桂树叶子的气味。

米沙来到革命军事法庭,找到熟识的弟兄,把烟点着了,问道:

"你们这儿为什么这样乱糟糟的?"

一个姓格罗莫夫的地方案件侦查员,很勉强地回答他说:

"嘉桑镇上有点儿不太平。不知是白军冲进去了呢,还是哥萨克闹暴动。听说,昨天那儿打起来啦。电话已经切断啦。"

"该派骑兵联络员去看看嘛。"

"派去啦。还没有回来。今天又派一个连上叶兰镇去啦。那儿情况也不大好。"

他们坐在窗前抽烟。革命军事法庭占用的这座高大的商店的玻璃窗外飘起了雪花。

镇外松树林附近,去黑村的方向,响起了低沉的枪声。米沙的脸一下子白了,纸烟也掉到了地上。原来在屋里的人一齐跑到院子里。枪声已经是十分响亮和沉重有力了。一阵猛似一阵的乱枪声压倒了齐射声,子弹嗖嗖地飞来,嚓嚓地往棚子板壁上、往大门上直钻。在院子里打伤了一名红军。格罗莫夫一面揉着文件,往口袋里塞着,一面朝广场上跑去。警卫连留下来的一些战士正在革命军事委员会旁边排队。连长穿着一件短短的皮袄,像织布梭子一样在战士们当中穿来穿去。他领着连队,成纵队小步跑下斜坡,朝顿河上跑去。一下子就乱得不可收拾了。许多人在广场上乱跑起来。一匹鞍辔齐全、没有人骑的马把头昂得高高的,飞跑过去。

吓慌了的米沙,自己也不记得自己怎样来到广场上。他看到,佛明披着斗篷,像一阵黑旋风似的从教堂里冲了出来。他那匹高头大马的尾巴上还拴着一挺机枪。机枪上的轮子来不及转动,飞跑的马就将机枪横拖着,拖得机枪摆来摆去。佛明趴在鞍头上,跑到山脚下去了,身后留下一团团银色的雪粉。

"找马去!"这是米沙的第一个念头。他弯下身子,跑过两个街口,连一口气也没有喘。他的心紧紧缩着,一直跑到歇马的院子里。叶麦里扬正在套爬犁,吓得连皮套都套不到马身上去了。

"怎么啦,米沙?怎么一回事儿?"他磕打着牙齿,嘟嘟噜噜地问。把皮套套

上,缰绳又掉了。刚开始拴缰绳,颈圈左边的结子又松了。

他们歇马的那家院子正对着草原。米沙朝松树林望了望,并没有步兵散兵线从里面拥出来,也没有骑兵排成阵势从里面冲出来。不知什么地方在打枪,街道空空荡荡,一切都很正常,很乏味。然而可怕的事情发生了:暴动真的开始了。

叶麦里扬在套爬犁的时候,米沙的眼睛一直没有离开草原。他看到,有一个穿黑大衣的人从小教堂后面跑出来,从十二月里烧毁的无线电台的废墟旁边绕过,朝前跑去。他双手按在胸前,身子向前弯得低低的,使足了劲儿跑着。米沙从大衣上认出那是侦查员格罗莫夫。他又看到,从篱笆后面闪出一个骑马的人影。米沙也认出了这个人。这是维奥申镇上的哥萨克契尔尼奇金,是一个死心塌地的年轻白卫军分子。格罗莫夫在离契尔尼奇金有一百丈远的时候,一面跑着,一面回头看了看,又看了看,便从口袋里掏出手枪来。放了一枪,又放了一枪。格罗莫夫跳到一个小沙包顶上,连放了几枪。契尔尼奇金跑着跑着从马上跳了下来;拉着缰绳,摘下步枪,卧倒在雪堆后面。一声步枪响过,格罗莫夫就用左手乱抓着树条子,侧歪着身子朝前走去。他绕着小沙包转了一个圈儿,就脸朝下栽倒在雪地上。"打死啦!"米沙心里一阵冰冷。契尔尼奇金是一个神枪手,他使用那支从对德战争中带回来的奥地利式卡宾枪,不论打什么目标,不论相隔多远,都是弹无虚发。米沙已经坐上爬犁,出了大门,又看到,契尔尼奇金跑到小沙包跟前,抡起马刀乱砍那件斜斜地铺展在雪地上的黑大衣。

穿过顿河朝巴兹基村去,是很危险的。马和人在一片白的、宽阔的顿河河面上是最好的靶子。

河面上已经躺着两个被流弹打死的警卫连红军战士了。因此叶麦里扬掉转马头,经过小湖,朝树林里走去。冰上的雪已经水漉漉的,水花和雪团子从马蹄下噗哧噗哧地向四面乱飞,爬犁的滑木划出两道深深的犁沟。他们像发了疯似的跑到了村边。但是到了渡口上,叶麦里扬勒住马,转过被风吹红了的脸,对着米沙,问道:

"如果咱们这儿也那样乱起来,那可怎么办?"

米沙的眼睛里露出烦恼的神情。他打量了一下村子。有两个骑马的人顺着紧靠顿河的一条街跑过去。米沙觉得,显然那是民警。

"进村子。咱们没有别的地方好去!"他毅然决然地说。

叶麦里扬无可奈何地赶着马又往前去,过了顿河,来到村口。"小牛皮大王"安季普和村子上头的两个老头子迎着他们跑来。

"哎呀,米沙!"叶麦里扬看见安季普手里有枪,就勒住马,转了个急弯儿。

"站住!"

一声枪响。叶麦里扬手里握着缰绳,倒了下去。两匹马跳了几下,撞在篱笆上。米沙从爬犁上跳下来。安季普拖着穿毡靴的两只脚,滑滑跌跌地朝他跑来,安季普摇晃了两下,就站了下来,端起了步枪。米沙往篱笆上趴倒的时候,看见了一个老头子手里的明晃晃的三齿叉子。

"揍他!"

米沙因为肩膀上一阵疼痛,一声不响地倒了下去,用手捂住眼睛。那个老头子弯下身,喘着粗气,用叉子猛刺了他一下子。

"起来,狗东西!"

以后的事,米沙觉得都好像是在梦里发生的。安季普大哭着,朝他扑来,抓住他的胸膛:

"他把我爹害死啦……好人们,都闪开! 让我把他的心挖出来!"

几个人在拉他。已经聚集起一大群人。有一个声音像伤了风一样低哑地劝道:

"把这小伙子放了吧! 怎么,你们就不带十字架吗? 安季普,算啦! 你又不能叫你爹起死回生,却要害一条性命……伙计们,都走吧! 瞧,那边仓库里在分糖呢。去吧……"

黄昏时候,米沙苏醒过来,依然躺在篱笆脚下。叉子刺伤的肋部火辣辣地疼。叉齿穿过了皮袄和棉袄,所以刺进肉里并不深。但是伤口很疼,伤口上的血都结成了块子。米沙站起来,仔细听了听。看样子,是暴动的哥萨克在村子里到处巡逻。可以听到稀稀拉拉的枪声。狗在狂叫。远处有说话声,那声音越来越近。米沙顺着河边牲口走的小路向前走去。他爬上崖头,用手摸索着雪地上硬邦邦的冰壳子,摇摇摆摆地贴着篱笆往前爬。他认不出地方来了,只是糊里糊涂往前爬。他冻得身子直打哆嗦,两手冻麻木了。他冻得受不住,便朝一家的后门爬去。米沙推开用树枝顶住的小门,进了后院。左边有一个棚子。他刚刚进棚子,马上就听见有脚步声和咳嗽声。

有人朝棚子里走来,走得毡靴吧哒吧哒响着。"这一下子要把我打死啦。"米沙好像在想别人的事情,木木地想着。那个人在黑糊糊的门口站住了。

"里面是哪一个?"

声音很微弱,好像很害怕似的。

米沙朝墙后面跨了两步。

"是谁?"问话的人已经有些惊慌了,声音也大些了。

米沙听出是司捷潘·阿司塔霍夫的声音,便从棚子里走了出来。

"司捷潘,是我,柯晒沃依……行行好,救救我吧!你能不告诉别人吗?帮帮忙吧!"

"原来是你呀……"司捷潘害过伤寒以后,刚刚起床,说话声音软弱无力。他那因为瘦而变长了的嘴,张得大大的,迟迟疑疑地笑着。"好,没什么,你就呆着吧,呆一天你再上别处去。可是,你怎么跑到这儿来啦?"

米沙没有回答,握了握他的手,就钻进糠堆里。

第二天晚上,天一黑,他就冒险回到家里,敲了敲窗户。妈妈给他开了过道的门,就哭了起来。她的手摸摸索索,搂住米沙的脖子,头在他的胸膛上直撞。

"快走吧!天啊,走吧,好孩子!今天早上来过很多人……把整个院子都翻遍啦,到处找你。'小牛皮大王'安季普还抽了我一鞭子。他说:'叫你把儿子藏起来!真可惜,没有一下子把他打死!'"

自己人都到哪里去了,米沙猜想不到。村子里究竟发生了什么事情,他不知道。从妈妈短短的一番话中,他明白了,顿河上所有的村庄里都暴动起来了,施托克曼、伊万·阿列克塞耶维奇、达维德卡和几个民警都逃走了,菲里加和季莫菲昨天中午就在广场上被打死了。

"走吧!在家里他们会找到你的……"

妈妈哭着,但是她那充满忧愁的声音是果断的。米沙多少年以来第一次哭了起来,像小孩子一样抽搭着,嘴里还冒着泡儿。后来就备上那匹正在奶马驹的骒马,也就是他当马倌时骑的那匹骒马,牵到场院上去,小马驹和米沙的妈妈都在后面跟着。妈妈扶米沙上了马,画了一个十字。骒马很不情愿地朝前走去,咴儿咴儿地叫了两次,呼唤小马驹儿。两次都叫得米沙的心往下掉,好像滚到了下面什么地方。但是他平平安安地上了山冈,就顺着将军大道,朝东方,朝着大熊河河口方向,飞跑起来。夜色漆黑漆黑的,正是月黑逃亡夜。骒马一个劲儿地嘶叫,害怕把小马驹儿丢掉。米沙咬着牙,用缰绳头儿抽着骒马的耳朵,时不时地停下来听听,后面或前面是不是有马的奔跑声,马的嘶叫声是不是引起什么人注意。但是周围死沉沉的,静得出奇。米沙只听见,小马驹儿利用停下来的机会,趴在母马那黑黑的乳房上,后腿撑在雪地上,吃起奶来,不住地吧哒着嘴巴,米沙并且从马背上感觉出小马驹儿一口一口地在吸奶。

二十八

在堆马粪坯的棚屋里,闻到的是浓浓的干牲口粪气味、霉烂的麦秸气味、吃剩的干草气味。白天,灰灰的亮光从蒲草棚顶透进来。有时候太阳像穿过筛子那样,穿过树枝编的小门照进来。夜里一团漆黑。老鼠吱吱声。一片寂静……

女主人每天晚上偷偷地给格里高力送一次吃的东西。他身边干马粪上还放着一瓦罐水。一切都过得去。只是烟丝抽完了。格里高力头一天瘾得十分难受,因为实在受不住,第二天一早他就在地上摸索了一阵子,弄到一把干马粪,放在掌心里捻碎了,抽了起来。晚上主人叫老婆送来两张从福音书上撕下来的破纸、一盒火柴和一把混合烟:干木樨和未成熟的自种烟“酒白克”的根。格里高力高兴极了,拼命抽了一阵子,都抽得恶心起来,并且头一次躺在高高低低的粪堆上,把头蒙在衣襟里,就像鸟儿把头藏在翅膀底下那样,美美地睡了一夜。

清晨,主人把他叫醒了。主人跑进来,尖声叫道:

“还在睡呀?快起来吧!顿河闹起来啦!……”他响亮地大笑起来。

格里高力一下子从粪堆上跳下来。垒得方方正正的粪块堆像雪崩一样,跟着他哗啦啦地塌了下来。

“出了什么事儿?”

“叶兰乡和维奥申乡咱们这一边的人都起来啦。佛明和整个政府都从维奥申逃到陶根去啦。好像嘉桑乡、叔米林乡、米古林乡都闹起来啦。你明白是怎么一回事情了吧?”

格里高力额头和脖子上的青筋都鼓了起来,瞳人里冒出绿莹莹的火焰。他掩藏不住自己的喜悦:喉咙哆嗦着,黑黑的手指头毫无目的地来来回回摸索着军大衣的扣子。

"你们村子里呢？怎么样？有什么动静？"

"什么也没有听说。我看见主席啦，他笑着说：'我反正都是一样，对什么样的神祷告都行，只要是神。'你快从窝儿里爬出来吧。"

他们朝屋里走去。格里高力跨着老大的步子。主人紧跟在他的身旁，对他讲着：

"在叶兰乡，打头儿起事的是红土崖村。前天叶兰镇上有二十个共产党员上柯里夫村和普列沙柯夫村去逮哥萨克，可是红土崖村的人听说这件事，就开了一个会，做出决定：'咱们要忍受到什么时候？现在抓咱们的老头子，底下就轮到咱们啦。咱们骑上马，去把被捕的人夺回来。'集合了十五个人，都是一些勇猛的小伙子。由一个姓阿特兰诺夫的、打过仗的哥萨克率领着。他们只有两支步枪，有的就拿马刀，有的就拿长矛，还有人拿叉子。他们过了顿河，来到普列沙柯夫村里。共产党员们正在梅里尼柯夫家院子里休息。红土崖村的人就列成阵势骑马朝院子冲去，但是那院子围着石头院墙。他们冲了一下子，就往后跑啦。共产党员们打死了他们一个人，愿他在天堂安息。共产党员们在后面撵着打了一阵枪，他就落了马，倒在篱笆上。普列沙柯夫村的哥萨克把他抬到官马厩里。这位好汉的马鞭子在手里都冻住啦……用劲扯才扯了出来。这时候，苏维埃政权也完蛋啦，狗日的！……"

格里高力在屋子里狼吞虎咽地把剩下来的早饭都吃光了，便同主人一起来到街上。在胡同口上，哥萨克们一堆一堆的，就像过年过节一样。格里高力和主人走到其中一堆人跟前。哥萨克们把手举到帽檐上，很客气地答礼，一面带着好奇和等待的神情打量着格里高力这个陌生人。

"诸位街坊，这是自己人！你们别见外。鞑靼村麦列霍夫一家，你们听说过吗？这就是潘捷莱的小儿子格里高力。他是怕枪毙，来我家里避难的。"主人很自豪地说。

一开口谈话，就有一个哥萨克讲起列舍托夫村、杜布洛夫村和黑村的哥萨克怎样把佛明赶出维奥申的情形，但是这时候，紧靠着陡峭的白色山坡的街头上出现了两个骑马的人。他们顺着大街跑来，在每一堆哥萨克跟前都停一停，转过马头，挥舞着双手，不知在叫喊什么。格里高力急切地等待着他们走近。

"这不是咱们大鱼村的人……不知这是从哪儿来的报信的。"那个哥萨克一面凝神望着，一面说，并且不再讲进攻维奥申的事了。

两个骑马的人过了附近的胡同口，来到跟前。前面的一个老头子，披着棉袄，没有戴帽子，一张脸汗津津的、红红的，灰白的鬈发披散在额头上，他非常刚健地把马勒住；身子拼命向后仰着，把右手伸到前面。

"哥萨克们，你们为什么像老娘们儿一样，站在胡同口上呀?!"他用哭腔喊道。痛恨的泪水使他的嗓子都嘶哑了，红红的两腮激动得直打哆嗦。

他骑的是一匹没有生过驹的四岁口的很漂亮的骒马，全身枣红色，白鼻子，粗尾巴，四条腿瘦劲劲的，就像用钢铁铸的。那马又打响鼻，又咬嚼子，蹲下去，又直立起来，要求放松缰绳，好让它重新龙腾虎跃地奔跑，让风重新吹弯它的耳朵，吹得鬃毛嗖嗖价响，让冻得冬冬响的大地在它那光溜溜的蹄下重新发出呻吟声。骒马那薄薄的皮肤底下，每一条筋、每一条血管都在腾腾跳动。脖子上一条条圆滚滚的肌肉不住地在蠕动，闪闪有光的粉红色鼻孔不住地在哆嗦，那鼓鼓的、红宝石一般的眼睛，转悠着血红的眼珠子，带着恳求和凶狠的神情斜看着主人。

"静静的顿河的子孙们，你们为什么不动啊?!"那个老头子把目光从格里高力身上移到其余的人身上，又叫喊道。"他们在枪杀你们的父老，抢夺你们的财产，那些像犹大一样的政治委员在辱骂你们的教门，你们还有心思嗑葵花子，到游戏场上闲逛吗？你们等着他们拿套索来勒你们的脖子吗？你们天天拉着老娘们儿的裙子，要拉到什么时候？整个叶兰乡，老老少少都起来啦。整个维奥申乡，把红党都打跑啦……可是你们大鱼村的哥萨克动都不动！你们的性命就不值钱吗？你们身上流的不是哥萨克的血，是庄稼佬的克瓦斯吗？干起来吧！拿起枪来！柯里夫村派我们上各村来发动。哥萨克们，上马干吧，不要怠慢!"他那两只疯狂的眼睛碰到了一个熟识的老头子的脸，他十分气忿地叫道："谢苗·贺里斯托佛洛维奇，你怎么也站在这儿？红军在菲洛诺沃杀死了你的儿子，你也想躲在炕头上吗?!"

格里高力没有把话听完，就朝院子里奔去。他飞跑着从棚屋里拉出自己藏起来的马；他从马粪堆里抠出马鞍子，抠得指甲都出了血，他像疯子一样，骑上马飞跑出大门。

"我走啦！多谢啦!"他急急忙忙对着朝门口走来的主人喊了两声，就朝鞍头上一趴，身子贴在马脖子上，沿街荡起一股旋风似的白茫茫的雪雾，用鞭抽打着马的两肋，叫马使足了劲儿跑起来。他身后的雪雾一团一团地落下，马镫在脚底下直打滑，麻木的两腿在鞍边上擦来擦去。马蹄在马镫下面急匆匆地哒哒响着。他感到非常高兴，高兴得不得了，感到有一股很大的力量和决心，以至于嗓子眼儿里不由自主地发出尖尖的咝咝声和咻咻声。他心中压抑着和隐藏着的感情一下子解放了。看样子，从现在起，他该走的路是清清楚楚的了，就像月亮照耀着

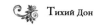

的大道。

几天来他像野兽一样藏在马粪棚子里，像野兽一样谛听着外面的每一个声音和动静，这样痛苦难熬地过了几天，他的主意完全拿定了，一切都考虑好了。过去那些寻找真理、动摇、转变和内心痛苦斗争的日子，好像他从来不曾有过。

那些日子像云彩影子一样过去了，现在他觉得那些探索是白费心思，没有一点意思。有什么好想的呢？为什么自己的心要像一只被围捕的狼那样，为了寻找出路，解决矛盾，老是撞来撞去？世上的事本来是很好笑、很简单的。现在他觉得，世上根本就没有对任何人都适用的道理，于是他无比恼恨地想：各人有各人的道理，各人有各人的路嘛。为了一块面包，为了一块土地，为了活下去，人和人一直在你争我夺，而且只要还有太阳照耀着，只要人的血管里还流着热血，还要一直争夺下去。应当和那些想要人的命、不叫人活下去的人拼了；要坚决地拼，不能摇来摆去，而深仇大恨和决心也都是斗争斗出来的。只是不能叫爱情受束缚，要想爱谁就爱谁，想怎样爱就怎样爱——那就好了。

哥萨克不能和俄罗斯没有土地的庄稼佬走一条路，不能和工厂工人走一条路。要和他们拼个你死我活。要把哥萨克用鲜血浇灌的、肥沃的顿河土地从他们脚底下夺回来。要像驱逐鞑靼人那样，把他们从顿河土地上赶出去！要拿下莫斯科，叫他们降服！狭路相逢是不能让路的，不是我打倒你，就是你打倒我，反正一定要打。已经试验过啦：把一团一团的红军放到顿河土地上来，结果又怎样呢？现在就是要拿起刀来！

格里高力骑着马在白茫茫的顿河河面上跑着，心里一直怀着盲目的仇恨这样想着。有一会儿他心里发生了矛盾："这是财主和穷人的斗争呀，不是哥萨克和俄罗斯的斗争……米沙·柯晒沃依和科特里亚洛夫也是哥萨克嘛，可是他们从里到外都是红党……"但是他狠了狠心，赶走了这些念头。

已经可以看见鞑靼村了。格里高力扯了扯缰绳，让满身汗沫的马换成小跑。到了村口，又把马一夹，那马用胸膛撞开便门，跑进院子。

二十九

黎明时候，狼狈不堪的柯晒沃依进了大霍派尔河口乡的一个村子。第四后阿穆尔团的岗哨把他拦住。两名红军战士把他带到了团部。一位参谋很不信任地把他盘问了老半天，打算问出一些破绽，提出许多问题，例如："你们那儿的革命军事委员会主席是谁？为什么没带证明？"以及诸如此类的问题。米沙已经不耐烦答复这些混账问题了。

"同志，你别折腾我啦！哥萨克盘查得还要厉害些，可是也没有得到什么结果。"

他撩起衬衣，亮出被叉子刺伤的肋部和小肚子。他已经想用厉害话来吓唬吓唬这位参谋了，但就在这时候，施托克曼走了进来。

"你这浪荡子！鬼东西！"他用两手抓住米沙的脊梁，粗声粗气地说。"你怎么，同志，盘问起他来啦？这是咱们的小伙子呀！你可是真够糊涂！你派个人去叫我，或者叫科特里亚洛夫同志来，就行嘛，什么都不用问啦……咱们走吧，米沙！你怎么活下来啦？你要给我说说，你是怎么活下来的。我们已经把你从活人名单上除名啦。我们以为，你已经英勇牺牲啦。"

米沙想起哥萨克把他捉住的情形，想起自己毫无戒备，把步枪放在爬犁上，心里很难受，脸红得流出了眼泪。

三十

格里高力回到鞑靼村的那一天,村里已经成立了两个哥萨克连。村民大会上决定,要把所有能拿起武器的人,从十六岁到七十岁,都动员起来。许多人觉得目前这种局面是靠不住的:北面是已经在布尔什维克手下的、敌方的沃罗涅日省和红色的霍派尔州;南面是战线,战线一转,就会以排山倒海之势把叛乱的哥萨克碾碎。有些特别小心谨慎的哥萨克不愿拿起枪来干,但是强迫他们干。司捷潘·阿司塔霍夫就坚决不愿干。

"我不去。你们把马牵去吧,随你们对我怎样好啦,拿枪打仗我是不干的!"早晨格里高力、贺里散福和安尼凯来家里找他,他这样声明说。

"你为什么不愿干?"格里高力翕动着鼻孔,问道。

"不愿干就是不愿干呗!"

"如果红军来攻咱们的村子,你怎么办? 是跟我们走呢,还是留下来?"

司捷潘用闪闪放光的眼睛看了格里高力,又看阿克西妮亚,凝神看了半天,沉默了一阵子,然后才回答说:

"到那时候再看……"

"要是这样,给我出去! 贺里散福,把他抓起来! 我们马上把你毙了!"格里高力不去看靠在锅台上的阿克西妮亚,抓住司捷潘的军便服袖子,把他拉到自己跟前。"咱们走,没什么好啰嗦的!"

"格里高力,别胡闹……放开!"司捷潘脸色煞白,轻轻地挣着。

阴沉下脸的贺里散福从后面把他抱住,嘟哝说:

"你要是有这种心思,那咱们就走吧。"

"弟兄们! ……"

"我们不是你的弟兄！走吧，别啰嗦！"

"放开我，我参加连队好啦。我刚害过伤寒，没有力气呀……"

格里高力似笑非笑地笑了笑，松开司捷潘的军便服袖子。

"你去领枪吧！早这样就好啦！"

他把军大衣一掩，没有打招呼就走了出去。贺里散福并没有因为刚才的事感到不好意思，向司捷潘要了些烟丝卷烟卷儿，还坐了半天，说了半天话儿，好像他们之间什么事也不曾有过似的。

傍晚时候，从维奥申镇上运来两车武器：八十四支步枪和一百多把大刀。许多人拿出自己收藏起来的武器。村子里共出兵员二百一十一名。其中一百五十名骑兵，其余的是步兵。

各处暴动的人还没有统一的组织。各个村庄都是单独活动：各自成立连队，在大会上选举勇敢善战的人任连排长，不问军衔，只看战功；暂时都没有外出作战，只是和周围的村庄联络联络，派骑兵侦察队在附近巡逻巡逻。

在格里高力回来以前，鞑靼村就又像一九一八年那样，选举彼特罗·麦列霍夫担任了骑兵连连长。担任步兵连连长的是拉推舍夫。炮兵们由伊凡·托米林领着上巴兹基去了。那里有红军扔下的一门残缺不全的大炮，瞄准镜没有了，轮子也坏了。炮兵们就是去修这门炮的。

这二百一十一人使用的武器，就是从维奥申运来的和在村子里搜集到的一百零八支步枪、一百四十把马刀和十四支猎枪。潘捷莱·普罗柯菲耶维奇也和其他一些老头子一起，从莫霍夫家的地窖里出来了，他把那挺机枪挖了出来。但是却没有子弹带，所以连队并没有使用这挺机枪。

第二天傍晚时候得到消息，说是有一支红军清剿队，有三百支枪、七门大炮、十二挺机枪，由李哈乔夫率领着，从卡耳根镇出发，前来镇压暴动了。彼特罗决定往陶根村方向派出一支强大的侦察队，同时通知了维奥申。

侦察队在黄昏时候出发。这支三十二人的侦察队由格里高力·麦列霍夫率领着。他们出了村子就飞跑起来，一直这样几乎飞跑到陶根村边。在离村两俄里的地方，大道旁边有一道不很深的沟，格里高力叫大家在这里下了马，在沟里散了开来。看守马匹的人把马牵到洼地里去。洼地里的雪很深。马往洼地里走，肚子都擦到松软的雪上；有一匹公马，因为春情萌动，又咴儿咴儿直叫，又尥蹶子。只好派一个人单独看住这匹马。

格里高力派安尼凯、马尔丁·沙米尔和普罗霍尔·泽柯夫他们三个到村子里去察看。他们让马小步走着。陶根村边的树林在山坡下隐隐地泛着青色，像一条粗粗的曲线似的向东南方伸去。夜色渐渐浓了。草原上罩着低低的云彩。哥萨克们一声不响地坐在沟里。格里高力看着三个骑马的身影朝坡下走去,渐渐和黑黑的道路融合到一起。已经看不见马匹了,只有骑马人的脑袋在晃悠了。后来连人的脑袋也看不见了。过了一小会儿,那儿就哒哒地响起了机枪。然后又有一挺机枪响了起来,声音更高些,看样子是一挺手提机枪。手提机枪打完一梭子,就不响了,可是先前那一挺喘了一口气之后,又很快地打了一梭子。子弹像飞蝗一样在土沟上面,在夜色苍茫的高处飞着。乱飞乱叫的子弹声使人振奋,那声音又快活又尖细。三匹马使足了劲儿跑了回来。

"碰上岗哨啦!"普罗霍尔·泽柯夫老远就喊道。冬冬的马蹄声淹没了他的喊声。

"把马准备好!"格里高力发出命令。

他像跳出战壕那样,一下子跳到沟沿上,也不顾那吱吱地往雪地里直钻的流弹,迎着飞跑而来的三匹马走去。

"没看见什么吗?"

"听见那儿有动静。从声音上听出来,他们人很多。"安尼凯气喘吁吁地说。

安尼凯从马上跳下来,一只靴子的靴尖卡在马镫里出不来,他骂了一声,一只脚跳着,用手扳住马镫,把脚抽了出来。

趁格里高力向他问话的时候,有八个哥萨克从沟里出来,跑到洼地里;找到自己的马,骑上马就跑回家了。

"明天把他们毙了。"格里高力听着开小差的人那越来越远的马蹄声,小声说。

留在沟里的哥萨克又坐了有一个钟头,小心翼翼地保持着肃静,仔细听着。终于有人听见了马蹄声。

"有人骑马从陶根村那边来啦……"

"是侦察队!"

"不会的!"

大家小声交谈着。探出头去看了看,可是夜色漆黑漆黑的,什么都看不见。还是菲多特·包多甫斯柯夫那加尔梅克式的眼睛最先看清楚了。

"来啦。"他一面摘步枪,一面很有把握地说。

他背枪的样子很特别:皮带像十字架的带子那样挂在脖子上,步枪在胸前斜斜地耷拉着。他走路或者骑马,总是把两手放在枪筒子和枪托子上,就像老娘们儿抱着扁担。

有十来个骑马的人，一声不响地、不成队形地顺着大路走来。有一个身穿皮袄、样子很威武的人走在最前面，离大家有半匹马的样子。他那匹长身子、短尾巴的马步伐矫健、昂首挺胸地走着。格里高力在低处往上看，又有灰灰的天空作衬托，所以能清清楚楚地看到马的轮廓、人的身影，甚至还看清了最前面那个人头上戴的平顶库班式皮帽。骑马的人离沟只有十来丈远了；他们离哥萨克们这样近，似乎应该听见哥萨克们呼哧呼哧的喘气声和不住的心跳声了。

格里高力事先就下过命令，没有他的口令，不许开枪。他就像一个埋伏起来的猎人，在细心而慎重地等待着时机。他已经有成谋在胸：对他们大喝一声，等他们吓得乱成一团，就开枪。

大路上的雪清脆地咯吱咯吱响着。马蹄下面迸起黄黄的火星；大概是马掌在光溜溜的石头上滑了一下。

"什么人？"

格里高力像猫一样，十分轻捷地从沟里跳了出来，站直了身子。哥萨克们也跟着他刷刷地从沟里跳了出来。

情形完全不像格里高力所料想的那样。

"你们想找什么人？"最前面的那个人，连一点害怕或惊讶的影子也没有，用沉厚而沙哑的嗓门儿问道。那人掉转马头，冲着格里高力走来。

"你是什么人?！"格里高力没有动地方，悄悄地弯着胳膊把手枪举起来，厉声喝道。

仍旧是那个沉厚的声音愤怒地大声喝道：

"谁叫你在这儿大嚷大叫？ 我是清剿队队长！ 受红军第八军司令部委派，前来镇压暴动！ 你们的首长是哪一个？ 把他给我叫来！"

"我就是！"

"是你吗？ 噢——噢……"

格里高力看见那人举起来的手里有一样黑黑的东西，就赶在枪响之前趴了下去；一面跌倒，一面喊叫：

"开火！"

勃朗宁手枪打出的一粒钝头子弹嗖的一声从格里高力头上飞了过去。两边都纷纷开火了。包多甫斯柯夫紧紧抓住毫不畏惧的清剿队长的马缰绳。格里高力隔着包多甫斯柯夫，探过身子，抓住那人的胳膊，用刀背照着库班帽砍了一刀，便把他那高大的身子拉下马来。这一场交手战两分钟就结束了。两名红军被打死，三名逃掉了，其余的都缴了枪。

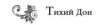

格里高力用手枪对着被俘的戴库班帽的队长的打破了的嘴,简单地审问了一下:

"坏蛋,姓什么?"

"李哈乔夫。"

"你凭什么敢带着九个人出来? 你以为,哥萨克会下跪,会向你求饶吗?"

"你们杀死我好啦!"

"现在还不慌着杀你,"格里高力安慰他说,"证件在哪儿?"

"在挂包里。拿去吧,土匪! ……坏蛋!"

格里高力不去理会他的咒骂,亲自把李哈乔夫身上搜了一遍,从他的皮袄口袋里又搜出一支勃朗宁手枪,把他的匣子枪和军用挂包都摘了下来。在旁边的口袋里还搜出一个用彩色兽皮做成的小包,里面装着文件和烟盒。

李哈乔夫一个劲儿地在骂,疼得直哼哼。他的右肩被打穿了,格里高力的马刀又砍得他的脑袋够戗。他的个头儿很高,比格里高力还高,又很粗大,看样子很有力气。在他那刮得光光的、黑黑的脸上,两道又短又宽的黑眉毛像张开的爪子似的威风凛凛地分列在鼻梁的两边。嘴大大的,下巴方方的。他穿的是带褶儿的皮袄,戴的是黑色库班皮帽,皮帽被刀背砍坏了,皮袄里面还整整齐齐地穿着绿制服和肥大的马裤。但是两只脚很小,很秀气,穿着一双很漂亮的漆皮靴子。

"委员,把皮袄脱下来吧!"格里高力命令说。"你够胖的,吃哥萨克的粮食吃肥啦,大概不会冻死的!"

用皮带和缰绳捆住俘虏们的两手,让他们骑在自己的马上。

"跟我走!"格里高力摸了摸挂在自己身上的李哈乔夫的匣子枪,命令说。

他们在巴兹基村过夜。李哈乔夫躺在灶旁地上一张草垫子上,翻来覆去,不住地咬着牙,哼哼着。格里高力就着灯光给他洗了洗肩上的伤口,包扎了一下。但是问他话,他还是不回答。格里高力在桌边坐了老半天,仔细看了李哈乔夫的委任书、逃走的革命军事法庭移交给李哈乔夫的维奥申乡反革命哥萨克的名单、日记本、书信、地图上的一些记号。偶尔地看看李哈乔夫,和他交换一下像刀子一样的目光。在这座房子里过夜的哥萨克一夜都没有睡好,有时出去看马,有时在过道里抽烟,有时就躺着说话儿。

格里高力在天快亮时迷迷糊糊睡着了,但是很快就醒来,从桌上抬起沉甸甸的脑袋。李哈乔夫坐在草垫子上,用牙齿在撕绷带。他用通红的、恶狠狠的眼睛看了格里高力一眼。他的一嘴白牙就像一个人要死时那样,很痛苦地龇露着,眼睛里也露出临死时的烦恼神情,格里高力一看到这种神情,睡意一下子就没有了。

"你想干什么?"他问道。

"叫你……称称心吧! 我想死!"李哈乔夫大叫了两声,脸色煞白煞白的,一头栽到草垫子上。

这一夜他喝了有半桶水。直到天亮,他的眼睛合都没合过。

第二天早晨,格里高力派人带着一份简短的报告和搜到的一切文件,用大车把李哈乔夫送往维奥申。

🌸 三十一

大车由两个骑马的哥萨克押送着,来到维奥申镇,很快就到了执行委员会的红砖房跟前。李哈乔夫半躺在大车后面,用手扶着吊在血糊糊的绷带上的那条胳膊,站起身来。两个哥萨克下了马,带着他朝房子里走去。

有半连的哥萨克密密层层地拥挤在联合暴动军临时司令苏亚洛夫的办公室里,李哈乔夫用手护着胳膊,挤到桌子跟前。苏亚洛夫正坐在桌边。他的个头儿小小的,样子极其平常,只有那眯得细细的黄眼睛显得特别阴险狡诈。他挺和气地看了李哈乔夫一眼,问道:

"把老弟送来啦? 你就是李哈乔夫吗?"

"我就是。这是我的证件。"李哈乔夫把捆成小口袋一样的皮包扔到桌子上,凌厉逼人地看了苏亚洛夫一眼。"很遗憾,我没有完成任务,没有把你们这些坏家伙消灭! 但是苏维埃俄罗斯会收拾你们的。请把我枪毙吧。"

他耸了耸打穿的肩膀,扬了扬宽宽的眉毛。

"不会的,李哈乔夫同志! 我们就是反对枪毙人才起义的。我们可不像你们,我们不枪毙人,我们要治治你的毛病,也许,你对我们还有用处呢。"苏亚洛夫温和地、但是不住地眨巴着眼睛说。"闲人都出去。喂,快点儿!"

只有列舍托夫村、柴尔诺夫村、乌沙柯夫村和维奥申镇的连长留了下来。他们都靠着桌子坐下来。有人用脚推给李哈乔夫一个凳子,但是李哈乔夫没有坐。他靠在墙上,从他们的头上望着窗外。

"这样吧,李哈乔夫,"苏亚洛夫和连长们对看了一眼,开口说,"请你告诉我们:你的队伍有多少人马?"

"不告诉你们。"

"你不说吗? 这不必要。我们可以从你的文件上看出来,或者从你手下的红军嘴里问出来,我们还想请你(苏亚洛夫加重口气说出这个'请'字)办一件事:给你的队伍写一封信,叫他们上维奥申来。咱们用不着打仗。我们不反对苏维埃政权,我们反对的是共产党员和犹太佬。我们把你的队伍解除武装,叫他们各自回家去。我们也要把你放了,总而言之,请你告诉他们,我们也都是干活儿的人,叫他们别怕我们,我们不反对苏维埃……"

李哈乔夫一口唾沫落在苏亚洛夫的灰白色胡子尖上。苏亚洛夫用袖子擦了擦胡子,脸红了一阵子。有的连长笑了笑,但是没有人出来维护司令官的体面。

"你对我们太不客气啦,李哈乔夫同志!"苏亚洛夫已经是很明显地装腔作势地说。"过去当官的瞧不起我们,对我们吐唾沫,你是共产党员,也吐起唾沫来啦。你们还一个劲儿地说是为了人民呢……喂,那儿有人吗? ……把这位委员带走。明天我们把你送到嘉桑去。"

"要不要再考虑考虑?"有一个连长厉声问道。

李哈乔夫拉了拉披在身上的制服上衣,就朝站在门口的押送兵走去。

没有枪毙他。因为暴动者打的旗号就是反对"枪毙人和抢劫"……第二天,就把他送嘉桑镇。他在押送兵前面走着,轻轻地踩着积雪,皱着又短又宽的两道眉毛。但是到了树林里,从一棵灰白色的小桦树旁边走过时,他高高兴兴地笑了,站下来,往上探了探身子,用那只未受伤的手折下一根树枝来。树枝上那褐色的芽儿已经灌足了三月的甜汁;那种淡淡的、隐隐约约的香气预示着春天的繁荣,预示着太阳转回后生命又要开始。李哈乔夫把饱鼓鼓的芽儿放进嘴里,轻轻嚼着,用泪水模糊了的眼睛望着摆脱了严寒、露出光泽的树木,刮得光光的嘴角上露出了笑意。

他死了,嘴唇上还带着黑黑的嫩芽的碎瓣儿:在离维奥申七俄里的地方,在一片荒凉的、起伏不平的沙地上,几个押送的哥萨克惨无人道地把他砍死了。先是活活地挖掉了他的眼睛，砍掉胳膊，割下耳朵和鼻子，又在他的脸上来来回回划了几刀。他们解开裤子，一面叫骂，一面对着他那高大、英武、健美的身子撒起尿来。他们对着血肉模糊的躯体骂够了，然后一个哥萨克踩住轻轻哆嗦的胸膛，踩住仰面倒在地上的身躯，斜砍一刀，把头割了下来。

三十二

　　像洪水泛滥一样的暴动的消息，从顿河彼岸，从顿河上游，从四面八方传来。暴动起来的已经不仅是两个乡了。叔米林乡、嘉桑乡、米古林乡、麦什柯夫乡、维奥申乡、叶兰乡、霍派尔河口乡都很快地拉起队伍，暴动起来了；卡耳根乡、博柯夫乡和克拉斯诺库特乡都很鲜明地站到暴动者方面。暴动有可能扩展到附近的大熊河河口州和霍派尔州去。布堪诺夫乡、司拉舍夫乡和菲多谢耶夫乡也都在酝酿暴动；靠近维奥申乡的阿列克塞耶夫乡的一些村庄也很不安定……维奥申原是本州的首镇，因而也就成了暴动的中心。经过很长时间的争论和协商，决定保留原有的政权形式。选举出州执行委员会，当选的都是很有威望的哥萨克，其中多数是年轻人。担任主席的是炮兵部队的一个姓丹尼洛夫的官员。各乡各村都成立了苏维埃，而且说也奇怪，"同志"这种称呼，原来是当做骂人话的，现在也保留了下来。并且喊出了蛊惑性的口号："拥护苏维埃政权，但是反对共产党，反对枪杀和抢劫。"因此暴动者帽子上镶的就不是一道白绦或白箍，而是两道：红白交叉……

　　二十八岁的年轻少尉库金诺夫·巴维尔，接替苏亚洛夫，担任了联合暴动军司令。他得过所有四个等级的十字章，能说会道，精明能干。他性格十分脆弱，在这种风雨飘摇的时代，来掌管一个暴动的州，本来是很不合适的，但是哥萨克们却都很喜欢他的随便和态度和气。而最主要的是，库金诺夫深深扎根于他所出身的哥萨克群众之中,不自高自大,在他身上也看不到许多飞黄腾达的人常有的那种军官架子。他的衣着很朴素,留着长长的、剪成圆圈形的头发,身子微微向前弯,说起话来很快。鼻子长长的,脸瘦瘦的,是一张庄稼汉的脸,毫无惊人之处。

又选举萨方诺夫·伊里亚上尉担任参谋长,之所以选举他,只是因为,他这个小伙子胆子很小,但是写得一手好字,很有学问。在会上选举他时,有人是这样说的:

"叫萨方诺夫在参谋部里干干吧。他带兵打仗不行。他要是带兵,损失就大,保不住哥萨克,连自身也难保。叫他带兵打仗,就好比叫茨冈人当神甫。"

小个子、圆脑袋的萨方诺夫,听到这样的议论,嘴角在他那白了尖儿的黄胡子底下暗暗高兴地笑了笑,欣然同意担任参谋长的职务。

然而库金诺夫和萨方诺夫只是形式上的领导,而事情都是各个哥萨克连自动干的。在指挥方面,他们束手无策,而且,掌握这样众多的人马,还要跟上瞬息万变的局势,也不是他们能够胜任的。

第四后阿穆尔骑兵团,连同加入了这个团的霍派尔河口乡、叶兰乡以及一部分维奥申乡的布尔什维克,边打边前进,通过了许多村庄,跨过了叶兰乡的边界,经过草原,顺着顿河向西推进。

三月五日,一名哥萨克带着一份报告飞马来到鞑靼村。叶兰乡的人十万火急地请求支援。他们没有子弹,没有枪支,几乎是毫无抵抗地在败退。回答他们的稀稀拉拉的枪声的,是后阿穆尔团那暴雨般的机枪火力,还有两个炮兵连的大炮轰击。在这种情势下,已经来不及等待州里的指示了。于是彼特罗·麦列霍夫决定带着自己的两个连出发。

他同时担任了指挥附近几个村庄的另外四个连的任务。清晨,他率领哥萨克们来到一处高地上。照例先是前哨发生了零零星星的接触。到后来战斗才展开。

离开鞑靼村八俄里,来到这块叫红坡的地方,过去格里高力同妻子一起在这里耕过地,他就是在这里第一次坦率地对娜塔莉亚承认他不爱她——在这个晦暗的冬日里,几支哥萨克连队就在这里的雪地上,在几条深沟边下了马,列成阵势,看守马匹的人把马牵到隐蔽的洼地里。红军成三条散兵线从下面一片宽阔的盆地里往上冲来。一片白茫茫的盆地里布满了黑黑的人点子。散兵线后面还有车辆,还有骑兵闪来闪去。哥萨克离敌人还有两俄里,都在不慌不忙地准备迎战。

彼特罗骑着自己那匹养得肥肥的、微微有点儿冒汗的马,从已经散开的叶兰乡那几个连的阵地上,跑到格里高力这边来。他很快活,很兴奋。

"弟兄们,要节省子弹,等我发口令,再开枪……格里高力,把你那半个连往左边移动一百五十丈。麻利点儿! 看守马匹的弟兄别堆成一堆!"他又发了几道最后的命令,便掏出望远镜来。"好像他们把炮兵连安在马特维耶夫冈上啦?"

"我早就发现啦:肉眼都能看得见嘛。"

格里高力从他的手里接过望远镜,仔细看了看。在那座四面临风的土冈后面,还有黑黑的车辆,闪动着小小的人影。

鞑靼村的步兵,也就是骑兵戏称的"爬行兵",不理会那不许堆成一堆的严厉命令,还是凑成一堆一堆的,分子弹,抽烟,互相开玩笑。比别人高出一个头的贺里散福的皮帽子到处晃悠着(他因为没有了马,所以成了步兵),潘捷莱·普罗柯菲耶维奇的三耳皮帽红得耀眼。步兵中多数是老头子和半大小伙子。一片没有砍掉的向日葵地的右边,一里半远处,是叶兰乡的哥萨克。他们的四个连队有六百人,但是几乎有二百人在看守马匹。也就是有三分之一的人跟马一起躲藏在山沟的慢坡上了。

"彼特罗·潘捷莱维奇!"步队里有人喊道。"你注意,打起仗来可别把我们这些步兵扔掉!"

"你们放心好啦! 不会扔掉你们。"彼特罗笑着说;他望着缓缓朝高地上移动的红军散兵线,不自觉地玩弄起鞭子。

"彼特罗,到这儿来。"格里高力离开阵地,走到一边,喊道。

彼特罗走了过来。格里高力皱着眉头,带着很不以为然的神情说:

"我看不中这块阵地。应该撒开这几条沟。要不然他们从侧翼包抄咱们,那咱们就糟啦。嗯?"

"你胡扯什么!"彼特罗不耐烦地把手一摆。"他们怎么能包抄咱们? 我还留一个连做后备,而且,万一有什么情况,这沟还可以作掩护呢。这沟没有什么坏处。"

"小心点儿吧,伙计!"格里高力用警告的口气说,并且一再用眼睛迅速地打量着地势。

他走到自己的阵地上,打量了一下哥萨克们。很多人的手上已经没有手套了。因为心里着急,把手套脱掉了。有人急得难受:一会儿摸摸马刀,一会儿紧紧腰带。

"咱们的指挥官下马啦。"菲多特·包多甫斯柯夫笑着说,并且带着取笑的神气对着大摇大摆朝阵地走来的彼特罗微微点了点头。

"喂,你这个普拉托夫将军!"只带一把马刀的一条胳膊的阿列克塞·沙米尔放开嗓门儿哈哈大笑起来。"你下命令拿酒犒劳犒劳顿河弟兄们吧!"

"住嘴吧,酒鬼!要是红军砍掉你另一条胳膊,看你用什么往嘴上端!那就得就着猪食盆喝啦。"

"得啦,得啦!"

"喝了酒,才容易送命呢!"司捷潘·阿司塔霍夫叹着气说,并且抬起接着刀把子的那只手,捻起淡褐色的小胡子。

大家在阵地上说着这时候最不该说的话。直到马特维耶夫冈后面的大炮轰隆轰隆地响了起来,说话声才一下子停了。

浓厚而沉重的声音像圆球似的从炮口里冲出来,跟清脆、刺耳的爆炸声混到一起后,就像那白色烟团一样,在草原上老半天才消散掉。炮弹打近了,在离哥萨克阵地半俄里的地方爆炸了。黑烟夹杂着银光闪闪的雪粉,在田野上慢慢盘旋了一阵子,就落了下来,铺展开来,贴到荒草上。红军阵地上有几挺机枪一下子响了起来。机枪哒哒地响着,就像守夜更夫的梆子声。哥萨克卧倒在雪地上、草丛里、割掉了头儿的葵花地里。

"这烟好黑呀!就像用的是德国人的炮弹!"普罗霍尔·泽柯夫回头看着格里高力,喊道。

附近的叶兰乡一个连里发出了哄叫声。风把叫声送了过来:

"米特洛番大哥被打死啦!"

鲁别仁村的红胡子连长伊万诺夫,冒着炮火跑到彼特罗跟前,他擦着额头上的汗,气喘吁吁地说:

"这儿也是雪,那儿也是雪!雪太深啦,连脚都拔不出来!"

"你干什么?"彼特罗皱着眉头,不耐烦地问道。

"麦列霍夫同志,我想出一个主意!你派一个连从下面走,到顿河上去。就从阵地上撤下一个连,派出去。叫他们从下面到村子里去,从那儿绕道去攻打红军的后方。恐怕他们把辎重都扔下啦……哪儿还有人看守辎重?又可以叫他们乱一阵子。"

彼特罗看中了这个"主意",他命令自己的半个连开火,又对直挺挺地站着的拉推舍夫摇了摇手,就摇摇摆摆地走到格里高力跟前。他说清了是怎么一回事儿,就直截了当地命令说:

"你带上半个连。就去抄他们的后路!"

格里高力带着哥萨克离了阵地,在洼地里上了马,飞快地朝村子跑去。

哥萨克们每人打了有两夹子子弹,就停住不打了。红军都卧倒了。机枪不住气地哒哒响着。马尔丁·沙米尔那匹白腿的马被流弹打伤,从看马人的手里挣了出去,狂奔起来,越过鲁别仁村哥萨克的阵地,朝坡下红军的阵地奔去。一排机枪子弹打在马身上,那马高高地撅起屁股,拼足劲儿跳了一下,就栽倒在雪地上。

"打机枪手!"阵地上传着彼特罗的命令。

大家都在瞄准。开枪的只是一些老练的射手,而且也打中了:上柯里夫村一个很不起眼的小个子哥萨克,一枪一个,一连打死了三个机枪手,于是枪筒子里还翻滚着热水的"马克辛"哑了。但是一批新的机枪手接替了阵亡的机枪手。机枪又哒哒响了起来,撒播着死亡的种子。齐射也是接连不断。哥萨克们已经很不好受了,往雪里越钻越深。安尼凯已经贴到土上,还在不住地出洋相。他的子弹打光了(他那生了绿锈的弹夹子里总共只有五发子弹),他偶尔从雪里探出头来,嘴里发出一种声音,很像土拨鼠受惊时发出的尖叫声。

"啊呦呦!……"安尼凯一面学土拨鼠叫,一面带着开玩笑的神气朝阵地上望着。

在他右面的司捷潘·阿司塔霍夫笑得流出了眼泪,在他左面的"小牛皮大王"安季普气得骂了起来:

"算啦,浑蛋!偏要在这种时候开玩笑!"

"啊呦呦!……"安尼凯转过身来朝着他,瞪圆了眼睛,装出很害怕的样子。

红军的炮兵连大概是炮弹不多了:打了三十来发之后,就不打了。彼特罗焦急地朝后面、朝高地的脊上看了看。他已经派两个传令兵到村子里去,叫村子里所有的成年人都带上叉子、长矛、镰刀到高地上来。他想吓唬吓唬红军,也要列成三道散兵线。

不久,密密麻麻的人群就在高地的脊上出现,并且朝坡下拥来。

"瞧吧,黑老鸹出来啦!"

"全村的人都上阵啦。"

"好像还有老娘们儿哩!"

哥萨克们你一句、我一句地叫着,笑着。没有人打枪了。红军那方面也只有两挺机枪在响着,再就是偶尔来一阵齐射。

"真可惜,他们的大炮不响啦。要是朝娘子军开上一炮,那就热闹啦!她们一定会拖着尿湿的裙子往村子里跑!"一条胳膊的阿列克塞开心地说,看样子,他因为没有看到红军朝妇女们打一炮，实在觉得可惜。

人群渐渐走齐了，渐渐散了开去。不一会儿，他们就摆成两道宽宽的散兵线。停了下来。

彼特罗不准他们进入射程以内，不准靠近哥萨克的阵地。不过，单是他们的出现就对红军发生了明显的影响。红军的队伍开始后退，退往盆地的底部。彼特罗同几个连长简单地商量了一下，就把右翼叶兰乡哥萨克的两道散兵线撤下来，让他们骑上马往北，朝顿河上开去，到那里去支援格里高力的袭击。两个连就让红军眼看着在红土沟那边排好队伍，朝顿河开去。

又对着正在后退的红军散兵线打起枪来。

这时候，从妇女、老头子、半大孩子组成的"后备队"里跑出几个大胆的妇女和一群孩子，来到前沿阵地上。妲丽亚也跟着跑来了。

"彼佳，让我对红军放一枪吧！我会使枪嘛。"

她真的拿起了彼特罗的卡宾枪；她跪下一条腿，像男子一样，把枪托子牢牢地抵在胸脯上面窄窄的肩膀上，放了两枪。

"后备队"都冻坏了，又跺脚，又跳，又擤鼻涕。这两道散兵线摇来晃去，就像被风吹的。妇女们的脸和嘴都发了青，寒气毫无礼貌地往肥大的裙子底下直钻。那些衰老的老头子简直冻僵了。其中有很多人，包括格里沙加爷爷在内，都是由别人搀着从村子里爬到这陡峭的土坡上来的。但是来到这四面受风的高地上，冷风一吹，又听到远处的枪声，老头子们的精神倒是振作起来了。他们在阵地上絮絮叨叨地谈起以前的一些战争和战役，又说目前这一次战争很不好，哥哥跟弟弟打仗，老子跟儿子打仗，大炮老远就打起来，远得叫人用肉眼都看不见……

三十三

　　格里高力带领半个连很顺利地袭击了后阿穆尔团的一支辎重队。八名红军全被砍死。缴获了四大车弹药和两匹战马。他这半个连里只损失了一匹战马，还有一个哥萨克受了一点轻微的擦伤。

　　但是就在格里高力满怀胜利的喜悦，大模大样地带着截获的辎重，顺着顿河往回走的时候，高地上的战斗已经接近结束了。后阿穆尔团的一支骑兵连，早在战斗开始之前，就出发去绕远路进行包抄，绕了一个十俄里的大圈子之后，突然出现在高地后面，对看守马匹的人发动了袭击。刹时间乱成了一团。看守马匹的人带着马匹纷纷从红土沟里面飞跑出来，有些哥萨克快步接过了战马，其余的哥萨克头上已经闪烁起后阿穆尔人的刀光。许多没有武器的看守马匹的人放掉了马匹，四散奔逃。步兵队的哥萨克因为怕打到自己人，都不敢开枪，于是就像从口袋里倒出来的豆粒儿似的，纷纷滚进沟里，爬到沟那边，乱跑起来。骑兵队的哥萨克（他们占大多数），凡是抓到战马的，都争先恐后地朝村子里奔走，看"谁的马快"。

　　起初，彼特罗一听见喊叫声，就转过头来，看见有骑兵拉成阵势朝看守马匹的人冲来，就发出口令：

　　"上马！步队！拉推舍夫！翻过沟去！……"

　　但是他没有来得及骑自己的马。他的马是一个叫安得留什卡·别司贺列布诺夫的年轻小伙子看着。安得留什卡正骑着一匹马飞速地朝彼特罗跑来；彼特罗的马和菲多特·包多甫斯柯夫的马都在他的右边并排跑着。但是有一个身穿敞怀的黄色皮夹克的红军斜刺里朝安得留什卡冲过来，抡起刀朝肩膀上砍来，并且大喊了两声：

"你这狗崽子,我宰了你!……"

但是安得留什卡很走运,他的肩膀上背着一支步枪。马刀没有砍到安得留什卡那围着白围巾的脖子,而是砍到了枪筒子上,当啷一声,那马刀从红军手里飞了出去,在空中画了一个老大的弧形。安得留什卡骑的那匹发了性子的马往旁边一闪,狂跑起来。彼特罗的马和包多甫斯柯夫的马也都跟着跑走了……

彼特罗哎呀了一声,呆了一会儿,脸煞白煞白的,一下子满脸都是汗。他往后看了看:有十来个哥萨克正朝他跑来。

"完啦!"包多甫斯柯夫喊道。他吓得脸色都变了。

"大家都到山沟里去!弟兄们,到山沟里去!"

彼特罗定了定神,头一个跑到山沟跟前,顺着三十丈的陡坡往下滚去。他的皮袄挂了一下,从上面的口袋一直撕到前襟的底边,他爬起来,像狗一样抖搂了一下身子,把身上的雪抖了抖。哥萨克们也都奇形怪状地翻着跟头,打着滚儿,纷纷从上面滚了下来。

一会儿工夫,他们十一个人都滚了下来。加上彼特罗,一共是十二个人。上面还是一片枪声、呐喊声、马蹄声。可是滚到沟底来的哥萨克都在呆呆地掸着帽子上的雪和沙土,有的还揉着碰疼的地方。马尔丁·沙米尔拔出枪栓来,吹了吹枪膛里的雪。一个姓马内次柯夫的小伙子,是已经去世的村长的儿子,吓得浑身直哆嗦,脸上还流着一道一道的眼泪。

"怎么办啊?彼特罗,带我们走吧!眼看是死啦……往哪儿去呀?啊呀,要把咱们打死呀!"

菲多特咬了咬牙,顺着沟底往下,朝顿河上跑去。

其余的人也像羊群一样,都跟着他跑起来。

彼特罗好不容易把他们喊住:

"站住!咱们来商量商量……别跑!他们会开枪的!"

他领着大家走到沟边红土崖上被水冲出的一道槽子底下,他在表面上尽量保持着镇定,结结巴巴地说出自己的主意:

"不能往下面走。咱们跑得再远,他们也追得上……就呆在这儿好啦……分散到几道槽子里去……三个人可以到那边去……咱们可以还枪!……在这儿能撑持过去……"

"咱们完啦!叔叔大爷们!行行好,你们放我走吧!……我不愿意……不想死呀!"早就在哭的白眉毛的小伙子马内次柯夫忽然又叫了起来。

菲多特忽闪了一下加尔梅克型的眼睛,猛然使劲照马内次柯夫的脸上打了一拳。

小伙子的鼻子里一下子涌出血来,脊梁撞到沟壁上,撞得黄土哗哗地往下落,他总算没有跌倒,不过他不再叫了。

"怎么还枪呢?"沙米尔抓住彼特罗的胳膊,问道。"有多少子弹呢?没有子弹啦!"

"他们会扔手榴弹的。咱们完啦!"

"那又该怎么办?"彼特罗的脸色忽然变得铁青,胡子下面的嘴唇上冒起白沫。"卧倒! ……听我的,还是听谁的? 谁不听,我枪毙!"

他真的拿起手枪在哥萨克们的头上晃了晃。

他轻轻的喝叫声好像激发了他们的士气。包多甫斯柯夫、沙米尔和另外两个人跑到山沟的对面,在一道槽子里卧倒下来,其余的人都和彼特罗在这一边分别卧倒下来。

春天,红红的山水翻滚着大大小小的石块,冲刷着沟底,冲得红土一层一层地往下掉,在沟壁上冲出许多槽子和涵洞。哥萨克们就躲在这里面。

"小牛皮大王"安季普端着步枪,弯着腰站在彼特罗身边,像说梦话一样小声说:

"司潘捷·阿司塔霍夫抓住自己的马尾巴……跑掉啦,我没有跑掉……步兵也不管咱们……伙计们,咱们完蛋啦! ……实在话,咱们全完啦! ……"

上面传来奔跑的脚步声。雪粉和碎土纷纷往山沟里落。

"他们来啦!"彼特罗小声说着,抓住安季普的袖子,但是安季普使劲把手抽了出去,拿指头按住枪机,朝上面望着。

上面却没有一个人到沟沿上来。

上面传来说话声和吆喝马的声音……

"他们在想点子呢,"彼特罗在心里说;好像身上的毛孔一下子全都大张开来,汗水又顺着脊梁、胸口和脸哗哗流了下来……

"喂,你们听着! 快爬上来! 反正你们跑不掉!"上面有人喊起来。

一股更浓的雪粉落进沟里,就像是一股白白的奶汁。看样子,有人走到沟沿上来了。

上面又有一个人的声音很肯定地说:

"他们是跑到这儿来啦,这儿有脚印呢。再说,我亲眼看见的嘛!"

"彼特罗·麦列霍夫! 出来!"

彼特罗盲目地高兴了一阵子,高兴得浑身热辣辣的。"红军里怎么会有人认

识我呢？这是自己人！他们把红军打跑啦！"但是他马上就轻轻哆嗦起来，因为那个声音又说话了：

"我是柯晒沃依·米沙。劝你们乖乖地投降。反正你们跑不掉啦！"

彼特罗擦了擦汗津津的额头，手掌上留下了红红的血和汗的印子。

有一种奇怪的、近似昏迷的淡漠感悄悄来到他的心里。

他猛然又听见包多甫斯柯夫的喊声：

"你们要是答应把我们放了，我们就出去。要是不答应，我们就和你们拼了！来吧！"

"我们放……"上面沉默了一会儿之后，有人回答说。

彼特罗费了很大的劲儿才摆脱了昏沉状态。他觉得这"放"字里面有一种无形的狞笑意味。他低沉地喊了一声：

"回来！"但是已经没有人听他的了。

除了还躲在涵洞里的安季普以外，哥萨克们都攀住能踏脚的地方，爬到上面去了。

彼特罗是最后一个爬上去的。生命就像怀在女人肚子里的小孩子那样，顽强地翻腾着。他因为怀着自卫的心情，所以一面顺着陡坡往上爬，一面还想象着怎样开枪。他的眼睛发乌，心胀得塞满了胸膛。他又闷又难受，就像小时候做噩梦那样。他扯掉军便服的纽扣，撕开肮脏的衬衣领子。汗水流进他的眼睛，他的两手在冰冷的沟坡上乱抓。他哼哧哼哧地爬到了沟边一块踩得平平的雪地上，把步枪往自己脚下一扔，举起手来。比他早爬上来的哥萨克们都挤成了一堆。米沙·柯晒沃依，还有几个骑马的红军，都离开一大群后阿穆尔团的步兵和骑兵，朝他走来……

米沙对直地走到彼特罗跟前，眼睛看着地面，低声问道：

"你不打啦？"等到回答过，他仍然看着彼特罗的脚下，问道："是你指挥的吗？"

彼特罗的嘴唇哆嗦起来。他的一只手软软地、十分吃力地举到汗津津的额头上。米沙那弯弯的长睫毛抖动起来，那发烧烧烂了的肿胀的上嘴唇噘了起来。米沙浑身抖得厉害，好像就要站不住，就要跌倒了。但是他猛地一下子抬起眼睛，对直地看着彼特罗，用异样的目光盯住他的瞳人，急匆匆地说：

"把衣服脱了！"

彼特罗连忙脱下皮袄，很小心地卷起来，放在雪地上；摘下皮帽子，解下皮带，脱下绿色军便服，又坐到皮袄的襟上，脱起靴子来，脸色一会儿比一会儿白。

伊万·阿列克塞耶维奇跳下马，从旁边走过来，望着彼特罗，咬紧了牙齿，生怕哭出来。

"衬衣别脱啦，"米沙小声说；他哆嗦了一下，忽然又尖声叫道："你给我快点儿！……"

彼特罗忙乱起来，把脱下来的毛袜子团了团，塞到靴筒里，直起身子，抬起光光的、被雪映照成橙黄色的双脚，从皮袄上走到雪地上。

"亲家！"他微微咕哝了一下嘴唇，唤了伊万·阿列克塞耶维奇一声。伊万·阿列克塞耶维奇一声不响地看着雪在彼特罗的光脚丫子下面慢慢融化。"伊万亲家，你是我的小孩子的干爹……亲家，别杀我呀！"彼特罗央求说，等他看到米沙已经举起手枪，对准了他的胸膛，他就睁大了眼睛，好像要看看一样耀眼的东西似的，并且就像在跳跃之前那样，把头缩进了肩膀。

他没有听见枪声，就像被人猛推了一下似的，仰面倒了下去。

他恍惚中感觉到，米沙那只伸出来的手抓住了他的心，一下子把他心里的血全都挤了出来，彼特罗使足了这一生中最后的力气，好不容易把贴身衬衣的领口敞了开来，露出左边奶头下的弹孔。血从弹孔里慢慢往外渗了一会儿，后来，等到冲开缺口，一股股黏糊糊的黑血就哧哧地向上冒起来。

三十四

黎明时候，派往红土沟方面去的侦察队回来报告说，直到叶兰乡的边界，都没有发现红军，又说，彼特罗·麦列霍夫和十个哥萨克都死在沟沿上了。

格里高力吩咐过派爬犁去把打死的人拉回来，就到贺里散福家里去过夜。家里几个娘们儿对死者又哭又念叨，妲丽亚一个劲儿地哭号，他听着实在受不了。他在贺里散福家的烤炉旁边一直坐到天亮。他拼命地抽了一阵烟，并且，好像害怕自己单独想心思，害怕想念彼特罗似的，又慌不及待地抓起烟袋，一面吞吸着呛人的烟气，一面跟昏昏欲睡的贺里散福说着闲话。

天亮了。早晨就开始化冻。到十点钟，到处是牲口粪的大路上就出现了一个个的水洼儿。屋檐上哗哗地滴着水。几只公鸡感觉到春天来临，大声啼叫起来，不知什么地方有一只母鸡，就像在酷暑的中午那样，很孤单地咯哒哒叫着。

老牛在院子里向阳的地方晒着太阳，在篱笆上蹭着痒痒。风吹得春天脱落的牛毛从褐色的牛背上直往下落。到处可以闻到辛香而清新的融雪气息。在贺里散福家的大门旁边，有一只黄肚皮的小山雀儿在光秃秃的苹果树枝上蹦来蹦去，啾啾地叫着。

格里高力站在大门口，等待爬犁从高地上回来，不自自主地把山雀的叫声翻译成从小就熟悉的语言。"磨犁！磨犁！"在这种融雪的日子，山雀就是这样高高兴兴地叫的；到天要冷的时候，格里高力知道，山雀就改变腔调，用的是急促的调门儿，好像是在劝告人："穿靴子！穿靴子！"

格里高力把目光从大道上移到蹦蹦跳跳的山雀身上。那山雀还在叫着："磨犁！磨犁！"格里高力无意中想起小时候他和彼特罗一起在草原上放火鸡的情形。那时候彼特罗头发淡白色，翘鼻子总是脱皮，他非常会学火鸡叫，还会把火鸡的叫声翻译成很好玩儿的儿童语言。他常常惟妙惟肖地模仿生了气的火鸡的叫声，尖声尖气地说："都有靴子，就我没有！都有靴子，就我没有！"并且马上又瞪起两只小眼睛，弯起胳膊，像老火鸡那样侧歪起身子走起来，一面嘟哝着："咕儿！咕儿！咕儿！咕儿！咱们到集上给淘气鬼买一双靴子！"这时候格里高力笑得十分开心，要他再学学火鸡说话，央求他表演表演，小火鸡在草棵里发现了稀奇的小东西，如小铁片、小布片之类，是怎样急得直叫的……

街口上出现了打头的一架爬犁。一个哥萨克在旁边走着。在第一架爬犁之后，又出现了第二架，第三架。格里高力擦去眼泪，敛去浮上心头的往事引起的微微的笑容，急急忙忙朝自己家的大门口走去：他想在这最可怕的时刻拦住悲痛欲绝的母亲，不让她到拉着彼特罗的尸首的爬犁跟前去。在头一架爬犁旁边走的是光着头的阿列克塞·沙米尔。他用那半截胳膊把皮帽子按在胸前，用右手握着马尾编成的缰绳。格里高力的目光没有在阿列克塞的脸上停留，便移到爬犁上面。那麦秸垫子上，仰面躺的是马尔丁·沙米尔。脸上、草绿色军便服的胸前和瘪下去的肚子上都沾满了凝结起来的血块子。第二架爬犁拉的是马内次柯夫。他那砍坏的脸扎在麦秸里。他的头好像是冻得缩进了肩膀；很漂亮的一刀，把后脑勺削得干干净净，一绺绺黑发，就好像给露出来的头盖骨镶上的穗头儿。

格里高力又看第三架爬犁。他没有看出死者是谁,但是他看到了一条胳膊和像黄蜡一样的、被烟熏得焦黄的手指头。这条胳膊从爬犁上耷拉下来,用死前弯起来画十字的手指头划着融化的雪。这个死者穿着靴子和军大衣,连帽子也放在胸前。格里高力拉住第四架爬犁的马的笼头,很快地把爬犁拉进了自家的院子。不少街坊、小孩子和娘们儿都跟着跑了起来。在台阶旁边围了一大群人。

"看吧,这就是我们的好汉子彼特罗·潘捷莱耶维奇! 闯荡了好多年。"有人小声说。

司捷潘·阿司塔霍夫光着头走了进来。格里沙加爷爷和另外三个老头子不知怎么也来了。格里高力茫然失措地四面望了望。

"咱们抬到屋里去吧……"

赶爬犁的人正要去抓彼特罗的两腿,但是这时候人群一声不响地闪到两旁,恭恭敬敬地给从屋里走出来的伊莉尼奇娜让开路。

她朝爬犁上看了看。死人般的灰白颜色像一条带子一样出现在她的额头上,又遮住了鼻子和两颊,然后又移到下巴上。浑身直哆嗦的潘捷莱·普罗柯菲耶维奇搀住她的胳膊。头一个放声大哭的是杜尼娅,一下子村子里四面八方都响应起来。披头散发、哭肿了眼睛的姐丽亚砰地把门一推,跑了出来,一下子扑倒在爬犁上。

"彼求什卡! 彼求什卡,亲人呀! 你起来呀! 起来呀!"

格里高力的眼里一阵黑。

"闪开,姐丽亚!"他昏昏沉沉地、粗野地大叫起来,并且使劲推了一把姐丽亚的胸膛。

她倒在雪堆上。格里高力很快地抓住彼特罗的两条胳膊,赶爬犁的人也抓起光光的脚踝骨,但是姐丽亚四肢着地跟着他们朝台阶上爬去;抓住丈夫那直僵僵的手,拼命亲着。格里高力用脚把她蹬开,觉得自己再有一会儿也要失去控制了。杜尼娅使劲拉开姐丽亚的手,把她那昏迷过去的头搂到自己怀里。

厨房里静得一点声息都没有。彼特罗躺在地上,显得出奇地小,好像全身都干瘪了似的。他的鼻子变尖了,小麦色的胡子变黑了,脸绷得紧紧的,显得漂亮了。两条光光的、毛烘烘的小腿从裤腿里伸了出来。尸体慢慢地在融化,尸体下面已经有一小片红的水洼儿。夜里冻僵的尸体融化得越厉害,血的咸味和像矢车菊一样甜津津的死尸气味越发浓烈。

潘捷莱·普罗柯菲耶维奇在敞棚底下刨板子做棺材。家里几个女的都在上

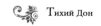

房里,照应着还没有苏醒过来的妲丽亚。偶尔从上房里传来尖尖的、歇斯底里的哭声,后来娃西丽萨姨妈跑来吊丧,她的哭声哇啦哇啦的,像小河的流水。格里高力坐在哥哥对面的大板凳上,卷着烟卷,望着彼特罗那四边已经发了黄的脸,望着他的手和那发了青的圆指甲。在他和哥哥之间已经出现了很强烈的疏远冷漠感。彼特罗现在已经不是自家人,而是一位住不久的客人,已经到分手的时候了,现在他躺着,心平气和地把脸蛋子贴在土地上,好像在等待什么,小麦色的胡子下面还带着安静而神秘的微笑。可是明天,他的妻子和妈妈就要送他入土了。

傍晚时候,妈妈就给他烧了三锅温水,妻子拿来干净衬衣、最好的裤子和制服上衣。格里高力他这个同胞弟弟就要和父亲一起给他擦洗已经无知无觉、再也不怕裸露的身体。再给他穿得整整齐齐,将他抬到灵床上,然后妲丽亚就要走过来,把当初他们在教堂里围着经台绕圈子的时候,给他们两个照亮的蜡烛,放进昨天还拥抱过她的那双冰冷的大手里——哥萨克彼特罗·麦列霍夫这就诸事齐备,准备上路,准备一去不回,永远不再回到自己家里来了。

"你要是死在普鲁士,比死在这儿,死在妈妈眼前,好多啦!"格里高力带着责备的心情,在心里对哥哥说;他朝尸首看了一眼,脸忽然一下子白了:彼特罗的腮上有一滴眼泪朝着耷拉下来的小胡子滚去。格里高力吓得跳了起来,但是他仔细看了看,就轻松地叹了一口气:那不是死人的眼泪,那是融化了的鬓发上落下来的一滴水,落在彼特罗的额头上,又在腮上慢慢地滚着。

三十五

上顿河州联合暴动军司令任命格里高力·麦列霍夫为维奥申团团长。格里高力率领十个哥萨克连向卡耳根镇出发。司令部命令他无论如何要打垮李哈乔夫那支队伍,并且把他们赶出州界以外,同时还要把坐落在旗尔河边的卡耳根乡和博柯夫乡的一些村庄全部发动起来。

三月七日,格里高力带着哥萨克们出发。高地上的雪已经化了不少,露出一片片的黑土,格里高力在这里站下来,让十个连队到自己前面去。他拉紧缰绳,勒着发了性子的马,微微弯着腰,侧歪着身子站在大道旁边,顿河边各村的哥萨克连成纵队从旁边——开过:巴兹基村连,白山村连,奥里山村连,梅尔库洛夫村连,大雷村连,谢苗诺夫村连,大鱼村连,水村连,天鹅村连,叶里克村连。

格里高力用手套捂着黑黑的小胡子,抽动着鹰鼻子,扬起两道浓眉,用忧郁而沉重的目光看着每一支连队开过。许许多多的马蹄噗哧噗哧地搅动着褐色的水雪。许多熟识的哥萨克在走过时,都对格里高力笑着。他们的头顶上都缭绕和飘荡着黄黄的烟气。马身上都冒着热气。

格里高力跟上最后一个连。走了有三俄里,一支侦察队迎住他们。率领侦察队的一个中士飞马来到格里高力跟前。

"红军正顺着大道往楚卡林方面退呢!"

李哈乔夫的那支队伍没有迎战。但是格里高力派出三连哥萨克去包抄,自己率领其余的人马猛攻上去,因此红军把车辆和弹药箱全扔在了楚卡林。在楚卡林的出口处,李哈乔夫的炮兵连陷到了一座破败的教堂旁边的小河里。驭手们砍断手套,骑上马,穿过树林子,逃往卡耳根镇去了。

从楚卡林到卡耳根这十五俄里的路上,哥萨克没有遇上什么战斗。右侧,敌方的侦察队在亚辛诺夫卡村外曾经对维奥申的侦察队开过枪。但是开过几枪就跑掉了。哥萨克们已经在开着玩笑说:"可以一口气到诺沃契尔卡斯克啦!"

缴获了一个炮兵连的大炮,格里高力非常高兴。"连炮栓都来不及破坏呢。"他在心里十分轻蔑地说。他们用牛把陷在河里的大炮拉了出来。马上就从各个连队里挑选出炮手。大炮用加倍的马拉着走:六对马拉一门炮。还派了半个连掩护炮兵连。

黄昏时候攻进了卡耳根镇。俘虏了一部分李哈乔夫的队伍,缴获了最后的三门大炮和九挺机枪。其余的红军和卡耳根的革命军事委员会委员一起,匆匆忙忙地穿过一些村庄,逃往博柯夫镇方面去了。

下了一整夜的雨。到早晨,洼地里和土沟里都积满了水。道路很难通行了:每一个水洼都是陷坑。雪浸满了雨水,不住地往地面上塌落。马直往泥里陷,人累得直跌跤。

格里高力派出两个连,由巴兹基村的叶尔马柯夫·哈尔兰皮少尉率领着,去追击退却的红军。他们在相连着的拉推舍夫村和维斯罗古佐夫村里抓住近三十

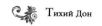

个掉队的红军;第二天早晨,把他们带回卡耳根镇上。

格里高力就住在当地大财主卡耳根家的大房子里。把俘虏赶进了他住的院子。叶尔马柯夫走进格里高力的房里,打过招呼,就说:

"抓了二十七名红军。传令兵把马给你牵来啦。怎么,你马上要出去吗?"

格里高力扎好军大衣的皮带,对着镜子梳了梳从帽子里耷拉下来的头发,这才朝叶尔马柯夫转过身来。

"咱们走。马上就去。到广场上开过群众大会,就出发。"

"还等你开群众大会呢!"叶尔马柯夫耸了耸肩膀,笑着说。"他们不用开群众大会就都上马啦。瞧,那不是!这来的可不是咱们维奥申乡人。"

格里高力朝窗外望去。有几个连队,排得整整齐齐,四个人一列,朝这边开来。哥萨克们个个精神抖擞,一匹匹战马又高又壮。

"这是哪儿的?他们是从他妈的哪儿来的呢?"格里高力边跑边挂马刀,一面兴高采烈地嘟哝说。

叶尔马柯夫在大门口追上了他。

最前面的一个连的连长已经来到大门外。他恭恭敬敬地行了个军礼,不敢伸手给格里高力。

"您是麦列霍夫同志吗?"

"我就是。你们是哪儿的?"

"请接收我们吧。我们要加入您的部队。我们连是昨天夜里成立起来的。我们这个连是李霍维多夫村的,另外两个连有一个是格拉乔夫村的,还有一个是阿尔希波夫村和瓦西列夫村的。"

"把哥萨克们带到广场上去吧。马上要在广场上开大会。"

传令兵(格里高力叫普罗霍尔·泽柯夫当他的传令兵)给他把马带过来,甚至还给他抓稳了马镫。叶尔马柯夫特别灵活,几乎连鞍头和马鬃都没有碰,那像铁一样的干瘦的身子向上一翻,就上了马鞍,一面习惯地撩着搭在马鞍上的军大衣开襟,一面走过来,问道:

"俘虏怎么处置?"

格里高力抓住他的大衣纽扣,探过身子,凑到他跟前。格里高力的眼睛里闪烁着红红的火花,但是小胡子底下的嘴巴却在笑着,虽然那是一种狞笑。

"派人把他们送到维奥申去。明白吗?叫他们不要过那座土冈!"他用鞭子朝镇外一座沙土冈指了指,就朝广场走去。

"这是替彼特罗向他们讨还的头一笔债。"他一面放马大跑,一面在心里说,并且无缘无故地在马屁股上狠狠抽了一鞭,抽起一道鼓鼓的白印子。

三十六

从卡耳根向博柯夫进发的时候,格里高力手下已经有三千五百人了。司令部和州执行委员会不断地派通讯兵追着他传送命令和指示。司令部的一位委员在一封私人信里,很委婉地向格里高力请求说:

> 敬爱的格里高力·潘捷莱耶维奇同志! 我们听到一些不很可靠的消息,好像你在残酷地杀害被俘虏的红军。听说遵照你的命令,把哈尔兰皮·叶尔马柯夫在博柯夫附近俘虏的三十名红军砍了,就是说,把他们都杀死了。在这些俘虏当中,据说有一名委员,这正是我们非常需要的人,我们可以从他嘴里获悉他们的实力。亲爱的同志,请你取消不留俘虏的命令吧。这样的命令对我们是极其有害的,而且哥萨克好像都在抱怨这种残酷的做法,害怕红军也要杀害俘虏,焚烧咱们的村庄。俘虏的指挥人员,也要活着送来。我们可以在维奥申或者在嘉桑慢慢收拾他们,你就像普希金的历史小说里的塔拉斯·布尔巴①那样,率领自己的部队前进吧,要横扫一切,还要把哥萨克发动起来。你要慎重行事,不要杀俘虏,要把俘虏送给我们。这对我们的好处,已在上面说了,祝你诸事顺遂。我们向你致敬,静候你的捷报。

格里高力没有看完这封信,就把信撕碎,扔到马蹄下。

①　果戈理小说《塔拉斯·布尔巴》里的主人公。这里说成是普希金小说里的人物,是表示写信人的无知。

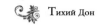

他又看库金诺夫给他的命令：

> 立即向南方，向克鲁钦基—阿司塔霍沃—格列克沃一线发动攻势。司令部认为必须和士官生的战线联合起来。否则，敌人会包围我们，打垮我们。

格里高力也没有下马，就写了几句回答库金诺夫：

> 我向博柯夫进军，追击逃敌。我不去克鲁钦基，我认为你的命令没有道理。我上阿司塔霍沃去追谁？那儿除了风和南蛮子，什么人也没有。

　　他和叛军总部之间正式的公文往来到这里就结束了。他把手下的连队分成两个团，就带领这支队伍朝着跟博柯夫搭界的康柯夫村开去。格里高力又是一连三天节节取胜。攻占了博柯夫之后，他又自担风险，向克拉斯诺库特进军。他粉碎了一支拦路的小股部队，但是没有下命令杀俘虏，把俘虏送到了后方。

　　三月九日，他已经率领两个团来到一个叫契别佳柯夫的大村庄。这时候，红军指挥部已经感觉到从后方来的威胁，就调了几团人马和几个炮兵连来镇压叛乱。红军开到契别佳柯夫村附近，就和格里高力的两个团接了火。打了有三个钟头。格里高力害怕被包围，就撤出阵地，朝克拉斯诺库特方面移动。但是在三月十日早晨的战斗中，维奥申的哥萨克被霍派尔的哥萨克红军打得很惨。顿河两岸的哥萨克在战场上相遇，来来回回地冲杀，毫不留情地拼搏，格里高力在战斗中失去了战马，腮帮子也被砍伤了，便带着两个团撤出战场，退回博柯夫。

　　晚上，他审问了一个被俘的霍派尔州的哥萨克红军。这个不算年轻的红军是捷别金乡的哥萨克，白眉毛，窄胸脯，军大衣的翻领上缝着红绦。他回答问题很痛快，但是笑得很勉强，有点儿不自在。

　　"昨天参加战斗的是哪几个团？"

　　"有我们第三哥萨克团，也叫斯捷潘·拉辛团。这个团里差不多全是霍派尔州的哥萨克。再就是第五后阿穆尔团、第十二骑兵团和第六姆岑斯克团。"

　　"是谁当总指挥？听说是吉克维捷①指挥的，是吗？"

---

　　① 吉克维捷·瓦西里·伊西多洛维奇（一八九四——一九一九）是革命家，布尔什维克，师长，国内战争中的英雄。一九一九年二月十一日，在作战中牺牲。——作者注

"不是的,这支混合部队是多姆尼奇同志指挥的。"

"你们的弹药很多吗?"

"多极啦!"

"大炮呢?"

"好像有八门。"

"你们这个团是从哪儿调来的?"

"从卡敏乡的几个村子里。"

"他们说明调你们上哪儿去的吗?"

那个哥萨克迟疑了一下,但还是回答了。格里高力很想了解一下霍派尔人的人心。

"哥萨克们都是怎样说的?"

"都说不愿意来……"

"你们团里都知道我们为什么起义吗?"

"打哪儿知道呢?"

"那你们为什么不愿意来呢?"

"你们也是哥萨克呀!打仗都打厌啦。我们跟着红军,跟到现在啦。"

"你是不是可以在我们这儿干呢?"

那个哥萨克耸了耸窄窄的肩膀。

"随您怎样吧!我不愿意干……"

"好,你走吧。我们放你回家看老婆去……大概想老婆了吧?"

格里高力眯起眼睛,看了看朝外走的哥萨克的背影,唤了一声普罗霍尔。他抽起烟,半天没有做声。后来走到窗前,背朝普罗霍尔站着,很平静地吩咐说:

"告诉弟兄们,把刚才我审问的这个人悄悄带到花园里去。哥萨克红军我一个不留!"格里高力用磨圆的靴后跟一转,猛地转过身来。"马上把他干掉……去吧!"

普罗霍尔走了出去。格里高力折着窗台上的天竺葵的脆枝儿,站了一会儿,后来快步走到台阶上。普罗霍尔正在小声跟坐在仓房边晒太阳的几个哥萨克说话。

"把俘虏放了吧。叫人给他开一个路条。"格里高力也不看他们,说完,就回到房里,在一面旧镜子前面站下来,莫名其妙地摊了一下双手。

他自己也不明白,他为什么要出去吩咐把俘虏放掉。刚才他嘴里笑着说"我们放你回家看老婆去……走吧",而心里知道自己马上就要唤普罗霍尔,吩咐把霍派尔人带到花园里干掉的时候,他还感到有一种幸灾乐祸的心情,似乎还非常得意呢。

他对自己的怜悯心有点儿气恼——这不是本能的怜悯心,又是什么闯入他的心中,叫他把敌人放掉呢? 同时他又感到轻松愉快……这究竟是怎么回事儿呢? 他自己也弄不清楚。尤其奇怪的是,昨天他还亲口对哥萨克们说过这样一番话呢:"庄稼佬是敌人,现在跟着红军干的那些哥萨克,更是双重的敌人! 对付这样的哥萨克,就像对奸细一样,办法很简单:问上个三言两语,就送上鬼门关。"

格里高力就怀着这种无法解释、惴惴不安的矛盾心情和突然感到自己干的事不对的心情,离开自己住的房子。有人来见他了,来的是旗尔团的团长,是一个高大的阿塔曼团的哥萨克,脸盘小小的,平平常常,毫无惊人之处,和他一起来的还有两个连长。

"又有援军开到啦!"这位团长笑着报告说。"从纳波洛夫,从亚布隆河上,从古森卡又来了三千骑兵,另外还有两连步兵。你把他们安排到哪儿呀,潘捷莱耶维奇?"

格里高力佩带好从李哈乔夫身上缴来的匣子枪和漂亮的军用包,就走出来。太阳晒得暖洋洋的。天空像夏天那样高,那样蓝,一朵朵像羊羔皮一样的白云,像夏天那样向南方飘去。格里高力把所有的指挥官都召集到胡同口上来开会。来了有三十来个人,坐在一段歪倒的篱笆上,有一个烟荷包在大家手里传起来。

"咱们下一步怎么办呢? 怎样来打垮把咱们从契司佳柯夫村赶回来的那几个团呢? 走哪一条路线呢?"格里高力问,并且顺便说了说库金诺夫的命令的内容。

"他们有多少人马? 从俘虏口里问出来了吗?"沉默了一会儿,有一个连长问道。

格里高力报了报敌方几个团的番号,又大致地说了说敌方的火力配备。大家都没有说话。在会上说话是不能不加考虑、乱说一气的。格拉乔夫村的连长就这样说:

"麦列霍夫,稍微等一会儿! 让我们想一想。这不是随口说一说的事。不能乱说。"

后来还是他第一个发言。

格里高力仔细听大家的发言。大多数人的意见是,即使进展顺利,也不要突进得太远,要进行防御战。可是,有一个旗尔人激烈地拥护暴动军司令部的命

令,说:

"咱们用不着在这儿磨蹭。让麦列霍夫领着咱们打到顿涅茨去。你们怎么,都昏了头吗?咱们是一小堆,人家是整个的俄罗斯。咱们怎么能撑得住呢?人家一来打,咱们就完啦!应该冲出去!咱们的子弹虽然很少,但是还可以搞到嘛。应当来一次袭击!你们拿主意吧!"

"不管老百姓啦?把妇女、老头子、小孩子放到哪儿去?"

"让他们呆在家里好啦!"

"你的脑袋瓜儿真聪明,不过装在糊涂蛋脖子上啦!"

坐在篱笆边上的几个连长,本来都小声谈论着即将开始的春耕,还谈论着,如果要往外冲的话,家里的活儿又叫谁来干,现在听了旗尔人的话,都哇啦哇啦大叫起来。这个会一下子就像村民大会那样闹哄起来。纳波洛夫村的一个上了年纪的哥萨克的嗓门儿比别人都高:

"我们可不离开自己的家门口!我首先要带上自己的连队回村子里去!要打,就在家门口打,犯不着去救别人的命!"

"你别冲我嚷嚷!我是说说自己的意见,你倒哇哇叫起来啦!"

"毫无道理嘛!"

"叫库金诺夫自个儿上顿涅茨去吧!"

格里高力等到安静下来,对争论的问题说了几句决定性的话:

"咱们就在这儿打!等咱们拿下克拉斯诺库特,就守在那儿!没有别的地方好去。散会啦。都回连队去!马上咱们就开上阵地。"

过了半个钟头,当密密层层的骑兵队伍络绎不绝地顺着大街走去的时候,格里高力委实感到志得意满:他从来还没有统率过这样多的人马呢。但是除了这种虚荣的高兴心情以外,同时又产生了一种很沉重的担惊害怕、烦闷苦恼的心情:他能不能指挥得了呢?他有没有本事统率几千名哥萨克呢?现在他手下已经不是一个连,而是一个师了。掌握几千人的性命,真正为他们负责,他这个没有什么文化的哥萨克恐怕不一定能胜任。"而主要的是:我带着他们去反对谁呢?反对人民……究竟是谁对呢?"

格里高力咬住牙,目送着接连不断地通过的一支支连队。大权在握那种醉人的劲头儿已经衰退了,已经在眼里暗淡下去。剩下的只是担心和苦恼,担心和苦恼压得他受不住,脊背渐渐弯了下去。

春天来了,一条条河流开冻了。日子一天比一天暖和,绿莹莹的河水越来越响。太阳明显地发了红,那种衰弱无力的黄色渐渐退去。太阳的光芒已经有些刺人,而且有了暖意。中午时候,已经露出来的田地冒着热气,千疮百孔,像鱼鳞一样的积雪亮得耀眼。饱含着清淡的湿气的空气又浓又芳香。

太阳晒得哥萨克的脊背暖洋洋的。鞍垫也晒得暖和和的,潮湿的风吹得哥萨克那棕色的脸湿润润的。有时候风从积雪的山冈上送来一阵凉气。但是温暖渐渐战胜了冬天。马匹春情萌动,格外活跃,脱落的毛纷纷从身上往下掉,马汗也更刺鼻子了。

哥萨克们已经把乱蓬蓬的马尾巴扎了起来。驼毛风帽在哥萨克的背后荡悠着,已经是多余的了,皮帽子下面的额头都汗津津的,穿着皮袄和棉袄已经觉得热了。

格里高力率领队伍在夏天的大道上走着。远处,一架风车后面,红军的骑兵已经摆好了阵势:战斗就在司维里多夫村边展开了。

像格里高力这样,应当是在一旁指挥的,但是他还不会。他亲自率领维奥申的连队作战,用这些连队堵击最危险的地方。因此打起仗来没有统一的指挥。每个团都不是按照事先商定的计划行事,而是按照情况的变化单独行动。

没有战线,这就有可能展开大规模的运动战。

众多的骑兵(格里高力的队伍里大多数是骑兵)是一种很重要的优越条件。格里高力决定利用这一优越条件,用"哥萨克的方法"作战:包抄两翼,突进到后方,破坏辎重,进行夜袭以惊扰和瓦解红军。

但是在司维里多夫村外,他决定用另外一种方式作战:他带上三个连飞马奔赴阵地，让其中一个连留在村边，叫哥萨克们下了马，埋伏在村边树林里，又叫看守马匹的人把马牵到村子里各家院子里以后，便带上其余两个连跑到离风车半俄里的山包上，渐渐地展开战斗。

跟他对阵的是红军的两个多骑兵连。那不是霍派尔的哥萨克，因为格里高力在望远镜里看到的马不是顿河马，个头儿矮矮的，尾巴剪得短短的，哥萨克是从来不剪马尾巴的，不破坏马的自然美。看样子，那不是第十三骑兵团，就是新开到的部队。

格里高力立马山包上，用望远镜观察地势。他骑在马上，总觉得大地分外辽阔，靴尖一踩到马镫上，他就觉得自己有了信心。

他看到，那三千五百名哥萨克组成的褐色长蛇队，正在旗尔河对岸的高地上移动。长蛇队曲曲弯弯，慢慢地往坡上走，往北方，往叶兰乡和霍派尔河口乡的交界线上开去，要到那里去迎击从大熊河口乡攻过来的敌军，援助已经失去战斗力的叶兰乡哥萨克。

格里高力和已经摆好阵势准备冲锋的红军骑兵之间的距离有一俄里半。格里高力按照老样子，急急忙忙地让两个连队散了开来。不是所有的哥萨克都有长矛，但是有长矛的哥萨克都排在第一排，离开后面的人有十来丈远。格里高力跑到第一排的前面，侧着身子站定，抽出马刀。

"小跑前进！"

刚跑了一会儿，他的坐下马一条腿踩在一个被雪盖住的土拨鼠洞里，几乎摔倒。格里高力坐正了身子，脸都气白了，用马刀平着狠狠地打了马一下子。他骑的马是从一个维奥申人手里要来的，是一匹很好的、久经战阵的快马，但是格里高力对这匹马隐隐怀着一种信不过的心情。他知道，两天的工夫，一匹马是跟他处不熟的，再说，他也没有摸清马的脾气和特性——他很怕这匹生马不能明白他的意图，不能像他那匹在契司佳柯夫村外打死的战马那样，缰绳微微一动，马上就明白了。马刀打了一下，那马发了性子，再也不听约束，大跑起来，格里高力心里一阵冰凉，甚至有点儿慌了。"这一下子送我的命啦！"不由地出现了这样可怕的念头。但是这马越跑，越是跑得平稳，越是听从驾驭着它奔跑的手的轻微动作，格里高力也就越有信心，越是冷静。有一小会儿他的目光离开那拉成长长的阵势迎面扑来的敌方骑兵，看了看马脖子。两只红红的马耳朵紧紧地和发狠地竖着，马脖子像伸出来受刑似的，有节奏地轻轻哆嗦着。格里高力在马上挺起身子，深深地往肺里吸了一口气，把靴子往马镫里又伸了伸，回头看了看。不管有多少次他看到拉开了阵势的人马在自己身后轰隆轰隆地飞奔，第一次面对着往上直涌的一股无法解释的野蛮的、兽性的冲动感,他的心都要吓得紧缩成一团。从他放开战马直到冲到敌方跟前这段时间,是内心变化难以捉摸的时刻。在这一可怕的时刻里,格里高力完全失去了理性、冷静和谨慎,只有兽性的本能牢牢地和不容分说地支配着他的心意。如果有谁能够在冲锋的时刻从旁边看看格里高力的话,大概会以为,他的行动是由冷静而镇定的头脑支配着的。因为从表面上看,他的动作是那样把稳,那样利落,那样准确。

两军之间的距离很快地在缩短。人和马的身形越来越大。原来在两军之间的村边牧场上长满荒草、覆盖着白雪的不大的一块地方,渐渐被马蹄淹没了。格里高力瞥见一个冲在自己队伍前面大约有三匹马之远的骑兵。他骑的那匹深褐色的高头大马像狼那样一纵一纵地跑着。骑在马上的人在空中挥舞着军官指挥刀,银刀鞘不住地晃悠着,碰得马镫丁当直响,在阳光中闪闪烁烁,像火光一样。过了一小会儿,格里高力就认出了这个人。这是卡耳根的共产党员彼得·谢米格拉佐夫,是一个外地人。一九一七年,那时候他还是一个二十四岁的小伙子,他打着一副大家不曾见过的裹腿,第一个从俄德战场上跑了回来;带回了布尔什维克的信念和坚定、顽强的军人性格。他一直是布尔什维克,一直在红军中工作,在这次暴动之前,从部队里到镇上来建立苏维埃政权。就是这个谢米格拉佐夫稳稳地操纵着战马,威风凛凛地挥舞着搜查中得到的那把只有在检阅时才肯用的指挥刀,朝格里高力冲来。

格里高力龇出咬得紧紧的牙齿,往上抖了抖缰绳,马就很听话地加快了速度。

格里高力有一种特殊的手法,是他在冲锋时常常使用的。当他感到或者看到对方是一个劲敌,或者是他想狠狠地一击,无论如何要把对方打死的时候,他就使用这种手法。格里高力从小就是一个左撇子。他连拿调羹、画十字都用左手。潘捷莱·普罗柯菲耶维奇为这事狠狠打过他多次,甚至同年岁的孩子们都管他叫"左撇子格里什卡"。可以说,打和骂对幼小的格里什卡都起了作用。从十岁起,他就改掉了用左手代替右手的习惯,"左撇子"的外号也就没有人叫了。但是直到现在,他还能用左手很灵活地来做右手做的一切事情。甚至他的左手还更有劲儿。格里高力在冲锋时利用这一优势,没有哪一次不成功的。他选定了对手以后,就像所有的人一样,从左边冲上去,以便用右手砍杀;那个将要和格里高力交手的人也准备这样干。可是等到离对方只有十来丈远,对方已经微微偏过身子,举起马刀的时候,格里高力却十分轻巧地陡然一转身,把马刀换到左手里,从右边冲上去。锐气受挫的敌人就改变姿势,但是从右边往左边隔着马头砍起来很不顺手,所以就会失去信心,死神就来到面前了……格里高力就用尽平生之力,一刀劈下去,还要使劲把刀一拉。

自从"秃子"教给格里高力"巴克兰诺夫刀法",已经过去很久了。格里高力在两次战争中又经受了千锤百炼。使用马刀可不像扶犁把子那样简单。他在用刀方面掌握了很多窍门儿。

他从来不在刀把上拴穗头,为的是容易在很短的瞬间换手。他知道,在用刀劈杀的时候,如果刀的倾斜度不对,刀就会脱手,要不然就是手腕脱臼。他学会了一种很少有人会的妙招儿,只要轻轻一击,就能把敌人手里的武器打掉,或者迅速地微微一碰,就能使胳膊麻木。格里高力懂得了不少用刀用矛杀人的学问。

在砍葡萄藤的时候,如果砍得漂亮,那斜砍下来的藤条儿连颤都不颤,就掉了下来,葡萄架子连晃都不晃一下。削得尖尖的藤条头儿轻轻地扎进沙土里,藤条儿就跟还长着的藤条儿挨在一起。像加尔梅克人一样英武的谢米格拉佐夫,就是这样轻轻地从马鞍上滑下来,用手捂着斜斜地劈开的胸膛,掉到直立起来的马下的。他的身子已经透出死亡的凉气……

格里高力马上就挺起身子,在马镫上站立起来。又有一名红军,已经勒不住马,很莽撞地向他冲来。因为隔着仰得高高的、流着汗沫的马头,格里高力没有看到那人的面孔,但是看到了那抡圆了劈下来的马刀,看到了那黑黑的刀面子。格里高力使劲勒住马,把对方的刀架开,一面收着右面的缰绳,一面举刀朝着那弯下来的、光溜溜的红脖子砍去。

他第一个冲出混战的人群。在他眼睛里是晃来晃去的成堆的骑兵。手掌上觉得一阵刺痒。他把马刀插进鞘里,拔出匣子枪,勒转马头,让马使足劲儿朝后跑去。哥萨克们都跟着他飞跑起来。两个连跑得七零八落,到处都可以看到趴在马脖子上的带白绦的高筒皮帽和三耳皮帽。在格里高力旁边跑的是一个头戴狐皮帽、身穿草绿皮袄的熟识的中士。他的耳朵和腮帮子被砍伤了,一直砍到下巴。他的胸膛上好像压烂了一篮子熟樱桃。牙齿龇着,满嘴都是血。

红军本来已经动摇,并且有一半也已经开始跑了,现在又掉转了马头。他们看见哥萨克退却,又鼓起劲儿,追了上来。有一个掉了队的哥萨克就像被风吹的一样,一下子跌下马来,被乱马踩进雪地里。村庄、黑黑的树丛、山包上的小教堂、宽宽的街道就在眼前了。距离埋伏着一个连队的村边树林不过一百丈远了……一匹匹马的背上流着汗沫,流着血。格里高力一面跑着,一面猛地扳了一下枪机,匣子枪没有响(子弹卡住了),他便把枪塞进套子里,厉声喝道:

"散开!!!"

　　由两支哥萨克连队汇成的人流,就像河流遇到山崖一样,分成两条支流很从容地流了开去,露出了红军的骑兵线。埋伏在篱笆后面的那个连对红军打出一排齐射,又是一排,又是一排……一阵叫喊! 一匹马带着一名红军翻了个跟头。还有一匹马打断了腿,一头扎进雪里,一直没到耳朵根。又有三四名红军被打下马来。在其余的红军狂奔着,拥拥挤挤,掉转马头的时候,哥萨克们又朝他们打了一排枪,就没有再打了。格里高力用迅雷一样的声音刚刚喊过:"各连听令……"——上千只马蹄就乱纷纷地踩着地上的雪,掉转方向,追赶过来。但是哥萨克们都不情愿追赶:马匹太累了。追了有一俄里半,就回来了。他们剥掉打死的红军的衣服,下掉打死的马的鞍子。一条胳膊的阿列克塞·沙米尔抓到三名受伤的红军。他叫他们脸朝篱笆站好,挨个儿把他们砍了。过后哥萨克们围着被砍死的红军转悠了半天,抽着烟,细细地观赏这三具尸体。三具尸体有一点是完全相同的:上身都是从锁子骨到腰部斜斜地分成了两半。

　　"我叫三个人变成六个人啦。"阿列克塞眨巴着一只眼,抽动着一边腮帮子,夸口说。

　　大家都五体投地地请他抽烟,用十分尊敬的目光望着阿列克塞那不大不小、像小葫芦一样的拳头和鼓鼓的、把棉袄撑了起来的胸脯。

　　汗漉漉的马都披着军大衣在篱笆旁边打哆嗦。有的哥萨克在紧马肚带。有的在胡同口井边排着队打水。很多哥萨克牵着疲惫不堪、拖着腿走路的马在遛。

　　格里高力带着普罗霍尔和另外五个哥萨克跑到前头去了。好像是蒙在他眼睛上的绷带掉了。他又像冲锋之前那样,看到了照耀寰宇的太阳,看到了草垛边快要化尽的雪,听到了满村子闹嚷嚷的麻雀叫声,闻到了已经来到门口的春天的幽幽香气。生命又回到了他身上,生命没有因为刚才流过一场血而暗淡和衰老,而是更有诱惑力了,诱人去享受那微薄和转瞬即逝的欢乐。在化尽了雪的黑黑的土地上,一小块残雪往往白得格外耀眼,格外吸引人……

三十八

　　暴动像洪水一样翻腾起来,泛滥开去,淹没了顿河沿岸、顿河左岸的草原地区,足足有四百俄里方圆。二万五千名哥萨克上了战马。上顿河州各村庄还出了一万名步兵。

　　这次战争的打法是前所未有的。顿河白军为了掩护诺沃契尔卡斯克,在顿涅茨附近拉开战线,准备进行决战。跟白军对垒的红军第八军和第九军,被后方的暴动打乱了步骤,控制顿河地区的任务本来就是很艰巨的,现在就更加复杂化了。

　　四月里,一种威胁十分明显地摆到了共和国革命军事委员会面前:暴动军眼看着就要和白军的战线联合起来了。必须在暴动军从后方推进到红军阵地并且与顿河白军汇合之前,千方百计地把暴动镇压下去。调动了最有战斗力的部队来镇压暴动:参加清剿部队的有波罗的海和黑海的水兵,有几团最可靠的步兵,有装甲兵,有特别英勇善战的骑兵部队。把包古查尔野战师的五个团全部从前线上撤了下来,这五个团有八千支枪、五百挺机枪,还配合着几个炮兵连。四月里,梁赞和唐波夫的训练班学员已经在嘉桑乡的暴动军阵地上英勇顽强地奋战,又过了几天,全俄中央执行委员会军官学校的队伍也开来了,拉脱维亚的步兵也在叔米林镇外同暴动军交手了。

　　哥萨克们因为缺乏战斗装备,行动很受限制。起初是没有足够的步枪,后来子弹也渐渐用光了。必须要用血作代价去换,要靠冲锋或夜袭去抢夺枪支和子弹。他们抢夺了很多次。到四月里,暴动军已经有了足够的步枪,还拥有六支炮兵连和将近一百五十挺机枪。

　　在暴动开始的时候,维奥申的军火库里还保留着五百万只空弹壳。州苏维埃把最好的铁匠、钳工和造枪手都动员来了,在维奥申建立了一个制造子弹的作坊,但是却没有铅,没有东西来做弹头。于是各个村庄都遵照州苏维埃的号召,开始收集铅和铜。机器磨坊里储存的铅和锡全部拿了出来。派了不少人骑着马带着简短的呼吁书在各个村子里转悠:

> 你们的丈夫、儿子和兄弟没有子弹啦!
> 他们只能靠着从万恶的敌人手里夺取子弹啦。请你们把家里一切可以造子弹的东西拿出来吧。请你们把风车上的铅丝筛子拆下来吧。

一个星期之后,全州没有一架风车装铅丝筛子了。

"你们的丈夫、儿子和兄弟没有子弹啦!……"于是妇女们把一切合用的和不合用的东西都送进了村苏维埃,打过仗的村庄的孩子们纷纷从墙里往外抠铅弹头,挖掘土地找炮弹片。然而在这方面也不完全一致:有些妇女因为穷,不愿意毁掉最后的一两样小家什,被戴上"通红军"的帽子,逮捕起来,送到州里。在鞑靼村,"生铁头"谢苗从部队里回来休假,被几个富裕的老头子打得头破血流,就因为他说了两句不留心的话:"让财主们去拆毁风车吧。他们大概觉得红军比倾家荡产还可怕。"

所有的铅都在维奥申的作坊里熔化,但是铸成的弹头因为没有镍皮,也很容易熔化……一枪打过,土造的弹头熔化成铅块飞出去,带着一种疯狂的呜呜声和噜噜声朝前飞去,但是只能打一百或一百二十丈远。然而这种子弹打出的伤是十分可怕的。红军了解这种情况以后,每次和哥萨克的侦察兵在近距离内遭遇,就大声叫喊:"别放你们那屎壳郎啦……投降吧,反正你们都要完蛋的!"

三万五千名暴动的哥萨克分编成五个师,又根据人数,编成一个第六独立旅。第三师由叶果罗夫率领,在麦什柯夫—谢特拉柯夫—维热一带作战。第四师盘踞在嘉桑—顿涅茨柯耶—叔米林一带。率领这个师的是外表阴沉、打起仗来又勇猛又顽强的康德拉特·梅德维杰夫准尉。第五师由乌沙柯夫率领,在司拉舍夫—布堪诺夫一线作战。梅尔库洛夫司务长率领第二师在叶兰乡的一些村庄—霍派尔河口乡—郭尔巴托夫一带活动。第六独立旅也在这一带,这个旅组织得非常严密,几乎没受到过损失,因为指挥这个旅的是马克萨耶夫乡的哥萨克包加推廖夫准尉,这人又细心又谨慎,从来不冒险,从来不叫人白白地去送死。麦列霍夫·格里高力指挥的第一师分布在旗尔河上。他这个地区是要冲地带,从前线抽调下来的红军部队从南方向他压了过来,但是他不仅顶住了敌军的进攻,而且还抽出一些步兵和骑兵连队,去援助实力较差的第二师。

暴动没有发展到霍派尔州和大熊河口州各乡镇。那里也曾经有过波动,从那边也来过几个代表,要求派部队上布祖卢克和霍派尔河上游去,到那里去发动哥萨克们,但是暴动军司令部不肯让部队跨出上顿河州边界以外,因为知道大多数霍派尔人是拥护苏维埃政权,不愿意拿起枪来的。而且就连那些代表也不敢保证成功,他们很坦率地说,各个村子里对红军不满的人并不怎么多,残留在霍派尔州各个偏僻角落里的军官们也都躲藏起来,要组织大规模的兵力来响应暴动,是不可能的,因为上过前方的人或者躲在家里,或者跟着红军走了,老头子们都被折腾得够呛,就像小牛被关进了牛棚,他们的实力和往日的威信都没有了。

在南方,乌克兰人居住的各乡里,红军把青年人都动员起来,青年们都参加了包古查尔师的各个团,斗志昂扬地同暴动军作战。暴动被封锁在上顿河州范围以内了。所有的人,包括暴动军司令部在内,越来越清楚,想长期保住家乡这块地盘是办不到的,或早或晚,红军总要从顿涅茨方面掉过头来对他们进攻。

三月十八日,库金诺夫召唤格里高力·麦列霍夫到维奥申去开会。格里高力把指挥任务交给副师长里亚布契柯夫,一大早就带着传令兵到州里去了。

格里高力来到司令部,这时候库金诺夫和萨方诺夫正在跟阿列克塞耶夫乡的一个代表进行谈判。库金诺夫弓着腰,坐在写字台旁边,用干瘦的黑手指头玩弄着自己的高加索皮带的头儿,也不抬那双因为睡眠不足而肿胀和溃烂的眼睛,向坐在他对面的一个哥萨克问道:

"你们自己又怎么样?你们有什么打算?"

"我们吗,别提啦……自己都有点儿不合把子……谁也摸不透别人的心思。你可知道,我们那儿的人都是啥样的?胆子都很小。他们又想干,可是又害怕……"

"'又想干!''又害怕!'"库金诺夫气得脸色灰白,大叫起来,并且就像烫了屁股似的,在椅子上坐不住了。"你们一个个都像大姑娘!又想干,又怕疼,又说妈妈不答应。哼,滚回你们的阿列克塞耶夫乡去吧,去告诉你们那些老头子们,就说,如果你们自己不动手,我们连一个排也不会派去你们乡。就让红军把你们一个个都绞死好啦!"

那人抬起一只红红的手,很费劲儿地把熠熠有光的狐皮帽子向脑后推了推。汗水顺着额上的皱纹,就像春水顺着小沟那样,哗哗地流了下来,短短的灰睫毛一个劲儿地眨巴着,眼睛里带着诡笑和抱愧的神情。

"当然啦,你们也是不得已才来找我们的。但是我们这儿事情刚刚开头。有

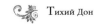

很多事情暂时还顾不上……"

格里高力正留神听他们说话,看见有一个人不敲门就从走廊里走了进来,便朝旁边闪了闪。来人个头儿不高,黑黑的小胡子,穿一件熟皮子皮袄。他点了点头,跟库金诺夫打过招呼,就用白白的手掌托住腮,在桌子旁边坐了下来。格里高力熟识所有参谋人员的面孔,这个人他却是头一次看见,所以仔细看了看。一张很清秀的脸,黑黑的,但不是风吹日晒的,两手又白又嫩,一副知识分子的风度,——这一切都说明他不是本地人。

库金诺夫用眼睛瞟着来人,对格里高力说:

"麦列霍夫,你来认识认识。这位是盖沃尔吉捷同志。他是……"库金诺夫顿住了。他玩弄了一会儿皮带上发了黑的银环儿,然后欠了欠身,对阿列克塞耶夫乡的代表说:"喂,乡亲,你走吧。我们现在有事情要办。你回去,把我的话转告有关的人吧。"

那个代表站起身来。他那夹杂着黑黑的细毛的火红色狐狸皮帽儿几乎碰到天花板。因为他那宽宽的肩膀遮住了亮光,屋子里一下子就显得又小又挤了。

"你是来求救兵的吗?"格里高力问道;他同盖沃尔吉捷握过手,手掌还一直觉得很不舒服。

"是的,是的! 是来求救兵的。可是,瞧,结果是这样……"那人高兴地朝格里高力转过脸来,用眼睛寻找支持。他那张跟狐皮帽一样红的脸显得异常慌张,出了很多汗,那耷拉着的红红的小胡子和下巴胡都好像挂满了小小的玻璃珠儿。

"你们也不喜欢苏维埃政权吗?"格里高力装做没有看出库金诺夫不耐烦的样子,继续问道。

"目前还算好,"那人实事求是地小声说,"就是怕以后越来越坏。"

"你们那儿枪毙过人吗?"

"没有,真的! 没听说有这种事儿。噢,不过,总而言之,他们抢过马,抢过粮食,噢,当然啦,他们也抓过说反动话的人。一句话,叫人看着可怕。"

"如果我们维奥申的人开到你们那儿去,你们能发动起来吗? 所有的人都能发动起来吗?"

那人的小小的、被阳光染成了金色的眼睛很乖巧地眯缝起来,躲开格里高力的眼睛,皮帽子朝额头上爬了爬,这时候额头上也堆起了沉思的皱纹。

"怎么能替所有的人担保呢? ……不过,有家有业的人一定会跟着干的。"

"那些穷苦的、无家无业的人呢?"

格里高力盯着他的眼睛,但是一直没有看出他的眼神,现在终于遇到了他的像孩子那样惊愕、率直的目光。

"瞧您说的！……那些二流子凭什么跟咱们干？这个政府就是他们的命根了嘛,实在话!"

"浑蛋,那你来干什么?"库金诺夫再也憋不住怒火,气得叫了起来,他坐的转椅也吱扭吱扭地响了起来。"你干什么来鼓动我们到你们那儿去:怎么,你们那儿都是财主吗？如果一个村子里只有两三户人家参加,那算什么起义?给我滚出去!滚,我叫你滚!烤公鸡①还没有啄到你们的屁股,等啄到你们的屁股,那时候不用我们支援,你们也会起来干的!你们这些家伙躲在别人脊梁后面享清福享惯啦!你们顶好是躺在热炕头上,再用热黍子焐起来……滚吧,快滚吧!别叫我看着你他妈的恶心!"

格里高力皱起眉头,扭过脸去。库金诺夫脸上的红斑越来越红。盖沃尔吉捷捻着胡子,抽了抽好像用斧子削成的鹰钩鼻子。

"既然这样,那就请原谅吧。不过,大人,别骂人,别吓唬人,这是好说好道的事。我们的老头子们的请求,我已经向你们说过啦,你们的答复,我一定会带回去,用不着骂人!骂老百姓要骂到什么时候呢?白军骂,红军骂,现在你又骂,谁都想抖抖自己的威风,还要折腾折腾人……唉,庄稼人过的日子,就像叫癞狗啃过的……"

他怒冲冲地把帽子往下一压,像块大石头一样滚进走廊里,轻轻地把房门掩上;但是到了走廊里怒气一下子就发作起来,狠狠地摔了一下楼房的大门,震得石灰末子哗哗地往地板上和窗台上落了有五分钟。

"真是什么样的人都有!"库金诺夫已经是高高兴兴地笑着说了,一面玩弄着皮带,面色越来越和悦了。"一九一七年春天,我上车站去,那是复活节时候,正赶上春耕。耕地的都是自由的哥萨克,简直都自由得发了昏,把所有的道路都犁啦,就好像嫌土地太少啦!在陶根村外,我把一个耕地的人喊到跟前,问:'你这家伙,为什么把路都犁啦?'那个小伙子怕了。他说:'我再也不犁啦,一万个对不起,我还可以把路踩踩平。'我又这样吓唬了两三个小伙子。来到格拉乔夫村外,又有人把路犁啦,这时候正有一个小伙子在耕地。我就唤他:'喂,到这儿来!'他走了过来。我问:'你凭什么把路犁啦?'那小伙子十分威武,眼睛亮闪闪的,朝我看了看,就一声不响地转过头,朝牛跟前跑去。他跑到牛跟前,从牛轭上抽出一

---

① 烤公鸡是白党对红军的诬蔑,因为烤公鸡是红的。

根铁钎子,又朝我跑来。他抓住车沿,踩到踏板上。说:'你算什么东西,你们这些家伙吸我们的血要吸到什么时候?你想不想叫我一下子敲碎你的脑壳儿?'他还拿铁钎子比画了比画。我对他说:'你怎么啦,伊万,我是说着玩儿的呀!'他说:'我现在不是伊万啦,是伊万·奥西佩奇,你这样无礼,我要打你嘴巴子!'真的,我好不容易才挣脱了。这家伙也是这样:又哼哼,又哀求,可是到末了却发起脾气来啦。人都是很要强的。"

"这是他的野蛮劲儿被激起来,发泄出来啦,并不是什么要强。野蛮劲儿得到了发泄的机会,"盖沃尔吉捷很平静地说;也不等别人反驳,就换了话题说:"请开会吧。我今天还想到团里去呢。"

库金诺夫敲了敲墙,喊道:

"萨方诺夫!"他又转过脸对格里高力说:"你来和我们一块儿商量商量吧。'一个脑袋瓜儿好,两个脑袋瓜儿更厉害。'这句俗话你知道吗?咱们很荣幸,盖沃尔吉捷有机会来到维奥申,现在可以帮助咱们啦。他的军衔是中校,陆军大学毕业的。"

"您怎么留在维奥申啦?"格里高力不知为什么怀着冷冷的、戒备的心情问道。

"从北线撤退的时候,我害了伤寒,就把我留在杜达列夫村啦。"

"您是哪一部分的?"

"我吗?我不是队列军官。我在司令部的特务组。"

"是哪一组?是西特尼科夫将军那一组吗?"

"不是……"

格里高力还想再问几句,但是盖沃尔吉捷中校脸上的表情不知为什么紧张起来,格里高力这才感觉出自己这样寻根问底是不适宜的,于是问了一半就不问了。

过了一会儿,参谋长萨方诺夫、第四师师长康德拉特·梅德维杰夫和红脸白齿的第六独立旅旅长包加推廖夫准尉都来了。会议开始了。库金诺夫根据战报把前线上的情况简要地对参加会议的人报告了一遍。中校第一个要求发言。他把一张三百万分之一的地图慢慢地摊到桌上,口若悬河地、信心十足地说起来,多少带一点儿国外地口音:

"首先我认为,必须将第三师和第四师的一部分后备部队调到麦列霍夫师和包加推廖夫准尉的独立旅作战的地区去。根据咱们得到的秘密情报和审讯俘虏的结果,已经可以很清楚地看出来,红军司令部正准备在卡敏镇—卡耳根镇—博柯夫镇地区对我们发动重大攻势。根据投诚和俘虏的红军的供词,可以断定,红军第九军司令部从第十二师抽调的两个骑兵团,还有五个阻击队,配备着三个炮兵连和一些机枪队,已经从奥布里沃和莫洛佐夫镇开过来。粗略地估计一下,这些补充部队,可以使敌方增加五千五百条枪。这样一来,他们毫无疑问已经在数量上占了优势,更不用说他们在武器装备方面的优势了。"

像葵花一样黄的太阳,从南面照进房来,被窗棂画上了不少十字。天花板下面一动不动地悬挂着一大片浅蓝色的烟气。土烟的呛人气味和潮湿的靴子的臭气混成了一片。天花板下面有一只苍蝇被烟气呛得嗡嗡直叫。格里高力迷迷糊糊地望着窗外,他一连两夜没有睡觉了,沉甸甸的眼皮已经肿了起来,睡意和烧得很热的屋子里的暖气往他身上直扑,困倦渐渐使他神志模糊起来。可是窗外吹着一阵阵南来的春风,巴兹基高地上的残雪闪着熠熠的红光,顿河对岸的白杨树在风中一个劲儿地摇晃着,格里高力一看见,就好像听见了树枝的一片沙沙声。

中校那又清楚又强硬的声音引起格里高力的注意。格里高力打起精神,仔细听着,迷迷糊糊的睡意不知不觉消失了,好像是随风飘散了。

"……敌人在第一师前线的活动已经减弱,一直准备在米古林—麦什柯夫一线发动攻势,我们对此必须有所警惕。我认为,库金诺夫同……"中校把"同志"这个词儿咽回去,用他那女人一般白皙的手气势汹汹地做着手势,提高声音说:"库金诺夫总司令在萨方诺夫支持下,把红军的虚假调动当做真的,而采取了削弱麦列霍夫师防地兵力的做法,是犯了极大的错误。诸位,请恕我直言!牵制敌人兵力,以便发动攻势——这是起码的战略常识……"

"可是,麦列霍夫并不需要后备团。"库金诺夫打断他的话。

"正相反!我们应该把第三师的后备部队放在手底下,万一被敌人冲开缺口,就可以用后备部队来堵一堵。"

"看样子,库金诺夫不想问问,我是不是愿意把后备队交给他。"格里高力气冲冲地说。"我是不给的。一个连也不给!"

"哦,这个吗,老兄……"萨方诺夫捋着黄黄的胡子尖儿,笑着,拉长声音说。

"用不着'老兄老弟'的!说不给,就是不给!"

"在作战问题上……"

"你别对我说什么作战问题吧。我的作战地区,我的人马,由我自己来管。"

盖沃尔吉捷中校使这场突然发生的争论停止了。他用手里的红铅笔画了一条虚线,标出受威胁的地区,于是参加会议的人的头一齐凑到地图上,这时候大家才清楚地了解到,红军司令部要发动进攻的话,只有在南部地区,因为该地区离顿涅茨最近,在交通联络方面对他们是有利的。

过了一个钟头,会议结束了。面色阴沉、外表和动作都像狼一样的康德拉特·梅德维杰夫,因为文化水平很低,在会上一直没有说话,快要散会的时候,才皱着眉头望着大家说:

"支援麦列霍夫,我们可以支援。我们的人还有的是。就是有一点,叫人他妈的不放心!要是红军从四面八方攻过来,咱们又往哪儿跑呢?要是把咱们赶到一堆,咱们就像发大水时候的蛇那样,挤到小土包上,乱成一团啦。"

"蛇还会洑水呢,咱们可是不会洑水呀!"包加推廖夫哈哈大笑起来。

"我们想过这一点。"库金诺夫若有所思地说。"就算这样,那也没有什么,到了没有办法的时候,咱们就扔掉一切不能携带的武器,扔掉家眷,边打边撤,往顿涅茨方面靠。咱们力量不算小,有三万人呢。"

"士官生肯收留咱们吗?他们很恨顿河上游的人呢。"

"母鸡在窝儿里,就不愁没有鸡蛋……这个问题没什么好谈的!"格里高力戴上帽子,走了出来。他在门外听见盖沃尔吉捷哗啦哗啦地卷着地图,回答说:

"维奥申人,以及所有的起义部队,如果就这样英勇地和布尔什维克战斗下去,就没有什么对不起顿河和俄罗斯的啦……"

"这家伙嘴里这样说,心里一定在笑!"格里高力听着他说话的声音,心里想道。格里高力又像最初看见这个突然出现在维奥申的军官时那样,感到不放心,感到一种毫无来由的痛恨心情。

库金诺夫在司令部的大门口追上了他。他们一声不响地走了一阵子。在到处是牲口粪的广场上,风沙沙地吹动着一个个的小水洼儿,水面上泛起一道道的波纹。已是黄昏时候。一朵朵饱鼓鼓的白云,就像在夏天里那样,像天鹅一样慢悠悠地从南方飘过来。融化了的土地的潮湿气息又清新又芬芳。板墙脚下露出来的草已经绿了,而且这会儿风真的把波涛般的杨树摇动声从顿河对岸送了过来。

"顿河快开冻啦。"库金诺夫一面咳嗽着,一面说。

"嗯。"

"谁他妈的知道是怎么一回事儿……烟都抽不到,完蛋啦。一缸子土烟,要四十卢布克伦斯基票子呢。"

"你告诉我,"格里高力边走边转过身来,生硬地问道,"这个吉尔吉斯军官,在你这儿干什么?"

"盖沃尔吉捷吗？是作战处处长。这家伙好脑袋瓜儿！是他在制订作战计划。在战略方面他比咱们都高明。"

"他经常住在维奥申吗？"

"不……不……我们把他放到柴尔诺夫团的辎重队里去啦。"

"那他怎样来管作战工作呢？"

"你这不是看到，他常常来嘛。差不多天天都来。"

"你们为什么不叫他住在维奥申呢？"格里高力想弄清究竟，又追问道。

库金诺夫一面还在用手捂着嘴咳嗽，一面很勉强地回答说：

"叫哥萨克们看着不大好。你不知道弟兄们都是什么样子吗？他们会说：'又把军官捧上来啦，又要搞老一套啦。当官的又要掌权啦……'以及诸如此类的话。"

"像他这样的人，在军队里还有吗？"

"在嘉桑乡还有两个，也许是三个……格里沙，你不要觉得怎么不舒服。你的心情，我看出来啦。伙计，咱们除了找士官生，没有别的路好走。不是这样吗？难道你想靠十个乡来建立自己的国家吗？这没有什么好说的……咱们要联合起来，要到克拉斯诺夫那儿去认罪，就说：彼特罗·尼古拉伊奇，多多担待吧，我们放弃阵地，错啦……"

"我们错了吗？"格里高力反问道。

"怎么不错呢？"库金诺夫一面带着惊异的神情回答，一面小心地绕过一个水洼。

"可是我有一个想法……"格里高力脸色阴沉下来，强笑着说。"可是我以为，咱们起事，才错了呢……刚才那个阿列克塞耶夫乡代表说的话，你听见了吗？"

库金诺夫没有做声，用探询的目光从旁边看着格里高力。

他们过了广场，在十字路口分了手。库金诺夫经过学校门口，朝自己家里走去。格里高力回到司令部里，招了招手，叫传令兵把马带了过来。他已经上了马，慢慢理着缰绳，理着枪上的皮带，心中却仍然在苦苦思索着，想弄清楚，自己为什么对司令部里突然出现的那位中校怀着一种莫名其妙的敌视心和戒备心，想着想着，忽然心里一震，想道："万一这是士官生特意叫这些有文化的军官留在我们这儿，为的是在红军后方发动我们，叫这些军官按照他们那一套，也就是用念书人那一套来领导我们，那可怎么办？"而且他在脑子里还幸灾乐祸地、殷勤地端出许多猜测和理由："他不说自己是哪一部分的……他说话含含糊糊……说是在司令部工作,可是没有什么司令部打这儿经过呀……为什么偏要把他留在杜达列夫村这样偏僻的地方呢?哼,这里面有名堂!我们把事情搞糟啦……"他一面用猜想剖析着生活,一面像个受害者一样,很难受地想:"我们上了念书人的当啦……上了老爷们的当啦!他们叫我们不能好好地过日子,用我们的手去干他们的事情。什么事都不能相信人啦……"

过了顿河,他们就放马飞跑起来。在他后面跑的传令兵是一个勇猛、威武的汉子,是奥里山村的哥萨克。格里高力就挑选这样的人,让他们跟着自己"赴汤蹈火",他把这样一些在对德战争中就受过考验的人放在自己身边。这个传令兵以前当过侦察兵。他一路上也不说话,一面跑,一面用老大的手掌捂着一团香喷喷、用葵花灰熬过的火绒,用火石打着了火,在风中抽起烟来。他们在下坡往陶根村走的时候,他对格里高力说:

"要是不急着赶路,咱们找地方住下吧。马太累啦,让马喘喘气。"

他们在楚卡林村住下了。吹了一路冷风,来到一座只有两个单间的简陋的小房子里,觉得就像在家里一样温暖和舒适。黄土地面散发着咸咸的牛尿和羊尿的气味,炉子里发出来的好像是垫着白菜帮子烤出来的新鲜面包气味。格里高力很勉强地回答着女房东的问话。女房东是一个老太婆,老头子和三个儿子都参加了暴动军。老太婆说话粗声粗气的,俨然以长者自居,而且一开头就不客气地对格里高力声明:

"你虽说是个官儿,管着那些哥萨克浑小子,可是你管不着我这个老婆子,你只配给我当儿子。好孩子,你就行行好,跟我聊聊吧。可是你一个劲儿地打哈欠,不愿意跟老娘们儿说说话儿,看不起老娘们儿。你要看得起!我把三个儿子,还有老头子,都送到你们的战场上去啦。你现在指挥他们,可是儿子是我生的,是我奶大的、喂大的,我上瓜园、菜园里去,都要用裙子把他们兜着,我为他们受够了苦。这也不是容易事呀!你别把鼻子翘得老高,别装模作样,你还是好好儿地跟我说说:是不是快太平啦?"

"快啦……老大娘,你去睡吧!"

"快啦就好!可是究竟怎么快法呢?你别管我睡觉不睡觉,在这儿当家的是我,不是你。我还要上院子里去抱羊羔呢。要把羊羔抱到屋里来过夜,羊羔还小呀。复活节以前能太平吗?"

"把红军赶走了,就太平啦。"

"这话才怪哩!"老婆子用腕部肿胀、手指头因为干活儿和风湿变了形的双手拍了拍又瘦又尖的膝盖,很伤心地吧嗒着干瘪得像樱桃树皮一样的嘴唇。"他们碍你们什么事啦？你们十吗要跟他们打仗？你们这些人简直都疯啦……你们这些该死的东西，觉得拿枪打人挺快活，骑在马上挺神气，可是当娘的心里又怎样啊？打死的都是娘生的孩子呀，不是吗？不知是什么人想花样儿要打仗……"

"我们就不是娘养的孩子，是狗养的孩子吗？"格里高力的传令兵听了老婆子的话，气得不得了，十分气忿地哑着嗓子说。"我们天天在死人，可是你偏说'骑在马上挺神气'！好像当娘比流血牺牲还可怕！你这个糊涂虫，活到头发都白啦，还在这儿胡说八道……唠叨起来像顿河水，像海水，没完没了，叫人连觉都不能睡……"

"鬼东西，你会睡个够的！你瞪什么眼睛？刚才就像个狼一样，闷声不响，可是一下子又气得什么似的。瞧吧！连嗓子都气哑啦。"

"格里高力·潘捷莱耶维奇，咱们睡不成啦！"传令兵失望地哼哼着，掏出烟来，狠狠地打着火石，打得一团一团的火星从火镰底下直往外飞。

就在火绒阴燃、冒烟的时候，传令兵又很刻薄地挖苦起饶舌的老婆子：

"你真是个啰嗦娘们儿！要是你的老头子在前线上被打死的话，他一定会高高兴兴地死去。他会说：'好啦，谢天谢地，这一下子从老婆子嘴里逃脱出来啦，去她的吧！'"

"死鬼，叫你舌头上长疔疮！"

"老大娘，行行好，睡吧。我们有三夜没睡啦。去睡吧！你要是不叫人睡觉，死的时候连圣餐都领不到啦。"

格里高力好不容易劝他们安静下来。他舒舒服服地感觉着盖在身上的羊皮袄的酸酸的暖气，迷迷糊糊地睡去，朦胧中听见门响了一声，一股冷气和一股热气扑到他的腿上。然后是小羊羔在耳边咩咩地尖叫起来。小小的羊蹄子在地上嘚嘚地乱响起来，干草气味、热乎乎的羊奶气味、夜霜气息、牲口院子里的气息，又清新又好闻……

到半夜里，格里高力睡不着了。他睁着眼睛躺了老半天。在封起来的地炉里，炭火红彤彤的，上面蒙了一层白灰。几只小羊羔挤成一堆，躺在炉门口最热的地方。在万籁无声的静夜里，可以听见小羊羔在睡梦中磨着牙齿，有时还打喷嚏和打响鼻。窗外是一轮远而又远的满月。在黄土地上一片方方的黄色月光中，一只很不安生的黑羊羔又是蹦，又是尥蹶子。在月光中熠熠闪光的一带灰尘斜挂在空中。屋子里的光线黄中透蓝，和白天的光线差不多。壁炉上的破镜子亮闪闪的，只有堂前那镀过银的圣像框子反射的光是微弱的、暗淡的……格里高力又想起在维奥申开的会，想起阿列克塞耶夫乡来的代表；他又想起那位中校，想起他那与众不同的知识分子的外表和说话的气派,感到一阵不痛快和隐隐的激动。一只小羊羔爬到皮袄上,爬到格里高力的肚子上,呆呆地瞅了半天,竖起耳朵,后来胆子大了,蹦了一下,又是一下,然后一下子把毛茸茸的小腿叉了开来。一道细细的羊尿哗哗地从皮袄上流到睡在格里高力身边的传令兵那伸出来的手掌上。传令兵哼哧了两声,醒了过来,在裤子上擦了擦手,无可奈何地摇了摇头。

"撒尿啦,该死的东西……滚!"他快快活活地照着羊羔头上弹了一指头。

小羊羔咩咩地尖叫了几声,从皮袄上跳下去,后来又走过来,用热乎乎、使人痒酥酥的小舌头在格里高力的手上舔了半天。

三十九

施托克曼、柯晒沃依、伊万·阿列克塞耶维奇和几个当民警的哥萨克从鞑靼村里逃出来以后,就参加了第四后阿穆尔团。这个团在一九一八年初,在从俄德战场上撤回来的路上,全部加入了红军队伍,而且在国内战争的各个战场上战斗了一年半之后,还保存了自己的基本骨干。后阿穆尔团装备优良,战马肥壮,而且都受过很好的训练。这个团战斗力强,士气旺盛,战士们都受过很好的马上作战的训练。

暴动一开始,后阿穆尔团就在第一莫斯科步兵团的配合下,几乎是独当一面地顶住了企图冲向大熊河河口地区的暴动军的进攻;后来援军开到,这个团没有分散开,就完全占领了霍派尔河口地区的曲河一带。

三月底,暴动军把红军从叶兰乡打了出去,占领了霍派尔河口乡的一部分村庄。双方相持了一个时期,战线几乎有两个月动都没动。为了从西面掩护霍派尔河口镇,莫斯科步兵团的一个营,在炮兵连的支援下,占领了顿河上的克鲁托夫村。克鲁托夫村往南是顿河边山脉的一条支脉,红军的炮兵连就在高高低低的山脚下,隐蔽在野外场院上,每天从早到晚对准聚集在右岸高地上的暴动军打炮,掩护莫斯科团的阵地,后来又掉转炮口,朝着坐落在顿河对岸的叶兰村轰击起来。榴霰弹爆炸的一个个烟团,高高低低地悬挂在紧紧挨在一起的许多院落上空,又很快地飘散。榴霰弹落到村子里,牲口就吓得撞倒篱笆,满街乱窜,人就吓得弯着身子跑来跑去;有时落在旧教徒的坟地外面,落在风磨附近,落在荒凉无人的沙土岗上,就炸得褐色的、还没有解冻的土地到处乱飞。

三月十五日,施托克曼、米沙·柯晒沃依和伊万·阿列克塞耶维奇离开柴博塔列夫村,赶往霍派尔河口镇,因为听说从暴动地区逃出来的共产党员和苏维埃工作人员正在那里组织志愿国民军。给他们赶爬犁的是一个信仰旧教的哥萨克,生着一张干干净净、像小孩子那样红扑扑的脸,施托克曼看着他,嘴角不由地浮起微笑。这个哥萨克虽然还年轻,可是已经留起一部密密的、拳曲的浅棕色大胡子,胡子底下那鲜红的嘴唇红得就像切开的西瓜,眼睛旁边长着金色的绒毛,不知是因为毛茸茸的大胡子的映衬,还是因为红扑扑的脸的烘托,那一双眼睛显得分外清澈,分外蓝。

米沙一路上哼着歌儿,伊万·阿列克塞耶维奇坐在爬犁后头,把步枪放在膝盖上,愁眉不展地缩着脖子,施托克曼却和赶爬犁的哥萨克聊起了家常。

"同志,身体还好吗?"他问道。

浑身都是力气和青春活力的旧教徒敞开羊皮袄,亲热地笑了笑。

"很好,上帝眼下还没有怪罪。身体怎么会不好呢? 从来不抽烟,喝酒也不过量,从小吃的就是小麦面包。打哪儿会生病呢?"

"噢,你当过兵吗?"

"当过一阵子。是士官生抓去的。"

"你怎么没跟着上顿涅茨那边去?"

"同志,你这话真怪!"他扔掉用马鬃编的缰绳,扯下手套,擦了擦嘴,很不高兴地眯缝着眼睛说。"我上那边去干什么? 去学新花样儿吗? 如果不是士官生逼着我干,我连兵都不会当。你们的政府是好的,不过你们干得也有点儿不对头……"

"怎么不对头?"

施托克曼卷好烟卷儿,把烟点着了,又等了半天,他才回答。

"干吗要抽这种呛人的玩意儿?"赶爬犁的哥萨克把脸扭过去,说。"瞧,这四周围春天的空气多么干净,你却用这种臭烘烘的烟来熏自己的胸膛……我就不

赞成！我再来说说你们怎么干得不对头。你们逼得哥萨克没有路走，这种做法很蠢，不然的话，你们的政府是没有话说的。你们里面蠢人太多啦，因此才闹起暴动。"

"怎么太蠢啦？你是不是说，我们干了很多糊涂事？是这样吗？究竟干了些什么样的糊涂事？"

"你大概也知道……你们枪毙了很多人。今天枪毙一个，瞧吧，明天又是一个……谁又高兴等着挨枪毙呢？就是把一条牛拉去宰，牛还要晃晃脑袋呢。比如说，在布堪诺夫镇上……已经可以看到这个镇啦，那是他们的教堂，看见吗？你朝我鞭子指的地方看，看见吗？……哦，听说，他们那儿驻着一支部队，政治委员姓马尔金。你就看看，他怎么样？对待老百姓公道吗？我就来说说看。他把各个村子里的老头子们弄了来，带到树林子里，在树林子里把他们枪毙，事先都剥掉衣服，死后还不准家里人收尸。这些老头子遭殃，是因为以前选他们当过乡陪审官。你要知道，他们又算什么样的陪审官呀？有一个老头子勉勉强强能写出自己的名字，还有一个只会用指头蘸蘸墨水，或者用指头画画十字。以前这种陪审官只是坐在那儿摆摆样子罢了。他们的全部本钱就是那一把长胡子，可是他们已经老得连裤裆都忘记扣啦。追问他们，能问出什么来？就和追问小娃子是一样的。就是这个马尔金，像个上帝一样，随意摆布别人的性命。当时正有一个外号叫'绳头儿'的老头子从操场上路过。他拿着一副马笼头到自家场院上去，想把骟马套上牵回来，孩子们和他开玩笑说：'马尔金叫你呢，快去吧。'这个'绳头儿'画了一个新教的十字——他们那儿都信新教——在操场上就把帽子摘了下来。他心惊胆战地走了进去，说：'叫我了吗？'马尔金把眼一瞪，双手叉腰，说：'既然自愿做蘑菇，就进筐吧。本来谁也没叫你，可是你既然来了，就照此办理。同志们，把他带走！按第三类处理。'就这样把他抓起来，带到树林子里去啦。老婆子在家里等啊等啊，就是不见他回来。老头子一出去就没有影子啦。他已经带着马笼头进了天堂啦。还有一个老头子，叫米特罗凡，是安得列扬诺夫村的，马尔金在大街上看到他，把他叫过来，问：'你是哪儿的？姓什么？'又瞪着眼说：'哼，你的胡子那么长，就跟狐狸尾巴一样啦！凭你这胡子就像皇上的侍从官。我们想用你这头大肥猪做做肥皂！按第三类处理！'这个老头子倒霉的是，他的胡子确实像一把笤帚。他挨枪毙只是因为胡子留得长，再就是不该碰上马尔金。这不是糟蹋老百姓吗？"

米沙在他一开始讲这些事的时候就不唱歌了，等他讲完了，才忿忿地说：

"大叔，你扯谎扯得不圆！"

"鬼才扯谎哩！你先别忙着说别人扯谎,先去打听打听再说。"

"这些事你确实清楚吗?"

"有人这样说。"

"那都靠不住！有人还说母鸡能挤奶呢,可是母鸡连奶头都没有。你就像个老娘们儿,随着自己的舌头乱扯！"

"那些老头子可都是老实人呀……"

"瞧你说的！都是老实人呀！"米沙很生气地模仿他的口气说。"恐怕暴动就是你说的这些老实老头子发动的,也许这些陪审官家里还埋着机枪呢,可是你说他们挨枪毙是因为胡子长,因为开玩笑……你的胡子那么长,怎么没把你枪毙呢? 瞧你的胡子多么长,简直像一只老山羊啦！"

"我是怎么贩来的,就怎么卖。谁他妈的知道,也许是有人扯谎,也许他们有什么反对政府的用心……"赶爬犁的旧教徒很不好意思地嘟哝说。

他从爬犁上跳下来,在化得水漉漉的雪地上呱唧呱唧地走了半天。两只脚一滑一滑的,踩得柔软的、青青的水雪到处乱溅。草原上阳光和煦。浅蓝色的天空气势雄伟地笼罩住周围看似十分遥远的山冈和山口。微风轻轻拂面,似乎已可以闻到春天临近时的芳香气息。东方,在苍茫的、高高低低的顿河两岸群山后面,淡紫色的雾气之中,露出大熊河口群山的大大小小的山顶。远处,棉絮般的白云像一床老大的、波浪状的棉被,在大地上面铺展开来,一直铺到天边。

赶爬犁的哥萨克又跳上爬犁,他转过那张有点儿生了气的脸,对着施托克曼,又说话了:

"我的爷爷,他现在还活着,已经一百零八岁啦,他说,他说的也是他的爷爷对他说的,说他还记得,也就是我的爷爷的爷爷还记得,彼得大帝往咱们顿河上游派来一个大公,真糟,我记不清啦,反正不是姓'胳膊长'就是姓'手长'。这个大公带着兵从沃罗涅日下来,因为哥萨克不信那种尼康派的不洁净的教和不服皇上管辖,把很多哥萨克城镇都烧掉。捉住哥萨克,就割鼻子,有的还绞死,吊在木排上,顺着顿河往下放。"

"你说这些事,是什么意思?"米沙警惕起来,厉声问道。

"我这是说,虽然他叫什么'胳膊长',恐怕皇上没有给他这样的权力。比如说,布堪诺夫镇上那个委员乱搞一气,说:'我要好好收拾你们这些狗崽子,叫你们一辈子忘不了！……'他在布堪诺夫的大会上,当着全镇的人这样喊叫。苏维埃政府给他这样的权力了吗? 问题就在这儿嘛！恐怕不会有什么委任状,叫他干这些事,叫他对所有的人都不分青红皂白一样处治。哥萨克也有各种各样的

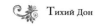

嘛……"

施托克曼腮上的皮肉拧成一团一团的。

"我已经听过你的意见啦,现在你听听我的吧。"

"当然啦,也许我糊涂,说得不对,请多多担待。"

"等一等,等一等……是这样。你刚才说的那个委员的事,确实很不对头。我要去调查调查这件事。如果真是这样,如果他欺压哥萨克,胡作非为,那我们饶不了他。"

"噢呀,不一定做得到呀!"

"不是不一定,而是一定做得到! 你们这里还在打仗的时候,一名红军抢了你们村里一个妇女的东西,不是被本部队的红军枪毙了吗? 这是你们村里的人告诉我的。"

"是的,是的! 他抢的是彼尔菲莉耶芙娜柜子里的东西。是这么回事儿! 这是真的。当然是这样……处治很严。你说得很对,是拉到场院外面枪毙的。后来我们还争论了很久,不知该把他埋到什么地方。有人说把他埋到坟地里,还有一些人反对,说这样把坟地都弄脏啦。所以就把这家伙埋到了场院旁边。"

"有过这样的事吧?"施托克曼急忙转悠了一下手里的纸烟。

"有过,有过,我没说没有。"赶爬犁的哥萨克连忙答应说。

"为什么你就以为,如果查明一个委员犯了罪,我们不会处治他呢?"

"好同志呀! 恐怕你们没有比他大的官儿啦。先前那是一个兵,这是一个委员呀……"

"对他更是要严些! 明白吗? 凡是坏人,苏维埃政府都要惩治,苏维埃政府的人员,如果无理地欺压劳动群众,我们要严加惩处。"

三月的原野中午时候静悄悄的,只能听到滑木的咪咪声和呱唧呱唧的马蹄声,忽然响起震天动地的炮声,寂静一下子就被破坏了。第一声炮响过,在间隔相同的时间里又接连响了三声。炮兵连又从克鲁托夫村开始向左岸轰击了。

爬犁上的谈话停止了。隆隆的炮声像一种强有力的、格调不同的音阶,闯入和惊破了在初春的困倦中沉沉入睡的草原的模糊梦境。就连马也跨大了步子,轻快地迈动着四条腿,正经八百地晃动着两只耳朵,走得更快了。

上了将军大道,坐在爬犁上的人望见了顿河对岸茫茫的草原,草原十分辽阔,色彩斑斓,夹杂着一片片化尽了雪的、光秃秃的黄沙,还有一片片柳树和赤杨树林,像楔子,或者像灰灰的小岛。

来到霍派尔河口镇上,爬犁来到革命军事委员会办公处的大门口。莫斯科步兵团的团部也在旁边一座楼房里。

施托克曼在口袋里掏了掏，从荷包里抽出一张四十卢布的克伦斯基票子，递给赶爬犁的哥萨克。那个哥萨克　下了满面春风，湿漉漉的胡子底下露出一嘴黄黄的板牙，很不好意思地推却说：

"您怎么啦，同志，太客气啦！用不着给钱。"

"拿着吧，劳累你的马啦。对于政府，你别怀疑。你记住：我们流血奋斗，为的是建立工人和农民的政府。鼓动你们暴动的是我们的敌人，是富农、官吏和军官们。他们是暴动的根本原因。如果我们的人当中有谁蛮横无理地欺压了同情我们、帮助革命的劳动哥萨克，我们对这样的人一定要严加惩处。"

"同志，你可知道，俗话说：天高海水深呀……你们的海水也是很深呀……跟有劲的人别斗力气，跟有钱的人别打官司，你们可以算是又有力气又有钱的啦。"他很滑稽地龇了龇牙。"瞧你，一下了就给我四十卢布，其实这么一点儿路，给五个卢布就很不错啦。瞧你，太客气啦！"

"这是因为你说的话赏给你的，"米沙从爬犁上跳下来，一面勒着裤子，一面笑着说，"也是因为你这漂亮的大胡子。你这呆子，知道你拉的是什么人吗？他是红军的将军。"

"啊？"

"用不着'啊'啦！你们这些人真也够呛！……给少了，就要到处乱说：'看，我拉了几个同志，才给五个卢布，真不像话！'发牢骚要发上一个冬天。要是给多了，你也要说话：'真是大财主！一下子就给四十卢布。他的钱太多啦……'要是我呀，连屁也不给你！爱怎么抱怨就怎么抱怨好啦。反正怎样都不称你的心。好啦，咱们走……大胡子，再见啦！"

连愁眉苦脸的伊万·阿列克塞耶维奇听着米沙的气话，听到最后都笑了。

一个红军骑兵侦察员骑着一匹西伯利亚长毛小马，从团部的院子里跑了出来。

"爬犁是打哪儿来的？"他勒了勒缰绳，转过马头，喝问道。

"你干什么？"施托克曼问道。

"往克鲁托夫运子弹。来吧！"

"同志，不行，我们要把这爬犁放回去。"

"你们是什么人？"

红军是个很漂亮的年轻小伙子，他对直地朝他们走来。

"我们是后阿穆尔团的。不能扣留爬犁。"

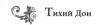

"哦……那好吧,让他走。老头子,你走吧。"

<h1 style="text-align:center">四十</h1>

　　一打听,原来在霍派尔河口镇并没有组织什么志愿国民军。确实组织了一支国民军,不过不是在霍派尔河口镇,而是在布堪诺夫镇,主持组织国民军的正是信旧教的哥萨克在路上谈到的那个委员马尔金,他是红军第九军司令部派到霍派尔河下游各乡镇来的。叶兰乡、布堪诺夫乡、司拉舍夫乡和库梅尔仁乡的共产党员和苏维埃工作人员,又补充了一些红军,就组成了一支相当可观的战斗队伍,拥有二百条枪,还有几十名侦察骑兵。这支国民军暂时驻扎在布堪诺夫镇上,和莫斯科步兵团的一个连共同抵抗打算从叶兰河和集摩夫河上游攻过来的暴动军。

　　莫斯科团的参谋长原是旧军队的正规军官,是一个脸色阴沉、性情急躁的人;政治委员原是莫斯科米海尔逊工厂的工人;施托克曼和他们谈过以后,决定留在霍派尔河口镇上,参加该团的第二营。在堆满了一捆捆电话线和其他军用物资的一间很干净的小屋子里,施托克曼和政委谈了很久。

　　"同志,你该明白,"政委慢吞吞地说;他的个头儿不高,急性盲肠炎时常发作,脸色黄黄的,"这种工作很复杂。我这儿的弟兄大多数是莫斯科人和梁赞人,还有少数下戈洛得人。多数都是很坚强的工人同志。原来这里是第十四师的一个骑兵连,他们简直是磨洋工。只好把他们调回大熊河口镇啦……你留下来吧,工作多得很。要向群众做工作,向他们解释。你该明白,这是哥萨克呀……在这儿就要处处谨慎。"

　　"这种情况我比你还清楚。"施托克曼看着政委那病得发了黄的眼珠子,针对着他那种教导人的语调这样说。"你还是告诉我:布堪诺夫镇上那个委员是怎么搞的?"

政委捋了捋修剪得像一把灰色小刷子似的上嘴胡,偶尔抬抬发青的透明的眼皮,有气无力地回答说:

"他在那里有一阵子搞得过火啦。他倒是一个很好的小伙子,但是不能很好地分析政治形势。不过既然要砍木头,总有碎木片到处乱飞……现在他在动员各乡的男丁往俄罗斯内地撤退……你到管理科去吧,让管理科把你们列入名册,好领生活费。"政委用手按着油污的棉裤腰,痛苦地皱着眉头说。

第二天早晨,一听到紧急集合的号声,第二营就跑步集合,开始点名。一个钟头之后,这个营就成行军纵队朝克鲁托夫村开去。

每四个人一排,在其中一排里,并肩走着施托克曼、米沙和伊万·阿列克塞耶维奇。

先从克鲁托夫村往顿河对岸派出一支侦察队。大队也紧跟着过了顿河。被融化的雪水泡软了、到处是褐色牲口粪的大路上,出现了一个个的水洼儿。顿河上的冰透着模糊的、气泡状的青色。河边上一小截路垫上篱笆片子才能通过。炮兵连从后面山坡上,朝着叶兰村外的杨树林一炮接一炮地轰击着。第二营的任务是,越过哥萨克抛弃的叶兰村,朝叶兰镇方向推进,和从布堪诺夫镇开出来的第一营的一个连取得联系之后,攻占安东诺夫村。根据作战部署,营长应该率领队伍朝别兹包洛道夫村方向走。骑兵侦察队很快就送来报告,说在别兹包洛道夫村方向没有发现敌人,不过在村子后面,大约四俄里的地方,有密集的枪声。

一发发炮弹带着呼啸声和嘶嘶声从高空,从红军队伍头顶上飞过。不远处的炮弹爆炸声震撼着大地。后面顿河上的冰咔嚓裂了一声。伊万·阿列克塞耶维奇回头看了看。

"大概要发水啦。"

"在这种时候过顿河,顶没有意思啦。眼看着就要开冻啦。"怎么都不会像步兵那样把步伐走整齐的米沙很委屈地嘟哝说。

施托克曼看着前面的人那一张张被皮带勒得紧绷绷的脊背,看着那有节奏地晃动着的一条条步枪和枪上那蒙了一层水汽的烟灰色刺刀。他回头看了看,看见战士们那一张张严肃而镇静、各不相同而又无比相像的脸,看见晃来晃去的灰军帽和军帽上的五角红星,看见一件件的灰大衣,有旧得发了黄的,有新些的但也起了毛、成了浅灰色的;听见众多的人的沉甸甸、吧唧吧唧的行军脚步声、低低的谈话声、各种嗓门儿的咳嗽声、水壶丁当声;闻到了湿靴子、土烟和武装带的气味。他半闭起眼睛,尽量不使脚步错乱,心中对这些昨天还不认识、还很陌生的小伙子产生了一种很强烈的亲热感情,心里说:"很好,可是为什么现在我觉得他们特别可亲可爱呢? 是什么东西联系着我们呢? 哦,是共同的思想……不,恐怕不光是思想,还有共同的事业。还有什么呢? 也许,还因为接近了危险和死亡吧? 不知为什么就是特别亲热……"他的眼睛笑了笑。"难道是我老了吗?"

施托克曼怀着父亲一般的满意心情,望着他前面一个战士那强壮、挺直而宽阔的脊背,望着领子和帽子中间露出来的一截又红又干净、充满了青春活力的圆滚滚的脖子,望了一会儿,又把目光移到自己旁边一个战士身上。他的脸黑黑的,刮得光光的,两个腮蛋子红红的,薄薄的嘴唇流露着男子汉的气概,个头儿很高,但是十分匀称;他走起路来,连空着的那只手几乎都不摆动,总是像有病一样皱着眉头,眼角上布满了像老头子一样的皱纹。施托克曼很想和他谈一谈。

"同志,你参军很久了吗?"

旁边的战士的浅棕色眼睛用冷淡和探询的神气微微朝施托克曼斜看了一下。

"一九一八年参军的。"他从牙缝里回答说。

施托克曼听了这冷淡的回答,没有泄气。

"你是哪儿人?"

"大叔,你想找老乡吗?"

"要是老乡,我当然很高兴。"

"我是莫斯科人。"

"是工人吗?"

"是的。"

施托克曼朝这个战士的手臂了一眼。那干钢铁活儿的印子,过了这么久还没有褪掉。

"是钢铁工人吧?"

那一双棕色的眼睛,又扫了扫施托克曼的脸,扫了扫他的有些花白的大胡子。

"是钢铁旋工。你也是吗?"他那冷峻的棕色眼角上好像露出一点儿亲热的神情。

"我是钳工……同志,你这是为什么老是皱着眉头?"

"靴子夹脚,烤得太干啦。夜里我担任潜伏哨,把脚弄湿啦。"

"不是害怕吧?"施托克曼若有所悟地笑了笑。

"怕什么?"

"这很清楚,咱们这是去打仗嘛……"

"我是共产党员。"

"怎么,共产党员就不怕死啦,不也同样是人吗?"米沙插嘴说。

施托克曼旁边的那个战士很熟练地把步枪往上提了提,也不看米沙,想了想,回答说:

"老弟,干这种事你还不行。我是决不能怕的。自己要给自己下命令,明白吗?你别用自己的心来描测别人的心……我知道我是为什么打仗,和谁打仗,知道咱们一定会胜利,这是最要紧的,其余的都是不值一提的。"他想起了一件什么事,不禁笑了笑,侧眼看着施托克曼,说:"去年我在克拉萨甫采夫的部队里,在乌克兰打过几次仗。我们一直在被迫退却。损失很大。渐渐把伤员都扔掉啦。有一次,在离日梅林卡不远的地方,敌人把我们围上啦。必须在夜里通过白军的阵地,炸毁他们后方一条小河上的桥,使他们的铁甲车不能开过来,我们就可以跨过铁路线。于是号召自动报名去炸桥。却没有人报名。共产党员们——我们党员不多——就说:'咱们来拈阄,谁拈到谁就去。'我想了想,就自动报了名。我带上大刀、引火绳、火柴,跟同志们道过别,就去了。那一夜很黑,还有雾。我走了有百十丈远,就爬起来。爬过了一片没有收割的麦地,后来又在一条沟里爬了一阵子。我还记得,我从沟里往外爬的时候,有一只鸟扑楞一声从我鼻子底下飞了起来。就这样……我从离岗哨十丈远的地方爬过去,爬到桥跟前。有一个机枪哨兵护着这座桥。我趴了有两个钟头,等待机会。我把刀放下,用衣襟遮着来划火柴,但是火柴是湿的,划不着。因为我是肚子贴着地爬的,身上都叫露水打湿啦,所以火柴头儿全湿透啦。这么一来,大叔,我可是真怕啦。天快亮啦,我的手直哆嗦,汗水往眼睛里直流。我心里想:'全完了!'又想:'要是不能把桥炸掉,我就自杀!'折腾来,折腾去,好歹还是把火柴划着了,我点着了引火绳,就朝后跑。等到后面轰的一声爆炸起来,我已经卧倒在路堤这边防护栅栏脚下了。他们那边一片叫声,乱成了一团。两挺机枪哒哒响了起来。很多骑兵从我旁边跑过,可是夜里怎么能找得到人呢?我从防护栅栏那边爬过来,钻进庄稼地里。谁知这时候我的胳膊和腿都发了麻,不能动弹啦,这一下子可完啦!我就躺下去。去的时候很不错,很有勇气,可是往回走,成了这个样子……我呕吐起来,浑身一点劲儿都没有啦!我觉得肚子里什么都吐光啦,可还是一股劲儿地要吐。就这样……当然,我好歹还是爬回自己队伍里啦。"他兴奋起来,那两只闪出火一样光芒的眼睛显得分外亲切,分外好看了。"打完仗以后,第二天早晨,我对同志们讲起昨天夜里火柴怎样出了问题,我的一个好朋友就说:'谢尔盖,怎么,你把打火

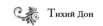

机弄丢了吗?'我一摸口袋,打火机还在呢! 我掏出来,打了一下,嘿,一下子就
着啦!"

有两只乌鸦被风吹着,从远处一丛白杨树那里迅速地、高高地飞过来。风吹
得乌鸦一冲一冲地飞着。乌鸦离队伍已经有一百丈远的时候,停了有一个钟头
的大炮又在克鲁托夫山上响了起来,试射的一发炮弹带着越来越响的啸声飞过
来,当啸声似乎到达最高度的时候,一只飞得高些的乌鸦忽然像旋风卷起的一片
刨花似的,拼命地旋舞起来,并且斜斜地伸开翅膀,像螺旋一样转着圈子,还想撑
持住,到末了还是像一片黑黑的大树叶子似的,慢慢掉了下来。

"老鸹碰上死神啦!"施托克曼后面有一个战士很开心地说。"打得它滴溜溜
乱转,真带劲儿!"

连长骑着一匹深栗色的高大骒马,从队伍前头跑来,马蹄蹚起一团团水雪。

"成散兵线! ……"

三架拉着机枪的爬犁飞跑过来,溅了一声不响地走着的伊万·阿列克塞耶
维奇一身水雪。爬犁跑着跑着,一个机枪手从后面一架爬犁上滚了下来,战士们
都十分开心地哈哈大笑起来,一直笑到那个赶爬犁的人骂着娘,猛地勒转马头,
滚下来的机枪手一面跑着,一面跳上了爬犁。

四十一

卡耳根镇已经成了暴动军第一师的主要据点。格里高力·麦列霍夫清楚地
考虑到在卡耳根附近布阵能造成的战略优势。决定无论如何不放弃这个镇。旗
尔河左岸的一些山冈,是很好的制高地,便于哥萨克进行防御战。山下,旗尔河
右岸就是卡耳根镇,卡耳根镇过来就是草原,草原像一条柔软的草垫子似的,往
南伸出去很远,还有一些横七竖八的山沟和洼地。格里高力亲自在山上选定了

一块地方，安置了拥有三门炮的炮兵连。不远处就是一个很好的观测点——一个居高临下的小土包，周围还有橡树林和一道道土岭子掩护着。

卡耳根镇附近每天都发生战斗。红军一般是从两个方面发动进攻：一是从南面，从乌克兰人的阿司塔霍夫村那边，从草原上过来；一是从东面，从博柯夫镇出发，穿过一个连一个的村庄，顺着旗尔河往上推进。哥萨克的阵地就在卡耳根镇外百十丈远的地方，很少还枪。红军猛烈的火力几乎每一次都逼着哥萨克退进镇里，可是随后又顺着狭窄的山沟的沟底回到山上。红军没有足够的兵力进一步压迫他们。在进攻战天天取胜的情况下，红军骑兵不足的弱点就尖锐地表现出来了。如果有足够的骑兵，就可以从侧翼进行迂回活动，迫使哥萨克继续后退，调开哥萨克的兵力，让已经来到镇口上、但是无法继续前进的步兵放开手脚。步兵是不能进行这一类运动战的，因为步兵的灵活性小，不善于迅速活动，还因为哥萨克大多数都是骑兵，骑兵可以随时袭击步兵，使步兵无法完成自己的基本任务。

暴动军还有一点占便宜，那就是他们熟悉地形，一有机会就派骑兵悄悄地顺着山沟突进到红军的侧翼和后方，经常威胁着红军，使红军不能继续推进。

这时候格里高力已经想好了一个狠狠打击红军的计策。他想佯装撤退，以便把红军引进卡耳根镇来，同时却让里亚布契柯夫带领一团骑兵顺着古森山沟从西面绕过来，顺着格拉奇从东面绕过来，插到红军侧翼，将其包围，给予重重的打击。计划做得很周密。在晚间的会议上，各个独立部队的指挥官都得到了详尽的指示和命令。按照格里高力的意图，迂回运动一定要在黎明时候开始，为的是便于隐蔽。一切都像下跳棋那样简单。格里高力在心中仔细估量和考虑了可能发生的一切意外，估量和考虑了事前没有料到、到时候可能会妨碍他的计划实现的一切事态，然后就喝了两大杯老酒，和衣倒在行军床上；他用湿漉漉的大衣襟把头一蒙，就睡得死死的了。

第二天，凌晨四点钟左右，红军部队就开始进攻卡耳根镇。一部分哥萨克步兵佯装败退，跑出卡耳根镇，朝山上跑去；停在镇口的两辆大车急忙掉转马头，大车上的两挺机枪就对准奔跑的哥萨克开起火来。红军慢慢在各条街道上散了开来。

格里高力在小土包后面，站在炮兵连旁边。他看着红军的步兵占领了卡耳根镇并且集结在旗尔河旁边。事先已经约定，第一声炮响过以后，两连埋伏在山下果园里的哥萨克就转入进攻，进行迂回包抄的那个团也在这个时候开始合围。炮兵连连长看见有一辆拉着机枪的大车正在克里摩夫高地上朝着卡耳根飞跑，正要命令对准大车开炮,这时候观测员报告说,在三俄里半远处,下拉推舍夫村的一座桥上,有一门大炮:那是红军同时从博柯夫镇方面发起进攻了。

"用臼炮朝他们开火!"格里高力没有把蔡司望远镜从眼上拿下来,就出主意说。

瞄准手和那位担任炮兵连连长的司务长交换了一下意见之后,很快就瞄准了目标。炮手们准备就绪,于是一门四英寸半口径的、被哥萨克们叫做臼炮的大炮,屁股朝地上一蹲,沉甸甸地怒吼了一声。第一发炮弹就打在桥头上。红军炮兵连的第二门炮这时候刚刚上桥。这一发炮弹把拉炮车的马打坏了,后来查明,六匹马当中只有一匹活了下来,可是骑在这匹马上的驭手被炮弹皮削掉了脑袋。格里高力看到:那门炮前头冒起一团灰黄色硝烟,砰的响了一声,一匹匹被硝烟裹住的马就直立起来,又像被砍了一刀似的,一下子倒了下去;有一些人跌跌撞撞地跑起来。在炮弹下落时正在炮车旁边走的一个骑马的红军,连人带马、带桥栏杆一同飞了起来,摔到了冰上。

炮手们都没有料到,这一炮会打得这样准。土包脚下的大炮旁边有一小会儿静得一点声息都没有;只有不远处的观测员跪下来,喊了两声,并且晃了晃两条胳膊。

紧接着就从下面,从樱桃园和镇边密密的树丛里传来很不整齐的呐喊声和劈劈啪啪的步枪声。格里高力不顾危险,跑到土包顶上。很多红军在街道上跑着,从街道上传来嘈杂的人声、尖利的口令声、猛烈的枪声。一辆拉着机枪的大车本来想朝高地上跑,可是在离坟地不远的地方,一下子来了个大转身,那挺机枪就从时而奔跑、时而卧倒的红军头顶上,扫射起从园子里冲出来的哥萨克。

格里高力望眼欲穿,很想在地平线上看到哥萨克的骑兵散兵线。由里亚布契柯夫率领去进行迂回包抄的骑兵还一直没有出现。原来在左翼的红军,已经朝卡耳根镇和附近的阿尔黑波夫村之间的一座架在萨布隆峡谷上面的桥上跑来,这时候右翼的红军还在镇上乱跑,并且在已经控制了旗尔河边两条街的哥萨克的射击之下纷纷倒下去。

终于,从高地后面出现了里亚布契柯夫的第一连,接着又出现了第二连、第三连、第四连……各个连队拉成骑兵散兵线,猛然向左一转身,拦住斜坡上一群正朝克里摩夫村奔跑的红军。格里高力把手套攥在手里,很激动地注视着战斗的局面。他扔下望远镜,用肉眼观察起来,看到哥萨克骑兵飞速地朝克里摩夫村的大路奔去,看到红军在混乱中转过身,成堆成堆地或者一个一个地朝阿尔黑波夫村的各家院子里跑去,在那儿却遇到正顺着旗尔河往上追击的哥萨克步兵的火力,就又朝大路上飞跑。只有一小部分红军跑进了克里摩夫村。

在高地上不言不语地展开了可怕的白刃战。里亚布契柯夫的几个连把阵势转了过来,对着卡耳根镇,像秋风扫落叶一样,把红军赶了回去。有三十来名红军,跑到萨布隆峡谷的桥边,看到退路已被切断,无处可逃了,就抵抗起来。他们有一挺重机枪,子弹也还有不少。哥萨克的步兵从果园里一露面,机枪就像发了疯似的扫射起来,哥萨克们纷纷卧倒,爬到棚子底下或石头院墙脚下。在山冈上可以看到,一些哥萨克正拖着一挺机枪在卡耳根镇的街道上跑。他们在靠近阿尔黑波夫村的镇边一户人家门前停了一小会儿,然后就进了院子。不久就在这一家的仓房顶上猛烈扫射起来。格里高力用望远镜看了看,连几个机枪手都看清楚了。有一个机枪手的裤腿掖在白袜筒里,他叉着腿,在挡板后面弯着腰,趴在仓房顶上;还有一个机枪手把机枪子弹带缠在腰上,正顺着梯子往上爬。炮兵决定支援步兵,对着那一堆负隅顽抗的红军发射了一连串的榴霰弹。最后一颗榴霰弹在镇外很远的地方爆炸了。

过了一刻钟,萨布隆峡谷边的红军机枪忽然哑了,接着就响起干脆利落的呐喊声。哥萨克骑兵在光秃秃的柳树丛中出现了。

战斗全部结束了。

根据格里高力的命令,卡耳根镇和阿尔黑波夫村的老百姓用钩子和钩竿把被砍死的一百四十七名红军拖到一个大坑里,草草地埋到萨布隆峡谷旁边。里亚布契柯夫缴获了六辆车马齐全的弹药车和一辆机枪车,只是机枪没有枪栓了。在克里摩夫村还截获了四十二架装满军用物资的爬犁。哥萨克阵亡四名,十五人受伤。

这次战斗以后,卡耳根镇上有一个星期非常安静。红军又转过头去进攻暴动军第二师,很快就打得第二师节节败退,红军攻占了米古林乡一个又一个的村庄:已经占领了阿列克塞耶夫村、柴尔涅茨村,并且已经逼近了上旗尔村。

每天天一放亮,就可以听到那边的隆隆炮声,但是关于战况的消息很晚才能传过来,而且这些消息也不能清楚地说明第二师战线上的现状。

格里高力这几天来,为了摆脱一些可怕的念头,为了麻痹自己的意识,不去想周围发生的事和他是参与其事的重要一员的问题,便喝起酒来。如果说暴动军虽有大量小麦,然而非常缺乏面粉的话(磨坊来不及给军队磨粉,所以哥萨克常常煮麦粒儿吃),老酒却是不缺的。老酒源源不断地送来。在顿河那边,杜达列夫村的哥萨克连喝得醉醺醺的,排成骑兵阵势去冲锋,迎头碰上好几挺机枪,被消灭了一半。醉醺醺地去上阵冲锋的事,已经成了家常便饭。很多人殷勤地给格里高力送酒。普罗霍尔·泽柯夫更是特别勤快。卡耳根这一仗打过之后,他遵照格里高力的意思,拉来三坛子老酒,还叫来几个歌手,格里高力就高高兴兴地放开胸怀,抛开现实,抛开一切思虑,同哥萨克们一直喝到天亮。到早晨又喝酒解醉,睡了一天,到晚上又把歌手叫了来,闹闹嚷嚷的说笑声、歌声、舞影——这一切形成了一种似乎真正欢乐的幻象,遮住了真正的、无情的现实。

后来,喝酒很快就上了瘾。格里高力早晨起来一坐到桌上,就觉得非喝酒不可。他喝得很多,但是从来没醉过,脚底下总是站得稳稳的。就是喝上一夜,别的人都吐得狼藉不堪,盖上军大衣或马衣,在桌旁和地上睡了,他还是保持着清醒的神态,只是脸色更白了,眼神显得严峻了,再就是拳曲的头发耷拉了下来,所以不住地用手去摸头。

接连不断地狂饮了四天,他明显地虚胖起来,背也驼了;眼睛底下出现了老大的青色皱褶,眼神中常常透露出一种无名的凶光。

第五天,普罗霍尔·泽柯夫意味深长地笑着,出主意说:

"咱们上李霍维多夫村,去找一个漂亮娘们儿,好吗?喂,去不去?格里高力·潘捷莱耶维奇,可别错过了。那娘们儿就跟西瓜一样甜!虽然我没有亲自尝过,可是我知道。鬼东西,简直是一匹野马!很不安生。叫你一下子是骑不上去的,连摸都不叫摸。可是她做的酒,再好没有啦。在整个旗尔河上,可以算是第一家。她男人跟着军队到顿涅茨那边去啦。"这最后一句好像是随便说说的。

天一黑,他们就上李霍维多夫村去。和格里高力一同去的有里亚布契柯夫、哈尔兰皮·叶尔马柯夫、一条胳膊的阿列克塞·沙米尔,还有从自己的驻地前来的第四师师长康德拉特·梅德维杰夫。普罗霍尔在前面带路。到了李霍维多夫村,他让马放慢了脚步,拐进一条小胡同,推开场院的小门。格里高力在他后面把马一夹,那马跳过门口一个快要化完的大雪堆,前腿陷进了雪里,马喷了喷鼻子,又纵身一跃,跨过了一个堵住大门并且一直埋到篱笆顶的雪堆。里亚布契柯夫下了马,牵着马走。格里高力骑着马跟着普罗霍尔走了有五分钟,先是在一个个的麦秸垛和干草垛之间走,后来又是光秃秃、像玻璃一样丁丁响的樱桃园。天空斜挂着泛着青幽色的一弯金色的新月,星星在瑟瑟发抖,交织成一种迷人的宁静,不论远处的狗叫声,不论清脆的马蹄声,都没有破坏这种宁静,倒是更使人感觉出这种宁静。透过密密的樱桃树丛和横七竖八的苹果树枝,看见一道黄黄的灯光,在星光灿烂的天空的衬托下,一座芦苇顶的大房子的侧影清清楚楚地显露出来。普罗霍尔在马上弯下身子,很殷勤地推开吱扭扭响的板门。台阶边一个冻住的小水洼里,倒映在里面的月亮晃动了几下。格里高力的马踩碎了小水洼边上的冰,并且站了下来,喘了一口气。格里高力跳下马来,把马拴到台阶栏杆上,便走进黑洞洞的过道。里亚布契柯夫和其他人也都下了马,小声哼着歌儿,闹闹哄哄地跟着走了进去。

格里高力摸到了门把手,走进宽敞的厨房。一个年轻的哥萨克娘们儿背靠炉子站着,正在打毛袜子。这女子个头儿小小的,但是身材十分好看,脸黑黑的,两道黑眉毛就像画的一般。炕上一个八九岁的白头发小姑娘,摊着两条胳膊在睡觉。

格里高力没有脱大衣,就在桌边坐下来。

"有酒吗?"

"连好也不问一声吗?"那娘们儿也不看格里高力,依然是那样飞快地织着袜子,问道。

"要我问好,我就问,你好!有酒吧?"

她抬起眼睫毛,拿圆圆的深棕色眼睛朝格里高力笑了笑,一面听着过道里的说话声和脚步声。

"酒倒是有。不过,你们来过夜的人很多吧?"

"很多。整整一个师……"

里亚布契柯夫在门口就蹲下身子,用皮帽子拍打着靴筒,拖着马刀,跳起舞来。哥萨克们在门口挤成了一堆;其中一个人敲着木勺子,敲出很好听的跳舞鼓点儿。

大家把军大衣都堆在床上,把武器放在大板凳上。普罗霍尔连忙帮着女主人摆酒端菜。一条胳膊的阿列克塞·沙米尔到地窖里去取腌白菜,不小心从梯子上摔了下去,又从地窖里爬出来,用棉袄大襟兜着破碟子片儿和一团湿漉漉的白菜走了回来。

到半夜时候,喝光了两桶酒,吃了无数的腌白菜,又决定要宰一只羊。普罗霍尔在羊圈里摸到一只小羊羔,哈尔兰皮·叶尔马柯夫也是一个挺不错的刀手,一刀就把羊头砍下来,马上就在棚子底下把羊剥了。女主人生起火,把炖羊肉的铁罐架上去。

又用勺子敲起跳舞的鼓点儿,于是里亚布契柯夫扭着腿跳起舞来,一面用手拼命拍着靴筒,一面用尖尖的、但是很好听的男高音唱道:

现在咱们喝吧,玩儿吧,

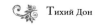

不用到外面干活儿啦……

"我要玩儿啦!"叶尔马柯夫吼了一声,想拿马刀试试窗框结实不结实。

一向很喜欢叶尔马柯夫的勇猛出众和哥萨克式的剽悍的格里高力,用铜茶缸敲了敲桌子,对他喝了一声:

"哈尔兰皮,别胡闹!"

哈尔兰皮乖乖地把马刀插进鞘里,便又趴到酒杯上大喝起来。

"只要有酒下肚,纵死也不怕,"阿列克塞·沙米尔说着,坐到格里高力跟前来,"格里高力·潘捷莱耶维奇,你是我们的命根子!我们活在世上,全靠你啦!咱们再来一坛子,好不好?……普罗霍尔,拿酒来!"

没有卸鞍的马都在草垛旁边,都没有拴。有时大家轮流出去看看。

到天快亮时候,格里高力才感觉到自己喝醉了。他好像听到很远的地方有别人的说话声,红红的眼珠子转悠起来非常费劲儿,用很大的意志力才能控制住自己的意识。

"那些戴金肩章的家伙又要欺压咱们啦!他们把政权抓到手里啦!"叶尔马柯夫抱着格里高力,大声叫道。

"什么肩章?"格里高力掰开叶尔马柯夫的胳膊,问道。

"说的是维奥申呀。怎么,你不知道吗?一个高加索的公爵上台啦!一个上校呀!……我要杀了他!麦列霍夫!我们把命交给你,听你摆布,你可不能白糟蹋我们!哥萨克们都很恼火。你带领我们上维奥申去,把什么都打个稀烂,打个粉碎!把伊留什卡·库金诺夫,把上校,全都宰了!他们打咱们耳光打够啦!咱们又要打红军,又要打士官生!我就要这样干!"

"是要把上校杀了。他是特意留下来的……哈尔兰皮!咱们投靠苏维埃政府吧,就说:我们错啦……"格里高力清醒了一会儿,似笑非笑地笑了笑。"我是说着玩儿的,哈尔兰皮,喝吧。"

"麦列霍夫,你开什么玩笑?别开玩笑,这是正经事儿。"梅德维杰夫严肃地说。"我们想把政府推翻。把所有的人都换掉,请你上台。我跟哥萨克们都说过啦,他们都赞成。我们可以好言好语地对库金诺夫和他那一伙儿说:'你们下台吧。我们不要你们啦。'如果他们走,那再好不过;如果他们不走,咱们把一个团往维奥申一开,他们就完蛋!"

"再不许谈这件事!"格里高力怒冲冲地喝道。

梅德维杰夫耸了耸肩膀,离开桌子,酒也不喝了。在角落里,里亚布契柯夫

从大板凳上耷拉下乱蓬蓬的脑袋,用手划着肮脏的地面,如怨如诉地唱了起来:

> 我的小亲亲,小乖乖,
> 喂,你把头儿趴下来。
> 你把头儿趴下来……
> 快点儿! 你趴到右边儿。
> 趴到右边儿,再趴到左边儿,
> 再趴到我的白酥酥的胸脯上。

阿列克塞·沙米尔和着里亚布契柯夫那女人般的哀怨动人的男高音,用粗喉咙大嗓门儿唱了起来:

> 他趴在我的胸脯上,
> 重重地叹着气……
> 重重地叹着气,
> 说出分别的言语:
> "咱们断了吧,老相好的,
> 老相好的,实在叫人烦腻! ……"

窗外已经放亮了,女主人这才搀着格里高力进上房。

"你们别再灌他啦! 算了吧,鬼东西! 你没看见,他已经不行了吗?"她说,一面很吃力地搀着格里高力,用另一只手推开端着一杯酒跟在他们后头的叶尔马柯夫。

"怎么,去睡觉吗?"叶尔马柯夫挤了挤眼睛,身子摇晃着,杯子里的酒直往外泼。

"是的,要去睡觉。"

"你现在别跟他睡啦,他什么也不能干啦……"

"你管不着! 你又不是我的公公!"

"你找个管用的吧!"叶尔马柯夫因为醉汉的笑劲儿上来,跟跄了几下,很粗鲁地大笑起来。"咦——咦,不要脸的东西! 眼睛都睁不开啦,还说混账话呢!"

她把格里高力搀进房里,让他躺在床上,她在朦胧的晨曦中带着厌恶和怜惜的心情端详着他那张死白的脸和那一双睁得大大的、然而什么也看不见的眼睛。

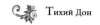

"你是不是喝点儿果子汤?"

"弄点儿来吧。"

她端来一杯冰凉的樱桃羹,坐到床上,梳理和抚摩着格里高力的一头乱发,直到格里高力沉沉入睡。她自己和小姑娘一起睡在炕上,但是沙米尔却搅得她睡不着。沙米尔的头枕着胳膊肘,像受惊的马一样,不住地打着响鼻,后来就像被推了一下似的,忽然醒来,用沙哑的喉咙唱道:

> ……当过兵回家乡!
> 胸前挂呀……挂肩章,
> 肩上戴呀……十字章……

他把脑袋放到胳膊上,可是过了几分钟,又像发了狂似的四面张望着,唱道:

> 当过兵回家乡!……

四十二

第二天早晨,格里高力醒来,想起叶尔马柯夫和梅德维杰夫说的话。他已经不像夜里醉得那样厉害了,所以脑子不用怎么费劲儿,就想起有关夺取政权的一番话。他已经明白,带他到李霍维多夫村来喝酒是有明显意图的,那就是鼓动他发动政变。一些思想左倾的哥萨克,与公开表示要上顿涅茨河那边去跟顿河白军联合的库金诺夫完全不同,他们暗中幻想彻底脱离顿河政府,自己建立一个没有共产党员的苏维埃政府。是他们在策划密谋。他们想把格里高力拉到自己一边,并不了解暴动军内部分裂的危险性,并不了解,红军的战线虽然在顿涅茨方面受到冲击,但是每一分钟都可能毫不费力地把他们和他们的"内讧"一同消灭。"简直是儿戏。"格里高力心里想着,轻轻地从床上跳下来。他穿好衣服,把叶尔马柯夫和梅德维杰夫叫醒,把他们叫到上房里,把门紧紧关上。

"听我说,好弟兄:别再提昨天的话啦,别乱说啦,不然对你们可不好!问题不在于谁当头儿。也不在于库金诺夫,要紧的是,咱们已经被包围,就像上了箍的桶。不是今天,就是明天,就要把咱们箍紧。咱们的队伍不是往维奥申开,而是要往米古林开,往克拉斯诺库特开。"他特别加重了语气说,眼睛一直没有离开梅德维杰夫那阴沉、冷漠的脸。"康德拉特,就这样吧,别到处鼓动人啦!你们动动脑筋,就会明白:如果咱们一下子把司令部搞掉,实行各种各样的改革,咱们就要完蛋。咱们要么靠拢白军,要么靠拢红军。站在当中是不行的,他们会把咱们挤碎。"

"要注意,这话可不能张扬出去。"叶尔马柯夫拧过脸去,要求说。

"咱们是同生死的嘛,不过,有个条件,你们不能再鼓动哥萨克啦。库金诺夫和他那一伙又算什么呢?他们没有实权——我对我这个师,想怎么带就怎么带。他们不好,这是肯定的;他们要把我们和士官生重新搞到一起,这是必然的。可是,咱们究竟往哪儿去呢?咱们的活路都被切断啦!"

"倒也是的……"梅德维杰夫勉勉强强表示同意,谈话谈到现在,他这才第一次抬起充满愤恨的、像狗熊一样的小眼睛,看了看格里高力。

这以后,格里高力又在卡耳根附近的村庄里连着喝了两夜,就像醉汉在酒馆里那样,过着放荡的生活。连他的马鞍垫子都沾满了酒气。不少年轻媳妇和已经不是姑娘的姑娘跟格里高力睡过觉,和他做过暂时的伴侣。但是一到早晨,满足了又一次情欲要求以后,格里高力就要像对待别人的事情一样,清醒而又淡漠地想:"活到如今,我什么日子都过过,什么滋味都尝过啦。爱过不少姑娘和媳妇,骑过不少好马……唉!……我在草原上闯荡过,尝过当父亲的甜头,杀过人,自己也送过死,对着青天逞过威。这一辈子还能怎样呢?已经够啦!可以死啦。死也不可怕啦。打仗也不用担惊害怕啦,就像财主赌钱那样,输了也不在乎啦!"

童年就像一个蓝蓝的艳阳天,断断续续地在脑海里浮现出来:石头小屋里的椋鸟,蹬着热乎乎的沙土的格里高力的光脚丫儿,庄严肃静的顿河,还镶着倒映在水里的毛茸茸的绿树,一张张小伙伴们的脸,身段秀美的年轻时的母亲……格里高力用手捂上眼睛,面前就闪过一张张熟悉的脸、一件件往事,有时候闪过很小很小、但是不知为什么记得特别清楚的事,脑子里又响起一些死去的人的已被忘却的声音、他们的片言只语、各种各样的笑声。脑子又把回忆的光芒对准了当

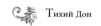

年看见过、后来早已忘记的景物，于是许多景物一下子十分鲜明地出来在格里高力面前：辽阔的原野、夏天的大道、牛车、坐在车前的父亲、老牛、金黄色的麦茬地、大路上一只只的黑老鸹……格里高力思绪万千地回想着过去，多次在这一去不返的生活中碰上阿克西妮亚，他心想："她才是我心上人呢！怎么都忘不了呀！"于是他厌恶地离开跟他睡在一起的女子，叹着气，焦急地等待天亮。等太阳一开始用红色的花边和金黄色的绦子打扮东方的天空，他就跳起来，洗洗脸，匆匆朝拴马的地方走去。

四十三

暴动就像草原上铺天盖地的野火一样蔓延开来。战线像钢箍一样围住一些不驯服的市镇。人们心头都印上一层厄运的阴影。哥萨克就像扔铜钱赌博那样，赌自己的命，有不少人扔出了"背面"。年轻人拼命地谈情说爱，年纪大些的就昏天黑地地喝老酒，玩纸牌，赌钱，赌子弹（而且子弹的价钱最高），有时回家去看看，哪怕有一分钟，也要把令人生厌的步枪靠到墙上，抓起斧子或者刨子，用芳香的红柳条儿编编篱笆，或者修理修理春天干活儿要用的耙和大车，让心情轻松一阵子。还有不少人，尝过了太平日子的滋味，醉醺醺地回到部队里，等到清醒过来，就怀着愤恨"人生无情"的心情去冲锋陷阵，迎着机枪往上冲，要不然就像疯了一样，放开马不要命地往前跑，去进行夜袭，等抓到俘虏，就残酷地、野蛮地折磨他们，用马刀把他们砍死，连子弹都不肯用。

这一年春天格外绚丽多彩。四月的天气又晴和又像玻璃一样明净。一行行大雁、一群群叫声像铜号的仙鹤，在高高的天空里追赶着白云，飞呀，飞呀，飞向北方。淡绿色的草原上，水塘旁边，一只只落下来打食儿的天鹅，亮闪闪的，就像撒在地上的珍珠。顿河边滩地上又是咯咯声，又是啁啁声，鸟叫声响成一片。在淹了水的草地上,在没有淹水的土垅和土包上,都有鹅在互相召唤,扑打着翅膀要飞;动了春情的公鸭子在河柳丛里一个劲儿地呷呷叫唤。柳树芽儿绿了,杨树上那黏黏的、芳香的芽苞儿鼓了起来。草原刚刚开始发绿,充满了解冻的黑土地的陈腐气息和永远新鲜的嫩草气息,这时候的草原分外迷人。

这一次打暴动仗,好就好在每个人都离自己的家不远。哥萨克如果讨厌了站岗放哨,如果不愿意翻山越岭去进行侦察,就向连长请假回家去,叫自己的老父亲或者未成年的儿子骑上战马去代替自己执行任务。各个连的人数总是满员的,然而也总是流动不定的。但是有的人更会想点子:太阳快要落山的时候,就骑上马离开连队的驻地,放开马拼命跑,一口气跑上三十或者四十俄里,到晚霞消逝的时候,人已经到了家。回来和老婆或者相好的睡上一夜,第二遍鸡叫以后,就骑上马出门,北斗星还没有隐去,人已经回到连里了。

很多风流小伙子顶喜欢在家门口打仗。"死可是划不来!"有些常常回家看老婆的哥萨克就这样开玩笑说。

总司令部特别害怕春耕一开始会有不少人开小差。库金诺夫专门跑到各个部队里,用他平素不曾用过的强硬口气声明说:

"宁可让咱们的田野上什么也不长,宁可一粒种子也不往地里撒,也不能容许哥萨克随便离开部队!凡是自动离开的,一定要杀,要枪毙!"

四十四

格里高力又在克里摩夫村外参加了一次战斗。这一天中午时候,双方在村边几户人家旁边交了火。过了不大的一会儿,红军的散兵线就进了村。穿黑色水兵服的波罗的海舰队的一只军舰上的全体水兵,在左翼很沉着地推进。他们勇猛冲杀,把暴动军卡耳根团的两个连从村子里赶了出去,并且逼着这两个连顺

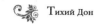

着山沟朝瓦西廖夫村退去。

在红军开始占上风的时候,站在小山包上观察战斗的格里高力,用手套向带着他的马站在一辆弹药车旁的普罗霍尔·泽柯夫招了招,就一面跑着跳上马去;他绕过一片洼地,飞速地朝古森村奔去;他知道,第二团的一个后备骑兵连就藏在古森村边的树林里。他穿过一座座果园,跨过一道道篱笆,朝这个连所在的地方奔去。他一看见那些下了马的哥萨克和拴在桩上的战马,老远就拔出刀来,高声喊道:

"上马!"

二百名骑兵在一分钟之内都上了马。连长迎着格里高力跑来。

"出动吗?"

"早该出动啦!你还发呆呢!"格里高力翻了翻眼睛。

格里高力勒住马,跳下来,好像是怄气似的,狠狠地勒了勒马肚带,因为满身大汗、发了性子的马转来转去,不让他紧那穿过鞍垫的马肚带,又是呼呼喘气,又是打响鼻,又是龇牙咧嘴,还想用前腿踢格里高力的腰,所以耽搁了一会儿。格里高力把马鞍拴结实,又腾身上了马;他也不看倾听着越来越响的枪声、觉得很不好意思的连长,就说:

"这个连由我来带。到村口成排纵队,快跑!"

到了村外,格里高力命令连队拉开阵势;又试了试马刀是不是很容易从鞘里抽出来;他和连队拉开有三十丈的距离,放开马飞快地朝克里摩夫村奔去。来到一座南坡伸出了克里摩夫村的山冈顶上,他勒住马,仔细观察了一小会儿。往后退却的红军骑兵和步兵正在村子里乱跑,大大小小的一类辎重车也在狂跑。格里高力侧过身子,朝着连队喊道:

"拔出刀来!冲啊!弟兄们,跟我来!"他很麻利地拔出马刀,带头呐喊起来:"乌拉——拉!……"他觉得全身有一股凉气和一种熟悉的轻快感,放马猛跑起来。拉得像弦一样紧的缰绳在左手里哆嗦着,举在头上的快刀嗖嗖地劈着迎面的气流。

有一会儿,一片老大的、被春风吹得团团转的白云遮住了太阳,于是一片灰色的阴影似乎很缓慢地在山冈上游动起来,追赶着格里高力。格里高力的目光离开越来越近的克里摩夫村的一户户人家,看着这一大片在潮湿的褐色土地上游动的阴影,看着其中一小片一个劲儿地朝前跑的悦目的浅黄色阳光。不知为什么他忽然不由地想要撵撵那一小片在地上跑的阳光。格里高力把马一夹,让马使足了劲儿跑起来,他拼命赶马,渐渐接近了阴影和阳光之间的摇晃不定的界线。又狂跑了几秒钟，伸出去的马头就洒满了阳光，而且马身上的红毛一下子就泛出明亮耀眼的光泽。就在格里高力跨过云彩影子的模模糊糊的边界的时候，小胡同里的枪声紧了起来。风迅速地把枪声送过来，枪声越来越近，越来越响。又过了一小会儿，格里高力在自己的马蹄嘚嘚声、子弹嗖嗖声和耳朵里呼呼的风声中，已经听不见跟在后面的连队的轰隆声了。两百匹战马那种沉甸甸、轰隆隆、震撼着潮湿的荒野的奔跑声，好像一下子从他的耳朵里掉了出来，好像越来越远，渐渐消逝了。这时候，迎面的枪声突然猛烈起来，就像是火堆里添了干柴；子弹成群成群地飞来。格里高力在慌乱和恐惧中回头看了看。他不禁又慌张又气忿，气得脸上的肉直哆嗦，脸色十分难看。原来那个连已经掉转马头，扔下格里高力，朝后跑了。连长在不远处骑在马上转来转去，像发了狂似的挥舞着马刀，哭着，声嘶力竭地吆喝着。只有两个哥萨克朝格里高力跑来，再就是普罗霍尔·泽科夫勒转马头，朝连长跑去。其余的人都把马刀插进鞘里，鞭打着坐下马，纷纷朝后面跑去。

格里高力只是有一小会儿工夫让马放慢了速度，他想弄清后面究竟是怎么一回事儿，为什么连队还没有受到损失就突然逃窜起来。但就在这短短的一刹那间，思想还是在督促他：不能回头，不能逃跑，只能向前！他看见，在小胡同里，离他一百丈远处，一道篱笆后面，有七名红军正围着一辆装机枪的大车忙活着。他们想让大车转过身去，好让机枪枪口对准朝他们冲过去的哥萨克，但是胡同很窄，大车显然转不过身去，所以机枪没有响，步枪声也越来越稀疏，格里高力觉得尖利的子弹啸声也不那么刺耳了。他拨了拨马头，准备跳过一道原来隔着树林、现在已经倒塌的篱笆，朝那条小胡同里冲去。他的目光一离开篱笆，不知为什么就像拿起了望远镜似的，突然清清楚楚地看到已经在近处忙着卸马的水兵，看到他们那溅了一身泥巴的黑制服和紧紧扣在头上、使他们的脸圆得出奇的水兵帽。有两个人在砍马套，还有一个人缩着头在摆弄机枪，其余的几个都站着或跪着用步枪打格里高力。他一面朝跟前跑，一面看着他们扳枪栓，并且听到了尖利的、对着他打来的枪声。枪声一声接着一声，枪托子飞快地抬起又抵到肩上，浑身大汗的格里高力这一下子倒是高兴了，心定了："他们打不中的！"

篱笆在马蹄下咯吱响了一声，就落到了后面。格里高力抢起刀来，眯缝起眼睛，看准了最前面的一个水兵。忽然又闪过一个恐怖的念头："要是直对着打枪……马直立起来……一下子翻倒……我就完啦！……"已经是直对着他打了两枪，接着就是好像来自远处的喊声："捉活的！"前面是一张刚毅的、高脑门的脸，龇出来的牙齿，随风飘舞的水兵帽飘带，帽箍上退了色的乌暗的金字……格里高力踩紧马镫,抡起刀来,就觉得马刀轻轻地进了这个水兵的柔软的身体。另一个脖子很粗、很强壮的水兵,一枪打穿了格里高力左肩的软肉,可是普罗霍尔·泽柯夫一刀砍去,把脑袋斜斜地劈开,这个水兵马上倒了下去。格里高力听到一旁有枪栓的响声,急忙转过身去。大车后面有一个黑黑的枪口正对准了他的脸。他猛地朝左边一闪,因为用劲太猛,马鞍都活动了,呼哧呼哧直喘、像发了疯一样的马也摇晃了一下,他躲开了已经在头顶上打圈子的死神,并且就在马跳过车辕的当儿,他砍死了那个朝他开枪的水兵,那个水兵的手还没有来得及把第二颗子弹装进枪膛呢。

在短短的瞬间里(后来这一瞬间在格里高力的意识中变成了长得不得了的一段时间)他砍死了四名水兵,而且他不听普罗霍尔·泽柯夫的劝阻,又去追杀躲在胡同拐角上的第五名水兵。幸好及时赶到的那个连长跑到他的前面,抓住了他的马嚼子。

"你哪儿去?!他们会打死你的!……那边棚子后面他们还有一挺机枪呢!"

普罗霍尔和另外两个哥萨克跳下马,跑到格里高力跟前,使劲把他从马上拉了下来。他拼命往外挣着,吆喝着:

"放开我,浑蛋!……我要去杀水兵!……全杀——杀了!……一个不留!……"

"格里高力·潘捷莱耶维奇!麦列霍夫同志!您清醒清醒吧!"普罗霍尔劝道。

"弟兄们,放开我吧!"格里高力已经是用另外一种颓丧的语气请求了。

于是把他放开。那个连长悄悄对普罗霍尔说:

"把他扶上马,送他到古森村去吧,看样子他是病啦。"

连长刚刚走到马前,对连队发出口令:

"上马——马!……"

可是格里高力把皮帽子往雪地上一摔,摇摇晃晃地站了一会儿,忽然咯吱咯吱地咬着牙,很痛苦地哼哼起来,脸色十分难看,撕起自己的军大衣扣子。连长还没来得及朝他走出一步,他就直挺挺地脸朝下栽倒在地上,袒露出来的胸膛贴到雪上。他号啕大哭,哭得浑身直打哆嗦,并且像狗那样大口大口地吞起篱笆脚下的残雪。后来,有一阵子他的神志清醒得出奇,就想站起来,但是站不起来,他扭过眼泪汪汪的、疼得变了形的脸,朝着围在他身旁的哥萨克们,声嘶力竭地叫喊道:

"我杀死的都是一些什么人呀!……"他生平第一次在极大的痛苦中挣扎起

米,喊叫着,随着在嘴唇上团团转的唾沫一起,吐出了这些话。"弟兄们,不要饶恕我!……行行好,千万行行好,把我杀了吧……判我……死罪吧!……"

那个连长跑到他跟前,和一个排长一起把他按住,扯下他的马刀和军用包,捂住他的嘴,压住他的两腿。但是有老半天他还在他们身子底下拱着身子,用两条抽搐的、僵直的腿刨着颗粒状的残雪,一面哼哼着,用头直撞那被马蹄踩得稀烂的、肥沃的、黑油油的土地,他就是在这块土地上出生,又在这块土地上生活,充分领略了生活(痛苦多而欢乐少的生活)为他准备好的一切。

只有生长在大地上的青草,对于阳光和阴雨是不动情的,毫无动情地吮吸着大地的肥厚奶汁,见到风暴袭来,就乖乖地弯下腰去。以后,等到随风把种子撒去,就又毫不动情地死去,还要沙沙地摇动着已经枯黄的叶子,欢迎那放射着死光的秋日的太阳……

四十五

第二天,格里高力把全师的指挥任务交代给手下的一位团长,就带着普罗霍尔·泽柯夫上维奥申去了。

卡耳根镇外有一片很深的洼地,洼地里有一个蒲草塘,塘里密密麻麻地游着许多落下来休息的大雁。普罗霍尔用鞭子朝水塘指了指,笑着说:

"瞧,格里高力·潘捷莱维奇,真该打一只野雁。咱们可以就着雁肉喝喝老酒!"

"等咱们走近些,我来用步枪试看。以前我的枪打得还不错呢。"

他们来到洼地里。普罗霍尔牵着马站在一处凸出的土崖后面,格里高力脱掉军大衣,把步枪的保险机上好,顺着一道到处是乱蓬蓬的灰色枯黄的浅沟朝前爬去。他爬了老半天,几乎连头都不抬;就像去侦察敌人的暗哨那样爬,就像当年在对德战争中,到司托霍得河边去摸德国人的岗哨那样。退色的草绿色军便服和褐绿色的原野色调差不多;又有浅沟作掩护,所以弯着一条腿站在水边一个春汛冲成的棕色小土包上守望的大雁的眼睛虽尖,却看不见格里高力。格里高力爬到了近距离的射程以内,微微抬起身子。那只守望的大雁扭动着颜色像灰色石头、样子像蛇头的头,很机警地四面张望着。在这只大雁后面的水面上,落了许多大雁,很像是铺上了一方灰黑色的桌布。大雁时而呱呱乱叫,时而把头扎进水里。平静的呱呱声、呷呷声、溅水声一阵阵从水塘里传来。"可以打不动的啦。"格里高力心里想着,怀着怦怦直跳的心把枪托子抵到肩上,瞄准了守望的那只大雁。

放了一枪以后,格里高力跳了起来,雁群的嘎嘎叫声和翅膀扇动声把他的耳朵都震聋了。他打的那只大雁急急忙忙地向上飞去,其余的雁也都飞到水塘上空,像一片浓云一样盘旋着。很泄气的格里高力又对着盘旋的雁群打了两枪,看了看,有没有大雁掉下来,看了两眼,就朝普罗霍尔走去。

"看呀!看呀!……"普罗霍尔跳上马,直立在马上,用鞭子指着在蓝空里越飞越远的雁群,叫了起来。

格里高力扭过头去,因为高兴,因为那种猎人的激动,身子都哆嗦起来:一只大雁离开已经排成行列的雁群,缓慢而不连续地扇动着翅膀,很快地落低了。格里高力踮起脚尖,一只手搭在眼上,注视着那只大雁。那只雁离开大声惊叫的雁群,朝一边飞去,慢慢下降,越飞越没有劲儿,忽然像块石头似的从高空里掉了下来,只有那白色的翅膀边儿在阳光中明晃晃地闪烁了一阵子。

"上马!"

普罗霍尔咧开大嘴笑着,带着格里高力的马跑过来,把缰绳扔给他。他们跑到高地上,又跑了有八十丈远。

"这就是!"

一只大雁伸长脖子,躺在地上,两个翅膀宽宽地伸展开来,好像是要最后拥抱一下这并不亲热的大地。格里高力没有下马,弯下身子,把大雁拾起来。

"打到什么地方啦?"普罗霍尔问道。

原来子弹从雁嘴的下部打了进去,把眼睛旁边的一块骨头打翻出来。所以这只雁飞着飞着就死去,像个三角一样从整齐的雁群中掉出来,掉到了地上。

普罗霍尔把大雁拴到马鞍上,他们就又朝前走。

他们坐小船渡过了顿河,把马留在巴兹基村里。

来到维奥申镇上,格里高力在一个熟识的老头子家里住了下来,吩咐马上把

大雁烧了来吃,自己也不上司令部去,只叫普罗霍尔去打酒。他们一直喝到晚上。主人在谈话中发起牢骚来:

"格里高力·潘捷莱维奇①,我们维奥申的一些官儿太霸道啦。"

"哪一些官儿?"

"那些自封的官儿呀……就是库金诺夫和另外一些人。"

"怎么啦?"

"总是欺压外来户。谁要是跟红军走了,就把谁家的妇女、小孩子和老头子都关进监牢。我的亲家母,就因为儿子的事,被关起来啦。这真是毫无道理!比如,就拿您来说,您要是跟着士官生跑到顿涅茨那边去了,红军就把令尊潘捷莱·普罗柯菲耶维奇关进牢里去,恐怕不对吧?"

"当然不对啦!"

"可是这儿的当权的却在关人。红军来的时候,从不欺压人,可是这些家伙就像狗发了疯,穷凶极恶,谁都管不了他们!"

格里高力站起身来,微微摇晃了一下,就探身去拿搭在床上的军大衣。他只是多多少少有一点儿酒意。

"普罗霍尔!拿刀来!把匣子枪给我!"

"格里高力·潘捷莱维奇,您上哪儿去?"

"不用你管!照我说的办!"

格里高力挂上马刀和匣子枪,扣好军大衣,系上腰带,就径直朝广场,朝监狱走去。站在门口的一个非战斗部队的哥萨克哨兵,上前把他拦住。

"有通行证吗?"

"闪开!你给我到一边去!"

"没有通行证,我谁也不放进去。不准进去。"

格里高力的马刀还没有抽出来一半,那个哨兵就躲到门里面去了。格里高力握着刀把子,跟着他来到走廊里。

"把典狱长给我叫来!"格里高力喝道。

他的脸煞白煞白的,鹰钩鼻子狠狠地弯起来,眉毛拧得紧紧的……

一个担任看守的瘸腿哥萨克跑了来,还有一个当书记的小伙子从办公室里探头朝外看了看。睡眼惺忪的典狱长很快也气冲冲地来了。

---

① 本应是"潘捷莱耶维奇",这里少一个"耶",因为讲话人语速快时,常常会"吃"掉个把音。

"不经允许就进来,你知道厉害吗?!"他大叫起来,但是一认出是格里高力,仔细看了看他的脸,他吓得结结巴巴地说:"是您呀,大……麦列霍夫同志。什么事儿呀?"

"把牢房的钥匙拿来!"

"牢房的钥匙吗?"

"怎么,还要我对你重复上四十次吗?嗯!把钥匙拿来,狗崽子!"

格里高力朝前跨了两步,典狱长朝后退了两步,但是相当强硬地说:

"我不给钥匙。这事儿您管不着!"

"管——不——着?……"

格里高力咯吱咯吱地咬着牙,抽出刀来。马刀在他手里嗖嗖响着在低矮的走廊天花板下面画了一个明亮耀眼的圆圈。书记和几个看守都像吓惊了的麻雀似的四处乱窜,典狱长靠在墙上,脸色比墙还白,咬着牙说:

"你去瞎搞吧!这是钥匙……我要去控告你。"

"我就搞给你看看!你们在这后方舒服够啦!……在这儿逞英雄好汉,把妇女和老头子都关起来!……我把你们全撤掉!你给我上前方去,坏蛋,要不然我马上就把你劈了!"

格里高力把马刀插进鞘,用拳头照着吓坏了的典狱长的脖子上捶了一下;用膝盖加拳头推着他朝门口走去,一面吆喝着:

"上前方去!……给我走!……给我走!……我日你妈……后方的虱子!……"

他把典狱长推出大门以后,就听见监狱里面的院子里响起一阵闹声,就回头朝院子里跑去。厨房门口站着三个看守,一个看守拉着三八式步枪的生了锈的枪栓,急冲冲地喊叫着:

"……劫牢啦!……应该反击!……原来的条令不是有规定吗?"

格里高力抽出匣子枪,于是几个看守争先恐后地跑进了厨房。

"出——来——吧!……都回家去吧!……"格里高力晃动着一大串钥匙,打开一个个挤得满满的牢房,大声喊着。

他把关着的人(有一百人上下)全都放了出来。有些人害怕,不敢出来,他就硬把他们推到街上,又把空牢房一一锁上。

监狱大门口,人越来越多。关押的人出了门,一齐拥到广场上;他们四面张望着,弯着腰,各自回家了。司令部警卫排的哥萨克们都手按马刀,朝监狱跑来;库金诺夫也跌跌撞撞地亲自跑来了。

格里高力最后一个离开放空了的监狱。他穿过拥挤的人群，对那些看热闹的、喊喊喳喳的娘们儿骂了几句粗话，就微微弯下腰，慢慢朝库金诺夫走去。他对那些跑到跟前、已经认出了他并且对他行过礼的警卫排哥萨克们喊道：

"回屋里去吧！你们干吗要像公马那样，一个个跑得直喘粗气？回去！"

"麦列霍夫同志，我们还以为是狱里的人反了呢！"

"小书记跑来说：'闯进来一个黑大汉，把锁都给砸啦！'"

"原来是一场虚惊！"

哥萨克们都说着，笑着，转身回去了。库金诺夫急急忙忙朝格里高力走来，一面走，一面撩着从制帽里奔拉出来的长头发。

"麦列霍夫，你好。是怎么回事儿？"

"库金诺夫，你好！我把你的监狱砸啦。"

"你凭什么？这是怎么一回事儿？"

"我把人都放啦——就是这么一回事儿……嗯，你瞪什么眼睛？你们凭什么把外来户的老娘们儿和老头子都关起来？这又是怎么一回事儿？你给我小心点儿，库金诺夫！"

"你别放肆。这简直是横行霸道！"

"我还要放肆放肆，日日你那死娘呢！我这就从卡耳根调一个团来，把你们他妈的好好收拾收拾！"

格里高力一把抓住库金诺夫那高加索式生皮皮带，摇晃着，拉过来，又搡过去，一面冷冷地、怒冲冲地低声说：

"要不要我马上把部队全部抽回来？要不要我马上把你宰了？哼，你妈的！……"格里高力咯吱咯吱地咬着牙，把微微笑着的库金诺夫放开。"你笑什么？"

库金诺夫理了理腰带，挽住格里高力的胳膊。

"咱们上我那儿去。你干吗要这样冲动？你去对着镜子自己看看：看你气成什么样子啦……老兄，我们正在这儿想你呢。至于监狱的事吗，这是小事情……放了就放了吧，有什么了不起的？……我对弟兄们说说，叫他们真正消消气。要不然我们会把那些男人当了红军的外来户娘们儿全抓进来……不过，你为什么要叫我们下不来台呢？唉，格里高力啊！你多莽撞呀！你要是来说一声：'如此这般，监狱里别关那么多人，要把某某人、某某人放掉。'我们一定会看看名册，放掉一些人。可是你，一下子全都放啦！幸亏一些要犯都单独关押着，要不然你把他们也放了，那可怎么办？你太冒失啦！"库金诺夫拍了拍格里高力的肩膀，又哈哈笑着说:"你这人呀,要是在这种时候饿着你说,你会杀人的。或者,说不定你会带着哥萨克们暴动……"

格里高力从库金诺夫的手里抽出自己的胳膊,在司令部的门口站了下来。

"你们在我们的背后逗起英雄好汉来啦!把监狱里装得满满的……你要是有本事,到前方施展去!"

"格里沙,我当年本事也不比你差。就说现在,你可以到我的位置上来,我去带带你那个师……"

"那不行,谢谢吧!"

"这就对啦!"

"好啦,我不想跟你多谈啦。我现在要回家去休息个把礼拜。我有点儿病……肩膀还受了一点儿伤。"

"什么病?"

"相思病,"格里高力似笑非笑地笑着说,"心里有点儿乱……"

"真的,别开玩笑,你到底怎么啦?我们有一位很好的大夫,也许还是一位教授呢。是一个俘虏。我们的人是在叔米林镇外捉住他的,他跟水兵在一起。戴一副黑眼镜,挺有气派。是不是叫他给你看看?"

"去他妈的吧!"

"那好吧,你就去休息休息好啦。你把你那个师交代给谁啦?"

"交给里亚布契柯夫啦。"

"你等等嘛,干吗那么心急?你说说,那儿情况怎么样?听说你大杀了一阵,是吗?昨天夜里有人向我报告,说你在克里摩夫村杀了不少水兵。是真的吗?"

"再见吧!"

格里高力走了,但是走了几步,又侧过身子站下来,喊了库金诺夫一声,说:

"喂,我要是听到你们再抓人……"

"不会的,决不会!请放心!好好休息去吧!"

白昼跟着太阳,渐渐移到西方。从顿河上,从宽宽的河面上,吹来一阵一阵的冷风。一群小水鸭子啾唧啾唧地从格里高力头上飞过去。当低沉的炮声从嘉桑乡方面顺着顿河水自上而下地传来的时候,他已经走进了歇脚的院子。

普罗霍尔很麻利地备好两匹马;他牵着马,问道:

"咱们回家吗?回鞑靼村吗?"

格里高力一声不响地接过缰绳,又一声不响地点了点头。

四十六

鞑靼村因为没有了哥萨克,显得空旷而枯寂。鞑靼村的步兵连一度归第五师的一个团节制,调到了顿河左岸。

有一段时间,红军部队得到从巴拉绍夫和波伏林诺开来的援军的补充,从东北方面展开猛烈的进攻,占领了叶兰乡的许多村庄,而且逼近了叶兰镇。在镇外展开的一场激战中,暴动军取得了胜利。暴动军所以取胜,是因为调来了强有力的援军,帮助了在红军莫斯科团和两个骑兵连压迫之下节节败退的叶兰乡团和布堪诺夫乡团。暴动军第一师的第四团(鞑靼村的哥萨克连就在这个团里)、一个拥有三门炮的炮兵连和两个后备骑兵连,顺着顿河右岸,从维奥申开到了叶兰镇。此外,还有大量援军顺着右岸开到了坐落在叶兰镇对岸三俄里和五俄里处的普列沙柯夫村和马特维耶夫村。在克里夫冈上配备了一个炮兵排。

有一个炮手,是克里夫村的哥萨克,向来就是炮无虚发,这一次第一炮就摧毁了红军的一个机枪点,接连又是几发榴霰弹,打在红柳林中的红军阵地上,打得红军到处躲藏。这一仗暴动军打胜了。暴动军猛攻败退的红军,把他们赶到了叶兰河那边,又派出十一连骑兵去追击,在离萨托格夫村不远的高地上追上了一个红军骑兵连,把他们全部砍死了。

从那时候起,鞑靼村的步兵就在左岸的沙土丘上跑来跑去。连里的哥萨克几乎都没有请假回家。只是到复活节的时候,就像是商量好了似的,一下子几乎有半个连回到了村里。哥萨克们在家里住了一天,解了解馋,换了换衬衣,从家里带上些猪油、干粮和其他吃的,又渡过顿河,就像去朝圣的教徒那样(不过手里拿的不是拐杖,而是步枪),成群结队地朝叶兰镇走去。妻子、母亲、姐妹们站在鞑靼冈上和河边的山上目送着他们。妇女们在哭号,用头巾和披肩的角儿擦着哭红的眼睛,往衬裙的襟上抹着鼻涕……顿河对岸,淹了春水的树林子外面的沙地上,走的是哥萨克们:贺里散福、安尼凯、潘捷莱·普罗柯菲耶维奇、司捷潘·阿司塔霍夫和另外一些人。麻布干糖袋在上着刺刀的步枪上不住地晃悠着,惆怅而悠远的草原歌声随风飘扬,哥萨克们无精打采地说着话儿……他们都闷闷不乐地走着,不过他们都吃得饱饱的,身上也干干净净的了。过节之前妻子和母亲给他们烧了热水,洗掉了身上的污垢,箆净了吃够了当兵人的血的虱子。为什么不在家里舒舒服服地过日子呢?这不是,需要去送死……于是他们去了。有些刚刚应召参加暴动军的十六七岁的半大小伙子,脱掉了皮靴或毡靴,在暖和和的沙地上走着。不知为什么他们都十分高兴,他们有说有笑,还用正在变腔的、不成熟的嗓门儿唱着歌儿。他们觉得打仗是一件新鲜事,就像小孩子玩游戏一样。他们初上战场,很喜欢听子弹的啸声,还常常从掩体前潮湿的土堆后面探出头来看看。"嫩芦苇!"老兵们都这样轻蔑地称呼他们,手把手地教他们,怎样挖战壕,怎样打枪,在行军时怎样背枪和其他军用品,怎样选择好地势,甚至连用火烤虱子的方法、连怎样用脚布包脚才可以使脚不感到疲劳而且在靴子里活动自如的那一套经验,都传授给这些毛头小伙子。一颗"嫩芦苇",总是用小鸟一样惊奇的眼光看着战场上周围的一切,总是受着好奇心驱使,不时地抬起头来,从掩体里朝外望望,想看看红军是什么样子,直到红军的子弹把他打死。如果一个十六岁的"战士"死了,伸直了身子,怎么都不会看出他有十六岁。那简直是一个大些的小娃子,两只孩子般的大手,两只招风耳朵,细细的、未发育全的脖子上刚刚露出一点喉结头儿。把他送回家乡,送到他的祖宗长眠的坟地里,他的妈妈两手一扎煞,上前迎住他,扯着头上一绺一绺的白发,对死者哭上很久。以后,等到把他葬了,等坟上的黄土干了,衰老了的妈妈,被无休无尽的慈母的悲伤折腾得弯腰弓背的妈妈,就要常常上教堂里,去追寻自己的去世的小万卡或者小谢苗。

有时候,子弹打到某一个小万卡或者小谢苗而没有打死,这时候他才能认识一下战争的无情和冷酷。他那长满黑黑茸毛的嘴唇哆嗦着,撇着。这个"战士"就要用兔子般的孩子声音喊叫:"我的亲娘呀!"并且一颗颗的泪珠儿就会哗哗地从他眼里往下掉。救护车还要拉着他在坑坑洼洼的大路上摇摇晃晃地走,震得伤口一阵阵地疼。再就是有经验的连队医官给他洗子弹或炮弹的伤口,而且笑着,像哄小孩子一样安慰他:"叫小猫疼,叫喜鹊疼,叫小万卡的伤快合缝。"可是"战士"小万卡还是要哭,要回家,要叫娘。不过等伤口长好,他再回到部队里,就学会实实在在地去认识战争了。在部队里,在战斗和肉搏中再过上一两个星期,心就硬了,以后,你瞧吧,还会站在俘虏的红军面前,叉开两腿,朝一旁啐着唾沫,

学着某一个挺凶狠的司务长,咬牙切齿,用还没有真正变粗的粗喉咙问:

"哼,庄稼佬,我日你妈,你怎么落到我手里啦?哈哈哈!你想要土地吗?要平等吗?你大概是个共产党吧?坦白坦白吧,坏蛋!"并且,为了显示他的勇敢,为了显示"哥萨克的威风",他举起枪来,打死那个为苏维埃政权、为共产主义、为使世界上永远不再有战争而生活和战死在顿河土地上的人。

于是在莫斯科省或者在维亚特省,在苏维埃大俄罗斯的某一个偏僻村庄里,一位红军的妈妈接到通知,通知说她的儿子"在为解放劳动人民、反对资本家压迫而同白卫军进行的斗争中牺牲……"——那位妈妈就痛哭起来……一颗妈妈的心从此沉浸在悲痛里,模糊的眼睛从此泪流不止,她将每天每夜,一直到死,永远想念当年在她肚子里、后来在血泊和她的阵阵痛楚中生下来、到头来又在遥远的顿河土地上死在敌人手里的儿子……

从前方私自跑回家的鞑靼村那半个连往回走着。走在起伏不平的沙地上,走在红光闪闪的红柳丛里。年轻的高高兴兴,无忧无虑;那些被人戏称为"山大王兵"的老头子们就长吁短叹,暗暗流着眼泪;耕地、耙地、种地的时候快要到啦;土地要人去侍弄,人日日夜夜思念着土地,可是现在要打仗,呆在别人的村庄里受罪,干不成活儿,担惊害怕,受苦,想家。就因为这样,老头子们都眼泪汪汪,就因为这样,老头子们都愁眉不展。每个人都想起自己扔下的家业、牲口和农具。一切事情都要男子汉去做,没有当家人去管,什么事都干不成。女人能干得了什么呢?等田地一干,还没有种下去,明年就要挨饿。有一句俗语说得好:"一个不中用的老头子,干活儿也胜过年轻的娘们儿。"

老头子们都一声不响地在沙地上走着。直到一个年轻人朝兔子打了一枪,老头子们才打起了精神。因为浪费子弹(暴动军司令部曾经下令严禁浪费子弹),老头子们决定惩罚一下那个小伙子。他们把小伙子打了一顿,把怨气全发泄到他的身上。

"抽他四十下!"潘捷莱·普罗柯菲耶维奇提议说。

"太多啦!"

"那他就走不到地方啦!"

"十六下子吧!"贺里散福叫道。

大家都同意打十六下,这也是双数。于是把那个小伙子按倒在沙地上,扯下裤子。贺里散福哼着歌儿,用小刀割下几根长满毛茸茸的黄芽儿的柳条,由安尼凯来打。其余的人都坐在旁边抽烟。后来大家又往前走。那个挨打的人抹着眼泪,提着裤子,一歪一歪地走在大家的后面。

刚刚走过那一片黄沙,走上灰灰的沙土地,大家就心平气和地说起话儿。

"瞧,多么好的土地,等着人来耕种呢,可是人没有工夫,天天在山冈上跑来跑去,打仗。"一个老头子指着一块干透了的地,叹着气说。

走过一片耕地的时候,每个人都弯下身去,抓起一块干干的、带着春天太阳气味的土坷垃,放在掌心里捻着,胸中觉得连气都透不过来。

"该下地干活儿啦!"

"现在下地正是时候。"

"再过三天,连下种都不行啦。"

"咱们那一边,还早了一点儿。"

"是的,是还早!瞧,顿河边的崖头上还有雪呢!"

后来停下来休息,吃午饭。潘捷莱·普罗柯菲耶维奇请那个挨打的小伙子吃压成了豆腐状的奶渣。(他把奶渣装在麻布袋里,挂在枪筒子上,一路上从麻布袋里渗出来的水直往下滴。安尼凯笑着对他说:"普罗柯菲耶维奇,顺着这条湿印子就能找到你啦,你就像公牛走过去,后面留一条尿印子。")他一面请小伙子吃,一面老气横秋地说:

"傻小子,你别埋怨我们这些老头子。挨顿打,算得了什么!不吃点苦头,就不能长见识。"

"潘捷莱老爹,要是把你这样打一顿,恐怕你就不唱这个调调儿啦!"

"小伙子,我挨打挨得比这还厉害呢。"

"还要厉害呀?"

"是的,还要厉害。明摆着的事嘛,古时候可不是这种打法。"

"原来过去也打人。"

"当然打啦。小伙子,有一回我爹拿车杠敲我的脊梁,我也撑住啦。"

"用车杠打呀!"

"我说用车杠,就是用车杠。哎,你这呆小子!你吃奶渣好啦,干吗要看着我的嘴?你的勺子都没有把子啦,恐怕是弄断了吧?混账!今天打你这个狗崽子还是打少啦!"

吃过午饭以后,大家决定在令人舒畅的、像葡萄酒一样醉人的春天空气里多少睡一会儿。于是躺下去,脊背朝着太阳,打了一个盹儿,然后又在褐色的原野上放开脚步,不走大路,踩着去年的庄稼茬子,径直地往前走。他们有的穿皮夹克,有的穿军大衣,有的穿棉袄,有的穿小皮袄;脚上穿的有皮靴,有毡靴,有的把裤腿掖进白袜筒里,还有人光着脚丫儿。干粮袋在刺刀上不停地晃悠着。

离队后又回队的这些人的样子太不威武了,所以有几只云雀在蓝空里叫了一阵之后,毫无顾忌地落到了这路过的半连人旁边的草地上。

格里高力·麦列霍夫在村子里没有遇到一个哥萨克。早晨他扶着长高了一些的米沙特卡上了马,叫他到顿河边去饮马,自己就和娜塔莉亚一起去探望格里沙加爷爷和岳母。

卢吉尼奇娜眼泪汪汪地迎住女婿:

"格里什卡,好孩子呀!我们的米伦·格里高力耶维奇一死——愿他在天堂幸福——我们家就完啦……唉,谁又来给我们干地里的活儿呀?满囤的粮食,没有人来种啦。我那苦命的当家人呀!我们都成了孤儿寡妇,谁也不管我们,我们成了没人理、没人问的人啦!……你可瞧瞧,我们的家业败成什么样子啦!两只手简直顾不过来啦……"

家业的确是很快地败落了:老牛撞倒了院子篱笆,有些地方连篱笆桩子都倒了;棚子的土墙被春水一淹,也倒塌了;场院的篱笆没有了,院子也没有人打扫;敞棚底下的转臂收割机已经生了锈,还有一架收割机已经坏了……到处都可以看出荒废和败落的迹象。

"没有当家的,很快就垮下来啦。"格里高力在柯尔叔诺夫家的宅院里巡视了一遍,淡淡地想道。

他回到屋子里。

娜塔莉亚小声和妈妈说着话儿,看见格里高力进来,就不做声了,带着讨好的神气笑了笑。

"格里沙,妈妈想要你……你好像要下地啦……是不是也给她种几亩呢?"

"妈,你们家还种地干什么?"格里高力问道。"你们家囤里的小麦还满满的哩。"

卢吉尼奇娜把两手扎煞开使劲一拍。

"格里什卡呀!那土地又怎么办呀?我们家去世的老头子已经耕好三块地啦。"

"土地有什么事?还会放坏吗?等明年,要是我还活着,再种也不晚。"

"那怎么行呢?土地就白闲着啦。"

"等仗打过了,到那时候再种吧。"格里高力还想说服岳母。

但是她固执己见,甚至好像生格里高力的气了,到末了那两片哆嗦着的嘴唇都噘了起来。

"如果你没有工夫,或是不愿意帮我家的忙,那就算啦……"

"好啦,好啦!明天我就去种自家的,也给你家种上两亩。种这一点就够你们吃的啦……格里沙加爷爷好吗?"

"那就多谢啦,恩人!"卢吉尼奇娜高兴得脸上放出光来。"我这就去告诉格莉普卡,叫她送种子去……爷爷吗?老天爷还一直没来叫他。还活着呢,就是头脑不大听使唤啦。整天整夜地坐着,念《圣经》。有时候说起话来叫人听都听不懂,说的都是教会的话……你去看看他吧。他在上房里呢。"

泪珠儿顺着娜塔莉亚那丰满的腮帮子滚下来。

娜塔莉亚含着眼泪笑着说:

"我刚才上他那儿去,他说:'鬼丫头!你怎么不来看看我?好孩子呀,我快死啦……等我死了,我到上帝那儿去替你,替我的好孙女多说说好话。我想入土啦,娜塔柳什卡……我该入土啦。到时候啦!'"

格里高力来到上房里。浓浓的神香气味、霉气、腐烂气息、老年人身上肮脏的气味往他的鼻子里直钻。格里沙加爷爷还是穿着那件带红领章的灰军装,坐在木床上。他的肥大的裤子细针密缝地补过了,毛袜子也织补了。照顾爷爷的事已经由未成年的格莉普卡担负起来,而且她也像娜塔莉亚做姑娘时那样,对爷爷十分体贴,十分关心。

格里沙加爷爷把《圣经》放在膝盖上。他从镶着发了绿的铜框子的眼镜底下朝格里高力看了看,就笑着张开了嘴,露出一嘴白牙。

"老总来啦?好好儿的吗?上帝保佑你,没有叫万恶的子弹打着吗?好啊,托老天爷的福呀。坐下吧。"

"爷爷,你还结实吗?"

"你说什么?"

"我是问,你结实吗?"

"你这话真怪!是的,真怪!我这么大年纪,怎么会结实呢?我快到一百岁啦。是的,快一百岁啦……不知不觉就老啦。好像昨天我还是满头黄发,又年轻,又结实。可是今天我一醒,就老啦,老朽啦……人生就像夏天的闪电,一晃就过去啦……我身上一点劲儿没有啦。棺材已经在仓房里放了好多年,可是看样子,上帝把我忘了啦。有时候,我这个有罪的人向上天祷告:'主呀,你那慈悲的眼睛看看你的奴仆格里沙加吧!我想入土啦,也该入土啦!'……"

"爷爷,你还早着呢。瞧,你满嘴的牙。"

"你说什么?"

"你的牙还没掉呢!"

"牙吗? 你真糊涂!"格里沙加爷爷生气了。"灵魂要是想离开肉体的话,用牙齿是咬不住的……你这浪荡鬼,还在打仗吗?"

"还在打仗。"

"我们家的米佳也跟着去啦,恐怕,要吃够苦头。"

"是要吃苦头。"

"我说的就是这话嘛。那你们为什么要打仗呢? 你们自己都不明不白嘛! 一切都要顺着天意。我们家的米伦为什么死的? 就因为他逆天行事,鼓动老百姓反对政府。任何一个政府都奉有天命。即使这个政府是反基督的,总归是上天派的。我那时候就对他说:'米伦! 你别叫哥萨克们造反,别鼓动他们反对政府,别叫他们造孽!'可是他对我说:'不行,爹,我受不了! 要起事,把这个政府消灭掉,这个政府要叫咱们去要饭。以前咱们过得像个人样子,今后就要成叫化子啦。'就这样,他没有忍住。举起来的兵剑,总是要叫别人的剑碰坏的。这是实在话。噢,格里什卡,听人说,你好像做了将军,带领一个师哩。是真的还是假的?"

"是真的。"

"带领一个师吗?"

"嗯,是一个师。"

"你的肩章呢?"

"我们不要肩章。"

"哎,你们这些呆子! 不要肩章啦! 那你还算什么将军? 真糟糕! 以前的将军,叫人看着都过瘾:身子肥肥的,肚子大大的,八面威风! 可是现在你呀……就这个样子,呸,什么都没有! 只有一件油糊糊的军大衣,浑身是泥,既没有带穗头的肩章,胸前也没有挂勋章的白带子。恐怕只有满衣裳缝的虱子啦。"

格里高力哈哈大笑起来。但是格里沙加爷爷很激动地继续说下去:

"你别笑,坏东西! 你领着人去送死,叫他们反对政府。你要造大孽,用不着在这儿龇牙! 什么? ……噢,就是这么回事儿嘛。反正你们要完的,还要把我们都搭上。上帝是留路给你们走的。这《圣经》上说的不就是咱们这混乱的朝代吗? 喂,你听着,现在我把先知耶利米说的话念给你听听……"

老人家用黄黄的手指头翻起《圣经》那黄黄的纸页;他慢慢地、一个字一个字地念起来:

"'你们要在万国中传扬报告,竖立大旗,要报告,不可隐瞒,说:巴比伦被攻取,彼勒蒙羞,米罗达惊惶,巴比伦的神像都蒙羞,他的偶像都惊惶。因有一国从北方上来攻击他,使他的地荒凉,无人居住,连人带牲畜,都逃走了……'①格里什卡,明白了吗?现在他们就是从北方来,向你们这些巴比伦人进攻。你再听下去:'耶和华说,当那日子,那时候,以色列人要和犹太人同来,随走随哭,寻求耶和华他们的上帝……我的百姓作了迷失的羊,牧人使他们走岔路,使他们转到山上,他们从大山转到小山……'②"

"这是说的什么?什么意思?"不懂教会斯拉夫语的格里高力问道。

"坏东西,这就是说,你们这些作乱的人在山上到处乱跑。再就是说,你们不配做哥萨克的牧人,你们比迷路的羊还不如,你们不明白自己干的是什么……你再听下去:'竟忘了安歇之处。凡遇见他们的,就把他们吞灭……'③这说的才对呢!现在虱子不是要把你们都吞灭吗?"

"真是拿虱子没办法。"格里高力承认说。

"这就越说越对啦。再听底下的:'敌人说,我们没有罪,因他们得罪那作公义居所的耶和华,就是他们列祖所仰望的耶和华。我民哪,你们要从巴比伦中逃走,从迦勒底人之地出去,要像羊群前面走的公山羊。因我必激动联合的大国,从北方上来攻击巴比伦。他们要摆阵攻击他,他必从那里被攻取。他们的箭,好像善射之勇士的箭,一支也不徒然返回。迦勒底必成为掠物,凡掳掠他的都必心满意足,这是耶和华说的。抢夺我产业的啊,你们因欢喜快乐……'④"

"格里沙加爷爷!你最好用俄语说给我听听,不然我可不明白。"格里高力拦住他说。

"马上就完啦,你听着:'……且像踹谷撒欢的母牛犊,又像发嘶声的壮马。你们的母巴比伦就极其抱愧,生你们的必然蒙羞:他要列在诸国之末,成为旷野、旱地、沙漠。因耶和华的忿怒,必无人居住,要全然荒凉,凡经过巴比伦的,要受惊骇,又因他所遭的灾殃嗤笑。'⑤"

"这究竟说的是什么?"格里高力感到有些不快,又问道。

格里沙加爷爷也不回答,合上《圣经》,躺到木床上。

"很多人就是这样,"格里高力一面从上房里往外走,一面想道,"年轻时候拼

---

① 引自《圣经·旧约全书·耶利米书》第五十章第二、三节。
② 同上第四、六节。
③ 同上第六、七节。
④ 同上第七、八、九、十、十一节。
⑤ 引自《圣经·旧约全书·耶利米书》第五十章第十一、十二、十三节。

命瞎胡闹，又喝酒，又干种种别的坏事，可是，不论年轻时候多么凶恶，到老来都要拿上帝作护身符。就拿格里沙加爷爷来说，也是这样。他的牙齿就像狼牙一样。听说，他年轻时候，当兵回来，村子里的娘们儿都叫他糟蹋完啦，不管是这样的，那样的，全成了他的。可是这会儿……哼，我要是能活到老年，我才不念这种讨厌的玩意儿呢！我就不喜欢《圣经》。"

格里高力从岳母家回来的路上，一直想着格里沙加爷爷说的话，想着《圣经》上那些神秘费解的词句。娜塔莉亚也是一声不响地走着。格里高力这一次回来，她的态度格外冷峻，看样子，他在卡耳根乡各个村子里乱搞女人的事也传到了她的耳朵里。他回来的那一天晚上，她让他睡在上房里的床上，自己却盖上一件皮袄，睡在大柜子上。但是她一句责备的话也没有说，什么也没有问。格里高力也一夜没有说话，认为最好暂时不去问她，为什么他们之间会这样出奇的冷淡……

他们一声不响在寂静无人的大街上走着，不管什么时候他们之间还没有这样生分过。从南方吹来温暖、和煦的风，西方堆起浓浓的、春日的白云。那蓝白色的云彩边儿缭绕着，变幻着，渐渐向顿河边发了绿的山脚的上空飘来，聚拢到一起。第一声雷响了，村子里到处散发着渐渐绽开的树芽气息、解冻的黑土的清淡气息，使人觉得神清气爽。蓝蓝的河面上游动着一道道白脊的波浪，下游的风送来一阵阵使人振奋的湿气，送来烂树叶子和湿树的酸涩气息。山坡上有一块尖尖的、像块黑绒布补丁似的秋耕地，冒着腾腾的热气，渐渐变成一股流动的蜃气，飘向河边山冈的上空，云雀在大路上空如醉如痴地唱着，在大路上跑来跑去的黄花鼠吱吱叫着。而在这洋溢着伟大的创造力和丰富的生命力的整个世界之上，则是高高的、骄傲的太阳。

村子中心的土沟上有一座桥，山上下来的春水正带着快活的、像小孩子那样的咿呀声朝顿河里流去，娜塔莉亚在桥头停了下来。她弯下身去，好像是要结靴带子，实际上却是为了不让格里高力看到她的脸，她问道：

"你怎么不说话呀？"

"和你说什么呢？"

"有说的……你就说说，在卡耳根怎样喝酒，怎样和一些女的……瞎搞……"

"你已经知道了吗？……"格里高力掏出烟荷包，卷起烟卷来。和土烟掺在一起的木樨草发出甜甜的气味。格里高力抽了一口，又问道："这么说，你知道啦？听谁说的？"

"我既然说，就是我知道。全村人都知道，总有人告诉我。"

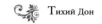

"你既然知道啦,那还有什么可说的?"

格里高力放大了步子朝前走去。在无声无息的春天的寂静中,木桥上清晰地响起他的稀疏的脚步声和急急忙忙跟在他后面的娜塔莉亚的细碎的脚步声。娜塔莉亚擦着往外直涌的眼泪,一声不响地朝桥下走去,后来硬把哭憋回去,抽抽搭搭地问道:

"你又犯老毛病啦?"

"住嘴吧,娜塔莉亚!"

"该死的牙狗,馋狗!为什么你又来折腾我呀?"

"你少听别人胡诌就好啦!"

"你自个儿都承认了嘛!"

"看样子,别人对你胡诌的,比实在的事情多得多。是的,是有一点点儿对不起你……娜塔什卡,全怪这年头儿呀……天天在鬼门关上走来走去,有时就难免走错一步……"

"你的两个孩子都那么大啦!你摸摸良心,不觉得害臊吗?"

"哈!良心!"格里高力龇出一嘴白牙,笑了起来。"我都忘了良心是什么玩意儿啦。人世上的一切都弄成一团糟的时候,还有什么良心可说……我杀人……可是不知道这都是为什么……我怎样给你说呢?你是不会懂的!你只会发发醋劲儿,根本想不到我有多么痛心,多么难受。就因为这样,我才喝上了酒。前几天有一阵子我很冲动。一时间我的心完全停止了跳动,浑身冰凉……"格里高力脸色阴沉下来,很费劲地把话往外挤:"我太难受啦,因此才想办法消愁,酒也好,女人也好……你等一等!让我说完:我时时刻刻觉得心里难过,心里作痛……生活的路走得不对头,也许这全怪我……现在最好能和红军讲和,并且去打士官生。可是怎么办呢?谁能把我们和红军政府撮合到一起呢?怎样来消除我们的旧怨呢?哥萨克有一半跑到顿涅茨那边,留在这儿的,都发了狂,眼看着自身难保啦……娜塔什卡,我的脑子里全乱啦……刚才格里沙加爷爷念了几段《圣经》,还说我们干得不对头,不应该暴动。还把你参骂了一顿。"

"爷爷已经糊涂啦!现在又轮到你啦。"

"你就会这样说说别人。不会动脑筋想想别的事……"

"哎哟,你别给我念咒吧!你下流事干足啦,害我害够啦,现在把什么罪过都推到打仗上啦。你们都是这一路货色!因为你这害人的鬼,我受的罪还少吗?我真后悔,那一回我没有一下子死掉……"

"我再没有什么跟你说的啦。你要是心里难受,就哭一阵吧,女人有了痛苦,哭哭总是能轻快些的。我现在无法安慰你啦。我沾的别人的血太多，不管痛惜谁的心都没有啦。就连孩子们，我差不多也不心疼啦；我对我自己，连想都不想啦。战争把我的一切都吸干啦。我自己都害怕自己啦……如果朝我的心里看看，里面黑洞洞的，就像一口枯井……"

他们已经快到家了，从涌上来的一片灰云里落下斜斜的、老大的雨点儿。雨点儿打落大路上那薄薄的、散发着太阳气味的灰尘，打得屋顶劈劈啪啪直响，散发出一股清新气息和使人哆嗦的凉气。格里高力解开军大衣，用一边的衣襟裹住抽抽搭搭在哭的娜塔莉亚，把她抱住。他们就这样裹着一件军大衣，靠得紧紧的，迎着欢快的春雨进了院子。

黄昏时候，格里高力在院子里修了修耙子，又检查了一下播种机的漏斗。"生铁头"谢苗的十五岁的儿子，原来学过铁匠手艺，暴动以后，就成了鞑靼村唯一的铁匠，他好不容易给麦列霍夫家的旧犁安上了犁头。春播的家什都齐备了。牛棚里出来的牛都很肥壮，因为潘捷莱·普罗柯菲耶维奇给牛准备了足够的草料。

格里高力准备第二天早晨就下地干活儿。伊莉尼奇娜和杜尼娅想生起炉子过夜，以便在天亮前给他做好吃的东西。格里高力想干上五六天，给自己家和岳母家各种几亩地，再耕两亩地，准备种瓜、种葵花，然后把父亲从连队里叫回来，叫他再种上几亩。

厨房的烟囱里冒起淡紫色的炊烟，已经完全发育成大姑娘的杜尼娅在院子里跑着，捡生火用的干树枝儿。格里高力看着她那饱满的身腰和饱鼓鼓的乳房，感伤而又烦恼地想："一下子就长成这样一个大姑娘啦！日子就像一匹快马，一下子就跑过去啦。不久以前杜尼娅还是一个拖鼻涕的小丫头呢；以前她跑起来，两条小辫儿在背上摆来摆去，就像老鼠尾巴，可是现在你看，简直可以马上出嫁啦。我也已经有了白头发，好时候过去啦……格里沙加爷爷说得对：'人生就像夏天的闪电，一晃就过去啦。'人的生命是这样短促，可是就连这短短的生命都保不住……去他妈的吧，别折腾人啦！要杀，就让他们快点儿杀吧！"

妲丽亚来到他跟前。彼特罗死后，她很快就恢复了常态。起初她很伤心，悲伤得脸都发了黄，甚至好像都苍老了。但是等到春风吹来，太阳刚刚有了暖意，妲丽亚的忧伤就跟着融化的雪一起消失了。她那鸭蛋形的脸上又泛起薄薄的红云，曾经暗淡下去的眼睛又放出光彩，走起路来又像以前那样婀娜和轻盈……而且她也恢复了往日的习惯：她又用墨描起那弯弯的两道细眉，用雪花膏把脸搽得油光光的；她又开起玩笑，说些风流话儿逗弄娜塔莉亚；她的嘴角常常浮现出一种带有盼望意味的迷离的笑……她又高高兴兴地生活起来。

她走到格里高力跟前,含笑站住。她那俏丽的脸上散发着醉人的香脂气味。

"格里什卡,是不是要我帮帮忙呀?"

"用不着。"

"哎哟,格里高力·潘捷莱维奇!瞧你对我这个寡妇多冷淡呀!笑都不笑,甚至连肩膀都不动一下。"

"你去做饭吧,别打哈哈啦!"

"才用不着我做饭呢!"

"你去帮帮娜塔莉亚吧。米沙特卡跑得浑身都是泥。"

"真有意思!你们来养孩子,倒叫我来替你们洗吗?这太不像话啦!你的娜塔莉亚就像一只能生会养的母兔。她还要给你生上十个八个的呢。要是一个个都叫我来洗,我还要把胳膊都累断呢。"

"够啦,够啦!你滚吧!"

"格里高力·潘捷莱维奇!您如今是村子里所有的娘们儿当中的唯一的男子汉啦。您别撵我,让我远远地看看您那迷人的小胡子也好啊。"

格里高力笑起来,把汗漉漉的头发往后甩了甩。

"嘿,你真厉害!彼特罗怎么和你过来着……恐怕谁也拿你没办法。"

"那当然啦!"妲丽亚很得意地承认说;她用滴溜溜直转悠、眯得细细的眼睛看着格里高力,故意带着害怕的样子回头朝房子门口看了看。"哎呀,我觉得好像是娜塔莉亚出来啦……你的老婆醋劲儿才大呢——真够人受的!今天吃午饭的时候,我朝你看了一眼,她的脸色马上就变蛇。可是昨天就有几个小媳妇对我说:'这算什么道理?没有一个男子汉啦,可是你们家的格里什卡回到家里,又一步也不离开老婆。你说,我们又怎么过呢?即使他挂了花,即使他和以前相比只能算半个男子汉,可是我们就跟这半个男子汉过过,也够开心的啦。你告诉他,叫他夜里别在村子里转悠,要不然叫我们抓住了,够他受的!'我就对她们说:'不行啊,嫂子们,我们家的格里沙只会在别的村子里干干风流事儿,回到家里就扯住娜塔莉亚的裙子不放啦。不久前他成了我们家的圣人啦……'"

"嘿,你这条母狗!"格里高力笑着,不带恶意地说。"你的舌头简直像一把布掸子!"

"我就是这个样子。你那娜塔申卡倒是又漂亮又洁净,可是昨天她没叫你挨她吧?对你这条牙狗,就该这样对付,叫你今后别干不规矩的事儿!"

"嘿,你可真是……你快走吧,妲丽亚。别管别人的事啦。"

"我不是要管。我是说,你那娜塔莉亚真傻。丈夫回来啦,可是她装模作样,扭扭捏捏,睡到柜子上……要是我这会儿见到男子汉,决不放掉! 要是落到我手里呀……就是像你这样的勇士,我也要叫他一败涂地!"

姐丽亚咯咯地咬了咬牙,哈哈大笑着朝屋子里走去,一面晃动着两只明晃晃的金耳环,回头望着又笑又发窘的格里高力。

"彼特罗哥哥呀,你死得真走运……"格里高力高兴地想道。"这不是姐丽亚,是个淫鬼! 反正早晚你要叫她折腾死!"

四十七

巴贺穆特金村里最后的几处灯火已经熄灭。料峭的春寒给一个个水洼蒙上一层薄薄的冰壳子。村边牧场外面,许多迟来的仙鹤落在去年的庄稼茬子地里过夜。从东北方吹来的微风,把沉着而疲惫的鹤唳声送到村子里。鹤唳声使四月的夜晚显得更加柔和,更加宁静。果园里树影幢幢,不知什么地方有一头老牛哞哞叫了几声,然后一切都静了。有半个钟头悄无声息,只是偶尔能听到夜飞的山鹬的苦闷的叫声和无数野鸭翅膀嗖嗖的扇动声:一群一群的野鸭子匆匆忙忙飞往铺展开的顿河的宽阔河湾里……后来,村边一条街上有了人的说话声,还有烟卷儿闪起红红的火光,响起马的哼哧声、马蹄踩在冻泥巴上的咯吱声。是侦察队回到了这个驻扎着独立第六旅属下两个哥萨克连的村子里。哥萨克们来到村头一户人家的院子里,散了开来,大家说着话儿,把马拴到扔在院心里的一架爬犁上,放好草料。有一个沙哑的粗嗓门儿唱起一支跳舞的歌曲,仔细地吐着词儿,疲惫无力地、慢悠悠地唱道:

我小步走呀,

慢慢地溜达，
又像以前谈情说爱那样
和姑娘说起笑话……

　　马上就是一个很带劲儿的唱帮腔的男高音，像鸟一样飞了起来，压倒瓮声瓮气的男低音，快快活活地唱起来，有时还带跳音：

姑娘不喜欢开玩笑，
照我脸上——啪！——打了一掌，
我哥萨克的小心肝儿呀
真是一个暴躁的姑娘……

　　又有几个粗嗓门儿加入了合唱，节拍加快了，活泼了，唱帮腔的男高音拖着高高的尾音，刚强有力、生气勃勃地唱了起来：

我挽起右袖子，
还了姑娘一耳光。
呀，姑娘呆在那儿，
脸红得像红莓一样。

脸红得像红莓一样，
她还一面哭，一面讲：
"你算是我的什么情郎，
你已经爱着七个姑娘，
第八个是个寡妇，
第九个是你的妻房，
第十个才是我呀，你这薄情郎！……"

　　在风车后面放哨的哥萨克们，听到旷野上的鹤唳声，听到哥萨克们的歌声，也听到了野鸭子翅膀在黑漆漆的夜色中扇动的声音。黑夜里躺在结了薄冰的冰冷的土地上，他们觉得很没有味道。既不能抽烟，又不能说话，也不能借走动或打拳来暖和身子。只能躺在去年的葵花秆子丛里，望着黑洞洞的原野，把耳朵贴到地上听着。十步以外,什么都看不见,可是四月的夜里到处是簌簌声,常常有可疑的声音从黑暗中传来,其中任何一种声音都会使人提心吊胆:"是不是红军的侦察兵来啦,是不是他们在爬?"好像从远处传来枯草折断的咔嚓声和压得低低的喘气声……一个姓维普里亚日金的年轻小伙子,用手套擦了擦因为紧张冒出来的汗,用胳膊肘捣了捣旁边的人。旁边那个人把身子弯成弓形,把皮挂包垫在头底下,正在打盹儿;日本式的子弹盒子硌得他的肋骨很难受,但是他懒得重新躺躺舒服,也不愿意让夜间的寒气钻进裹得紧紧的大衣里。枯草的咔嚓声和喘气声越来越大,忽然就在维普里亚日金身边响了起来。他用胳膊肘支起身子,大惑不解地透过乱蓬蓬的枯草仔细看去,好不容易看出一只大刺猬的轮廓。刺猬匆匆忙忙地顺着一条土拨鼠走的路朝前移动,把小小的、猪头形的头放得低低的,一面哼哧,一面用毛扎扎的背擦着干枯的荒草。忽然那刺猬感觉到几步之外有异己之物,便抬起头来,看到了正望着它的人。人轻松地舒了一口气,小声说:

"该死的东西!把人都吓死啦……"

那刺猬很快地把头缩起来,把四条小腿也缩了进去,于是变成了一个毛扎扎的小球儿,这样待了一会儿,然后又慢慢伸展开,又擦着葵花秆子,踩着干枯的野牵牛花蔓,用小腿扒着冰凉的土地,像个滚动的小灰球似的走了起来。又是一片寂静。又像是童话里的夜晚……

村子里的鸡已经叫二遍了。天空放晴了。透过稀稀拉拉的云彩,露出一些星星。后来风吹散了云彩,天空就用无数金色的眼睛凝视着大地了。

就在这时候,维普里亚日金听见前面有清清楚楚的马蹄声、枯草咔嚓声、铁器丁当声,又过了不大的一会儿,连马鞍的咯吱声也听到了。别的哥萨克也都听见了。手指头都按到扳机上。

"做好准备!"副排长小声说。

在满天星斗的夜空的衬托下,露出一个好像用剪子剪成的骑马人的黑影。是一个人骑着马小步朝村子里走。

"站——住!……什么人?……有通行证吗?……"

哥萨克们都跳了起来,准备开枪。那个骑马人举起双手,停了下来。

"同志们,别开枪!"

"通行证!"

"同志们!……"

"有通行证吗?弟兄们准备……"

"别开枪!……我是一个人……是来投诚的!……"

"弟兄们,等一等! 别开枪! ……咱们来捉活的! ……"

副排长跑到骑马人跟前,维普里亚日金上前抓住马缰绳。那个骑马人把一只脚从马鞍上跨过来,下了马。

"你是什么人? 是红军吗? 哈,弟兄们,是红军! 他的皮帽子上还有五角星呢。你落网啦,哈哈! ……"

那个骑马人舒展着两条腿,很平静地说:

"请你们带我去见你们的首长。我有非常重要的消息报告他。我是塞尔道布团的团长,我是到这里来谈判的。"

"是团长啊? ……弟兄们,打死他这个坏蛋! 卢卡,让我来宰了他……"

"同志们! 你们随时可以杀我,不过先要让我对你们的首长说明我的来意。我再说一遍:我来是有重要事情的。如果你们怕我跑掉的话,请把我的武器下掉好啦……"

红军的团长就动手解武装带。

"快点儿! 快点儿!"一个哥萨克催促他。

解下来的手枪和马刀交给了副排长。

"把这个团长身上搜一搜!"副排长骑上红军团长那匹马,命令说。

把俘虏身上搜了一遍。副排长就和姓维普里亚日金的哥萨克押着俘虏朝村子里走去。俘虏徒步走,维普里亚日金端着奥地利式卡宾枪,走在他旁边,副排长志得意满地骑着马走在后面。

他们一声不响地走了有十来分钟。俘虏常常停下来,用大衣襟遮着在风中摇晃不定的火柴火,点烟抽。维普里亚日金一闻到上等纸烟的气味,就憋不住了。

"给我一支抽抽吧。"他要求说。

"请吧!"

维普里亚日金接过满装纸烟的皮行军烟盒,从里面抽出一支纸烟,却把烟盒装进自己的口袋。团长一句话也没有说,但是过了一会儿,已经进了村子,他问道:

"你们把我带到哪儿去?"

"到那儿你就知道啦。"

"到底上哪儿去呀?"

"去见连长。"

"请你们带我去见旅长包加推廖夫。"

"旅长不在这儿。"

"怎么会不在这儿？我知道，昨天他跟旅部到巴贺穆特金来啦，现在正在这儿。"

"这事儿我们不知道。"

"哼，算了吧，同志们！我都知道，你们不会不知道……这并不是军事秘密，何况你们的敌方都知道啦。"

"走吧！走吧！"

"我走。不过还是请你们带我去见包加推廖夫。"

"住嘴！按照军法，我是不能跟你说话的。"

"那么，把烟盒拿去——这是军法允许的吗？"

"小意思！……给我走，把嘴闭紧，要不然我马上连你的大衣也剥掉。你这人还挺容易动气哩！"

好不容易把连长推醒了。他用拳头擦了半天眼睛。打着哈欠，皱着眉头，怎么都听不明白喜笑颜开的副排长对他说的是什么。

"是什么人？塞尔道布团团长？你不是瞎扯吧？拿证件来！"

过了几分钟，他和红军的团长一同朝旅长包加推廖夫的住处走去。包加推廖夫一听说捉住了塞尔道布团团长，并且已经押到了，霍地跳了起来。他扣好裤子上的纽扣，点上一盏有五根灯芯的油灯，对着笔直地站在门口的塞尔道布团团长问道：

"您是塞尔道布团团长吗？"

"是的，在下就是塞尔道布团团长伏龙诺甫斯基。"

"请坐。"

"谢谢。"

"是怎样把您……是在什么情况下把您逮捕的呢？"

"是我自动到你们这儿来的。我要单独和您谈一谈。请您吩咐别的人都出去。"

包加推廖夫摆了摆手，于是和红军团长一起来的连长以及张大了嘴站在旁边的房东——一个红胡子的旧教徒——都走了出去。包加推廖夫只穿着一件肮脏的内衣，坐在桌边，不住地摩弄着剃得光光的、黑黑的、圆得像西瓜一样的头。他那两腮浮肿、因为睡觉姿势不舒服硌了几道红印子的脸隐隐露出好奇的表情。

伏龙诺甫斯基是个不算高大然而很结实的人，穿一件挺合身的军大衣，结着军官式的武装肩带，他挺了挺笔直的肩膀，那修剪得整整齐齐的黑胡子下面掠过

一丝笑容。

"我想,阁下是一位军官吧?请允许我先谈一谈自己的身世,然后就谈谈我的来意……我原来是贵族出身,是沙皇军队里的上尉。在对德战争时期,我在第一百一十七柳博米尔步兵团里当差。一千九百一十八年,根据苏维埃政府的法令,我这个正规军官又进了部队。现在,正如您已经知道的,我在红军里指挥着塞尔道布团。我虽然身在红军当中,可是我早就在找机会跑到你们这边来……跑到这边来,同布尔什维克作战……"

"上尉先生,您找机会找的时间太长啦……"

"是的,不过我想对俄国赎我的罪过,不仅是要自己跑过来(这本来是早就可以做到的),而且还要把红军的队伍带过来,当然啦,这是指那些最健全的分子,那些受了共产党的欺骗、被引诱参加了这场自相残杀的战争的。"

旧上尉伏龙诺甫斯基用离得很近的两只灰眼睛看了看包加推廖夫,看到他的不信任的笑容,就像一姑娘一样红了脸,连忙说:

"当然,包加推廖夫先生,您可能要感到我的话十分可疑……要是我处在您的地位,也会有同样的感觉。请允许我用事实来证明我这话……用不容置疑的事实……"

他把大衣襟翻过来,从绿军装裤口袋里掏出一把小刀,弯下腰去,弯得武装肩带略吱吱响了起来,用小刀小心地拆起缝得紧紧的大衣边儿。过了一会儿,他就从拆开的衣缝里掏出几张发了黄的证件和一张小小的相片。

包加推廖夫仔细看了看他的证件。其中有一份证明说:"持本件人确系第一一七柳博米尔步兵团中尉,因伤愈后给假两星期,前往斯摩棱斯克省家乡休养。"证件上还盖着公章,还有第十四西伯利亚步兵师第八野战医院主任医师的签字。其余的写有伏龙诺甫斯基的证件,也都证明伏龙诺甫斯基确系军官,包加推廖夫再看那相片,看到的是年轻的伏龙诺甫斯基少尉的两只离得很近的快活的眼睛。那漂亮的绿军服上还挂着军官十字章,那雪白的肩章跟黑糊糊的脸,跟漆黑的小胡子,形成鲜明的对照。

"那你究竟有什么事?"包加推廖夫问道。

"我是来报告您,我已经和我的助手,原中尉伏尔科夫,共同把红军鼓动起来了,整个的塞尔道布团,当然,除了共产党员,都准备随时投到你们这方面来。红军差不多都是萨拉托夫省和萨马拉省的农民。他们都赞成跟布尔什维克打。现在我们需要和你们谈谈本团投诚的条件。我们团现在驻扎在霍派尔河口镇上,差不多有一千二百条枪,共产党的支部有三十八个人,再加上由本地三十名共产党员组成的一个排。我们可以把归我们节制的炮兵连抓到手里,不过恐怕要把炮手都干掉,因为其中大多数是共产党员。红军士兵的家庭都因为征集余粮感到负担过重,所以我手下的红军都感到不满。我们就利用这种情况,把他们争取到哥萨克方面⋯⋯也就是你们这方面。不过我的弟兄们也有顾虑,就是怕投诚以后,你们会对他们使用暴力⋯⋯所以就这个问题,——这当然是细节,不过⋯⋯——我要跟您谈谈。"

"会使用什么暴力呢?"

"比如说,枪毙,抢夺东西⋯⋯"

"不会的,我们不许这样干!"

"还有一点:战士们都坚决要求保留塞尔道布团的编制,和你们一同对布尔什维克作战,然而却是一个独立的战斗单位。"

"这个问题我以后再⋯⋯"

"我知道! 知道! 您还要和您上面的司令部通通气,然后才能告诉我们。"

"是的,我要报告维奥申方面。"

"请原谅,我的时间有限,如果我耽搁的时间多了,团政治委员就可能发觉我离开了。我认为,咱们能够就投诚条件达成协议。您要快点儿把你们司令部的决定通知我。我们团可能要调到顿涅茨前线去,或者补充进一些新的人员,那样的话⋯⋯"

"是的,我马上就派通讯员上维奥申去。"

"还有:请您吩咐您的哥萨克把武器还我。他们不但解除了我的武装,"伏龙诺甫斯基忽然嗫嚅起来,而且有点儿不好意思地笑了笑,"而且还拿了⋯⋯我的烟盒。这当然是小事情,不过烟盒是我家祖传的东西,所以我觉得很珍贵⋯⋯"

"全还您。等我得到维奥申的答复,怎样通知您呢?"

"过两天,从霍派尔河口镇派一个女子到巴贺穆特金村这儿来找您。暗号是⋯⋯好,咱们就约定为'联合'吧。您就把话告诉她。一定要用口传⋯⋯"

半个钟头以后,马克萨耶夫连里的一个哥萨克就飞马朝西,朝维奥申镇跑去⋯⋯

第二天,库金诺夫的一名亲信传令兵来到巴贺穆特金村,找到旅长的住所,连马也没有拴,就走进屋里,交给格里高力·包加推廖夫一封写有"火急。绝密"字样的公文。包加推廖夫急不可待地撕掉火漆印。在上顿河州苏维埃公文纸上,是库金诺夫亲手写的很潇洒的字迹:

　　您好,包加推廖夫! 这是一件可喜的消息。我们委托你和塞尔道布团的人进行谈判,并且不惜任何代价争取他们投诚。我主张对他们让步,答应保留他们的编制,甚至不解除他们的武装。先决条件是,要他们逮捕和交出共产党员、团政委,尤其是我们维奥申乡、叶兰乡和霍派尔河口乡的共产党员。叫他们一定要抓住炮兵连、辎重队和物资供给部队。要千方百计加速实现这件事! 你要多调一些部队,开到那个团集结的地方,悄悄把他们包围起来,马上动手解除他们的武装。如果他们反抗,就把他们全部消灭,一个不留。你行动起来要小心,但要坚决,一解除了他们的武装,就把全团一起押送到维奥申来。押送他们要走右岸,因为右岸离前线比较远,而且地势又平坦,如果他们后悔起来,想跑,也跑不掉。押着他们顺着顿河走,从一些村子里走,还要派两连骑兵在后面监押。到了维奥申,我们就把他们三个两个地编到各个连里去,咱们就看看他们怎样打自己人。以后的事就用不着咱们操心了:等咱们和顿涅茨那边咱们的人联合起来,就让他们去审判他们,随他们去处置吧。照我看,就全部绞死也行。不可惜。欣望你成功。要每天派人将情况报来。

库金诺夫

后面还有附笔:

　　如果塞尔道布团的人把我们本地的共产党员交出来,就派一支强大的押送队把他们押往维奥申,也从各个村子里走。不过先要把塞尔道布团的人押走。要挑选最可靠的人(比较勇猛的和年纪大些的)参加押送队,让他们押送,并且事先广泛地通知老百姓。咱们用不着对他们动手,如果事情做得好、做得巧妙的话,妇女们会用棍子把他们打死的。懂吗? 这种办法对咱们比较有利。如果把他们枪毙了,消息传到红军耳朵里,就会说咱们枪毙俘虏;可是这样做就要简单些,叫老百姓来收拾他们,把人的怒气鼓起来,就像放开一只用链子锁着的狗。是老百姓打死的——就完啦。谁也不负责任!

⚜四十八

　　四月十二日,第一莫斯科团在叶兰乡安东诺夫村外同暴动军进行的一场战斗中,遭受了惨重的损失。

　　红军的队伍不熟悉地势,边打边进入村子。稀稀拉拉的哥萨克人家,散布在一小块一小块坚硬的黄沙地上,就像在一个一个的小岛上,大街小巷都要通过难以下脚的泥沼地,上面都铺了树枝子。这个村子坐落在稠密的赤杨树丛中,坐落在潮湿泥泞的沼地上。小小的叶兰河从村边流过,河水很浅,但是河底淤泥很深。

　　第一莫斯科团的步兵列成散兵线朝村子里冲去,但是一过了村边几户人家,进入赤杨树林,就发现,成散兵线穿过赤杨树林是不行的。第二营营长是一个很固执的拉脱维亚人,他不听刚刚从泥潭中拉出马来的一个连长的劝告,就下令:"前进!"并且带头勇敢地在摇摇晃晃的烂泥地上走起来。本来不想往前走的红军机枪手们,也都提着机枪跟着他朝前走去。他们走了有五六十丈远,陷进没漆深的烂泥里,就在这时候,从右面顺着散兵线传来惊叫声:"他们围上来啦!""有哥萨克!""把咱们包围啦!"

　　确实是暴动军的两个连包围了这个营,从后面攻了上来。

　　第一营和第二营在赤杨树林中损失了三分之一的人员,退了出来。

　　在这次战斗中,伊万·阿列克塞耶维奇被暴动军的土造子弹打伤了腿。米沙·柯晒沃依把他抱出来,截住一辆在河堤上飞跑的运子弹的大车,差一点没把赶车的红军刺死,逼着他把伤员放到车上。

　　这个团打败了,退到了叶兰村。这一次败仗,对于顺着顿河左岸推进的全部红军的进攻的成败,发生了致命的影响。马尔金被迫退出布堪诺夫镇,往北退了二十俄里,退到司拉舍夫镇上;后来又受到发动了猖狂进攻而且在数量上超过他的志愿国民军好多倍的暴动军的压迫,赶在开始流冰的前一天渡河,淹死了几匹马,渡过了霍派尔河,朝库梅尔仁镇开去。

第一莫斯科团因流冰开始,在霍派尔河口受阻,就渡过顿河来到右岸,驻扎在霍派尔河口镇上,等候补充。不久,塞尔道布团也开到这里。这个团的基本成员和第一莫斯科团的基本成员显然不同。莫斯科团的战斗核心力量是莫斯科、图拉和下戈洛得的工人,打起仗来十分勇敢,十分顽强,多次同暴动军进行白刃战,每天都要伤亡几十名战士。直到在安东诺夫村中了暴动军的诱敌之计,这个团才撤出了战斗,但是在撤退的时候,连一辆辎重车、一箱子弹也没有留给敌人。可是塞尔道布团有一个连,在浆果村外的第一次战斗中就没有抵抗住暴动军骑兵的进攻;一看见哥萨克骑兵的散兵线,就纷纷逃窜,如果不是当机枪手的共产党员们用猛烈的机枪火力把敌人打退的话,这个连就全部被砍死了。

塞尔道布团是在塞尔道布城匆匆编成的。战士们全是萨拉托夫省上了年纪的农民,他们的精神状态不佳,士气自然不会高。连队里很多都是不识字的人和各村里出身富农家庭的分子。团里的指挥人员有一半是旧军官;政治委员是一个性格软弱、毫无主见的人,在红军中没有什么威信;而一些叛变分子——团长、参谋长和两个连长——则决意要带领这个团投降,他们通过那些钻进团里来的思想反动的富农分子,就当着视而不见的共产党支部的面,进行瓦解红军的罪恶活动,进行巧妙的反共宣传,散布谣言,叫人不相信镇压暴动能取得胜利,为投降制造舆论。

施托克曼和塞尔道布团的三个战士住在一所房子里,他很担心地注视着这个团的战士们,一天他和几个人发生过一次激烈的争吵以后,就完全看出,这个团已经处在严重的危险中了。

二十七日那天,已经是黄昏时候,第二连的两个士兵来到他们这里。其中一个姓郭黎加索夫的,连招呼也没打,就带着冷笑望着施托克曼和躺在床上的伊万·阿列克塞耶维奇,说:

"咱们这仗真打够啦!家里在强征咱们的粮食,可是咱们却不知为什么在这儿打仗……"

"你不知道为什么打仗吗?"施托克曼厉声问道。

"是的,不知道!哥萨克也和我们一样,都是庄稼人!他们为什么暴动,我们知道!我们知道……"

"你这败类,知道你说的这是什么人的话吗?这是白军的话!"一向很沉着的施托克曼一下子火了。

"你骂人别太过分了！不然我打你嘴巴！……弟兄们,听见吗？原来他是这样一个家伙！"

"住嘴！住嘴,大胡子！像你们这样的,我们见过的多着呢!"另一个矮小而敦实、像一口袋面粉似的家伙插嘴说。"你以为,你是共产党员,就能卡住我们的喉咙吗？你小心点儿,要不然我们把你的五脏都揍出来!"

他用身子遮住瘦弱的郭黎加索夫,把两条短小有力的胳膊放到背后,闪动着眼睛,朝施托克曼逼上来。

"你们这究竟是怎么啦？……怎么全带上了白军气味?"施托克曼使劲推开朝他逼上来的士兵,气喘吁吁地问道。

那个士兵摇晃了两下,脸涨得通红,想抓施托克曼的胳膊,但是郭黎加索夫把他拦住:

"算啦!"

"这是反革命言论！我们要审判你们这些苏维埃政权的叛徒!"

"你无法把全团都送上军事法庭!"一个和施托克曼同住一所房子的士兵回答说。

几个人都附和他说:

"共产党员又有糖又有纸烟,我们可是什么也没有!"

"瞎说!"伊万·阿列克塞耶维奇在床上欠起身子,高声说。"我们领的东西和你们完全一样!……"

施托克曼没有再说话,穿上衣服,走了出去。那些人没有拦他,但是用一片嘲笑声把他送了出来。

施托克曼到这个团的团部找到团政委。他把政委叫到另一间屋子里,很激动地报告了他和几个士兵争吵的情形,建议把他们逮捕起来。政委听他说完了,搔着火红色的大胡子,犹豫不决地摸着黑玳瑁边的眼镜,说:

"明天我们开一个支部会,把情况讨论讨论。我认为在目前的情况下,逮捕这几个弟兄是不可能的。"

"为什么?"施托克曼厉声问道。

"施托克曼同志,您要知道……我自己也发觉,我们团里有些不对头,大概有一个反革命组织,但是我们还没有摸出底细。团里大多数人都受到这个反革命组织的影响。农民的自发势力嘛,叫人实在没办法！我已经把战士们的思想情况报告了上级,并且建议把这个团调开,进行改编。"

"为什么您认为现在逮捕这些白军的爪牙并把他们送交师的革命法庭是不

可能的? 要知道,他们说这样的话——就是叛变!"

"是的,不过,要是这样做,可能会引起意想不到的过火行动,甚至引起暴动。"

"是这样啊? 那您既然早已看出大多数人是这样一种思想状况,为什么不早些报告政治部?"

"我对您说过嘛,我已经报告啦。大熊河河口镇方面不知为什么迟迟不肯答复。只要一把这个团调开去,我们就要严惩一切破坏军纪的分子,特别是您刚才所报告的那几个士兵……"政委又皱起眉头,小声说,"我就很怀疑伏龙诺甫斯基和……参谋长伏尔科夫。明天开过支部会以后,我就上大熊河河口镇去。应当立即采取措施来防止这种危险。请您对咱们的谈话保守秘密。"

"可是,为什么不能现在就召开党员会呢? 时间很紧迫呀,同志!"

"我明白,但是现在不可能。大多数党员都在站岗,或者放暗哨……我坚持要这样做,因为在这种情况下,让非党人员去干这些事,是很轻率的。而且炮兵连,这个连大多数都是共产党员,今天夜里才能从克鲁托夫到开到。就因为团里这样不安定,我才调他们来的。"

施托克曼从团部回来,简单扼要地把他和团政委的谈话对伊万·阿列克塞耶维奇和米沙说了说。

"你走路还不行吧?"他问伊万·阿列克塞耶维奇。

"可以瘸着走。以前我怕伤口破裂,现在顾不得这些啦,不管愿意不愿意,都得走啦。"

夜里施托克曼把塞尔道布团的情况写成一份详细的报告,到半夜里把米沙叫醒。他把报告掖到米沙的怀里,说:

"你马上弄一匹马,上大熊河河口镇去。你就是死,也要把这封信送到十四师政治部……几个钟头能跑到? 你打算到哪儿弄马?"

米沙哼哧着,一面拔那双干得很紧的红靴子,一面断断续续地回答说:

"我到侦察队……偷一匹,到大熊河河口镇……顶多……两个钟头。侦察队的马都不好,要不然……一个半钟头就行啦! 我干过马倌……我知道,怎样把马的快劲儿……完全挤出来。"

米沙把报告重新掖了掖,掖进大衣口袋里。

"这是为什么?"施托克曼问。

"如果叫他们抓住,就可以很快地掏出来。"

"嗯?"施托克曼还是不明白。

"有什么'嗯'的！他们要是抓住我,我就掏出来吞下去。"

"好样儿的!"施托克曼微微笑了笑,走到米沙跟前,好像因为此行吉凶难卜,心里很难受,紧紧把他抱住,并且用哆哆嗦嗦的冰凉的嘴唇使劲亲了亲他。"你走吧。"

米沙走出来,很顺利地从拴马桩上解下一匹侦察队的好马,一步一步地通过岗哨,一直用食指按着崭新的骑兵卡宾枪的扳机,过了岗哨。就径直上了大路,这才把卡宾枪的皮带套到肩上,开始把短尾巴的萨拉托夫小马那不曾使出过的快劲儿使劲往外"挤"。

四十九

黎明时候,淅淅沥沥地下起小雨。风呼呼地吹了起来。浓浓的黑云从东方涌上来。天蒙蒙亮,和施托克曼、伊万·阿列克塞耶维奇住在一座房子里的塞尔道布团的人都起了身,走出去了。过了半个钟头,一个姓托尔卡乔夫的共产党员跑来了。他和施托克曼一样,是带着几个同志参加了塞尔道布团的。他推开门,就气急败坏地喊道:

"施托克曼,柯晒沃依,在家吗? 快出来吧!"

"怎么回事儿? 到这儿来!"施托克曼走进堂屋里,边走边穿大衣。"到这儿来!"

"糟啦!"托尔卡乔夫跟着施托克曼走进堂屋里,小声说。"现在步兵想在镇外⋯⋯在镇外把从克鲁托夫开来的炮兵连解除武装。双方交了火⋯⋯炮兵打退了他们的进攻,把炮栓卸下来,坐船渡河到对岸去啦⋯⋯"

"现在呢,现在怎么样?"伊万·阿列克塞耶维奇一面哼哧着往受伤的脚上穿靴子,一面急急忙忙地问。

"现在正在教堂旁边开大会呢……全团都在那儿……"

"动作麻利点儿!"施托克曼对伊万·阿列克塞耶维奇说,又抓住托尔卡乔夫的棉袄袖子,问道:"政委在哪儿?其余的共产党员都在哪儿?……"

"我不知道……有的跑啦,我就到你们这儿来啦。他们已经把电报局占领啦,不许任何人出入……应该跑!可是怎么跑呢?"托尔卡乔夫把两手往膝盖中间一放,张皇失措地坐到大柜子上。

这时候台阶上响起冬冬的脚步声,六个塞尔道布团的士兵一下子闯了进来。他们的脸色很激动,露出凶狠、强硬的神情。

"共产党员们,开会去!快点儿!"

施托克曼和伊万·阿列克塞耶维奇交换了一下眼色,冷冷地把嘴一撇,说:"咱们走!"

"把武器放下。你们不是去打仗!"一个塞尔道布团的士兵说;但是施托克曼就像没听见似的,把步枪背到肩上,第一个走了出去。

一千一百张喉咙在广场上哇哩哇啦地乱叫着。霍派尔河口镇的老百姓一个也看不见。老百姓都躲在家里,害怕闹事(在这前一天,镇上已经到处传着流言,说这个团要和暴动军联合起来,可能要在镇上和共产党员打仗)。施托克曼率先走到嚷嚷叫的塞尔道布团士兵的人群跟前,用眼睛到处扫着,找寻这个团的指挥人员。一些人推着团政委,从旁边走了过去。两个人架着政委的胳膊,后面还有人推搡着,脸色灰白的政委走进了乱糟糟的士兵群里。有几分钟,施托克曼看不见他了,后来又看见他的时候,他已经在人群中心里,站在一张不知从谁家拖来的牌桌子上。施托克曼回头看了看。瘸了腿的伊万·阿列克塞耶维奇挂着步枪,站在身后,那几个叫他们来开会的士兵就站在他旁边。

"红军同志们!"响起政委的软弱无力的声音。"在这种时候,在敌人近在眼前的时候,开这样的大会……同志们!"

没有让他再说下去。许许多多灰色的红军皮帽,像被风吹动了一样,在桌子旁边摇晃起来,像树林一样的青灰色刺刀也摆动起来,一只只攥成拳头的手朝小桌子伸去,广场上到处响起像枪声一样又狠又干脆利落的吆喝声:

"别叫同志啦!"

"把他的皮夹克剥下来!"

"你骗人!"

"你们领我们打的是谁?!"

"扯住腿把他拖下来!"

"揍他!"

"用刺刀捅他!"

"你当政委到头啦!"

施托克曼看到,一个不算年轻的高大的士兵爬到桌子上,用左手揪住政委那红红的大胡子。小桌子摇晃了两下,那个士兵便和政委一起栽倒在桌子周围的人伸出来的胳膊上。刚才放牌桌子的地方,现在翻腾起灰大衣的波浪;政委那孤单、绝望的叫声淹没在一片雷鸣般的人声里。

施托克曼立即朝那里跑去。他狠狠地推撞着一张张穿着灰大衣的、结实的脊背,几乎是大跑着朝刚才政委说话的地方冲去。人们也不拦他,却用拳头和枪托子打他,打他的脊背,打他的后脑勺,把他的步枪扯下来,把他头上的红顶哥萨克皮帽抓了下来。

"你往哪儿钻,妈的?……"一个士兵的腿被施托克曼踩疼了,他怒冲冲地喊道。

一个矮墩墩的排长,在四脚朝天的小桌子旁边拦住施托克曼的去路。这个排长的灰羊羔皮帽子歪到后脑勺上,敞着军大衣,汗珠儿顺着砖红色的脸往下直滚,两只火辣辣的、气势汹汹的眼睛斜看着。

"你往哪儿钻?"

"我要说话!我这个普通战士要说话!……"施托克曼声嘶力竭地喊道,他微微喘了口气,一下子把小桌子扶了起来。甚至于有人扶着他爬上了桌子。但是广场上还滚动着一阵一阵的怒吼声,于是施托克曼使足声带的全部力气大叫起来:"安——静——点儿!……"过了有半分钟,等喧闹声小下去,他就压制着咳嗽,用难受而紧张的声音说:"红军战士们!你们好不害羞呀!你们是在最困难的时刻背叛人民的政权呀!正需要用坚强的手朝敌人心脏打去的时候,你们却动摇起来啦!正当苏维埃国家被敌人包围得喘不过气来的时候,你们却开起什么大会来啦!你们已经站在直接叛变的边缘上啦!为——什——么呀?!你们的叛变的长官把你们出卖给哥萨克将军啦!他们这些旧军官,骗取了苏维埃政府的信任,现在就利用你们的糊涂,想带着这个团投降哥萨克。你们清醒清醒吧!他们是想用你们的手帮着来绞杀工农政权呀!"

站在离桌子不远处的第二连连长,旧少尉韦斯特敏司特尔,正要端起步枪,但是施托克曼一看到他的动作,就喊叫道:

"你敢!你要打死我什么时候都行!一个共产主义战士就是要说话!我们共产党员早就把自己的生命……把自己的全部热血……点点滴滴……"施托克

曼的声音一下子变成极其强烈的男高音,脸色煞白煞白的,并且抽搐起来,"……都交给了为工人阶级……为受压迫的农民服务的事业。我们面对死亡,已经不在乎啦!你们可以打死我……"

"这一套我们听过啦!"

"骗人的把戏玩够啦!"

"叫他说完!"

"算啦,住嘴吧!"

"……打死我,我还是要说:你们清醒清醒吧!用不着开什么大会,应该去打白军!"施托克曼用眯得细细的眼睛扫了扫安静下去的人群,在离自己不远的地方发现了团长伏龙诺甫斯基。伏龙诺甫斯基同一个士兵肩靠肩站在一起,正很不自然地笑着,小声对那个士兵不知在说什么。"你们的团长……"

施托克曼伸出一只手,指着伏龙诺甫斯基,但是伏龙诺甫斯基把手搭在嘴上,慌慌张张地小声对站在旁边的士兵不知说了一句什么,于是,施托克曼的一句话还没有说完,在吸饱了四月新雨的潮气的湿润空气里,砰的响了一枪。枪声没有多大力量,很低,但是施托克曼用双手捂住胸膛,跪倒下去,垂下了没有戴帽子的、花白了的头……可是他摇晃了两下以后,又马上站了起来。

"奥西普·达维陀维奇!"伊万·阿列克塞耶维奇看见施托克曼一下子又站了起来,就哼味着,朝施托克曼奔去,但是有人抓住他的胳膊肘,低声说:

"老实点儿!少管闲事!把枪放下来,浑蛋!"

一些人下掉了伊万·阿列克塞耶维奇的枪,搜了搜他的口袋,把他从广场上带走了。广场上四面八方都在下共产党员的枪,抓共产党员。在小胡同里,一座低矮而结实的商人房子旁边,砰砰地响了五六枪——打死了一个不肯交出路易斯机枪的党员机枪手。

可是这时候,施托克曼嘴上冒着红红的血泡儿,哆嗦得打着嗝儿,脸色煞白煞白的,站在牌桌子上,摇晃了一会儿,又使出最后的、越来越弱的力气,把最后的心里话喊了出来:

"……他们把你们领到错路上去啦!……叛徒们……他们是想求饶,想得到新的军官头衔……但共产主义是要活下去的!……同志们!……清醒清醒吧!……"

那个站在伏龙诺甫斯基身旁的士兵又把步枪端到肩上。第二枪打得施托克曼从桌子上仰面栽下去,倒在人群的脚下。有一个大嘴巴、扁牙齿、一脸麻子的士兵腾身跳上桌子,高声大叫道:

"各种各样的好话我们在这儿听到不少啦,但是,亲爱的同志们,这一切纯粹是谎话和吓唬。这位大胡子演说家栽下去,躺在这儿啦,不过既然是狗,就应该像狗一样死掉! 这些共产党员,这些劳动农民的敌人,都该死! 同志们,亲爱的弟兄们,我要说,咱们现在都睁开眼睛啦。咱们知道应该反对谁啦! 比如说,在我们沃里斯克县是怎样说的呢? 各族人民平等呀! 友爱呀! 这些骗人的共产党员说得多么好听……可是实际上又怎样呢? 比如,我爹就寄来一封眼泪斑斑的信,说: 大白天里就进行疯狂的抢劫! 把我们家的粮食全搞走啦,连小石磨都抬走啦,法令上是说这样为劳动农民吗? 如果石磨是我父母用汗水挣来的,那么,我就问问你们:这不是共产党在抢劫吗? 要把他们杀光宰光!"

这个士兵的话没有说完。暴动军的两个骑兵连从西面飞马冲进了霍派尔河口镇,哥萨克步兵从顿河边山岗的南坡上冲了下来,暴动军第六独立旅旅长包加推廖夫少尉,也在半个连保护之下,带着旅部出发了。

东方涌上来一片乌云,马上就落起倾盆大雨,顿河那边,霍派尔河上空,滚过一阵隆隆的沉雷。

塞尔道布团匆匆忙忙地开始排队,每一行都变成两行。包加推廖夫旅部的一伙人骑着马刚刚在山坡上出现,旧上尉伏龙诺甫斯基就用士兵们还没有听到过的粗大口令声,喉咙里还带着哇哇声,喊叫道:

"团——队! 立——正……"

五十

格里高力·麦列霍夫在鞑靼村住了五天,在这几天里,他给自己家和岳母家种了几亩地;后来,想念家业想瘦了而且浑身生满虱子的潘捷莱·普罗柯菲耶维奇一从连队里回来,他就准备回到仍然驻扎在旗尔河边的自己的部队里去。库金诺夫写了一封密信给格里高力,告诉他,已经开始和塞尔道布团的指挥人员谈判,请他回去指挥那一师人。

这一天,格里高力准备回卡耳根镇去。中午时候,动身之前,他牵着马到顿河上去饮,正朝着一直淹到篱笆脚下的河水走去的时候,看到了阿克西妮亚。不知是阿克西妮亚真的故意磨蹭呢,还是格里高力觉得是这样,她懒洋洋地汲着水,好像在等他,于是格里高力不由地加快了脚步,而在他对直地走到阿克西妮亚跟前的短短一会儿时间里,眼前清清楚楚地闪过许许多多令人伤感的往事……

阿克西妮亚应着脚步声转过身来,她的脸上——毫无疑问是假装出来的——露出惊讶的神情,但是相见时的欢喜和长期的思念却使她露了馅儿。她笑着,那笑容又可怜,又慌乱,跟她那张骄傲的脸极不相称,格里高力觉得又怜惜,又心疼,心都颤动起来。他顿时心乱了,件件往事涌上心头,就勒住马,说:

"你好,亲爱的阿克西妮亚!"

"你好。"

在阿克西妮亚那低低的声音里,流露出极其复杂的心情——有惊讶,有恋情,还有痛苦……

"咱们很久没有说过话儿啦。"

"是很久啦。"

"我连你的声音都忘掉啦……"

"太快啦!"

"太快了吗?"

格里高力拉着朝他身上直顶的马的笼头,阿克西妮亚低下头去,用扁担钩子去钩水桶,却怎么也钩不住。他们一声不响地站了一会儿,一只吱吱叫的小水鸭子,像射出去的箭似的从他们的头上飞过去。波浪无休无歇地舔着浅蓝色的石灰岩石板,拍打着陡立的河岸。淹没了树林的广阔河面上,翻滚着白脊的波浪。顿河波涛汹涌地朝下游流去,风吹来一阵阵小小的水星子,吹来一阵阵淡淡的顿河水气味。

格里高力把目光从阿克西妮亚的脸上,移到顿河上。淹了水的白杨树摇晃着光秃秃的树枝;柳树开的花儿就像姑娘的耳环,树枝儿垂在水面上,十分好看,就像是一片片稀奇的绿色薄云。格里高力声音中带着轻微的懊恼和伤心,问道:

"怎么啦? ……咱们真的就没有什么话好说了吗? 你为什么不做声?"

但是阿克西妮亚控制住了自己;她在回答的时候,她那冷下来的脸上已经是一块肌肉也不哆嗦了：

"咱们要说的话,大概已经说完啦……"

"是这样吗?"

"就是的,肯定是这样! 树开花,一年只能有一回……"

"你以为,咱们的花已经谢了吗?"

"怎么没谢呢?"

"这事是有点儿奇怪……"格里高力把马放到水边去,看着阿克西妮亚,很伤感地笑了笑。"可是我呀,阿克秀莎,心里却怎么也忘不掉你。如今我的两个孩子都那么大啦,而且我的头发也白了一半,咱们也分开好几年啦……可是我还是一直想着你。做梦常常梦见你,直到如今我还是爱你。有时候我一想起你来,就想起咱们在李斯特尼次基家过的日子……咱们是那样相亲相爱……想起这些旧事就……有时候,想起我这一辈子,瞧吧,我这一辈子就像一个翻过来的空空的口袋……"

"我也是……我也该走啦……咱们又说起话来啦。"

阿克西妮亚毅然决然地挑起水桶,把两只晒足了春日阳光的手放在压弯了的扁担背上,迈步朝坡上走去,但是忽然扭过脸来朝着格里高力,她的腮上浮起两片薄薄的、淡淡的红云。

"格里高力,咱们相爱,就是在这儿,在这河边开始的呀。你还记得吗? 那一天送哥萨克入营。"她笑着说;她那坚强起来的声音里露出愉快的腔调。

"我全记得!"

格里高力把马牵进院子,拴到马槽上。因为要送格里高力,潘捷莱·普罗柯菲耶维奇上午就没有下地,他从敞棚底下走出来,问道：

"怎么样,你马上就动身吧? 给马上一点料吗?"

"动身上哪儿去?"格里高力漫不经心地看了父亲一眼。

"出门呀! 回卡耳根去嘛。"

"今天我不走啦!"

"这是怎么回事儿?"

"是这样的……我改变主意啦……"格里高力舔了舔因为内热干裂了的嘴唇,用眼睛对天空扫了扫。"云彩上来啦,恐怕要下雨啦,我去淋一身雨,有什么意思呢?"

"是没有意思。"老头子应声说;但是他不相信格里高力的话,因为几分钟以前,他在牲口院子里看见格里高力和阿克西妮亚在河边说话了。"又胡搞起来啦。"老头子很担心地想道。"他和娜塔莉亚好像又有点不对劲儿……唉,格里什卡他妈的这混账东西!他这条牙狗像谁呢?莫非像我吗?"潘捷莱·普罗柯菲耶维奇不再用斧子砍削大车上用的桦树干,朝着走开去的儿子那弯着的脊背看了看,急急忙忙在脑子里搜了搜,想起了自己年轻时的样子,就断定:"他妈的,是像我!狗东西,甚至还超过了老子!真该打他一顿,叫他别再去招惹阿克西妮亚,别再闹得家里六神不安。可是怎么能打他呢?"

如果是在以前,潘捷莱·普罗柯菲耶维奇要是看到格里高力和阿克西妮亚远远避开人单独说话儿,一定会连想都不想,随手抓起什么东西,照他的脊梁就打;可是现在,他没有主意了,什么话也没有说,甚至都没有露出已经猜到格里高力忽然不走的真正原因的表情。这都是因为,现在格里高力已经不是那个冒里冒失的年轻哥萨克"格里什卡",而是一位师长了,虽说没有肩章,但总是一位带领几千人马的"将军",而且现在大家都叫他格里高力·潘捷莱耶维奇了。虽说这是他的儿子,可是他潘捷莱·普罗柯菲耶维奇以前不过是个中士,怎么能动手打将军呢?因为地位不同,潘捷莱·普罗柯菲耶维奇对这种事连想都不敢想,他觉得在对待格里高力方面,自己不能那样随便了,觉得彼此有些疏远了。这全怪格里高力升得太高了!就连前天耕地的时候,格里高力厉声吆喝他:"喂,你发什么呆!把犁掉过去!……"潘捷莱·普罗柯菲耶维奇都忍住了,一句话也没有说……近来他们好像掉换了地位:格里高力时常吆喝年老的父亲,父亲听到他的声音,像听到命令似的,就会忙活起来,拐着那条瘸腿,千方百计地去讨他的喜欢……

"怕下雨呢!不会下雨的,刮的是东风,天上只飘着一块云彩,哪儿会有雨!是不是提醒一下娜塔莉亚?"

潘捷莱·普罗柯菲耶维奇猜出了原委,就要朝房里走去,但是又改变了主意;他害怕闹出来很不光彩,就又回到没有砍削好的大车梁木跟前……

且说阿克西妮亚回到家里,一倒掉桶里的水,就走到嵌在炉壁上的小镜子前,很激动地对着自己的有些苍老、但依然很美的脸看了半天。这张脸依然保持着那种娇媚、迷人的美,但是人生的秋天已经给她的两腮抹上暗淡的颜色,染黄了她的眼皮,给她的黑发织进了稀疏的银丝,抹去了眼睛的光彩。眼睛里已经流露出哀伤和疲惫的神情。

阿克西妮亚站了一会儿,后来走到床前,趴到床上哭起来,泪水哗哗地流出来,觉得又轻快,又甜蜜,她很久很久没流过这样的眼泪了。

冬天,冬日的寒风在河边陡峭的山崖上,在俗称"虎头"的凸出的山坡上旋舞,吼叫。风从光秃秃的山冈上吹来一阵阵的雪粉,旋成一个个的雪堆,又一层一层地堆上去。就会有老大的雪堆高挂在悬崖上,在阳光里白亮白亮的,在暮色中蓝蓝的,到清晨就是淡紫色,日出时候是粉红色。这雪堆会静默而冷峻地一直挂在那里,直到解冻的暖气慢慢从下面把它融化掉,或者一阵强烈的风从旁边吹来,把被本身重量压得摇摇欲坠的雪堆猛地一冲。于是雪堆朝下一倒,带着低沉而柔和的轰隆声朝下滚去,一路上撞击着矮矮的乌荆子丛,撞折一棵棵羞答答地挤在山坡上的小山楂树,顿时拖起一大片纷纷扬扬、冲向天空的银色雪雾……

阿克西妮亚积了多年的感情,只需要轻轻一冲就行了。这一冲——就是和格里高力的重逢,就是他的亲热的话:"你好,亲爱的阿克西妮亚!"那么他呢,不也是她的亲爱的吗?这些年来,她不是每天、每小时都想着他,千万种思绪,到头来不是都要回到他身上吗?不管她想什么,做什么,脑子里总是始终如一、时刻不离地围着格里高力转悠。就像一匹拉水车的瞎马,拉着浇水轮子转来转去,永远离不开轴心……

阿克西妮亚在床上一直躺到黄昏时候,眼睛都哭肿了,后来从床上爬起来,洗了洗脸,梳了梳头,又像个大姑娘去相亲那样,急不可待地穿戴起来。她穿上干干净净的褂子,系上一条红呢裙子,披上头巾,匆匆对着镜子照了照,就走了出来。

鞑靼村上空笼罩着瓦灰色的暮霭。大雁在宽阔的春水水面上惶惶不安地嘎嘎叫着。苍白的月亮从河边杨树丛里慢慢升上来。水面上铺起一条波光粼粼的淡绿色月光路。天还没黑,牲口群就从草原上回来了。还没有吃够嫩草的老牛在院子里哞哞叫着。阿克西妮亚也不去挤牛奶。她把一条白鼻子牛犊从牛棚里赶出来,赶到母牛跟前,小牛犊就摇着尾巴,用劲伸直了后腿,用嘴巴衔紧干瘪的奶头,贪婪地吸起来。

麦列霍夫家的妞丽亚刚刚挤过牛奶,提着滤奶器和桶朝屋里走去,就听到篱笆外面有人叫她:

"妞莎!"

"是谁呀?"

"是我,阿克西妮亚……你到我家来一下。"

"你找我有什么事呀?"

"有要紧事!来吧!行行好!"

"等我把奶滤过了,就去。"

"好,我就在院子外面等你。"

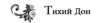

"好的!"

过了不大一会儿,妲丽亚走了出来。阿克西妮亚就在自己家的大门口等她。妲丽亚身上还带着一股新鲜牛奶的热乎乎的气味和牲口棚里的气味。她看见阿克西妮亚的衣襟没有撩起来,而且打扮得漂漂亮亮,干干净净,就觉得奇怪。

"嫂子,你倒是早早地把事情做完啦。"

"司捷潘不在家,很省事。只有一头牛,我差不多连饭都不做……凑合着吃点儿干粮就行啦……"

"你叫我有什么事?"

"到我屋里来一下。有点儿事……"

阿克西妮亚的声音哆嗦着。妲丽亚模模糊糊地猜度着她这番话的目的,一声不响地跟着她走了进去。

阿克西妮亚也不点灯,一走进上房,就打开柜子,在里面摸了摸,就用自己的干瘦而火热的手抓住妲丽亚的手,急急忙忙地把一枚戒指往她的指头上套。

"你这是干什么? 这好像是戒指吧? 怎么,是给我的吗? ……"

"给你! 给你的。我送给你……小意思……"

"是金的吗?"妲丽亚很认真地问道,一面走到窗前,借着朦胧的月光,仔细看着手上的戒指。

"是金的。你戴去吧!"

"哎呀,我的天! ……为什么事你送我这样的礼物呀?"

"你给我把……把你们家的格里高力叫来。"

"怎么,又要和他好吗?"妲丽亚很机灵地笑了笑。

"不是,不是! 哎,瞧你说的!"阿克西妮亚吓了一跳,脸一下子红到脖子根。"我要和他谈谈司捷潘的事……也许格里高力能给他请几天假……"

"那你怎么不到我们家去找他? 既然你找他有事,可以到我们家去和他谈谈嘛。"妲丽亚尖刻地说。

"不,不……娜塔莉亚会以为……反正不大合适……"

"那好吧,我去叫他。我是舍得他的!"

* * *

格里高力吃完了晚饭。他刚刚放下调羹,啜了啜沾在胡子上的菜汤,又用手掌擦了擦,就觉得桌子底下有一只脚在碰他的脚,他用眼睛扫了扫,就看见妲丽亚暗暗朝他挤眼睛。

"如果她想要我来代替去世的彼特罗,敢说出这种话的话,我就揍她! 就把她引到场院上,用裙子蒙住她的头,狠狠地打这只母狗!"格里高力恨恨地想;他一直皱着眉头,任凭嫂子挑逗。后来离开桌子,点起烟卷,就不慌不忙地朝门口走去。几乎是同时,妲丽亚也走了出来。

她在过道里从格里高力身边走过的时候,一边走,一边把胸膛靠到他身上,小声说:

"喂,狠心的! 去吧……叫你呢。"

"谁叫我?"格里高力急忙问。

"她呀。"

过了一个钟头,娜塔莉亚和孩子们都睡熟了的时候,格里高力穿着扣得紧紧的军大衣,和阿克西妮亚一起出了阿司塔霍夫家的大门。他们一声不响地在黑漆漆的小胡同里站了一会儿,就依然一声不响地朝静得迷人、黑得诱人、嫩草的芳香气味醉人的草原上走去。格里高力敞开军大衣,把阿克西妮亚紧紧搂在怀里,觉得她浑身在打哆嗦,感觉到她的心在小褂底下猛烈地、一下一下地跳动着……

五十一

第二天,格里高力在动身之前,简短地对娜塔莉亚解释了一下。她把他叫到一边,小声问:

"夜里你上哪儿去啦? 怎么这样晚才回来?"

"这算晚吗?"

"怎么不晚? 我醒过来,鸡已经叫头遍啦,可还是不见你的影子……"

"库金诺夫来啦。我上他那儿去开会,商量我们打仗的事。这不是你们老娘们儿管的事。"

"他怎么不到咱们家来过夜?"

"他赶回维奥申去啦。"

"他在谁家歇的马?"

"在阿博宪科夫家。他们家好像是他的远房亲戚。"

娜塔莉亚没有再问什么。她心里着实有些疑惑,但眼睛里却没有露出什么,因此格里高力一直也不明白,她相信还是不相信。

他匆匆吃过早饭。潘捷莱·普罗柯菲耶维奇去备马,伊莉尼奇娜画着十字,亲着格里高力,急急忙忙地小声说:

"好孩子,你别忘了……别忘了上帝!我们听说,你杀了一些水兵……主啊!格里什卡呀,你醒醒吧!瞧,你的两个孩子长得多么好呀,你杀死的那些人,恐怕也有孩子留下来……唉,怎么能这样啊?你小时候多么招人喜欢、多么可爱呀,可是现在你天天愁眉苦脸的。你瞧,你的心已经变得和狼心一样啦……格里什卡,听听娘的话吧!你也没有仙法护身,人家的刀也会落到你的脖子上……"

格里高力很不愉快地笑了笑,亲了亲妈妈的干瘦的手,走到娜塔莉亚跟前。娜塔莉亚冷冷地拥抱了他一下,就扭过脸去,格里高力在她那干干的眼睛里看到的不是眼泪,而是痛苦和隐忍下来的愤怒……又和孩子们告过别,就走了出来……

他的脚一踩住马镫,手一抓住硬扎扎的马鬃,不知为什么心里想道:"好吧,又要走一段人生新路啦,可是心里还是冷冷的,空空的……看来,现在就连阿克西妮亚也不能填补这种空虚啦……"

他也没有回头看出门送他的家里人,就放马慢步顺着大街走去,在经过阿司塔霍夫家门前的时候,侧眼朝窗户看了看,在上房尽边上一扇窗户里看到了阿克西妮亚。她微微笑着,拿一块绣花手绢朝他招了招,可是马上就把手绢攥成一团,捂到嘴上,捂到因为一夜未睡发了青的眼窝上……

格里高力放开马大步跑了起来。他跑上山坡,就看见,在夏天的大道上,有两个骑马人和一辆牛车慢慢地迎着他走来。他认出骑马人是"小牛皮大王"安季普和村子上头的一个很机灵的黑头发青年哥萨克斯特列勉尼柯夫。格里高力看见牛车,就猜道:"拉的是死人。"不等他们走近,他就问道:

"拉的是谁?"

"阿列克塞·沙米尔、伊凡·托米林和'马掌'亚可夫。"

"他们死了吗?"

"死啦!"

"什么时候?"

"昨天太阳快下山的时候。"

"炮兵连没事吗?"

"没事。是红军在绣球树园的一户人家里把咱们的炮手包围啦。沙米尔是因为马虎大意……被杀死的!"

格里高力摘下帽子,跳下马来。赶车的是旗尔河上一个不算年轻的哥萨克妇女,她把牛勒住。被杀死的几个哥萨克并排躺在大车上。格里高力还没有走到大车跟前,微风已经带着甜甜的死尸气味向他扑来。阿列克塞·沙米尔躺在当中。他那旧蓝布褂子敞开着,空袖筒掖在劈开的脑袋底下,很多年前被炸断、用破布包着的那半截胳膊,一向是摇来摆去的,现在却像抽筋一样紧紧贴在已经不喘气的鼓鼓的胸脯上了。阿列克塞那已经僵了的龇着白牙的嘴上永远留下了恶狠狠的恼怒表情,但是那动也不动的眼睛却望着蓝天,望着草原上空静静地、好像是带着重重的心事飘过的白云……

托米林的脸简直叫人认不出来了,而且,说实在的,那已经不是脸,而是被马刀斜斜地削平了的一块红红的肉团子。"马掌"亚可夫侧着身子躺着,他的脸呈红黄色,歪着头,因为他的头差不多已经被砍断了。一根被砍断的白白的锁骨,从敞开的绿军便服领口里露了出来,额头上,一只眼睛上面,有一个黑洞洞、血糊糊的子弹孔。看样子,是有一个红军看到这个哥萨克死得很难受,就可怜他,几乎是抵着他给了他一枪,所以连火药的烧痕和许多黑点子还留在"马掌"亚可夫那僵了的脸上。

"喂,弟兄们,咱们来祭奠祭奠咱们的乡亲们吧,咱们抽袋烟,祝他们安息。"格里高力说过,退到一旁,松开马肚带,解开马笼头,把缰绳缠到马的左前腿上,放马去吃柔软的、刚刚冒出来的嫩草。

安季普和斯特列勉尼柯夫欣然下了马,绊住马腿,放马去吃草。他们躺下,抽起烟来。格里高力一面看着一头长着一绺一绺的长毛、还没有褪毛的公牛伸着头在吃小草,问道:

"沙米尔是怎么死的?"

"真的,潘捷莱维奇,是怪他自己马虎大意!"

"怎么马虎法?"

"噢,是这么回事儿,"斯特列勉尼柯夫说,"昨天,已经晌午了,我们出发去侦察。是普拉东·里亚布契柯夫亲自派一个司务长带我们去的……安季普,昨天跟咱们去的那个司务长姓什么来着?"

"鬼才知道他姓什么!"

"噢,管他妈的姓什么! 我们反正不认识他,是别的连的。噢……我们去的一共是十四个哥萨克,沙米尔也跟我们一块儿去啦。昨天一整天他都高高兴兴的,可见他的心事先一点也没有感觉到什么! 我们骑马走着,他晃悠着那半截胳膊,把缰绳扔到鞍头上,说:'唉,咱们的格里高力·潘捷莱维奇啥时候能回来呀? 能和他喝上两盅,再唱唱歌儿,多好啊!'在我们走到拉推舍夫冈以前,他一直都在高声唱着:

> 我们像蝗虫一样
> 在山冈上到处飞翔。
> 顿河哥萨克呀,
> 放的都是单打一步枪!

我们就这样走下一片洼地(已经快要到烂泥沟啦),司务长说:'弟兄们,哪儿也看不见红军。他们恐怕还没有从阿司塔霍夫村出动呢。庄稼佬都懒得起早,大概他们还在吃午饭,正在炖南蛮子家的鸡呢。咱们来歇会儿吧,不然咱们的马要汗透啦。'我们说:'嗯,好吧,歇会儿就歇会儿。'于是我们都下了马,躺在草地上,派一个人到土包上去瞭望。我们躺着,我看见阿列克塞在自己的马跟前蹭来蹭去,在松鞍下的马肚带。我就对他说:'阿列克塞,你顶好别松马肚带,要不然,万一有什么紧急情况,咱们就得马上出动,你靠一只手,怎么来得及勒马肚带呢?'但是他龇着牙说:'我比你勒得还快呢! 你这个小毛孩子,凭什么教训起我来?'就这样,他松开马肚带,解下马笼头。我们躺着,有的在抽烟,有的讲起故事,还有人在打盹儿。我们的瞭望哨这时候也打起盹儿来啦。他朝土包脚下一躺,就他妈的睡着啦。我就听见,好像远处有马蹄声。我本来也懒得起来,可我终于还是站了起来,从洼地里爬上来,爬到高地方。我一看,在离我们百十丈远处,一队骑马的红军顺着沟底走过来啦。走在最前面的是一个骑枣红马的指挥员。他骑的那匹马就像一头狮子。他们还带着一挺转盘式机枪。我马上连滚带爬回到洼地里,吆喝说:'红军来啦! 上马!'他们大概也看见我啦。我们接着就听见,他们那边也发出了口令。我们上了马,司务长抽出刀来,想发起冲锋。可是我们只有十几个人,他们却有半个连,而且他们还有机枪,还有什么好冲的啊! 我们就骑着马飞跑起来,他们就用机枪扫射,可是他们又看到,用机枪打不到我们，因为山沟把我们遮住啦。于是他们就放马追赶我们。但是我们的马快一些，我们跑出一段路，又从马上下来，开始还枪。这时候我们才发现，阿列克塞·沙米尔没有跟我们来。就是说，大家都慌乱起来的时候，他一定也跑到马跟前，用那只好手抓住鞍头，用脚往马镫上一踩，马鞍就溜到马肚子底下去啦。沙米尔没有来得及上马，就落到了红军手底下，可是他的马却跑回了我们这边，跑得鼻子眼儿里直冒烟，马鞍在肚子底下一个劲儿地晃悠着。那马都吓惊啦，简直不叫人靠近，呼哧呼哧直打响鼻，就像个鬼一样！阿列克塞就这样把小命送啦！如果不是松了马肚带，他不会死的，可是你看……"斯特列勉尼柯夫在黑黑的小胡子底下笑了笑，又说："他前天还在唱呢：

> 嗨，你这个老妖头，
> 你来咬死我的小牛，
> 再把我的脑袋瓜抖搂抖搂……

这一下子可把他的脑袋瓜儿抖搂空啦……连脸都叫人认不出来啦！他在那儿流的血，就有宰掉的一头老牛流出来的那么多……后来，等到把红军打退了，我们跑到那块洼地里去，看到他躺在那儿呢。他身子底下的血有老大的一摊，他都要漂起来啦。"

"喂，咱们该走了吧？"赶车的妇女把包着脸来遮太阳的头巾从嘴上拉了拉，很着急地问道。

"大婶，别着急。马上就到啦。"

"怎么能不急呢？这些死人身上的臭味这样厉害，熏得人站都站不住！"

"死人气味怎么会好闻呢？死人活着的时候，又吃肉，又摸老娘们儿。凡是干这些事情的，还没有死，就开始发出臭味儿啦。听人说，好像那些圣人死后冒的是热气，可是依我看，这纯粹是胡扯。不管是什么样的圣人，死后都要像茅厕坑那样，发出臭烘烘的气味，自古都是这样。圣人也是一样要用肚子装饭，上帝给他们安的肠子也和平常人一样有三十俄尺……"安季普带着深思熟虑的神气说。

可是斯特列勉尼柯夫不知为什么发起火来，高声叫道：

"你管他妈的圣人不圣人干什么？扯起圣人来啦！咱们走吧！"

格里高力和他们道别过，又走到大车跟前去和死去的几位同村人告别，这时候他才发现，他们三个人的靴子都脱掉了，三双靴子的靴筒压在他们的脚底下。

"为什么把他们的靴子都脱啦?"

"格里高力·潘捷莱维奇,这是咱们哥萨克干的事……他们几个死的人穿的靴子都很好,所以,连里的人就打了一个主意:把他们的好靴子脱下来,给几个穿坏靴子的人穿,就把坏靴子带回村子里。因为死的几个人都还有家。就让他们的孩子穿穿坏靴子吧……安尼凯就这样说:'死了的不用走路啦,也不用骑马啦。把阿列克塞的靴子给我吧,他的靴子底很结实。要不然,等我从红军脚上弄到皮鞋的时候,我已经冻死啦。'"

格里高力走了,走着走着,听到他们两个人争吵起来。斯特列勉尼柯夫用又高又响的声音喊叫着:

"'小牛皮大王',你胡吹! 你爹就是因为爱吹,才叫'牛皮大王'! 哥萨克当中根本就没有圣人! 所有的圣人都是庄稼佬出身。"

"不,出过圣人!"

"你像狗一样瞎吹!"

"不,出过圣人!"

"哪一个?"

"常胜将军叶戈尔不是吗?"

"呸! 你妈的,滚远点儿吧! 他怎么是哥萨克呢?"

"道道地地的顿河哥萨克,是下游一个乡的人,好像是谢米加拉柯尔乡的。"

"哼,又胡扯啦! 你先打听打听再说。他才不是哥萨克呢!"

"不是哥萨克吗? 那为什么把他雕在咱们的长矛上?"

底下的话格里高力就听不见了。他放马小跑起来,走下一条山沟,在他跨过将军大道的时候,就看见那辆牛车和两个骑马的人慢慢在下山坡,朝村子里走去。

差不多一直到卡耳根镇,格里高力都是放马小跑。微风拂动着一点汗也没有出的马的鬃毛。一只只长长的棕色黄花鼠在大道上穿来穿去,惶惶不安地吱吱叫着。黄花鼠那报警的尖叫声和草原的静穆出奇地协调。在高地上,在冈头上,不时地从路边飞起公鸨。有一只被太阳照得闪闪放光的雪白的小鸨,急急忙忙地扇动着翅膀,向高处飞去,等飞到高空里,就伸长了那围着一圈结婚花环似的黑色绒毛的脖子,迅速地飞起来,就像在蓝蓝的太空中游泳,越飞越远。可是飞了有百十丈远,就朝下飞来,翅膀扇动得更加频繁,好像停住不动了。快到地面时,在一片绿草的衬托下,那飞速扇动的翅膀又像白色闪电似的最后闪了闪,就不再闪了:小鸨淹没在草丛里,不见了。

到处都可以听到公鸨情急如火的"吱儿吱儿"的叫唤声。格里高力来到旗尔河边一处高地的顶上，在马上看到路边几步远的地方有一块鸨交尾的地方：直径有一俄尺半的一块平平的土地，已经被为争母鸨而打架的公鸨的爪子踩得结结实实的了。这块地方连一根草都没有了；只有一层平平的灰色沙土，上面印满了十字形的爪印儿，再就是路边干枯的荒草和野蒿上挂着不少表面有灰色花纹、里面呈粉红色的鸨毛，鸨毛在风中轻轻摇摆着，这都是在打架时从好斗的公鸨背上和尾巴上撕扯下来的。不远处，从窝里跳出来一只很难看的灰色母鸨。那母鸨像个老奶奶一样驼着背，迅速地抖动着两条腿，在干枯的木樨草丛里来来回回地跑着，没有飞起，隐没在草丛里了。

因为春天到来，草原上到处洋溢着无形的、强大的、蓬蓬勃勃的生机：青草迅猛地生长着；许许多多成双成对的飞禽和走兽，纷纷躲开凶恶的人眼，藏在草原上隐蔽的地方进行交配；耕地上冒出无数尖尖的禾苗芽儿。只有衰亡了的去年的风卷球儿草，在草原各处的古代守望台的斜坡上无精打采地弯下身去，可怜巴巴地贴到地面上，寻求保护，但是清新活泼的春风毫不留情地把它从干枯的根上吹断，吹得它在阳光明媚、恢复了生机的草原上到处乱滚。

格里高力·麦列霍夫来到卡耳根镇，已经快到黄昏时候了。他是蹚水渡过旗尔河的；他在一个哥萨克村子外面拴马的地方找到了里亚布契柯夫。

第二天早晨，格里高力就从他手里接过分驻在各个村子里的第一师各部的指挥权，看过了司令部发来的最近的几份战报，和师参谋长米海依尔·考佩洛夫商量了一下，就决定向南，向阿司塔霍夫村发动进攻。

部队里非常缺乏子弹。必须靠打仗来夺取子弹。这就是格里高力决定发动这次进攻的主要目的。

这一天快到黄昏时候，已经有三个骑兵团和一个步兵团集中到卡耳根镇上。师里有二十二挺手提式机枪和重机枪，决定只带六挺，因为再多带，子弹就不够用了。

清晨，全师出动了。格里高力在路上离开师部，亲自担任了第三骑兵团的指挥，他把骑兵侦察队派出去做前哨，就带领人马向南，向波诺玛廖夫村开去，因为据侦察兵报告，也在准备进攻卡耳根镇的红军步兵第一〇一团和第一〇三团正在那里集中。

在离镇三俄里的地方，一个传令兵追上了他，把库金诺夫的一封信交给了他。

塞尔道布团已经向我们投降啦! 全部士兵都已经缴了枪,有二十来个人本来想反抗,包加推廖夫已经收拾了他们,下命令杀掉啦。交给我们四门大炮(不过炮栓已经被该死的共产党员炮手们下掉啦)、二百多发炮弹和九挺机枪。这是咱们的一件大喜事! 咱们把红军分编到各个步兵连里,叫他们去打自己人。你那里情况怎么样? 哦,我差点儿忘了告诉你:你们村子里的共产党员科特里亚洛夫、柯晒沃依和很多叶兰乡的共产党员都叫我们捉住啦。要在押往维奥申的路上把他们全部收拾掉。如果你很需要子弹的话,就写封信交来人带回,我们可以送去五百箱。

库金诺夫

"传令兵!"格里高力叫道。

普罗霍尔·泽柯夫立刻跑到跟前,但是一看见格里高力的脸色十分难看,就吓得连忙行了一个军礼,说:

"有什么吩咐?"

"叫里亚布契柯夫来! 里亚布契柯夫在哪儿?"

"在大队后头。"

"去! 赶快把他叫来!"

普拉东·里亚布契柯夫催马大跑着绕过大队人马,朝格里高力跟前跑来。他那淡黄色胡子的脸被风吹得脱了一层皮,小胡子和眉毛被春天的太阳晒得泛着狐狸毛一样的红光。他微微笑着,一面跑,一面抽烟卷。他骑的深枣红马肥肥的,春天这几个月来一点也没有掉膘,那马跑着轻快的溜蹄步,胸带闪闪有光。

"维奥申有信来啦?"里亚布契柯夫看见格里高力身旁有一个传令兵,就喊道。

"有信来。"格里高力镇定地回答说。"你来指挥这个团和这个师吧。我要去一趟。"

"噢,那好,你去吧。不过为什么这样急? 信上写的是什么? 是谁写的? 库金诺夫吗?"

"塞尔道布团在霍派尔河口投降啦……"

"噢——噢? 人还都活着吗? 你马上就去吗?"

"马上就去。"

"好,去就去吧。等你回来,咱们在阿司塔霍夫村见吧!"

"能活捉住米沙和伊万·阿列克塞耶维奇很好……问清楚是谁把彼特罗打

死的……再把伊万和米沙救出来！要救出米……我们之间流过血,但我们能说
是外人吗?!"格里高力心里想,狠狠地照马身上抽了几鞭,飞快地下了山坡。

❧ 五十二

暴动军的一些连队刚刚开进霍派尔河口镇,把开大会的塞尔道布团的人包
围起来,第六旅旅长包加推廖夫就跟伏龙诺甫斯基和伏尔科夫离开广场去开会。
这次会议就在广场旁边的一座买卖人的房子里举行,会开得很短。包加推廖夫
连手里的马鞭都没有放下,和伏龙诺甫斯基打过招呼以后,就说:

"一切都很好。这算是你们的功劳。可是你们怎么没把大炮保护好呢?"

"这是意外!少尉先生,这完全是意外!炮兵差不多都是共产党员,我们解
除他们武装的时候,他们拼命抵抗;打死了两名弟兄,卸掉炮栓,就跑了。"

"可惜!"包加推廖夫把帽箍上还留着不久前才撕掉的军官帽徽的新鲜印子
的绿制帽往桌上一扔,用一块脏手帕擦着剃得光光的脑袋,擦着变成了褐色的脸
上的汗,微微笑了笑,说:"好吧,那也罢了。您现在就去告诉您手下的弟兄们
……和他们好好地说说,叫他们别这个那个的……别啰嗦……叫他们把全部武
器交出来。"

伏龙诺甫斯基听到这个哥萨克军官的长官式的口气,感到厌恶起来,就讷讷
地反问道:

"交出全部武器吗?"

"嗯,我不向您说第二遍啦!说是全部,就是一点不能留。"

"不过,少尉先生,您和你们的司令部接受过不解除本团武装的条件呀? 怎
么能这样呢? ……当然,我明白,像机枪、大炮、手榴弹——这些东西我们是要无
条件交出来的,至于红军士兵的武器……"

"现在没有红军士兵啦!"包加推廖夫恶狠狠地撇了撇刮得光光的嘴巴,提高了声音,用螺旋形的马鞭抽了一下溅满泥巴的靴筒。"如今再没有红军士兵,只有保卫顿河土地的士兵啦。明——白——吗?……如果他们不肯干,我们会逼着他们去干!没什么啰嗦的!你们在我们的土地上胡作非为够啦,还要谈什么条件!咱们之间没有什么条件!明——白——吗?……"

塞尔道布团的参谋长、年轻的伏尔科夫中尉十分懊恼。他十分激动地用手指头来来回回地摸着黑呢衬衣硬领上的扣子,揪弄着像羊羔皮一样拳曲的黑头发,厉声问道:

"这么说,你们拿我们当俘虏待啦?是这样吗?"

"我没有对你说过这话,所以你没有必要瞎猜!"这位哥萨克旅长粗暴地打断他的话,把称呼变成了"你",并且那神气已经明显地表现出,对方已经完全处在他的手掌底下了。

屋子里有一会儿十分安静。从广场上传来低沉的嘈杂声。伏龙诺甫斯基在屋子里来回走了几趟,咯吧咯吧地擗了几下手指头,然后把自己的烟色棉上衣的扣子全部扣上,神经质地眨巴着眼睛,对包加推廖夫说:

"您的口气对我们是一种侮辱,而且这不是您这样一位俄国军官应该有的口气!我现在干脆告诉您。你们既然向我们挑战,那我们还要看看再说……要看看你们怎样对待我们……伏尔科夫中尉!我命令您:到广场上去,告诉各级指挥人员,叫他们不论在什么情况下都不能把武器交给哥萨克!您命令全团拿起武器来。我马上就和这位……和这位包加推廖夫先生结束谈话,到广场上去。"

怒气像黑色的爪子抓住了包加推廖夫的脸,这位旅长本来还想说几句什么,但是他已经意识到,他的话说得太过火了,于是压住火气,马上急转直下地改变了态度。他突然把制帽往头上一扣,依然在狠狠地甩着起了毛的马鞭,又说起话来,声音中出现了意想不到的温和与客气的口气:

"两位先生,你们误会了我的意思。我当然没有受过什么特别的教育,没有在士官学校念过书,也许不大会说话,不过,不能过高地要求嘛。咱们总归是自己人嘛!咱们之间不应当闹意见嘛。我怎么说的来着?我只是说,要马上把你们红军中那些对我们和你们特别不可靠的分子解除武装……我说的就是这个!"

"那就对不起啦!应该说清楚些嘛,少尉先生!再说,您要知道,您那种挑战的口气,您的整个行动……"伏龙诺甫斯基耸了耸肩膀,又用比较平和、但是余怒未消的口气继续说,"我们自己本来就想,要把那些动摇分子和不坚定的分子解除武装,交给你们去处置……"

"对对！就是这话！"

"不过我是说，我们决定自己来解除他们的武装。至于我们的战斗核心，那我们是要保留的。我们无论如何都要保留！我本人或者这位伏尔科夫中尉，就是您初见面就称起'你'的这一位……我们来担任指挥，我们一定会忠实地洗清我们参加过红军的耻辱。您应当给我们这样的机会。"

"你们这个战斗核心有多少支枪？"

"差不多有二百支。"

"好，没什么，就这样吧，"包加推廖夫勉强答应了。他站起来，开了通向走廊的门，高声喊道："内掌柜的！"等一位上了年纪的、披着厚厚的头巾的妇女来到门口，他吩咐说："弄点儿新鲜牛奶来！马上给我弄来！"

"我家没有牛奶，请别见怪！"

"红军要，恐怕就有啦；我们要，就没有吗？"包加推廖夫酸溜溜地笑了笑。

屋子里又是一阵很尴尬的沉默。还是伏尔科夫中尉打破沉默：

"我可以走吗？"

"好吧，"伏龙诺甫斯基叹着气回答说，"您去下命令，把我们列入名单的那些人解除武装。名单在郭黎加索夫和韦斯特敏司特尔手里。"

伏龙诺甫斯基上尉只是因为触疼了自己的军官自尊心，才不得不说出"我们还要看看你们怎样对待我们"这样的话来。实际上他十分明白，他的赌注输定了，而且已经没有退路了。根据他得到的情报，军部派来解除叛变的塞尔道布团的武装的队伍已经从大熊河河口出动，并且眼看就要到了。不过包加推廖夫也已经看出来，伏龙诺甫斯基是个可靠的和绝对没有危险的人，而且现在后退已经不可能了。这位旅长就拍拍胸脯，答应把团里最可靠的分子编成一个独立的作战单位。会议就这样结束了。

就在开会的时候，广场上的暴动军不等会议有什么结果，就采取坚决行动，解除塞尔道布团的武装。哥萨克们那贪婪的眼睛盯住团辎重队的大大小小的车辆，拿手到处乱翻，他们不仅争先恐后地乱拿子弹，而且还抢红军的厚底黄皮靴、裹腿、棉袄、棉裤和各种吃的东西。有二十个塞尔道布团的人眼看着哥萨克这样横行霸道，就想进行反抗。其中有一个，看见一个哥萨克来搜他，并且大模大样地把他的钱包装进自己的口袋，他就用枪托子朝那个哥萨克打去，吆喝道：

"土匪！抢起来啦?!还给我，要不然，我给你一刺刀！"

同伴们纷纷支持他。响起一片愤怒的叫声。

"同志们，拿起枪来！"

“咱们上当啦!”

“不能交枪啊!”

发生了白刃战,反抗的红军被压迫到板墙跟前,暴动军的骑兵在第三骑兵连连长鼓励下,在两分钟以内把他们全砍死了。

由于伏尔科夫中尉来到广场上,解除武装的事干得更顺利了。在倾盆大雨之下,对排成队伍的红军进行搜查。步枪、手榴弹、团电话队的器材、步枪子弹箱和机枪子弹箱就堆在离队伍不远的地方,堆成一堆又一堆……

包加推廖夫骑马来到广场上,他骑在他那匹发了性子的、直蹦直跳的马上,在塞尔道布团士兵的队伍前面四面扭动着身子,威风凛凛地高高扬起粗粗的螺旋形马鞭,喝叫道:

“你们听着! 你们从今天起,就要跟共产党坏蛋们和他们的军队打仗啦。谁要是好好地跟着我们干,我们就饶了他,谁要是想捣蛋,就是这样的下场!”他用马鞭指了指那些被砍死的红军士兵,那些死去的士兵已经被剥得只剩了内衣,堆成了乱糟糟的、淋得水漉漉的、白白的一大堆。

红军队伍里像风吹水面一样,响过一阵低低的叽喳声,但是谁也没有大声说一句反对的话,也没有一个人离开行列……

哥萨克的骑兵和步兵成群成伙地到处乱钻。他们密密实实地包围住广场。在教堂围墙旁边,在小土包上,都架起漆成绿色的塞尔道布团的机枪,枪口对准了红军的行列,机枪旁边,护板后面,蹲着淋得透湿的哥萨克机枪手,做好了准备……

一个钟头之后,伏龙诺甫斯基和伏尔科夫根据名单挑选出一批“可靠的人”。他们一共是一百九十四人。新编的队伍名为“暴动军独立第一营”。这个营当天就开往别拉文村一带的前线,从顿涅茨调来的红军第二十三骑兵师的两个团正从那边攻过来。据说,红军的两个团是:第十五团,由贝加陀洛夫率领,第三十二团,由著名的米海依尔·布林诺夫率领。他们所向披靡,打垮了不少抵抗他们的暴动军连队。其中有一个哥萨克连,是霍派尔河口乡一个村庄匆匆编成的,被全部消灭了。于是包加推廖夫决定派伏龙诺甫斯基这个营去抵挡布林诺夫,要在战斗中考验考验这个营的坚定性……

塞尔道布团其余的人,有八百多人,就依照暴动军总司令库金诺夫在给包加推廖夫的信中指示的办法,被押着顺着顿河岸徒步朝维奥申走去。三连骑兵带着塞尔道布团的机枪,走上顿河岸边的高地,跟在他们后面监押着。

包加推廖夫在离开霍派尔河口镇之前,到教堂去做祷告,神甫刚刚念完祈求天赐"爱基督的哥萨克军队"胜利的祷告词,他就走了出来。有人给他牵过马来。他上了马,招了招手,把留在镇上担任后卫的一个连的连长叫过来,从马上弯下身子,对着他的耳朵小声说:

"对共产党员要严加看守,比看守火药库还要小心!明天早晨派可靠的押送队把他们送往维奥申。今天就派人到各个村子里去通知,叫大家都知道咱们押送的是什么人。老百姓会自动处治他们的!"

那个连长领命走了。

五十三

四月里的一天中午,在维奥申乡新根村上空出现了一架飞机。小孩子、妇女和老头子们一听见飞机马达低沉的隆隆声,一齐从屋子里跑了出来;他们仰起头来,手搭凉棚,看着飞机在笼罩着阴云的天空中侧歪着身子,像老鹰那样打着圈子,看了老半天。马达声越来越高,越来越大。飞机在村外牧场上挑好了一块着陆的平地,就朝下飞来。

"马上要扔炸弹啦!当心啊!"一个很机灵的老头子心惊胆战地叫道。

于是拥挤在胡同口的人群四散逃窜。妇女们拖着哇哇叫的孩子们乱跑,老头子们拿出像山羊那样的敏捷和灵活劲儿,跳过一道道篱笆,往村边树林里跑去。小胡同里只剩了一个老奶奶。本来她也跑的,但是不知道是腿吓软了呢,还是在小土墩上绊了一跤,反正她跌倒了,而且起不来了,她毫不害羞地翘起两条干瘦的腿,不要命地喊叫着:

"哎呀,好人呀,救命啊!唉呀,我要死啦!"

谁也没有回来救老奶奶。这时候飞机大大地发起威来,带着凶猛的吼声和啸声从谷仓顶上飞过,有一霎时,飞机翅膀的影子遮住了老奶奶吓得瞪得老大的眼睛前面的光线,飞机飞过去,便用轮子轻轻挨着村边牧场的潮湿的地面,往草原上跑去。这时候老奶奶的裙子都尿湿了。她半死不活地躺在那里,身子底下怎样,周围又怎样,她都感觉不到、听不见了。不用说,她也没有看见,远处有两个身穿黑皮夹克的人,从那只落下来的可怕的大鸟里走了出来,犹豫不决地抖动着脚在原地站了一会儿,朝四面看了看,就朝有人家的地方走来。

但是躲在树林里、趴在去年的黑莓丛里的老奶奶的老伴儿,却是一个勇敢的老头子。虽然他像被逮住的麻雀那样,一颗心怦怦地跳个不停,但他还是有胆量看一看的。他看见两个人朝他家的院子走来,认出其中一个是他的老同事的儿子——军官彼得·包加推廖夫。彼得是暴动军独立第六旅旅长格里高力·包加推廖夫的堂兄弟,跟着白军跑到顿涅茨那边去了。这毫无疑问就是他。

老头子像兔子那样蹲着,耷拉着两只手,仔仔细细端详了一会儿。等他看准,那摇摇摆摆慢慢走的确实就是彼得·包加推廖夫,还是像去年看见他的时候那样,蓝蓝的眼睛,只是因为很久没刮胡子,脸上长了一些胡楂子,于是老头子站起身来,试了试两腿能不能撑得住。两条腿只是膝关节处微微有点儿哆嗦,但还是能撑得住的,于是老头子小跑着走出了树林。

他不是去看吓掉了魂的老奶奶,而是径直朝彼得和他的同伴走去,并且老远就从秃头上摘下他那顶退了色的哥萨克帽。彼得·包加推廖夫也认出了他,朝他招了招手,还笑了笑。他们走到了一起。

"请问,彼得·格里高力耶维奇,这真是您吗?"

"就是我呀,老爹!"

"老天爷叫我老来有眼福,我看见飞机啦! 我们刚才见了飞机还害怕呢!"

"附近没有红军吧,老爹?"

"没有,没有,好孩子! 已经把他们赶到旗尔河那边去啦,赶到南蛮子那儿去啦。"

"咱们这儿的哥萨克也起事了吗?"

"起事倒是起事啦,不过已经有很多被拉回来啦。"

"怎么回事儿?"

"就是说,打死啦。"

"哦哦……我家里人,我爹,都活着吗?"

"都活着。你们是从顿涅茨那边来的吗? 在那儿看见我家的季洪没有?"

"是从顿涅茨那边来的。季洪叫我带好来啦。噢,老爹,你替我们把飞机看一下,别叫小孩子们乱动,我回家去看看……咱们走吧!"

彼得·包加推廖夫和他的同伴走了。那些吓得躲藏起来的人,纷纷从树林里、棚子底下、地窖里和各个隐蔽的角落里走了出来。人群把飞机团团围住,飞机那滚烫的马达还冒着热气,还散发着芳香的汽油味和机器油气味。蒙着帆布的飞机翅膀被子弹和炮弹皮打了许多窟窿。这架从来没有见过的机器一声不响,浑身热乎乎的,就像一匹跑累了的马。

那个首先见到彼得·包加推廖夫的老头子,跑进他那吓坏了的老婆子躲的那条小胡同,想把十二月里跟着州政府跑掉的儿子季洪的消息告诉她,叫她也高兴高兴。老婆子已经不在小胡同里了。她已经回到家里,躲在小屋子里,匆匆忙忙地在换衣服,换了褂子,又换裙子。老头子好不容易找到她,大声叫道:

"彼得·包加推廖夫飞回来啦! 季洪托他带好来啦!"他看见他的老婆子在换衣服,气得不得了。"你这老妖婆,怎么打扮起来啦? 哼,你妈的! 谁还看得上你这个秃鬼? 简直成了小媳妇啦!"

……很快就有许多老头子来到彼得·包加推廖夫家里。他们每个人走进来,都是在门口就摘去帽子,对圣像画过十字,然后拄着拐杖,规规矩矩地坐到大板凳上。大家谈了起来。彼得·包加推廖夫一面喝着杯子里没有打过皮的凉牛奶,一面说着,说他是顿河政府派来的,他的任务是要和上顿河州的暴动军取得联系,并且要用飞机运送子弹和军官,支援他们同红军作战。并且告诉大家,顿河军即将展开全线进攻,不久就要同暴动军会师。包加推廖夫还顺便把老头子们数落了一顿,说他们对青年哥萨克的教育太差了,所以他们才放弃阵地,让红军来到自己的土地上。最后他说:

"……但是既然你们已经醒悟过来,把各乡的苏维埃政府赶了出去,顿河政府也就原谅你们啦。"

"彼得·格里高力耶维奇,可是现在还是苏维埃政府呀,不过没有共产党罢咧。我们挂的旗子也不是三色旗啦,是红白两色的。"一个老头子犹疑地说。

"就连称呼,我们这儿的年轻人,这些不听话的狗崽子们,还互相称呼'同志'哩!"另一个老头子插嘴说。

彼得·包加推廖夫的嘴角在刚刚修剪过的红胡子底下笑了笑,带着嘲笑的神情眯缝起圆圆的蓝眼睛,说:

"你们的苏维埃政府就像春天的冰。太阳微微一晒,就化啦。不过那些在卡拉奇领头抛弃阵地的人,等我们从顿涅茨那边一回来,我们是要收拾他们的!"

"要收拾这些该死的东西,狠狠收拾!"

"就该这样!"

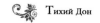

"要收拾！要收拾！"

"要当众抽他们的屁股,要抽得他们尿上一裤子!"老头子们高高兴兴地乱嚷起来。

* * *

傍晚时候,接到通知的暴动军总司令库金诺夫和参谋长萨方诺夫,坐着一辆三匹汗流如洗的马拉的四轮大车,飞也似的来到新根村。

他们因为包加推廖夫来了,高兴得不得了,连靴子和雨衣上的泥巴都没有掸一掸,就几乎是大步跑着进了包加推廖夫家的屋子。

五十四

塞尔道布团出卖给暴动军的二十五名共产党员,由一支强大的押送队押解着,从霍派尔河口镇出发了。想跑是跑不掉的。伊万·阿列克塞耶维奇在俘房群中一瘸一拐地走着,怀着忧伤和憎恨的心情打量着那些押送的哥萨克的一张张恶狠狠地板着的脸,心里想:"他们是要送我们的命呀! 如果私自处置,那我们就完啦!"

押送队里大多数是留大胡子的人。领队的是一个信仰旧教的老头子,是一个阿塔曼团的司务长。一出了霍派尔河口镇,他就命令俘房不许说话,不许抽烟,不许向押送兵提问题。

"你们做做祷告吧,反基督的奴才们! 你们要死啦,剩下的时间别作孽啦! 呜呜呜! 你们忘掉了上帝! 替魔鬼效力! 都烙上了敌人的烙印!"他时而扬扬自动手枪,时而拉拉套在脖子上的手枪带子。

俘虏当中只有两名共产党员是塞尔道布团的指挥人员,其余的,除了伊万·阿列克塞耶维奇以外,都是叶兰乡的外来户,都是一些高大而强壮的小伙子,都是在红军来到叶兰乡的时候加入了共产党,有的当民警,有的当村革命军事委员会主席,暴动发生以后,他们都跑到霍派尔河口镇,参加了塞尔道布团。

过去他们差不多都是手艺人:木匠、桶匠、石匠、泥瓦匠、鞋匠、裁缝。其中年纪最大的看样子不过三十五岁,最小的只有二十岁上下。这些又结实又英俊的健壮小伙子,两只大手因为干沉重的体力活儿锻炼得十分有劲儿,肩膀宽宽的,胸脯鼓鼓的,那种样子跟押送队的弯腰弓背的老头子们迥然不同。

"你以为怎样,他们会审判我们吗?"和伊万·阿列克塞耶维奇并肩走的一个叶兰乡的共产党员悄悄问道。

"未必……"

"他们会打死咱们吗?"

"恐怕会的。"

"他们不是不枪毙人吗? 哥萨克们就这样说过,你记得吗?"

伊万·阿列克塞耶维奇没有做声,但是希望就像风中的火星那样闪了一下:"这话对呀! 他们是不能枪毙我们呀。他们这些家伙提出的口号就是:'打倒共产党,反对抢劫和枪毙!'据说,他们只判徒刑……判处鞭笞和做苦工。嗯,这就不可怕了! 在监狱里蹲到冬天,到了冬天,顿河一结冰,我们的人又要向他们进攻啦! ……"

希望闪了一下,就又像风中火星那样,熄灭了:"不对,他们会打死我们的! 他们都像魔鬼一样凶狠! 这一辈子完啦! ……唉,过去真不应该那样! 跟他们打仗,心里却可怜他们……真不该可怜他们,应该把他们斩草除根!"

他攥紧拳头,因为愤怒无法发泄恼得耸了耸肩膀,头上马上就挨了后面打来的一鞭,他踉跄了一下,差一点跌倒。

"你攥什么拳头,狼崽子? 我问你,你攥什么拳头?"领队的司务长大声喝叫着,驱马朝他身上冲来。

他又抽了伊万·阿列克塞耶维奇一鞭,这一鞭抽在脸上,顿时从眉骨直到中间有一个小坑的饱满的下巴,起了一道斜斜的印子。

"你打谁? 打我吧,老爷子! 打我吧! 他是挂了花的,你别打他,"一个叶兰乡的小伙子带着恳求的笑容,用哆哆嗦嗦的声音喊叫起来,并且从人群里走出来,往前挺了挺饱鼓鼓的、结实的胸膛,把伊万·阿列克塞耶维奇遮住。

"也要打你! 乡亲们,揍他们! 打共产党啊!"

一鞭子打破了这个叶兰乡小伙子那绿褂子的肩膀,这一鞭十分厉害,打得破布片卷了起来,就像火烧的树叶子。一股黑血从伤口里,从马上鼓起来的鞭印子里流出来,浸透了破布片……

司务长恨得呼哧呼哧直喘,驱马朝俘虏身上乱蹦乱踩,冲进稠密的俘虏群里,用鞭子狠狠地乱抽起来……

又是一鞭子狠狠打在伊万·阿列克塞耶维奇身上。他眼睛里冒起金星,大地摇晃起来,而且对岸沙地上那一片绿色的树林好像要倒下来似的。

伊万·阿列克塞耶维奇用粗大的手抓住马镫,想把兽性大发的司务长拖下马来,但是一刀背砍来,把他击倒在地上,淡淡的、痒酥酥的、呛人的尘土爬进嘴里,鼻子和耳朵里火烧火燎地涌出血来……

押送兵像赶羊一样,把他们赶成一堆,抽打他们,打了老半天,打得很厉害。脸朝下卧在大路上的伊万·阿列克塞耶维奇,好像是在做梦一样,听到一片低沉的叫喊声、周围一片冬冬的脚步声、像疯了似的马的呼哧声。一团热乎乎的马汗沫子落在他的光着的头上,差不多就在同时,在很近的地方,就在他的头顶上,响起短促而可怕的男子哭声、喊叫声:

“他妈的!你们打手无寸铁的人!……哎哟哟……”

一匹马踩到了伊万·阿列克塞耶维奇的受伤的那条腿,磨钝了的马掌铁踩进小腿肚子的肉里,头顶上响起一片轰隆轰隆的、一下紧接一下的鞭打声……过了一会儿,一个沉甸甸、湿漉漉、散发着刺鼻的汗臭味和血腥味的身体,咕冬一声,倒在伊万·阿列克塞耶维奇的身边。他还没有完全失去知觉,所以听见:倒下去的人的喉咙里,就像翻倒的酒瓶那样,咕嘟咕嘟地冒出血来……

后来把他们一起赶到河边,逼着他们把血洗掉。伊万·阿列克塞耶维奇站在没膝深的水里,浸了浸疼得火烧火燎的伤口和被打起来的肿块,用手捧着跟自己的血混在一起的河水,拼命喝了起来,很怕来不及压下难以忍受的干渴。

在路上有一个骑马的哥萨克赶到了他们的前头。他那匹深枣红色的马,因为肥壮和满身大汗,全身明晃晃的,欢蹦乱跳地快步跑着。骑马人跑进了村子,于是,俘虏们还没有走到村边几户人家门前,一群一群的人就迎着他们跑来了。

伊万·阿列克塞耶维奇一看到那些迎面跑来的哥萨克和妇女们,就知道这一下子完了。其余的人也都明白了。

“同志们!咱们完啦!”一个塞尔道布团的共产党员喊道。

手执叉子、锄头、木棒和铁车杠的人群越来越近了……

后来的一切就像一场噩梦。走了三十俄里,经过一个连一个的村庄,在每一个村庄里都受到老百姓拷打。老头子们、妇女们和半大小伙子们,一见到这些被俘的共产党员们,又打、又对着他们那到处是血、到处是青伤和肿块的脸吐唾沫,又扔石头和土坷垃,还拿沙土和煤灰往他们那打肿了的眼睛里撒。妇女们心狠手辣,打起来特别厉害。二十五个遭殃的人通过一处一处的人群,到最后他们变得面目全非,完全不像人的样子了:身体和脸都变成了怪模样,青一块、红一块、黑一块,这儿肿一块,那儿破一块,浑身都是带血的泥巴。

起初这二十五个人当中每个人都想离开押送兵远一点儿,为的是少挨几下打;每个人都尽量往乱了队的俘虏群中间挤,因此挤成紧紧的一团往前走着。但是押送兵总是把他们拉开,推开。于是他们失去了躲避挨打的任何希望,便七零八落地走起来,每个人只有一个执着的愿望:控制住自己,不要倒下去,因为如果倒下去,就再也不能起来了。他们觉得反正无所谓了。起初眼前一闪起草叉铁齿的青光,或者晃动起粗木棒的白白的头儿,每个人都用手护住脸和头,无可奈何地用手捂住眼睛;挨打的俘虏群里发出来的又有求饶声,又有呻吟声,又有骂声,又有发自肺腑的叫疼声。到中午的时候,什么声音都没有了。只有一个顶年轻的叶兰乡人,以前在连里是个爱说爱笑、活泼可爱的人,一打到他的头上,他就哎哟叫上一声。他好像是走在烧得发烫的地面上,一跳一跳的,浑身抽搐着,拖着一条被棒子打断的腿……

伊万·阿列克塞耶维奇在河里洗过身上的血以后,精神上刚强起来。一看见迎面跑来的哥萨克和妇女们,他就和身边的同志告别,小声说:

"没什么了不起的,弟兄们,咱们会打仗,现在也应该会昂着头死去……直到最后一口气,咱们都应当记住一点,咱们有一点可以安慰的,就是:虽然他们能打死咱们,可是苏维埃政府是用棒子打不死的!共产党员们!弟兄们!咱们要死得有种,别叫敌人笑话咱们!"

一个叶兰乡人没有经受得住。等走到包布洛夫村,老头子们又凶狠又毒辣地打他的时候,他像小孩子一样哇哇直叫起来,撕开军便服领子,让哥萨克和妇女们看他那挂在脖子上的小小的贴身十字架,那十字架的吊带因为肮脏和汗污已经变成了黑色。

"同志们!我加入共产党才不久啊!……你们留留情吧!我是信上帝的呀!……我还有两个孩子呀!……行行好吧!你们也有孩子呀!"

"我们跟你算什么'同志'!住嘴吧!"

"你想起孩子来啦,坏蛋?掏出十字架来啦?后悔啦?可是你在枪毙我们的人,杀我们的人的时候,你没有想到上帝吧?"一个戴耳环的翘鼻子老头子打了他两下,气喘吁吁地问道。不等他回答,老头子又照准他的脑袋,抡起了木棒。

伊万·阿列克塞耶维奇所看到的、听到的和意识到的一切,都是一闪而过,什么都没有引起他特别注意。心好像变成了石头,这颗心仅仅震动过一次。中午时候他们走进袭柯甫诺夫村,穿过街上的人群往前走,遇到的是一片咒骂和乱打。就在这时候,伊万·阿列克塞耶维奇侧眼朝一边看了看,就看见一个六七岁的男孩子紧紧拉着母亲的衣襟,眼泪顺着变了样子的两腮哗哗地往下流,声嘶力竭地尖叫着:

"妈妈呀! 别打他啦! 哎呀,别打他啦! ……我不叫打! 我怕! 他浑身都是血啦! ……"

那个娘们儿已经抢起木棒要打一个叶兰乡人,忽然叫了一声,扔掉木棒,抱起孩子,慌慌忙忙跑进小胡同里去了。伊万·阿列克塞耶维奇被孩子的哭声、孩子的真挚感人的同情心所感动,不由得涌出了眼泪,泪水腌疼了打破了和烧干了的嘴唇。他想起自己的孩子和老婆,微微抽搭了一下,而且因为这像闪电一样突然出现的回忆,产生了一种急切的愿望:"但愿不要当着家里人的面把我打死! 还希望……快点儿……"

大家都勉勉强强拖着两条腿往前走,因为疲倦,因为一直疼到骨头,都左右摇晃着。在一个村子外面的牧场上看见一口土井,就央求押送队长准许他们喝点水。

"用不着喝水啦! 就这样已经多活啦! 开步走!"司务长叫道。

但是押送队里有一个老头子替俘虏们说话了:

"行行好吧,阿基姆·萨佐内奇! 他们也是人呀。"

"他们算什么人? 共产党不是人! 你别教训我啦! 这押送他们的长官是我,还是你?"

"你们这号儿长官可是太多啦! 伙计们,来喝!"

老头子下了马,从井里打上来一桶水。俘虏们把他团团围住,二十五双手一齐向水桶伸过来,打得青肿的眼睛里都放出光来,发出一片沙哑而急促的低语声:

"老大爷,给我喝点儿!"

"给我喝点儿吧! ……"

"给我喝一口吧! ……"

"同志们,不能一齐喝呀!"

老头子不知道先给谁好了。他十分为难地耽搁了一小会儿,便把水倒进一个埋在地里的独木牲口槽里,走到一边,喊道:

"你们干吗像牛一样乱挤! 排好队喝吧!"

那水顺着生了青苔、发了霉的槽底流开去,很快就流到被太阳晒得滚烫、散发着潮湿木头气味的槽角里。俘虏们拼命朝木槽拥去。老头子打了一桶又一桶,一共打了十一桶水,看着俘虏们,心酸得皱着眉头,把牲口槽灌得满满的。

伊万·阿列克塞耶维奇跪在地上,喝足了水,等他抬起清爽了的脑袋,就清清楚楚、几乎是丝毫不遗地看见:河边大道上覆盖着一层霜白色的石灰石尘粉,远处耸起的石灰岩山岭有如淡蓝色的幻影,在山岭之上,在水流湍急、波浪滚滚的顿河上空,在一望无际的蓝天上,在高高的空中,有一朵白云。清风吹动着白云,白云展开闪闪有光,像白帆一样的翅膀,迅速地向北方飘去,白云那乳白色的影子倒映在远处的顿河河湾里。

五十五

在暴动军总司令部的一次秘密会议上,决定向顿河政府、向包加叶夫斯基将军求援。

会议决定委托库金诺夫写一封信,对一九一八年底上游哥萨克同红军讲和并抛弃阵地一事表示后悔和遗憾。库金诺夫就写了一封信。他代表顿河上游暴动的全体哥萨克保证,今后一定要坚决同布尔什维克作战,直到最后胜利,并要求用飞机越过前线给暴动军输送指挥军队的正规军官和步枪子弹。

彼得·包加推廖夫就留在新根村,后来又到了维奥申。飞行员就带着库金诺夫的信飞回诺沃契尔卡斯克去了。

从这一天起,顿河政府和暴动军司令部之间就建立了密切的联系。差不多每天都从顿涅茨河那边飞来法国工厂出产的新式飞机,运来军官、步枪子弹和少量三英寸口径的大炮炮弹。飞行员还把那些跟随顿河军撤走的上游哥萨克们的

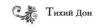

信件带了来,又把家里人给哥萨克们的回信从维奥申带到顿涅茨那边。

顿河军的新司令官西道林将军,为了配合前线的战事和自己的战略计划,开始把司令部制订的作战计划、命令、战报和红军部队向暴动军阵地上调动的情报送给库金诺夫。

库金诺夫只对少数几个人说过他同西道林常有信件往来,对其余的人都严守秘密。

五十六

下午五时左右,把俘虏赶进了鞑靼村。已经接近了转瞬即逝的春天的黄昏,太阳也快要落山了,太阳像一个火红的圆球,已经挨着了弥漫在西方的蓬松的灰云的边缘。

鞑靼村步兵连的哥萨克们在大街上,在高大的公共谷仓的凉荫里坐着或站着。他们是调到顿河右岸去支援抵挡不住红军进攻的叶兰乡各个连队的,在开上前线的路上全连都顺路回到村子里,看一看家里人,并且带上一些吃的东西。

这一天他们本来应该出发的,但是他们听说,要把俘虏的共产党员押往维奥申去,其中就有米沙·柯晒沃依和伊万·阿列克塞耶维奇,而且听说俘虏们眼看就要来到鞑靼村了,所以他们决定等一等。有些哥萨克,跟第一次作战中和彼特罗一起被打死的那些人是一家人,他们特别想见见柯晒沃依和伊万·阿列克塞耶维奇。

步兵连的哥萨克们把枪靠在谷仓的墙上,无精打采地说着话儿,有的站着,有的坐着,有的抽烟,有的嗑葵花子;他们周围是妇女、老头子和孩子们。全村的人都跑到街上来了,有些孩子爬到房顶上,聚精会神地望着:是不是来了?

终于有一个孩子尖声叫道:

"看见啦！来啦！"

步兵连的哥萨克们急忙都站了起来，人们乱动起来，响起一片低沉的、嗡嗡的嘈杂声，孩子们冬冬地迎着俘虏们跑去。阿列克塞·沙米尔的遗孀的心还浸沉在没有平息的悲痛里，她歇斯底里地哭叫起来。

"把仇人押来啦！"一个老头子粗声粗气地说。

"打他们这些魔鬼！你们发什么呆呀，哥萨克们？！"

"把他们送去审判！"

"他们把咱们的人都杀啦！"

"把柯晒沃依和他的伙计都吊死！"

姐丽亚·麦列霍娃和安尼凯的老婆站在一起。她首先在渐渐走近、被打得遍体鳞伤的俘虏群中认出了伊万·阿列克塞耶维奇。

"把你们村里这个人押来啦！你们好好地看着这个狗崽子吧！好好地跟他亲热亲热吧！"押队的司务长在马上伸出一只手，指着伊万·阿列克塞耶维奇，声嘶力竭地叫了起来，他的声音盖过了越来越高的嘈杂声、妇女们的叫声和哭声。

"还有一个在哪儿？柯晒沃依在哪儿？"

"小牛皮大王"安季普朝人群里走来，边走边从肩上摘步枪皮带，晃悠着的步枪的托子和刺刀一下又一下地碰在人身上。

"你们村的人只有一个，另外再没有啦。如果一个人咬一口的话，就这一个也够啦……"司务长说着，用一块红手帕擦着满头的大汗，很吃力地把一条腿从马鞍上跨下来。

妇女们的尖叫声和号哭声越来越高，高到不能再高了。姐丽亚钻到押送兵们跟前，她看见，在离她几步远处，在一个押送兵的汗淋淋的马的后面，是打成了铁青色的伊万·阿列克塞耶维奇的脸。他的头肿成了怪样子，像一只高高竖起的水桶，头上还粘着带血块子的头发。额头上的皮肉肿胀起来，绽了开来，两腮鲜红鲜红的，头顶上有一层胶状的东西，上面还放着两只毛线手套。看样子，他把手套放在头上，是想护住一个连一个的伤口，遮一遮炙人的阳光，防备苍蝇和在空中嗡嗡叫的小虫子叮。手套干在伤口上，就这样粘在头上了……

他张皇失措地四面张望着，用眼睛寻找自己的老婆或小儿子，却又怕看见自己的老婆或小儿子，如果他们在这儿的话，他想求求别人把他们领走。他已经明白，他走不出鞑靼村了，他要死在这儿了，所以他不愿意让家里人看着他死，而他自己却越来越着急地盼望快点儿死。他佝偻着腰，缓慢而吃力地转悠着头，用眼睛扫了扫村里人一张张熟识的脸，他没有看到有一双眼睛露出怜悯或同情的神气——哥萨克们和妇女们的目光都是阴森森、恶狠狠的。

他的退了色的绿褂子硬邦邦的,每转动一下都沙沙直响。褂子上到处都是凝结了的褐色血块子,那纳得密密的红军棉裤上,那光光的大脚、平平的脚掌和弯弯的脚趾上也都是血。

妲丽亚站在他对面。因为仇恨涌到喉咙眼儿里,因为悲痛,因为急切等待着马上就要出现的可怕的情景,她呼哧呼哧地喘着粗气,看着他的脸,怎么都看不出:他是不是看见她、认出她了呢?

伊万·阿列克塞耶维奇依然用一只发了直的眼睛(另一只眼睛已经肿得看不见了)惊慌不安地、紧张地在人群里搜索着,目光忽然停在离他几步远的妲丽亚的脸上,他就像喝醉了一样,恍恍惚惚地朝前走去。他因为失血过多,头发起晕来,渐渐失去知觉,只觉得周围的一切都模模糊糊,脑袋昏昏沉沉,十分难受,眼前发黑,这种眼看要昏迷过去的状况使他十分担心,但他还是费了很大的劲儿撑持住了。

他一看见并且认出了妲丽亚,朝前走了几步,就摇晃起来。他那本来显得很刚强、如今已经十分难看的嘴上,微微露出一点像笑的意味。就是这种似笑非笑的表情,使妲丽亚的心冬冬地、紧张地跳了起来;她觉得自己的心好像已经跳到喉咙眼儿上了。

她对直地朝伊万·阿列克塞耶维奇走去,一个劲儿地呼哧呼哧喘着粗气,脸色越来越白。

"哦,你好啊,干亲家!"

她的响亮而激动的声音,以及这种声音中不平常的语气,人群一听到,都安静下去。

于是在一片寂静中,伊万·阿列克塞耶维奇低沉而又刚强地回答说:

"你好,干亲家母妲丽亚。"

"好一个干亲家!你说说,你是怎样把你的干亲家……把我的男人……"妲丽亚憋得喘不上气来了,她用两手抓住胸膛。她说不出话来了。

一下子完全静了下来,这是一种极其紧张的寂静,在这种带有不祥意味的寂静中,就连最远处的人都听见妲丽亚含含糊糊地问完了她要问的话:

"……你是怎样把我男人彼特罗·潘捷莱维奇杀死的?"

"没有,干亲家母,我没有杀他!"

"你怎么没杀他呢?"妲丽亚那痛苦呻吟的声音更高些了。"不是你和米沙·柯晒沃依把哥萨克们打死的吗?不是你们吗?"

"不是的,干亲家母……不是我们……不是我打死他的……"

"那究竟是谁把他害了的? 喂,是谁? 你说!"

"那是后阿穆尔团……"

"是你! 是你杀的! ……哥萨克们说,在坡上看见你来! 你还骑着一匹白马! 该死的东西,你想赖吗?"

"那一回打仗我也参加啦……"伊万·阿列克塞耶维奇的左手很吃力地举到头上,扶了扶干在伤口上的手套。他声音中明显地带着犹豫的意思,说道:"那一回打仗我是参加了,不过打死你男人的不是我,是米沙·柯晒沃依。是他打死他的。干亲家彼特罗的死,没有我的事。"

"你这个恶鬼,那咱们村子里谁是你打死的? 你叫谁家的孩子变成无依无靠的孤儿啦?""马掌"亚可夫的遗孀在人群里尖叫起来。

于是又响起妇女们歇斯底里的哭声、叫声和不要命地哭死人的号啕声,使本来已经够紧张的气氛越来越紧张了……

事后妲丽亚说,她不记得怎样手里就有了一支骑兵卡兵枪,不记得是怎样来的,不记得是谁塞给她的。反正妇女们哭起来的时候,她就觉得自己手里有一样别人的东西,她看都没看,一摸就知道这是枪。她先是抓住枪筒子,想用枪托子打伊万·阿列克塞耶维奇,但是枪上的准星把她的手掌硌疼了,于是她用手指头抓住枪机,然后把枪掉转过来,举了起来,甚至瞄准了伊万·阿列克塞耶维奇胸膛的右边。

她看见,在他背后的哥萨克们都躲到一边去,露出了谷仓的灰色圆木墙;她听见惊骇的喊叫声:"哑! 你发昏啦! 杀起自己的人来啦! 等一等,别开枪!"她因为人群像野兽那样小心提防着,因为大家的目光一齐集中到她的身上,因为她想为丈夫报仇,还因为突然产生了一种虚荣心,就是说,她突然觉得她现在和其他妇女完全不同了,觉得哥萨克们都带着惊讶以至恐怖的神情看着她,等待着事情的结果,因此她一定要做出一点特别的、不寻常的、能够使大家震惊的事情来,——因为这一切,因为这各种各样的心情驱使着她,她以惊人的速度接近了在思想深处早就拿定了的、她不愿多想、这时候也不可能多想的主意,她小心翼翼地摸着枪机,停顿了一下子,突然,连自己也意想不到地使劲扳了一下枪机。

卡宾枪猛地往后一坐,她猛烈摇晃了两下,枪声震聋了她的耳朵,但是她从眯得细细的眼缝儿里看见,伊万·阿列克塞耶维奇哆哆嗦嗦的脸顿时变了样子,变得非常厉害,非常可怕,他把双手一摊,又合到一起,好像要从很高的地方往水里跳似的,后来就仰面倒了下去,并且他的头像打寒战一样急促地抽搐起

来,张开的两手的指头拼命在地上乱抓……

姐丽亚扔下枪,她还没有清楚地意识到刚才她干下的是什么,就转过身去,背着倒下去的人,用极不自然的、与平时的落落大方很不相同的姿势理了理头巾,撩了撩披散下来的头发。

"他还喘气呢……"有一个哥萨克,一面格外殷勤地给走过的姐丽亚让路,一面说。

她不明白这说的是谁,说的是什么,就回头看了看,只听见一阵深深的、好像不是出自喉咙、而是发自肺腑的哼哼声,哼哼声长长的,没有高低之分,中间夹杂着几声临死前的打嗝。这时候她才意识到,这哼哼的是伊万·阿列克塞耶维奇,是她亲手打死的。她轻盈地快步从谷仓旁边走过,朝广场上走去,少数几个人目送着她。

人们的注意力又一齐集中到"小牛皮大王"安季普身上。他好像阅兵演习时那样,踮着脚尖迅速地朝躺着的伊万·阿列克塞耶维奇跑去,不知为什么把拔出来的三八式步枪的刺刀藏在背后。他的动作又干脆又利落。他蹲下来,拿刀尖对准伊万·阿列克塞耶维奇的胸膛,低声说:

"喂,科特里亚洛夫,你咽气吧!"他使劲把刺刀把子一压。

伊万·阿列克塞耶维奇死得很慢,很困难,生命很不情愿离开他那强壮、高大的躯体。一连捅了三刺刀之后,他还张着嘴,从他那龇着的、带血的牙齿缝儿里还发出长长的、沙哑的声音:

"啊——啊——啊!……"

"哎,你这两下子不行,滚你妈的蛋吧!"带领押送队的司务长推开"小牛皮大王",举起手枪,眯起左眼,仔细瞄了瞄。

一枪响过,就像发了一声信号,那些正在讯问俘虏的哥萨克们动手打起来。俘虏们四处乱跑起来。步枪声劈里啪啦响了起来,夹杂着叫喊声……

过了一个钟头,格里高力·麦列霍夫回到鞑靼村。他拼命地赶马,那匹马从霍派尔河口镇出来,在两个村庄中间的路上倒下去死掉了。格里高力就扛起马鞍,走到附近的一个村子里,在那里要了一匹不怎么好的小马。所以他来迟了……鞑靼村的步兵连已经上了高地,朝着霍派尔河口乡的一些村庄,朝着正在同红军骑兵师的队伍进行战斗的霍派尔河口乡的边界开去。村子里很安静,一个人都没有。黑沉沉的夜色笼罩住周围的山冈、顿河对岸、窃窃私语的杨树和白蜡树……

格里高力进了院子，走进屋子。没有灯火。蚊子在沉沉的黑暗中嗡嗡叫着，堂前的圣像闪着暗淡的金光。格里高力吸了一口从小就熟悉的、使人振奋的自己的家的气味，问道：

"有人在家吗？妈妈！杜尼娅！"

"格里沙！是你吗？"上房里传出杜尼娅的声音。

一阵光脚丫儿的呱唧声，门缝儿里出现了杜尼娅的白色身影，她正匆匆忙忙地扎衬裙的带子。

"你们怎么睡得这样早？妈妈在哪儿？"

"咱们这儿……"

杜尼娅不做声了。格里高力听见她很急促、很激动地喘着气。

"咱们这儿怎么啦？早就把俘虏押过去了吗？"

"打他们啦。"

"怎——么？……"

"哥萨克们打了他们一顿……哎呀，格里沙！咱们家的妲丽亚，这个该死的畜生……"杜尼娅的声音中带着愤怒的哭腔，"……她亲手把伊万·阿列克塞耶维奇打死啦……对他开了一枪……"

"你胡说什么？"格里高力惊骇地抓住妹妹的绣花衬衣领子，叫了起来。

杜尼娅的白眼珠上汪着眼泪，格里高力看到她那发了呆的眼睛里的恐怖神情，就知道自己并没有听错。

"那么米沙·柯晒沃依呢？还有施托克曼呢？"

"他们不在俘虏里面。"

杜尼娅简单地、语无伦次地把摧残俘虏的情形、妲丽亚的情形说了一遍。

"……妈妈害怕，不敢和她睡在一座房子里，到街坊家里去啦，妲丽亚不知道在哪儿喝得醉醺醺地回来啦……醉得跟死猪一样。现在正睡着呢……"

"在哪儿？"

"在仓房里。"

格里高力走进仓房，把门大敞开。妲丽亚毫不害羞地撩起裙子，睡在地上。两条细细的胳膊扎煞着，右腮亮闪闪的，沾满了唾沫，从张开的嘴巴里往外喷着浓烈刺鼻的酒气。她很别扭地歪着头躺在那里，左腮贴在地上，又猛烈又吃力地喘着粗气。

格里高力从来不曾有过这样强烈的杀人的欲望。他在妲丽亚身边站了一小会儿,又哼哧又摇晃,怀着极端厌恶和憎恨的心情打量着这个躺在地上的人体。后来往前跨了一步,用靴子的铁后跟往妲丽亚那生着两道高高的黑柳叶眉的脸上一踩,沙哑地说:

"好——狠——毒——的娘们儿!"

妲丽亚哼哼起来,嘟嘟哝哝地说起醉话,格里高力双手抱住脑袋,刀鞘碰在门槛上丁当响了两下,他就跑到外面来了。

他也没有见母亲,连夜就回前方去了。

五十七

红军第八军和第九军,未能在春汛开始以前摧毁顿河军的抵抗,没有推进到顿涅茨对岸,不过一直还尝试着在一些个别地区发动进攻。这些尝试大多数都失败了。主动权渐渐转移到顿河军指挥部手里。

直到五月中旬,南方战线上一直没有什么显著的变化。不过,这样的变化很快就要出现了。根据前任顿河军总司令杰尼索夫将军及其参谋长波里亚科夫将军早就制订好的计划,陆续把所谓突击兵团集中到卡敏镇和别洛卡里特文河口镇一带。已经集结到这一段战线上的,有受过正规训练的青年军的最强的部队,有久经战阵的下游的一些团,即:宫陀洛夫团、盖奥尔吉耶夫团和另外几个团。根据粗略的估计,所谓突击兵团大约有一万六千条枪、二十四门大炮和一百五十挺机枪。

根据波里亚科夫将军的意图,突击兵团要同菲次哈拉乌洛夫将军的部队一起,向马凯耶夫村方向发动进攻,摧毁红军第十二师,然后向第十三师和乌拉尔师的两翼和后方推进,冲进上顿河州地区,以便和暴动军汇合,然后就进入霍派尔州,去"治一治"那些害了布尔什维克病的哥萨克们。

在顿涅茨河边正积极准备反攻和突进。突击兵团由谢克列捷夫将军指挥。胜利的形势渐渐明显地转到顿河军方面。克拉斯诺夫的走狗杰尼索夫将军下台后，西道林将军担任了顿河军的新司令官。他和新当选的顿河区总司令阿福里康·包加叶夫斯基一样，主张同协约国合作。他们正在同英、法军事代表团的代表们一起，制订向莫斯科进军和在全俄罗斯境内肃清布尔什维克主义的庞大计划。

一艘艘船舰装载着武器朝黑海沿岸的各个港口开来。许多远洋巨舰运来的不仅有英国和法国的飞机、坦克、大炮、机枪和步枪，而且还有拉车的骡子，还有因为同德国媾和而跌了价的粮食和军装。一捆捆深绿色的英国马裤和制服——制服的铜扣子上还铸着直立起来的不列颠狮子——塞满了诺沃罗西斯克的仓库。很多货栈都被美国的面粉、砂糖、巧克力和葡萄酒撑破了。资本主义的欧洲被布尔什维克顽强的生命力吓破了胆，就很慷慨地把炮弹和子弹，把协约国军队没有来得及对德国人打完的炮弹和子弹送到了南俄罗斯。国际反动派前来扼杀已经流了很多血的苏维埃俄罗斯了……英国和法国的军事教官纷纷来到顿河和库班，向哥萨克军军官和志愿军军官们传授驾驶坦克和放英国大炮的技术，他们已经在咂摸进入莫斯科的胜利滋味了……

可是在这时候，顿涅茨方面发生了一些事件，决定了红军一九一九年进攻的胜利。

毫无疑问，红军进攻失利的基本原因，是顿河上游哥萨克的暴动。三个月来，暴动像溃疡一样，侵蚀着红军的后方，因此红军需要经常分出兵力去镇压，前线不能及时得到武器弹药和物资供应，往后方输送伤病员也发生了困难。仅仅从第八军和第九军抽出去镇压暴动的就有两万人左右。

共和国革命军事苏维埃不了解暴动的实际规模，没有及时采取真正有效的措施来镇压暴动。起初调来镇压暴动的只是一些零星部队（比如，全俄中央执委会军官学校抽调了一支二百人的队伍）、一些兵员不足的部队和少数拦击部队。想用杯水扑灭车薪。这些凑集起来的红军部队包围住直径有一百九十公里的暴动地区，都是各为自战，没有统一的作战计划，所以，尽管同暴动军作战的已经有二万五千人，但是并没有取得什么真正的效果。

陆续调来堵截暴动军的有十四个补充连、几十支拦击部队；还从唐波夫、沃罗涅日和梁赞调来一些学生军。一直等到暴动的规模越来越大，等到暴动军用从红军手里夺来的机枪和大炮武装起来的时候，第八军和第九军才各抽了一个扫荡师，都配备了炮队和机枪队。暴动军受到重大损失，但是并没有被打垮。

　　上顿河州的大火的火星也迸到了邻近的霍派尔州。这里在一些军官的指使下,也发生了几起少数哥萨克暴动的事件。在乌留平镇,阿里莫夫中校拉拢了大量的哥萨克和逃亡军官。本来要在四月三十日夜间发起暴动的,但是阴谋被及时发觉了。阿里莫夫和部分同谋者在普莱奥布拉申乡的一个村子里被抓住,经过革命军事法庭审判,这些人都被枪毙了。因为失去了领头的,所以就没有暴动起来。就这样,霍派尔州的反革命分子没有能够和上顿河州的暴动军联合起来。

　　五月初,共和国革命军事苏维埃的代表托洛茨基离开莫斯科,前来视察暴动情况。他乘坐专车,从里斯基车站来到柴尔特柯沃车站,这时候全俄中央执委会军官学校的队伍正在这里下车,而且这里原来就驻扎着红军的几个混成团。柴尔特柯沃是东南铁路的终点站之一,接近暴动军战线的西段。这时候,米古林乡、麦石柯夫乡和嘉桑乡的大批哥萨克骑兵正集结在嘉桑乡的边界上,同转入进攻的红军部队进行决战。

　　托洛茨基在站前广场上对红军和学生军发表演说。队伍排成正方形。左边站的是学生军,他们把步枪都架了起来。红军们都带枪站着,保持着充分的战备状态。他们听完演说,就要立即开赴前线了。

　　托洛茨基号召迅速、无情地把暴动镇压下去,号召大家同革命的敌人英勇作战,他的话才说到一半,山冈上有一挺机枪响了起来,打了两梭子,就不响了。

　　车站上传播起谣言,说哥萨克已经包围了柴尔特柯沃,马上就要发起进攻了。所以,尽管离前线至少还有五十俄里,而且前面还有红军部队,如果哥萨克冲过来的话,他们也会送情报来的,尽管是这样,车站上还是慌乱起来。站得整整齐齐的红军队伍晃动起来。教堂后面有人发出响亮的口令声:"持——枪!"人们在大街上乱跑起来。托洛茨基派一个亲随人员先去发电报,自己把原来慷慨激昂的演说压缩了一下,就仓促结束了演说,又进了车站。过了五分钟,共和国革命军事苏维埃代表乘坐的专车,高高地鸣了一声汽笛,就渐渐加快速度,轰隆轰隆地朝里斯基开去。

　　原来是一场虚惊。是把一支从曼柯沃方面向车站开来的红军骑兵连当成了哥萨克。学生军和两个混成团便出发,朝嘉桑镇方向开去。

　　过了一天,刚刚开到的喀琅施塔得团就几乎全部被消灭了。

　　哥萨克和喀琅施塔得团交过一次手之后,到夜里就发动了袭击。喀琅施塔得团不敢冒险去占领哥萨克抛弃的村庄,就派出岗哨和潜伏哨,在草原上宿营了。到半夜里,几个哥萨克骑兵连包围了这个团,猛烈开火了,同时还广泛地使用了不知是什么人想出的虚张声势的手段——敲起老大的响板。暴动军常常在夜间用这些响板冒充机枪:不管在什么情况下,这种响板发出的声音和真正的机枪声几乎毫无差别。

于是,被包围的喀琅施塔得团的红军,在伸手不见五指的黑暗中一听见许多"机枪"的哒哒声、自己的岗哨的杂乱的枪声、哥萨克的呐喊声、越来越近的骑兵散兵线的喧闹声和轰隆声,他们就朝顿河奔去。冲到了河边,但是骑兵一冲过来,就被打垮了。一个团仅仅活下来几个会游水的,他们泅过了春水涨宽了的顿河。

五月里,一批又一批的红军增援部队陆续从顿涅茨向暴动军的战线上开来。第三十三库班师开到了,于是格里高力·麦列霍夫第一次尝到了真正的厉害。库班师毫不松气地追赶起他的第一师。格里高力让出一个又一个的村子,向北方,向顿河退去。他在靠近卡耳根乡的旗尔乡边界上停留了一天,后来,在敌人优势的兵力压迫之下,不仅被迫退出了卡耳根镇,而且要求火速增援了。

康德拉特·梅德维杰夫从自己的师里调了八个骑兵连给他。梅德维杰夫师的哥萨克的装备都很好。他们的弹药充足,都穿着很好的服装和上等的靴子——都是从被俘的红军身上剥下来的。有很多嘉桑乡的哥萨克,尽管天气已经很热了,都还穿着很漂亮的皮夹克,几乎每个人都有盒子枪或者望远镜……嘉桑乡的哥萨克暂时拦住了横冲直闯的第三十三库班师的进攻。格里高力决定利用这个机会,到维奥申去一天,因为库金诺夫一再要求他去开一次会。

🎕 五十八

他一大早就来到维奥申镇上。

顿河里的春水已经开始下落了。空气中洋溢着杨树芽儿的甜甜的黏腻气味。河边鲜嫩的墨绿色橡树叶子昏昏欲睡地沙沙响着。已经露出来的田垠冒着热气。田埂上已经长出尖尖的青草,在低洼的地方还留着明晃晃的、没有退尽的春水,水牛哞哞地叫着,虽然太阳已经升上来,可是在充满淤泥和绿苔气味的潮湿空气中,还有一群一群的蚊子嗡嗡叫着。

司令部里有一架旧打字机哒哒地响着,屋子里人很多,烟气腾腾。

格里高力看见库金诺夫正在干一件奇怪的事儿:他也不抬头看轻轻走进来的格里高力,却带着严肃和若有所思的神情,在扯一只被逮住的大绿头苍蝇的腿。他扯一下,攥一下干瘦的拳头,把苍蝇放到耳朵边,歪起脑袋,聚精会神地听听苍蝇忽高忽低的嗡嗡声。

他一看见格里高力,就带着厌恶和恼恨的神情把苍蝇扔到桌子底下,在裤子上擦了擦手,疲惫地靠在磨得发光的椅背上。

"请坐,格里高力·潘捷莱维奇。"

"你好啊,司令!"

"唉,就像俗话说的,好倒是好,就是长不了。噢,你那儿怎么样? 他们来势很猛吗?"

"够猛的!"

"你在旗尔河边撑住了吗?"

"能撑多久呢? 幸亏嘉桑乡的人来了。"

"是这么回事儿,麦列霍夫,"库金诺夫把自己的高加索式皮带上的生皮小带子缠到指头上,故装凝神地注视着发了黑的银扣环儿,叹了一口气,"看样子,咱们的情况还要越来越糟呢。顿涅茨方面情况有变化。如果那边咱们的人不能把红军狠狠地打一顿,冲破他们的战线,他们一旦明白了咱们是他们的祸根,他们会想方设法把咱们夹死。"

"士官生那边情况如何? 最近来的飞机带来什么消息?"

"没什么了不起的消息。老兄,他们是不肯把自己的战略告诉咱们的。西道林是个老谋深算的家伙,想一下子弄清他的心思是办不到的。他们是有这样的计划——突破红军的战线,给我们派援军来,他们是答应帮助我们,但是,诺言往往不是都能兑现的。而且,突破战线也不是一件容易事,我就知道,布鲁西洛夫将军的想法就和他不一样。咱们怎么知道,红军在顿涅茨方面有多少兵力呢?也许,他们从高尔察克那边抽出几个军,调到这方面来了呢? 咱们现在是两眼黑! 除了自己的鼻子,什么都看不见!"

"你这是想说什么呀? 开什么会呀?"格里高力烦闷地打着哈欠,问道。

他并不操心暴动的成败。他听到这些事,几乎无动于衷。他就像一匹天天拉着石滚子在场院上转的马那样,在心里围绕着这个问题想了很久,最后在心里把手一甩:"现在没法子跟苏维埃政府讲和啦,他们叫我们、我们叫他们流的血太多啦,至于士官生的政府,现在处处顺着我们,可是以后会戗着我们干的。去他妈的吧!结局怎样,就怎样好啦!"

库金诺夫打开地图,依然不去看格里高力的眼睛,说:

"你没来的时候,我们商量过,决定……"

"你跟谁商量来,跟那位爵爷吗?"格里高力一想起去年冬天在这间屋子里开的那一次会,想起那位高加索中校,就打断他的话。

库金诺夫皱起眉头,脸色阴沉下来。

"他已经不在人世啦。"

"这是怎么一回事儿?"格里高力提起了精神。

"我以前没对你说过吗?盖沃尔吉捷同志被打死啦。"

"哼,他算咱们的什么同志……在他穿光板皮袄的时候,跟咱们是同志。可是咱们要是真的跟士官生联合起来,而且如果他还活着的话,有那么一天,他会连胡子都抹上头发油,娇贵起来,连手都不肯伸给你啦,只给你这样一个小指头。"格里高力伸出又黑又脏的小指头,龇出满嘴白牙,哈哈大笑起来。

库金诺夫的脸色更阴沉了,他的目光和声音中露出很明显的不满、懊恼和强忍着的愤怒。

"这没有什么好笑的,不能嘲笑别人的死。你好像变成大傻子伊万啦。把人都打死啦,可是你还觉得'不够劲儿'!"

格里高力有点儿着恼,却不表露出,是库金诺夫的比喻刺伤了他;他微微笑着,回答说:

"一点不错,这种人即使死了,也还是'不够劲儿'。对于这些白脸和白手的家伙,我一点也不心疼。"

"总归他已经死啦……"

"是在战场上死的吗?"

"怎么说好呢……这事儿糊里糊涂,一时也弄不清真相。他是按照我的命令,呆在辎重队里的。哦,好像他和哥萨克们的关系搞得不大好。在杜达列夫村外打起仗来,他所在的那个辎重队当时离火线有两俄里。盖沃尔吉捷坐在车辕上(这是哥萨克们对我说的),他们说,一颗流弹打在他的鬓角上。好像他连哼都没哼一声……一定是哥萨克这些坏东西把他打死的……"

"把他打死,这干得太好啦!"

"你算了吧！别信口胡说啦。"

"你别生气。我这是开玩笑的。"

"有时候你开的玩笑很不对头……你就像一头牛：在哪儿饿了，就在哪儿吃。怎么，照你的意见，应该把军官都杀死吗？又要'打倒肩章'吗？格里高力，你是不是应该用用脑筋呢？既然瘸了，就必然有一条腿有毛病！"

"别来这一套啦，说下去吧！"

"没什么可说的啦！我明白，是哥萨克们把他打死的，我就到那儿去，想和他们说说心里话。我就说：'狗崽子们，你们又玩老把戏吗？你们又开始对军官开枪，不是太早了吗？去年秋天你们也开枪打过军官，可是后来，你们遇到困难，就又要军官啦。是你们亲自跑来，跪着要求：你来担任指挥吧，来领导领导吧！……可是现在你们又要来老一套吗？'于是，我把他们申斥了一顿，骂了一顿。他们都死不承认，说：'老天爷在上，我们实在没有杀他！'可是我从他们的眼神上看出来：是他们杀的！你拿他们有什么办法呢？你对他们掏出心来，他们却还是守口如瓶。"库金诺夫怒冲冲地把生皮小带子揉成一团，脸涨得通红。"他们把一个有学问的人打死啦，失去了他，我就好比失去了两只手。谁来作计划呢？谁来出谋划策呢？像我和你，咱们只能这样随便谈谈，可是涉及战略策略方面的事，咱们就一窍不通了。幸亏彼得·包加推廖夫来了，要不然连一个可以商量的人都没有啦……唉，真是的，他妈的，够戗呀！现在的问题是：如果顿涅茨方面咱们的人不能把战线突破，那咱们在这儿也守不住。我们决定照以前说过的办法，用咱们所有的三万人马去进行一次突破战。如果打败了，就退到顿河边上。咱们把右岸从霍派尔河口到嘉桑镇一段让给他们，咱们就在顿河边上挖战壕，进行防御战。"

有人砰砰地敲了几下门。

"是谁？进来。"库金诺夫叫道。

进来的是第六旅旅长格里高力·包加推廖夫。他那一张结实的、红红的脸汗淋淋的，那稀稀的淡褐色眉毛气嘟嘟地皱到了一起。他也不摘那顶上都汗湿透了的制帽，就在桌边坐了下来。

"你怎么来啦？"库金诺夫带着持重的笑容望着包加推廖夫，问道。

"发子弹吧。"

"发过啦。你究竟要多少呀？怎么，我这儿开着子弹工厂吗？"

"这怎么能算发子弹？一个弟兄一颗吗？人家用机枪扫我，我只能弯着腰到处躲藏。这怎么能叫打仗？这只能叫……挨打！就是这么回事儿！……"

"你别急,包加推廖夫,我们正在这儿谈要紧的事情,"但是他看见包加推廖夫起身要走,就又说:"等一等,你别走,没有什么要瞒你的……就这样,麦列霍夫,如果咱们在这边守不住,那咱们就突围。扔掉一切不在部队里的人,扔掉全部辎重,叫步兵坐上大车,带上三个炮兵连,向顿涅茨方面冲去。我们想请你打先锋,你不反对吧?"

"我反正都一样。可是咱们的家属又怎么办?小孩子、妇女、老头子都要完啦。"

"这话倒也是的。不过单是他们完蛋,总比我们大家都完蛋好些。"

库金诺夫耷拉下嘴角,半天没有说话,后来从抽屉里拿出一张报纸。

"哦,还有一件新闻呢:他们的总司令来指挥军队啦。听说,现在他不是在米列洛沃,就是在坎捷米洛夫卡。瞧,他们拿出大本钱对付咱们啦!"

"这话是真的吗?"格里高力·麦列霍夫有些不相信。

"是真的,真的!这不是,你看看吧。这是嘉桑人给我送来的。昨天早晨,咱们的侦察队在叔米林镇外碰上两个骑马的人。两个都是红军的学生军。哥萨克们把他们都砍死啦,其中有一个,看样子已经不算年轻啦。据说,可能是一个什么委员。从他的公文包里搜出来这张报纸,叫什么《前进报》,是本月十二日出版的。他们把咱们写得太离奇啦!"库金诺夫把报纸递给麦列霍夫,报纸有一个角已经被撕掉卷烟卷儿了。

格里高力匆匆看了看用化学铅笔标出的一篇社论的标题,就往下看去:

后方的暴动

顿河哥萨克部队的暴动已经持续不少时间了。这次暴动是邓尼金的爪牙——反动军官们鼓动起来的。暴动的主要支柱是哥萨克富农。富农拉拢了很大的一部分哥萨克中农。很可能,哥萨克在这样或那样的场合,受到过苏维埃政权个别代表人物的某些很不合理的对待。邓尼金的爪牙们就巧妙地利用这一点,来煽动叛乱的大火。白卫军的走狗们在暴动地区装做拥护苏维埃政权,是为了更容易骗取哥萨克中农的信任。反革命分子的欺骗、富农的利益和哥萨克群众的愚昧就这样一时间纠合到一起,在南方战线我军的后方掀起这次荒唐的、罪恶的叛乱。军队后方的叛乱,就好比干活人肩上的脓疮。要打仗,要保卫苏维埃国家,要粉碎邓尼金的地主匪帮,就必须有可靠、安定、工农团结一致的后方。因此当前最重要的任务就是肃清顿河地区的叛乱和叛乱分子。

中央苏维埃政府命令要在最短期间内解决这一问题。为了支援正在扫荡卑鄙的反革命叛乱的清剿部队,已经开来并且将陆续开来一些强有力的增援部队。为了解决这一迫切任务,许多优秀的组织工作者也陆续来到这里。

必须扫除叛乱。我们的红军战士必须清清楚楚地了解到,维奥申乡、叶兰乡或者布堪诺夫乡的叛乱分子都是白卫军将军邓尼金和高尔察克的直接帮凶,暴动持续的时间越长,双方的牺牲越大。要减少流血,办法只有一个:给予迅速、严厉的歼灭性打击。

必须扫除叛乱。必须把肩上的脓疮挑开,用烧红的铁烙一烙。只有这样,南方战线才能放开手来,给敌人以致命的打击。

格里高力看完了,阴沉地冷冷一笑。他看了这篇文章,心里十分气忿,十分懊恼。"他们用笔一划,就把我们和邓尼金划到一块儿,我们就成了他的帮凶啦……"

"喂,怎么样,厉害吧? 想拿烧红的铁来烙咱们呢。哼,咱们还要看一看,究竟谁烙谁哩! 对吗,麦列霍夫?"库金诺夫等待回答,等了一会儿,又转身对包加推廖夫说:"要子弹吗? 发给你! 每一名骑兵发三十颗,全旅都发。够了吗? ……到库里去领吧。叫军需处长给你开条子,你去找他好啦。不过,包加推廖夫,你打仗的时候多用用马刀,多用用计策,没错儿!"

"从癞羊身上就是揪一把毛也是好的!"包加推廖夫十分开心地笑了笑,道过别,就走出去了。

格里高力·麦列霍夫同库金诺夫谈完预料中要向顿河边撤退的事,也要走了。临走时,他问道:

"如果我把全师都带到巴兹基来,坐什么过河呢?"

"亏你想得出! 骑兵都可以洑水过河嘛。什么时候看见过骑兵坐船过河?"

"你要知道,在我的队伍里,顿河边上的人不多呀。旗尔那边的哥萨克都不会洑水。他们一辈子都住在草原上,哪儿会洑水? 他们一到水里,比斧子还沉。"

"可以跟着马洑过去呀。以前在大演习时跟着马洑过水,在对德作战时也这样干过嘛。"

"我说的是步兵。"

"有渡船。我们准备些小船,你放心吧。"

"老百姓也要坐船呀。"

"我知道。"

"你要保证所有的人都能过河,要不然我宰了你!如果咱们把老百姓留下,可不是好玩儿的。"

"能办到嘛,一定能办到!"

"大炮怎么办?"

"你把臼炮炸掉,把三英寸口径的炮运到这儿来。我们弄几条大船,把炮兵连渡过来。"

格里高力从司令部里走出来,脑子里还一直在想着刚才看过的那篇文章。

"他们说我们是邓尼金的帮凶呢……可我们究竟是什么样的人呢?实际上,就是帮凶,一点儿也不冤枉。真话总是刺耳朵的……"他忽然想起已死的"马掌"亚可夫的话。那还是在卡耳根镇上,有一天晚上,格里高力在回住所的路上,顺便到炮兵住的广场上一座房子里去了一下;他在过道里的笤帚上擦脚的时候,就听见"马掌"亚可夫和人争论,亚可夫说:"你说咱们独立了吗?哪个政府也管不着咱们了吗?哼!你那肩膀上长的不是脑袋,是啃不动的老倭瓜!如果你愿意明白的话,那咱们现在就像是一条丧家狗:有的狗因为主人不喜欢,或者爱淘气,就离开家,可是往哪儿去呢?又不能到狼群里去,觉得可怕,觉得狼是野物;可是又不能回到主人家里去,怕因为淘气挨打。咱们就是这样。你就记住我的话:咱们会夹起尾巴,像根鞭子一样夹在肚子底下,爬到士官生那儿去,说:'老兄们,做做好事,收下我们吧!'一定会这样的!"

格里高力自从在克里摩夫村那次战斗中砍死几个水兵以后,一直处在一种冷冷的、呆呆的漠然状态中。一天到晚垂着头,一笑也不笑,一点高兴的样子也没有。有那么一两天,他因为伊万·阿列克塞耶维奇的死感到痛心,感到惋惜,可是后来也淡漠了。在他的生命中留下的唯一的东西(至少他觉得是这样),就是重新熊熊燃烧起来的对阿克西妮亚的爱情。只有她招引着他,就像在黑沉沉的寒冷的秋夜里,草原上晃晃跳动的远方火堆的火光招引着行路人。

就是现在,他从司令部回去的路上,又想起了她:"我们现在要去突围了,她又怎么办?"他没有经过反复的思量和过多的考虑,就拿定主意:"让娜塔莉亚带着孩子们和母亲留下来,我把阿克西妮亚带着。给她一匹马,叫她跟我的师部一块儿走。"

他渡过顿河,来到巴兹基村,回到住处,从笔记本上扯下一张纸,写道:

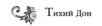

克秀莎！也许我们要撤退到顿河左岸去，你就扔掉你所有的东西，到维奥申来吧。你可以在维奥申找到我，跟我一块儿。

他用樱桃胶汁把信封起来，递给普罗霍尔·泽柯夫，红着脸，皱着眉头，故意装出严肃的样子，掩饰着自己的不好意思，不叫普罗霍尔看出来，说：

"你回鞑靼村去一趟，把这封信交给阿司塔霍夫家的阿克西妮亚。你交给她的时候要注意，不要叫人……比如说，不要叫我家里人看见。明白吗？最好是夜里送给她。不要回信。还有，我给你两天假。好，去吧！"

普罗霍尔朝马走去，但是格里高力又想起家里，把他叫了回来。

"你也上我家里去一趟，告诉我妈或者娜塔莉亚，叫她们趁早把衣服和别的值钱的东西运到顿河那边去。把粮食埋起来，把牲口也赶到河那边去。"

五十九

五月二十二日，整个右岸的暴动军开始撤退了。部队步步为防，且战且退。草原地带各个村庄的老百姓都惊慌万状地朝顿河边跑去。老头子和妇女们把家里所有的马都套到车上，把箱子、家具、粮食和孩子都装上车。从牛群和羊群里挑选出一些牛和羊，顺着路边往前赶。大批的辎重车，赶在军队的前头，朝顿河沿岸的村庄拥去。

步兵依照总司令部的命令，提前一天开始撤退。鞑靼村的步兵和维奥申的外来户民兵，五月二十一日从霍派尔河口乡的柴博塔列夫村开出来，行军四十多俄里，在维奥申乡的大鱼村宿营。

二十二日，从大清早起，灰白色的雾气就遮住天空。雾蒙蒙的天上连一块云彩都没有，只是在南面，在顿河边一处山口的上方，日出之前出现了一小块明亮耀眼的粉红色云彩。那云彩朝东的一面好像血染的一般,放射着红光。太阳从夜露打凉了的左岸的沙丘后面升上来,云彩就消逝得无影无踪了。秧鸡在草地上叫得越来越欢,一只只尖翅膀的鱼鹰,像蓝色棉花团儿似的朝波光粼粼的顿河水里落去,又用凶狠的嘴叼着一条条银光闪闪的小鱼飞起来。

到中午时候,出现了五月里不曾有过的炎热。就像在下雨之前那样,又热又闷。难民的大车队在天亮之前就拉成长龙,顺着顿河右岸,从东往西,朝维奥申走去。将军大道上,大车轮子吱吱嘎嘎地响成一片。马嘶声、牛叫声和人的说话声从山冈上一直传到河边滩地上。

有二百人左右的维奥申外来户民兵队伍,还留在大鱼村。上午十点钟接到维奥来申的命令,叫他们转移到大雷村去,在将军大道和各条街道上布置岗哨,拦截所有往维奥申去的已经达到入伍年龄的哥萨克。

往维奥申去的难民的车辆,像潮水一样朝大雷村涌来。满身灰土、晒得黑黑的妇女赶着牲口,骑马的人走在道路两旁。车轮声、马和羊的喷气声、牛叫声、小孩子的哭声、也跟着逃难的伤寒病人的哼哼声,冲破了这个隐藏在樱桃树丛中的村庄的死水一般的寂静。这种乱七八糟混成一片的嘈杂声平时是听不见的,所以村子里的狗都把喉咙叫哑了,而且已经不像起初那样,见到行人就扑过去,也不因为闲得无聊,跟着大车在大街上跑,跟着跑上很远一段路了。

普罗霍尔·泽柯夫在家里住了两天,把格里高力的信交给了阿克西妮亚·阿司塔霍娃,又把口头吩咐转告了伊莉尼奇娜和娜塔莉亚,二十二日就动身上维奥申。

他指望在巴兹基村遇上自己的连队。但是隐隐传到顿河边的炮声,好像还是从旗尔河边传来的。不知为什么普罗霍尔不想到打仗的地方去,所以决定就走到巴兹基村,就在那里等候格里高力带着他的第一师开到顿河边上来。

一路上,一直到大雷村,普罗霍尔都是慢腾腾地走着,一辆辆难民的大车跑到他前头。他让马不慌不忙地往前走,几乎一直都是走的小步。他用不着着急。从鲁别仁村起,他就跟着不久前才成立的霍派尔河口团团部一起走了。

团部的人分坐在一辆带弹簧座的单辕马车和两辆大板车上。团部的人有六匹上了鞍的马拴在大车后头。有一辆大板车上拉着文件和电话机,带弹簧座的马车上躺着一个受伤的上了年纪的哥萨克,还有一个鹰钩鼻子的人,那人瘦得厉害,头贴在马鞍垫子上,头上戴着灰色羊羔皮军官帽。看样子,他的伤寒刚刚发作过。他躺在车上,裹着军大衣,一直裹到下巴;在他那鼓鼓的苍白的额头上,在他那冒着虚汗的、薄薄的脆骨鼻子上,落满了灰土,但是他还一个劲儿地要求用

暖和东西给他包包脚,并且一面用骨瘦如柴、青筋嶙嶙的手擦着额头上的汗,一面骂着:

"混账!畜生!风朝我的脚底下直钻,你们听见没有?波里卡尔普,你听见没有?拿毯子给我盖一盖!我身体好的时候,谁都用得着我,可是现在……"他用所有害重病的病人都会有的一种模糊而冷峻的目光朝两边扫了扫。

那个叫波里卡尔普的人,是个高大而威武的旧教徒,他边走边跳下马来,走到马车跟前。

"您这样容易着凉啊,萨摩伊洛·伊万诺维奇。"

"给我盖上,少啰嗦!"

波里卡尔普乖乖地照他的吩咐做了,又走了开去。

"这是什么人?"普罗霍尔拿眼睛瞟着病人,问道。

"是大熊河河口镇的一位军官。在我们团部里。"

跟团部一起走的还有霍派尔河河口乡裘柯夫村、包布洛夫村、克鲁托夫村、集摩夫村和其他一些村庄的难民。

"喂,你们他妈的都上哪儿去?"普罗霍尔向一个逃难的老头子问道,那老头子坐在一辆装得满满的大车上。

"我们想上维奥申去。"

"有命令叫你们上维奥申去吗?"

"老弟,命令倒是没有,不过,谁又愿意死呢?要是眼看着死到临头,恐怕你也会跑的。"

"我是问:你们为什么要往维奥申跑?如果在叶兰镇过河到对岸去,不是更省事吗?"

"坐什么过河?听人说,那儿没有渡船。"

"到维奥申就有船坐吗?会拿船来给你渡这些乱七八糟的玩意儿?把军队扔在岸上,就专门来渡你们和你们的大车吗?真是的,老大爷,你们这些人好糊涂!你们稀里糊涂,不知道往哪儿跑,也不知道为什么要跑。瞧,你把这些东西都堆到车上干什么?"普罗霍尔走到大车跟前,用鞭子指着大大小小的包袱,很恼火地问道。

"这儿可是什么都有!有衣裳,有马套,有面粉,有过日子少不了的各种各样的玩意儿……都不能扔掉。就是跑到一座空房子里,也可以凑合着过啦。我把两匹马和六头牛都套上,把一切能装的东西都装上,叫娘们儿坐上去,我赶着车就走。老弟,这些东西都是靠自己的力气挣来的,都是一把泪一把汗挣来的,能舍得扔掉吗？如果房子能搬得动的话，我连房子都拉走，免得留给红党。叫他们连屁也捞不到！"

"瞧，就比如说，你带着这个大筛子有什么用？还有这些椅子，你带着去干什么呢？红党才不要这些玩意儿呢。"

"可是总不能丢下呀！哎哟，你这人真怪……要是丢下的话，他们不是弄坏，就是烧掉。不行，不能叫他们发我的财。叫他们难受难受好啦！我给他们拉个一干二净！"

老头子朝两匹懒洋洋的大肥马甩了两鞭，转过身去，用鞭把子指着后面第三辆牛车，说：

"那个赶牛车的、包着头巾的姑娘，是我的女儿。她那辆车上有一只母猪和好几只小猪呢。母猪本来怀着崽儿，大概是我们捆它、往车上放的时候，挤压了一下子。到夜里就在车上生起小猪。听见吗，小猪叫得多欢？哼，红党别想发我的财，叫他们连屁都闻不到！"

"老大爷，你可不要在上渡船的时候碰上我！"普罗霍尔恶狠狠地盯着老头子那张汗淋淋的大脸，说。"你可别碰我，要不然我把你的母猪、小猪和所有的家产都扔到顿河里去！"

"这是为什么呀？"老头子非常惊骇地问道。

"这是因为，别人在流血牺牲，家破人亡，可是你这个老家伙，就像一个蜘蛛，把什么都要拖走！"平时又老实又随和的普罗霍尔一下子叫了起来。"我顶看不惯这样的粪蛆！我简直恨透啦！"

"走你的吧！到一边去吧！"老头子也火了，哼哧哼哧地转过身去。"有什么好神气的，还要把别人的东西扔到顿河里呢……我还把他当成一个好人呢……我儿子就是个司务长，正带着连队抵挡红军呢……请你快走吧！用不着看着别人的东西眼红！你自己要是能多挣点儿，看到别人的东西就不眼馋啦！"

普罗霍尔放马小跑起来。后面有一只小猪用又尖又细的嗓门儿吱吱地叫起来，母猪也惶惶不安地哼哼起来。小猪的尖叫声非常刺耳。

"这是他妈的什么玩意儿？哪儿来的小猪？波里卡尔普！……"躺在马车上的那个军官难受得皱着眉头，几乎是带着哭腔喊道。

"是一只小猪从车上掉下来，叫车轮子把腿压断啦。"波里卡尔普走到跟前，回答说。

"告诉他们……你去，告诉小猪的东家，叫他把小猪宰了。告诉他，这儿有病人……本来就够难受啦，再加上这猪叫。快点儿！快去！"

普罗霍尔来到马车跟前,看到那个鹰钩鼻子的军官皱着眉头,两眼呆呆地听着小猪的尖叫声,用灰色羊羔皮帽子捂耳朵也没有用……一会儿,波里卡尔普又来到跟前。

"萨摩伊洛·伊万诺维奇,他不肯宰掉,他说,它,也就是小猪,会好的,要是不好的话,他说,到晚上再杀掉。"

那军官气得脸都白了,很费劲儿地支起身子奔拉下两条腿,坐在马车上。

"我的勃朗宁在哪儿?把车停下!小猪的东家在哪儿?我马上给他点儿颜色看看……他在哪一辆车上?"

终于还是逼着那个很会精打细算的老头子把小猪宰了。

普罗霍尔微微笑着,又催马小跑起来,跑到霍派尔河口乡大车队的前头。前面一俄里远的大路上,又是许多大车和骑马的人。大车至少有二百辆,骑马的人零零落落地走着,有四十来个。

"这一下子抢渡船要大乱一场啦!"普罗霍尔心里想。

他追上了那一批大车。一个娘们儿,骑着一匹很漂亮的枣红马,从正在行进的车队的前头,迎面朝他跑来。她来到普罗霍尔跟前,把马勒住。她骑的马配着一副华丽的马鞍,胸前银铃和笼头上的银饰闪闪放光,马鞍的两侧一点都没有磨损,马肚带和鞍垫都是光溜溜的上等皮子做的。那娘们儿很熟练、很灵活地骑在马上,用一只强壮的、黑黑的手紧紧握着调理得很好的缰绳,但是那匹高大的战马显然很看不起自己的女主人:它翻滚着血红的大眼珠子,拧着脖子,龇着黄黄的大板牙,老是想蹭一蹭那娘们儿裙子底下露出来的圆滚滚的膝盖。

那娘们儿裹着一块新洗过的淡青色头巾,一直裹到眼睛边上。她把头巾从嘴上推了推,问道:

"大哥,你没有碰见拉伤兵的大车吗?"

"我碰见很多大车呢。有什么事?"

"真糟,"那娘们儿拉长声音说,"找不到我男人啦。他是跟着医疗队从霍派尔河口镇出来的。他的腿受了伤。好像现在伤口化脓啦,所以他叫村里人带信给我,叫我把马给他送来。这就是他的马,"她用鞭子朝汗淋淋的马脖子上拍了拍,"我备好马,跑到霍派尔河口镇,可是医疗队已经不在那儿,离开啦。这不是,我到处跑来跑去,就是找不到他。"

普罗霍尔欣赏着她那俏丽的圆脸,美滋滋地听着她那轻言低语的软绵绵的声音,不禁乐呵呵地说:

"哎呀,大嫂子!干吗还要找你男人?就让他跟医疗队走掉算啦,你长得这样漂亮,还有这样一匹好马做陪嫁,谁都愿意娶你做老婆!连我都愿意斗胆试试看。"

那娘们儿勉强笑了笑,弯下丰满的腰身,把裙子下摆朝露出来的膝盖上拉了拉。

"你别打哈哈,告诉我:没有遇见医疗队吗?"

"就在那一队大车里,有病人,也有伤员。"普罗霍尔叹着气回答说。

那娘们儿扬了扬鞭子,她的马用两条后腿一转,陡地转过身去,腿裆里流着白沫,小跑起来,后来又一颠一颠地渐渐换成大跑。

一辆辆的大车慢慢移动着。老牛懒洋洋地甩打着尾巴,驱赶嗡嗡叫的牛蝇。非常炎热,大雷雨前的空气又燥热又沉闷,路边矮矮的向日葵的嫩叶都卷了起来,并且耷拉下来。

普罗霍尔又跟大车队走在一起了。使他吃惊的是,这里面有很多年轻哥萨克。他们有的是掉了队,有的干脆就开了小差,他们来到家属里面,跟着家属一起朝渡口走去。有些人把战马拴到车上,自己就躺在车上,和娘们儿说着话儿,逗着小孩子玩儿;还有一些人骑在马上,身上还背着步枪和马刀。"他们扔掉部队就跑啦。"普罗霍尔看着哥萨克们,在心里判断说。

到处是马汗和牛汗气味、大车上的木头晒得热烘烘的气味、家具气味、车轮油的气味。老牛吃力地左右摇摆着,垂头丧气地走着。从一条条伸出来的牛舌头上,垂下一道道像彩线似的口涎,一直垂到大路的灰土上。大车队以每小时四至五俄里的速度移动着。一些马拉的大车也没有赶到牛车前头。但是等到一声炮响从南方的远处轻轻传了过来,霎时间一切都紧张起来:两匹马拉的大车和一匹马拉的大车都打乱了序列,从长长的大车队里跨到一边去。马匹小跑起来,鞭子晃动起来,响起各种腔调的吆喝声:"喔,快走!""喔,喔,鬼杂种!""给我走!"树条子和鞭子在牛背上劈劈啪啪响了起来,车轮子咯吱咯吱响得更带劲儿了。一切都因为害怕,加快了动作。一股股热烘烘的尘土,就像是一团团浓浓的灰色乱发,从大路上升起来,向后飘去,不住地打着圈儿,落在庄稼苗和各种各样的野草上。

普罗霍尔骑的矮小而劲壮的战马,边走边吃草,一会儿用嘴扯下一枝草木樨,一会儿扯下一嘟噜黄黄的油菜花儿,一会儿又扯下一小丛芥菜;一面扯一面吃,忽闪着机灵的耳朵,拼命用舌头往外顶哗啦哗啦直响、直磨牙花子的嚼子。但是一声炮响之后,普罗霍尔用靴后跟磕了马一下子,那马就好像明白了现在不是吃草的时候,心甘情愿地小步跑了起来。

连续轰击的大炮声越来越响了。沉甸甸、轰隆隆的炮声响成一片,在闷热的空气中,到处响着沉雷般的轰隆声,就像是颤动的男低音。

"我主耶稣啊!"大车上有一个年轻媳妇画了一个十字,一面把带着亮闪闪的奶水的棕红色奶头从小孩子嘴里抽出来,把鼓膨膨的、黄黄的乳房塞进怀里。

"这炮是咱们的人放的,还是人家放的? 喂,老总!"一个赶着牛的老头子朝着普罗霍尔叫道。

"老爹,这是红军! 咱们没有炮弹呀。"

"噢,圣母娘娘保佑咱们的人吧!"

老头子放下手里的鞭子,摘下破旧的哥萨克帽;边走边画十字,脸朝着东方。

南边,在长满了尖尖的晚玉米苗儿的一座土冈后面,出现了一片淡淡的黑烟。黑烟占据了半个天边,像一片云雾似的遮住天空。

"你们看呀,好大的火!"车上有人喊道。

"这又是怎么一回事儿?"

"什么地方起火啦?"吱吱嘎嘎的车轮声中响起一片叫喊声。

"是在旗尔河边。"

"红党在旗尔河边放火烧村庄啦!"

"正是大旱天,老天爷可别叫烧下去……"

"瞧,那边黑成一大片啦!"

"这还不是一个村子起火呢!"

"要从卡耳根顺着旗尔河往下烧啦,这会儿就在那儿打仗嘛……"

"也许还要顺着黑河往下烧呢? 走吧,伊万!"

"啊呀,好大的火呀! ……"

黑烟弥漫开来,渐渐遮住整个辽阔的天空。大炮的吼声越来越猛烈。过了半个钟头,南来的微风,把呛人和使人胆战心惊的焦臭气味,从三十五俄里以外的旗尔河边村庄里黑烟滚滚的火场上吹到将军大道上。

六十

穿过大雷村的这条大路,在一块地方从灰灰的石头围墙旁边经过,然后急转弯朝顿河方面伸去,过一条不深的黄土沟,黄土沟上架着一座木桥。

天旱的时候,沟底是亮闪闪的黄沙和各种各色的石子,到夏天一下暴雨,一股股浑浊的雨水从高地上涌进沟里,一股股流水汇合到一起,像一堵墙似的朝下涌去,冲击和翻滚着大大小小的石头,轰隆轰隆地流入顿河。

在这样的日子,木桥会被淹没,但时间不会长;过一两个钟头,刚才还冲毁菜园、连篱笆带桩子一齐冲走的凶猛的山洪就跌落下去,沟底就又露出光溜溜、湿漉漉、散发着潮气和石灰气味的石子,沟底两边闪着褐色光泽的是冲来的淤泥。

沟两边是密密丛丛的白杨和柳树。就是在夏天最炎热的时候,树荫里也是凉森森的。

维奥申外来户民兵的岗哨,因为贪图凉快,就布置在木桥旁边。这里的岗哨一共有十一个人。在难民的车辆没有来到村子里之前,民兵们就躺在桥底下打牌,抽烟,有几个人还脱光了衣服,捉衬衣和衬裤缝儿里那些贪吸大兵的血的虱子,还有两个人得到排长准许,到顿河里洗澡去了。

但是休息的时间太短了。不久大车队就向桥边拥来了。大车像接连不断的流水一样来到,在这绿荫匝地的宁静的长廊里,一下子就人声嘈杂,沸沸扬扬,又闷又热,好像草原上那窒人的闷热也跟随着大车队,从顿河边的高地上涌进村里来了。

哨长是民兵第三排的排长,是一个又高又瘦的中士,褐色的下巴胡修剪得整整齐齐,生着两只像小孩子一样的招风耳朵,他把一只手放在磨得发亮的盒子枪套子上,站在桥旁边。他不加阻拦地放过二十来辆大车,但是一看到有一辆大车上坐着一个二十五六岁的年轻哥萨克,就干脆利落地命令说:

"停住!"

那个哥萨克把马勒住,皱起眉头。

"哪一部分的?"排长对直地走到大车跟前,厉声问道。

"干你们什么事?"

"我问你,哪一部分的? 嗯?"

"鲁别仁连的。你们是什么人?"

"下来!"

"你们到底是什么人?"

"下来,少啰嗦!"

排长两个圆圆的耳朵壳一下子涨得通红。他揭开枪套子的盖儿,抽出盒子枪,又把枪换到左手里。那个哥萨克把缰绳塞给老婆,跳下车来。

"为什么离开部队? 你上哪儿去?"排长审问起他来。

"我病啦。现在我是上巴兹基去……跟我家里人一块儿。"

"有病假证明吗?"

"到哪儿去搞病假证明? 连里连个医官都没有……"

"嗯,没有吗? ……好吧,加尔平科,把他带到学校里去!"

"你们究竟是什么人?"

"到那儿去,我们会叫你知道我们是什么人!"

"我还要回自己的队伍去呢! 你没有权力扣留我!"

"我们会送你去的。你带着武器吗?"

"就一支步枪。"

"拿出来,给我麻利点儿,要不然我马上抽你一顿! 算什么年轻人,狗崽子,往老娘们儿怀里钻,躲藏起来啦! 怎么,我们应该来保护你吗?"又带着十分瞧不起的口气对着他的后影说:"真给哥萨克丢脸!"

那个哥萨克把步枪从车毯底下抽出来,抓住老婆的一只手,当着大家的面没好意思亲嘴,只是把老婆的一只硬邦邦的手放在自己手里握了一会儿,小声说了几句话,就跟着一个民兵朝村里的小学走去。

拥挤在桥头的车辆就轰隆轰隆地过了桥。

有一个钟头的工夫,岗哨就扣留了五十多名逃兵。其中有几个人在扣留时反抗过,特别是一个留着老长的上嘴胡、样子很凶猛、不很年轻的叶兰乡下柯里夫村的哥萨克。哨长命令他下车,他却用鞭子抽起马来。两个民兵抓住他的马缰绳,直到桥的那一头才把马勒住。于是这个哥萨克再不多想,从衣襟底下抽出一支美国式来复枪,举起来抵到肩上。

"把路让开!……我打死你,浑蛋!"

"下来!下来!我们有命令,谁不服从扣留就枪毙。我们马上就毙了你!"

"你们这些庄稼佬!……昨天你们还是红党,今天你们就教训起哥萨克来啦?……臭东西!……闪开,我要开枪啦!……"

一个打着崭新的冬季裹腿的民兵,站在大车的前轮子上,经过激烈的搏斗,把来复枪从哥萨克手里夺了过来。那个哥萨克又像猫一样弯下腰去,把手伸到衣襟底下,从鞘里抽出马刀;跪在车上,隔着拴在车上的新漆过的摇床一探身,刀尖差一点儿划着及时跳开去的那个民兵的脑袋。

"季摩沙,算啦,我的季摩沙呀!哎呀,季摩沙呀!……别这样嘛!……别惹事呀!他们会打死你的!……"那个发了威的哥萨克的又丑又干枯的老婆乱舞着两手,哭着喊道。

但是他在车上站直了身子,手握青光闪闪的大刀挥舞了半天,不准民兵靠近大车,他声嘶力竭地骂着娘,眼睛疯狂地四面转悠着。"闪开!……我把你们劈了!"他那黑糊糊的脸抽搐着,那长长的黄胡子底下冒着唾沫,浅蓝色的眼珠子也越来越红了。

好不容易才夺下他的刀,把他按倒在地上,捆了起来。这个勇猛的哥萨克发威的原因原来很简单:民兵在车上搜了搜,搜出一坛子已经开了封的头锅烧酒……

桥头一下子就拥塞起来。车辆紧紧地挤成了一堆,必须把牛和马卸下来,用手拉着大车上桥。车杠和辕杆碰得劈里啪啦直响,马和牛被牛蝇叮得受不了,都恶狠狠地尖声叫着,并且都烦躁得发了性子,不听主人的吆喝,朝篱笆上乱撞。骂娘声、叫喊声、妇女们的哭叫声在桥边又响了很久。后面的一些车辆,都在能够转车的地方转过头去,重新上了将军大道,以便直接朝巴兹基村的顿河边赶去。

民兵押送着被捕的逃兵朝巴兹基走去,但是因为逃兵们都还带着武器,所以民兵们都约束不住他们。一过了桥,民兵和逃兵就动手打起来。过了不大的一会儿,民兵都转了回来,逃兵都有组织地自己朝维奥申走去。

普罗霍尔·泽柯夫在大雷村也被拦住了。他把格里高力·麦列霍夫给他开的准假证拿出来给他们看了看,他们就把他放了,一点也没有为难他。

快到黄昏时候，他才来到巴兹基村。从旗尔河边各个村庄拥来的几千辆大车，塞满了所有的大街和小巷。顿河边出现了言语无法形容的情景。难民们把大车排在岸边，足有两俄里长。五万多人分散在树林子里，等着渡河。

维奥申镇对岸的大渡船正在摆渡炮兵连、指挥部和军用品。用很多小船摆渡步兵。几十条小船在顿河上穿来穿去，每条小船坐三四个人。河边码头上拥挤得水泄不通。担任后卫的骑兵还没有来到。隆隆的大炮声依然不断地从旗尔河边传来，又苦又辣的焦糊气味越来越浓烈，越来越呛人了。

渡河一直持续到天亮以前。夜里十二点钟，第一批骑兵连开到了。等天一亮，他们就要开始渡河了。

普罗霍尔·泽柯夫听说骑兵第一师还没有开到，就决定在巴兹基等候自己的连队。他牵着马，好不容易穿过密密层层地拥挤在巴兹基医院围墙旁边的车辆，也不卸马鞍，就把马拴在不知是谁的大车的车辕上，松开马肚带，自己就在大车当中穿来穿去寻找熟人。

他在堤坝旁边，老远就看见阿克西妮亚·阿司塔霍娃。她胸前抱着一个小包袱，披着一件厚厚的褂子，朝河边走去。她那艳丽夺目的美色，惹起拥挤在岸边的步兵们的注意。他们对她说起下流话儿，一张张落满灰尘、汗津津的脸上笑得露出了白牙，响起一阵阵调笑声和怪叫声。一个高个子、白头发的哥萨克，穿着一件没系带子的衬衣，皮帽子歪戴在后脑勺上，他从后面把她抱住，用嘴去亲她那黑黑的、光溜溜的脖子。普罗霍尔看见，阿克西妮亚猛地把那个哥萨克推开，恶狠狠地龇出牙齿，小声对他说了两句什么。周围哈哈大笑起来，那个哥萨克摘下帽子，用沙哑的嗓门儿瓮声瓮气地说："哎，姑奶奶！叫我尝尝鲜吧！"

阿克西妮亚加快脚步，从普罗霍尔旁边走了过去。她那丰满的嘴上颤动着轻蔑的笑容。普罗霍尔也没有唤她，他用眼睛在人群里搜索着，寻找同村的人。他在伸出辕杆直指天空的大车中间慢慢走着，听见一阵醉汉说话声和笑声。一辆大车下面铺着一块粗麻布，上面坐着三个老头子。一个老头子的两条腿当中放着一坛子酒。三个已经醉醺醺的老头子，用炮弹壳做的铜缸子轮流喝酒，吃着干鱼。饥肠辘辘的普罗霍尔一闻到扑鼻的酒香和腌鱼的咸味，不觉停了下来。

"老总！为了诸事如意，来和我们喝一杯吧！"一个老头子朝他招呼说。

普罗霍尔再不客气，马上坐了下来，画了个十字，就微微笑着，从好客的老头子手里接过斟满了香喷喷的烧酒的铜缸子。

"活一天，就要喝一天！这不是，还有干鱼下酒。小伙子，可别瞧不起老头子。老头子都是聪明人！你们年轻人，还要向我们学学怎样过日子和……怎样喝酒呢。"另一个塌鼻子、上嘴唇一直豁到牙花子的老头子嗡嗡地说。

普罗霍尔喝了一口酒,提心吊胆地侧眼看着那个没有鼻子的老头子。在喝完第二缸子、将要喝第三缸子的时候,他憋不住了,问道:

"老大爷,你的鼻子是玩掉的吗?"

"才不是呢,老弟! 这是冻掉的。还是在很小的时候,有一次鼻子冻坏了,所以就成了这个样子。"

"那我有点儿不礼貌啦,我心想:这鼻子不是害风流病烂掉的吗? 可别害上这种乱七八糟的玩意儿!"普罗霍尔坦率地说。

他听了老头子的说明,放下心来,这才馋涎欲滴地把嘴唇紧紧贴到缸子上,毫无顾虑地一口气把缸子里的酒喝光了。

"这日子要完蛋啦! 怎么不喝喝呢?"酒的主人是个又结实又强壮的老头子,他大声嚷嚷起来。"你们看,我拉来二百普特麦子,可是还有一千普特扔在家里呢! 我赶来五对牛,可是现在要扔在这儿啦,就因为不能带着过顿河呀! 我挣的家产这一下子全完啦! 我要唱歌啦! 乡亲们,放开肚子喝吧!"老头子的脸涨得通红,眼睛里充满了泪水。

"别多说啦,特罗菲姆·伊万奇。莫斯科不大相信眼泪。只要咱们能活下去,就还能挣得来。"塌鼻子老头子对老朋友劝道。

"可我怎么能不说呀?!"老头子带着一副哭歪了的面孔,提高了声音。"粮食完啦! 牛也要完啦! 红党要把房子烧掉啦! 我儿子去年秋天就被打死啦! 我怎么能不说! 我挣家业都为了谁呀? 以前,一个夏天里,因为出汗在身上要烂掉十件褂子,可是现在我要落得光屁股、光脚丫儿啦……喝吧!"

普罗霍尔在大家说话的当儿,吃完了一条像炉盖一样大的老大的咸鱼,喝了有七缸子酒,喝得肚子饱鼓鼓的,费了很大的劲儿才站起身来。

"老总! 我们的救星! 要不要我给你一点儿粮食喂马? 你要多少?"

"一口袋!"已经分不清东南西北的普罗霍尔嘟哝着说。

老头子倒给他一草袋上等的燕麦,帮着他扛到肩上。

"要把口袋送来! 千万不要忘了!"老头子抱着普罗霍尔,流着醉汉的眼泪,要求说。

"好的,我不送来。我说不送来,就是不送来……"不知为什么普罗霍尔一个劲儿地这样说。

他摇摇晃晃地离开大车朝前走去。草袋子压得他弯下腰,朝两边乱摆。普罗霍尔觉得就像是在结了一层溜滑的薄冰的地上走,两条腿又打滑,又哆嗦,就像是一匹没有钉掌、小心翼翼地踩到冰上的马。他又摇摇晃晃地走了几步,就站住了。他怎么都想不起来:他刚才戴帽子没有?拴在一辆大车上的一匹白头顶枣红色骟马,闻到燕麦气味,伸过头来就咬口袋,咬破了一个角儿。麦粒儿沙啦沙啦地从小窟窿里流了起来。普罗霍尔觉得轻些了,就又朝前走去。

也许他本来能够把剩下的燕麦扛到自己的马那里去的,但是有一头老大的公牛,在他从旁边走过的时候,忽然发起牛脾气,从旁边踢了他一脚。那牛被牛蝇和蚊子叮得非常难受,因为又热又难受,烦躁得发了疯,不准人靠近。普罗霍尔并不是今天牛发脾气的第一名受害者。他一下子飞到了一边,头撞在轮毂上,马上就睡熟了。

半夜里他醒过来。在他的头顶上,瓦灰色的高空里,一片片铅灰色的云彩不住地翻滚着,迅速地向西方飘去。弯弯的新月有时候在云彩缝儿里露一露脸儿,接着天空就又被云幕完全遮住,并且那料峭的凉风在黑暗中也好像更凉了。

普罗霍尔身旁那辆大车后面很近的地方,有骑兵走过。许许多多钉了铁掌的马蹄,踩得大地在哼哼,在叹气。马匹闻到大雨要来时的气息,不住地打着响鼻;马刀碰得马镫丁当乱响,烟卷儿一下一下地闪着红光。从走过的骑兵身上吹来一股股马汗味和酸酸的皮具气味。

普罗霍尔也和一切当过兵的哥萨克一样,打了多年仗,闻惯了这种骑兵身上特有的混合气味。哥萨克处处带着这种气味,一直从普鲁士和布柯文纳带到顿河草原上,这种骑兵部队少不了的气味,使人觉得分外亲切,分外熟悉,就像是闻到了自己家里的气味。普罗霍尔贪婪地抽了几下短短的鼻孔,就抬起沉甸甸的脑袋。

"这是哪一部分,弟兄们?"

"是骑兵部队……"黑暗中有一个低嗓门儿含含糊糊地回答说。

"我是问,这是谁的队伍?"

"是彼特柳拉的……"还是那个低嗓门儿回答。

"哎呀,妈的!"过了一小会儿,那人又问道:"同志们,是哪一团?"

"博柯夫团。"

普罗霍尔想站起来,但是血直往脑袋里冲,喉咙里直想呕吐。他躺下去,又睡着了。天快亮的时候,从顿河上吹来潮气和凉气。

"没有死吗?"他在睡意朦胧中听见头顶上有人问道。

"有热气呢……还有一股酒气!"有人在普罗霍尔的耳边回答说。

"把他妈的拖开去!睡得跟死人一样!哼,要狠狠揍他几下子!"

有一个骑马人用长矛的杆子照着还没有醒过来的普罗霍尔的肋条上狠狠捣了一下子,有两只手抓住他的腿,把他拖到了一边。

"把大车拖开!都睡死啦?在这样的时候还死睡!红军眼看要踩到尾巴啦,这些人还像在家里一样睡大觉!把大车都拖到一边去,炮兵连马上要过河啦!麻利点儿!……把路都堵住啦……瞧,这些人!"一个很威风的声音喊叫着。

睡在大车上和大车底下的难民都动了起来。普罗霍尔跳了起来。他的步枪没有了,马刀也没有了,连右脚上的靴子也没有了,——这都是他昨天喝醉酒以后丢掉的。他大惑不解地四面望了望,就想到大车底下去找一找,但是已经来到跟前的炮兵连的驭手和炮手们从马上跳下来,毫不心疼地把大车连同装在上面的箱子一起推翻了,眨眼工夫就给炮车清出一条通路。

"往——前——开——吧!……"

驭手们又上了马。多股绳拧成的粗粗的套索紧绷绷地哆嗦了几下,就拉直了。蒙着炮衣的大炮的高大的轮子在坑洼里咯吱响了两下。有一辆炮弹车的车轴挂住了一辆大车的辕杆,把辕杆挂断了。

"你们放弃阵地啦?你们这些当兵的,日你们的妈!"昨天晚上和普罗霍尔一起喝酒的那个塌鼻子老头子在大车上嚷道。

炮兵们都一声不响地骑着马匆匆朝渡口奔去。普罗霍尔在朦胧的晨曦中找枪和马找了很久。一直没有找到。他在小船旁边索性把另一只靴子也脱下来,扔到水里,并且把疼得像箍着铁箍似的脑袋扎到水里,浸了老半天。

太阳一出,骑兵开始渡河了。哥萨克们下了马,把第一连一百五十匹卸了鞍的马赶到一处河湾上面的河边,顿河就是在这里弯成一个直角,向东流去。连长那硬扎扎的红胡子一直长到眼睛上,一个鹰钩鼻子,样子非常凶恶,活像一只野猪。他的左手吊在一条肮脏的、血糊糊的绷带上,右手不停地玩弄着鞭子。

"别让马喝水!往前赶!赶快点儿!你怎么……妈的……妈的……妈的……怎么,你害怕水呀?!往水里去!……你的马又不是糖捏的,不会泡化的!……"他一个劲儿地吆喝着哥萨克们往水里赶马,他那红胡子底下露出老大的白牙。

马匹挤成一堆,很不情愿地朝冰凉的水里走去,哥萨克们吆喝着,用鞭子抽着。头一个洑起水来的是一匹白鼻子、额头上有一块大红斑的铁青马。看样子,这马已经不是头一次洑水了。波浪冲击着后部下垂的马身子,把一捆麻似的尾巴冲向一边,但是脖子和脊背是露在外面的。其余的马也都跟着划开水流,喷着鼻子,轰轰地进入翻滚的水里,洑起水来。哥萨克们分乘六条大船跟在后面。一

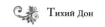

个护送的人站在船头,手拿套索,以防意外。

"别往前面划!叫马斜着往前洑!别叫水冲跑了!"

连长手里的鞭子往上一扬,画了一个圈子,啪的一声落在沾满石灰的靴筒子上。

激流冲击着一匹匹的马。那匹铁青马在最前面很轻松地洑着水,离开其余的马有两匹马远。铁青马头一个爬上左岸的沙滩。这时候,从黑杨树的乱蓬蓬的枝丛中露出了太阳,红红的阳光照在铁青马身上,那湿得发亮的一身鬃毛霎时间迸射出黑黑的、熊熊的火光。

"注意穆雷恒那匹马!帮帮那匹马!……还戴着笼头呢。快划呀!划呀!……"像野猪一样的连长声嘶力竭地吆喝着。

马匹都平平安安地过了河。哥萨克们已经在对岸等着了。他们牵过自己的马,戴上笼头。河这边开始往对岸运马鞍了。

"昨天什么地方着火啦?"普罗霍尔向一个把马鞍往小船上搬的哥萨克问道。

"在旗尔河边。"

"是炮弹打着的吗?"

"哪儿是什么炮弹!"那个哥萨克冷冷地回答说。"是红党放的火……"

"全都烧光了吗?"普罗霍尔惊骇地问。

"那倒是没——有……烧的是财主家的房子,那些盖了铁顶的,或者是有老大的货房的。"

"烧了哪些村子?"

"从维斯罗古佐夫一直烧到格拉乔夫。"

"你可知道,第一师师部这会儿在哪儿?"

"在楚卡林村。"

普罗霍尔回到难民的大车跟前。在一眼望不到边的临时住宿地上,纷纷用干树枝、拆毁的篱笆和干牲口粪生起火来,微风一吹,到处弥漫着呛人的烟气:妇女们在做早饭了。

夜里又从右岸的草原地区来了好几千难民。

在火堆旁边,在大车上,到处都是像蜜蜂一样嗡嗡的说话声。

"什么时候才轮到咱们过河呀?唉,等得急死人啦!"

"上帝饶恕我吧,我要把粮食扔到河里去啦,免得便宜红党!"

"渡船旁边全是人,黑压压一大片!"

"我的好宝贝儿,咱们怎么能把箱子扔在岸上呢?"

"攒呀,攒呀……主耶稣,我们的恩主呀!"

"要是在自己的村子里过河就好啦……"

"真他妈的不该到维奥申这儿来,唉!"

"听说,雪球树村烧光啦。"

"能坐渡船过去就好啦……"

"哼,要不然他们能饶得了你吗?!"

"他们有命令:要把所有的哥萨克,从六岁到顶老的岁数,都斩尽杀绝。"

"他们要是在河这边追上咱们……那可怎么办?"

"那就要血肉横飞啦!……"

在一辆油漆过的塔甫里亚式大车旁边,有一个很挺拔的白眉毛老头子高声喊叫着,从他的外表和气派可以看出来,他是一个村长,而且掌握村长大印已经不止一年了。

"……我问:'老百姓就应该死在岸上吗? 我们什么时候才能带着自己的东西过河呢? 要知道,红党会把我们连根砍掉的!'他们的长官就对我说:'放心吧,大爷! 全体老百姓没有渡河以前,我们会守住阵地,不会放弃的。我们宁可粉身碎骨,决不让妇女、孩子和老头子受伤害!'"

老头子和妇女们纷纷把白眉毛的村长围住。他们聚精会神地听村长讲话,后来就一齐乱嚷嚷起来:

"那为什么炮兵先溜啦?"

"他们拼命朝渡口跑,差点儿把人都踩死啦!……"

"骑兵也跑来啦……"

"听说,格里高力·麦列霍夫也放弃阵地啦。"

"这算什么道理? 扔掉老百姓,只顾自己跑吗?……"

"军队倒先跑起来啦!……"

"谁来保护我们呀?"

"瞧,骑兵已经泅水过河啦!……"

"还是自己的命要紧啊……"

"一点儿也不错!"

"把我们全卖掉啦!"

"这一下子要完啦!"

"应该派一些老年人去欢迎红军。也许他们会开恩,不杀咱们。"

在胡同口,在医院的高大的砖瓦房旁边,出现了一名骑兵。他前面的鞍头上挂着步枪,旁边还晃悠着漆成绿色的长矛。

"这是我的米基什卡嘛!"一个裹着头巾的上了年纪的娘们儿高兴得叫了起来。

她跳过一根根的辕杆,擦过挤在一起的车辆和马匹,朝骑马人奔去。有人抓住骑马人的马镫,想叫马停住。骑马人把一个盖有火漆印的灰色公文封举在头上,高声叫道:

"我要到总司令部去送报告!快闪开!"

"我的米基什卡呀!好孩子!"那个上了年纪的娘们儿很激动地喊叫着。她那披散开来的一绺绺夹有银丝的黑发,耷拉到喜气洋洋的脸上。她带着颤动的微笑,全身靠在马镫上,靠在汗漉漉的马身上,问道:

"你到咱们村子里去过吗?"

"去过。现在村子里驻上红军啦……"

"咱家的房子呢?……"

"房子好好儿的,不过菲多特家的房子烧掉啦。咱们家的棚子本来也着了火,可是他们亲自扑灭啦。菲济丝卡从他们那儿跑了来,她说,红军的头头儿说:'一间穷人的房子也不许烧,只烧财主家的。'"

"噢,那要感谢上帝啦!耶稣保佑他们吧!"那娘们儿画了个十字。

那个很威风的老头子很气忿地说:

"我的好大嫂,你是怎么一回事儿?把街坊的房子烧啦,你还要'感谢上帝'?"

"鬼才管他们家的事!"那娘们儿带着火气很快地嘟哝着说。"他们家还能盖得起来,可是假如我家房子烧掉了,我拿什么来盖?菲多特藏的金子有一大坛子,可是我那老头子给别人家干活儿干了一辈子,一辈子叫穷鬼牵着走!"

"放开我,妈妈!我还要赶快把公文送去呢!"那个骑兵在马上俯下身来,央求说。

母亲跟着马一起往前走,一面走,一面亲儿子那晒得黑黑的手,朝自己的大车跑去,那个骑兵用少年男子的高嗓门儿吆喝着:

"闪开!我要上总司令部送公文!大家快闪开!"

他的马发着性子,不住地扭着屁股,又蹦又跳。人们很不情愿地让着路,那个骑兵看样子走得很慢,但是不久就被一辆辆的大车,就被牛和马的许多脊背遮住了,只有长矛在许许多多的人头上面轻轻晃动着,朝河边移动。

一天的工夫,所有的暴动军部队和难民都渡过顿河来到左岸。格里高力·麦列霍夫第一师维奥申团的各个骑兵连是最后过河的。

在黄昏之前,格里高力一直率领十二个精锐的骑兵连抵挡着红军第三十三库班师的进攻。五点钟左右,得到库金诺夫的通知,说军队和难民已经全部过河,于是他才下令撤退。

根据事先制订的计划,顿河沿岸暴动军的各个连队都要渡河,并且每个连队都要布置在自己的村子的对岸。快到中午时候,司令部就陆续收到各个连队的报告。大多数连队都已经在自己村子对面的左岸布置就绪。

司令部又把沿岸草原地带的一些哥萨克连队调去填补各个村庄之间的空隙。克鲁日林村、马克萨耶夫—新根村、卡耳根村的步兵连和拉推舍夫村、李霍维多夫村、格拉乔夫村的骑兵连填补了彼加廖夫村、维奥申镇、列别亚仁村、红沟村之间的空隙,其余的都开到后方,开到杜布洛夫村、黑村、高罗霍夫村等一些离顿河远些的村庄里,按照萨方诺夫的意图,他们就做预备队,以便在突围的时候听候司令部调遣。

沿着顿河左岸,从嘉桑乡尽西边的一些村庄,直到霍派尔河口,暴动军布置了一百五十俄里长的防线。

哥萨克渡河以后,就准备进行阵地战:忙着挖战壕,砍伐白杨、柳树和橡树,搭造掩蔽所和机枪阵地。从难民手里弄来许多空麻袋,全部装上沙土,垒到连成一条线的长长的战壕前面做胸墙。

快到黄昏时候,各处的战壕都挖好了。暴动军的第一和第三炮兵连都在维奥申镇外的松林里隐蔽起来。八门大炮总共只有五发炮弹。步枪子弹也快打完了。库金诺夫派传令兵到处传送严禁开枪的命令。在命令中提出,每个连可选出一至二名枪法最好的射手,发给他们足够的子弹,叫这些弹不虚发的射手狙击红军的机枪手和出现在右岸村庄里街道上的红军。其余的人只准在红军企图渡河的时候开枪。

格里高力·麦列霍夫在苍茫的暮色中就巡视完沿河散开的自己的师的各部,又回到维奥申过夜。

不准在河边滩地上生火。维奥申也没有灯火。整个左岸都笼罩在雪青色的暮霭中。

第二天一大早,巴兹基村外的高地上就出现了红军的先头侦察兵。不久在右岸,从霍派尔河口镇到嘉桑镇,所有的守望台上都出现了侦察兵。红军的战线像巨浪一般朝顿河边滚来。后来侦察兵不见了,一直到中午,所有的山冈都死沉沉的,又空旷,又寂静。

风旋转着灰白色的尘土在将军大道上转圈儿。南面还一直冒着大火的黑红色的烟。被风吹散的黑云又渐渐聚拢起来。高地上有一片游云的影子。一道在白天里雪白的电光闪过。闪电瞬息间给发蓝的黑云镶起一道曲曲弯弯的银边儿,又像一条亮闪闪的长矛似的朝下插去,插到一座古守望台的凸出的顶上。一声巨雷好像劈开了高悬在空中的黑云:大雨从黑云里倾泻下来:风吹得雨丝歪歪斜斜,大雨像一层层翻滚的白浪,落到河边石灰岩的山坡上,落到晒蔫了的葵花上,落到奔拉下头的庄稼上。

大雨一下,那些鲜嫩的、但是因为落满尘土变成衰老的灰色的树叶子又恢复了生气。春苗又绿油油的了,葵花又抬起黄黄的圆头,菜园里散发出南瓜花的蜜一般的味儿。解除了干渴的大地,很长时间都冒着热气……

一座座古代的守望台,就像稀疏的散兵线一样,散布在顿河边的山冈顶上,顺着顿河延伸过去,一直到亚速海边。中午过后,很多守望台上又出现了红军的侦察兵。

站在这些守望台上,瞭望顿河这边夹杂着片片绿洲的黄沙平原,一眼可以望出几十俄里。红军的侦察兵都小心翼翼地开始回村了。步兵成散兵线从高地上拥了下来。就在当年波洛韦次人和好战的布罗得尼基人用来监视敌人行动的守望台后面,出现了红军的炮兵连。

布置在白山上的一个炮兵连,开炮轰击维奥申了。第一发炮弹在广场上爆炸了,然后,一颗颗炮弹爆炸的灰色硝烟和随风慢慢飘散的一个个乳白色的榴霰弹烟团就笼罩住整个维奥申镇。又有三个炮兵连开始轰击维奥申镇和河边的哥萨克战壕了。

机枪在大雷村猛烈地吼叫起来。两挺"霍契吉斯"急促而清脆地进行点射，一挺粗喉咙的"马克辛"不住气地喷吐着子弹，一齐对准了在顿河这边跑来跑去的一伙一伙的暴动军步兵。辎重队渐渐来到高地上。在荆棘丛生的山坡上挖起掩体。大大小小的车辆在将军大道上吱嘎吱嘎地行进着，后面拖着的灰尘就像盘旋飞舞的长裙。

隆隆的炮声响遍了整个前线。红军的炮兵在顿河边一座座居高临下的山上炮轰顿河对岸，一直炮轰到黄昏以后。在布满了暴动军战壕的河边滩地上，从嘉桑镇一直到霍派尔河口镇，都沉默无声。看守马匹的哥萨克都带着马藏在遍地是芦苇、香蒲和莎草的隐蔽的树丛里。这里没有蚊虫叮马，在这到处是野啤酒花的树丛里也很凉快。有各种树木和高大的白柳密密丛丛地遮着，红军的观测员也看不见。

在一片碧绿的河边草地上，一个人也没有。只是偶尔在草地上出现一两个吓得弯着腰、从离河边很远的地方经过的难民。红军的机枪就对他们打上几梭子，他们一听见子弹的长长的啸声，就吓得趴到地上。他们在密密的草丛里一直趴到天黑下来，这才大步朝树林里跑去，然后头也不回地急急忙忙朝北方，朝那摇晃着密密的赤杨和白桦树棵子亲切相招的洼地里跑去。

* * *

维奥申镇被猛烈的炮火轰击了两天。老百姓都躲在地窖里，不敢出来。只有到夜里，镇上被炮弹打得坑坑洼洼的一条条街道才热闹起来。

总司令部里的人纷纷揣测，认为这样猛烈的炮击是为进攻和渡河作准备。他们担心，红军就在维奥申镇对面开始渡河，以便占领维奥申，在拉成直线的长长的阵地上打进一个楔子，把战线截成两半，然后从加拉奇和大熊河口发动两翼进攻，进行歼灭战。

依照库金诺夫的命令，在维奥申的顿河边集中了十二挺机枪，都配备了足够的子弹。几个炮兵连长接到的命令是，只有在红军开始渡河的时候，才能发射剩下的那几发炮弹。所有的大小船只都集中到维奥申上面的河湾里，派强大的兵力看守着。

格里高力·麦列霍夫觉得司令部里的人的担心是没有根据的。在五月二十四日的一次会议上，他对伊里亚·萨方诺夫及其一伙的揣测嘲笑了一通。

"他们坐什么从维奥申对面过河呢?"他说。"再说,这是渡河的好地方吗?你们瞧瞧:对岸光溜溜的,就像鼓面子一样,沙滩也是平平的,河边没有一块小树林,也没有一丛树棵子。哪一个傻瓜会挑这种地方过河? 只有伊里亚·萨方诺夫才会凭自己的聪明往这样的陷坑里爬……在这样光溜溜的河边上,机枪一扫,会把什么人都扫得干干净净。库金诺夫,你别以为红军的指挥官比咱们傻。他们当中有人比咱们高明! 他们不会迎头进攻维奥申的,咱们不必等着他们在这儿过河,而是应该料到,他们要么从水浅的地方,从可以蹚水过河的地方,要么从有丘陵、有树林的可以隐蔽的地方。对于这些危险地方要严加监视,特别是在夜里;要提醒哥萨克们,不要疏忽,不要麻痹大意;要事先把后备队调到危险地带,以防万一。"

"你说,他们不会进攻维奥申吗? 那他们为什么一天到晚用大炮轰维奥申?"萨方诺夫的一个助手问道。

"这事儿你去问问他们好啦。怎么,他们单单炮轰维奥申吗? 他们也在炮轰嘉桑镇,也在炮轰叶兰村,瞧,又在谢苗诺夫山上打起炮来啦。他们到处都在打炮。大概,他们的炮弹比咱们多些。咱们的鸟……炮队只有五发炮弹,而且就连这五发炮弹的壳子还是用橡木刨成的。"

库金诺夫哈哈大笑起来:

"好啊,这一下子打中要害啦!"

"这会儿用不着乱批评!"参加会议的第三炮兵连连长生气了。"这会儿应该谈谈正经事情。"

"你谈呀,谁拉住你的舌头来?"库金诺夫皱着眉头,玩弄起皮带。"对你们他妈的说过不止一次:'不要随便浪费炮弹,要节约,以备要紧的时候用!'可是你们不听,见什么打什么,遇到辎重队也要开炮。现在到了紧急关头,没有炮弹打啦。听到一点批评,有什么好气的? 麦列霍夫挖苦你们的木头大炮,挖苦得好。你们的家伙该当挖苦!"

库金诺夫站到格里高力一边,坚决支持格里高力的意见,也认为应该加强最适合渡河的地点的防务,应该把后备队集中到危险地段的附近。决定从维奥申现有的机枪中抽调几挺机枪到白山村、梅尔库洛夫村和大雷村的连队里去,因为在这些连队防守的地段渡河的可能性最大。

格里高力推测红军不会冒险从维奥申对面过河,而是要选择利于渡河的地方过河,这一推测第二天就证实了。这天早晨,大雷村的连长就来报告说,红军准备渡河了。通夜都可以听见顿河对岸有嘈杂的人声、铁锤丁当声、车轮咯吱声。也不知道从哪里用大车往大雷村拉来许多木板,把木板卸下来,马上就有许多锯子吱啦吱啦响起来,还听见有斧劈和锤子敲打的声音。从这一切可以判断出,红军正在打造什么东西。哥萨克们起初估计这是在做浮桥。有两个大胆的家伙,跑到响着斧锯声音的地方的上游半俄里远处,脱掉衣服,头上插了树枝子作掩护,悄悄地顺水朝下游泅去。他们到了岸边,布置在柳树底下的机枪哨的红军正在离他们不远的地方说着话儿,可以清清楚楚地听见村子里的人声和斧声,但是水上什么东西也没有。如果说红军是在打造什么东西的话,那无论如何也不是造桥。

大雷村的连长对敌方加强了监视。黎明时候,眼睛一直没有离开望远镜的观测员很久没有看见什么。但是不久,其中有一个哥萨克,在对德战争中就被公认为是团里最出色的射手的,在朦胧的晨曦中发现一名红军牵着两匹上了鞍的马朝河边走来。

"一个红党朝河边来啦。"这个哥萨克小声对同伴说了一声,放下望远镜。

两匹马走进没膝深的水里,喝起水来。

这个哥萨克把牵拉得很长的步枪皮带搭到左胳膊肘上,扳起瞄准尺,仔细瞄了半天……

一声枪响过,一匹马软软地歪倒下去,另一匹朝坡上跑去。红军弯下身去,想把死马身上的鞍子解下来。这边哥萨克又放了一枪,就微微笑起来:那个红军很快地直起身子,想从河边跑开,但是忽然栽倒了。脸朝下栽倒,再也没有起来……

格里高力·麦列霍夫一得到红军准备渡河的消息,就骑上马,前往大雷村连的防地。他出了维奥申镇,骑马蹚过从顿河里伸出来、一直伸到镇边的一个湖汊的窄窄的腰部,进了树林,就放马跑起来。

这条道路要经过草地,但是从草地上走是很危险的,因此格里高力选择了一条绕远的路:穿过树林来到湖汊的尽头,又经过一个个的土墩和白柳丛,来到加尔梅克滩(这是一道窄窄的河沟,连接着牛栏湖和草地上的一个水塘,里面密密丛丛地长满了睡莲、水芹和芦苇),过了泥泞的加尔梅克滩,就勒住马,让马休息几分钟。

从这里到顿河边,直线距离有两俄里。从这里的草地上往战壕那里去,必然会受到枪击。本来可以等到黄昏时候,趁天黑穿过平坦的草地,但是格里高力是个不喜欢等待的人,常常说"世界上最糟糕的事情就是等待和跟在后面赶",所以决定马上就去。"我打着马拼命跑,他们一定打不到我!"他这样想着,从树棵子

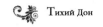

里走了出来。

他拨了拨马头,对准了从河边树林伸出来的一带绿荫荫的柳树,举起了鞭子。那马屁股上挨了火辣辣的一鞭子,又听到猛烈的一声吆喝,浑身哆嗦了一下,就挓起耳朵,加快速度,像飞鸟一样朝顿河边奔去。格里高力还没有跑出五十丈远,右岸高地上有一挺机枪就对准他连续不停地扫射起来。"嗖嗖!嗖嗖!嗖嗖!嗖!嗖!"子弹像土拨鼠一样尖叫起来。"打得太高啦,伙计!"格里高力心里说,一面紧紧夹住马,放松缰绳,脸贴在迎风飞舞的马鬃上。在一面白石灰岩山坡上架着一挺重机枪,躺在绿色护板后面的机枪手好像猜到了格里高力的心里,急忙瞄了瞄,放低了枪口扫射起来,一颗颗在空中摩擦热了的子弹,就在马的前蹄旁边有滋有味地吧嗒起嘴,像蛇一样咝咝叫起来。子弹朝春汛过后还没有晒干的潮湿的土地里乱钻,溅起一片片热乎乎的泥巴……"啾!咝咝!啾!啾!"并且在头顶上和马的身旁又响起另一种声音:"嗖!嗖!……嗖呜呜!"

格里高力站在马镫上,身子几乎是趴在伸直了的马脖子上。那一带绿柳飞快地迎面扑来。他已经跑了有一半路的时候,谢苗诺夫山上的大炮开炮了。炮弹的钢铁的啸声震得空气都哆嗦起来。在近处轰隆一声爆炸,震得格里高力在马上晃了两下。弹片的啸声和叫声在他耳朵里还没有消失,附近池塘里被爆炸的气流冲倒后正在沙沙地伸直身子的芦苇还没有完全挺立起来,山上的大炮又轰隆一声响了,格里高力听见越来越近的炮弹的啸声,又俯下身子,紧紧贴在马身上。

他觉得,好像是那撕心裂肺、强烈到极点的啸声顷刻间爆炸开了,并且就在这顷刻间,向上冒起的一片黑烟在他眼前直立起来,大地被这一声巨响震得颤动起来,马的两条前腿好像陷进了什么里……

格里高力在落马的一刹那,头脑完全清醒过来。他在地上摔得很重,绿呢子军装裤的两个膝盖部分都跌破了,裤腿上扎的带子也挣断了。爆炸震起的强大气浪把他冲到离马很远的地方,在摔倒后他又在草地上滑了几丈远,手掌和腮帮子在地上擦得火烧火燎地疼。

摔得头昏脑涨的格里高力站了起来。土块、碎土和连根拔起的草,像黑色雨点一样从上面哗哗落下来……他的马躺在离弹坑有二十步远的地方。马头一动也不动,但是两条落满泥土的后腿、汗漉漉的屁股和微微歪斜的尾巴根还在轻轻抽搐着。

顿河那边的机枪已经不响了。有五六分钟的时间无声无息。水塘上空有几只蓝色的鱼鹰惊慌不安地叫着。格里高力克制着头晕,朝马跟前走去。他的两条腿哆哆嗦嗦,异常沉重。他觉得就好像平时很不舒服地坐了很久之后忽然站起来走路那样,这时候因为血液暂时停止流动而麻木了的两腿就好像成了别人的腿,每走一步浑身都觉得嘎嘎直响……

格里高力把死马身上的马鞍解下来,刚刚走进附近的水塘边被弹片打得乱糟糟的一片芦苇,一挺机枪又节奏均匀地响了起来。但是听不见子弹的啸声。显然,高地上打的已经是新的目标了。

一个钟头之后,他来到连长的掩蔽所里。

"这会儿他们的木匠活儿停啦,"连长说,"可是到夜里一定还要干的。您最好给我们弄点儿子弹来,要不然实在没办法啦:每个弟兄只有一梭子到两梭子子弹。"

"子弹到晚上一定给你们送来。你们可要时刻注意对岸!"

"我们一直在注意。我想在今天夜里找几个有胆量的,叫他们蹚过去,看看他们究竟在那儿打造什么。"

"为什么昨天夜里没派去呢?"

"格里高力·潘捷莱维奇,我派了两个,但是他们没有敢进村子。他们蹚到了岸边,可是要进村子——就怕啦……如今的事,能强迫谁呢?这是危险事儿,只要碰上他们的岗哨,马上就会丧命。在自己的家门口打仗,哥萨克们都没有多大的狠劲儿……以前,在俄德战争的时候,为了一颗十字章去拼命的人多着呢,可是如今,别说深入敌后侦察,就是放哨,都很难找到人去。这会儿更糟糕的是,有了老娘们儿:她们都跟着自己的男人,就在这战壕里过夜,赶都赶不出去。昨天我想让她们赶走,可是哥萨克们威胁我,说:'叫他放客气点儿,要不然我们好好地收拾收拾他!'"

格里高力走出连长的掩蔽所,往战壕里走去。战壕在树林子里弯弯曲曲地朝两边伸去,离顿河有二十丈左右。一棵棵的小橡树、一丛丛的荆棘、密密的小白杨树棵子掩护着黄土胸墙,遮住红军的视线。有许多交通壕连结着战壕和哥萨克们歇息的掩蔽所。在一些掩蔽所旁边扔了不少灰白色的干鱼刺、羊骨头、葵花子壳儿、烟头、破布片儿;树枝上挂着刚洗过的袜子、粗布衬裤、包脚布、女人褂子和裙子……

有一个睡眼惺忪的年轻媳妇,从前面一个掩蔽所里探出没有披头巾的头来。她擦了擦眼睛,大模大样地把格里高力打量了一遍;就钻进黑黑的门洞里,就像是黄花鼠进了洞。在旁边一个个掩蔽所里有些人在低声唱歌儿。一起唱歌的除了几个男声以外,还有一个压低了的很高、很清脆的女声。在第三个掩蔽所的门口,坐着一个不算年轻的、穿得很整齐的哥萨克妇人。一个留着花白长发的哥萨克的头枕在她的膝盖上。他舒舒服服地侧着身子躺着,正在打盹儿,他的老婆正在很灵巧地给他捉虱子,把一个个黑黑的头虱在木梳子上掐死,一面轰走老伴儿脸上的苍蝇。如果没有顿河那边恶狠狠的机枪声,如果没有从上游、时而从米古林乡、时而从嘉桑乡,顺水传来的隆隆的大炮声,可能会以为,这是割草人在河边扎下了野营——驻守在火线上的暴动军大雷村连,表面上是那样平静。

格里高力打了五年仗,还是第一次看见这样稀奇的战地景象。他忍不住笑,从一个个掩蔽所旁边走过,到处都看到有娘们儿在服侍自己的男人,在缝补哥萨克制服,洗当兵人的衬衣,做饭,或者草草地吃过午饭以后在洗碗碟。

"你们这儿日子过得挺美嘛!够舒服的……"格里高力回到连长的掩蔽所,对连长说。

连长龇着牙笑了笑,说:

"日子过得再好没有啦。"

"已经舒服过头啦!"格里高力皱起眉头。"马上把这些娘们儿赶走!在战场上搞起这一套来啦!……你这儿是赶集,还是卖破烂儿?这算什么玩意儿?红军这就要过河啦,可是你们到时候连连都听不见,没工夫听啦,你们到时候非吃老娘们儿的亏不可……等天一黑,你把这些长尾巴蛆全部赶走!明天我再来,如果我看见有一个穿裙子的,首先把你的脑袋揪下来!"

"这话对嘛……"连长欣然表示同意。"我也反对老娘们儿来,可是你拿哥萨克们有什么办法呢?纪律都破坏啦……老娘们儿都想男子汉,咱们已经打了两个多月了嘛!"

他自己也红着脸,坐到土炕上,用身子遮住扔在炕上的一条红红的女人围裙,并且转身背着格里高力,用威吓的目光朝着用粗布隔起来的掩蔽所的一个角落里瞅了一眼,他的娇妻的笑盈盈的深棕色眼睛正在那里朝外看着呢……

六十二

阿克西妮亚·阿司塔霍娃在维奥申镇上有一个堂房姑母,就住在镇边上,离新教堂不远。她就在这个姑母家里住下来。第一天她就出去找格里高力,可是他还没有到维奥申呢;到第二天,大街上和小巷里从早到晚都有子弹嗖嗖飞着,炮弹爆炸着,阿克西妮亚就没敢出门。

"他把我叫到维奥申来,说要跟我一块儿过,可是他自个儿都不知道跑到什么鬼地方去啦!"她躺在上房里的大柜子上,咬着两片鲜艳、然而已经不那么红润的嘴唇,恨恨地想道。老姑母坐在窗前,打着袜子,每响一声大炮,她就画一个十字。

"哎哟,主耶稣呀!真怕人呀!他们干吗要打仗啊?干吗他们要互相乱咬啊?"

大街上,在离这座房子十五丈远的地方,有一颗炮弹爆炸了。屋子里的窗玻璃很委屈地丁当响着,纷纷落了下来。

"姑妈!你快离开窗户吧,他们会打到你的!"阿克西妮亚说。

老人家带着嘲笑的神情从老花镜里看了看她,不高兴地说:

"哎呀,阿克秀特卡!我看,你真傻。怎么,我是他们的敌人吗?他们凭什么要打我?"

"他们无意中会打死你呀!他们又看不见子弹往哪儿飞。"

"才不会打我呢!才不会看不见呢!他们打的是哥萨克,哥萨克是他们红军的敌人,我是个寡妇老奶奶,他们打我干什么?他们肯定知道该用枪打谁,用炮轰谁!"

中午时候,格里高力趴在马脖子上,在街上跑过,朝下游河湾里跑去。阿克西妮亚在窗口看见他,急忙跑到爬满野葡萄藤的台阶上,喊了一声:"格里沙!"可是格里高力已经拐过弯去不见了,只有他的马蹄扬起的尘土慢慢在向大路上落。追上去也是无济于事。阿克西妮亚站在台阶上,恼恨得哭了起来。

"那跑过去的是司捷潘吗?你干吗要像疯子一样跑出去?"

"不是……那是我们村子里一个人……"阿克西妮亚含着眼泪回答说。

"那你干吗要掉眼泪?"喜欢刨根问底的老奶奶追着问道。

"姑妈,您问这些干什么?这些事您不明白!"

"我怎么会不明白……哼,就是说,相好的跑过去啦。要不然怎么会呢?无缘无故你不会哭的……这种事儿我过去有过,我明白!"

傍晚时候,普罗霍尔·泽柯夫走进屋里来。

"您好啊!老大娘,鞑靼村没有人到您家来吗?"

"普罗霍尔!"阿克西妮亚高兴得叫了一声,从上房里跑出来。

"哼,姑奶奶,你叫我找死啦!为了找你,我两条腿都跑断啦!他又是个什么样的人呀?完全像他爹,火性子。到处在放枪,所有的活物都躲起来啦,可是他一个劲儿地逼我:'把她找来,要不然我宰了你!'"

阿克西妮亚抓住普罗霍尔的小褂袖子,把他拉到过道里。

"他这该死的东西在哪儿呀?"

"哼……他会跑到哪儿去?他从阵地上走回来啦。他的马今天被打死啦。他回来很凶,就像一条用链子锁着的狗。问:'找到了吗?'我说:'我上哪儿去找她?我又不能把她变出来!'可是他说:'一个人又不是一根针!'他把我大骂一通……真是一只披着人皮的狼!"

"他说什么来着?"

"快收拾收拾,咱们走吧,再没什么啦!"

阿克西妮亚转眼工夫就包好自己的包袱,匆匆忙忙和姑妈告别。

"怎么,司捷潘派来的人吗?"

"姑妈,是司捷潘!"

"好吧,就说我问他好。可是他怎么不亲自来呀?喝碗牛奶也好,这不是,家里还有甜馅饺子呢……"

阿克西妮亚不等听完她的话,就从屋里跑了出去。

直到走到格里高力的住处,她都气喘吁吁,脸色煞白,走得非常快,最后连普罗霍尔都央告她说:

"你听我说!我年轻时候也跟在姑娘后头跑过,可是从来没有像你跑得这样快。你是等不及啦,还是哪儿失了火? 我都喘不上气来啦! 哼,谁又在地上这样飞? 你们两个都有点儿疯啦……"

可是他在心里说:"他们又搞到一块儿啦……哼,这会儿鬼也拆不散他们啦! 他们如愿啦,我可是冒着枪林弹雨找来这只母狗呀……可别叫娜塔莉亚知道,万一她知道了,会骂我个狗血喷头……柯尔叔诺夫家的人也不是好惹的! 唉,如果不是我嘴馋喝多了酒,把马和枪都丢了的话,我才不会到镇上到处找你呢! 你们自己的事,自己去管吧!"

在紧紧关着护窗的上房里,点着一盏烟气腾腾的油灯。格里高力坐在桌边。他刚刚擦完步枪,但是还没有擦完盒子枪的筒子,门就吱扭一声响了。门口站的是阿克西妮亚。她那窄窄的白额头汗淋淋的,在她那煞白的脸上,两只睁得大大的、火辣辣的眼睛含着万种柔情,格里高力一看到她,心就颤动起来。

"你把我骗了来……可是你自个儿……连影子都叫人看不见……"她吃力地喘着,说。

这会儿,她就像很久很久以前,他们刚刚发生关系时那样,觉得除了格里高力,什么都不存在了。若是格里高力不在,她觉得世上的一切就好像死了,他在她身边,世上的一切好像又活了。她当着普罗霍尔的面也不害羞,一头扎到格里高力怀里,像野蛇麻草一样缠在他身上,一面哭,一面吻心上人的胡子拉碴的两腮,往他的鼻子、额头、眼睛、嘴唇上撒了许许多多快吻,还含含糊糊地嘟哝着,抽搭着:

"想——死——我——啦! ……我都想出病来啦! 格里什卡呀! 我的心肝儿!"

"噢,嗯……噢,你看……别急嘛! ……阿克西妮亚,别这样……"格里高力不好意思地嘟哝着,转过脸去,不去看普罗霍尔。

他扶着她坐在长板凳上,从她的头上摘下已经歪到后脑勺上的头巾,给她撩了撩披散下来的头发。

"你这算什么样子……"

"我就是这种样子啊! 瞧瞧你……"

"真的,你简直疯啦!"

阿克西妮亚把两条胳膊搭在格里高力的肩上,含着眼泪笑了,急急匆匆地小声说:

"哼,怎么能这样呢? 你叫我来……我就什么都扔掉,来啦,可是你又不在……你骑马跑过去,我跑出来喊你,可是你一拐弯就不见啦……要是叫他们打

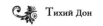

死了,那我都不能看你最后一眼啦……"

她又说了许多非常亲热、温柔、絮絮叨叨的傻话,用手一个劲儿地抚摩着格里高力那佝偻着的双肩,用两只百般柔顺的眼睛盯着他的眼睛。

在她的目光中,流露着一种可怜的神情,同时又有一种舍死一拼的发狠神情,就像一只被追捕的野兽那样,这种神情使格里高力看着她很不自在,很心疼。

他用晒得发黄的睫毛遮住眼睛,勉强笑着,一声不响,可是她腮上那热辣辣的红晕越来越红,两只眼睛好像渐渐蒙上一层蓝蓝的薄雾。

普罗霍尔没有打招呼就走了出去,在过道里啐了一口,用脚把唾沫擦了擦。

"简直发疯啦!"他在下台阶的时候,恶狠狠地说,并且为了表示看不惯,把院子门关得很响。

<h1 style="text-align:center">六十三</h1>

他们像做梦一样过了两天,不辨日夜,忘记了周围的一切。有时格里高力迷迷糊糊地睡过一阵小觉后醒来,在朦胧中看见阿克西妮亚那紧紧盯着他、好像是在研究他的凝神的目光。她往往是趴在床上,用胳膊肘支着头,用手托着腮,看着他,眼睛几乎都不眨。

"你干吗看我?"格里高力问。

"我想看个够……我心里总觉得他们会打死你的。"

"好吧,既然觉得这样,那就看吧。"格里高力笑着说。

第三天,他才第一次外出。这天一大早库金诺夫就接二连三地派人来请他去开会。格里高力也一再地对派来的人说:"我不去,叫他们自己开吧。"

普罗霍尔又从司令部里给他弄到一匹马,牵了来,昨天夜里他就到大雷村的防地上,把扔在那里的马鞍带了回来。阿克西妮亚看见格里高力准备出发,很惊

慌地问道:

"你上哪儿去?"

"我想到鞑靼村去一下,看看咱们村的人怎样保卫村子,顺便打听一下家里人在哪儿。"

"你想孩子啦?"阿克西妮亚哆哆嗦嗦地用披巾裹住缓缓下溜的黑黑的肩膀。

"想啦。"

"你别去,好吗?"

"不行,我要去。"

"别去吧!"阿克西妮亚央求说,两只眼睛在她那黑黑的眼窝里激动地闪烁起来。"这么说,你觉得家比我还要紧吗? 还要紧吗? 这头、那头都放不下吗? 那你是不是就把我带到你家里? 我和娜塔莉亚会在一块儿凑合着过的……哼,滚吧! 你去吧! 可是你以后别再找我啦! 我不要你。我不愿意这样! ……我不愿意!"

格里高力一声不响地走到院子里,上了马。

* * *

鞑靼村的步兵连懒得挖战壕。

"想的是鬼主意,"贺里散福瓮声瓮气地说,"怎么,咱们这是在俄德战场上吗? 弟兄们,挖一些普通的掩体,有膝盖那么深就行啦。要把这样硬的地挖一人多深,能办得到吗? 就是用洋镐也刨不动,别说用铁锹啦。"

大家都听了他的话,在左岸松软的断崖上挖了一些可以卧倒的掩体,却在树林里搭了一些掩蔽所。

"嘿,这一下子咱们变成土老鼠啦!"从来不知道犯愁的安尼凯说起俏皮话来。"咱们就住在洞里,吃吃野草,免得你们天天吃熏鱼饼啦,肉啦,鲟鱼面啦……木樨草不也很好吃吗?"

红军很少打搅鞑靼村的人。村外也没有炮兵连。只是有一挺机枪偶尔在右岸零零落落地响上一阵子,对着从掩体里探出头来的观测员打上短短的两梭子,然后又是很久没有动静。

红军的工事是在山冈上。山上也只是偶尔地打几枪,不过红军只有夜里才下山到村子里去,而且去的时间也不长。

* * *

格里高力傍晚时候来到自己村子对岸的河边滩地上。

这里的一切他都很熟悉,每一棵小树都引起他的回想……这条道路通过一片叫"女儿地"的林中草地,每年彼得节分过草地以后,哥萨克们都要在这里喝酒。阿列克塞小树林像一个楔子似的伸进河边滩地。很久很久以前,在这片当时还没有名字的小树林里,一群狼咬死了一头牛,那头牛是鞑靼村一个叫阿列克塞的人的。阿列克塞死了,大家把他忘了,墓碑上的字也渐渐模糊不清了,连姓氏也被街坊和乡亲们忘掉了,可是以他的名字为名的小树林却还活着,橡树和榆树向天空伸着一丛丛碧绿的树枝。鞑靼村的人常常砍了来做农活儿上用的家什,但是到春天又从矮矮的树墩上冒出苗壮的芽儿,不知不觉长上一两年,于是阿列克塞小树林夏天里又是枝叶繁茂,一片碧绿,到秋天里,那染过早霜的锯齿形橡树叶子又是一片赤金颜色,好像穿起一身金甲。

夏天,阿列克塞树林里潮湿的土地上到处爬满了有刺的黑莓,羽毛华丽的灰老鸹和喜鹊在老榆树顶上搭巢;秋天,到处散发着又清爽又苦涩的橡实和橡树落叶气味的时候,南飞的山鹬都要在小树林里歇一阵子,到冬天,一片白茫茫的雪地上,就只有一行行像珍珠链子似的圆圆的狐狸爪印子了。格里高力在少年时代,常常到这片树林里来安放狐狸夹子……

他在凉爽的树荫下,顺着去年的道路的长满了杂草的旧车辙走着。他走过了"女儿地",来到黑土崖前,许多往事涌上心头。他还是小孩子的时候,常常在那三棵白杨树旁边的小水塘里追赶刚刚生出来、还不会飞的小野鸭子,一天到晚在"圆湖"里逮鲤鱼……那不远处有一棵像帐篷一样的雪球树。雪球树孤零零地站在那里,又孤独,又苍老。在麦列霍夫家的院子里就可以看到这棵树,每到秋天,格里高力常常走到自己家的台阶上,欣赏这棵雪球树,好像是老远就被雪球树那红红的火焰包围住了。去世的彼特罗就非常喜欢吃苦丝丝的干雪球花饼子……

格里高力怀着淡淡的伤感心情,环视着从小就熟悉的地方。他的马一面走,一面懒洋洋地用尾巴驱赶着在空中飞舞的密密层层的蠓虫和凶狠的褐色蚊子。绿油油的冰草和梯牧草被风吹得弯下柔软的腰。草地上翻滚着一道道的绿波。

格里高力来到鞑靼村步兵的掩体跟前,派人去叫他的父亲。贺里散福在左翼很远的地方叫道:

"普罗柯菲耶维奇!快去吧,格里高力来啦!……"

格里高力下了马,把缰绳递给来到跟前的安尼凯,老远就看见父亲急急忙忙一瘸一拐地走来了。

"啊,好呀,首长!"

"你好,爹。"

"你来啦?"

"好不容易抽出身来呀!噢,家里人怎么样?我妈和娜塔莉亚在哪儿?"

潘捷莱·普罗柯菲耶维奇挥了一下手,皱着眉头。从他那黑黑的腮帮子上滚下两颗泪珠儿……

"啊,怎么回事儿?她们怎么啦?"格里高力十分惊慌地急忙问道。

"她们没有过河……"

"怎么不过河?!"

"娜塔莉亚有两天不能起床啦。大概是害了伤寒……老婆子不愿意扔下她……不过,孩子,你不要害怕,她们在家里都好好儿的。"

"孩子们呢?米沙特卡呢?波柳什卡呢?"

"都在家里。杜尼娅过河来啦。她怕留在那儿……她是姑娘嘛,知道吗?现在她跟着安尼凯的老婆上沃罗霍夫去啦。我已经到家里去过两次。半夜里坐小船轻轻划过去,一下子就到家啦。娜塔莉亚病得很厉害,不过孩子们都挺好,托老天的福……娜塔莉亚昏迷不醒,浑身发烧,连嘴唇都烧破啦。"

"你怎么不把他们带到这边来呢?"格里高力着急地叫道。

老头子火了,在他的哆哆嗦嗦的声音中,又有气,又有责备的意味:

"你又干什么来着?你就不能先来一趟,把他们带过来吗?"

"我带着一个师呀!我要把一师人都带过来呀!"格里高力气呼呼地反驳说。

"我们都听说你在维奥申干的事啦……这么看,你不要家啦?唉,格里高力呀!即使你不怕人议论,也该想想还有上帝呀!……我不是在这儿过河的,要不然我怎么会不带着他们呢?我这一排是在叶兰镇过河的,等来到这儿,红军已经把村子占啦。"

"我是住在维奥申!……这事儿你管不着……你给我……"格里高力声音都哑了,气得说不出话来。

"我倒没什么!"老头子害怕了,一面不满意地打量着聚集在不远处的哥萨克们。"我说的不是这事儿……你小声点儿,别叫人听见……"他换成耳语。"你也不是小孩子啦,自个儿应该明白嘛;家里的事,你就不要担心啦。娜塔莉亚会好起来的,红军并不难为她们。不错,他们宰了一头一岁口的小牛,这也算不了什么。他们心肠挺好，不乱动……拿了四十斗粮食。打仗嘛，不会不损失点儿！"

"是不是现在把家里人接过来呢？"

"依我看，用不着。比如说，把她这样一个病人放到哪儿去呢？而且这也是危险事儿。他们在家里很好。家产有老婆子照应着，这样我要放心些，村子里着过大火呢。"

"谁家烧啦？"

"操场上全烧啦。多数是买卖人的房子。你丈人柯尔叔诺夫家烧光啦。你丈母娘卢吉尼奇娜现在住在安得洛波夫村里，可是格里沙加爷爷也留在家里看房子。你妈告诉我，格里沙加爷爷说：'除了我的家，我哪儿也不去，那些反基督的人不会上我这儿来，他们害怕十字架。'他已经完全老糊涂啦。可是，看样子，红军并不怕他的十字架，把他的房子和院子全烧啦，至于他自己怎么样，还一点没有听说……他已经到了死的时候啦。二十年前他就自己做好了棺材，可是他还一直活着……烧村子的人就是你的好朋友，这该死的东西！"

"谁？"

"米沙·柯晒沃依呀，日他祖宗！"

"当真是他?!"

"是他，千真万确！他还到咱们家来过，问过你。他对你妈就这样说：'我们一过河到那边去，就把你们家的格里高力头一个绞死。把他吊到顶高的橡树上。我要杀他，都怕弄脏了我的刀！'他也问到我，也发过狠，说：'这个瘸鬼跑到哪儿去啦？怎么不老老实实地呆在家里，坐在炕头上？哼，要是叫我逮到了，我也不打死他，要拿鞭子抽他，一直抽得他三魂出窍！'你看他这个魔鬼有多么凶！他天天在村子里走来走去，放火烧买卖人和神甫的房子，还说：'为了给伊万·阿列克塞耶维奇和施托克曼报仇，我要把整个维奥申都烧了！'你听听这话！"

格里高力又和父亲谈了有半个钟头，后来就朝马跟前走去。老头子在谈话中再也没有说一句涉及阿克西妮亚的话，但是即使这样，格里高力心里还是感到不痛快。"既然我爹都知道啦，一定大家都说啦。是谁传出来的呢？除了普罗霍尔，还有谁见过我们在一块儿呢？难道司捷潘也知道了吗？"他因为害羞和恨自己，都咯吱咯吱地咬起牙来……

他和哥萨克们聊了一小会儿。安尼凯一个劲儿地在开玩笑，要求给连里送几桶酒来。

"只要有伏特加，我们连子弹都用不着啦！"他一面说，一面哈哈笑着，挤着眼睛，意味深长地用指甲弹着肮脏的衬衣领子。

格里高力拿出自己带的烟丝请贺里散福和村里其他人抽;已经要走的时候,他看见了司捷潘·阿司塔霍夫。司捷潘走过来,慢吞吞地问了问好,但是没有伸过手来。

格里高力自从暴动以后,还是第一次看见他,很不放心地用探询的目光仔细看了看他:"他知道吗?"可是司捷潘那漂亮的瘦脸上很平静,甚至还很高兴,格里高力这才轻松地舒了一口气,"肯定,他不知道!"

六十四

过了两天,格里高力巡视过自己这一师的阵地,回来了。总司令部已经迁到黑村去了。格里高力在镇外让马休息了有半个钟头,饮了饮,他也没有进镇,就朝黑村走去。

库金诺夫见到他,带着期待的笑容很高兴地看了看他。

"哦,格里高力·潘捷莱维奇,你都看到些什么?谈谈吧。"

"看到哥萨克,看到高地上的红军。"

"你看到的事情真多呀!我们这儿可是来过三架飞机,送来子弹和一些信件……"

"你的大老板西道林将军在信里对你说了些什么?"

"我的老同学吗?"一向很随和的库金诺夫反问了一句,仍然用玩笑的口吻继续说下去,"他在信上说,要我用一切力量守住阵地,不叫红军过河。还说,顿河军就要发动大反攻啦。"

"说得真好听啊。"

库金诺夫正色说:

"顿河军已经出动啦。我只告诉你一个人,要绝对保密!再过一个星期,就要冲破红军第八军的战线。咱们要坚守住。"

"本来就在守嘛。"

"红军正准备在大雷村过河呢。"

"斧子还一直在响吗?"格里高力十分吃惊地问道。

"还在响……噢,你看见一些什么情况?你上哪儿去啦?我想问问,你是不是在维奥申睡大觉啦?也许,你哪儿也没去!前天,我到处找你,把整个维奥申都找遍啦,后来,我派去的一个人回来说:'麦列霍夫不在家,可是从屋里走出来一个非常漂亮的娘们儿,说:"格里高力·麦列霍夫走啦。"她的眼睛还肿着呢。'所以我就想:也许咱们的师长正在跟情人寻欢作乐,躲着我们吧?"

格里高力皱起眉头。他听了库金诺夫开的玩笑,很不痛快。

"你还是少听乱七八糟的胡扯,挑几个短舌头的当传令兵吧!你要是再派舌头太长的到我那儿去,那我就先用刀割掉他的舌头……省得他胡说八道。"

库金诺夫哈哈大笑起来,拍了拍格里高力的肩膀。

"有时候你不也喜欢开玩笑吗?好啦,不开玩笑啦!我有正经事要和你谈。咱们需要搞到一个'舌头',这是第一;第二就是,要在夜间,在嘉桑乡边界以下,派两连骑兵渡河到对岸去,骚扰一下红军。是不是就在大雷村对面过河,叫他们混乱一场,好吗?你以为怎样?"

格里高力沉默了一会儿,然后回答说:

"这事儿倒是不错。"

"你能不能亲自……"库金诺夫对"亲自"两个字加重了语气,"带两个连去呢?"

"为什么要我亲自去?"

"就因为,需要一个久经战阵的指挥官!需要一个久经战阵、千锤百炼的指挥官,因为这事不是闹着玩儿的。弄不好会吃大亏,一个人也回不来!"

格里高力被奉承得高兴极了,连想都没想,就答应了:

"当然,我去!"

"我们在这儿计划了一下,想这样干,"库金诺夫从凳子上站起来,在上房里咯吱咯吱响的地板上来回踱着,很带劲儿地说了起来,"不必深入到后方去,只要在顿河边上,在两三个村子里骚扰他们一下,叫他们不安生,你们捞他们一些子弹和炮弹,抓几个俘虏,就顺着原路回来。这一切都要在夜里干,不等天亮,就过河回来啦。对吗?就这样吧,你想想看,明天就任你挑选一些哥萨克,你领着他们干去。我们就断定:除了麦列霍夫,谁也干不了这件事!你干好了这件事,顿河军政府忘不了你的功劳。等咱们和咱们的人一会师,我就打个报告给军区司令,把你的功劳都报上去,请求提升……"

库金诺夫朝格里高力看了一眼,话说到一半就顿住了:格里高力原来很平静的脸已经气得发了了青,变了模样。

"我是你的什么?……"格里高力急忙把两手放到背后,站起身来。"我是为升官才去吗?……你要雇我吗?……拿升官当条件吗?……可是我呀……"

"你别发急嘛!"

"……我不稀罕你的官儿!"

"别急嘛!你误会我的……"

"……我瞧不起!"

"你误会我的意思啦,麦列霍夫!"

"我没有误会!"格里高力长长地出了一口气,又坐到凳子上。"你找别人去吧,我不带哥萨克上顿河那边去!"

"你不该发脾气。"

"不去就是不!没有什么好说的!"

"我不强迫你去,也不央求你去。你愿意去就去,不愿去就拉倒。咱们现在的局面十分严重,所以才决定骚扰他们一下,不叫他们好好完成渡河的准备。至于升官的话,我是说着玩儿的嘛!你怎么连开玩笑都不懂啦?刚才提到老娘们儿的事,我就是开玩笑的嘛,后来我看到,你还有点儿火呢,我就想,我再来逗逗他!因为我知道,你是一个未修成的布尔什维克,什么官儿都不愿意当。你以为我是当真吗?"库金诺夫转了弯儿,而且笑得十分自然,甚至格里高力有一小会儿都觉得错怪了他:"也许,他真是闹着玩儿呢?"库金诺夫又接着说:"瞧,你这人呀……哈哈哈哈!……老兄,真是火爆性子!真的,我是说着玩儿的!我想逗逗你……"

"反正我不上顿河那边去啦,我改变主意啦。"

库金诺夫玩弄着皮带头儿,冷冷地沉默了半天,后来说:

"嗯,没什么,你是改变主意,还是怕了——都不要紧。要紧的是,你不支持我们的计划。当然我们还可以派另外的人去。世界上目前还不是你一个人……可是,咱们现在面临的局势是十分严重的,你就自己想想吧。他们有一道新的命令,是今天康德维拉特·梅德维杰夫从叔米林乡送来的。他们调集了不少军队向我们扑来……你还是自己看看吧,要不然你是不会相信的……"库金诺夫从军用包里掏出一张黄黄的、边上还带着斑斑的褐色干血的纸来,递给他。"这是从一个什么国际连的政委身上搜到的。政委是个拉脱维亚人。这个坏家伙一直打完最后一颗子弹,后来就斜握着步枪朝整整一排哥萨克冲来……他们那些信奉什么主义的人当中也有好汉子……康德拉特亲手把他劈了。在他的胸前口袋里搜出这道命令。"

在黄黄的、溅满了血的纸上,印满了黑黑的小号字:

共和国革命军事委员会主席
给清剿部队的命令
(捌字第一〇〇号)

一九一九年五月二十五日

发往包古查尔

在各步兵连、骑兵连、炮兵连和机枪连中宣读

罪恶的顿河暴动的末日到了!

丧钟已经响了!

我们已经做好了一切必要的准备。调集了足够的兵力,以便迎头痛击暴徒和叛贼。这些魔鬼两个多月来一直在背后袭击我南方战线各个战斗部队,现在已经到了彻底清算的时候。所有俄罗斯的工人和农民都怀着憎恶和痛恨的心情注视着米古林、维奥申、叶兰和叔米林的匪徒,这些匪徒打着骗人的红旗,在帮助地主黑帮——邓尼金和高尔察克。

清剿部队的战士、指挥员和政委们!

准备工作已经完成。一切必要的兵力和物资都已经集中。你们的队伍都已经在整装待命。

现在就发出信号:前进!

一定要摧毁那些无耻的暴徒和叛贼的巢穴。一定要把那些恶魔彻底消灭。对于那些顽抗的乡镇丝毫不能留情。只能宽恕那些自动放下武器、向我们投诚的人。对付高尔察克和邓尼金的帮凶们,要用铅弹、钢铁和火!

战士同志们,苏维埃俄罗斯把希望放在你们身上。我们一定要在几天以内扫清顿河地区叛乱的泥污。丧钟已经响了。

大家齐心协力,奋勇前进!

六十五

五月十九日,第九军清剿旅的参谋长古曼诺甫斯基派米沙·柯晒沃依到三十二团团部去送紧急公文。根据古曼诺甫斯基得到的情报,该团团部驻扎在郭尔巴托夫村。

这一天傍晚时候,米沙来到郭尔巴托夫村,但是三十二团团部不在这里。村子里塞满了第二十三师的二类辎重队的许多车辆。这些车辆是从顿涅茨方面来,由两连步兵掩护着,朝大熊河河口方面去的。

米沙在村子里转悠了几个钟头,想打听出三十二团团部驻扎的地方。最后有一个红军骑兵告诉他,三十二团团部昨天驻扎在叶甫兰琪耶夫村,就在博柯夫镇旁边。

米沙喂了喂马,连夜赶到叶甫兰琪耶夫村,可是团部也不在这里。已经过了半夜,米沙在回郭尔巴托夫村的路上,在草原上碰上一支红军的侦察队。

"什么人?"他们老远就对米沙喝问道。

"自己人。"

"哼,你算什么自己人……"头戴白色库班帽、身穿蓝褂子的队长朝跟前走来,用伤风的哑嗓门儿低声说。"哪一部分的?"

"第九军清剿旅。"

"有部队的证件吗?"

米沙掏出证件。侦察队长一面借着月光仔细看那证件,一面带着不信任的口气盘问道:

"你们的旅长是谁?"

"是罗佐甫斯基同志。"

"现在你们旅在哪儿?"

"在顿河那边。同志,你们是哪一部分的?是三十二团吗?"

"不是。我们是三十三库班师。你这是从哪儿来?"

"从叶甫兰琪耶夫村来。"

"上哪儿去?"

"上郭尔巴托夫村。"

"噢!郭尔巴托夫村现在住上哥萨克啦。"

"不可能!"米沙惊愕地说。

"我对你说,那儿是住上哥萨克叛匪啦。我们刚才看到的。"

"那我怎么能过得了郭尔巴托夫村呢?"米沙惊慌失措地说。

"那你自个儿看着办吧。"

侦察队长催动他那溜屁股的大青马,朝前走去,但是后来在马上侧转过身子,劝道:

"你跟着我们走吧,要不然他们会砍掉你的脑袋。"

米沙高高兴兴地跟着侦察队走了。当天夜里他跟着侦察队一起来到克鲁日林村,第二九四塔干罗格团驻扎在这里,他把公文交给团长,向他说明为什么没有能够将公文送交指定的部队以后,就要求留在团里参加骑兵侦察队。

第三十三库班师是不久前由塔曼兵团的一部分部队和一些志愿参军的库班人编成,从阿斯特拉罕开到沃罗涅日—里斯基地区来的。其中的一个旅,即塔干罗格团、杰尔宾特团和瓦西里柯夫团组成的旅,被调来镇压暴动。这个旅猛扑麦列霍夫的第一师,将该师赶过了顿河。

这个旅边打边进,以强行军的速度顺着顿河右岸一直从嘉桑乡推进到霍派尔河口乡西边的一些村庄,以右翼占领了旗尔河边的一些村庄,在顿河沿岸停留了两个星期之后,这才转回头来。

米沙参加了进攻卡耳根镇和旗尔河边许多村庄的战斗。五月二十七日上午,在下格鲁申村外的草原上,第二九四塔干罗格团的第三连连长,让战士们在路边站好队,宣读了刚刚接到的命令。于是米沙·柯晒沃依牢牢地记住了一些话:"……一定要摧毁那些无耻的暴徒和叛贼的巢穴。一定要把那些恶魔彻底消灭……"还有:"对付高尔察克和邓尼金的帮凶们,要用铅弹、钢铁和火!"

自从施托克曼被杀害以后,自从伊万·阿列克塞耶维奇和叶兰乡的共产党员们牺牲的消息传到米沙的耳朵里,米沙心里对哥萨克痛恨到了极点。只要有被俘的暴动的哥萨克落到他手里,他再也不加考虑,再也不听那嘟嘟哝哝的哀告声。从那时候起,他没有宽待过一个俘虏。他用蓝蓝的、冷得像冰一样的眼睛看着同乡的哥萨克,问:"你和苏维埃政府打仗打够了吗?"也不等回答,也不去看俘虏那惨白的脸,就把他劈了。他杀起人来毫不留情!他不仅要杀人,还要把"红公鸡"放进暴动军放弃的村庄里的房子。等到吓得发了疯的公牛和母牛冲过着了火的牲口院子篱笆,吼叫着朝胡同里跑去的时候,米沙就对牛开枪。

他同哥萨克的富裕,同哥萨克的背信弃义,同几百年来在那些高大房屋里养成的顽固守旧的生活方式,进行着毫不妥协的、无情的斗争。他的仇恨是施托克曼和伊万·阿列克塞耶维奇的死激起来的,命令上的话只是清清楚楚地说出了米沙没有说出的心情罢了……就在这一天,他和三个同伴把卡耳根镇上的房子烧掉了一百五十多座。他在一家商店的仓库里弄到一桶煤油,用一只黑黑的手攥着一盒火柴,就在广场上转悠起来,他经过哪里,哪里就冒起苦烟和火焰,那些镶了木板、上了油漆、富丽堂皇的商人和神甫的房子、富裕哥萨克的房子,那些"用欺骗煽动愚昧的哥萨克群众掀起叛乱"的人的住宅,就笼罩在一片火海里。

骑兵侦察队总是首先进入敌人抛弃的村子的;不等步兵开到,米沙已经点着了那些最漂亮的房子。他想无论如何要到鞑靼村去,为了伊万·阿列克塞耶维奇和叶兰乡共产党员的死,要找村里人报仇,要烧掉半个村子。他已经在心里拟定了一份该烧的人家的名单,万一他的部队从旗尔河边向维奥申左面进军的话,他决定在夜里单独行动,想方设法要到自己村子里去一趟。

他一定要回鞑靼村去,还有另外一个原因……近两年来,因为时常和麦列霍夫家的杜尼娅见面,他们之间产生了一种用言语说不出的感情。杜尼娅那黑黑的手指头用彩线给米沙绣烟荷包,她在冬天里瞒着家里人送给他一副灰羊毛手套,当初杜尼娅用的一条绣花手绢,米沙还小心翼翼地藏在军便服的胸前口袋里。这条小小的手绢,三个月来在皱褶里一直还保留着隐隐约约、像干草气味一样的姑娘身体气味,他觉得说不出的可亲可爱!每当他独自一人单独掏出手绢来的时候,总要不由自主地想起那使他无法平静的情景:井边一棵挂满霜雪的白杨,昏沉的天空飘舞着雪花,杜尼娅的线条清晰、哆哆嗦嗦的嘴唇,在她那弯弯的睫毛上慢慢融化的雪花闪烁着宝石一般的亮光……

他为回家做了精心的准备。他在卡耳根镇上,从一个商人家的墙上扯下一条花毯子,做了马衣,这马衣真是漂亮得出奇,那鲜艳无比的各种色彩和花纹老远就使人眼花缭乱。从一个哥萨克家的柜子里弄到一条带裤绦的、几乎全新的马裤,弄到六条女人披巾,可以做三副包脚布,还有一副女人的线手套,他暂时放进鞍袋里,因为目前在灰暗的打仗的日子里不能戴,要等到快进鞑靼村的时候

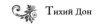

才戴。

自古以来就有一种传统：当兵的人回到村子里，一定要穿戴得漂漂亮亮的。米沙还没有摆脱哥萨克的传统，尽管他当了红军，还是一心一意想保持旧日的风尚。

他骑的是一匹白鼻子、枣红色的好马。马原来的主人是霍派尔河口镇的一个哥萨克，米沙在冲锋时把他劈死了。这马就是米沙的了。这马是一匹值得夸耀的马：不论身材、速度、步伐、姿势，都没有说的。可是米沙的马鞍却很不像样子。鞍垫已经磨坏，而且已经打了补丁，后肚带是生皮做的，马镫长满了陈锈，擦都擦不掉。马辔头也十分寒碜，一点装饰也没有。要想想办法，即使装饰一下辔头也好。米沙为了解决这个问题，苦苦思索了很久，终于，他想出一个很好的主意。就在广场上，一座商人的房子旁边，放着一张白镍床，这是商人家的仆人从着火的房子里抢出来的。床的四角有四个白球儿，经阳光一照，亮得耀眼。只要把这几个球儿拆下来或者砸下来，然后往辔头上一挂，辔头就大不一样了。米沙就这样做了：他把四个空心的白球儿从床角上拧下来，用丝带把四个球儿拴到辔头上，两个拴在马嚼子的环儿上，两个拴在鼻带两旁，于是白球儿就像白亮的中午太阳一样，在马头上放起光来。阳光一照，亮得刺眼！马只要迎着太阳走，就要眯起眼睛，踉踉跄跄，连步子都不敢迈。但是不管马眼睛被白球儿的反光照得多么难受，不管马眼睛被刺得流多少眼泪，米沙连一个球儿也不肯从马辔头上摘下来。不久就到了从烧毁了一半、到处散发着焦糊的砖味和灰烬气味的卡耳根镇出发的时候。

这个团要朝顿河，朝维奥申方面去。所以米沙没有费什么事就向侦察队长请准了一天的探亲假。

队长不仅准了他的短期假，还特意关照他：

"娶老婆没有？"他问米沙。

"没有。"

"有野花儿吧？"

"什么野花儿？……这是什么意思？"米沙惊愕地问道。

"就是相好的嘛！"

"噢——噢……这倒是没有。有一个爱人，是一个清白的姑娘。"

"你有怀表吗？"

"没有，同志。"

"你呀，真是！"侦察队长是个斯塔夫罗波尔人，以前是个超期服役的中士，在旧军队时不止一次请假回家,根据切身经验他知道,穿得破破烂烂地回家,滋味是不好受的。于是他从宽宽的胸膛上摘下怀表和老粗的表链,说:"你是个好战士!给你,戴上回家去,让姑娘们瞧瞧,只要记住我就行啦。我也有过年轻时候,也坏过几个大姑娘,玩过一些娘们儿,我知道……这链子是新的美国金的。如果有人要问,你就这样回答。如果有人死缠住不放,要问成色戳子在哪儿,你干脆就打他嘴巴子!是有那么一些厚脸皮的家伙,对这些家伙就是要打嘴巴,没有什么好说的。过去,在饭馆里或者在窑子里,要是从哪儿跑来一个当店伙或者当账房先生的酸文人,想当众羞辱我,说:'把链子挂在肚子上,倒像是真金的哩……那么请问,这链子上的成色戳子在哪儿?'我从来就不给他想一想的工夫,就说:'成色戳子吗?这就是!'"米沙的好心肠的队长攥起像小孩子脑袋一样大的棕褐色拳头,用老大的猛劲儿抢了抢。

米沙挂好怀表,夜里就着火堆的亮光刮了刮脸,备上马,骑上马就走。黎明时候他进了鞑靼村。

村子依然是原来的样子:砖瓦教堂的低矮的钟楼依然伸着退了色的镀金十字架,直指蓝天,村里的大操场上依然挤满了买卖人家和神甫家的一座座牢固的房子,米沙家快要倒塌的小屋边的白杨树依然在小声说着亲切的话儿……

使他吃惊的,只有那村子里一向少有的一片死沉沉的寂静,寂静像蛛网一样笼罩住大街小巷。街道上一个人也没有。家家的护窗都关得紧紧的,有些人家的门上挂着锁,但是大多数人家的门都大敞着。好像是瘟疫用它那黑脚在村子里走了一遍,带走了所有的院落和街道上的人,把空旷和死寂填进了住人的地方。

听不见一点人声,也听不见牲口叫声和公鸡打鸣声。只有一些麻雀,好像在大雨要来时那样,在棚檐底下和干柴禾堆上很起劲地叫着。

米沙走进自己家的院子。家里没有一个人出来迎接他。进过道的门大敞着,门口有破烂的红军裹腿,血糊糊、皱皱巴巴的绷带,落满了苍蝇、已经臭了的鸡头和鸡毛。看样子,几天以前有红军在这里吃过饭:地上还有破瓦钵子碎片、啃光的鸡骨头、烟头、踩烂的报纸……米沙压制着沉重的叹息,走进房里。房里一切都和以前一样,只有每年秋天储存西瓜的地下室的门好像开了一点缝儿。

米沙的妈妈还喜欢背着孩子们,把苹果干儿藏在地下室里。

米沙想起这样的事,便走到地下室小门跟前。他心里想:"妈妈会不等我回来吗?也许,她给我留下什么呢?"他于是抽出马刀,用刀尖把小门一撬。小门吱嘎一声开了。从地窖里冒出一股潮气和霉气。米沙蹲下身子。他的眼睛因为不习惯黑暗，老半天什么都看不清楚，到最后才看见：在铺开来的一块旧桌面上，放着半瓶酒，一个平底锅里还盛着发了霉的煎鸡蛋，还有一块面包，已经被老鼠吃掉了一半；还有一只瓦壶，用一个木碗盖得严严的……这是老人家在等待儿子。就像是等待最高贵的客人！米沙走下地下室的时候，他的心因为沉浸在疼爱和欢喜里，激动得哆嗦起来。这些整整齐齐地摆在干干净净的旧桌布上的东西，都是妈妈那操劳的手在几天以前抚摩过的呀！……这儿的橛子上还挂着一个白白的麻布袋。他急忙把麻布袋摘下来，看见里面是他的一套衬衣，衬衣是旧的，但是缝补得整整齐齐，洗得干干净净。

老鼠已经把吃的东西啃得乱糟糟的，只有牛奶和酒没有动过。米沙喝完了酒和在地下室里放得格外凉的牛奶，拿起衬衣，爬了出来。

妈妈大概也到顿河那边去了。"她不敢留下来，这样也好，不然的话，哥萨克一定会打死她的。就这样，恐怕因为我的事，已经把她折腾得够戗啦……"他这样想着，放慢脚步，走了出去。他解开马，但是没有敢上麦列霍夫家去：他们家就在顿河边上，任何一个枪法好的射手都可以在对岸用暴动军的无壳铅弹把米沙打倒。所以米沙决定先上柯尔叔诺夫家去，到黄昏时候再回到广场上，趁着天黑，把莫霍夫家和其他买卖人家以及神甫家的房子烧掉。

他从后面来到柯尔叔诺夫家宽大的院子跟前，走进敞着的大门，把马拴在栏杆上，正要朝屋里走，恰好格里沙加爷爷来到台阶上。他那雪白的头打着颤，老花的眼睛像瞎了一样眯缝着。那油糊糊的领口上还钉着红领章的、挺结实的哥萨克灰制服扣得整整齐齐的，但是那肥大的裤子老是往下掉，所以老头子不住地用手往上提。

"你好，老人家！"米沙摇晃着鞭子，在台阶前站了下来。

格里沙加爷爷没有做声。在他那冷冷的目光中，有痛恨，也有憎恶。

"我是问，你好！"米沙提高了声音。

"托福托福。"老头子很勉强地回答说。

他依然在看着米沙，目光中那憎恨的神气依然没有减弱。米沙随随便便地叉开两腿，站在那里；玩弄着鞭子，皱着眉头，噘着像姑娘那样饱鼓鼓的嘴唇。

"格里沙加爷爷，你为什么没有跑到顿河那边去呀？"

"你怎么知道我的名字？"

"我是这儿的人嘛，所以我知道。"

"你是谁家的？"

"是柯晒沃依家的。"

"是阿基姆卡的儿子吗？阿基姆卡不就是那个在我们家做过长工的吗？"

"就是的。"

"小东西，就是你吗？在受洗节给你起了个名字叫米沙，不是吗？好啊！真像你爹！以前你爹总是恩将仇报，你大概也是这样吧？"

米沙从手上脱下一只手套，眉头皱得更紧了。

"怎么给我起名字，起的什么名字，这都跟你没关系。我问你，你为什么没有跑到顿河那边去？"

"我不想走，所以就没走。你这是怎么啦？你成了反基督的走狗啦？帽子上戴上红星啦？你这狗崽子，坏蛋，这么说，你跟咱们哥萨克作对吗？跟自己村里人作对吗？"

格里沙加爷爷颤颤巍巍地走下台阶。看样子，自从柯尔叔诺夫一家人跑到顿河那边去以后，他的饭食太差了。他被家里人撇下后，身体异常衰弱，像所有的老头子一样浑身十分肮脏，他面对着米沙站下来，带着惊愕和愤怒的神气望着米沙。

"是要作对，"米沙回答说，"我们跟他们的账还有得算呢！"

"《圣经》上是怎么说的？'你们愿意人怎样待你们，你们也要怎样待人。'①这话怎么样？"

"老人家，你别拿《圣经》来蒙哄我，我不是来听这个的。现在你马上从家里出去。"米沙沉下脸说。

"这是怎么回事儿？"

"就是这么回事儿！"

"你这是干什么？……"

"什么也不干！你给我出去！……"

"我不能离开自己的家。我知道这是怎么回事儿……你是反基督的走狗，你的帽子上有反基督的符号！《耶利米书》上说到过你们：'我必将茵陈给这百姓吃，又将苦胆水给他们喝。我要把他们散在列邦中……'②现在就是儿子起来反对老子，兄弟起来反对兄弟啦……"

"老人家，你别糊弄我啦！这不是兄弟间的事情，这笔账很简单：我爹给你们干了一辈子，一直干到死，我在打仗以前也给你们打麦子，我年纪轻轻的，肚子都

---

① 见《圣经·新约全书·路加福音》第六章第三十一节。

② 见《圣经·旧约全书·耶利米书》第九章第十五、十六节。

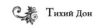

叫你们家的粮食口袋压伤啦,现在到了算账的时候。你给我从房子里出去,我这就烧房子!你们以前住好房子,现在就跟我们一样,去住住草屋吧。你明白吗,老家伙?"

"噢噢!就是这么回事儿!在《以赛亚书》上就是这样说的:'他们必出去观看那些违背我人的尸首,因为他们的虫是不死的,他们的火是不灭的,凡有血气的,都必憎恶他们。'①……"

"哼,我现在没工夫跟你啰嗦!"米沙带着愤怒的口气冷冷地说。"你出去不出去?"

"不出去!你滚,坏蛋!"

"就是因为有你们这些老顽固,才打起仗来的!是你们鼓动老百姓,叫他们反对革命……"米沙急急忙忙摘下卡宾枪……

一声枪响过,格里沙加爷爷仰面倒下,清清楚楚地说:

"我……自个儿不愿意死……可是天意要我死……主啊,收留你的奴仆吧……慈悲慈悲吧……"他哼哼起来,白胡子底下冒出血来。

"会收留你的!早就该把你这个老家伙送去啦!"

米沙十分厌恶地绕过直挺挺地躺在台阶前的老头子,跑上台阶。

被风吹进过道里的干刨花冒起红红的火苗,储藏室和过道之间的板墙很快就着了火。火烟冒到天花板上,过堂风一吹,就冲进了屋子。

米沙走了出来,不等他点着棚子和仓房,屋子里的火苗已经蹿了出来,沙沙地舔着松木窗框,像胳膊一样伸向房檐……

米沙走到附近的树林里,在缠满野蛇麻草的乌荆子凉荫下一直睡到黄昏时候。他那匹卸了鞍、绊住腿的马,就在这里懒洋洋地扯着嫩绿的梯牧草在吃。到黄昏时候,那马渴了,嘶叫起来,把主人吵醒了。

米沙爬起来,把军大衣捆到鞍后皮带上,就在树林里用井水饮了饮马,然后上了鞍,骑上马朝小胡同里走去。

在已经烧光的柯尔叔诺夫家的宅院里,还有一些黑黑的、已经烧成炭的木桩子冒着烟,呛人的烟气慢慢扩散开去。一座高大的房子只剩了高高的石头房基,再就是那塌掉一半的炉灶,那熏得黑黑的烟囱还指着天空。

米沙径直朝麦列霍夫家走去。

---

① 见《圣经·旧约全书·以赛亚书》第六十六章第二十四节。

伊莉尼奇娜正在棚子底下往围裙里捡引火柴,米沙也没有下马,推开篱笆门,就进了院子。

"您好啊,大婶儿!"他很亲热地问候道。

可是她吓坏了,连一句话也回答不出来,奔拉下两手,引火柴都从围裙里撒了出来……

"您过得好啊,大婶儿!"

"托……托福。"伊莉尼奇娜迟迟疑疑地回答说。

"你活着吗,身体好吗?"

"活是活着,身体好可就说不上啦。"

"你们家的哥萨克都上哪儿去啦?"

米沙下了马,走到棚子跟前。

"上顿河那边去啦……"

"他们是盼士官生来吗?"

"我是女人家……这些事我不知道……"

"叶福杜吉娅·潘捷莱芙娜在家吗?"

"她也上顿河那边去啦。"

"鬼叫他们他妈的都上顿河那边去!"米沙的声音哆嗦了两下,因为愤怒强硬起来。"大婶儿,我要对您说:你儿子格里高力是苏维埃政府最凶恶的敌人。我们一到顿河那边,就把他第一个绞死。可是潘捷莱·普罗柯菲耶维奇真不该跑。他又老又瘸,就应该老老实实蹲在家里……"

"等死吗?"伊莉尼奇娜冷冷地问了一声,又往围裙里捡引火柴。

"哼,他还死不了。也许会多少抽他几鞭子,但还不至于打死他。不过,我自然不是为这些事来的。"米沙提了提胸前的表链,垂下眼睛。"我是来看叶福杜吉娅·潘捷莱芙娜的。我觉得很可惜,她也跑啦。不过,大婶儿,您是她的亲娘,我要对您说说。我要说的就是:我老早就在想她,不过我们现在还没有很多工夫来想姑娘,我们要打反动派,要狠狠地揍他们。可是等我们把反动派完全消灭了,等到全世界都建立起太太平平的苏维埃政权,那时候,大婶儿,我就要请媒人上你们家来向叶福杜吉娅·潘捷莱芙娜求亲啦。"

"现在不是谈这个问题的时候!"

"不,是时候啦!"米沙皱起眉头,他的两道眉毛中间出现了倔强的皱纹。"求亲还不是时候,谈谈这件事是可以的。我再也找不到另外的时间来说说这话啦。今天我在这儿,明天说不定就上顿涅茨那边去。所以我要事先提醒您:不要随便叫杜尼娅嫁人,不然我可要对不起您。如果我的部队里有信来,说我已经死了,那时候您就叫她嫁人好啦,现在可不行,因为我和她有了情意。我没有给她带礼物来,因为没有地方去弄礼物。不过,如果您要什么资产阶级和商人的玩意儿的话,您就说吧,我可以马上去弄来。"

"可别这样! 我们从来没要过别人家的东西!"

"噢,那就随您吧。如果您比我先见到叶福杜吉娅·潘捷莱芙娜的话,请您替我向她问好,大婶儿,再会吧,请您别忘了我的话。"

伊莉尼奇娜也不回答,便朝屋子走去,米沙便上了马,朝村子里的大操场走去。

到夜里,红军从山上下来,进了村子。他们的闹闹哄哄的说话声响遍了大街小巷。有三个红军带着手提机枪到河边去放哨,盘问了一下米沙,又看了看他的证件。他在"生铁头"谢苗家的对过又碰上四个红军。其中两个人赶着一辆大车,车上装的是燕麦,另外两个人和谢苗的害痨病的老婆一起,抬着一架脚踩缝纫机,扛着一口袋面粉。

"生铁头"的老婆认出了米沙,跟他打了一声招呼。

"大嫂子,你这是抬的什么?"米沙问道。

"我们这是扶助贫农阶级妇女成家立业:我们把资产阶级的机器和面粉送给她。"一个红军又敏捷又带劲儿地回答说。

米沙一连烧了七家的房子,这七家是逃到顿涅茨那边去的买卖人莫霍夫和"擦擦"阿杰平、维萨里昂神甫、潘克拉季教长和另外三个富裕的哥萨克,把火点着以后,他才出了村子。

他上了山冈,转过马头。下面,鞑靼村里,红红的火焰就像闪闪发光的狐狸尾巴似的,一直翘到黑漆漆的天空里。火焰忽而向高处蹿去,火光照得湍急的顿河水闪着粼粼的金光,时而倒伏下去,倒向西方,贪婪地吞食着一座座的房屋。

从东方吹来一阵轻轻的草原清风。微风吹得火焰越来越旺,并且把一个个黑黑的、闪烁着煤炭般亮光的烟团送得很远很远……